Ein Lob für Lexi Blake und Herren und Diener...

„Ich kann immer darauf vertrauen, dass mich Lexi Blakes Doms atemlos zurücklassen...und verliebt. Wenn Sie sinnliches, aufregendes BDSM in eine fantastische Liebesgeschichte gehüllt haben möchten, dann suchen Sie nach einem Lexi Blake-Buch."
~Cherise Sinclair, USA Today Bestsellerautorin

„Lexi Blakes HERREN UND DIENER-Serie ist wunderschön geschrieben und herrlich scharf. Sie hat es einfach drauf, was die Handlung betrifft als auch den Sex. Ich liebe es auch, wie Blake ihre großartigen Dom-Helden beschreibt – sie bringen mich dazu, böse, böse Dinge tun zu wollen. Ihre Heldinnen sind intelligente und mutige Damen, deren Vorliebe sich hinzugeben sie wahrhaftig nicht zu Luschen macht. Ich kann es kaum erwarten, das nächste Buch zu lesen!"
~Angela Knight, New York Times Bestsellerautorin

„*Ein Dom ist für die Ewigkeit* ist actiongeladen, sowohl innerhalb als auch außerhalb des Schlafzimmers. Es erwarten Sie Agenten, Spione, Waffen, Morde und viel Kink, wenn Liam dem mysteriösen Mr. Black nachgeht und über seine Vergangenheit und Zukunft fündig wird... Die Action und die Spionage heizen die Geschichte an, während der Sex und Kink ganz andere Arten von Interessen bedienen. Alles ist sehr ausgewogen und fließt wunderbar zusammen."
~A Night Owl "Top Pick", Terri, Night Owl Erotica

„*Ein Dom ist für die Ewigkeit* verkörpert alles, was einen erotischen Liebesroman ausmacht. Die Story ist tempogeladen und spannend, die Charaktere makelbehaftet, sorgen aber dafür, dass ich sie auf jedem Schritt und Tritt ihres Weges anfeure, und der Hitzefaktor ist unermesslich, dank eines bösen jungen Dom mit einer Vorliebe für Dirty Talk."
~Rho, The Romance Reviews

„Eine gute Lektüre, die mich auf Trab hielt, mich mutmaßen ließ bis zur großen Enthüllung und denken lässt, dass Überlebenstechniken ein Muss für alle Männer sein sollten."
~Chris, Night Owl Reviews

„Ich kann nicht genug bekommen von der HERREN UND DIENER-Serie! *Lieben und Sterben lassen* ist Lexi Blake in Bestform. Sie beschreibt erotische romantische Spannung wie keine andere, und ich bin immer hochgradig aufgeregt, wenn sie etwas Neues für uns hat! Intensiv, mitreißend und erotisch erfüllend, konnte ich dieses Buch nicht mehr weglegen."
~ Shayna Renee, Shayna Renee's Spicy Reads

„Einige Autoren und Serien stehen auf meiner permanenten Einkaufsliste. Lexi Blake und ihre Herren & Diener-Serie stehen ganz oben auf der Liste… Dieses Buch bot alles, was ich an einem Herren & Diener-Buch liebe – Alphamänner, heißen Sex und süße Liebe… Solange Ms. Blake weiterhin so hochwertige Bücher anbietet, bin ich sofort da, bereit zum Lesen."
~ Robin, Sizzling Hot Books

„Ich bin völlig in diese Serie verliebt. Spione, Spionage und Intrigen, geschnürt in ein heißes, dominant männliches Bündel. Alle Männer bei McKay-Taggart sind glühend heiß, und die Frauen sind wahnsinnig starke, sexy Subs."
~Kelley, Smut Book Junkie Book Reviews

Lieben und sterben lassen

Andere Bücher von Lexi Blake

ROMANTISCHE SPANNUNG

Herren und Diener
Der Dom, der mich liebte
Die Männer mit den goldenen Handschellen
Ein Dom für die Ewigkeit
Im Geheimdienste ihrer Herrschaft
Lieben und sterben lassen

Perfect Gentlemen (von Shayla Black und Lexi Blake)
Ein One-Night-Stand ist nicht genug
Ein Bodyguard für gewisse Stunden
Nur Rache ist süßer
Alte Sünden leben länger
Präsidenten sind zum Küssen da

LEXI BLAKE SCHREIBT ALS SOPHIE OAK

Die Sirenen von Texas
Treibjagd, Bald erhältlich

ROMANTIC SUSPENSE

Masters and Mercenaries
The Dom Who Loved Me
The Men With The Golden Cuffs
A Dom is Forever
On Her Master's Secret Service
Sanctum: A Masters and Mercenaries Novella
Love and Let Die
Unconditional: A Masters and Mercenaries Novella
Dungeon Royale
Dungeon Games: A Masters and Mercenaries Novella
A View to a Thrill
Cherished: A Masters and Mercenaries Novella

Bayou Beauty
Bayou Sweetheart, Coming July 26, 2022

Lawless
Ruthless
Satisfaction
Revenge

Courting Justice
Order of Protection
Evidence of Desire

Masters Of Ménage (by Shayla Black and Lexi Blake)
Their Virgin Captive
Their Virgin's Secret
Their Virgin Concubine
Their Virgin Princess
Their Virgin Hostage
Their Virgin Secretary
Their Virgin Mistress

The Perfect Gentlemen (by Shayla Black and Lexi Blake)
Scandal Never Sleeps
Seduction in Session
Big Easy Temptation
Smoke and Sin
At the Pleasure of the President

URBAN FANTASY

Thieves
Steal the Light
Steal the Day
Steal the Moon
Steal the Sun
Steal the Night
Ripper
Addict
Sleeper
Outcast

Stealing Summer
The Rebel Queen

LEXI BLAKE WRITING AS SOPHIE OAK

Texas Sirens
Small Town Siren
Siren in the City
Siren Enslaved
Siren Beloved
Siren in Waiting
Siren in Bloom
Siren Unleashed
Siren Reborn

Nights in Bliss, Colorado
Three to Ride
Two to Love
One to Keep
Lost in Bliss
Found in Bliss
Pure Bliss
Chasing Bliss
Once Upon a Time in Bliss
Back in Bliss
Sirens in Bliss
Happily Ever After in Bliss
Far from Bliss
Unexpected Bliss, Coming 2022

A Faery Story
Bound
Beast
Beauty

Standalone
Away From Me
Snowed In

Lieben und sterben lassen

Herren und Diener, Buch 5

Lexi Blake

Ins Deutsche übersetzt von Anna Buschmann

Lieben und sterben lassen
Herren und Diener, Buch 5
Lexi Blake

Herausgegeben von DLZ Entertainment LLC

Copyright 2013 DLZ Entertainment LLC
Redaktionell bearbeitet von Chloe Vale and Kasi Alexander
ISBN: 978-1-942297-66-6

Copyright 2020 der deutschsprachigen Ausgabe by Anna Buschmann
Ins Deutsche übersetzt von Anna Buschmann

McKay-Taggart-Logo entworfen von Charity Hendry

Danksagung

Ich möchte mehreren Menschen danken, ohne die in meinem Leben nichts funktioniert. Ich danke meiner Familie – meinem unglaublichen, mir seit zwanzig Jahren angetrauten Ehemann, meinen drei Kindern und meiner wunderbaren Mutter, die immer einspringt, wenn es nötig ist.

Dank an die besten Korrekturleser der Welt – Riane Holt und Stormy Pate. Und meinen lieben Freunden, Liz Berry und Kris Cook, die sich jede meiner Sorgen anhören und mir helfen, mich aufzubauen. Besonderen Dank an Shayla Black, denn mit ihr habe ich einige der Orte gesehen, die ich in diesem Buch beschreibe. Es ist so viel besser, die Welt mit einer geliebten Freundin an der Seite zu erleben.

Doch dieses Buch ist der Frau gewidmet, die mich schon die ganze Zeit begleitet, die Sophie mit mir angefangen hat und mir bis hierher gefolgt ist.

Dieses Buch ist liebevoll Chloe Vale gewidmet.

Prolog

London, England

„Mr. Taggart?"

Ian Taggart hörte, wie der Arzt etwas sagte, doch er konnte lediglich auf das Bild vor sich starren, das sich ihm darbot. Sie hatte noch gelebt, als er sie morgens verlassen hatte, und jetzt stand er in einem Leichenschauhaus eines Londoner Krankenhauses und betrachtete ihren Körper, der auf einem Metalltisch lag, mit dünnem Leintuch bedeckt. Er wollte das Glas zwischen ihnen zertrümmern. Wie war das möglich?

Charlotte konnte nicht tot sein. Nicht seine Charlie. Sie konnte nicht in diesem kalten Untersuchungsraum liegen, während er auf dem Flur stand und ihre Leiche anstarrte.

„Mr. Taggart?" Die Stimme des Mannes klang beunruhigter, sein Akzent verlor seine abgehackte Sprechweise und verriet, dass der Gerichtsmediziner vermutlich irgendwo vom Land kam. „Die Behörden werden mit Ihnen sprechen müssen."

Er wettete verfickt nochmal darauf, dass sie das täten. Sie würden mehr wollen, als nur mit ihm zu sprechen. Sie würden ihn verhaften. Sie würden ihn in eine Zelle sperren und ohne jegliche Verteidigung verharren lassen, und ihn dann still und seelenruhig erledigen, denn es handelte sich um eine Falle, dessen war er sich sicher. Es ging darum, ihn ganz verlässlich verwundbar zu machen.

Jemand hatte über die irische Mission gewusst. Sie hätte in wenigen Stunden beginnen sollen. Er wäre jetzt auf dem Weg nach Dublin gewesen, um sich mit einem G2-Team zu treffen, das sich vor Ort bereit hielt, einem Typ namens Liam und seinem Bruder, Rory.

Charlotte konnte nicht tot sein. Er hatte wenige Stunden zuvor Liebe mit ihr gemacht, war immer und immer wieder in ihren Körper gedrungen, während sie sich an ihn geklammert hatte. Sie war die stärkste Frau, die er je getroffen hatte, und es war ihm gelungen, sie zu zähmen. Er hatte es geschafft, ihr einen Ring an den Finger zu stecken und ihr ein Halsband anzulegen. Er hatte, gleich als er sie gesehen hatte, gewusst, dass sie zu ihm gehörte.

Mein. Sein ganzes verficktes Sein schrie noch immer nach ihr. Mein.

„Hören Sie, Mr. Taggart?" Ian vernahm die Stimme, doch sie schien von weit herzukommen, als spräche jemand aus großer Entfernung mit ihm.

Sein Blickfeld hatte sich auf eines verengt, alles andere um ihn herum ausblendend.

Gott, Sean wusste nicht einmal, dass er geheiratet hatte. Er hatte seinem Bruder nichts von der Hochzeit erzählt und jetzt war seine Frau tot. Sein Leben glich einem Schlachtfeld und er konnte seinen Bruder nicht erreichen. Sean steckte irgendwo in Afghanistan. Sean dachte, Ian befände sich mit einem Team im Irak. Sean wusste nicht mal, dass er für die CIA arbeitete. Keiner von ihnen wusste es. Alex mochte es vermuten, doch er fragte nicht danach.

Ließen sie es seinen Bruder überhaupt wissen, wenn er im Gefängnis starb, oder würde die US-Regierung alles vertuschen? Würde er überhaupt sterben oder würde er irgendwo Gott weiß wem überstellt werden?

Warum verfickt noch mal dachte er so? Er musste sich bewegen. Er musste verfickt nochmal von hier verschwinden. Er musste...

Er musste bei ihr sein.

Einer der medizinisch-technischen Assistenten kam herein und machte sich daran, den Schubkasten mit Charlottes Leichnam darin zu schließen. Sie würden sie später obduzieren in dem Versuch zu beweisen, dass es Ian Taggart gewesen sei, der seine Frau getötet hatte. Ian zweifelte nicht daran, dass sie alle möglichen Arten von Beweisen gegen ihn vorbrächten.

„Mach das verfickt nochmal nicht zu!" Er schlug mit der Faust gegen das Glas, doch es zerbrach nicht, wie er gehofft hatte. Es hielt dem stand. Der Techniker sah jedoch aus, als hätte er sich fast in die Hose gemacht.

Und das Leben Charlottes war für immer erloschen

„Sie mag keine geschlossenen Räume." Ihr bereiteten extrem enge Räume schreckliche Angst. Etwas aus ihrer Kindheit. Ihr Vater war ein kontrollsüchtiges Arschloch gewesen, der seine Töchter gequält und unter anderem damit malträtiert hatte, sie in enge Räume zu sperren. Charlotte hatte es sogar gehasst, einen Fahrstuhl benutzen zu müssen.

Bis er seine Arme um sie geschlungen hatte und sie ihre Augen an seiner Brust verbergen konnte. Zuerst hatte er sich gefragt, ob das alles nur ein Spiel gewesen sei, eine Möglichkeit, ihn zu verführen. Sie hatte ihn, wie es schien, so leicht durchschaut, doch es hatte echte Angst in ihren Augen gelegen und ihr Puls hatte sich beschleunigt.

Mit dir ist alles anders, Gebieter. Bei dir fühle ich mich sicher. Sag mir, dass ich mich bei dir sicher fühlen kann, Ian.

Charlotte war tot. Er hatte sie in sein Leben gelassen und jetzt war sie tot. Sie war bei ihm alles andere als sicher gewesen.

„Mr. Taggart, die Polizei ist hier. Sie müssen sie jetzt begleiten."

Die Polizei hatte ihn ins Krankenhaus begleitet, ein paar Bobbys, die ihn mit gewissem Respekt behandelt hatten, aber er hegte keinen Zweifel, dass er bald Besuch von Detektives von New Scotland Yard bekäme. Sie gingen nicht so vorsichtig mit ihm um. Oder ganz andere Leute tauchten auf, die Art von Männern, die sich nicht beschränken müssten, wie sie einen Verdächtigen behandelten. Männer wie Ian selbst.

Gott, sie sah immer noch so verdammt reizend aus. Ihre Haut war blass, doch sie war immer blass gewesen. Es ergab keinen Sinn. Sie musste aufstehen. Sie müssten gemeinsam von hier verschwinden.

Er liebte sie.

Wenn er mit der Polizei mitginge, könnte er vielleicht wieder mit ihr zusammen sein. Vielleicht stimmte der ganze Scheiß mit dem Himmel und er könnte Charlie wiedersehen. Vielleicht könnte er alles hinter sich lassen – all die Lügen und Machenschaften.

Mit Charlotte war er ein anderer Mann gewesen, ein weicherer Mann, ein Mann, der vielleicht eine Zukunft gehabt hätte.

Gott, er hatte sogar auf eine diffuse, undefinierbare Weise über Kinder nachgedacht. Ihm war eine flüchtige Vision vorgeschwebt, wie süß seine Charlie mit einem Baby in ihren Armen ausgesehen hätte.

Etwas berührte seine rechte Schulter und er reagierte, ohne nachzudenken, sein Ellbogen kam hoch und schlug nach hinten. Er spürte dessen Wirkung, hörte das knackende Geräusch von nachgebendem Knorpelgewebe und dann ein Hagel an Schimpfwörtern, als die Schlagstöcke zum Vorschein kamen.

Er nahm die Hände hoch, sich diesem speziellen Kampf ergebend. Er wollte verfickt sicher nicht in einem gottverdammten Leichenschauhaus zu Boden gebracht werden.

Oh, Gott, er verließ seine Frau in einem Leichenschauhaus.

Er zwang sich, den Schmerz zu unterdrücken. Jemand hatte Charlotte getötet und es hing wahrscheinlich mit der Operation zusammen, an der er arbeitete. Er war einem russischen Staatsbürger auf der Spur, der versuchte, an nukleares Material zu kommen. Charlotte hatte Verbindungen zur russischen Mafia. Sie hatte nicht versucht, es vor ihm zu verheimlichen. Sie war in dem Club aufgetaucht, wo er spielte, während er in Paris beruflich zu tun hatte und es als eine angenehme Möglichkeit empfand, ein paar Wochen mit ihr zu verbringen und Informationen zu sammeln. Er hielt den Sex mit ihr für eine kurzweilige Sache, doch dann war irgendwie mehr daraus geworden. Dann hatte er sie mit nach London genommen und sie war zu seiner Geliebten geworden, seiner Frau, seiner Sub.

Jetzt stellte sie seinen alleinigen Fehler dar, und jemand würde dafür bezahlen.

Er ging zu Boden, denn es gab nichts anderes für ihn zu tun, als sich hier und jetzt zu fügen. Der Saal war zu überfüllt, um etwas zu unternehmen. Sobald sie ihm Handschellen angelegt hatten, wäre er nur noch in der Lage mit den Beinen zu arbeiten, wobei er schon in schlimmere Situationen geraten war. Er ließe es nicht zu, dass sie ihn in eine Zelle steckten. Sobald er in einer Zelle säße, wäre er leichte Beute.

Eine Million Szenarien gingen ihm durch den Kopf, doch letzten Endes war er allein. Es war seine Operation gewesen und er hatte sie verkackt.

Kaltes Metall umschloss seine Handgelenke und er ließ den Körper einfach absacken. Die Polizisten hatten damit zu kämpfen, seine einsachtundneunzig große Gestalt wieder aufzurichten, doch er wäre ihnen nicht behilflich. Auf keinen verfickten Fall. Ein müder Polizist war einer, vor dem er entkommen konnte. Er ließe sich von den Scheißkerlen den ganzen Weg schleppen.

Ein Mann in Anzug und Krawatte trat hinzu. Er unterschied sich von den Polizisten, doch es bestand kein Zweifel an seiner Autorität. Er hatte einen Partner dabei, einen etwas kleineren Mann, zwar groß, aber schlanker. Sie zogen Dienstmarken hervor, ihre Legitimation zur Schau stellend.

Ah, Scotland Yard trat endlich in Erscheinung. Diese Männer sahen so aus, als hätten sie etwas drauf. Das waren keine dickwanstigen, abgehalfterten Detectives, die sich auf den Weg in den Ruhestand befanden. Nein. Das waren Raubtiere.

Vielleicht gehörten sie tatsächlich Scotland Yard an, vielleicht aber auch nicht. Er war im Begriff, es auf die eine oder andere Weise herauszufinden.

Die CIA würde jegliche Kenntnis von ihm abstreiten. Er war völlig auf sich allein gestellt. Sein Bruder hatte keine Ahnung, wo er war. Sein bester Freund war in Washington, für das FBI tätig.

Ian Taggart verschwände im System und ein anderer Agent nähme seinen Platz ein.

Nach einigen Augenblicken der Kontroverse trat der größere der beiden Männer vor, das Recht auf den bevorstehenden Preis erlangt zu haben – ihn.

„Kommen Sie mit mir", sagte der große Mann mit elegantem britischen Akzent. Ian wettete, dass er seinen vollkommen schrecklich vornehmen Ton beibehielte, auch wenn er wütend war. Er hatte eine aristokratische Erscheinung an sich.

Er musste fliehen. Er musste einen Weg finden, um zu seinen Kontakten zu gelangen.

Ian sah zurück zur Scheibe, als sie begannen, ihn wegzuzerren, doch der kleine Wichser von Techniker hatte die Schublade geschlossen, Charlotte von ihm weggesperrt.

Er war wie benebelt. Seine Augen schienen nicht mehr

funktionieren zu wollen. Sein Magen drehte sich im Kreis. Er wollte sie nicht zurücklassen. Wie sollte er sie verfickt nochmal zurücklassen?

Er rang mit sich, sein Verstand rückte ab. Er musste sie wieder halten. Er musste sich sicher sein. Dinge in seiner Welt konnten verfälscht sein, manipuliert.

„Noch ein kleines Stück weiter, Kumpel." Der Mann, neben dem er lief, sah nichts anderes außer Richtung Fahrstuhl. „Und versuchen Sie verdammt noch mal nichts anderes. Ich hatte eine ziemlich harte Nacht und würd' gern unverletzt nach Hause kommen. Ich glaub', mein Führungsoffizier zöge es vor, derjenige zu sein, der mich auseinander nimmt."

Sein Partner trat neben ihn, ein Lächeln im Gesicht, als er einer der Krankenschwestern zuzwinkerte. „Oh, bist du aber ein hübscher kleiner Vogel. Bist du dir sicher, dass wir keine Minute Zeit haben, Damon? Ich brauch' nicht lange und der Ami da sieht aus, als könnte er eine kleine Pause gebrauchen."

Eine Sache war glatt über die Bühne gegangen. Eine verfickte Sache. Die Fahrstuhltüren öffneten sich mit einem Läuten. „Sie sind vom Ml6."

Der Dunkelhaarige tippte sich an den Kopf. „Selbstverständlich. Hätten früher hier sein sollen, Kollege, doch mein Partner besteht auf seinen Nachmittagstee. Mein Name ist Damon Knight."

„Und ich bin Basil Champion der Dritte, dessen Charme offensichtlich dreimal so ausgeprägt ist. Sie können mich Baz nennen. Ich denke, wir werden ein bisschen Zeit miteinander verbringen. Wir sind auf Schwierigkeiten mit dem Iren gestoßen. Sie steigen in den Aufzug, bevor die Polizei noch herausfindet, dass wir nicht wirklich von Scotland Yard sind, sonst sind wir alle gefickt."

Sie betraten alle den Aufzug.

Damon Knight betätigte den Knopf, der sie nach oben fuhr und drehte sich zu ihm um. „Was wissen Sie über einen Mann namens Liam O'Donnell?"

O'Donnell war ein irischer Agent, eben genau der, den er für das Treffen mit dem Russen ausgesucht hatte. Er fühlte sich benommen, doch sah sich veranlasst, die Frage zu stellen. „Was ist schief gelaufen?"

„Alles."

Die Türen schlossen sich, und trotz der Tatsache, dass sich zwei weitere Männer bei ihm befanden, wusste Ian plötzlich, dass er immer allein sein würde.

* * * *

Charlotte Dennis erwachte langsam in völliger Dunkelheit. Für einen Moment dachte sie, blind geworden zu sein. Die von ihr eingenommenen Medikamente wiesen zahlreiche fürchterliche Nebenwirkungen auf. Vielleicht war es eines davon. Der Schmerz in ihrer Schulter jedoch war eine reine Schusswunde. *Fuck*. Hatten sie die Kugel bereits entfernt? Sie wusste, dass sie sie eine Weile hatten drin lassen müssen. Hätten sie die verfickte Kugel rausgenommen, hätten sie vielleicht bemerkt, dass sie noch blutete. Leichen bluteten nicht. Sie war sich sicher, dass ihr jemand ein Medikament verabreicht hatte, um die Blutung zu stoppen, doch durch das Entfernen der Kugel hätte die Blutung wieder eingesetzt. Blutete sie noch? War sie noch immer von Metall durchbohrt?

Gott, sie hatte solche Schmerzen, und der Schmerz in ihrem Herzen war noch schlimmer als der ihrer Schusswunde.

„Hallo?"

Jemand sollte hier sein, um sie zu Chelsea zu bringen. Sie und Chelsea sollten jetzt von ihrem Vater befreit sein.

„Hallo?" Sie fühlte sich schwach, doch ihr Körper war dem Tod so nahe gewesen, dass niemand vermutete, dass sie noch lebte.

Wo war Ian jetzt? Hatten sie ihn verhaftet? Sie war nicht blöd. Sie wusste, was Eli Nelson versuchte. Er wollte einen CIA-Agenten „ablenken". Welch bessere Möglichkeit gäbe es, um ihn abzulenken, als ihn zu töten?

Das Problem war, ihr Mann war verdammt schwer zu töten.

Gott, wenn sie herausfände, dass er verhaftet und in der Haft getötet worden war, würde sie sich wieder hinlegen und keine Drogen brauchen. Sie würde sterben, einfach dahinsiechen.

Warum war es Ian Taggart, der für sie der Einzige auf der Welt war?

Charlie holte tief Luft, ihr Kopf war immer noch schwer. Sie musste zu ihrer Schwester gelangen. Sie hatte Chelsea seit Monaten nicht mehr gesehen. Was, wenn ihr Vater ihr wieder wehgetan hatte? Was, wenn er sie getötet hatte? Sie musste Chelsea sehen, um sich sicher sein zu können, dass sie am Leben war.

Und sie musste Ian retten. Sie musste einen Weg finden.

Doch zuerst musste sie den Lichtschalter finden.

Sie versuchte, ihren gesunden Arm zu bewegen und fühlte kaltes Metall an den Fingerspitzen. Ihre Hände begannen auf eine Weise zu zittern, die nichts mit den Medikamenten zu tun hatte, die sie eingenommen hatte.

Das Licht im Zimmer war nicht aus. Sie befand sich in keinem Zimmer.

Sie streckte die Hand, verzweifelt prüfend, dass ihre Instinkte falsch waren, verzweifelnd prüfend, nicht in einem Kasten gefangen zu sein.

Das Einzige, was sie vorfand, war noch mehr Metall. Sie war in keinem Kasten gefangen. Sie war in einem Sarg gefangen.

Der Schrei, den sie ausstieß, hätte ihr Trommelfell fast zum Platzen gebracht. Sie war wieder vierzehn Jahre alt und in dem Kasten gefangen, in den ihr Vater sie einschloss, wenn sie sich auflehnte. Manchmal war sie in dem Kasten nicht allein gewesen. Manchmal war es einer Ratte oder Schlange gelungen, sich hinein zu verirren, und Charlie hatte sie mit den Händen oder Füßen töten müssen. Sie erinnerte sich noch gut an die Schlange, die sie immer und immer wieder gebissen hatte, bevor es ihr gelungen war, sie zu töten. Zum Glück war sie nicht giftig gewesen, doch das hatte sie nicht gewusst.

Sie schlug mit den Händen gegen die Wände, die sie in Besitz hielten, und schrie genauso, wie sie es als Kind getan hatte.

Nein. Nicht genauso, denn jetzt schrie sie einen Namen heraus.

Jetzt schrie sie nach ihrem Ehemann. Dem Ehemann, den sie betrogen hatte.

Sie fühlte, wie ihr ganzer Körper zurückschreckte, und dann durchflutete Licht ihre Sicht.

„Halt die Klappe, Charlotte, oder du siehst deine Schwester nie wieder. Du wirst sie nicht sehen können, wenn ich dich töten muss."

Sie schwieg sofort. Sie hatte alles für Chelsea aufgegeben. Alles. Denn Ian Taggart war ihr ein und alles geworden. Tränen verwischten ihr die Sicht, als sie langsam Formen erkannte. Eine dunkle Gestalt ragte über ihr auf.

Sie zwang sich, sich aufzusetzen, jeder Muskel schmerzte und verkrampfte sich. Ihr Magen drehte sich um und plötzlich stand ein Mülleimer vor ihr, als sie zu würgen begann.

Ein langer Seufzer war zu hören. „Das machen die Drogen mit dir. Eine unschöne Nebenwirkung."

Eli Nelson, der Mann, der ihr versprochen hatte, sie am Leben zu halten, wenn sie nur diesen einen klitzekleinen Job für ihn erledigte, stand neben ihr in einem Anzug, der ein Minimum an Aufmerksamkeit auf sich ziehen sollte. Alles an diesem Mann war darauf ausgerichtet, ihn möglichst unscheinbar und gewöhnlich aussehen zu lassen. Von seiner durchschnittlichen Größe bis hin zu seinem unauffälligen Haar ging er in der Menge unter.

Sie war zu dem Entschluss gekommen, Eli Nelson war der Teufel.

Sie entleerte ihren Magen und drehte sich herum, die Beine in der Luft baumeln lassend. Sie schaute auf ihre linke Schulter hinab. Ein Verband war darum gewickelt.

„Ja, Liebes, ich hab' gedacht, ich lass' die Kugel lieber herausnehmen, bevor du aufwachst. Ich konnte nicht zulassen, dass du unfähig wärst zu laufen. Der Schmerz muss unerträglich sein. Ich gratuliere dir zu deiner Tapferkeit."

„Wer hat sie rausgenommen? Sie haben's verkackt." Jetzt hatte sie eine weitere Narbe auf einem Körper, der übersäht von ihnen war.

Nelsons Mundwinkel verzogen sich zu einer scheußlichen Imitation eines Lächelns. „Ich hab' das geregelt. Ich wollte keine lästigen Beweise hinterlassen. Hier gibt es jemanden, der eingeweiht ist und mich rein ließ, nachdem alle Formalitäten erledigt waren. Die Nähte mögen nicht makellos sein, doch sie haben ihren Zweck erfüllt."

Gott, hörte sie jemals auf zu zittern? Es war so kalt. War es wirklich schon Stunden her, dass sie sich in Ians Armen warm gesonnen hatte? Jetzt war sie hier. Sie erkannte, wo sie war.

In einem Leichenschauhaus.

Sie war in einem Leichenschauhaus, weil sie gestorben war und jetzt wieder unter den Lebenden wandelte. Lazarus in Stöckelschuhen. Ihre Kleidung war voller Blut. Was zur Hölle hatte sie vor? Sie konnte jetzt nicht an die Zukunft denken. Das Einzige, was zählte, war die Antwort auf eine Frage. „Wo ist Chelsea?"

Nelson gestikulierte zu jemandem hinter ihm und die Tür öffnete sich.

„Charlotte." Ihre kleine Schwester schlurfte herein, ihre Orthesen schleiften über den Boden.

Chelsea war ganze zweiundzwanzig Jahre alt, doch sie wirkte so viel jünger. Sie war dünn und schwach, weil ihr Vater sie in diesem Zustand hielt. Chelsea diente ihrem Vater lediglich als Handlanger, um Charlie dazu zu bringen, das zu tun, was er wollte. Trotz der Tatsache, dass sie eigentlich erwachsen waren, herrschte ihr Vater immer noch mit eiserner Hand über sie. Nachdem er sie aufgespürt und von Mama verschleppt hatte, hatte er es ihnen unmöglich gemacht, Russland zu verlassen. Bis Eli Nelson mit seinem Teufelspakt aufgetaucht war. Jetzt war Chelsea hier und sie konnten fliehen. Sie konnten sich verstecken.

Würde er sie finden?

„Dein Vater ist tot", sagte Nelson freiheraus. „Ich hab' meinen Teil der Abmachung eingehalten. Der MI6 wird seine Leiche vermutlich in ein paar Tagen finden und sie werden glauben, dass alles vorbei ist. Bis sie schließlich herausfinden, dass es nicht dein lieber Papa war, der versucht hat, an Uran zu kommen, doch für den Moment werden sie glauben, was ich sie glauben lasse. Ich danke dir, meine Liebe. Das kleine Chaos wäre ohne dich nicht möglich gewesen."

Mit zitternden Händen ergriff sie ihre Schwester, sie hinter sich ziehend, falls nun alles vor die Hunde ging. „Das versteh' ich nicht."

Nelson zuckte leicht mit den Schultern. „Das musst du auch nicht. Du hast halbwegs gute Arbeit geleistet, indem du Taggart an seinem Schwanz herumgeführt hast, und das weiß ich zu schätzen. Du siehst mich an, als wollte ich dich gleich umbringen. Wenn ich dich töten wollte, hätte ich deinen Tod nicht vorgetäuscht. Ich hätte ihn in die Tat umgesetzt. Verstehst du, wie vielschichtig das alles war? Nein, meine Liebe, ich will dich lebendig. Du hast dich als sehr tatkräftig erwiesen, als es um die Informationsbeschaffung ging. Ich könnte dich in Zukunft noch gebrauchen. Ich möchte sogar, dass du damit beginnst, einige Schlüsselfiguren zu verfolgen, einschließlich deines Geliebten."

Ian. Ian war nicht tot. Sie atmete tief vor Erleichterung auf. Wäre Ian tot gewesen, hätte es durchaus sein können, dass sie in den sargähnlichen Kasten zurück gekrochen wäre und sich dem Wahnsinn hingegeben hätte. „Ich dachte, dies sei ein Spiel, um ihn zu töten."

Nelson gluckste. „Oh, nein. Ich opfere nie eine Spielfigur, wenn ich nicht muss. Zum gegenwärtigen Zeitpunkt sind unsere gemeinsamen Arbeitgeber so intensiv mit Mr. Taggarts Falls befasst, dass sie mich aus den Augen verloren haben, und so soll es eine Weile sein. Ich hab' Pläne für Mr. Taggarts Agenten, die erfordern, dass seine Aufmerksamkeit auf andere Bereiche gelenkt wird. Nicht, dass Sie wissen müssten, wie meine Pläne genau aussehen."

Nein. Sie war nur eine seiner Schachfiguren, genau wie für ihren Vater.

Nelson reichte ihr einen Satz Schlüssel. „Es befindet sich ein BMW auf dem Parkplatz mit neuen Pässen, Flugtickets und einer Aktentasche mit fünfzigtausend Dollar darin. Benachrichtige mich, wenn du dich in den Staaten niedergelassen hast. Ich erwarte große Dinge von dir, Charlotte Dennis."

Sie hätte es fast gesagt, ihn beinahe korrigiert. Ihr Name war Taggart. Zweiunddreißig Tage lang war sie Charlotte Marie Taggart gewesen und sie hieße niemals anders, denn sie nähme sich niemals einen anderen Mann. Sie gehörte zu ihrem Gebieter, und das für immer.

Nelson drehte sich um und lief zur Tür hinaus. „Du solltest dich beeilen, Liebes. Deine Leiche wird bald vermisst werden. Es geschieht nicht alle Tage, vermisst zu werden. Ich hab' genug Beweise hinterlassen, die zu deinem Mann oder deiner Familie führen, die dich so sehr geliebt haben. Ich wollte nicht, dass Taggart am Ende doch zu viele Fragen stellt. Scotland Yard wird Taggart verdächtigen und Taggart wird deinen kürzlich verstorbenen Vater und seine Männer im Verdacht haben. Ich vermute, den lieben alten Vater geschont zu haben. Ich hab' ihm die Kehle aufgeschlitzt. Es ist eine recht schnelle und solide Art zu sterben. Ich wette, Taggart hätte es noch ein wenig mehr hinausgezögert."

Er pfiff, als er sich selbst aus der Leichenhalle entließ, seine Kumpanen im Schlepptau. Die Tür schloss sich zischend und sie waren allein.

„Charlotte, bist du in Ordnung?" Sie stellte die Frage in der Sprache ihrer Kindheit, in der Sprache ihrer Mutter – Englisch. Ihre Mutter hatte sie auf amerikanische Namen taufen lassen. Es war ihr gelungen zu fliehen, über Jahre hinweg zu entkommen, bevor ihr Vater sie wieder aufgespürt hatte. Jahrelang hatten sie nur Russisch gesprochen. Außer in ihren Geheimverstecken. Wenn sie allein waren, hatten sie ihr Englisch gepflegt. Ihre eigentliche Sprache. Wenn sie sie hörte, wusste sie, dass sie in Sicherheit war.

Chelsea. Sie musste an Chelsea denken. Chelsea war absolut hilflos und ihr Mann konnte auf sich selbst Acht geben. „Wir müssen los. Er hat Recht. Ich darf hier nicht entdeckt werden."

„Sie haben den Nachtwächter betäubt und anscheinend stehen einige von Nelsons Angestellten auf seiner Gehaltsliste. Wir haben ein paar Minuten. Ist dein Arm okay?"

„Ich glaub', es geht." Sie wären ein sonderbares Paar. Chelsea mit ihrem hinkenden Gang und sie mit ihrer Schusswunde im Arm. Ja, sie stellten eine leibhaftige Bedrohung dar.

„Charlotte, denkst du wirklich, dass er tot ist?", fragte Chelsea, die Frage erklang durch den fast ganz stillen Raum.

Vladimir Denisovitch. Ihr Vater. Der sie Misshandelnde. Der Mann, der Chelsea so heftig geschlagen hatte, dass ihre Beine nie wieder so funktionierten wie früher. Der, der Charlotte zu einer ausgebildeten Killerin gemacht hatte, weil niemand ein so liebliches Mädchen verdächtigte. „Ich weiß es nicht."

Sie glaubte es nicht, bis sie es mit eigenen Augen sah. Der Tod ihres Vaters löste jedoch nur eines ihrer Probleme. Er ergaben sich vermutlich hundert weitere, darunter die Tatsache, dass ihr Mann sie letztendlich verdächtigte, ihn angelogen zu haben. Sie hatte so hart daran gearbeitet, sein Vertrauen zu gewinnen, und nun war alles zerbrochen.

„Gehen wir zurück in die Staaten? Ich will nach Hause, Charlotte. Nicht dahin, wo wir gelebt haben, einfach nach Amerika zurück. Doch was ist, wenn Papas Männer uns finden?"

„Dann müssen wir sie töten."

Chelsea sah zu ihr auf, und zum ersten Mal wart Charlie der tiefen Kraft in den Augen ihrer Schwester gewahr. So lange war Chelsea ihr zur Last gefallen. Sie liebte ihre Schwester. Sie hatte auch die meiste Zeit ihres Lebens für sie geopfert. Doch jetzt nahm Chelsea ihre Hände und hielt sie ruhig fest. „Hast du diesen Mann wirklich geheiratet? Ian Taggart?"

„Ich liebe ihn." Wenigstens ein Mensch auf der Welt sollte die Wahrheit erfahren. „Das wollte ich nicht. Es war dumm, aber ich liebe ihn."

„Können wir zu ihm?"

Und riskieren, dass Nelson sie alle ausschaltete? Gott, spräche Ian überhaupt noch ein Wort mit ihr, nach all dem, was sie getan hatte? „Das denk' ich nicht. Ich weiß nicht mal, wo er ist. Ich weiß nicht, warum Nelson denkt, dass ich ihn aufspüren kann. Ian ist ein Agent und ein verdammt guter noch dazu. Ich glaub', ich brauche Zeit, um das alles zu verstehen."

Sie musste eine Möglichkeit finden, seiner wieder würdig zu sein. Wenn sie jetzt in sein Leben zurückkehrte, mochte er sie tatsächlich töten. Ihr Mann war ein gefährlicher Mann, und sie hatte ihn und seine gesamte Operation in Gefahr gebracht. Er nähme das nicht auf die leichte Schulter. Es gäbe kein lockeres Spanking, gefolgt von einem aufgesparten Orgasmus.

Nein, seine Sub hatten ihn betrogen. Er vertraute ihr nicht nochmal.

Es sei denn, sie fände einen Weg, es wiedergutzumachen.

Chelseas Gesicht bekam einen hartnäckigen Ausdruck. „Dann nehmen wir uns Zeit, bis wir stark genug sind. Ich will jetzt stark sein. Ich hab' über einiges nachgedacht. Wir haben versucht, dieser Welt zu entkommen, doch das können wir nicht. Es wird uns immer wieder verfolgen. Wir werden immer die Töchter von Denisovitch sein. Wir können unseren Nachnamen so sehr verkürzen und amerikanisieren, wie wir wollen. Männer wie Nelson werden immer Bescheid wissen und versuchen, aus uns Nutzen zu ziehen."

„Wir müssen uns fernhalten." Sie hatte jahrelang versucht, dem zu entkommen, doch sie hatte für alles Berühmtheit erlangt, was ihr Vater ihr beigebracht hatte. Er hatte sie im Alter von dreizehn Jahren wieder aufgespürt und nicht lange gewartet, sie darin zu unterrichten, was es hieß, seine Tochter zu sein. Er hatte keine Söhne bekommen, also hatte er Charlotte wie einen behandelt. Sie hatte ihr ersten Betrug großen Stils mit vierzehn Jahren begangen. Mit fünfzehn hatte sie ihren ersten Mord begangen. Raubte eine Bank zum ersten Mal an ihrem siebzehnten Geburtstag aus. All das hatte sie getan, weil ihr Vater sie sonst umgebracht hätte, doch die Erinnerung daran lag ihr trotzdem schwer auf der Seele.

Und mit sechsundzwanzig Jahren hatte sie endlich begriffen, was

Liebe ist, als ein Mann, einem Wikinger gleich, sie in seine Arme geschlossen und sie in eine ganz neue Welt geführt hatte. Eine Welt, in der sie so viel Vertrauen genoss, um sich ihm ganz zu unterwerfen.

„Er wird es nicht zulassen. Du hast gehört, was er gesagt hat. Er erwartet deinen Anruf."

Charlie nickte. „Ja. Meinen. Nicht deinen. Wenn wir zurück in den Staaten sind, gehst du aufs College und ich kümmer' mich darum."

Ihre Schwester hielt sich am Tisch fest und sah ihr tief in die Augen. „Ich hab's satt zuzulassen, dass du dein Leben ruinierst. Hör mir jetzt mal genau zu. Ich weiß, dass du denkst, ich sei ein Krüppel, der zu nichts fähig ist."

„Chelsea, nein." Ihre Schwester war gebrechlich, doch sie hatte nie beabsichtigt, dass sie sich deswegen schlecht fühlte. Seit ihre Mutter getötet worden war, bedeutete Chelsea ihr ihr ganzes Leben.

Sie schüttelte den Kopf. „Doch, so siehst du mich, und ich habe mich bis jetzt auch so verhalten. Wie eine verängstigte Maus. Ich hab's zugelassen, dass du alles für mich aufgegeben hast. Doch jetzt ist Schluss. Wenn wir zu Hause sind, werd' ich dir helfen. Ich hab' in den letzten Jahren viel gelernt. Papa hat mir beigebracht, wie ich mich in Systeme hacken kann. Ich bin echt gut darin. Ich kann auch Programme schreiben. Ich kann dir behilflich sein."

„Das sollst du nicht." Sie hatte versucht, ihrer Schwester zuliebe dieser Welt zu entfliehen.

„Und du sollst nicht den Mann verlieren, den du liebst, doch damit muss ich jetzt fertig werden, oder? Nein, wenn wir vor dieser Welt nicht fliehen können, dann gibt es nur eins zu tun."

Ihr Herz verhärtete sich leicht, als sie die Wahrheit in den Worten ihrer Schwester erkannte. „Wir müssen sie beherrschen."

„Diese Welt ist auf Informationen angewiesen", sagte Chelsea, ihre Stimme voller Leidenschaft. „Also werden wir dessen Zentrum. Wir benutzen sie so, wie sie uns benutzt haben."

Sie kam auf die Beine, ihre Schwester stand unverändert bei ihr. Sie waren einfach nur zwei junge Frauen, die gegen eine Welt verdeckter Operationen und von Geld getriebener Kriminalität kämpften.

Plötzlich wusste sie, dass sie gewinnen würde. Sie würde ihren Mann zurückbekommen und jeden zu Fall bringen, der versuchte, sie aufzuhalten. Optimismus. Den musste sie haben. Sie musste daran glauben, dass sie zu allem fähig war, wenn es sein müsste.

Wenn es eins gab, das sie in ihrem Leben gelernt hatte, dann, dass die Welt ein Spiel war.

Sie würde gewinnen, oder sterben.

Kapitel Eins

Dallas, TX
Fünf Jahre später

Ian Taggart schaute über den Tisch zu seiner bis dahin verstorbenen Frau und nahm die Veränderungen auf, die die letzten fünf Jahre mit sich gebracht hatten.

Sie war älter geworden. Um ihre Augen herum zogen sich nun feine Linien, die früher noch nicht dort gewesen waren. Ihr Haar war rötlich-blond, doch es sah sonderbar schön an ihr aus. Es passte zu ihren dunkelblauen Augen.

Der Tod war verdammt gut zu ihr gewesen. Sie war immer noch die atemberaubendste Frau, die er je gesehen hatte. Ihre Rückkehr von den Toten hatte mehr als nur seine Neugier geweckt.

Sein Schwanz war steinhart, doch er gäbe nicht nach. Ne. Diesmal nicht.

„Tetraodontidae?", fragte Ian nach einem äußerst langen und sehr angespannten Moment. Er war neugierig, womit sie ihren Tod vorgetäuscht hatte. Tetraodontidae war eine gute Option.

Sie war auf seiner Türschwelle aufgetaucht, mit strahlenden Augen und einem buschigen Pferdeschwanz, ihn ihren Gebieter nennend. Sie war durch sein unglaublich strenges Sicherheitssystem geschlüpft. Sein Bruder nannte ihn gerne paranoid, doch Ian kannte die Wahrheit. Die Welt war wahrhaftig darauf aus, ihn zu kriegen. Das war es, was mit Spionen passierte. Sie schafften es selten bis ins hohe Alter, selbst die, die sich zur Ruhe setzten.

Er hatte viele seiner Kollegen sterben sehen, manche unter Schmerzen und Folter. Dies war das erste Mal, dass eine von ihnen von der anderen Seite zurückkehrte. Klar, als er sie geheiratet hatte, war ihm nicht wirklich bewusst gewesen, dass sie eine Spionin war. Er hatte gewusst, dass etwas nicht mit ihr stimmte, doch er dachte, dass sie in Schwierigkeiten steckte. Er war ein Narr gewesen.

Er hatte sie aus reiner Höflichkeit hereingebeten. Und weil er herausbekommen wollte, was zur Hölle sie von ihm wollte.

Und weil er nicht anders gekonnt hatte. Fuck, er war zu nichts anderem fähig gewesen. Er mochte das Gefühl jetzt nicht mehr so wie damals. Von dem Moment an, als er sie sah, hatte er gewusst, dass er sie haben würde, koste es, was es wolle, und jenes Gefühl keimte von Neuem in ihm auf.

„Das Kugelfisch-Neurotoxin?" Sie schüttelte den Kopf. „Nein. Ich mein', ich glaub', es mag darauf basiert sein, doch es war eine Pille. Ich musste eine Pille nehmen, und dann war es wesentlich wie einzuschlafen."

Er nickte kurz. Als er begriff, dass tatsächlich Charlotte auf seiner Türschwelle stand, hatte er sich alles zusammengereimt. So ein Pech, dass er damals zu dumm war, nicht darauf zu setzen. „Ich hab' Gerüchte gehört, die CIA arbeite an einer Zombie-Droge. Ich bin wohl ausgestiegen, bevor ich sie wirklich hätte einnehmen müssen. Ich Glücklicher."

Eine Zombie-Droge kam zum Einsatz, um den Tod eines Agenten vorzutäuschen. Das Neurotoxin, das im gesamten Körper eines Kugelfisches vorkam, ließ einen Menschen reglos werden, nahezu atemlos. Das Opfer erschiene wie tot. Das Opfer endete auch fast immer tot, doch scheinbar hatte jemand da draußen die Mischung perfektioniert.

Sie schauderte. „Ich würde es nicht empfehlen."

„Und wo kam das Blut her?" Sie war voll davon gewesen. Er war voll davon gewesen. Manchmal roch er noch immer den kupferhaltigen

Geruch vermischt mit Lavendelseife, die sie für ihren Körper benutzte. Er hatte den Duft von Lavendel bis zu diesem Tag geliebt.

„Oh, er hat wirklich auf mich geschossen. Er hat mir die Droge verabreicht und dann abgedrückt." Sie schob den Ausschnitt ihrer Bluse hoch zu ihrer Schulter, die faltige Narbe unterm linken Schlüsselbein sichtbar werdend. „Es war so nah dran, dass du leicht glauben konntest, das Blut sei von meinem Herzen gekommen."

Er wollte den Stoff wegschieben und sich jeden Zentimeter ihrer Haut genau ansehen, nach neuen Narben suchen, die sie bedeckten, und mit den Fingern über jene streichen, von denen sie bereits übersät gewesen war, als sie geheiratet hatten.

Bevor sie gestorben war. Bevor sie zurückgekehrt war.

Als er das erste Mal mit ihr schlief, hatte er gedacht, dass sie in der Vergangenheit einen schlechten Dom gehabt haben müsste. Sie wies mehr Narben auf als die meisten Männer, die er kannte, und sie waren Angehörige der Special Forces.

Vorerst begnügte er sich damit, Antworten auf seine Fragen zu bekommen. Er gäbe nicht dem herzzerreißenden Adrenalin nach, sie zurückzuhaben. Sein erster Instinkt war gewesen, sich um sie zu schlingen und sie nie wieder loszulassen. Sein zweiter, sie in den Kerker zu zerren und all seine Wut an ihr rauszulassen. Aber nein. Er täte weder das eine noch das andere während dieses Gesprächs. Er betrachtete es als eine Nachbesprechung nach einer Operation. Es war in etwas das, was er mit seinen Angestellten täte. Er setzte sich mit ihnen hin und ging eine Million Fragen durch, um herauszufinden, wie die Wichser alles verkackt haben konnten.

Diesmal war er es gewesen, der völlig aus der Spur geraten war, und er war äußerst neugierig zu erfahren, wie sehr genau.

„Wer?"

Charlotte runzelte die Stirn, als verliefe das ganze Treffen nicht so, wie sie es geplant hatte. Sie hatte zweifellos erwartet, dass er Instinkt Nummer eins nachgäbe. „Was meinst du damit, mit wem?"

Ihm gefiel die Tatsache, dass sie aus dem Gleichgewicht geriet. Sie bekam seine Ruhe dem Anschein nach nicht in den Griff. Er konnte es ihr nicht verübeln. Er hatte sich in ihrer Nähe immer wie ein idiotisch leidenschaftlicher Volltrottel benommen. Ihr war der wahre Ian Taggart unbekannt, der er vor seiner Heirat gewesen war und zu dem er nach vielen Jahren der Trauer zurückgefunden hatte. Er war kalt, ruhig und gelassen. Er war ein Profi. „Wer hat auf dich geschossen, Charlotte?"

Sie beschwichtigte ihn. „Es wird dir nicht gefallen, Gebieter."

„Ian, bitte. Ich bin nicht dein Gebieter, Schätzchen. Mir wär's lieber, du nennst mich bei meinem Vornamen. Ich behalte den Ehrentitel für Subs, die ich toppe." Er hielt seine Stimme auf gleichbleibend ruhigem Level, doch das Wort „Gebieter" tat etwas mit ihm, als es über ihre Lippen kam.

„Du wirst immer mein Gebieter sein", sagte sie, ihre Stimme süß und leicht traurig. „Und ich bin deine Sub."

„Da sind wir uns eindeutig einig, uneinig zu sein." Oder er legte sie sich übers Knie, ihr die Jeans über die Hüften gezogen, und sie kriegte wie blöd den Arsch voll. Charlotte steckte das weg. Charlotte sehnte sich danach.

Wer war es denn gewesen, der ihr so den Hintern versohlt, sie gefesselt und gefickt hatte, bis dass sie geschrien hatte? Unmöglich, dass sie davon hätte ablassen können.

„Gebieter, du musst mich anhören." Ihre blauen Augen baten ihn eindringlich darum. Es waren diese Augen gewesen, die ihn überhaupt erst so weit gebracht hatten. Oh, er hatte ihre Brüste und Hüften geliebt. Sie war von stabiler Figur, und das war es, worauf es ihm ankam. Er wollte eine Frau, die er stundenlang ficken konnte, ohne sich Sorgen machen zu müssen, dass sie zerbräche, ihre Augen jedoch waren auffallend. Ozeanblau, wie das Wasser in der Karibik, einen kristallklaren Himmel reflektierend. Er war in diese Augen hineingezogen worden.

„Ich hör' zu, Charlotte." Ihm kam ein Gedanke in den Sinn. „Ist das dein aktueller Name, oder soll ich dich Kristen nennen? Ich hab' keinen blassen Schimmer, wie du wirklich heißt."

Ihre Hände formten sich zu frustrierten Fäusten. Ah, ihre verräterischen Zeichen waren unverändert. Die Fäuste kamen immer dann zum Vorschein, wenn sie ihn für dickköpfig hielt. Sie mochte ihre Frisur geändert haben, doch er wusste noch immer, wie er sie kriegte.

„Ich bin Charlotte Dennis und das weißt du verdammt nochmal. Du hast mich beim ersten Mal gleich überprüft. Ich hab' bezüglich meiner Herkunft nie gelogen."

Er hob eine einzige Augenbraue.

Sie biss sich auf die Unterlippe, wandte unterwürfig den Blick ab. „Ich bitte um Entschuldigung, Gebieter. Ich hätte besser nicht fluchen sollen."

Er schüttelte es von sich. Es war nur Gewohnheit. Sie zu disziplinieren war eine Gewohnheit gewesen, genauso wie eben jene, wie sie zu seinen Füßen auf die Knie sank und ihre Wange an sein Bein schmiegte. So, wie er sich entspannen und nachdenken konnte, während er über ihr Haar streichelte und den Kontakt genoss, bevor er sie unweigerlich in seinen Schoß zog und begann, mit ihr Liebe zu machen.

Jo. Nur eine Gewohnheit. Er konnte mit Gewohnheiten brechen. Er hatte sie seit fünf Jahren nicht mehr gehabt, und hatte einwandfrei überlebt. „Fluch so viel du willst. Das täte ich vermutlich auch, nachdem mich mein Chef erschossen und mir dann Kugelfischgift verabreicht hätte. Glaubst du, er hat damit gerechnet, dass du überlebst?"

Er unterdrückte die Panik, die aufkam, als er sich vorstellte, jemand könnte auf sie schießen, ihr eine Dosis verabreichen und sie wie ein Opfer auf dem Boden ihrer Wohnung zurücklassen. Das Beschützen-Wollen war ebenfalls eine Gewohnheit. Sie war nicht sein, die es zu beschützen galt, und das war sie nie gewesen. Sie war auch nicht wirklich seine Sub gewesen. Sie hatte seine Gegnerin dargestellt, und die erste Runde war an sie gegangen.

Doch diese ginge nicht an sie.

„Er war nicht mein Boss, Babe. Er besaß etwas, das ich brauchte, und ich dachte, er sei der Einzige, der den Job erledigen könnte. Nachdem ich dich getroffen hab', ist mir klar geworden, wie dumm ich war." Ihre Augen füllten sich mit Tränen und sie machte Anstalten, ihn zu berühren. Er nahm die Hände weg und lehnte sich zurück, sich außer Reichweite haltend. „Ich hätte mit dir reden sollen, doch zu dem Zeitpunkt hatte der Mann, für den ich arbeitete, Chelsea bereits in seiner Gewalt. Nachdem er meinen Vater getötet hat, nahm er sie als Sicherheit, damit ich den Job erledigte. Ich konnte Chelsea nicht riskieren."

„Natürlich nicht." Er hatte keinen blassen Schimmer, wer Chelsea war. Vermutlich ihr Hund. „Ich hätt' gern einen Namen, Charlotte."

Sie spannte die Kiefer an und sah auf ihre Hände herab. „Chelsea ist der Name meiner Schwester. Ich weiß, ich hab' dir nicht von ihr erzählt, doch sie ist jünger als ich. Sie ist sehr...zerbrechlich. Erinnerst du dich daran, wie ich von meinem Vater erzählt habe?"

Ihr russischer Gangster-Dad. Ja, Vladimir Denisovitch. Er hatte ein etwa zwanzig Kilometer langes Vorstrafenregister in zweiundzwanzig verschiedenen Ländern angehäuft. Wäre er dem Brauch der russischen Mafia gefolgt, sich seine Verbrechen auf den Körper zu tätowieren, war sich Ian sicher, wäre kein Zentimeter Haut auf Vlads Fleisch mehr sichtbar gewesen. Doch die Verbrechen, die er an Charlotte begangen hatte, waren bei weitem schlimmer. Wie auch immer, es kümmerte Ian nicht mehr. „Ich hab' mich nach einem Namen erkundigt. Ich muss nichts von deiner Schwester wissen."

„Du wirst schwierig."

Er schüttelte den Kopf. „Überhaupt gar nicht. Wenn du nicht reden willst, steht es dir frei zu gehen. Daran ist überhaupt nichts schwierig."

Sie holte tief Luft, bevor sie sprach. „Ich sag's dir, doch ich bitte dich, ruhig zu bleiben."

Alles passte auf einmal zusammen. Es gab nur einen Namen, der ihm einfiel, der ihn absolut aus der Fassung brachte. Oder würde, wenn sie ihm noch was bedeutete. „Dann ist es wohl Eli Nelson. Das macht Sinn. Ich hätte mir denken können, ihn auf dem Grund dieses besonderen Scheißhaufens zu finden."

Nelson schien der Grund für jeglichen hässlichen Scheiß zu sein, der Ian damals widerfuhr.

Zu der Zeit, als er Charlotte kennenlernte, hatte Ian an einem komplizierten Fall gearbeitet, in den der irische Geheimdienst, G2, MI6 und angeblich ein russischer Terrorist verwickelt waren. Eli Nelson hatte für die CIA gearbeitet, doch der Fall war Ians Operation. Bedauerlicherweise war Ian von der reizenden Charlotte Dennis abgelenkt worden – so, wie Nelson es geplant hatte. Nelson war mit Inhaberbonds im Wert von einigen Millionen Dollar davongekommen und war zum Waffenhändler aufgestiegen.

Ian war verdammt noch mal aus der CIA ausgestiegen.

„Ich kannte dich noch nicht, als ich mich bereit erklärte, ihm zu helfen." Charlotte hielt die Tränen nicht auf, die ihr über die Wangen liefen. „Hab' dich nicht geliebt."

„Ja, das ist mir klar geworden, als du an meiner Tür aufgetaucht bist."

Ihr rotblondes Haar zitterte. Es stand ihr eigentlich ganz gut. Als er sie kennenlernte, hatte sie schwarze Haare. Es verlieh ihrer Haut mehr Wärme. „Nein, Gebieter. Ich meinte, hab' dich nicht geliebt, als die Operation begann. Das hat sich sehr schnell geändert. Bitte glaub' mir. Ich wollte dir nie wehtun. Gebieter, ich liebe dich so sehr. Ich habe fünf Jahre daran gearbeitet, zu dir zurückzukehren."

„Ein Flugticket hätte es getan. Du hättest es mit dem Flughafen versuchen sollen." Diese Schwachsinnsgeschichte kaufte er ihr nicht ab. „Mein Flug von London nach Dallas verlief reibungslos."

Natürlich hatte es sich um einen Privatjet gehandelt, denn der MI6 hatte den Tod seiner Frau vertuschen müssen. Damals glaubten sie, ihre Leiche sei verschwunden, weil die Russen versucht hatten, Ian schuldig aussehen und die ganze Operation im Chaos versinken zu lassen. Jetzt wusste er, dass es der gute alte Eli Nelson gewesen war, ein in Amerika aufgewachsener Penner und Allround-Krimineller.

Er fände Eli Nelson. Er wollte Eli Nelson aufschlitzen und mit seinen Eingeweiden spielen, während das Arschloch noch lebte und zusah. Er würde ihm ganz nach alter Schule an den Arsch gehen. Kein schickimicki Waterboarding für Nelson. Er schickte den Bastard nicht nach Guantanamo. Ganz einfach. Er hielte es ganz einfach. Nur er und ein Ballknebel und eines von Seans Filetiermessern. Er ließe seinen Bruder auch zum Zuge kommen. Sean genoss es vermutlich, Nelson zu kastrieren, seinen Schwanz zu sautieren und ihn damit zu füttern. Sie könnten ein Familienprojekt daraus machen. Vielleicht nähmen sie sich dafür ein Wochenende frei.

„Warum siehst du so glücklich aus, Gebieter?", fragte Charlotte. „Es macht mir Angst."

Er zwang sich, das Lächeln zu unterdrücken. In letzter Zeit machten ihn seine Rachefantasien weitaus glücklicher als die sexuellen.

Denn die sexuellen drehten sich alle nur um sie.

„Ich würd' dich ja gern um eine detaillierte Auflistung all dessen bitten, was du über Nelson weißt, doch ich könnte wohl kein Wort glauben, das dir über die Lippen kommt, oder? Vermutlich kann ich auch die E-Mail, die du mir geschickt hast, im Papierkorb verschwinden lassen." Kurz bevor er die Tür geöffnet hatte, war eine E-Mail mit allen möglichen Geheimdienst-Informationen über Eli Nelson eingegangen. Jetzt war sie nutzlos, denn sie war von ihr gekommen. Er war bereit, das Interview zu beenden. Es gab noch eine fünfzig Jahre alte Flasche Scotch, die seinen Namen rief. Wo war sein Telefon? Er brauchte etwas Musik.

„Ich werd' dir alles sagen, was du wissen willst. Ich hab' dir die E-Mail geschickt, weil ich dir helfen will, Nelson zu finden." Charlotte stand auf, bewegte sich um den Tisch herum und ging vor ihm auf die Knie. „Gebieter, ich weiß, dass ich einiges gutzumachen hab', doch das werd' ich. Ich werd' dir helfen. Das hab' ich bereits. Ich hab' Alex gerettet. Das tat ich für dich."

Er fühlte, wie er die Augen verengte. „Das ist korrekt. Du hast dich für Alex vor eine Kugel geworfen."

Sie spielte ein weitaus komplexeres Spiel, als er ihr zugetraut hätte.

Sie nickte. „Ja, und ich würd' es wieder tun, denn du liebst Alex und ich liebe dich. Ich hab' auf sie aufgepasst. Ich hab' sie wieder zusammengeführt. Denkst du, ich weiß nicht mehr, wie du über sie gesprochen hast? Du hast gewollt, dass wir alle nah beieinander lebten."

Sie hatten nachts im Bett gelegen, in der sie geheiratet hatten, und darüber geredet, zurück in die Staaten zu kehren. Er hatte nach Virginia ziehen wollen, um in Alex' und Eves Nähe zu sein. Es war Bettgeflüster gewesen, nicht mehr. Er hatte nichts davon ernst gemeint, was er gesagt hatte. Er hätte seine Karriere niemals für sie aufgegeben, um wie ein Trottel in der Vorstadt zu leben, im Garten Grillpartys zu feiern und sich die Fußballspiele seiner Kinder anzusehen.

„Nun, ich denke, mein Wunsch hat sich erfüllt, wobei wir in Dallas und nicht in Virginia sind." Plötzlich kam ihm ein Gedanke, der seine Hand praktisch zucken ließ. „Du hast meine Freunde zusammengebracht, das ist richtig, doch das ist nicht alles, was du getan hast, oder, du kleine Göre?"

Sie schenkte ihm ein kleines Lächeln. „Ich musste dich fernhalten, Gebieter. Ich hab' einiges an meinem Äußeren verändert, doch hätte dich doch niemals täuschen können. Du hättest alles gestoppt. Du bist wie ein kleiner Tyrann, wenn du willst."

Sie hatte sich als Journalistin ausgegeben und Alex angeboten, ihnen dabei zu helfen, den Mann aufzuspüren, der Alex' Frau Eve vergewaltigt und terrorisiert hatte. Sie hatte den Großteil des Teams in ihrer Wohnung in St. Augustine, Florida, untergebracht, doch Ian hatte sich in einem riesen Haufen Scheiße wiedergefunden. „Mich hast du auf die Flugverbotsliste gesetzt."

Unter anderem. Sie hatte ein riesen Chaos angerichtet.

„Hätte ich das nicht getan, wärst du dahintergekommen, dass ich es war, und die ganze Operation wäre aufgeflogen."

„Du hast meine Bankkonten gesperrt. Hast sie über einen anderen Namen laufen lassen." Er war so verfickt blöd gewesen. Er hatte geglaubt, Nelson verarsche ihn. Gott, könnte er sich jemals auf sein Hirn verlassen, wenn es um diese Frau ging?

„Ich hätte Extrapunkte dafür kriegen sollen, dich Hottie McHot Pants zu nennen. Es war als Kompliment gedacht. Du siehst so gut aus, Gebieter. Und eigentlich war es Chelsea, die sich um den ganzen Computerkram gekümmert hat. Verglichen mit ihr bin ich der Muskel. Ich bin gut darin, an Information zu kommen, doch nicht so gut wie sie. Sie ist sehr clever, weißt du. Hätte ich's besser gewusst, wäre alles auf Großer Tag umgestellt worden." Das sexieste Lächeln ließ ihre Lippen kräuseln. „Ich hab' deinen Bruder bei der Operation in Florida kennen gelernt. Er ist ein ausgezeichneter Koch, doch er hält viel zu viel von seinem Aussehen. Er ist attraktiv, doch nichts im Vergleich zu dir."

Just war sein Schwanz wieder in Kampfesstärke. Sie kniete zu seinen Füßen, ihr Blick ganz weich und süß, ihre heisere Stimme sprach ihn an. Sie sah immer zu ihm, als könne sie ihn auffressen und wollte noch mehr. Er wollte nach ihr greifen, seine Hände durch ihr Haar winden und daran ziehen. Sie liebte es verfickt noch mal, an den Haaren gezogen zu werden. Er konnte grob zu Charlie sein, weil es sie heiß machte.

Genau deshalb war er nicht fähig sie zu berühren. Sie war seine Achillesferse. Nelson hatte es immer gewusst. „Also verdanke ich meine letzte Leibesvisitation dieser Chelsea."

„Wie gesagt, Chelsea ist meine Schwester, Gebieter. Ich würd' dir gern alles über sie erzählen. Lass mich dir einen Drink machen, dann reden wir weiter. Falls du hungrig bist, kann ich dir etwas zubereiten." Sie legte die Hand auf seinen Oberschenkel. „Ich bin in den letzten Jahren eine viel bessere Köchin geworden. Ich weiß, wie sehr du Italienisch magst, also hab' ich daran gearbeitet. Ich mag nicht so gut wie Sean sein, doch ich seh' beim Nackig-Kochen besser aus als er."

Sein Schwanz zuckte. Sein Puls beschleunigte sich. Sein gesamtes zentrales Nervensystem war auf sie eingestellt. Fünf Jahre später und sie brachte ihn mit einer einzigen Berührung zum Wahnsinn. Niemand kam so nah an ihn ran wie Charlie. Sie war sein sexueller Hot Spot.

Oder hast du sie doch geliebt, Schwachkopf. Seine innere Stimme fing an, schrecklich nach Alex zu klingen.

Er nahm ganz vorsichtig ihre Hand von seinem Bein. „Ich glaub', ich verzichte lieber. Ich hab' einen Job zu erledigen. Du solltest deinen Chef wissen lassen, dass ich ihn ganz langsam töten werde."

„Er ist nicht mein Boss, Ian." Ihre Wangen waren gerötet, ihre Brauen zu einem frustrierten V geformt.

Endlich kam er an sie ran. „Ich würd' dir gern glauben, Schätzchen, wenn du nicht so eine ausgezeichnete Lügnerin wärst."

„Ich lüge nicht." Sie schien wieder die Kontrolle über sich erlangt zu haben. Ihr Gesicht war wieder sanft, ihr Blick hingebungsvoll. Sie hatte ihn mehr als einmal bei ihm angewandt, und es wirkte immer. „Ich hab' die letzten fünf Jahre damit verbracht, ein besserer Mensch für dich zu sein, Gebieter. Wie kann ich es dir beweisen?"

Gar nicht. Es gab keine Möglichkeit, dass er ihr jemals wieder glaubte. Er war ein Narr gewesen, ihr überhaupt geglaubt zu haben.

Doch sie legte ihre Hand gleich wieder auf sein Bein, ihre Brüste in einem Hemd mit Rundhalsausschnitt dargeboten. Er liebte ihre Brüste. Sie hatten die perfekte Größe, und waren echt. Er liebte es, wie sie aussahen, wenn sie nicht in diesen strafenden BHs steckten, die sie trug. Sie hingen ein wenig, doch das zeigte nur, wie weich sie waren. Ihre Brustwarzen hatten sich stets für ihn gekräuselt. Glichen sie jetzt wieder den kleinen Kieselsteinen?

„Mein Gebieter...Ian, ich weiß, dass es schwer wird, doch du musst wissen, dass ich nicht aufgeben werd'. Ich liebe Dich. Die einzigen anderen Menschen, die ich je in meinem Leben geliebt hab, sind meine Schwester und meine Mutter, ich werd' dich also nicht aufgeben."

Oder verfolgte sie andere Absichten, und ihn besinnungslos zu ficken hatte schon früher funktioniert. Sie war nicht fürchterlich kreativ, doch er hatte ihr auch keinen Grund gegeben zu denken, dass sie es sein müsste. Sie hatte ihre Lieb'-mich, rette-mich, fick-mich-Augen aufgeschlagen und Ian hatte seine komplette Karriere, inklusive einer bedeutenden Operation das Klo hinuntergespült. Er hätte beinahe auch Liam auf dem Gewissen gehabt.

Eine Kehrtwende wäre ein anständiges Verhalten, versteht sich. Nicht, dass es eine Rolle spielte. Er verhielt sich nicht anständig.

„Hast du mich vermisst, Charlie?" Diesmal kämpft er nicht gegen seinen Schwanz an. Vielleicht bekämen er und sein Schwanz, was sie wollten. Es gab immer einen Kompromiss. Charlie hatte nichts dagegen gehabt, sich zu ungefähr tausend Orgasmen von ihm bringen zu lassen, ohne preiszugeben, welche Absichten sie verfolge.

Es war unmöglich, den Haken in ihrer Stimme zu überhören. Ihre Hand glitt über seinen Oberschenkel. „Du weißt, dass hab' ich. Ich hab' dich jeden Moment eines jeden Tages vermisst."

Er hatte es auf jeden Fall vermisst, sie zu ficken. Er missachtete die leise Stimme, die, viel zu sehr nach Alex klingend, ihn quasi anschrie, dass dies eine schreckliche Idee sei. Wenn Alex der Engel auf seiner Schulter war, dann war sein Schwanz der Teufel, und der Teufel hielt dies für einen seiner brillantesten Pläne. „Zeig's mir."

Er wog mit der Hüfte, genau demonstrierend, welcher Teil von ihm ihre Aufmerksamkeit bedurfte.

Charlotte führte die Hände direkt an seine Hose, und Ian überließ dem Teufel die Kontrolle.

* * * *

Er hatte was im Sinn. Sie war nicht blöd. Doch sie war auch nicht bereit, die Chance zu verpassen. Sex hatte sie vor all den Jahren verbunden. Er mochte jetzt dasselbe bewirken.

Es musste klappen. Sie war zu weit gekommen, um aufzugeben. Sie wollte ihn zu sehr.

Sie kämpfte etwas mit seinem Hosenknopf. Er war noch in Smokinghose gekleidet. Sie hatte beobachtet, wie er am frühen Abend ins Sanctum, seinen Club, gegangen war. Dort hatte die Hochzeitszeremonie von Alex und Eve stattgefunden. Sie hätte ihn so gern begleitet. Alex und Eve und Adam und Sean waren in der Zeit, die sie in Florida verbracht hatten, ihre Freunde geworden. Sicher, sie hatten weder ihren richtigen Namen noch sonst etwas über sie gewusst, doch sie war zumeist ehrlich gewesen. Sie hatte das Gefühl gehabt, ein Teil dieses Freundeskreis zu sein – Ians Freundeskreis.

Sie war brutal eifersüchtig gewesen, dass Jesse, der Idiot, eine Einladung gekriegt hatte und sie nicht. Jesse war es gewesen, der sie angeschossen hatte. Er war davon ausgegangen, er hätte Alex getroffen, doch sie hatte die Kugel abgekriegt, und Jesse war breit lächelnd und grinsend ins Sanctum spaziert, als gehöre ihm dieser Ort. Hätten sie den Wixer nicht brutal umlegen sollen?

„Gibt es ein Problem?" Ians Stimme klang eiskalt.

Manchmal litt sie ein Hauch an ADS, wenn sie sich in Sicherheit fühlte. Ihr Leben führte so oft am Abgrund vorbei, dass sie die Chance ergriff, sich zu entspannen, wenn sie sich ihr bot. Sie war sonst nur in ihrer gut gesicherten Wohnung hoch über der Stadt dazu fähig, sich zu entspannen, doch Ians schiere Anwesenheit hatte den gleichen Effekt. „Ich entschuldige mich, Gebieter. Meine Gedanken sind abgeschweift."

„Manche Dinge ändern sich nie", maulte er.

Nein, das taten sie gewiss nicht. Sie seufzte, als sie sah, wie Ians Schwanz an seiner Hose pulsierte. Er glich einem Monster in seiner Hose. Ja, ihr Gebieter war hungrig, doch er war stets hungrig. Es mochte für sie die einzige Möglichkeit darstellen, ihn in eine vernünftige Gemütsverfassung zu versetzen. Er konnte ein skrupelloser Scheißkerl sein, wenn er wollte.

Sie öffnete Knopf und Reißverschluss. Das hatte sie seit Jahren nicht mehr gemacht. Seit dem Moment, in dem sie „gestorben" war, war sie absolut rein geblieben, denn während Ian vielleicht gedacht haben mochte, ihre Ehe sei vorbei, hatte Charlie verdammt gut gewusst, dass sie es nicht war. Das könnte sie niemals sein.

Er trug keine Unterwäsche. Er verzichtete oft darauf, wenn er Hosen trug. Sie liebte es, liebte es, dass er nur einen Reißverschluss davon entfernt war, sie zu nehmen. Jetzt, wo sie sich hier im gleichen Raum mit ihm befand, wollte sie sich ihrem Mann mit voller Wollust hingeben – seinem Duft, dem Gefühl, wenn seine Haut ihre berührte, und insbesondere wollte sie daran erinnert werden, wie gut er schmeckte.

„Ich hab' gesehen, dass du Jesse Murdoch eingestellt hast."

„Nicht reden", befahl Ian zähneknirschend. „Ich brauch' keinen Dauerkommentar."

„Doch ich kann beides." Sie war gut im Multitasking, und es bestand nur diese eine Option, damit Ian bei der Sache blieb, bevor er mit einer seiner arschkalten, von Flüchen beladenen Schimpftirade abging, die alle um ihn herum in Deckung gehen ließ. „Jesse Murdoch hat auf mich geschossen."

Ian grummelte, buckelte mit der Hüfte. „Ich wusste doch, es gab einen Grund, warum ich den Jungen mochte."

Sie rollte mit den Augen. „Nett."

Sie hielt seinen Schwanz in der Hand und war zutiefst zufrieden mit dem Seufzen, das ihn erfüllte. Er lehnte sich im Stuhl zurück und schob die Hüfte nach vorn, seinen Schwanz zur Schau stellend. „Es ist nicht so, als hätte ich ihn eingestellt. Ich hab' verfickt nochmal keinen von ihnen eingestellt. Sie erscheinen zur Arbeit und Grace ist angepisst, wenn ich sie nicht bezahle. PTBS-Jesse ist Alex aus Florida gefolgt wie ein verlorener Welpe. Ich sag' Alex ja immer wieder, er soll keine Streuner füttern. Die verschwinden verdammt noch mal nicht. Selbst dann nicht, wenn sie schon tot sind."

Sie konnte ihr Lächeln nicht zurückhalten. „Ich war auch eine kleine Streunerin, oder?" Sie war verloren gewesen und Ian hatte sie bei sich aufgenommen.

Er knurrte. „Ich will dein Gerede nicht hören, Charlie. Ich will unsere außerordentlich bedauernswerte Vergangenheit definitiv nicht wiederkäuen. Verklär' das nicht. Ich hatte einen Scheißtag und will einfach nur kommen. Das ist alles, was ich willens bin, dir anzubieten. Ich will, dass du mir einen bläst und dann gehst. Wenn du nicht willst, kann ich jemanden rufen, der es tut."

Er war stets ehrlich in Bezug auf Sex gewesen, doch sie war sich ziemlich sicher, dass sie ihn noch vom Gegenteil überzeugte. Sex hatte immer aufwieglerisch auf sie gewirkt. Ein Kuss und sie ging ab wie ein Streichholz. Sie hatte vor, auf dem Schwanz ihres Gebieters zu reiten, bevor die Nacht vorüber war. Sie läge wieder in seinem Bett, seine Arme um sie geschlungen. Sie würde ihn zum Zuhören bringen.

Sie ließe es bestimmt nicht zu, dass seine dickköpfige Natur ihn dazu brächte, mit einer seiner Spielgefährtinnen zu schlafen. Er käme nun dahinter, dass seine Zeit vorbei war, mit jeder x-beliebigen Sub zu spielen, die durch die Tür marschierte.

„Nun, wenn es sich um ein so einseitiges Ding handelt, Gebieter, dann sollte deine arme Sub wenigstens die Möglichkeit bekommen, ihren Fall verteidigen zu dürfen." Seine Eichel rann, ein Tropfen dieses himmlischen Wunders thronte auf deren Spitze. Sie konnte sich nicht länger zurückhalten. Sie mopste ihn sich, den vorzeitlichen Erguss auf der Zunge genießend. So lange. Es war so lang her gewesen.

Ian zischte, sein Körper spannte sich an. „Ich werd' dir nicht zuhören, Charlie."

Doch das tat er bereits. Er war einfach nur zu stur, um es zuzugeben. Er hatte sie zunächst Charlotte in eisigem Ton genannt und sprach sie nun tief aus seiner Brust brummend mit Charlie an, ein tiefes, sexy Knurren. Charlie war sein Spitzname für sie gewesen. Er war der einzige Mensch auf der ganzen Welt, der sie so nannte.

„Wohl nicht", gab sie zu, doch ihre Augen waren auf seinen Schwanz gerichtet. Er war größer als der jeden Mannes, den sie je zuvor gesehen hatte, und er wusste, wie er ihn zu gebrauchen hatte. „Weißt du, wie sehr ich das vermisst habe, mein Gebieter?"

Jetzt öffneten sich seine Augen und sie sah einen Funken Wut darin, die sie erwartet hatte. „Ich bin überrascht, dass du dich erinnerst. Ich bin mir sicher, dass du seit mir Dutzende von Gebietern durchlebt hast."

Sie schüttelte schnell den Kopf, ihm nicht zeigen wollend, wie sehr sie den besitzergreifenden Tonfall mochte, in dem er sprach. Sie musste das sehr deutlich machen. „Nein, Ian. Es gab absolut niemanden, wobei du vermutlich nicht dasselbe von dir behaupten kannst."

Sie kannte die Wahrheit. Sie hatte ihn im Auge behalten. Er nahm viele Frauen mit, aber er hatte es mit keiner von ihnen ernst gemeint.

„Ich hatte hundert Frauen seit dir, Liebes. Ich kann mich kaum an dich erinnern."

So ein Lügner. Er glich einem verdammten Löwen mit einem Dorn in der Pfote. So war er immer schon gewesen. Sie war ihm schon mal nah genug gewesen, um ihm den zu ziehen. Sie musste es einfach noch einmal versuchen. Und Sex war der einzige Weg, der zu Ian Taggarts kaltem Herzen führte. „Dann muss ich dich wohl daran erinnern, mein Gebieter."

Sie ergriff seinen Schwanz am Schaft. Er war so groß und dick, dass sie ihn kaum mit der ganzen Hand zu fassen kriegte. Ihre Hand ließ sich nicht ganz schließen. Ihr Hand glitt von oben, gleich unterhalb des pflaumenförmigen Kopfes bis ganz hinunter zu seinen von Überdruck geplagten Eiern. Sie würde sie eine nach der anderen ablutschen, wenn sie die Zeit hatte. Er ließe sie stundenlang mit seinem Schwanz spielen, ihn leckend und saugend, ihn anbetend. Aus Verehrung zu seinem Schwanz, aus Liebe zu seinem Schwanz, sie tat es und wollte es wieder. Sein Schwanz war der erste und einzige gewesen, der ihr eine solche Freude bereitete und ihr zeigte, dass das Liebesspiel etwas Besonderes sein konnte.

Ihre Hand glitt an seinem Schwanz immer wieder auf und ab, bevor sie über seiner Eichel schwebte, ihm einen Hauch von der Wärme ihres Mundes gebend.

„Ich liebe dich, Ian." Sie flüsterte die Worte auf seine Haut, als machte sie sie zu einem Teil seines Körpers. „Ich hab' dich jede Sekunde eines jeden Tages, den wir getrennt waren, vermisst, und hab' jede Nacht von dir geträumt."

Er wandte sich ab, sein Gesicht absolut ausdruckslos. „Ich hör' mir die Scheiße nicht länger an, Charlie. Ich lass mich vielleicht darauf ein, dein Gerede über die Vergangenheit zu ignorieren, doch das hör' ich mir nicht an."

Ihr Herz schmerzte, doch sie hielt sich zurück. Er war nicht bereit. Sie musste ihm Raum geben. Er ließ sich körperlich auf sie ein. Der emotionale Teil mochte eine Weile dauern. Sie beugte sich vor und lutschte leicht an seiner Schwanzspitze, erfüllt davon, dass er sich wieder entspannte. Ein gewisses Maß an Vertrauen schien zwischen ihnen zu bestehen. „In Ordnung. Dann lass uns über etwas Angenehmeres sprechen. Mir gefällt eure Stadt. Es ist heiß hier, doch ich mag Dallas sehr."

„Gut für dich, denn es wird nie wirklich kalt. Nicht wie in Russland." Er stöhnte. „Leck an der Unterseite."

So herrschsüchtig. Ihre Zunge fand die Unterseite seines Schwanzes und wusch von dort das tiefe *V* voller Zuneigung. Die Haut an seinem Schwanz war weich wie Seide. „Ich hab' mir eine Eigentumswohnung am Victory Park zugelegt. Ich blicke über die ganze Stadt."

Er wand die Hände in ihrem Haar. „Diese Eigentumswohnungen sind verdammt teuer, Charlie. Was hast du so getrieben, du kleine Verbrecherin?"

Er mochte sagen, sie vergessen zu haben, doch er kannte sie noch immer recht gut. Sie ließ die Zunge der Länge nach über seinen

Schwanz gleiten, dem Zug in den Haaren keine Beachtung schenkend. „Ich hab' im Informationsgeschäft etwas Geld verdient."

Er zog erneut an ihren Haaren, auf schärfere Weise. Sie schloss die Augen genussvoll, als es ihre Kopfhaut zum Leuchten brachte. „Bist du Maklerin?"

Sie zuckte mit den Achseln. „Ich lebe davon. Ich versuche, mich auf nichts allzu Übles einzulassen. Du solltest mich nicht verurteilen, Ian. Mein Unternehmen fand Michael Evans für Alex. Ich bin es, die Hinweise auf Eli Nelson hat. Du hast ihn nicht finden können."

Er schüttelte den Kopf und ließ von ihr ab. „Ich will nichts über ihn hören, Charlie. Er war dein Boss. Ich kann nichts davon glauben, was du über ihn sagst. Soweit ich weiß, hat er dich her geschickt. Halt meine Eier."

Er wollte sie wahnsinnig machen. „Sei nicht so stur, Gebieter. Ich versuch', dir zu geben, was du brauchst."

„Gib mir keine Befehle, Sub. Das Einzige, was ich brauch', ist, deine Hände an meinen Eiern zu spüren."

Nun, sie hatte beabsichtigt, dass er an Sex denkt. Er konnte sehr herrschsüchtig und unnachgiebig werden, wenn sein Schwanz hart war. Wenigstens sprach er nicht mehr in diesem kalten Ton mit ihr. Sie griff nach unten und rollte seine Eier in der Handfläche.

Dort hatte sie in den letzten fünf Jahren jeden Tag sein wollen. Sie ließ sich in die hingebungsvolle Rolle sinken, die Ian ihr beigebracht hatte wertzuschätzen. Alles hatte sich nur um Kampf gehandelt, vor dem Tag in diesem Pariser Club, in dem sie auf ihren Geliebten traf, ihren Gebieter, ihren Ehemann.

Sie mussten jetzt nur über diesen einen schrecklichen Verrat hinwegkommen, und alles würde gut werden.

„Lutsch mich, Charlie. Lutsch mich verfickt nochmal, Charlie." Er bat um nichts, was er sich wünschte. Sie kannte das. Es lag nicht in seiner Natur. Seine Bedürfnisse und Wünsche kamen als Forderungen heraus, doch sie hatte vor langer Zeit herausgefunden, was er sich im Grunde von ihr wünschte. Er wollte, dass alles für ein paar Minuten in Vergessenheit geriet. Er fand seinen Frieden in seiner Herrschaft, und sie versank in Hingabe.

Die zwei Hälften eines Ganzen. Seelenverwandte. Irgendwann im Laufe der Zeit fühlte sich Ian wie der Engel auf ihrer Schulter an. Oh, ein launenhafter Engel, es war jedoch seine Stimme, die sie hörte, wenn sie versucht war, in die Fußstapfen ihres Vaters zu treten und die Welt um sie herum niederzubrennen.

Sie hatte nur Gewalt und Wut gekannt, bevor sie Ian Taggart kennenlernte.

Und sie schuldete ihm mehr als ihr Leben. Sie machte es sich gemütlich und betete, dass er ihr vergeben könne.

Kapitel Zwei

Ian knirschte mit den Zähnen und schwur sich, seiner göttlichen Schlampe von Frau niemals zu verzeihen, doch fuck, sie wusste, wie sie einen Schwanz zu lutschen hatte. Er erinnerte sich nicht mehr daran, wie viele Blowjobs er in seinem Leben gekriegt hatte, er wusste jedoch, wie oft seine Charlie ihn damit verwöhnt hatte.

Charlotte. Ihr verfickter Name war Charlotte Denisovitch und sie handelte mit Informationen und sie war wieder hier, um ihn auf dieselbe Weise auszunutzen, wie sie es einst getan hatte. Es spielte keine Rolle, dass sie ihm vierzehn Blowjobs gegeben hatte, von denen jeder eine brennende Erinnerung in seinem Kopf war, weil sie es mit derart süßer Hingebung machte. Zuerst war sie zögerlich, doch dann war er von ihrem Enthusiasmus überwältigt gewesen. Es war Spaß an der Freude, es zu tun, kein reiner Austausch der Lust.

Sie glitt mit der Zunge seinen Schwanz entlang und ließ jeden Zentimeter seines Fleisches erleuchten. Er blickte auf ihr rot-goldenes Haar, das seine Schenkel bedeckte, und er wollte sich die Hose vom Leib ziehen, um zu fühlen, wie weich es war. Er war außerordentlich fasziniert davon. Es schimmerte im schwachen Licht. Er hatte sie vorher schon für umwerfend gehalten, doch das seltsame Zutrauen dieser Frau vor ihm war noch sexier.

Die meisten Subs, die er in den letzten Jahren gefickt hatte, hätten losgeheult, wenn er in diesem Tonfall mit ihnen gesprochen hätte, jedoch nein, Charlie knurrte unverzüglich zurück. Sie hastete nicht davon in der Hoffnung, einen liebenswürdigeren Gebieter zu finden. Charlie wusste, was sie wollte, und sie gab nicht nach.

Das war es, was ihn überhaupt erst zu ihr hingezogen hatte. Sie vereinte Verletzlichkeit und Raubtiergebaren, und er konnte ihr verfickt noch mal nicht widerstehen.

Er ließ den Kopf zurückfallen.

„Willst du es länger genießen, Gebieter?", fragte Charlie, während sie mehrmals in voller Länge an seinem Schwanz entlang strich.

Sie war die Einzige, die danach fragen musste. Er hatte sich unter Kontrolle. Das war sein Handwerkszeug. Er würde kommen, wann er wollte. Das tat er immer. Außer, wenn Charlie wild bei ihm wurde, und er sich in ihrer Welt wiederfand und sie ihn an Orte brachte, an denen er zuvor nie gewesen war.

Er würde ihr zeigen müssen, dass er nicht mehr derselbe Idiot war, den sie schon einmal verarscht hatte. Er schob seine Hände in das himmlische erdbeerblonde Haar und griff ihre Seide mit der Faust. „Du hörst auf zu reden."

Jedes Wort, das aus ihrem Lügenmund kam, machte ihn geiler. Er hatte nicht vor, mit ihr im Bett zu landen. Das täte er nicht. Er wollte die Kontrolle bei dieser Begegnung bewahren, dieses kleine bisschen Rache, bevor er sie wieder zum Hof hinauswarf und sein Leben führte.

Sein Herz fühlte sich an, als wurde es in seiner Brust zusammengepresst. Sie lebte. Charlie lebte. Sie war hier und warm und weich und willig.

Er würde diesem Scheiß hier ein schnelles Ende bereiten. Es gäbe keine Herzschmerzen oder kranke, magenumdrehende Scharmützel. Sie hatte ihn angelogen. Sie hatte ihn benutzt. Sie hätte Liam fast umgebracht. Sie hatte sie alle Jahre ihres Lebens gekostet.

Er hasste sie. Er hasste verfickt nochmal mit jedem Quäntchen Leidenschaft, mit der er sie zuvor geliebt hatte.

„Nimm mich. Nimm mich tief." Erlaubte er ihr, die Szene zu kontrollieren, spielte sie stundenlang mit ihm. Er wusste verdammt gut, was sie tat. Sie versuchte, die Bindung wieder mit ihm herzustellen, die sie einst in Europa gefunden hatten, die sie einst so vereint hatte durch stundenlangen Sex, durch tagelanges Faulenzen im Bett und dadurch, jeden Zentimeter des anderen Körpers in Erfahrung gebracht zu haben.

Er ließe diese Art von Zeitverschwendung nicht noch mal zu.

Sie nahm ihn tief. Und schon wieder stellte sie kein kleines, empfindsames Blümchen dar. Nein. Wenn Charlotte entschied, einen Mann tief zu nehmen, zwang sie ihn herab. Er rollte die Augen fast bis zum Hinterkopf. Das Vergnügen war so gewaltig. Charlotte schloss den Mund um ihn herum und arbeitete ihn mit betonter Bedächtigkeit herunter. Die ganze Zeit über hielt sie seine Eier sanft in der Hand und spielte mit ihnen.

Mit der Zunge bearbeitete sie die Unterseite seines Schwanzes, ihn mit Zuneigung verwöhnend. Ian lenkte sie auf und ab, ihr Haar greifend, um sie dazu zu bringen, ihn noch tiefer zu nehmen.

Charlie stöhnte an seinem Schwanz, kein Laut des Schmerzes, sondern des Vergnügens. Sie hatte es geliebt, wenn er an ihren Haaren zog. Sie hatte den süßesten Hauch einer Masochistin an sich. Ihr an den Haaren ziehen und Spanking machten sie heiß und sie leuchtete auf, wenn er ihr in die Haut kniff.

Sein Schwanz schwoll bereits an, auf den Abschuss vorbereitet. Die Hitze in ihrem Mund war mehr als das, was er ertragen konnte. Seine Haut war zu sehr gestrafft, sein Herzschlag zu sehr beschleunigt. Sie war zu viel. Immer zu viel.

Sie kämpfte nicht gegen ihn an, ließ ihn einfach ihren Mund ficken. Sie beklagte sich nicht und machte keine Ausflüchte. Ein leises Summen war im hinteren Teil ihrer Kehle zu vernehmen, der Ton übertrug sich auf seinen Schwanz.

Er hielt es nicht mehr aus. Egal, wie sehr er versuchte, die Szene zu kontrollieren.

Sanfte Hitze überkam ihn, ließ seine Wirbelsäule krümmen und seine Eier hochziehen.

„Gib es mir, Gebieter", sagte Charlie an seiner Eichel, bevor sie an seinem Schwanz wieder herab glitt.

Diesmal wartete sie nicht auf ihn. Sie nahm ihn ganz, nahm ihn bis zu der seidigen Stelle an der Rückseite ihres Halses. Dort hielt sie ihn und schluckte dann.

Es kostete ihn alles erdenklich, um nicht loszuschreien, als er kam. Er fühlte sich, als hätte er seit Jahren nicht mehr abgespritzt, als hätte er danach gedürstet, wäre dafür gestorben.

Er drückte sich in ihren Mund, in ihr ergießend, wie ein endloser Strom erscheinend.

Endlich fiel er in den Stuhl zurück. Sein Körper fühlte sich schlaff an, erschöpft, ausgepresst, jedoch zutiefst angenehm.

Charlie leckte ihn sauber. Ihre Zunge hörte nicht auf, nur weil er gekommen war. Sie saugte sanft und er fühlte einfach, wie sich der Druck wieder aufbaute.

Er wollte keine zweite Runde.

Ian zwang sich, sich aufzusetzen. „Danke, Schätzchen."

Er nannte alle Subs Schätzchen, denn er erinnerte sich zumeist nicht an ihre Namen. Er steckte Charlotte einfach in die gleiche Kategorie wie all die anderen Frauen, die er gevögelt und danach vergessen hatte.

Selbstverständlich bestand mit allen anderen Frauen ein Vertrag. *Fuck.* Er hatte soeben Sex gehabt, und er hatte nichts ausgehandelt.

Er musste sie hier rausbringen.

„Gebieter?" Charlie blickte zu ihm auf, als er aufstand und seine Hose zuknöpfte.

Es hatte keinen Sinn, sie zurechtzuweisen. Sie täten es einfach wieder. Nein. Es machte fast keinen Sinn, mit Charlotte zu streiten oder zu kämpfen. Sie war äußerst dickköpfig, und er war nicht bereit, sie zu disziplinieren. Das wäre eine ziemlich schlechte Idee. Er beugte sich vor und nahm sie hoch in seine Arme.

Charlotte holte Luft, doch da lagen bereits ihre Arme um seinen Hals und ein sanfter Blick traf ihre Augen. „Du wirst es nicht bereuen, Babe. Gott, ich hab' dich so vermisst."

„Ich bereue nie etwas, Schätzchen." Eine eklatante Lüge, doch er war gut darin. Er kam zudem auch in den Genuss der nächsten paar Minuten. Charlie dachte, ihn genau da zu haben, wo sie ihn haben wollte.

Doch anstatt den Flur runter in seinen privaten Kerkerraum oder sein Schlafzimmer zu gehen, wandte er sich wieder der Eingangstür zu.

Charlie runzelte die Stirn. „Ian, tu das nicht. Sprich mit mir."

Er ging weiter. „Ich hab' dir nichts zu sagen. Wie ich bereits sagte, du lügst gern. Du bist eine äußerst versierte Lügnerin. Das Einzige, worin du besser bist als zu lügen, ist rumzuhuren."

Ihr Gesicht wurde rot und trotz der Tatsache, dass sie in seinen Armen lag, gelang es ihr, ihm mit Wucht mit der Faust ins Gesicht zu schlagen.

Yeah, das machte ihn irgendwie auch heiß. Charlie weinte nicht, wenn sie um sich schlagen könnte.

„Du bist ein verficktes Arschloch, Ian Taggart."

„Das raffst du erst jetzt?" Er war bei weitem schon schlimmer beschimpft worden. Er würde ihren anständigen rechten Haken erneut einstecken, denn wenn er sähe, wie angepisst sie war, stellte dies doch eine der wenigen Freuden dar, die aus diesem schlecht durchdachten Wiedersehen hervorginge. „Ich dachte, du seist groß in der Informationsvermittlung. Vielleicht solltest du deine Karriere überdenken."

„Lass mich jetzt runter."

„Nicht, solange du nicht auf der richtigen Seite der Tür stehst, Schätzchen." Er schaffte es, die Haustür zu öffnen, selbst als sie dagegen ankämpfte.

Die Nacht war schwül, Hitze schlug ihm entgegen, als er seine Auffahrt hinunterging.

„Das ist bescheuert, Ian. Du musst mir zuhören."

Sein inneres Arschloch genoss heut Abend ein ernsthaftes Training. „Wenn du gewollt hast, dass ich dir zuhöre, hättest du damit warten sollen, mir einen zu blasen. Ich hab' gekriegt, was ich wollte. Ich seh' keinerlei Grund, dir jetzt auszuhelfen. Wirklich, Charlotte, du solltest wissen, nach dem Geld im Voraus zu fragen."

Er stellte sie auf die Beine und musste sofort einer fliegenden Faust ausweichen. Sie täuschte rechts vor und ging mit links auf ihn los. Zum Glück wusste er noch, wie er zu kämpfen hatte. Er fing ihre Faust mit der Hand und hielt sie so dort fest. Er zeigte es nicht, doch alles an ihr erregte ihn. Er war bereits wieder steinhart, keine fünf Minuten, nachdem er gekommen war.

„Nenn mich nie wieder eine Hure, Ian." Ihr Körper vibrierte quasi vor Wut.

„Ich nenn' die Dinge beim Namen, wie ich sie seh'." Sie dachte, sie sei wütend? Er würde ihr zeigen, was Wut bedeutete. „Wie viel hat dir Nelson für den ersten Fick mit mir gezahlt? Er wird dieses Mal nicht auf seine Kosten kommen, denn das war das Einzige mit dir, das ich billigend in Kauf genommen hab'. Kenn' ich alles schon."

Er ließ sie los. Sollte sie es erneut versuchen, brächte er sie zu Boden, auch wenn sie dann wüsste, was für ein Lügner er war, denn trotz des Blowjobs war sein Schwanz bitter hart. Wenn er sie auf den Boden kriegte, würde er sie wohl auf der Stelle ficken.

Sie wich etwas zurück, ihm mehr Raum gebend. „Du wirst jedes schmutzige Wort, das dir über die Lippen kommt, bereuen. Glaubst du, mich abschrecken zu können, indem du mich eine Hure nennst und so tust, als sei der Sex bedeutungslos? Versuch's doch. Ich mag vielleicht eine ausgezeichnete Lügnerin sein, doch du bist bestimmt nicht mehr in Bestform, Taggart. Tu' uns beiden den Gefallen und hör' auf mit dem Schwachsinn. Du weißt doch auch, dass du mit mir reden wirst. Du weißt doch, dass du rausfinden willst, was passiert ist."

Die Stichelei über den Verlust seiner Bestform traf so gut wie ins Schwarze. Sie war der Grund dafür, dass er seine Bestform verloren hatte. Sie war der Grund, dass er überhaupt aus dem Spiel ausgestiegen war. „Ich weiß, was geschehen ist. Jemand hat meinen Schwanz nach seiner Nase tanzen lassen und eine zwei Jahre währende Operation in die Luft fliegen lassen. Hast du eine Ahnung, wie viele Menschen du fast getötet hättest? Liam wäre fast wegen dir gestorben."

Sie klang milder. „Ich weiß. Ich kann dir gar nicht sagen, wie leid mir das alles tut. Lass uns reingehen, Gebieter."

Er drehte sich um und machte Anstalten, die Auffahrt hoch zu gehen. Das täte er nicht mit ihr. „Find deinen Weg nach Hause. Ich hab' heut Nacht kein Mitleid mehr."

„Mitleid? Hast du den Blowjob deines Lebens aus Mitleid eingefordert?" Sie war ihm auf den Fersen, offenbar nicht bereit, aufzugeben.

Er drehte sich um, denn sie war ihm direkt wieder in die Falle gegangen. Trotz allem, was sie sagte, wusste er genau, wie er sie verletzen konnte. Sie mochte den lieben langen Tag ihre Beweggründe vortäuschen, doch sie war immer ehrlich in ihrer Hingabe gewesen. Sie war ehrlich gewesen, was sie als Frau verletzt hatte. „Ja, es war Mitleid. Ich fühle mich nicht zu dir hingezogen. Ich hab' mich von deiner Unschuld angezogen gefühlt, nun ja, von der anfänglichen Lüge über deine Unschuld. Jetzt weiß ich, wer und was du bist, und ich hab' kein Interesse, eine Kriminelle zu ficken. Hast du Daddys

Unternehmung übernommen? Ist es das, was Nelson dir versprochen hat? Brachte er den lieben Papi um, damit du Königin wirst? Du hast geweint, dass Daddy dir immer so weh getan hat. Das überrascht mich jetzt doch. Vielleicht hat es dir gefallen."

Er wusste im selben Moment, dass er zu weit gegangen war. Selbst im Mondlicht konnte er zusehen, wie sie erblasste und ihre Hände zu zittern begannen. Sie konnte die Reaktion nicht vortäuschen. Als ihre Hand herausfuhr, um Kontakt mit seinem Gesicht herzustellen, ließ er es zu, hielt still für sie.

Er hatte es verdient. Schuld nagte an ihm, doch er entschuldigte sich nicht. Er gab nicht nach. „Geh nach Hause, Charlotte. Hier gibt es absolut nichts für dich zu holen."

Er schloss die Tür zwischen ihnen, sie wieder verriegelnd. Morgen würde er sein ganzes Sicherheitssystem überdenken, denn er war offensichtlich nicht paranoid genug. Doch für heute Abend wartete eine Flasche Scotch auf ihn, die nach ihm rief.

Und er wusste genau, was er hören wollte.

* * * *

Charlie biss einen Schrei zurück, als sie zusehen musste, wie die Tür zugeschlagen wurde.

Und sie zwang sich, nicht darauf zuzulaufen, sie zusammenzutrümmern, ihren Ehemann, der gerade zum Arschabwischen reichte, aufzusuchen und ihm die Eier abzureißen.

Das würde ihn lehren, sie nicht mehr Hure zu nennen.

Verdammt. Außer, dass sie per Definition eine gewesen war. Sie hatte sich bereit erklärt, Ian Taggart im Austausch für ihre eigene Sicherheit und die ihrer Schwester abzulenken, und sie hatte das Geld angenommen, das Nelson ihr danach gegeben hatte. Sie hatte es nicht ganz dafür ausgegeben, was er sich gewünscht hatte, doch sie hatte es ausgegeben.

Sie fühlte sich nicht wie eine Hure. Sie fühlte sich wie eine Frau, der gerade die Welt unter den Füßen weggerissen worden war.

Wie konnte er so über ihren Vater sprechen? Tränen stiegen auf, eine niederschmetternde Trauer überstimmte die Wut. Ian war der einzige Mensch auf dem Planeten, dem sie erzählt hatte, was ihr Vater ihr angetan hatte. Sie hatte vieles von der Wahrheit sogar ihrer Schwester gegenüber verheimlicht. Sie hatte ihm vertraut, und er hatte es ihr direkt ins Gesicht zurückgeschleudert.

Sollte sie sich so geirrt haben? Sie war sich so sicher, dass, wenn sie seinen Freunden geholfen hatte und ihm hilfreiche Informationen zukommen ließ, er sich mit ihr hinsetzen und ihr zuhören würde.

Ihr Telefon läutete. Sie schniefte im Versuch, die Tränen zu vertreiben. Für sie gäbe es später noch Zeit. Wenn sie sich sicher in ihrem Zimmer hoch über der Stadt befände, konnte sie weinen und wehklagen und es rauslassen, doch hier war sie nicht sicher. Sie schlug das Telefon auf und ging ran. „Chelsea?"

„Du hattest innerhalb der letzten Stunde tonnenweise Zugriff auf deine persönlichen Daten. Jemand holt Erkundigungen über Charlotte ein, nicht Kris."

Sie hatte gewusst, dass sie es früher oder später herausfänden. Sie hatte Spuren hinterlassen, denen ein kluger Mann nachgehen könnte.

„Ich bin sicher, dass es Adam ist." Adam Miles war Ians IT-Typ und ein sehr kluger Mann. Sie wusste, dass es nur eine Frage der Zeit gewesen war, bis er ihr nachspürte. „Er ist derjenige, der nach ihr sucht."

„Dann ist er es, der sich im Kreis drehen wird, mal wieder." In Chelseas Stimme lag eine gewisse Befriedigung. Sie genoss die Herausforderung. Sie und Adam hatten während der Operation in Florida einige Runden gedreht.

„Er ist gut." Adam hatte Michael Evans mit ihr zu Fall gebracht. Er wusste es noch nicht, doch er hatte sich bereits mit Chelsea angelegt.

Wobei es nicht viel gebracht hatte.

„Ich bin besser", sagte Chelsea.

Charlie seufzte. „Lass ihm den Zugriff. Es ist jetzt egal. Sie haben es herausgefunden. Ich wette, sie sind endlich auf die Aufnahme des Abends gestoßen, an dem ich die Daten des Kopierers heruntergeladen hab'."

So hatte sie alles über sie herausgefunden. Es hatte sich um eine Operation gehandelt, die sie voller Freude beendet hatte.

„Warum hast du es nicht gelöscht?"

Weil sie immer irgendwie gehofft hatte, dass er sich auf die Suche nach ihr machte. „Das spielt jetzt keine Rolle. Es sieht so aus, als nutzten wir die neuen Ausweise eh nicht so, wie ich's geplant hatte."

Sie hatte für sie beide neue Identitäten entworfen. Ihr Onkel war bereits eine Zeit lang still gewesen. Sie wäre Ian nicht gefolgt, wenn sie wüsste, jemand wollte ihr die Hölle heiß machen. Ihr Plan war gewesen, in die Stadt zu kommen und zu versuchen, die Dinge mit Ian zu klären. Dann hätte sie sich hier mittels einer neuen Identität versteckt, die Nase sauber gehalten und ihr Onkel hätte das Interesse verloren, sie zu bestrafen.

„Was sagst du, Charlotte?"

Sie wollte jetzt nicht alle Dinge aufzählen, die sie verkackt hatte. „Ich lauf' gerad' zurück zu meinem Auto, und dann komm' ich nach Hause."

„Hast du den großen Kerl schon heimgesucht? Wir müssen weiter."

Chelsea war nicht wirklich angetan von Charlies Plänen, Ian zurückzugewinnen. Seitdem ihre Schwester zeigte, was sie wirklich drauf hatte, schien Chelsea zu glauben, dass sie keine Männer brauchten.

Charlie sah zurück zum Haus. Ian hatte es sich schön gemacht. Sein Haus war groß und massiv, wie der Mann selbst. Sie hatte erwartet, dass er in einer Eigentumswohnung wie sie wohnte. Ohne Wenn und Aber. Aber nein, Ian Taggarts Haus schmückten ein großer Hof und Bäume. Es sah aus, als könnte eine Familie dort leben.

Doch es wäre nicht ihre Familie.

Sie fühlte sich, als hätte er ihr das Herz rausgerissen. Hatte er sich so gefühlt, als er ihren Verrat bemerkt hatte? Sie hatte so hart daran gearbeitet, eine Frau zu werden, die seiner würdig war, doch vielleicht gab es Dinge, auf die sie nicht mehr zurückgreifen konnte.

„Charlotte? Shit. Du hast ihn gesehen, nicht wahr? Was hat er getan? Denn ich bin drei Tastenanschläge davon entfernt, ihn in eine Anstalt einweisen zu lassen. Ich kann ihn einschläfern lassen wie einen tollwütigen Hund."

„Wag' es ja nicht." So wütend sie auch war, sie verstand es. Hätte er ihr dasselbe angetan, sie hätte ihn vielleicht sonst wie beschimpft.

Chelseas Stimme wurde wärmer. „Charlotte, ich weiß, dass du den Mann geliebt hast, doch wir können hier nicht ewig bleiben."

„Die Wohnung ist sicher." Dafür hatte sie gesorgt.

„Nelson hat seine Augen und Ohren überall, und er würde dir die Kehle schrecklich gern durchschneiden, große Schwester. Und damit ist er nicht allein. Wenn Taggart kein Interesse an einem Wiedersehen zeigt, dann sollten wir losmachen. Warum verkaufen wir nicht die Eigentumswohnung in Florida und gehen für eine Weile nach Europa? Oder in die Karibik. Ich könnte ein wenig Bräune vertragen."

„Nein, verkauf die Immobilie an der Palm Coast nicht. Überschreib sie auf Alex'. Alex und Eve McKay." Sie hatten sich in der am Strand gelegenen Wohnung wiedergefunden. Sie hatte sie beobachtet, und sie hatten ihr so viel Hoffnung gegeben. Nur weil sie es verkackt hatte, bedeutete es nicht, dass sie ihnen gegenüber den Kürzeren ziehen musste.

Es war vorbei. Er war zu dickköpfig, zu brutal folgsam seinem eigenen Verhaltenskodex gegenüber. Er hatte seine Regeln einmal für sie gebrochen, doch das täte er nicht noch einmal.

Vielleicht war es Zeit, weiterzuziehen.

Und dann hörte sie es. Ein vertrautes Heulen von Gitarren und Schlagzeug und Axl Roses Stimme, das aus dem Haus plärrte.

Eine einzige Erinnerung erwachte zum Leben. Ian hatte sie sich weit spreizen lassen und sie zum ersten Mal genommen, sein Gesicht ganz ernst, wie er so über ihr arbeitete. Sie hatte sich verzweifelt an ihm festgehalten, und als er fertig war, war sie sich bewusst gewesen, dass sie in ihre eigene Falle getappt war. Sie hatte in seinen Armen gelegen, dieses eine Lied war von unten aus dem Club gehallt.

Sweet love of mine.

Er hatte nichts vergessen, wenn er sich dieses Lied stets anhörte. Nicht einen einzigen Moment. All die Jahre waren vergangen, und er hörte ihr Lied immer noch auf genau die gleiche verdammte Weise wie sie, als könne es sie über die Entfernung verbinden.

Es war überhaupt nicht vorbei.

„Chelsea, ich werd' dich auf grausame Weise zur Strecke bringen, wenn du ihm auch nur ein Haar krümmst." Wenn überhaupt war sie die Einzige, die das täte.

Ein leichte Verärgerung war über die Leitung zu hören. „ Schön, wie du mit deiner kleinen Schwester sprichst."

Ihre kleine Schwester war zu einem Hai mit sechs Zahnreihen geworden, der absolut in der Lage war, das Leben eines Mannes zu ruinieren, ohne je ihre Tastatur verlassen zu müssen. „Er ist mein Ehemann. Er mag vielleicht ein Volltrottel sein, doch er gehört zu mir, und ich werd' ihn beschützen, also glaub ja nicht, die Situation manipulieren zu können. Wir brechen nicht auf. Sollte es bedeuten, dass ich mich um ein paar Mörder zu kümmern hab', dann bring sie her. Finde Nelson für mich. Ich brauch' einen vollständigen Bericht über alles, was wir über ihn haben."

Denn sie plante ein Treffen mit ihrem neuen Team. Ein unerklärlicher Optimismus machte sich in ihr breit. Ihr erster Plan war nicht gerade erfolgreich gewesen, doch es gab immer einen Plan B. Der, der ihr vorschwebte, war sie sich ganz sicher, ließ ihren Mann aufstehen und aufhorchen.

Und sie möglicherweise erdrosseln, aber, hey, eine Frau musste in ihrem Leben ein paar Risiken eingehen.

„Ich muss auflegen. Bereite den Bericht vor. Ich hab' morgen früh eine Besprechung."

Sie erhaschte einen Blick auf Ian durch seine Vorhänge, als sie das Telefonat mit ihrer Schwester beendete. Er hielt eine Flasche in der Hand. Verdammt. Er machte eine lange Nacht daraus.

Er brauchte vermutlich Verstärkung. Charlie war danach zumute, ein Geständnis abzulegen.

Sie wählte Sean Taggarts Nummer und war glücklich zu hören, dass er sofort antwortete.

„Kris? Bist du das? Denn wir müssen reden. Was verfickt nochmal ist hier los? Weißt du, was Adam behauptet?"

Sie war so froh, dass sie die Nummer behalten hatte, die sie ihm gegeben hatte. Sonst warf sie ihr Telefon nach einer Operation immer gleich weg, doch sie hatte die Florida-Leitung behalten. Es machte alles einfacher. Sie war sich ziemlich sicher zu wissen, was Adam allen erzählte. „Hallo, Little Tag. Wir müssen unbedingt reden, doch heut Abend braucht Big Tag dich mehr als ich. Er kippt sich den Arsch voll, denn seine Frau ist vor kurzem von den Toten auferstanden. Du solltest besser herkommen. Oh, und grüß Grace von mir. Sie sah wirklich wunderschön heut Abend aus."

„Was?", schrie Sean über die Leitung.

Vielleicht mochte Familienberatung ihre Zukunft sein. Vielleicht hatte Eve eine freie Stelle. „Yeah, Ian mag dir nichts von mir erzählt haben, Bruder, doch ich wette, dass Adam soeben allem auf der Spur ist, während wir hier reden. Doch ernsthaft, er braucht dich heut Nacht. Was morgen angeht, sag dem Team, dass ich sie in aller Frühe erwarte. Ich hab' Geheimdienstinformationen über Eli Nelson. Ich benötige einen Konferenzraum und einen Kopierer. Keine Sorge, ich weiß, wo die sind."

Seans Frustration war selbst über die Leitung zu hören. „Kris, du musst mir das jetzt verfickt nochmal sofort erklären."

„Keine Zeit. Und mein Name ist nicht Kris. Ich heiße Charlotte. Charlotte Taggart und ich brauch' meinen Schönheitsschlaf, denn ich werd' morgen früh das Treffen von McKay-Taggart leiten. Ian wird zu betrunken sein und Alex ist in den Flitterwochen. Bis bald."

Sie beendete das Gespräch mit ihrem Schwager und schaltete das Telefon aus, als es erneut zu läuten begann.

Charlie machte sich auf den langen Spaziergang zu ihrem Auto auf und dachte daran, wie schön es war, dass es sich bei Texas um einen Staat handelte, der sich die Gütergemeinschaft auf die Fahnen geschrieben hatte. Es war an der Zeit, ihre Hälfte zu beanspruchen.

Kapitel Drei

Eli Nelson blickte auf die Newa hinaus. So früh am Morgen zog ein leichter Nebel übers Wasser, doch Nelson hatte auch bemerkt, dass Russlands Sankt Petersburg von verdammt ewiger Finsternis umgeben war. Oh, sie bemühten sich, alles mit roten Blumen und makellosen Grünflächen aufzuheitern, doch Russland war meistens dunkel und feuchtkalt, egal wie sehr die einstigen Zaren versucht hatten, jede Straße elegant wirken zu lassen.

Die Sonne versteckte sich hinter einer nicht enden wollenden Wolkendecke. Es gab da einen Satz, den er einmal in Bezug auf die Hoffnung auf Sommer in Russland gehört hatte. Das Jahr war erfüllt von neun Monaten des Optimismus' und Erwartungen, gefolgt von drei Monaten der Enttäuschung.

Fuck, er hasste Russland. Eines Tages besäße er eine Villa auf seiner eigenen verfickten Privatinsel, wo die Tage heiß und die Nächte von irgendeiner ernstzunehmenden Muschi erfüllt waren – und mit ernstzunehmend meinte er eine dumme Schlampe, die jünger als halb so alt wie er war und es nicht besser wusste.

Er spürte sofort, als Denisovitch hinter ihn trat. Die Eremitage lag auf der anderen Seite des Flusses, und es hatte sich bereits eine lange

Schlange von Touristen gebildet, wartend, obwohl sie erst in ein paar Stunden geöffnet wurde. Das Marinemuseum lag hinter ihm. Er war inmitten einer Touristenhölle gefangen, die einzige Möglichkeit darstellend, um diese Schlange zu treffen. Die russische Mafia mochte zwar alles beherrschen, doch die Drecksarbeit erledigte sie lieber im Dunkeln.

Mikhail Denisovitch stolzierte zur Wand, im makellosen Anzug nach vorn geneigt, als berührten ihn Nebel und Dunst gar nicht. Selbstverständlich war er nicht allein gekommen. Nelson ließ den Blick zurück zum Park mit Blick auf die Newa wandern. Er sah schön aus, mit leuchtend roten Begonien und den verdammt weißen und grünen Parkbänken. Doch sie waren alle leer, als wüssten selbst die furchtlosesten Touristen, sich besser nicht mit den beiden Männern, die augenblicklich die Kieswege ausfüllten, anzulegen. Denisovitch ging nie und nirgends ohne seinen Vollstrecker hin, einen großen, vernarbten Mann, der nicht wirklich einen Hehl daraus machte, bewaffnet zu sein. Er glich einem überdimensionalen Affen, den jemand in einen Anzug gesteckt hatte und nicht schlau genug war, die Wölbung zu verbergen, die seine Waffe verursachte. Oder vielleicht geschah dies auf Mikhails Geheiß. Vielleicht wollte Mikhail, dass jeder um ihn herum wusste, dass er Schutz genoss. Es war eine Lektion, von der Nelson sicher war, dass er sie von seinem Bruder gelernt hatte.

Es war eine Lektion, die Nelson Mikhail Denisovitch gelehrt hatte, auch wenn der Mann keine Ahnung hatte, dass er einst sein Lehrer gewesen war.

Möwen kreischten am Himmel, doch Nelson ignorierte sie. „Ich dachte, Sie würden unseren Termin verpassen."

Er sprach in einwandfreiem Russisch. Einer der Vorteile der Langzeitausbildung bei der CIA war das intensive Sprachtraining. Er war in der Lage, jemanden in fünf verschiedenen Sprachen übers Ohr zu hauen.

Denisovitch blickte auf das Wasser hinaus. „Unser Verkehr kann um diese Zeit am Morgen problematisch sein. Ich habe aus Moskau anreisen müssen. Der Flug hat sich verspätet, und dann haben wir uns durch den Verkehr gekämpft."

„Ja, ich war überrascht, als Sie mich baten, Sie hier zu treffen. Ich dachte, Sie blieben lieber in Moskau." St. Petersburg war nicht gerade ein Hort der Geschäftigkeit. Es war eine Touristenstadt, ein Ort für Künstler und Intellektuelle. Die ganze Macht konzentrierte sich vorläufig in Moskau.

Denisovitch entfloh ein Glucksen, mit den Augen verfolgte er ein Boot, das in Richtung Palastbrücke segelte. Das Venedig des Nordens war erwacht und lebendig. Er zeigte zur Eremitage. „Hier gibt es viel zu tun. Dies ist unsere Hafenstadt. Wir mögen hier unterm Radar sein, doch zweifeln Sie nicht daran, dass alles uns gehört, was hier in Sicht ist. Sehen Sie das Gebäude?"

Es kostete Nelson Überwindung, um nicht mit den Augen zu rollen. Das Gebäude war ein barockes Meisterwerk. Jeder, der etwas von Museen verstand, wusste, was die Eremitage war. Drei separate Paläste, die zusammen alle Schätze Russlands beherbergten, einige davon nach dem Zweiten Weltkrieg aus Deutschland gestohlen. Russland verstand die Kunst des Handels. Dem Sieger die Beute. „Das ist die Eremitage. Wollen Sie mir eine Lektion in Kunst erteilen?"

„Nein, in Geschichte. Es war der Sommerpalast der Zaren. Jetzt bin ich der Zar. Ich übersommere hier wie Peter der Große. Es ist zivilisierter hier als in Moskau. Zu viele Hände verdammter Politiker versuchen sich an meinem Kuchen zu bedienen. Es ist schön hier, und ich kann in den Kathedralen beten."

Sankt Petersburg hatte mehr als genug orthodoxe Kathedralen. Es war ihm zu Ohren gekommen, dass Denisovitch gottesfürchtig war. Gut zu wissen, dass in Russland die Scheinheiligkeit auf der Tagesordnung stand, wohl auf und weit verbreitet war. „Wir alle müssen ein Zuhause finden."

„Das ist wahr. Jetzt habe ich genug von dem Geplauder. Sagen Sie mir die Wahrheit. Haben Sie sie gefunden?"

Nelson musste beinahe seufzen, denn nun folgte der Teil des Jobs, den er so sehr genoss. Er hatte es geliebt, bei der CIA gewesen zu sein. Er liebte es jetzt. Er konnte mehrere Leute gleichzeitig verarschen, indem er sie im Glauben gelassen hatte oder stets glauben ließ, ihr Partner zu sein. Es war beinahe himmlisch. „Das habe ich."

Charlotte Denisovitch hätte seine Königin sein können. Er hatte sie herangezogen. Oh, sie war nichts weiter als eine Frau, dementsprechend hatte er sie wie eine benutzt. Ihre Schönheit war ihr größter Trumpf, Reinheit jedoch hatte er nie besonders geschätzt. Es war ihm scheißegal, dass Ian Taggart sie zuerst hatte. Es war notwendig gewesen. Hätte sie seiner Absicht Folge geleistet, hätte er sie ins Bett gezwängt und ihren sinnlichen Körper und ihr undurchsichtiges Hirn für sich in Anspruch genommen. Er hätte sie nach seinem Gutdünken benutzt, doch er hätte sich auf seine Art um sie gekümmert.

Sie hatte sich für einen anderen Weg entschieden, und der sollte sie alles kosten.

„Sagen Sie mir, wo die Schlampe ist", befahl Denisovitch.

Das war der Grund, warum er den ganzen Weg hergekommen war, währenddessen er diesen verdammten idiotischen Playboy in Indien hätte beobachten müssen. „Ja. Ich glaube, Sie werden feststellen, dass sie in Dallas, Texas, ist."

Denisovitch wirkte angespannt. „Also ist sie zu ihm gegangen."

Sie hatte „ihn" bereits vor einigen Wochen besucht, doch das hatte Nelson verpasst. Er war damit beschäftigt gewesen, den Scheiß in Ordnung zu bringen, den der Idiot von Taggart hinterlassen hatte, indem er eine Waffenlieferung nach Afrika blockierte. Den diktatorischen Kriegsherren gefiel es nicht, wenn ein Arbeiter ihr Geld nahm und sie nichts dafür bekamen.

Dem Himmel sei Dank, dass es sich bei ihm um keinen gewöhnlichen Waffenhändler handelte. Ian Taggart hatte keine Ahnung, womit er es hier zu tun hatte, und dabei wollte es Nelson auch belassen. Wenn Taggart je herausfände, wie tief sich der Komplott hineinzog, wären sie alle gefickt.

„Sie und ihre Fotze von Schwester haben sich vor ein paar Tagen ein Haus in Dallas gekauft. Ich habe es sich einen Mann ansehen lassen. Was immer Sie über die Schlampe sagen wollen, sie ist gründlich. Sie hat ein hochmodernes Sicherheitssystem errichtet, und sie geht zu mehreren Ausgängen aus dem Haus. Sie folgt stets keinem Zeitplan. Wenn Sie sie zu erwischen versuchen, wenn sie die Wohnung verlässt, brauchen Sie drei Killer, um ganz sicher zu sein."

Charlotte Denisovitch stellte ein Problem dar. Sie hatte sich als zu clever für Nelsons Geschmack erwiesen. Er hatte schon drei Mal versucht, sie töten zu lassen, doch sie war nicht zu fassen. Drei seiner guten Männer waren ihren Fähigkeiten erlegen. Er konnte es sich nicht leisten, schwach dazustehen. Seine Männer neigten dazu, jegliche Form von Schwäche geringzuschätzen.

„Dann schick ich alle hin. Ich möchte doch nicht, dass meine liebe Nichte denkt, ich hätte sie vergessen."

Mikhail lehnte sich vor, die Ellbogen auf die Betonwand gestützt, die sie vor dem Hineinfallen bewahrte. „Ich hab' die gleiche Information. Ich hab' gestern einige nach Amerika geschickt. Es ist gut zu wissen, dass wir gegenseitiges Vertrauen genießen."

Es war gut, dass ihn, wenigstens einmal, die Wahrheit zu sagen, weitergebracht hatte. Er neigte eher dazu, die Leute zu bescheißen. „Ich käme doch nie auf eine andere Idee."

Denisovitch hielt den Kopf schief. „Es ist gut, Freunde zu haben. Vielleicht sollten wir uns abermals aushelfen."

Ja. Ja. Ja. Deshalb hatte er wirklich den ganzen Weg auf sich genommen, herzukommen. Eine Möglichkeit, alle seine Probleme loszuwerden. Er verzog sein Gesicht zu einer höflichen Ausdruckslosigkeit. „Was meinen Sie damit?"

Denosivitch lachte, doch es klang harsch. „Ich mein', Sie haben ein Problem, und ich hab' eines. Unsere Probleme sind vermutlich gerade dabei zu vögeln, während wir hier sprechen. Es sollte ein Leichtes sein, ihnen den Garaus zu machen, oder?"

Ganz einfach. Jetzt konnte sich Denisovitch mit dem Scheiß rumschlagen, und er könnte sich wieder seiner wahren Errungenschaft widmen – Indien und diesem Idiot von König in Posemuckel, Loa Mali. „Taggart stellt schon länger ein Problem dar, doch wenn Sie ihn ausschalten, wird der Rest des Teams hinter Ihnen her sein."

Denisovitch schnippte mit den Fingern, und der stoisch aussehende Schlägertyp im Anzug trat vor, eine Akte in der Hand. „Darüber habe ich bereits nachgedacht. Reicht das?"

Nelson nahm die Mappe und sah sie schnell durch. Sean Taggart. Alexander McKay. Liam O'Donnell. Jacob Dean. Adam Miles. Eve St. James. „Was ist mit dem Briten? Er hat einen Briten vor einigen Monaten angeheuert."

„Glauben Sie im Ernst, dass er loyal ist?"

Der Dreckskerl war beim MI6 gewesen und hatte seinen Stellung aufgegeben, um Taggart zu folgen. Ganz sicher verhielte er sich loyal. Taggart befahl seinen Männern nichts anderes als eine Wahnsinns Loyalität. So hatte er es auch in der Army kennengelernt. Zum Glück suchte die CIA Loyalität gegenüber allen anderen zu verhindern als ihr selbst. „Ich denke, wir können mit Sicherheit sagen, dass er Ärger macht. Töten Sie ihn auch. Unfälle wären am besten, doch Mordanschläge tun es auch."

Denisovitch zeigte auf das Photo von Eve St. James, die kürzlich ihren Namen wieder in McKay hatte ändern lassen. „Glauben Sie wirklich, die Frau stellt eine Bedrohung dar?"

Er wollte dem Mann jetzt keinen Rückzieher erlauben. „Unterschätzen Sie die Frauen nicht. Hat Ihr Bruder nicht den gleichen Fehler begangen?"

Denisovitch verzog das Gesicht, als hätte er soeben etwas Verfaultes gerochen. „Ich hab' meinem Bruder davon abgeraten, diese amerikanische Hure zu heiraten. Als sie abgehauen ist, hab' ich ihm gesagt, er solle sich einen Scheiß um die Kinder des Weibstücks kümmern, doch er musste sie ja bestrafen. Ist gut, ich lass' die Frau auch umbringen."

„Grace Taggart", ergänzte Nelson. „Vergessen Sie nicht Seans Frau und Kind. Es ist immer besser, die ganze Horde auszuschalten. Immerhin hat Ihr Bruder seine untreue Frau ermordet, nur um schließlich von seiner untreuen Tochter getötet zu werden."

Nelson hatte noch eine Rechnung mit Grace und Sean offen. Oh, er wünschte, er könnte Seans Gesicht sehen, wenn seine Frau und sein Baby ermordet wurden und ihm bewusst war, der Nächste zu sein. Wäre das ein schöner Tag, doch er hatte etwas Besseres zu tun. Er müsste es sich einfach vorstellen.

„Ist gut. Doch Charlotte als Erste. Sie stirbt, dann ihre Schwester und dann folgt der Rest. Darauf bestehe ich."

Wenn der Wichser Ian und Sean nicht zuerst erwischte, gäbe es Krieg. Ein Krieg mit dem Syndikat hingegen würde Taggart beschäftigen und Nelson frei arbeiten lassen. Keine so schlechte Idee.

Nelson streckte ihm eine Hand entgegen. „Dann überlasse ich alles Ihnen."

„Ich werde diese Leute ausschalten. Jeder, der mit Charlotte und ihrer Schwester zu tun hatte, wird sterben. Darum werde ich heute beten."

Der Russe begann, sich über Rache und Gott auszulassen, doch Nelson starrte nur auf die Stadt. In der Ferne erblickte er die hohen Türme der Kirche des Vergossenen Blutes. Nelson wandt den Blick nicht ab.

Es passte hervorragend, wollte er Taggart doch bluten lassen.

* * * *

Ian wachte vom Geruch von gebratenem Speck auf. Und wollte sich sogleich übergeben. Oh, er machte oft Witze übers Kotzen, doch heute war es Wirklichkeit geworden. Ihm drehte sich der Magen um, er grummelte und drohte zu platzen.

Wie viel dieses verfickten Scotch' hatte er sich gestern Abend hinter die Binde gekippt? Genug, um den verrücktesten Traum zu haben. Charlie war zurückgekommen. Sie war direkt zu ihm gekommen, auf die Knie gefallen und hatte seinen Schwanz auf ihre enthusiastische, wahnsinnig heiße Art gelutscht.

Und sie hatte erdbeerblondes Haar und neue Narben.

Und sie hatte ihm in die Fresse geschlagen.

Er hob die Hand und befühlte seine Nase. Jo. Kein Traum.

„Du kannst genauso gut aufwachen. Umso eher du nachgibst, desto schneller kommst du durch den Kater, Bruder."

Sean. Das war kein Traum. Es war ein Albtraum. Er zwang sich, die Augen zu öffnen, und tatsächlich, sein Bruder saß ihm gegenüber, ein Bein nachlässig übers andere geschlagen. Die Sonne strahlte durch eines seiner Schlafzimmerfenster hinein. Es musste sich um eine Liebenswürdigkeit vonseiten Seans handeln, denn er öffnete die Verdunkelungsvorhänge nie. Er mochte es dunkel, doch die Sonne schien herein und verlieh seinem jüngeren Bruder quasi einen Heiligenschein. „Was verfickt nochmal machst du hier? Wenn ich's mir recht überlege, wie bist du eigentlich reingekommen?"

Zur Zeit schien jeder an seinem Sicherheitssystem vorbei zu kommen.

„Du hast mich reingelassen, Ian. Ich bin am Tor aufgetaucht. Du hast mich reingelassen, nachdem ich dir versprechen musste, der Pizzamann zu sein."

Es war noch schlimmer, als er dachte. „Das hab' ich nicht."

Sean riss die Augen auf, ein amüsiertes Grinsen blitzte in seinem Gesicht auf. „Oh, doch, das hast du. Du hast gegen Mitternacht Heißhunger gekriegt. Ist schon gut, Mann. Du warst voll kontrolliert und sehr männlich, als du mir drohtest, mich abzuknallen, wenn ich deine Pizza mit Sardellen belegt hätte."

Sein Magen drehte sich bei dem Gedanken, doch er gab Acht, ein vollkommen heiteres Gesicht zu machen. „Gut, ich formulier' die Frage um. Warum bist du hier?"

„Weil deine Frau mir sagte, du würdest mich brauchen."

Er würde sie töten. Er würde seine Hände um ihren hübschen Hals legen und zudrücken. Bloß war sie, sobald er sich vorstellte, seine von den Toten auferstandene Frau zu töten, plötzlich nackt, und er dachte nicht mehr daran, sie zu erdrosseln. Vielleicht könnte er sie zu Tode ficken. Das wäre die bessere Möglichkeit.

"Ich war überrascht, diesen speziellen Anruf zu bekommen", fuhr Sean fort. „Da mir nicht bekannt war, dass du eine Frau hast."

„Hab' ich auch nicht." Er wollte aufstehen. Er wollte duschen und den Tag beginnen. Er konnte nicht im Bett rumliegen. Er musste rauskriegen, ob Charlie wegen Eli Nelson gelogen hatte. Sie war zu gerissen, um sich eine Geschichte komplett selbst auszudenken, daher war er sich sicher, dass irgendwo ein Körnchen Wahrheit darin steckte. Es war seine Aufgabe, die Wahrheit aus der gequirlten Scheiße herauszufiltern, sie dieses Mal mit ihren eigenen Waffen zu schlagen.

„Sie schien diesbezüglich sehr eindeutig zu sein." Sean lehnte sich vor. „Dort steht Wasser und Ibuprofen auf dem Nachttisch. Was hatte es mit dieser Guns N' Roses-Flut auf sich? Im Ernst, du hast dir den Song dreihundert Mal letzte Nacht angehört. Ich wollte mir nach einer Stunde selbst die Ohren wegpusten."

Er hasste sie wirklich. Wie konnte sie Sean da mit reinziehen? „Ich mag Axl Rose. Irgendwas an seinen Haaren spricht mich an."

Er schluckte die Pillen. Hätte ihm irgendwer anderes gegenüber gesessen, er hätte sie nicht genommen. Er hätte unterstellt, sie seien ein Gift, das seine Eingeweide auf schreckliche Art und Weise verflüssigte. Zur Hölle, er trank kaum einen Drink, den er sich nicht selbst eingeschenkt hatte, doch er vertraute Sean. Auch wenn Sean nur noch selten mit ihm sprach. Wenn er jetzt darüber nachdachte, war er Sean seit einem Jahr nicht mehr so nah gewesen.

Er vertraute seinem Team – Alex und Eve und Li und Jake, und sogar diesem Mistkerl Adam. Er vertraute Grace und Serena und Avery, weil sie seine Brüder liebten, doch bis hier und nicht weiter.

Simon kannte er noch nicht lang genug, und Jesse vertraute er so weit, wie er den Scheißkerl werfen konnte.

Charlie war der lebende Beweis dafür, dass er niemandem außerhalb seines Kreises trauen konnte.

„Na komm schon, Mann. Ich hab' dich noch nie so erlebt, wie du gestern Abend warst."

Er warf seinem Bruder einen fragenden Blick zu. „Hab' ich mich auf eine Art benommen, wie ich es nicht hätte tun sollen?"

Sean fuhr sich frustriert mit der Hand durchs Haar und lehnte sich zurück. „Nein. Du hast dagesessen. Du hast getrunken. Du hast mich angeschrien, als ich versucht hab', die Musik auszumachen. Du warst absolut gleichmütig und hast dich geweigert, über irgendwas anderes zu reden, als über deine Pizza. Ich bin, ehrlich gesagt, noch immer überrascht darüber, dass du es geschafft hast, sie bei dir zu behalten. Ich hab' den Teig selbst zubereiten müssen, weißt du. Wenn du mich schon zwingst, mitten in der Nacht für dich zu kochen, dann lass uns darüber reden, in deiner Küche was auf Lager zu haben. Ich musste Alex anrufen, um Zutaten vorbei zu bringen. Wie überlebst du nur mit Kellog's und abgestandenem chinesischen Essen?"

Er aß öfter im Büro als sonst wo. Grace schmuggelte alles, was Sean am vorigen Abend gekocht hatte, in den Kühlschrank im Büro, und jeder wusste, dass Ian ihn umbrächte, das Essen auch nur anzurühren.

Gott, sein Leben bestand aus einem erbärmlichen Kreislauf aus Schlafen, am Schreibtisch zu essen und sich zum Training zu zwingen. Er war wegen dieser Frau seit Jahren schlafwandelnd durchs Leben gegangen. Das musste aufhören. Wenn es ihn eines gelehrt hatte, dass sie auf seiner Türschwelle aufgetaucht war, dann, dass es Zeit war, sie loszulassen.

„Ich brauch' eine Sub. Das ist mein Problem. Ich brauch' wen, der sich um den täglichen Scheiß kümmert, dann wird es mir gut gehen. Ich werd' Ryan Bescheid sagen, dass ich Bewerbungen annehme." Das täte ihm gut. Er war schon seit Jahren ein Feigling, was seine eigenen Bedürfnisse anging. Er brauchte eine Vollzeit-Sub, die den Haushalt schmiss, sich um die Nichtigkeiten des Lebens kümmerte, dafür sorgte, dass er satt war und sich seiner sexuellen Bedürfnisse annahm. Im Gegenzug böte er finanzielle Unterstützung und seine eigene Art von

Disziplin an.

Ja, genau das sollte er tun. Vielleicht besser zwei Subs. Er hatte eine Menge Bedürfnisse.

Seans riss die Augen wieder auf. „Ich denke, das wäre ein Fehler.“

„Ich dachte, du wärst begeistert. Ich verlass' mich viel zu sehr auf Grace.“

Sean seufzte, so wie er es immer getan hatte, als er jünger war und zugeben musste, etwas falsch gemacht zu haben. „Grace liebt dich. Es stört sie nicht. Und ich mach' extra viel. Ich weiß, du denkst, sie wagt es, meinen Zorn in Kauf zu nehmen, doch ich hab' die ganze Zeit gewusst, dass sie dich durchfüttert. So wütend ich auch auf dich war, du bist immer mein Bruder. Ich lass' dich nicht verhungern. Gott weiß, du mich genauso wenig.“

Ihre gemeinsame Kindheit verband sie. Ihr Vater hatte sie im Stich gelassen, und ihre Mutter hatte jemanden gebraucht, der ihr sagte, was sie tun sollte. Ian war gezwungen gewesen, die Kontrolle zu übernehmen. Er hatte sich einen Job suchen und Geld verdienen müssen, während er die Highschool besuchte, um dafür zu sorgen, dass Sean alles hatte, was er brauchte. Es war in diesen Jahren öfter vorgekommen, dass sie nicht genug zu essen hatten und Ian dafür sorgen musste, dass Sean satt ins Bett kam, auch zum Nachteil seines eigenen Magens. Er hatte es tun müssen. Sean war der Jüngere. Sean hatte ihn gebraucht. Das hatte er von da an gewusst, als Sean geboren worden war. „Das spielt jetzt keine Rolle.“

„Du hast keine Ahnung, wie sehr mich diese Haltung nervt, doch ich belass' es dabei. Ich bin froh, dass du Grace helfen lässt. Kris wird Grace nicht den Kopf abreißen. Ich mach' mir Sorgen, was sie tut, wenn du damit anfängst, Subs vorsprechen zu lassen. Du hast eine Frau. Sie sind angepisst, wenn andere Frauen meinen, ihren Platz einnehmen zu können.“

„Sie ist nicht meine Frau.“ Für einen Augenblick hatte er vergessen, dass Sean Charlie bereits kannte. Sie hatten zusammen in Florida gearbeitet. „Und ihr Name ist nicht Kris.“

Sean verdrehte seine blauen Augen. „Ich weiß. Pardon. Charlotte. Ich wünschte, jeder bliebe bei demselben Namen. Ich bin schon zu lange raus, um mir jeden falschen Namen aller zu merken. Der Name meines stellvertretenden Küchenchefs ist Hans. Ich kenn' seinen

Nachnamen gar nicht. Brauch' ich auch nicht. Einfach nur Hans. Ein Name pro Person, bitte."

Sein Schädel hämmerte. Kater waren absolute Scheiße. „Schön für dich und Hans. Ich hoffe, ihr werdet sehr glücklich miteinander."

„Ja, der Punkt ist, du wirst nicht damit glücklich sein, wenn Charlotte anfängt, den Subs im Sanctum die Köpfe abzuschlagen. Sie scheint eine nette Frau zu sein, doch es steckt auch eine verrückte Zicke in ihr."

Er hatte ihr die verrückte Zicke vom ersten Moment an angesehen. Es war ihr direkt an ihren kristallblauen Augen abzulesen gewesen. Ja, deshalb hatte er sie geliebt. Sie gewollt. Sie ficken wollen. Das war alles. „Sie wird bald weg sein."

Sobald sie merkte, dass er ihr nicht das gab, was sie wollte, zöge sie weiter und er könnte sie wieder vergessen.

Bloß, dass er es nie geschafft hatte, sie zu vergessen.

„Weiß sie das? Ich glaub nämlich nicht, dass sie das aufm Schirm hat", sagte Sean. „Sag mal, warum erzählst du mir die Geschichte nicht von vorn? Wo hast du sie kennengelernt?"

Er hatte nicht die Absicht, diese alte Geschichte wieder aufzuwärmen. Irgendwas war falsch. Es spukte in seinem Kopf herum. Ihm fehlte ein wichtiges Detail. „Sie befand sich in einem Club. Ich hab' sie gefickt. Sie wollte nicht gehen. Dann starb sie. Geschichte vorbei."

„Gott, du bist widerlich. Du hast die Frau geheiratet. Da muss doch noch mehr sein."

Was zum Teufel hatte er übersehen? „Ich schließ' mich eurer Die-unterm-Pantoffel-stehenden-Männer-Therapiegruppe nicht an, Sean."

Sean zeigte ihm den Mittelfinger. „Das nennt sich Pokerclub, Arschloch, und wir wollen dich nicht haben."

Speck. Das war das Problem. Er wurde still, sich zwingend, wirklich hinzuhören. Irgendwer kochte, und das war ganz sicher nicht Sean. „Hast du Hans mitgebracht?"

Sean winkte den Gedanken beiseite. „Ne, das ist Alex."

Scheißkerl. Er kam auf die Füße, sein Kopf drohte zu platzen. Ein Mann konnte sich hier einfach nicht im Stillen zu Tode saufen. Nein. Seine Freunde mussten ja auftauchen, um sich die Show anzusehen. „Er sollte in den Flitterwochen sein."

67

Alex' großer Körper befand sich plötzlich in der Tür. „Eve und ich haben abgesagt. Das hier ist viel wichtiger."

Gott, Alex brachte ihn um. Er war kurz davor, sich zu übergeben. „Ich brauch' keinen, der mir verfickt nochmal die Hand hält."

„Oh, nein. Du missverstehst. Ich meinte nicht, emotional für dich da sein zu wollen. Ich weiß, dass du das nie zulassen würdest. Ich meinte, wie lustig es wird, dabei zuzusehen, wie du mit Kris...Charlotte umgehst. Eve und ich waren uns einig, dass es viel besser als Hawaii sei, zuzusehen, wie die Scheiße den Bach runter geht."

Jetzt zeigte er seinem besten Freund seinen fröhlichen Mittelfinger. „Fick dich, Alex."

„Komm schon, Mann. Du warst immer für mich da. Du hast Frauenprobleme. Du kannst dich bei mir anlehnen."

„Bei dir klingt das so, als würd' ich menstruieren, Alex."

Sean nickte. „Das würde die Stimmungsschwankungen erklären, und so vieles in meiner Kindheit."

Er schenkte seinem Bruder einen Blick, der ihn zum Rennen hätte veranlassen sollen. „Ich hab' keine Stimmungsschwankungen. Ich hass' einfach alles. Siehst du, das ist es, was sie mit ausgeglichenem Temperament meinen."

Alex gluckste. „Ich glaub', Eve wäre da anderer Meinung, doch gut zu sehen, dass dich die letzte Nacht nicht verändert hat. Ich hab' mir Sorgen gemacht, dass deine Geliebte von den Toten zurückkommt und du ein veränderter Mann bist, rührselig und sentimental."

„Sie hat Glück gehabt, dass ich sie nicht umgebracht hab'." Er hatte nicht mal annähernd daran gedacht. Er hatte eine Waffe in der Hand gehalten. Er hatte die, die ihn verraten hatte, im Visier gehabt, aber nein, im Gegenteil, er hatte sie überredet, ihm einen zu blasen, sie beleidigt und weggeschickt. Vielleicht hatte Alex recht. Er war total verweichlicht. Wenn er nicht aufpasste, endete er noch am Donnerstagabend in Seans „Poker"-Club, der in Wirklichkeit nur eine Ausrede war, um importiertes Mädchen-Bier zu trinken und ihre Gefühle zu diskutieren. Sie spielten Poker, um sich symbolisch als Männer bezeichnen zu können.

Er hätte sie erschießen sollen. Dann könnte er in einer netten, bequemen Gefängniszelle sitzen, weit entfernt von seinen aufdringlichen Freunden.

Alex runzelte die Stirn. „Ich war eigentlich überrascht, dass sie nicht mehr hier war. Ich dachte, du wolltest sie befragen. Ich bin rübergekommen, um sicherzugehen, dass sie nicht irgendwo gefesselt ist."

Doch wenn er sie gefesselt hätte, wäre er nicht mehr in der Lage gewesen, sie in Ruhe zu lassen. Er hätte ihr den saftigen Arsch versohlt und es hätte nicht lange gedauert, bis er seinen Schwanz in ihr kleines Arschloch geschoben hätte.

Gott, er hatte sie nie in den Arsch gefickt. Er hatte sie dafür vorbereitet, als sie „gestorben" war. Das hätte er ihr abluchsen sollen. Er hätte ihr versauten Analsex abluchsen sollen.

„Es ist mir egal, was sie dazu zu sagen hat." Er spräche nicht mit ihnen darüber, was ihm durch den Kopf ging. Alex brauchte nicht zu wissen, dass er immer noch pervers besessen von dem Arsch seiner Ex war.

„Ian, sie ist clever", betonte Alex. „Wenn sie sagt, sie hätte eine Verbindung zu Nelson, sollten wir das prüfen."

„Sie hat für Nelson gearbeitet, also können wir ihr nicht glauben. Außerdem ist sie kriminell."

„Ich denke nicht, dass sie das noch tut. Du hast sie nicht in Florida gesehen." Alex lehnte sich an den Türpfosten. „Ich glaube, sie hat versucht, sich reinzuwaschen. Für dich."

Das Wiederverheiraten hatte aus dem Hirn seines besten Freundes Brei gemacht. „Sie ist eine Lügnerin. Sie hat mich gefickt für Geld und Informationen, und deshalb ist sie jetzt hier."

Sean pfiff los. „Sag mir, dass du sie nicht als Hure bezeichnet hast."

Ian verstummte. Er wollte seinen Bruder nicht anlügen.

„Fuck", fluchte Sean, griff in seine Tasche und zog etwas heraus, das wie ein Stapel Zwanziger aussah.

Alex nahm sie kopfschüttelnd entgegen. „Ich hab's dir gesagt." Er wandte sich Ian zu. „Wir haben gewettet, woher du das Veilchen hast."

„Fickt euch beide. Raus aus meinem Haus." Er stakste zum Badezimmer. Er brauchte eine Dusche. Er musste wieder ruhig und vernünftig werden. Was auch immer Charlie damit beabsichtigt hatte, seinen Bruder zu kontaktieren, es war egal, denn es würde verfickt nochmal nicht funktionieren.

„Mach dir nichts draus. Auf diese Weise sagt er, ich liebe dich", erklärte Sean Alex.

Alex lachte, den Kopf schüttelnd. „Frühstück ist fertig, sobald du's verdauen kannst, Bruder."

Er knallte die Tür zu. Die beiden würden nicht gehen. Er hätte Adam verschrecken können zu gehen. Jake hätte seinen Befehl befolgt. Simon machte sich nichts aus ihm, um sich mit ihm anzulegen, doch Sean und Alex glaubten ihm nicht, selbst wenn er drohte, sie beide zu erschießen.

Vielleicht musste er die ganze Sache des „inneren Kreises des Vertrauens" nochmal überdenken. Sie biss ihm jetzt irgendwie in den Arsch. Es sollte ihm möglich sein, sich in seinem Elend zu suhlen, aber nein, er musste mit diesem Scheiß fertig werden.

Er erhaschte einen Blick von sich im Spiegel. Verdammt, sah er scheiße aus. Er hob die Hand und berührte sein linkes Auge. Es war nicht schrecklich, doch es war ein Bluterguss. Charlie wusste, wie sie zuschlagen musste.

Er mochte nicht daran denken, wie oft sie zugeschlagen hatte. Da waren sie wieder, diese nagenden Schuldgefühle, denen er nicht nachgeben wollte.

Er stellte die Dusche an, sich nicht darum scherend, das Wasser warm werden zu lassen. Er brauchte verfickt nochmal keine Hitze. Eis. Er musste daran denken, dass Eis durch seine Adern floss. Er schlüpfte aus seiner Hose. Er war offenbar aus den Latschen gekippt, während er sie noch anhatte.

Was verfickt nochmal hatte diese Frau mit ihm gemacht? Er hatte die Kontrolle verloren. Er verlor nie die Kontrolle. Er hatte sich betrunken und war ohnmächtig geworden. Selbst all die Jahre, in denen er um sie getrauert hatte, erinnerte er sich immer an alles. Einmal im Jahr, an ihrem Todestag, hörte er dieses verfickte Lied, trank Scotch und dachte darüber nach, warum er keine andere Frau an sich ranlassen wollte. Kein einziges Mal war er ohnmächtig geworden und hatte den Großteil des Abends vergessen. Es war gefährlich. Es war dumm.

Sie brächte ihn am Ende noch um.

Er trat in die Dusche, sein Kopf noch immer pochend. Die Kälte schoss durch seinen Körper, doch er begrüßte sie. Zumindest ließ sie seinen Schwanz etwas kleiner werden. Das verdammte Ding hatte sich seit dem Zeitpunkt, als sie hereingekommen war, nicht entspannt.

Trotz der Kopfschmerzen und seines verdrehten Magens war sein Schwanz steinhart geworden, als er an Charlie gedacht hatte.

Es spielte keine Rolle, denn sie war weg, und er würde sie nicht noch einmal reinlassen. Wenn sie auftauchte, würde er die Bullen rufen. Diesem kriminellen Superhirn gefiele es nicht, die Polizei zu sehen. Trotz allem, was Alex sagte, wusste er verdammt gut, dass sie immer noch irgendwelche Betrügereien anstellte. So war sie nun mal.

Und er war ein Profi, der einen Job zu erledigen hatte. Er konnte nicht zulassen, dass Charlie ihm in die Quere kam.

„Kaffee?" Alex hielt ihm einen Becher hin. „Heilige Scheiße. Ist das kaltes Wasser?"

Keiner ließ ihn zufrieden. Nicht mal, wenn er nackt war. Er nahm den Kaffee, hatte etwa die Hälfte des Bechers heruntergeschüttet, bevor er sie wieder zurückgab. „Ja. Das ist die einzige Möglichkeit, um wach zu werden. Ich nehm' das Frühstück für unterwegs mit. Es wird dir noch leid tun, dass ihr eure Flitterwochen verpasst habt, denn heute wird nur ein weiteres Treffen stattfinden. Ruf alle an und stell sicher, dass alle im Büro sind. Ich hab' ein paar Infos über Eli Nelson zu überprüfen."

„Oh, sind alle schon im Büro. Bereits in der Besprechung."

Ian starrte seinen Freund an. „Welche Besprechung? Ich hab' keine Besprechung einberufen, und du solltest in einem Flieger sitzen. Falls Adam entschieden hat, einen Putsch anzuzetteln, dann lass mich dir sagen, dass mir danach zumute ist, jemandem den Arsch aufzureißen."

„Ähm, deine Frau hat ein Meeting anberaumt. Anscheinend ist sie der Meinung, dass ihr die Hälfte von McKay-Taggart zusteht, und meinte, da der Boss seinen Kater ausschläft, würde sie für heute übernehmen."

Das kalte Wasser konnte ihm nichts mehr anhaben. „Das würde sie sich verfickt nochmal nicht wagen."

„Oh, das hat sie. Siehst du, absolut wert, sich den Urlaub entgehen zu lassen", sagte Alex mit einem Grinsen.

Ian drehte das Wasser ab. Er hielt es nicht mehr für nötig sauber zu werden. Es würde ein eher blutiger Tag werden.

* * * *

„Gib mir einen guten Grund, warum ich hier sitze." Simon Westons abgehackter britischer Akzent schnitt durch die Stille des Konferenzraums.

„Weil ich Ihr Chef bin, und ich Ihnen hab' ausrichten lassen, hier zu sein." Die beste Methode, durch die raue See zu kommen, war, geradewegs den Wellen entgegen zu segeln. Charlie hatte schon so manch schwierige Situation überstanden, weil sie sich benahm, als gehöre ihr der Laden.

Sie fragte sich, ob der Kopf ihres Arschloch von Gebieters schmerzte. Er hatte sich die Nacht zuvor den Scotch runtergekippt, als käme er bald aus der Mode. Sie war sich bewusst, dass er die Beschimpfungen und so irgendwie verdient hatte, doch sie konnte nicht anders, als sich zu wünschen, bei ihm zu sein und sich um ihn zu kümmern. Besser war es, Sean machte den Job und kümmerte sich um seinen Bruder. Sie waren eine Familie. Das war es, was eine Familie ausmachte.

Oder zumindest war es das, was sie von Ian gelernt hatte. Die Familie gab nicht auf. Die Familie machte weiter, selbst wenn einer von ihnen ein komplettes Arschloch von Idiot war, der seine Frau eine Hure nannte.

Simon starrte sie an, als bereitete er sie mental für eine Zwangsjacke vor. „Davon weiß ich nichts."

Eve McKay setzte ihren stets präsenten Reisebecher mit Kaffee ab, ein Grinsen im Gesicht. „Na, komm schon, Simon. Sie wissen doch, warum Sie hier sind. Sie sind neugierig. Genau wie der Rest von uns."

Adam klatschte in die Hände und warf sich in einen der Stühle. „Ich freu' mich riesig. Ich glaub', Kris wird Ian den Arsch aufreißen, darauf hab' ich gewartet."

Sie mochte Adam, doch sie musste ihrem Gebieter die Stange halten. Trotz der ganzen Schlag-ins-Gesicht-Sache – was sie jeder Zeit wieder täte – war sie gewillt, eine gute Sklavin zu sein, und das bedeutete, Partei für ihren Gebieter zu ergreifen. Es war unübersehbar, dass er einige schwierige Mitarbeiter beschäftigte. „Du solltest Ian Respekt erweisen, Adam."

Adam runzelte die Stirn. „Ich dachte mir, du machtest mehr Spaß als das."

Eve beugte sich vor. „Alex hat mir erzählt, Ian hat ein blaues Auge."

Adam formte eine Siegerfaust. „Fuck, yeah. Na bitte, Mädchen."

Serena klatschte ihrem Mann auf den Arm. „Sei höflich."

Jake stand an der anderen Seite von Serena, einen Becher Kaffee in der Hand. „Er weiß nicht, wie das geht. Er glaubt, Taktgefühl sei ein erfundenes Wort."

Adam runzelte die Stirn. „Nun, wir alle wissen, Taktgefühl bedeutet schlichtweg, sich einen Scheiß zusammen zu lügen. Wer von uns hat keinen Beifall geklatscht, als wir herausfanden, dass Kris Ians lang verschollene Frau ist? Kommt schon."

Eve, Jake und Serena hoben die Hände.

„Nun, ich war angepisst herauszufinden, dass sie mit ihrem Namen gelogen hat." Jesse Murdoch saß neben Simon, ein mürrisches Gesicht machend.

„Ich war undercover." Sie mochte Jesse nicht wirklich. Er hatte sie angeschossen.

„Das war ich auch, doch ich hab' meinen richtigen Namen benutzt. Es ist verwirrend, ständig den Namen zu wechseln", schoss Jesse zurück.

Er war ein bisschen langsam, doch sie hatte sich geschworen, gütiger gegenüber allen Geschöpfen Gottes zu sein, auch zu den langsameren. „Tut mir leid, Jesse. Ich heiße Charlotte. Ich werd' versuchen, mich in Zukunft unmissverständlich auszudrücken, damit Sie in Zukunft den vollen Namen der Frau kennen, auf die Sie schießen und dabei schreckliche Narben hinterlassen."

Sie war vollkommen zufrieden damit, wie er errötete.

Simon gluckste leise in seinen Atem. „Da hat sie dich. Benimm dich nicht wie ein verfickter Idiot. Ich bin dein verdammter Protegé. Lass mich nicht schlecht aussehen."

„Ich bin nur hier, um zu hören, was Sie über Eli Nelson wissen." Liam O'Donnell redete nicht um den heißen Brei herum.

Gott, sie fühlte sich beschissen bei seinem Anblick. Der einzige Weg, Liam zu begegnen, war Ehrlichkeit. „Ich weiß, dass er nur wegen mir die Chance bekam, die Wohnung, in der Sie sich befanden, in die Luft zu jagen, und Ihren Bruder mit den Inhaberbonds abhauen zu lassen. Sie mögen es mir vielleicht nicht glauben, doch ich hatte kein

Ahnung, was er vorhatte. Er hat mich nicht aufgeklärt."

Liam hatte seine Frau nicht mitgebracht. Charlie wusste, dass dies hier keine Unterhaltung für ihn darstellte. Es war ernst. Sie hatte mehr Leute verraten als Ian. „Hätte es irgendwas verdammt geändert, wenn ich gewusst hätte, was geschehen würde?"

Sie hasste die Antwort, doch sie sollte wahrheitsgemäß sein. „Nein. Da hatte Eli Nelson meine Schwester bereits."

„Deine Schwester, Chelsea Dennis. Sie wurde in North Carolina von deinem Vater, Vladimir Denisovitch, entführt und nach Moskau gebracht. Er kidnappte sie unmittelbar vor eurem Haus. Du bist älter. Hat er deine Schwester benutzt, um dich dazu zu bringen, mit ihm mitzugehen? Oder hattest du Angst, weil er deine Mutter zu diesem Zeitpunkt bereits ermordet hatte?", fragte Adam unter Beweis stellend, wie klug er war.

Charlie spürte, wie ihr die Kinnlade runterfiel. Sie dachte, Chelsea hätte diese Information verschwinden lassen. „Woher weißt du das?"

„Ist deine Schwester der Hacker?" Adams Augen blitzten auf, als trete er einer Herausforderung entgegen.

Charlie nickte. „Sie ist die Beste der Welt."

Adam lehnte sich zurück. „Die Zweitbeste. Sag ihr, dass sie nicht weit genug gegangen ist. Keine Information verschwindet je wirklich. Du musst schon wissen, welchen Spuren du folgen musst und welche ins Leere führen. Ich hab' erstaunliche Instinkte. Es geht nicht nur um Talent. Ich bin auf euch gestoßen. Ich wusste nicht, ob du es warst oder wer anders, der die Spuren verwischt hat. Ich hab' eine fundierte Vermutung angestellt. Kann sie laufen? Ihre medizinischen Aufzeichnungen waren nicht eindeutig."

Charlie holte tief Luft. Gott, er hatte weit mehr herausgefunden, als sie erwartet hatte. „Sie weist ein ausgeprägtes Hinken auf."

Adams Stimme nahm einen ernsten Tonfall an, als wäre er äußerst mitfühlend. „Wegen des komplizierten Bruchs des Schien- und Wadenbeins beider Beine. Ich kann mir nicht vorstellen, welche Schmerzen das verursacht haben muss. Sie ist über längere Zeit so belassen worden? Ich hab' die Röntgenbilder online gefunden. Sie zeugten bereits von einem Heilungsprozess. Die Ärzte mussten die Beine wieder einrenken, um sie zu richten. Sie war zehn?"

Die Wahrheit konnte ihr hierbei nur behilflich sein. Sie brauchte diese Menschen an ihrer Seite. Doch es fiel ihr so schwer, darüber zu reden. Insbesondere, mit Ians Anschuldigungen, die ihr durch den Kopf gingen. „Sie war zehn Jahre alt. Der einzige Grund, warum mein Vater sie ins Krankenhaus fuhr, ist der, dass ich zustimmte, mich seiner Ausbildung zu unterziehen. Mein Vater war der Kopf des Denisovitch-Syndikats. Meine Mutter haute ab, als sie mit Chelsea schwanger war. Ihr wurde klar, dass sie nicht wollte, dass ihre Töchter von einem Monster aufgezogen wurden. Sie bezahlte wen, der uns beide aus dem Land schmuggelte. Wir lebten für zehn Jahre in North Carolina. Sie dachte, er hätte uns vergessen. Das hatte er nicht. Er tötete meine Mutter und brachte meine Schwester und mich wieder nach Russland. Ich war etwas rebellisch, gelinde ausgedrückt. Er erkannte, dass Chelsea sein bestes Druckmittel war, um mich zu kontrollieren, also brach er ihr eines Tages die Beine. Danach tat ich, was er verlangte.“

„Wie schrecklich“, sagte Serena mit Tränen in den Augen.

Schrecklich beschrieb es nicht mal annähernd. Sie war einst ein glückliches Kind auf der Junior-High gewesen, dessen Mutter sie über alles liebte. Sie hatte eine Zukunft gehabt. Sie wollte aufs College gehen. Dann war ihre Mutter tot und ihre einzige Zukunft lag in den Händen der Langfinger, ihrer angeheirateten Verwandtschaft. „Mein Vater handelte mit Drogen und Frauen, und Eli Nelson versuchte, aus ihm einen Waffenhändler zu machen. Nelson nutzte meine Liebe zu meiner Schwester aus, um mich dazu zu bringen, eine Operation für ihn zu leiten. Er sagte mir, er schaltete meinen Vater aus, wenn ich für ein paar Wochen einen CIA-Agenten für ihn ablenkte.“

„Ian.“ Eve richtete sich auf, ein aufmunternder Ausdruck lag auf ihrem Gesicht. „Du hast versucht, deine Schwester zu retten.“

Nun, zumindest gaben sie ihr mehr Raum als Ian. „Ja. Ich kannte Ian damals noch nicht. Mein Auftrag war es, etwas Zeit mit ihm zu verbringen. Ich hab' nicht damit gerechnet, ihn zu heiraten. Ich hab' nicht damit gerechnet, mich in ihn zu verlieben. Er hätte dasselbe für Sean getan.“

„Ja“, sagte Jake. „Das hätte er. Also, warum bist du zurück?“

Grace brachte ein Tablett mit Kaffee und Donuts herein. „Die Donuts wurden geliefert. Warum hast du zehn mit Zitronenfüllung bestellt?“

„Das ist Ians Lieblingssorte.“

Jake lehnte sich zurück. „Du bist also in den großen Kerl verliebt. Verdammt, viel Glück."

Grace sah auf die vier Dutzend Donuts herunter, die Charlie bestellt hatte. „Ian isst keine Donuts."

Charlie winkte ab. „Er glaubt, er verträgt keine Kohlenhydrate. Er liebt sie, glaub mir. Können wir jetzt zum Punkt des Treffens kommen? Ist jemand an Eli Nelson, alias Mr. Black, interessiert?"

Serena setzte sich auf, ihr Notizbuch in der Hand. „Ich bin es."

Großartig. Die Romanautorin war daran interessiert, was sie zu sagen hatte. Also waren all ihre hart errungenen Daten nur für diejenige Tusse von Bedeutung, die sie mit doppelter Penetration und Gleitmittel zur literarischen Extravaganz kombinierte. „Hört zu, das ist ernst. Ich möchte, dass alle, von den Teammitglieder abgesehen, diesen Konferenzraum verlassen. Das ist keine Spielstunde, Leute. Mit Eli Nelson ist nicht zu spaßen."

Grace runzelte die Stirn in ihre Richtung. „Ja, das weiß ich. Ich hab' zum Beweis eine Metallplatte im Kopf. Du erzählst mir nichts, was wir nicht schon wissen. Davon abgesehen, bist du ohne Ian hier. Ich kenne Serena. Serena ist hier, weil sie ein Mitglied unserer Familie ist. Es ist mir egal, was Sean sagt, du hast mir bis jetzt noch nichts bewiesen. Also wär' ich vorsichtig, oder wir rufen den Sicherheitsdienst und lassen dich hier rausbringen."

Verdammt. Sie hatte Grace in dem Moment verloren, als sie Serena hinterfragt hatte. Hier spielte sich also so etwas wie Frauen-Power ab. Sie brauchte ihnen nicht ans Bein zu pissen, doch sie wollte sich klar ausdrücken. „Ich werd' euch meine Heiratsurkunde bereitstellen."

Simon lächelte, doch es hatte etwas Raubtierhaftes. „Wir werden keinen Sicherheitsdienst rufen müssen, Liebes. Ich werd' Sie persönlich hinausbegleiten."

Yeah, sie war sich sicher, dass er sie auf die fieseste Art hinausbrächte. „Ich bin hier, weil ich Ian liebe. Ich hab' bereits für das Team geblutet."

„Grace, sie hat Alex gerettet", erklärte Eve.

„Wegen ihr ist Evans' gesamte Terrorverschwörung hinfällig geworden", fügte Serena hinzu. „Ich war da. Ich war vielleicht nicht unmittelbar dabei, aber ich weiß, dass sie hilfreich war. Ohne sie hätten sie ihn nicht zu Fall gebracht." Sie wandte sich Charlie zu. „Ich bin nur hier, weil ich in letzter Zeit Schmierblutungen habe und Jake und Adam auf verschiedenste Art und Weise gerad' durchdrehen, dass ich das Baby verliere. Ich kann in Adams Büro warten, wenn dir das lieber ist."

Klar, sie war ein verdammtes Weibsstück. Gott, das Leben war einfacher gewesen, als sie sich nicht um ihr Gewissen gesorgt hatte. „Nein. Bitte bleib hier, Serena. Es tut mir leid. Ich versuche nur, was zu tun, was ich noch nie getan hab' – professionell zu sein. Ich will, dass Ian stolz auf mich ist."

„Er wird vermutlich wahnsinnig wütend auf dich sein", gab Liam zu bedenken, doch selbst er betrachtete sie nun nicht mehr ausschließlich wütend.

Das heiterte sie auf, und sie dachte daran, was für ein schönes Spanking Ian ihr in der Vergangenheit verpasst hatte. Er hatte ein außerordentlich strenges Regelwerk.

„Ja, damit rechne ich auf jeden Fall." Sie ernüchterte. „Ich hab' Verständnis dafür, dass die meisten von euch keinerlei Grund haben, mir zu vertrauen. Adam, was hast du sonst noch in den letzten zwölf Stunden über mich herausgefunden, denn ich wette, du hast kein Auge zugetan, seit Alex herausgefunden hat, wer ich bin."

Adam richtete sich kerzengerade auf, seine Augen strahlten vor Begeisterung. „Ich hab' alles rausgekriegt, Schatz. Du bist hochinteressant. Dein Name ist Charlotte Dennis, geboren als Charlotte Denisovitch, wobei ich denke, dass die Namensänderung nicht ganz legal war."

Das war sie nicht, doch ihre Mutter war verzweifelt gewesen. „Mom hat gedacht, ein amerikanischer Name wäre hilfreich."

„Dein Vater war ein Dreckskerl. Er war ein brutaler, gewalttätiger Mann, und so gebar er sich nicht nur beruflich." Der Ausdruck in seinen Augen wurde weicher. „Er hat dich nicht so gebrochen, wie er es mit Chelsea tat."

Sie mochte jetzt nicht gern an diese Zeit denken. „Meine Folter war eher psychischer Natur als die Chelseas, doch ich versichere euch, dass er mich harten Tests unterzogen hat. Mein Vater glaubte, seine Kinder sollten stark sein oder sie sollten nicht leben. Wir hatten Glück, Chelsea und ich."

„Sucht das Syndikat immer noch nach dir?", fragte Adam. „Hattest du deshalb vierunddreißig verschiedene Wohnsitze innerhalb der letzten fünf Jahre?"

Waren es so wenige? Es fühlte sich wie Hunderte an. „Ja. Mein Onkel übernahm alles, nachdem mein Vater getötet wurde. Onkel Mikhail nahm Vaters Tod persönlich. Er macht mich dafür verantwortlich. Das sollte er auch. Ich tauschte meine Arbeit gegen Eli Nelsons Ermordungsdienst ein. Damals fühlte es sich nicht so an, dass ich eine Wahl gehabt hätte. Ich konnte entweder weiter für meinen Vater arbeiten und hoffen, dass er meine Schwester nicht tötete, oder ich konnte hoffen, dass Nelson seinen Teil der Abmachung einhielt. Das tat er schließlich auch, doch er versuchte, mehr zu kriegen, als wir ursprünglich vereinbart hatten."

„Er wollte, dass du deine Arbeit für ihn fortsetzt?", erkundigte sich Adam.

Jake schnaubte, sich im Stuhl zurücklehnend. „Shit. Er sucht auch nach dir."

Charlie zuckte mit den Schultern. Sie erzählten ihr nichts, was sie nicht schon wusste. „Nicht persönlich, doch er hat bereits einige Attentäter auf mich angesetzt. Es mag sein, dass ich ihm einen Haufen Geld gestohlen hab'."

„Ich wusste, es gibt noch einen Grund, warum ich sie mag", sagte Eve. „Du weißt schon, mal abgesehen von der Geschichte, dass sie meinem Mann das Leben gerettet hat."

Wenigstens stand eine Person auf ihrer Seite. „Chelsea und ich sind seitdem auf der Flucht. Ich hatte nur ein Ziel im Leben. Ich werd' mir meinen Mann zurückholen. Ich werd' alles wiedergutmachen und den Rest meines Lebens damit verbringen, ihn glücklich zu machen. Ich hab' einige schreckliche Dinge getan, doch ich versuch' jetzt, Gutes zu tun. Ich versuch', alles besser zu machen, und das mache ich am besten, indem ich euch helfe, Eli Nelson zu erledigen. Chelsea und ich haben es geschafft, ihm vor ungefähr eineinhalb Jahren finanzielle Verluste einzufahren."

Adam riss die Augen auf. „Shit. Du bist der Grund, warum er mit den Chinesen gedealt hat. Du hast ihm seine Reserven gestohlen."

Und schon wieder war sie in Ungnade gefallen.

„Die meisten Agenten legen eine Notreserve auf die Seite, falls sie auffliegen. In der Regel beläuft sie sich auf ungefähr 100 Riesen oder so, jedoch nicht bei Eli. Nein. Er war höllisch böse, und das hatte sich ausgezahlt. Er liebte es auch, bestimmte geschäftliche Investitionen zu tätigen. Als ich seine zwei Millionen ergatterte, schuldete er einen schönen Haufen davon mehreren südamerikanischen Gentlemen. Yeah, er musste sich schnell was ausdenken, um das wieder zusammenzukriegen. Vermutlich hat er sich deshalb letztlich für die Inhaberpapiere entschieden. Ich weiß, dass er sich diese für den Ruhestand aufbewahren wollte, doch wegen mir stand er unter Zugzwang. Ich bin mir sicher, Sie verübeln mir das, O'Donnell."

„Ich hab' ein hübsches Mädchen gewonnen, wir sind also quitt." Der Ire musterte sie stets, doch er schien etwas entspannter. Sie glaubte nicht, dass er noch immer die Hand am Abzug hatte.

„Wo ist diese Schwester, von der Sie gesprochen haben?", fragte Simon.

„Ich hab' nicht gewusst, dass du eine Schwester hast, Kris. Ich meine, Charlotte." Jesse sah aus, als hätte ihn jemand mit zum Einkaufen genommen, wohl der Brite. Er trug Anzug und Krawatte, in denen er sich nur etwas unwohl fühlte, wie es schien.

„Ja, schon wieder die Undercover-Sache", antwortete sie. „Ich dachte, ich komm' erstmal rein und schau', ob jemand auf mich schießt, bevor ich meine Schwester herbringe." Das war nicht der einzige Grund. Chelsea kam nicht oft an die frische Luft. Sie zog ein Leben vor dem Monitor vor. „Doch ich hab' die Informationen, die sie aufgedeckt hat. Ich dachte, wir sprechen sie durch, bevor Adam mit seinen beginnt."

„Weißt du, wo Nelson ist?", fragte Jake.

„Ich weiß, woran er interessiert ist. Ich hab' keinen eindeutigen Hinweis, doch ich bin auf dem Laufenden. Er hat in den letzten Monaten viel Zeit in Indien verbracht."

„Indien?", fragte Simon. „Mumbai?"

„Nein, er ist in Goa gesehen worden. Süd-Goa, um genau zu sein, wobei er den Berichten zufolge an der gesamten Westküste Indiens unterwegs ist."

„Goa?", erkundigte sich Adam. Er hatte seinen Laptop herausgeholt, seine Finger flogen bereits über die Tastatur.

„Es ist Indiens kleinster Bundesstaat, aber er befindet sich direkt an der Küste und ist für seinen Tourismus bekannt. Europäer strömen dorthin, um Urlaub zu machen. Ich dachte, wir schicken Simon hin, damit er sich umschaut, vielleicht ein paar Fragen stellt. Er könnte leicht mit einem Touristen verwechselt werden, wenn ihm jemand den Stock aus dem Arsch zieht und ihn in ein paar Board-Shorts steckt." Sie ignorierte seine Verärgerung und öffnete das Paket, an dem sie die ganze Nacht gesessen hatte, um es für ihre neue Crew zusammenzustellen. „Wenn Sie einen Blick auf Seite drei werfen, werden Sie sehen, dass ich eine Liste von Geschäften in der Gegend erstellt habe, die er unter einem seiner bekannten Decknamen besucht hat. Leider sind diese Küstenstädte, anders als London, nicht an jeder Ecke mit Überwachungskameras ausgestattet, so dass ich mich auf Informanten und belastende Unterlagen verlassen musste, die er zurückließ. Sie werden sehen, dass er sich in mehreren Touristenläden aufgehalten hat. Ich kann nicht sagen, ob er dort Produkte oder Dienstleistungen kauft, denn hier hat er Bargeld benutzt. Es kann gut sein, dass er mir auf der Spur ist, denn mein Informant aus der Gegend ist verstummt."

„Also ist er tot", vermutete Jake.

„Wahrscheinlich."

„Und Sie wollen mich als Nächsten reinschicken", sagte Simon mit einem eigenartigen Grinsen. „Wie schmeichelhaft."

„Nun, ich erwarte, dass Sie sich nicht von Nelson erwischen lassen", schoss sie zurück.

„Was gibt es in Goa, was für Nelson von Interesse wäre?" Jake lehnte sich vor, nach einem Donut greifend.

Sie verbiss sich ein Lächeln. Sie hatte sich angreifbar gefühlt. Es war sowas von dumm, kindisch, doch es hatte sie verletzt, dass niemand die Donuts aß, die sie mitgebracht hatte. Sie waren nicht vergiftet oder so. Sie waren nur vollgestopft mit Zucker und arterienverhärtenden wertvollen Zutaten. Die Tatsache, dass sie unangetastet dastanden, gab ihr zutiefst das Gefühl, hier unerwünscht zu sein.

Sobald Jake zugelangt hatte, schnappte sich Jesse auch einige, und alle Männer begannen zu essen. Sogar Simon beschnupperte einige, bevor er sich für einen mit Gelee entschied.

„Ich bin mir noch nicht sicher, doch es gibt mehrere

wissenschaftliche Teams in der Gegend, ein Energieprojekt und etliche Milliardäre. Er ist vermutlich an den Milliardären interessiert, und mich macht das Energieprojekt neugierig. Vor allem, weil ich kaum was darüber finde. Es wird von einem kleinen Konsortium von Wissenschaftlern vorangetrieben, das vom Königtum eines kleinen Inselstaates namens Loa Mali ausgerichtet wird. Die Insel ist eines der kleinsten Länder der Welt. Ich hab' keine Ahnung, wie das Land geschafft hat, souverän zu bleiben, es wird jedoch ziemlich von Geld überschwemmt. Es ist vor zweihundert Jahren gegründet worden, und seitdem steht die gleiche Familie an der Spitze der Regierung. Der Name des Königs ist Kashmir Kamdar."

„Der Hightech-Guru?", fragte Adam, während er an seinem Schokoladen-Eclair kaute. „Ich hab' schon von ihm gehört. Er ist so was wie der Playboy unter den Milliardären."

„Oder ein Terrorist, der mit Eli Nelson zusammenarbeitet. Ich mach' mir Sorgen, dass Nelson versucht, wieder in den Waffenmarkt einzusteigen, indem er Geschäfte mit den verschiedenen Lagern in Kaschmir macht, genau der Region Indiens, nach der Kasch benannt ist. Seine Familie unterhält enge Bindungen zu Indien. Er ist ein großer Verfechter dafür, dass Kaschmir in indischer Hand bleibt."

„Und die pakistanische Regierung will es sich selbst einverleiben", sagte Simon, der damit in Kürze den jahrhundertelangen Konflikt zusammenfasste. „Das ist perfekt für einen Mann wie Nelson. Ich darf also hin, tanke etwas Sonne und finde heraus, ob Nelson versucht, in diesem Teil der Welt Atomwaffen zu entwickeln. Nun, ich werd' einen guten Tagessatz brauchen. Wenn ich als Tourist reingehe, sollte ich auf jeden Fall ein reicher sein."

„Du gehst nirgendwo hin." Ian stand im Türrahmen, sein riesen Körper in Jeans und T-Shirt. Sein Haar war noch feucht, als wäre er direkt von der Dusche ins Büro gerannt. Er sah groß und gefährlich und absolut sexy aus. Ihr lief das Wasser im Mund zusammen, wenn sie ihn nur ansah.

Er sah selbst mit blauem Auge gut aus. Vielleicht hätte sie nicht so hart zuschlagen sollen. Nun, es gab nur eine Möglichkeit, das durchzustehen, und die hieß dreist sein.

„Hallo, Ian. Ich hab' dir deine Lieblingsdonuts mitgebracht. Zitronencreme. Willst du Kaffee? Hat dir Sean die Ibuprofen gegeben?

Ich hab' ihm gesagt, er soll dir welche holen."

Er kam hineingelaufen, reichte hinab und zog sie hoch. Ohne ein Wort zu sagen, warf er sie sich über seine breite Schulter und begann, sie hinauszutragen.

„Also gut, Adam, du weißt, was zu tun ist", sagte Charlie und versuchte ihre Selbstachtung nicht zu verlieren. Anders als ihr Mann war sie nicht bereit, es vor seinen Angestellten und Freunden auszutragen.

„Gott, ich wünschte, ich hätte eine Videokamera. Jemand muss dafür sorgen, dass der Sicherheitsdienst die Bänder nicht löscht", sagte Adam.

„Adam!" Er konnte so verdammt unausstehlich sein. Sie musste dafür sorgen, dass er nicht aus der Reihe tanzte.

Er richtete sich sofort auf. „Ja, Ma'am. Ich kümmere mich darum."

Eine Hand landete hart auf ihrem Hintern, es kitzelte auf ihrer Haut. „Er wird sich um nichts anderes kümmern, als uns neue Schlösser für die verdammten Türen zu besorgen."

„Mommy und Daddy streiten sich, Jake. Was soll ich tun?", fragte Adam.

Soweit sie sah, wurden sie von den Blicken aller aus dem Konferenzraum verfolgt, Snacks verfügbar.

Jake beobachtete die Szene mit einem amüsierten Gesichtsausdruck. „Ich glaub', wir finden heraus, wer furchtbarer ist."

„Das kommt in ein Buch", sagte Serena, sich Notizen auf einem kleinen Block Papier machend.

„Ist die Besprechung vorbei?", fragte Grace. „Soll ich aufräumen?"

Charlie wusste genau, was jetzt passieren würde. „Er wird sagen, dass er keine Donuts mag, doch er liebt sie total. Hebt ihm drei auf. Er isst sie vor dem Mittagessen und tut dann so, als wüsste er von nichts. Oh, und er trinkt seinen Kaffee absolut schwarz, fast wie Espresso."

Grace hielt inne. „Echt? Ich hab' ihn immer mittelstark gemacht."

„Er steht auf richtig dunkle Röstung."

Ein weiterer Schlag traf ihren Hintern. „Ich hasse alles."

Er war so anstrengend. „Du kannst mich auf meinen Arsch vor die Tür setzen. Ich bin in zehn Minuten wieder zurück."

Er lief aus den Glastüren hinaus und ließ sie hinter sich zuschlagen. „Nicht, wenn ich dich umbringe, dann nicht."

Als ob das eine echte Drohung wäre. „Klar, du Supermann, erledige mich richtig, Alter."

Er war gut darin, große Reden zu schwingen. Er tat so, als wäre er der größte Dreckskerl, der je auf Erden gewandelt ist, und irgendwie war er das auch. Er konnte einem Mann, der Böses getan hatte, die Eingeweide entnehmen, ohne zweimal darüber nachdenken zu müssen. Er war durchaus in der Lage, jemandem den Kopf abzureißen.

Allerdings nur, wenn sie es sich verdient hatten.

Sie durchschaute ihn seit einiger Zeit. Er nahm die bösen Jungs auseinander – und sonst niemanden. Es fiele ihm schwer, eine Frau zu töten, selbst wenn sie es verdient hätte. Er hatte seinen Kodex, und er hielt sich strikt daran.

Ian Taggart würde ihr ohne jeden Zweifel sagen, dass er sie zum Kotzen fände, doch er war ein Held. Ein echter, lebender, gehender und sprechender amerikanischer Held.

Er war ihr Held. Und verdammt, sein Arsch sah geil in einer Jeans aus. Sie dachte ernsthaft darüber nach, diese starken Muskeln mit den Händen zu umschließen, entschied sich jedoch dagegen. Sie wollte ihn nicht so weit treiben, bis er etwas tat, das er bereute.

„Oder ich schick dich auf die Straße, wo du hingehörst." Der Aufzug öffnete sich, und er schritt hinein.

Sie holte tief Luft, sich in Anbetracht der Enge des Raumes verhärtend. „Ian, komm schon."

Ian ignorierte sie, zu seiner Crew schauend. „Ihr Jungs bleibt verfickt noch mal im Büro, oder ihr seid gefeuert."

„Ich werd' niemanden feuern", schoss sie zurück. Der Aufzug war groß und elegant eingerichtet und leer. Sie hatte es auf dem Weg nach oben selbst geschafft. Sie wäre zu einer Fahrt hinab in der Lage. „Außer Jesse. Er hätte mich fast umgebracht."

Sie hörte einen traurigen Seufzer. „Doch ich hab' mir erst letzte Woche eine Wohnung gekauft."

„Sie sind verfickt noch mal nicht gefeuert, Jesse", sagte Ian, sein Tonfall eindeutig frustriert. „Das hier ist immer noch meine Firma. Ich wollte dich feuern, doch das werd' ich nicht, jetzt, wo ich weiß, dass sie dich nicht hier haben will. Doch wenn du versuchst, uns nach unten zu folgen, bring' ich dich um."

Er drehte sich so um, dass sie nichts anderes sah als die Rückwand des Aufzugs, und wie schön sein Hintern war. Sie konzentrierte sich darauf und nicht auf die Tatsache, dass sie sich in einem kleinen, geschlossenen Raum befanden. „Er macht Palaver. Er bringt niemanden um. Und definitiv nicht Eli Nelson, denn ohne mich findet er den Wichser gar nicht."

Eine harter Schlag. Ja, er pfiff auf jeden Fall auf dem letzten Loch.

Er knallte die Hand auf die Knöpfe und die Türen schlossen sich. Er machte keine Anstalten, sie herunter zu lassen.

„Ich gehe nirgendwo hin, Ian."

„Ich lass' dich aus dem Gebäude sperren."

„Das wird schwierig, denn mir gehört die Hälfte der obersten Etage."

Eine kurze Pause. „Nein, verdammt, das tust du nicht."

Es war an der Zeit, auf ein paar unwiderlegbare Wahrheiten seiner Situation hinzuweisen. „Wir hatten keinen Ehevertrag, Babe. Selbst wenn wir einen hätten, das ist Eigentum, das du nach unserer Hochzeit erworben hast. Texas ist ein Staat, in dem Gütergemeinschaft herrscht. Was dir gehört, gehört mir. Glücklicherweise besitz' ich eine Wohnung im Wert von zehn Millionen Dollar, die ich mit dir teile. Ich hab' sogar Spannbettlaken aus Damast gekauft. Ich weiß, du hast empfindliche Haut."

Er ließ sie mit einem kleinen Schubser hinunter, etwas Abstand zwischen sie schaffend. Seine Hand schoss hervor und betätigte den Knopf, der den Aufzug inmitten des Sinkflugs anhielt. „Was verfickt nochmal versuchst du hier abzuziehen, Charlie?"

Ihr war es lieber, wie ein Sack Mehl getragen zu werden. Wenigstens hatten sie sich zuvor berührt. Jetzt spürte sie Raum zwischen ihnen. Und die Enge des Fahrstuhls. „Ich versuche, etwas richtig zu machen."

„Das kannst du nicht. Ich werd' dir nie wieder vertrauen."

„Ian, ich hab' einen schrecklichen Fehler gemacht. Ich hätt' dir vertrauen sollen. Ich hätt' dir sagen sollen, was geschehen ist." Das war ihr eigentliches Verbrechen. Sie hatte gedacht, er helfe ihr, rettete sie, doch sie hatte es nicht riskiert. Von dem Tag an, als ihr Vater sie entführt hatte, bis zu dem Moment, als sie Nelsons Medikament einnahm, war ihr Leben ein vorsichtiger Balanceakt gewesen, ein fortwährendes Spiel, nicht über die Landminen in der Welt ihres Vaters zu stolpern. In dieser Welt wollte jeder etwas von ihr und sie waren alle bereit, sie zu verletzen, um es zu kriegen.

Sie wusste nicht, dass es so etwas wie Vertrauen und Liebe und Sanftmut in der Welt gab, bis sie Ian Taggart traf.

„Ich hätte dich zurück in die Staaten bringen und in Gewahrsam nehmen lassen sollen", erklärte er. „Du hast richtig gehandelt, wenn du nicht in den Auslieferungspool kommen wolltest. Du hast mit mir gespielt, und das hervorragend."

„Du wusstest, dass etwas nicht stimmte, Ian. Du wusstest es, hast aber nichts deswegen unternommen, weil du in mich verliebt warst." Wenn sie ihn dazu brächte, es zuzugeben, hatten sie vielleicht noch eine Chance. Ihre Hände begannen zu zittern. Nur leicht. Damit konnte sie umgehen.

„Ich hab' mit meinem Schwanz gedacht. Das tu' ich nicht mehr. Du hast mich meinen Job gekostet, Charlotte. Wie um Himmels Willen glaubst du, kann ich dir jemals noch eine Chance geben? Willst du mich dieses Mal umbringen?"

„Wenn ich das vorhätte, wäre ich nicht hier."

Er lehnte sich an die Aufzugswand, studierte sie durch zusammengekniffene Augen. „Oder, das wahrscheinlichere Szenario ist, dass du Infos für deinen Boss sammelst und meinst, mich wieder verführen zu können. Ich werd' dich nicht anlügen. Ich fühl' mich absolut zu dir hingezogen. Du bist genau mein Typ. Große Brüste, schöne Hüfte. Nicht so ein zierliches Ding, das ich womöglich noch zerdrücken könnte. Ich wünschte, es wäre nicht wahr, doch ich will dich richtig hart durchficken. Ich will es hier und jetzt. Du magst die Kontrolle über meinen Schwanz haben, doch das wird verdammt nochmal nichts ändern. Ich werd' dich ficken und dich dann aus dem Gebäude rausschmeißen, und dann werd' ich keinen weiteren Gedanken mehr an dich verschwenden."

Sie hasste es, wie sehr seine Worte sie verletzen konnten, doch sie hatte schon vor langer Zeit lernen müssen, dass dies der Preis war, den sie zahlen musste. Jene fürchterliche Verletzbarkeit war der Preis, den alle Frauen dafür zahlten, einen Mann zu lieben. Wenn sie sich abschottete, eine Mauer zwischen ihnen errichtete, dann gelänge sie nie wieder an den Ort zurück, an dem sie sich geliebt, sicher und rein gefühlt hatte. Gott, ihn zu lieben hatte sie sich rein fühlen lassen, und so hatte sie sich schon lange nicht mehr gefühlt.

Sie streckte die Hand nach ihm aus, strich mit den Fingern über die stoppelige Haut seines Kiefers. Er hatte sich nicht die Mühe gemacht, sich zu rasieren. „Ich denke immer an dich."

Er schob ihre Hand weg. „Nein, Charlie. So nicht. Wenn du's ernst meinst, mach ich's dir, doch ich hör' mir den Scheiß nicht mehr an."

Weil es kein Scheiß war. Weil er es geliebt hatte, wie sie ihn geliebt hatte. Er konnte ihr nichts vormachen. Er konnte lügen, so viel er wollte, doch es war seinen Augen abzulesen.

„Küsst du mich?" Es würde sich alles lohnen, wenn er seine Lippen noch einmal auf ihre legte.

Er schüttelte den Kopf, eine krasse Ablehnung. „Nein. Ich küsse nicht."

„Hast du aber." Er hatte sie immer so lang geküsst. Er hatte gefühlte Stunden damit verbracht, sie mit Küssen zu betäuben.

„Jetzt aber nicht."

„Also hast du seit mir niemanden mehr geküsst?"

Ians Lippen kräuselten sich zu einem bösen Lächeln. „Ich hab' vermutlich hundert Frauen seit dir gefickt, Darling."

Doch er hatte keine einzige von ihnen geküsst. Es ließ ihr Herz hüpfen. „Ich hab' auch niemanden geküsst. Nicht in all diesen Jahren."

Seine Augen wurden steinhart. „Das ist mir egal."

Sie musste einen Weg finden, dass es ihn interessierte. „Lässt du Adam bitte die Daten ansehen, die ich gesammelt hab'?"

„Ich werd' meine eigenen finden", antwortete er.

„Gott, du bist so stur."

„Es täte dir gut, dich daran zu erinnern." Sein Telefon klingelte. Er zog es aus der Tasche und verzog das Gesicht. „Wenn man vom Teufel spricht. Was ist, Adam?" Er fauchte in den Hörer. „Nein, ich fick meine verfickte Frau nicht in diesem verfickten Aufzug. Ich führe eine Diskussion mit ihr. Und sie ist nicht meine verfickte Frau. Und sag dem Sicherheitsdienst, dass ich den gottverdammten Fahrstuhl wieder starte, wenn ich dazu bereit bin. Du weißt, ich kann dich feuern, Arschloch, also pass auf."

Er schob das Telefon zurück in seine Hose und drückte auf den Knopf des Aufzugs.

„Ich vergaß die Klaustrophobie. Ich hab' dich gleich unten." Er klang fast zärtlich, schien sich dann jedoch daran zu erinnern, es besser nicht zu tun. „Sobald wir in der Lobby angekommen sind, brauchst du dir keine Sorgen mehr über enge Räume zu machen, denn du musst dieses Gebäude nie wieder betreten."

Der Aufzug glitt den Schacht hinab, und Ian wandte sich von ihr ab.

Die Türen öffneten sich, den Blick auf eine hübsche jungen Frau in gelbem Rock und einer Bluse preisgebend, die ihr mindestens eine Nummer zu groß war. Sie trug eine Brille, und ihr dunkles Haar war zu einem unordentlichen Dutt gebunden.

Ihr Gesicht war von einem Lächeln geschmückt, doch es verschwand, sobald sie Ian sah. Sie glich einem Reh im Scheinwerferlicht eines rasenden, ihr entgegenkommenden Lastwagens.

„Phoebe, du bist spät dran", sagte Ian mit pechschwarzer Stimme.

Das Mädchen, das nicht viel älter als vierundzwanzig sein konnte, errötete. „Ich nehm' die Treppe, Mr. Taggart."

Sie rannte so schnell, wie ihre Kitten-Heel-Absätze sie tragen konnten.

„Das war gemein. Macht es dir jetzt Spaß, kleine Mädchen zu erschrecken?"

Er fasste sie am Ellbogen und begann, sie nach draußen zu zerren. „Sie scheinen die Einzigen zu sein, die sich noch erschrecken lassen. Ich bin schockiert, wenn sie es die ganzen fünfzehn Stockwerke hoch schafft. Jemand muss sie holen. Warum muss gerade ich mich immer verdammten Streunern annehmen? Wenigstens gehörst du zu denen, die ich loswerden kann. Sicherheitsdienst!"

Zwei Männer traten unmittelbar vor. Sie trugen fast militärisch aussehende Uniformen. „Mr. Taggart?"

Er deutete mit einem Finger in ihre Richtung. „Lassen Sie diese Frau nicht wieder ins Gebäude zurück."

Sie konnte das nicht zulassen. „Ich werd' jeden verfickt hier verklagen. Er ist mein Mann. Mir gehört die Hälfte der fünfzehnten Etage."

Ian fiel die Kinnlade herunter, seine Augen verhärteten sich. „Wir sind nicht verheiratet."

„Doch, das sind wir, und ich hab' Dokumente, die das beweisen."

Ian schmunzelte. „Und ich hab' deine Sterbeurkunde. Sie ist eingerahmt und so."

Sie zückte ihr Ass. „Da bist du aber der Einzige, der sie hat."

Er hielt inne. „Das hast du nicht."

„Natürlich hab' ich. Ich lass sie doch nicht in Umlauf. Ich bin mir sicher, der MI6 und die CIA mögen noch ein paar Unterlagen haben, doch ich wünsch' dir viel Glück, an sie ranzukommen. Ich glaub', du wirst feststellen, dass sie als geheim eingestuft sind." Eigentlich hatte Chelsea kürzlich alle relevanten Infos gelöscht, doch sie ließ Ian gern glauben, was er wollte. Sobald sie gewusst hatte, dass die Operation in Florida ein Erfolg werde, hatte sie ihren Plan in die Tat umgesetzt. „Die Heiratsurkunde ist seit gestern wieder da, wo sie hingehört. Den öffentlichen Aufzeichnungen zufolge leben wir nun schon seit fast sechs Jahren glücklich zusammen." Sie schenkte den Sicherheitsbeamten ein Lächeln. „Wir versuchen, ein Baby zu bekommen. Die Ärzte sagten, er habe träge Spermien. Das hat ihn ziemlich launisch gemacht."

Er machte einen Schritt auf sie zu, er senkte die Stimme. „Liebling, ich werd' mich jetzt auf die Bank da drüben setzen, werd' dir deinen Rock hochziehen, dir die Unterwäsche vom Leib reißen und dir den Hintern versohlen, bis du losschreist, und das alles vor den Augen dieser äußerst netten nicht-BDSMler. Willst du das?"

Sie schüttelte den Kopf. „Ich trag' keine Unterwäsche, Ian. Du hast mir gesagt, das dürfe ich nicht. Es hat das Packen auch so viel einfacher gemacht."

Er packte ihr Handgelenk und begann, sie aus dem Gebäude zu zerren.

Er schien unter dem Eindruck zu stehen, dass sie ihre Würde oder sowas ähnliches zu schützen hatte. Würde bedeutete ihr einen Scheißdreck. Sie stemmte die Füße in den Boden. Leider verhalf ihr der glatte Marmorboden dabei, einfach darauf auszurutschen.

„Raus mit dir, Charlie. Wenn ich dich noch einmal hier seh', ruf' ich die Polizei. Und glaube mir, mein erster Anruf, den ich tätige, wenn ich wieder oben bin, geht an meinen Anwalt. Wenn wir noch verheiratet sind, Schatz, lassen wir uns scheiden."

„Ich will keine Scheidung, Ian."

„Es interessiert mich nicht, was du willst." Mit einer seiner breiten

Schultern öffnete er die Glastüren, ein Luftzug purer texanischer Hitze stieß herein.

Charlie stolperte, als ihre Füße von Marmor auf Beton glitten. Ian fluchte und fing sie auf, bevor ihr Hintern den Boden berührte. „Ian, bitte. Lass uns darüber reden. Ich kann beweisen, dass ich nicht für Eli Nelson arbeite."

Er vergewisserte sich, dass sie sicher auf den Füßen stand, bevor er sich wieder von ihr entfernte. „Nein, das kannst du nicht."

„Es muss doch etwas geben." Sie war sich nicht sicher, ob er ihr glaubte, wenn Gott persönlich herabkäme und ihm, dem Inbegriff von Maskulinität, die Wahrheit vor den Latz knallte. Ihr rechtschaffender, paranoider Ehemann ginge wohl davon aus, dass der himmlische Vater als Doppelagent zu ihm geschickt worden war, um ihn zu töten. „Ian, du musst deinen Instinkten vertrauen. Sieh dir die Daten an, die dir vorliegen. Lies, was ich dir geschickt hab '. Sieh es dir leidenschaftslos an und zieh eine logische Schlussfolgerung. Du bist der klügste Mann, den ich je getroffen hab'."

„Meinen Instinkten folgen? Das hab' ich bereits einmal getan. Ich hab' alle Fakten beiseite gewischt und bin meinem Instinkt gefolgt. Genauso verlor ich meinen Job und beinahe mein Leben. Du hast mich diese Lektion gelehrt, Charlie. Lebewohl."

Er wandte sich von ihr ab und Charlie spürte, wie sich ihr Herz zusammenzog.

Er starrte für einen Moment vor sich hin, sein Blick auf die Türen gerichtet, dann sah sie es. Das Aufblitzen eines Metallgriffs.

„Runter, verdammt!", schrie Ian, sein Körper bewegte sich mit raubtierhafter Anmut.

Er traf sie mit der Wucht einer Lokomotive, sie ward niedergestoßen und fand sich auf dem Boden wieder, als die Kugeln zu fliegen begannen.

Kapitel Vier

Ian biss die Zähne zusammen, als er mit der Schulter auf dem Beton aufschlug. Er rollte sich links ab, Charlie eng an seinen Körper drückend, während er versuchte, sie beide zu den Bäumen zu manövrieren, die den Gehweg säumten.

Panik breitete sich aus. In dem Moment, als der Schuss fiel, erklangen Schreie und Rufe, und die sich vor dem Gebäude befindlichen Leute verstreuten sich.

Er war nicht bewaffnet. Was zum Teufel war nur mit ihm los? Charlie hatte ihm den Kopf verdreht.

„Ian, bist du in Ordnung?" Wenigstens blieb sie ruhig. Die meisten Frauen, die Ian kannte, schrien jetzt los. Sie würden sich ihm widersetzen. Charlie hingegen hatte sich völlig in seinen Armen entspannt, was es ihm erleichterte, sie in Sicherheit zu bringen. Sie hatte ihm vertraut, dass er sie in Sicherheit brachte.

„Ich bin nicht getroffen worden, wenn du das meinst."

„Boss?" Jacob Dean befand sich plötzlich an seiner Seite, und er hatte seine Schusswaffe nicht vergessen.

„Ich dachte, ich hätte dir gesagt, du sollst oben bleiben." Ian hob den Kopf. Zu seiner Linken standen Oleandersträuche aneinandergereiht. Sie waren etwa einszwanzig hoch und dick. Sie waren gut für seine Zwecke geeignet. „Gib uns Deckung. Er ist vermutlich fertig, doch ich kann kein weiteres Risiko eingehen."

Denn sofort, als er das vom Fenster aus reflektierende Schimmern eines Zielfernrohrs gesehen hatte, überkam ihn eine Vision von Charlie, in der Lache ihres eigenen Blutes liegend. War das sein Schicksal? Sie immer so sehen zu müssen?

Jake rückte vor, die Waffe im Anschlag. Er setzt sich selbst der Gefahr aus, so dass Ian Charlie nicht in Gefahr bringen musste. „Ich glaub' auch, dass er fertig ist, Boss. Die Cops sind schon auf dem Weg. Bewegung, los."

Ian war auf den Beinen, hielt den Kopf jedoch gesenkt und gab Charlie auf diese Weise Deckung, während er sie hochhob. Drei große Schritte und sie befänden sich hinter den Büschen in Sicherheit. Hinter ihnen standen Bäume. Wenn der Dreckskerl jetzt erfolgreich abdrücken wollte, müsste er verdammt viel Glück haben.

„Adam ist schon dabei, die Überwachungsbänder zu besorgen. Die Cops werden sie haben wollen, um zu versuchen, das anvisierte Opfer zu identifizieren. Standardprozedur. Ich dachte, wir halten Mrs. Taggarts Gesicht aus der Presse raus, da sie vermutlich von mehreren Behörden gesucht wird."

Fuck. Daran hatte er gar nicht gedacht. In der Ferne hörte er bereits die Sirenen heulen.

„Sie ist nicht Mrs. Taggart", sagte Ian, zähneknirschend.

„Ich hab' Unterlagen, die das beweisen", erwiderte Charlie.

Es hatte jetzt keinen Sinn, sich zu streiten. Sie hatten keine Zeit dafür.

„Also, wer versucht, dich zu töten, Charlie?" Es gab für ihn keinen Zweifel, dass es um sie ging.

„Vielleicht hat jemand versucht, dich zu töten", schoss Charlie zurück, stirnrunzelnd verzog sie diese wunderschönen Lippen. „Bist du dir selbst mal begegnet? Ich kann mir gar nicht genug Leute vorstellen, die so von dir angepisst sind, um sich mal an einem kleinen Attentat zu versuchen."

Sie lag nicht ganz falsch, doch Ian wusste verdammt gut, dass es hier nicht um ihn ging. „Charlie? Die Cops werden jeden Moment hier sein. Wie sehr muss ich sie anlügen?"

Sie schüttelte den Kopf. „Gar nicht, weil du eigentlich gar nichts weißt."

Wie war es möglich, dass zwischen ihrer Rettung und dem Wunsch, sie zu erwürgen, weniger als zehn Sekunden lagen? „Du wirst mit Jacob wieder hoch gehen, denn nur Gott weiß, was die Cops gegen dich in der Hand haben. Du gehst in mein Büro und bleibst dort. Ist das klar?"

Das süßeste Lächeln erhellte ihr Gesicht. „Ja, mein Gebieter. Ich werd' mich diesem Diktat absolut fügen. Jacob?"

Jake half ihr hoch. „Ich bring' sie hintenrum rein. Ich denk', ich werd's schaffen, ohne die Deckung zu verlieren. Adam schaltet die Kameras ab, und er hat bereits mit Brighton telefoniert."

Derek Brighton war ihr Kontakt beim DPD, dem Police Department Dallas'. Er war auch ein Dom im Sanctum. Wenn Ian es bewerkstelligen wollte, Charlie nicht weiter in die Sache hineinzuziehen, bräuchte er Derek.

Er beobachtete, wie Charlie Jake folgte. Sie war ruhig und gefasst. Niemand käme auf die Idee, dass ihr soeben beinahe ein Scharfschütze den Kopf weggeblasen hätte.

Das war nicht sexy. Ne. Es war ihm zuwider. Er versuchte sich einzureden, dass es ihm besser gefiele, wenn sie eine dieser Frauen wäre, die schrie und weinte und sich fürchtete.

Er empfand diese Frauen als äußerst widerlich.

Das war es. Er hatte sie nie wirklich geliebt. Er mochte es einfach, wie ruhig sie während einer Schießerei war. Yeah. Das musste es sein.

Als Charlie durch die Hintertür verschwand, tauchten die Cops auf, Sirenen heulten, Reifen quietschten. Sie waren während einer Schießerei ebenso wenig leise.

Sie konnten jedoch alles zunichtemachen.

Ian ließe das nicht zu. Das war gerade sein Einsatz geworden.

Zwei Stunden später war es ihm endlich möglich, in sein Büro zurückzukehren, nachdem er die Beamten davon überzeugt hatte, dass es sich um die Fehlzündung eines Autos gehandelt haben musste, da es nur dieses eine Geräusch gegeben hatte. Die Leute, hatte er den Beamten gesagt, seien heutzutage viel zu schreckhaft.

Während die Polizei verängstigte Schaulustige beruhigte, hatte Alex die Kugel bereits gefunden und mit seinem eigenen Ermittlungen begonnen.

„Ich will wissen, wo genau sich der Wichser befand, worauf er geschossen hat und für wen er verfickt noch mal arbeitet", sagte Ian, als er seinen Konferenzraum betrat.

Adam saß hinten, den Kopf gesenkt, während er tippte. Jake und Alex starrten auf die Patronenhülse, die in einer Plastiktüte steckte.

Grace hielt Phoebes Hand, unterdessen sie durch ihren Inhalator Luft holte. Sie warf Ian einen bösen Blick zu. „Wirklich, Ian? Was ist los mit dir? Du hast sie fünfzehn Stockwerke hochlaufen lassen?"

„Ich hab' sie überhaupt nichts machen lassen. Sie warf einen Blick in den Aufzug und lief in die andere Richtung davon." Noch ein Grund mehr, warum er Charlie bevorzugte. Phoebe war eine hübsche Frau. Sie hatte Kurven an genau den richtigen Stellen, doch sie versuchte, sie zu verstecken. Sie tat so, als sähe sie schäbig aus, unter all den Klamotten jedoch steckte ein schöner Körper. Leider schien sie auch unter mindestens einer Tonne verfickter Hemmungen zu leiden. Hätte er zu Charlie gesagt, sie verspäte sich, hätte sie ihm den Mittelfinger gezeigt und wäre zu ihnen in den Fahrstuhl gestiegen.

Der Fahrstuhl. Er hatte ganz vergessen, wie sehr sie sie hasste. Sie litt schmerzhaft unter Klaustrophobie, doch sie stieg trotzdem hinein. Er vergaß niemals, wie ihre Hände zitterten, ihr Gesicht dabei jedoch ganz gelassen wirkte. Nur das feine Zittern ihrer Händen verriet, dass etwas nicht stimmte.

„Sie muss einen Selbstverteidigungskurs machen oder so", sagte Jake, seufzend. „Das ist die Sub aller Subs, die ich je in meinem Leben getroffen habe. Okay, Charlie geht's gut. Sie hat mit ihrer Schwester telefoniert."

„Hast du das Gespräch aufgezeichnet?"

Grace schnappte nach Luft. „Das Gespräch aufgezeichnet? Sowas würde er nicht tun."

„Natürlich", gab Jake zur Antwort, sie nun ganz ignorierend. Sicherheitsprotokolle waren nicht Teil von Graces Berufsausbildung. „Ich hab' Alex eine SMS mit der 540 geschickt, kurz bevor ich sie in den Wartungsaufzug brachte. Sie wirkte etwas zittrig."

Nicht wegen der Schießerei, das tat der Aufzug mit ihr. „Gut."

„Was ist die 540?", fragte Grace.

Er hätte den Raum räumen sollen, doch zu guter Letzt gehörte Grace zur Familie, und Phoebe machte ihren Job anständig. Sie verdienten zu wissen, wie McKay-Taggart arbeitete. Wobei er ihnen nie etwas von der 640 erzählen würde. Das war der Code, was zu tun war, wenn sie alle unter Beschuss gerieten. Grace, Eve, Phoebe und alle anderen Frauen sollten als allererste beschützt werden, bis die Männer im Begriff waren, ihr Leben zu opfern. Jeder einzelne, den er anstellte, musste dem Protokoll zustimmen. Auch der Letzte, Jesse. Er war bei der Vorstellung quasi aufgesprungen. Das war der Moment, als er wusste, dass er den Wichser einstellen würde. Hinter seinem welpenartigen Äußeren steckte ein Beschützer. Er war ein Dom. „Das ist der Code für Beobachte-und-Überwache. Alex hat die Kameras in meinem Büro eingeschaltet. Adam beobachtet sie, seit sie hineinging."

„Ihre Schwester sagte ihr, sie werde sie zurückrufen, doch dass sie davon ausginge, etwas herausgefunden zu haben. Charlotte machte sich gar nicht die Mühe zu erwähnen, dass auf sie geschossen wurde", erklärte Jake. „Sie sagte ihrer Schwester, sie solle sie zurückrufen, und darauf wartet sie nun."

„Sie scheint gerne an Dingen zu riechen, Boss." Adam blickte auf. „Sie hat ständig an der Jacke gerochen, die du in deinem Büro aufbewahrst. Sie ist auch neugierig. Sie hat all deine Schubladen durchgewühlt. Sie hat sich auch eine Pizza bestellt. Sie verhält sich nicht wie eine Frau, die Angst davor hätte, beschossen zu werden."

„Weil sie daran gewöhnt ist." Er fragte sich, wie oft ihr so etwas schon passiert war. Wie hatten die letzten fünf Jahre tatsächlich ausgesehen? Wenn sie die Wahrheit sagte und sowohl das Syndikat verlassen als auch Eli Nelson beschissen hatte, dann musste jeder Augenblick ein Balanceakt sein, dass sie es schaffte, am Leben zu bleiben. Die Russen allein wären die Hölle, sich fernzuhalten, ganz zu schweigen von jemandem wie Nelson mit seinen Talenten.

Abwesend griff er rüber und schnappte sich einen Donut. Es war ein scheußlicher Tag. Er brauchte einen. Er sah auf den Bildschirm von Adams Computer. Charlie saß an seinem Schreibtisch, die Beine hoch an die Brust gezogen, den Kopf nach hinten gelehnt, die Augen geschlossen. Er betrachtete die langgezogene Kontur ihres Halses, die anmutig in die Kurven ihrer Brüste überging. Obwohl die Kamera schwarz-weiß war, wusste er, wie vollkommen ihre Haut war, einzig getrübt von den Narben, denen er dennoch stets so viel Aufmerksamkeit geschenkt hatte. Er hatte ihre Narben immer wieder geküsst, sie mit der Zunge nachgezeichnet, als beschrieben sie den Fahrplan einer Frau, die er durch Berührungen und ihren Geschmack kennenlernen konnte.

Er biss in den Donut und atmete tief durch. Zitrone. Er verfickt nochmal liebte Zitrone. Herb. Süß. Durchdringend. Wie Charlie.

„Hey, ich hab' dir Kaffee mitgebracht. Soll ich die wegräumen, Ian?" Grace hielt eine Tasse Kaffee in der Hand und zeigte auf die Schachteln mit den Donuts.

„Hey, ich hatte erst einen", sagte Adam, sprang auf und grapschte nach denen mit Zitrone, der kleine Wixer.

Ian schlug ihm auf die Hände. „Meine."

„Alter, es sind noch ungefähr dreißig Donuts übrig."

„Alle anderen, aber die mit Zitrone gehören mir." Wie lange war es her, dass er sich so was wie einen mit Zitrone gefüllten Donut gegönnt hatte? Eine Ewigkeit. Er nahm einen Schluck des Kaffees, den Grace ihm gereicht hatte, und er schloss die Augen vor Genuss. „Oh, ist der gut. Hast du die Kaffeesorte gewechselt?"

Grace nahm einen seltsamen Gesichtsausdruck an, als sie ihn anstarrte. „Nein, nach dem, was Charlotte vorhin gesagt hat, dachte ich mir, ich probier' mal was Neues. Ich hab' ihn dreimal so stark gemacht, wie sonst."

Adam erschauerte. „Es schmeckt wie Motoröl."

„Halt die Fresse, Adam. Es schmeckt himmlisch." Ja, er ließe Grace seiner neuen Sub beibringen, wie er seinen Kaffee mochte. Denn genau das täte er immer noch. Charlie hatte ihm zutiefst bewusst gemacht, wie sehr er ein Ventil brauchte. Nur weil sie sich daran erinnerte, dass er Zitronendonuts liebte und wie er seinen Kaffee mochte, machte das noch lange nicht die ganze Sache wett, wie sie ihn übers Ohr gehauen hatte.

„Weißt du, wie ich den Motorölgeschmack aus dem Mund bekäme?", fragte Adam. „Zitrone."

„Fick dich. Kauf dir deine eigenen Zitronen-Donuts."

Grace seufzte. „Außerdem ist Derek Brighton hier. Ich hab' ihn in Alex' Büro Platz nehmen lassen. Deines ist voll."

Er nahm den Rest der Schachtel und lief hinaus. „Alex. In dein Büro. Jetzt."

„Super", hörte er Adam sagen, als er hinausging. „Ich hasse es, wenn er kein Verb mehr kennt. Wenn ich Skorbut bekomme, ist es seine Schuld, dass er die mit Zitrone gehamstert hat."

Alex holte ihn ein. „Die Kugel hat ein 30 mm Kaliber. Das sagt uns nicht viel. Vermutlich die eines Scharfschützengewehrs. Simon und Jesse arbeiten an der Flugbahn. Sie sind sich ziemlich sicher, dass sich der Schütze ungefähr im siebten oder achten Stockwerk nordwestlich befand. Es gibt zwei Hotels, die in Frage kommen. Tut mir leid. Wir können nichts Genaueres sagen, ohne Ausrüstung zu holen, die die Polizei alarmieren würde."

„Ich wette, dass ihr herausfinden werdet, dass das Gewehr, von dem gefeuert worden ist, eine Dragunov war. Das benutzt das Denisovitch-Syndikat. Sie halten an dem Glauben fest, Mütterchen Russland zu unterstützen. Und sie neigen dazu, sauber zu arbeiten. Sag Simon, er soll versuchen herauszufinden, in welchem Raum er sich befand, doch ich wette mein Leben darauf, dass sie nichts finden. Unser Schütze ist weg." Er nahm einen weiteren Bissen seines Donuts. Es war das verfickt Einzige, was heute gut gelaufen war. „Shit. Sie soll sich vom Acker machen."

„Oder wir sollten sie beschützen", schlug Alex vor.

„Oder wir sollten sie machen und sie ausschalten lassen, dann wären all meine Probleme gelöst." Er sprach die Worte aus und wusste, dass er es verdammt noch mal niemals zuließe.

„Ian", seufzte Alex.

Er war zutiefst dankbar, sich einfach durch Alex' Tür hinausschieben zu können. Er hatte keine Lust, darüber mit Alex in eine Diskussion hineingezogen zu werden. Seitdem Alex und Eve wieder zueinander gefunden hatten, ging es Alex nur noch um seine verdammten Gefühle und derlei Scheiß. Jetzt erwartete Alex von ihm, auch Gefühle an den Tag zu legen. Wenn er so darüber nachdachte, war es Charlies Schuld. Alle schlechten Dinge waren Charlies Schuld.

Alle guten gingen aus Zitronencreme hervor.

„Derek, schön, dich zu sehen." Ian begrüßte den massiven Polizisten, der quer durch Alex' Büro schritt.

Derek Brighton war in Ians Einheit der Green Berets gewesen. Ian hielt mit all seinen ehemaligen Teamkameraden Kontakt, doch zu Derek hatte er immer eine engere Beziehung gehabt. Als Ian und Alex nach einer Stadt Ausschau hielten, um ihr Unternehmen zu gründen, hatte Derek ihnen geraten, nach Texas zu ziehen. Derek war ihr Verbindungsmann zum DPD, und sie waren viel öfter auf ihn angewiesen, als es Ian lieb war.

„Ich hätte gern dasselbe gesagt, doch ich bin eher geneigt zu fragen, warum ich verfickt nochmal zwei Ermittler da unten stehen hab', die fest der Überzeugung sind, dass ein möglicher Terroranschlag nichts weiter als die Fehlzündung eines Autos war."

Und Derek war schlauer als der durchschnittliche Cop. Dennoch. Er musste es versuchen. Er aß seinen Donut auf und nahm einen großen Schluck Kaffee. „Oh, das? Yeah, ich war da unten. Irgendein Arschloch muss seinen Auspuff überprüfen lassen. Es hat die Touristen zu Tode erschreckt."

Derek runzelte die Stirn. „Wirklich? Nur die Touristen? Ich mach' das nämlich schon etwas länger als die Streifenpolizisten und es ist mir gelungen festzustellen, dass der Laden gegenüber über Überwachungskameras verfügt, und eine davon in diese Richtung gerichtet ist. Rate mal, was ich darauf gesehen hab'?"

Verfickter Scheißkerl. Er würde jemanden kreuzigen. „Keine Ahnung."

„Ich hab' dich darauf erkannt, du riesen Kerl. Ich sah, wie du bereits zwei Sekunden vorher wusstest, was passiert. Was hast du gesehen? Das Schimmern eines Fensters? Irgendwie hab' ich das Gefühl, dass es nicht von einem verfickten Auspuff stammt, Tag."

Er war am Arsch. Oder vielleicht nicht. Brighton war ein vernünftiger Mann. „Warum schwärmen dann die Bullen noch nicht um mich herum?"

„Weil das Letzte, was diese Stadt braucht, eine terroristische Bedrohung ist", sagte Brighton, dessen Schultern sich leicht entspannten.

„Ich glaub' nicht, dass es sich um eine terroristische Bedrohung handelt", sagte Alex, die Arme vor der Brust verschränkt.

„Also wen hat Ian angepisst? Ist die CIA letzten Endes dazu übergegangen, ihn, anstatt zu erwischen, doch zu töten?", fragte Derek.

„Ich bin nicht erwischt worden." Überwachungskameras waren der Tod eines jeden Geheimdienstlers. „Ich bin abgehauen."

Er war erwischt worden, jedoch nicht von der CIA. Charlie hatte ihn verfickt nochmal erwischt. Sie war so heiß darauf gewesen, ihn zu erwischen, dass sie ihn versengt hatte.

„Wir haben alles unter Kontrolle", sagte Alex.

„Ich benötige mehr als nur eine Beschwichtigung." Derek schien unberührt, sein kantiger Kiefer angespannt. „Ich muss wissen, was hier los ist. Hatten sie es auf Ian abgesehen? Werden sie's wieder versuchen?"

Es war der richtige Zeitpunkt, Charlie ans DPD zu übergeben, so dass sie sich mit ihr befassen konnten. Dann hätte er sie sich vom Leib geschafft. Er müsste sie nie wiedersehen. Sie war jetzt und hier in seinem Büro und das Einzige, was er tun müsste, war Derek den Flur hinunter zu führen und ihm begreiflich zu machen, dass sie bereits höchstwahrscheinlich auf mehreren Gesucht-Listen stand. Er griff nach noch einem Donut. Er musst unbedingt ins Fitnessstudio gehen.

„Was ist los mit ihm?", fragte Derek.

„Er denkt nach." Alex kannte ihn wirklich gut. „Er heckt sich gerad' irgendeinen Scheiß in seinem Kopf aus, und ich hoffe von ganzem Herzen, dass er das verfickt Richtige tut."

Nun ja, er wusste, was Alex wollte. Er seufzte. Er ließe sich nicht drängen. Fuck, das schmeckte so gut. Die Kombination aus sauer und süß und dem bitteren Geschmack des hervorragenden Kaffees hatte etwas Vollkommenes.

Selbstverständlich käme sie, wenn er sie aufgäbe, in Gewahrsam und sie wäre äußerst wahrscheinlich in den nächsten vierundzwanzig Stunden tot, und diesmal nicht auf die „Komm in fünf Jahren wieder"-Art und Weise.

Das wäre schlimm, was? Er könnte sie gehen lassen und seine Traum-Sub finden – eine heiße Sub, die ihn niemals in Frage stellte, besser kochte als Sean und es besonders anal genoss. Er wusste nicht, ob Charlie anal gefiel. Das täte es wahrscheinlich, wenn er es mit ihr tat. Er war wirklich verdammt gut darin. Doch er täte es nicht.

Eli Nelson wäre glücklich, wenn sie sterben würde. Nun, Nelson wäre glücklich, wenn er Charlies Schwachsinnsgeschichte, ihn beschissen zu haben, Glauben schenken könnte. War in der Lage, es völlig ausschließen? Er würde Nelson nie und nimmer glücklich machen wollen. Deshalb konnte er Charlie nicht ausliefern.

Entscheidung getroffen.

„Eli Nelson ist hinter mir her."

Alex stieß einen langen Seufzer der Erleichterung aus. „Ich hatte schon Angst, du würdest nicht die Wahrheit sagen."

„Ich bin quasi der verfickte George Washington in Person", erwiderte Ian. „Ich kann gar nicht lügen."

Dereks Augen verengten sich. „Aber, sicher doch. Geht es hier um einen Scharfschützen, der in Dallas herumläuft?"

Wohl nicht. Zumindest, was das betraf, konnte er ehrlich sein. „Du weißt, wie Profis sind. Sie lassen es auf einen Schuss ankommen und tauchen dann unter. Das Letzte, was sie wollen, ist eine Stadt auf glühenden Kohlen. Ich werd' die Augen offenhalten, und Simon und Adam arbeiten bereits daran herauszufinden, wen Nelson angeheuert hat. Wir kümmern uns darum. Das Einzige, was du erreichst, wenn du die Polizei da mit reinziehst, ist, dir selbst und der Stadt einen Haufen Probleme zu bereiten. Oh, und falls du beabsichtigst, die überregionalen Medien auf alle Probleme des DPDs zu lenken, dann bezeichne es als einen plötzlichen Angriff eines Heckenschützens. Denn das ist es nicht. Es geht hier um mich, und das bedeutet, dass es letztendlich doch als geheim eingestuft wird. Erspar' dir und der Stadt einen Haufen Ärger. Es war die Fehlzündung eines Autos."

Derek fluchte leise vor sich hin. Na schön. Aber ich verfickt nochmal schwöre euch, dass ich euch den Arsch aufreiße, wenn du mich anlügst und es einen weiteren Anschlag geben wird. Mein Arsch steht hier auf dem Spiel, Tag."

„Genau wie meiner, und ich kann ihn besser beschützen, wenn die Sache geheim bleibt."

Derek nickte und machte sich auf den Weg zur Tür. „Ich werd's erst mal dabei belassen. Ich informier' meinen befehlshabenden Offizier." Derek rutschte oft in den Militärjargon ab. „Er wird sich damit zufrieden geben. Übrigens, wer ist das Mädchen?"

„Das Mädchen?" Verdammt. Er brauchte nicht noch Derek, der sie untersuchte.

„Die Frau, die du beschützt hast", forderte Derek ihn auf.

Alex schnaubte. „Ian hat sich eine neue Sub genommen."

So ein Wichser. Ian zwang sich zu einem Grinsen. „Heißes kleines Ding. Obwohl ich mir Sorgen mache, dass sie abgeschreckt worden ist. Du weißt schon, nach dem heutigen Tag. Sie ist morgen wahrscheinlich schon wieder verschwunden. Du weißt, wie Frauen sein können. Ein kleiner Mordversuch, und schon schnappen sie sich den nächsten Typen."

Alex schüttelte den Kopf. „Ne, sie ist aus härterem Holz geschnitzt als das. Du solltest sie kennenlernen, Derek. Sie ist heut Abend im Sanctum."

„Schön", sagte Derek. „Ich freu' mich darauf, sie heut Abend kennenzulernen. Ich bin single, und zu sehen, wie dieser riesige Kerl hier von einer Sub erledigt wird, könnte meinen Tag der Mühe wert gewesen sein."

Alex hatte ihm übel mitgespielt. Ian beeilte sich zu reagieren. Er beeilte sich nie verdammt zu reagieren. „Ich hab' mich entschieden, mir ein paar Vollzeit-Subs zuzulegen. Sie ist nur die erste. Ich lasse vorsprechen, wenn du weißt, was ich meine."

Derek sah ihn genauer an. „Ich verstehe. Ich bin auch single. Doch ich glaub', dass ich nicht mit zweien klar käme. Vielleicht mit einer. Aber verdammt nochmal, vielleicht hast du recht. Vielleicht sollte ich damit beginnen, Bewerbungen anzunehmen. Ich hab's bis jetzt vermieden, weil ich mir sicher war, dass Amanda sich bewirbt. Fuck, Alter, kann ich nicht die Subs ausschließen, mit denen ich arbeiten muss? Bis heute Abend."

Amanda war die nervtötende Zicke des Sanctums. Ian war sich ziemlich sicher, dass sie allen Subs gegenüber fies war, doch niemand hatte ihn bisher gebeten, sich dem anzunehmen, also beließ er es dabei. Manchmal mussten die Subs ihre Probleme selbst lösen.

Er fragte sich, wie Charlie mit Amandas Art eines gemeinen Mädchens umginge. Das mochte lustig sein, zu sehen.

Derek stiefelte aus der Tür und Ian ging auf seinen besten Freund los, sobald sie ins Schloss gefallen war. „Du Bastard."

Alex lächelte nur. „Meine Eltern sind stets glücklich verheiratet."

„Du weißt, was ich meine. Was zum Teufel sollte das?"

„Es ging darum, dir – trotz deiner sonstigen Absichten – eine Chance einzuräumen. Du denkst nicht nach. Nimm dir mal zwei verdammte Minuten Zeit. Deine Frau ist von den Toten zurückgekehrt."

„Nein, nach dem, was ich weiß, ist sie aus St. Augustine zurückgekehrt." Er brauchte den Scheiß nicht. Nun musste er sie abends ins Sanctum bringen. Er musste ihr Fetischkleidung anlegen und neben ihr hergehen und so tun, als wäre er ihr Gebieter. Das war Alex' Schuld.

Alex fuhr sich mit einer Hand über den Kopf, offenbar frustriert. „Sie hat mich gerettet, Alter. Sie hat mich wieder mit Eve zusammengebracht. Warum sollte sie das tun? Sie hat sich vor eine Kugel gestellt. Ich wär' tot. Die Kugel kam geradeswegs auf mein verdammtes Herz angeflogen. Nenn' mir einen Grund, warum sie das tun sollte, abgesehen von der Tatsache, dass sie dich liebt und versucht, zu dir zurückzukehren."

Es war ihm nicht möglich, dass auch nur in Erwägung zu ziehen. „Oder bist du angepisst wegen mir."

Alex verdrehte die Augen. „Warum sollte ich wegen dir angepisst sein?"

Er fand darauf keine gute Antwort. Er behandelte Alex sonst wie Gold. Alex war sein Bruder, so wie Sean sein Bruder war. Der eine durch ihre gemeinsame DNA und Geschichte, der andere durch ihr Opfer und Blut. „Das ist jetzt egal. Du hast mich jetzt dazu verdonnert. Ich muss sie heut Abend ins Sanctum bringen. Der Ort wird vermutlich in die Luft gehen."

„Ich ruf' Ryan an und werd' ein paar Sicherheitsprotokolle veranlassen."

Sicherheitsprotokolle könnten Charlie nicht schützen. Gott allein wusste, wie viele Kugeln in ihre Richtung fliegen würden.

Weil sie nicht unterwegs ist. Weil sie wegen dir hier bleibt. Sie fing die Kugel ab, die für Alex bestimmt war. Warum hat sie dich nicht schon früher umgebracht? Es wäre für sie eher von Vorteil gewesen. Wozu ihre Rückkehr?

Seine innere Stimme kotzte ihn an. Und war etwas naiv.

Er stellte seinen Kaffee ab und ging zum Fenster. Alex' Büro befand sich direkt neben seinem. Sie teilten sich einen spektakulären Blick auf die Stadt. Stand Charlie nebenan, auf dieselben Gebäudekomplexe hinausschauend? Gab es tatsächlich nur eine Wand, die sie trennte?

„Hey, ich würde zu gern wissen, wo deine Gedanken sind, Mann." Alex trat näher. „Du musst wissen, dass ich einen Witz gemacht hab', warum wir hier geblieben sind. Wir konnten dich nicht allein lassen. Ich weiß, dass du's bescheuert findest und abkotzt, doch ich ließe dich niemals allein, um damit fertig zu werden. Du magst meinen Rat nicht hören wollen, doch ich sehe dich seit fünf Jahren um sie trauern. Du hast diese Frau geliebt. Ich weiß, dass sie dich verraten hat, und sollte es deine endgültige Entscheidung sein, sie gehen zu lassen, dann werd' ich verdammt nochmal dafür sorgen, dass sie dir nicht wieder zu nah' kommt. Doch ich denke, du brauchst sie. Entweder gibst du ihr noch 'ne Chance oder ziehst einen Schlussstrich, und den kannst du nicht ziehen, wenn du nicht mit ihr sprichst. Es mag dir scheißegal sein, dass ich hier bin, doch ich bin hier, wenn du mich brauchst. Eve ist hier, wenn du sie brauchst. Sean ist hier. Ich weiß, du meinst, allein zu sein, doch du bist von einer Familie umgeben."

Er war definitiv kurz davor, sich zu übergeben. Und er fühlte sich sonderbar sicher.

Hätte er diese seltsame Familie um sich, wenn er bei der CIA geblieben wäre? Er bezweifelte es. Er hätte sich immer weiter von ihnen entfernt. Er wäre gezwungen gewesen, so viel von seinem Leben vor ihnen zu verbergen, dass es wertlos wäre, in ihrer Nähe zu sein.

Wäre er die letzten fünf Jahre bei der CIA gewesen, würde er seine Brüder gar noch kennen? Oder wären Sean und Alex von ihm fortgetrieben, ihre Leben unbedeutend für seine Intrigen? Er kannte sich. Er log nicht. Er hatte die Intrigen genossen, es geliebt, sich mit anderen in einem tödlichen Spiel zu messen. Es hatte ihm einen Kick gegeben. Er war wie besessen davon gewesen.

Bis er was gefunden hatte, von dem er noch besessener gewesen war. Charlotte. Charlie.

Hatte sie ihn vor einem Leben bewahrt, in dem nichts anderes zählte als das Spiel? Er gäbe es nie zu, doch er liebte Grace. Sie war rasch das Herz seiner Familie geworden. Grace und Sean und Carys. Seine Nichte. Ihm gefiel die Art, wie sie ihn ansah, mit einem Hauch an Verwunderung. Es lag nichts anderes als reine Liebe in den Augen seiner Nichte, und das hatte ihn in gewisser Weise gereinigt.

Hätte er Carys je in den Händen gehalten, wenn Charlie nicht in sein Leben gefunden hätte?

Wohl nicht. Sie würde vermutlich gar nicht existieren, denn er hätte McKay-Taggart nie gegründet und Sean hätte Grace niemals kennengelernt.

Er mochte das Gefühl nicht, Charlie irgendetwas schuldig zu sein.

Es war ja nicht so, als hätte sie ihn von einem Leben ohne Familie ferngehalten.

„Willst du noch einen Donut?" Alex starrte hinaus, ohne ihn anzuschauen. Er streckte die Hand aus, ein zuckriges Etwas Konfekt darin.

Er schluckte den Köder. „Ich will nicht reden."

„Cool." Alex blieb still neben ihm. „Wir können einfach hier stehen."

Ian stand neben seinem besten Freund.

Vielleicht war er gar nicht so allein.

* * * *

Charlie drehte den Stuhl nach links, dann nach rechts. Es war ein großer Ledersessel, massiv und stattlich, wie der Mann, dem er gehörte.

War es brutal armselig von ihr zu denken, dass es das wert gewesen war, fast ermordet zu werden, weil sie für ein paar Sekunden in seinen Armen gelegen hatte? Sie hatte nicht annähernd daran gedacht, hatte selbst nicht reagiert. Sie hatte ihm vertraut.

Hatte er vor, sie wieder rauszuwerfen? Ihr Telefon klingelte. Sie sah auf die eingehende Nummer, bevor sie antwortete. „Was gibt's, Chelsea?"

„Okay, es ist offiziell. Yuri Zhukov ist in der Stadt. Er reist mit einem polnischen Pass, doch ich habe den Wichser gefunden." Ihre Schwester klang beinahe aufgekratzt, als sei es ein Grund zum Feiern, dass ein hochbezahlter russischer Mörder sie gefunden hatte. Gott, sie war so müde. So verdammt müde.

Jedenfalls wusste sie, wer auf sie geschossen hatte. „Ich bin froh, dass du ihn gefunden hast, doch du bist etwas zu spät dran."

Es gab ein Innehalten in der Leitung. „Was ist passiert? Fuck. Die Schießerei in der Innenstadt, die sich als Fehlzündung eines Autos herausgestellt hat? Es ging um dich?"

So also hatte Ian es dargestellt. Sie hatte sich gefragt, wie er die Cops da raushalten wollte. „Es gab kein Auto. Ich bin mir ziemlich sicher, dass es Zhukov war, doch Ian hat Acht gegeben."

„Wie hat er Acht gegeben?"

„Er hat sich mit seinem ganzen Körper auf mich geworfen und sich dann um die Cops gekümmert." Was eine wirklich gute Idee von ihm war, denn ansonsten wäre ihr Gesicht auf alle Fälle ins System gelangt, und sobald das geschehen wäre, hätte sie einige Leute mehr als nur Zhukov am Arsch gehabt.

„Wir müssen los", sagte Chelsea.

Ja. So lautete das Protokoll. Sobald sie auch nur die leiseste Ahnung davon hatten, dass irgendwer vom Syndikat wusste, wo sie waren, verließen sie die Stadt. Manchmal ließen sie auch ein ganzes verdammtes Land hinter sich. Sie hatte jedoch seit Beginn ihres Einsatzes in St. Augustine gewusst, dass sie nicht mehr weiterziehen würde. Sie würde das Problem lösen und ihren Mann zurückbekommen, oder die Wichser sollten sie erledigen. Sie war fertig. Das hieß nicht, dass Chelsea es auch sein musste. „Ich will, dass du gehst. Fahr für eine Zeit lang auf die Inseln. Du magst es doch dort."

„Du willst, dass ich dich hier zurücklasse? Das ist krank. Charlotte, dieser Mann wird dich umbringen."

„Dieser Mann" stand direkt hinter ihr. Oh, er bewegte sich lautlos, doch sie hatte jahrelange Übung darin, dafür zu sorgen, dass sie immer wusste, ob sie jemand verfolgte. Ihre Teenagerjahre waren eine einzige langwierige Lektion gewesen, immer über ihre Umgebung Bescheid zu wissen, sich alles einzuprägen und einzuordnen, was ihr half zu überleben. Die Erinnerung an seinen Geruch hatte ihr geholfen, die letzten Jahre zu überleben. Er benutzte stets die gleiche Seife, sauber und männlich. Sie atmete ihn ein. Sie drehte sich um, und ihr Herz blieb für einen Moment stehen. Es war immer noch unglaublich, sich mit diesem traumhaft schönen Bastard im selben Raum zu befinden. Sie hielt seinem Blick stand, während sie ihrer Schwester antwortete.

„Du hast vermutlich recht, doch ich werd' das Risiko eingehen. Chelsea, du wusstest, dass ich das wollte. Ich hab' dich nie angelogen, bezüglich dessen, was ich wollte. Ich liebe dich. Hinterlass mir eine Nachricht, falls du aufbrichst." Sie beendete das Gespräch inmitten des energischen Protests Chelseas.

Sie schaltete es ganz aus, denn es war ein Ding der Unmöglichkeit, dass ihre Schwester nicht zurückrief.

„Deine Schwester?"

Charlie nickte. „Ja. Sie glaubt, es war ein Mann aus dem Syndikat meines Vaters."

„Zhukov oder Sobrev?"

Charlie runzelte die Stirn. „Zhukov. Woher wusstest du das?"

„Vielleicht bin ich derjenige, der ihn angeheuert hat." Ian stellte den Kaffee auf seinem Schreibtisch ab, während sie ihm mit einem gelangweilten Blick entgegnete. „Na gut. Ich weiß zufällig, dass das Syndikat über zwei ständige Attentäter verfügt, die sie einsetzen. Ich hab' die Organisation deines Vaters studiert, seit sie in meiner irischen Operation verstrickt war."

Lügner. Er hatte das Syndikats ihres Vaters studiert, seit er gedacht hatte, sie hätten sie umgebracht. Doch sie wollte ihm seinen Stolz lassen. „Zhukov ist am Flughafen Dallas/Fort Worth mit polnischem Pass angekommen."

Ian knurrte. Es war seine bevorzugte Art der Kommunikation. Sie hatte gelernt, seine vielen kehlig klingenden, höhlenartigen Laute zu interpretieren. Bei diesem hier handelte es sich um sein Zustimmungsknurren. „Nicht überraschend. Er ist der Senior der beiden. Sie müssen dich wirklich tot sehen wollen."

Es war an der Zeit für etwas mehr Ehrlichkeit. „Ich bin überrascht. Ich dachte, sie würden mich holen, nicht umbringen. Ich weiß ein paar Dinge, über die sie vermutlich gern wüssten, was es damit auf sich hat."

Seine Augen verengten sich. „Hast du etwa Geld von der verfickten russischen Mafia gestohlen?"

Sie wünschte sich, sagen zu können, es nicht getan zu haben. „Ich betrachtete es als mein Erbe."

„Gottverdammt, Charlie." Wenn er sie so anknurrte, fühlte sie sich in der Tat umsorgt. Sie war so am Ende.

„Ich könnte es zurückgeben. In den Jahren, seit ich's nahm, hab' ich das Zehnfache verdient."

„Darf ich fragen, wie du das überhaupt geschafft hast? Vergiss es. Ich will's gar nicht wissen."

Weil er sie wirklich gut kannte. Wieder etwas, das ihr Hoffnung gab. Doch sie erwähnte besser nicht all jene Informationen, die sie in den letzten Jahren verkauft hatte. Sie war bemüht gewesen, Gutes damit zu tun, sie war sich allerdings nicht sicher, ob Ian das auch so sähe. Doch sie war sich absolut sicher, dass die Geheimdienste dieser Welt sie nicht als treibende Kraft des Guten sahen. Es war ihr zu Ohren gekommen, dass sie einen Codenamen für sie hatten – The Broker, die Zwischenhändlerin. Sie hoffte, Ian müsste das nie herausfinden. „Hattest du es schwer mit der Polizei?"

„Ich hab' Kontakte. Alles gut. Du sitzt auf meinem Stuhl." Ian sah stirnrunzelnd auf sie herab.

Anmutig stand sie auf. „Natürlich, Gebieter."

Ian warf seinen dicken Körper in den Stuhl und klappte seinen Laptop auf. „Ich hab' Simon darauf angesetzt, herauszufinden, wer den Schuss abgegeben hat, doch du musst den Kopf unten halten. Er wird's wieder versuchen."

Er hatte also nicht vor, sie rauszuschmeißen. War das nicht interessant? Es wäre das Einfachste gewesen, sie von der Polizei mitnehmen zu lassen. Sobald sie im System stand, hätte es nicht lang gedauert, bis jemand käme, um nach ihr zu suchen. Es gab diverse Regierungen, die sie gerne zu fassen gekriegt hätten. Er hätte sich nie wieder mit ihr befassen müssen. Er hatte also eine Entscheidung getroffen.

Doch das hatte sie auch. Sie zog es zutiefst vor, bei Ian zu bleiben, und das hieß, dem Protokoll zu folgen. Sie sank auf die Knie. „Ja, er wird's wieder versuchen und vermutlich bald. Zhukov ist sehr ungeduldig. Ich schätze, sie haben sich dazu entschieden, der Sache ein Ende zu setzen und mich auszuschalten."

Sie ließ den Kopf auf seinen Schoß sinken, so wie immer. Er hatte stundenlang dasitzen und sie streicheln können, während er arbeitete. Es schien ihn zu beruhigen. In diesen Stunden ließ sie ihre Gedanken schweifen, denn sie wog sich in Sicherheit. Sie konnte tagträumen, und jeder Gedanke hatte sich um ihn gedreht.

Sie seufzte und rieb ihre Wange an seinem Oberschenkel und spürte fast sofort sein unmittelbares und sicheres Interesse.

Doch sein gesamter Körper wurde völlig reglos, als hätte sich eine Klapperschlange um ihn gewickelt, sich zusammengezogen und wäre bereit zuzuschlagen. „Charlie? Willst du mir nicht sagen, was du da tust?"

Ihren Mann zurückholen. „Du denkst besser nach, wenn dir eine Sub zu Füßen liegt."

„Ich hatte nie eine verdammte Sub zu meinen..." Ian hielt inne. „Du solltest jetzt aufstehen."

Er hatte noch nie eine Sub gehabt, die zu seinen Füßen kniete, doch seine Frau hatte es getan. Nur sie. Sie musste ihn daran erinnern, wie schön es zwischen ihnen sein konnte. Sie hatte bemerkt, dass er die Zitronendonuts mit rübergebracht hatte. Er brauchte sie. Er war so unnachgiebig. Er gönnte sich nichts, nicht ein bisschen Komfort. Sie hatte im Laufe der Zeit gelernt, diesen Mann durch und durch zu verstehen. Obwohl er wie ein großer, böser, Sich-von-niemandem-etwas-sagen lassender-Dom wirkte, war er eigentlich ein serviceorientierter Top. Das war es, was niemand in dem Club, in dem sie ihn kennengelernt hatte, verstand. Ian musste seiner Sub dienen, ihre Bedürfnisse erfüllen, bevor er sich seine eigenen erfüllte. Deshalb hatte er sich auch nicht die Zeit genommen, Grace zu erklären, wie er am liebsten seinen Kaffee zubereitete. Wenn er das täte und sie die Art der Zubereitung für ihn änderte, dann schuldete er ihr etwas. Er mochte es nicht, jemandem etwas zu schulden. Doch er glaubte an den Austausch von Macht.

„Ich hatte große Angst, Gebie... Ian." Sie brauchte jetzt nichts zu übereilen. Sie brauchte ihn in der rechten Gemütsverfassung. Sie wandte den Blick nach oben. Er führte die Hand an den Mund, in einen weiteren Zitronendonut beißend. Er genoss den Leckerbissen, den sie für ihn gekauft hatte. Er würde auch das hier genießen, wenn sie es richtig formulierte. „Gibst du mir einen Augenblick? Es würde mich entspannen. Ich fühle mich, als sei ich den Tränen nahe, und ich weiß, wie sehr du das hasst."

Er stöhnte. „Du hast keine Tränendüsen, Charlie."

Stimmt nicht. Sie hatte wegen ihm in den letzten fünf Jahren mehr geweint als in all den Jahren davor. Er hielt den Schlüssel zu ihrem Herzen. Bis zu dem Zeitpunkt, als sie ihn kennenlernt hatte, waren Jahre vergangen, in denen sie sich nicht erlaubt hatte, Tränen zu vergießen. Sie konnte sich nicht zurückhalten. Wieder schmiegte sie ihre Wange an seinen Oberschenkel, es genießend, ihm so nahe zu sein.

Er berührte sie nicht. Früher hätte er ihren Kopf gestreichelt, hätte sie mit der Handfläche sanft liebkost, während er arbeitete. Jetzt jedoch kam nichts von ihm.

Er setzte sie hingegen auch nicht mit dem Arsch vor die Tür. Es war ein Fortschritt.

Es verging ein Moment, in dem sie hörte, wie er seufzte und sich vorsichtig in seinem Stuhl entspannte. Selbst seine Muskeln schienen sich zu entspannen und die Situation zu akzeptieren.

„Was weißt du über Eli Nelson?" Das Geräusch seiner Kaffeetasse war zu hören, die über den Schreibtisch kratzte, als er sie wieder absetzte.

Eine gefährliche Frage, jedoch eine, die sie beantworten musste.

„Ich kann dir die Datei schicken, die ich über ihn habe, doch sie ist bestenfalls lückenhaft. Ich kann dir sagen, dass er mit meinem Onkel unter einer Decke steckt."

Diesmal machte Ian von seinem sarkastischen Knurren gebrauch. „Überrascht dich das ernsthaft? Du hast beiden Geld geklaut. Der Feind meines Feindes ist mein Freund, und so weiter. Es macht Sinn, dass sie sich gegenseitig helfen."

Sie hasste ihren Onkel abgrundtief. Mikhail Denisovitch war die rechte Hand ihres Vaters gewesen. Sie hatte einige Cousins, die ganz okay waren, doch auch sie waren Syndikatstypen. Sie hatte keinen Zweifel daran, dass sie sie geradewegs bei Sichtkontakt töteten, wenn sie müssten. Es spielte keine Rolle, dass sie zusammen abgehangen und gelacht hatten. Denisovitch' Männer waren zuallererst dem Syndikat gegenüber loyal, danach ihrem Blut.

„Ich weiß, dass er sich ein paar Mal mit meinem Onkel getroffen hat. Ich bin mir sicher, er behauptet, die Information gefunden zu haben, dass ich diejenige war, die den Attentäter beauftragte. Er hat es natürlich nicht selbst erledigt. Ich hab' keinen Zweifel daran, dass alles geschickt arrangiert wurde. Der Mann weiß, wie man eine Frau reinlegt."

Die Anspannung kehrte in seine Beine zurück. Verdammt. Das hätte sie nicht erwähnen sollen. Seine Stimme glich einem leisen Grollen. „Ja, das weiß er sehr wohl."

Sie musste ihn dazu bringen, wieder an das Hier und Jetzt zu denken. „Er weiß, was er tut und wie er unterm Radar bleibt. Das meiste, was ich erfahren habe, war infolgedessen, dass seine Kontakte es verkackt haben. Es liegt fast nie an ihm. Zu Beginn bekam ich tonnenweise Infos, und als ich ihnen dann nachging, wartete er bereits auf mich, um mich auszuschalten."

„Woher weißt du, dass es sich mit der indischen Spur nicht ähnlich verhält?"

Das hatte sie sich auch gefragt. „Ich weiß es nicht, doch es passt nicht in sein Muster. Heutzutage gelingt es niemandem mehr, seine Spuren gänzlich zu verbergen. Es gibt viel zu viele Überwachungskameras. Ich glaube, deshalb hat er England verlassen."

„Er war fertig in England. Es hatte es geschafft, meinem Team übel mitzuspielen. Er hat genau das getan, was du gesagt hast, Baby. Er hat es so arrangiert, dass wir seine Drecksarbeit erledigten und er mit dem Preis davon kam – ein bereits gut aufgestelltes Netzwerk, um Waffengeschäfte zu tätigen. Ich hab's geschafft, den Scheiß zu beenden, doch es war einiges Taktieren vonnöten."

Ah, die Freuden der Gewohnheit. Er hatte sie immer Baby genannt. Er trommelte mit den Fingern auf dem Tisch, ein klares Zeichen dafür, dass er nicht wusste, was er sonst mit ihnen tun sollte. Sie hatte eine Vorstellung, wohin er seine Hände führen könnte, doch sie hatte das Gefühl, dass er Vorschlägen zu diesem Zeitpunkt nicht offen gegenüber stände.

„Also ist er auf der Suche nach einem alternativen Schiebergeschäft. Ich werd' Chelsea diesen Kashmir-Typen überprüfen lassen."

„Nein, das lass ich Adam machen. Du und Chelsea solltet in einem Flugzeug sitzen, das euch irgendwohin bringt, aber hundertprozentig nicht hier ist."

Sie musste ihm begreiflich machen, dass ihn zu verlassen keine Option war. „Ich geh' nicht mehr weg, Ian. Ich werd' mich dem widersetzen. Ich war fünf Jahre auf der Flucht , und ich bin müde. Ich will ein Leben. Ich will's so sehr, dass ich bereit bin, das zu riskieren, was ich jetzt hab'. Ich möchte deine Frau sein und ein paar Babys bekommen und deine Sub sein. Wenn du mich rauswirfst, schlaf' ich auf der Straße vor deinem Haus, weil du mich brauchst. Du brauchst mich und sonst keine."

Er schob den Stuhl zurück, scheinbar nicht darauf achtend, sie anzurempeln. „Du solltest gehen und dich zu Eve setzen. Nein. Phoebe. Eve würde sich mit dir unterhalten. Phoebe hat Angst vor ihrem eigenen Schatten."

Sie sank zurück und hockte sich auf die Absätze, zu ihm aufsehend. „Ich würd' lieber bei dir bleiben."

Sein Kiefer formte eine unbeugsame Linie. „Du kannst dich zu

Phoebe setzen oder das Gebäude verlassen. Entweder das eine oder das andere. Ich bin bereit, dir Unterschlupf zu gewähren, weil ich mir noch nicht sicher bin, ob du mit mir spielst oder nicht. Ich kann dich nicht gehen lassen, wenn du Informationen hast, die ich brauche, doch ich werd' nicht wieder den ergebenen Liebhaber spielen, also verschwinde aus meinem Büro."

Verdammt, sie hatte ihn bedrängt. Sie war immer schon ungeduldig gewesen, wenn es um Dinge ging, die sie wirklich wollte. Es stellte ihre Achillesferse dar. Sie stand auf, ohne dass er ihr aufhalf. „Ist gut. Ich setz mich hin, wo du's wünschst. Kann ich einen Computer haben?"

Diese arktisch blauen Augen verengten sich. „Damit du die Welt in die Luft jagen kannst?"

Er glaubte fest an Übertreibungen. Sie beachtete ihn nicht. „Damit ich mir ein paar Notizen machen kann, was ich weiß."

„Schick mir die Datei, die du hast. Ich mach' mir selbst Notizen."

Er konnte so stur sein, wenn er wollte, und er schien es fast immer zu wollen. „Verdammt nochmal, Ian. Ich kann doch nicht sechs Stunden oder mehr da sitzen, bis wir nach Hause fahren."

„Ich nehm' dich nicht mit nach Hause, Charlie. Wegen Alex müssen wir heut Abend ins Sanctum gehen. Wenn du die Rolle meiner Sub nicht überzeugend spielst, fliegt unsere Tarnung beim DPD auf. Vielleicht nutzt du die Zeit, um darüber nachzudenken, mir zu gehorchen. Geh." Er deutete auf die Tür. „Wag's ja nicht, irgendwelchen Ärger zu machen. Ich schwör' dir, wenn ich auch nur höre, dass du mit jemandem sprichst, werd' ich dich fesseln und knebeln, und das nicht auf die lustige Art."

Das täte er. Doch ihr war soeben der Schlüssel zum Königreich gereicht worden. Sie musste dafür sorgen, dass sie Alex McKay ein Dankeschön schickte. „Ja, mein Gebieter."

„Ich bin nicht dein Gebieter."

„Wenn er wie ein Dom geht und Anweisungen wie ein Dom erteilt, ist er üblicherweise ein Dom. Ist er dazu noch brutal sarkastisch, ist er wohl mein Dom."

Ian erwischte ihren Arm und wirbelte sie herum. „Ich mein's ernst, Charlie. Ich lass' es nie wieder so weit mit dir kommen. Der Teil meines Lebens ist abgeschlossen. Ich mag dich noch mal ficken, immerhin hat Alex uns in diese schreckliche Lage versetzt und, wie es scheint, sind wir immer im Bett miteinander gelandet, doch es geht nur um Sex. Ich werd' dich nicht mehr an mich ranlassen. Hast du verstanden? Ich versuch', dich zu warnen. Wenn du mich lässt, zerreiß' ich dich und ich werd' Spaß daran haben. Ich werd' mir nehmen, was ich kann, und gebe dir nichts, außer Schmerz und Reue."

Doch er hatte bereits ihr Leben gerettet. „Ich verstehe. Ich bin bereit, es zu riskieren."

Er türmte sich vor ihr auf. Sein bloßes Dasein ließ ihr die Nerven durchgehen. Er näherte sich ihr immer mehr, ihren Rücken an die Wand drückend. Auf einmal ward sie sich ihres Körpers so bewusst – wie sich ihre Brustwarzen spitzten, ihr Atem zunahm, ihre Muschi schmerzte.

„Das ist nicht sehr schlau, Charlie." Er starrte zu ihr hinab. Hätte sie ihn nicht so gut gekannt, sie hätte schwören können, dass er überhaupt nicht angetan war. Sein Gesicht war gefühllos, sein Körper pure Einschüchterung. Doch sie hatte gehört, wie sich seine Stimme vertiefte, und sie rechnete damit, dass, wenn sie nur eine Hand ausstreckte, sein Schwanz hart und scharf sei.

Sie zögerte, denn es war eine schlechte Idee, ihn ohne Erlaubnis zu berühren, wenn er sich in diesem Zustand befand. Ihr Gebieter brauchte seine Kontrolle zurück. Die wollte sie ihm geben. „Ich glaub', das ist das einzig Schlaue, was ich je getan hab'."

Er beugte sich vor und presste seinen Körper an ihren. Ja, er war definitiv nicht unangetan. „Dann werd' ich nicht versuchen, dir nochmal zu helfen. Ich nehm', was du mir gibst und werd' mich nicht entschuldigen, doch wir spielen das jetzt nach meinen Spielregeln. Du wirst dich mir von nun an fügen, oder die ganze Geschichte ist vorbei."

Sie nickte, ihn nicht aus den Augen lassend, selbst als er seinen Schwanz an ihren Bauch drückte. Sie konnte nicht anders, als bei ihm weich zu werden, doch sie hielt die Hände an den Seiten. Er war noch nicht bereit für ihre Zuneigung. „Ist gut, Ian."

„Geh zur Buchhalterin. Ich erwarte, dass du um fünf Uhr dort in ihrem Büro sitzt. Gegen Mittag darfst du aufstehen und mit Phoebe im Pausenraum Mittagessen. Sie ist die Einzige, die nicht auswärts oder in ihrem Büro isst. Du darfst nicht mit ihr sprechen. Ich lass' jemanden nach unten gehen und dir ein Sandwich und was zu trinken holen. Du hast fünfundvierzig Minuten Zeit, um zu deinem Platz zurückzukehren. Wenn du eine Toilettenpause brauchst, bittest du Eve oder Grace, dich zu begleiten."

Oh, er wollte ihre Grenzen austesten, wie es schien. Ihr war bewusst, dass sie zustimmen sollte, doch görenhafte Worte glitten ihr einfach so über die Lippen. „Ich glaub', ich find' den Weg zur Toilette, Ian."

„Das sind zehn."

Sie musste tief einatmen. Oh, fuck, darauf steuerte er zu. „Ich dachte, du seist nicht mehr mein Gebieter."

Seine Hände berührten ihre Schultern, die Linien ihres Körpers nachzeichnend. Seine Stimme wurde weicher, als dachte er an was anderes, was Süßeres. „Ich bin jetzt dein Dom, denn nur so kann ich dir vertrauen, dass du tust, was ich dir sage. Du bist gefährlich, und jemand muss dafür sorgen, dass du nicht aus der Reihe tanzt. Ich sehe mich selbst als einen Klapperschlangen-Bändiger. Wir befolgen ein strenges Protokoll, Charlie. Du sprichst, wenn du gefragt wirst. Du fügst dich meinen Anweisungen oder du wirst bestraft. Wenn du meine Regeln nicht befolgst, werd' ich die CIA kontaktieren, dann sollen sie sich um dich kümmern."

Er wollte sie in eine Ecke drängen, aus der sie nicht heraus käme. Er schien nicht zu verstehen, dass sie gar nicht raus wollte. Er musste das Sagen haben. Sie war bereit, einen langweiligen Tag vor sich zu haben, damit er bekäme, was er bräuchte. „Ja, Gebieter...ich mein', Herr."

„Gebieter" bedeutete, eine besondere Beziehung miteinander zu haben. Das hatte sie verkackt. Ein „Herr" konnte jeder x-beliebige Dom sein. Es war eine Sache der Höflichkeit. Trotz der Tatsache, dass er sich definitiv wie ihr Gebieter aufführte, musste sie es erst einmal bei „Herr" belassen. So könnte sie spielen.

„Ich mein's ernst, Charlie. Das ist alles, was du aus mir rausbekommst." Er drückte seinen Schwanz an sie, seine Stirn an ihre lehnend. „Ich bin nicht mehr der Mann, den du kanntest. Ich bin ein Mistkerl und ich werd's keinen Moment bereuen, dass ich dich gefickt hab' und dich deinem Schicksal überlasse, wenn ich fertig bin. Wenn ich von dir hab', was ich brauche, werd' ich weggehen und nicht mehr zurückblicken. Ich hab' dich vor langer Zeit begraben. Es ist nichts weiter übrig geblieben als ein bisschen Lust und ein Haufen Arbeit zwischen uns."

Doch die Lust baute sich ins Unermessliche auf. Sie konnte quasi fühlen, wie er von ihr überrollt wurde. „Wenn wir schon gerad' unsere Karten auf den Tisch legen, sollte ich dich wissen lassen, dass ich vorhab', meinen Weg in dein Bett zu finden, und ich beabsichtige, dort zu bleiben. Es ist mir egal, wie lang es dauert. Du hast mich mal geliebt. Ich werd' dafür sorgen, dass du mich wieder liebst."

„Ich hab' dich nie geliebt, Charlie." Er hauchte die Worte auf ihre Haut. Seine Hände glitten von ihren Schultern zu ihrer Brust, seine Augen folgten. Er ließ die Handflächen auf ihren Brüsten ruhen und seufzte auf.

Gott, wenn er sie nicht liebte, ließe sie sich trotzdem auf die Verbindung ein, die sie fühlte. „Nochmal, ein Risiko, das ich bereit bin einzugehen. Du willst mich."

Er machte einen großen Schritt zurück, doch seine Augen verharrten auf ihrer Brust. „Ja, doch das ist nicht dasselbe. Reine sexuelle Chemie. Ich bin bereit zuzugeben, dass ich das mit dir teile. Mich verbindet mehr sexuelle Chemie mit dir als mit den meisten anderen Frauen. Doch Lust ist das Einzige, was uns verbindet. Zeig' mir deine Brüste."

Die Lust fühlte sich so gut an. Sie ignorierte das, was er über die meisten anderen Frauen gesagt hatte, denn es handelte sich um reine sture Dummheit. In den letzten Jahren hatte sie gelernt, die ganze schlechte Scheiße beiseite zu schieben und die seltenen süßen Momente zu genießen. Sie zögerte keinen Augenblick, geilte ihn nicht weiter auf oder stichelte. Sie zog sich einfach das Shirt übern Kopf und warf es zur Seite, bevor sie sich an ihren BH machte.

Kühle Luft traf auf ihre Haut. Ihre Brustwarzen waren noch immer vom Gefühl seiner Hände auf ihrem Körper erregt. Sie ließ den BH aus den Fingern gleiten, bevor sie die Position einnahm, von der sie sicher war, dass er sie mochte. Hände hinterm Rücken verschränkt, Brust rausgestreckt.

Ian starrte sie an. Charlie wartete. Er mochte es, sie für einen langen, quälenden Moment anzuschauen.

Dein Körper gehört mir. Deine Brüste, deine Muschi, dein Arsch, all das ist mein Eigentum. Er hatte die Worte vor so langer

Zeit zu ihr gesagt, doch sie konnte stets seine dunkle Stimme hören, die sie einforderte.

Was bekomme ich dafür?, hatte sie gefragt, ihre Stimme atemlos.

Ich gehöre dir. Nur dir, Charlie. Alles, was ich bin. Alles, was ich hab'. Alles, was ich sein werd'. Alles dein. Vergangenheit. Gegenwart. Zukunft. Ich leg sie in deine Hände.

Sie hatte die Vergangenheit verkackt. Brauchte die Gegenwart. Sehnte sich nach einer Zukunft. Also stand sie da, ihm alles bietend, was sie konnte.

Er streckte die Hand aus und legte sie ihr auf die Brust, zuerst leicht, glitt sanft mit den Fingern über ihre Haut. Sein Blick war nach unten gerichtet, beobachtete die Stelle, an der sie sich berührten. Er zeichnete den Kreis um ihre Brustwarze nach, sah zu, wie sie hart und steif für ihn wurde. Er strich nun so über ihre Nippel, dass sie ihn anflehen wollte, sie in seinen Mund zu nehmen. Ihr Körper wurde an allen richtigen Stellen weicher. Sie konnte spüren, wie ihre Muschi feucht und bereit wurde. Das Einzige, was er tun musste, war sie zu berühren, und sie war bereit, ihre Beine zu spreizen und ihn willkommen zu heißen.

Stattdessen stand sie vollkommen still da. Er schien sie nicht zu verhöhnen. Sein Gesicht war ausdruckslos, doch seine Fingerspitzen bewegten sich zärtlich, während er sie erkundete, über ihre blauen Adern gleitend, die sich auf ihrer Brust abzeichneten. Er berührte leicht die faltige Narbe, wo die Kugel in ihre Schulter eingedrungen war, direkt unterm Schlüsselbein. Er verharrte länger dort, kreiste mit dem Daumen um sie und starrte sie an, als ob er sich die Stelle genau einprägte.

Seine Finger glitten weiter, nun zu ihrem Hals. Sie erinnerte sich daran, als sie sein Halsband getragen hatte. Es war zunächst eines aus Leder gewesen, doch dann hatte er ein goldenes von Cartier gekauft, das ihren Hals umschloss, sie stets daran erinnernd, zu ihm zu gehören.

„Wo ist es hin?", fragte Ian, als könne er ihre Gedanken lesen.

Tränen glänzten in ihren Augen auf. „Ich weiß nicht. Es war weg, als ich aufwachte. Sie haben mir auch den Ring abgenommen."

Sie hatte ihr Halsband verloren und den Platinring mit Diamant, den er für sie gekauft hatte. Es hatte sich eine ganze Zeit lang nackt angefühlt. Es hatte fast ein Jahr gedauert, bis sie nicht mehr nach dem

Halsband tastete. Sie hatte es nur für so kurze Zeit getragen, doch es war ihr zur Gewohnheit geworden, es zu berühren, wenn sie nervös war.

„Es ist dann wohl irgendwo in Scotland Yards Asservatenkammer gelandet. Oder jemand hat's gestohlen." Er streifte über die Stelle, auf der sein Halsband gelegen hatte.

„Es tut mir so leid, Ian."

Er schien wieder bei sich zu sein. „Is' schon in Ordnung. Es war nur Geld. Ich hab' mehr verdient."

Sie schloss die Augen, die Tränen zurückblinzelnd, denn er missverstand sie absichtlich, und es gab verdammt nichts, was sie jetzt tun konnte, um es wiedergutzumachen. Sie hatte gewusst, dass er sie bestrafen würde. Sie hatte nicht gewusst, wie sehr ihr seine Distanzierung weh tun würde. „Ist gut, Ian. Ich zieh' mich dann an und setze mich zu Phoebe."

Zumindest wäre es wohl leise in der Rechnungsabteilung. Diese Phoebe schien keine große Rednerin zu sein. Sie konnte über die Situation nachdenken, einen Weg finden, um an ihn ranzukommen.

„Du schuldest mir zehn, Sub."

Sie dachte, er vergäße sie. Gott, sie stand hier mit ihm und sie war halb nackt und er wollte ihr den Hintern versohlen. Auf einmal war sie sich nicht mehr sicher, ob sie damit umgehen konnte. „Ian, du musst mich nicht disziplinieren. Ich verstehe. Die Situation ist ernst. Ich setz' mich zu Phoebe und mach keinen Ärger."

„Zwanzig."

Er war so ein verdammter Prinzipienreiter. „Gut. Wo willst du mich haben?"

„Über meinem Schoß. Du bist viel zu übertrieben angezogen, um diszipliniert zu werden. Zieh alles aus und leg dich über meinen Schoß. Wenn ich fertig bin, kannst du dich anziehen und darüber nachdenken, mir nicht mehr zu widersprechen. Du hast den ganzen Nachmittag Zeit, dir über deine neue Realität Gedanken zu machen. Wenn's dir nicht gefällt, da ist die Tür, Schätzchen. Erwarte nicht, dass ich mich für dich vor eine weitere Kugel werfe."

Ihre Finger suchten nach dem Bund ihres Rocks.

„Trägst du wirklich keine Unterwäsche?", fragte Ian, der sich zurück in den Stuhl setzte. Irgendwie ließ er das eher zweckmäßige

115

Möbelstück wie einen Thron erscheinen.

Sie schleuderte die flachen Schuhe weg, die sie trug, während sie sich den Rock runterzog. „Ich hab's dir gesagt. Ich darf keine Unterwäsche tragen."

„Nicht, während du mir dienst. Doch wenn wir hier fertig sind, kannst du machen, was du willst, Charlie. Du kannst deine Muschi auch mit Frischhaltefolie abkleben, wie du willst, ist mir scheißegal. Doch solange wir hier Dom und Sub spielen, befolgst du meine Regeln. Komm näher. Zeig mir deine Muschi. Ich muss mir sicher sein, dass du meinen Ansprüchen genügst. Brighton wird uns unsere Tarnung keinen Moment abnehmen, wenn du nicht ordentlich zurechtgemacht bist."

Was er wohl täte, wenn sie es nicht wäre? Vermutlich würde er sie selbst rasieren. Er würde ihr fortwährend erzählen, dass er das gar nicht wollte. Dass er das nur täte, weil es Teil ihrer Tarnung war und er sie auch nicht liebte, doch, huch, sein Penis sei hineingerutscht, doch auch das sei nicht von Bedeutung.

„Ich wurde gelasert." Sie stellte sich vor ihm auf.

„Spreiz die Beine."

Gott, er würde sie umbringen. Sie spreizte die Beine, den Zugang gewährend, den er wollte. Seine Hand glitt zwischen ihre Beine, führte sie über die Blütenblätter ihres Geschlechts und ließ ihre Muschi aufleuchten. „Ich bin überall weich, Ian. Glaub mir, sie war sehr gründlich. Ich hab' zwei Tage lang geschrien, während sie meine Schamlippen mit dem verdammten Teil bearbeitet hat."

Seine freie Hand landete auf ihrem Hintern, ein heftiger Schlag auf ihr Fleisch. „Nicht fluchen."

Nicht Fluchen. Keine Schamhaare. Nichts Neues hier. „Ich will damit nur sagen, dass ich vollkommen weich da unten bin."

„Das beurteile ich selbst. Wann hast du dich dazu entschieden, dich dieser Prozedur zu unterziehen? Hast du die Firma genau überprüft?"

Sie keuchte, als seine Finger zwischen ihre Schamlippen rutschten, sie teilten und die Haut dort kontrollierte. Gott, es gab keine Möglichkeit, die Tatsache zu verbergen, dass sie feucht und bereit war. „Ich hab' mich vor etwa sechs Monaten lasern lassen, weil ich es leid war, mich zu rasieren, und es gab Wochen, in denen ich kein Bad nehmen konnte, weil ich ständig auf der Flucht war. Den Laden, bei dem ich war, hab' ich im Internet gefunden."

Er stöhnte und holte die Hand wieder hervor. „Nicht gerade schlau. Du hättest sie überprüfen müssen und hättest die Einrichtung besuchen und Empfehlungen einholen sollen."

Yeah. Sie würde ihm nicht sagen, dass sie einen Gutschein geschenkt bekommen hatte. Oder dass der Laden auch als Nagelstudio diente. Oder dass die Person, die sie gelasert hat, ein Kerl gewesen sein könnte. Sie war sich nicht sicher. Er hatte das schönste blonde Haar, das allerdings nicht zu seinem Bart passte. „Beim nächsten Mal."

„Über meinen Schoß. Es gilt das Ampelsystem."

Was bedeutete, dass ihr Sicherheitswort „rot" lautete. Jede Zelle ihres Körper erwachte plötzlich und war lebendig, doch in ihrem Hirn gingen Warnlampen an, sie hatte Angst. Ian konnte sich wie ein rücksichtsloser, übler Mistkerl aufführen. Er könnte sie einfach ausnutzen und sie dann wie Müll wegwerfen. Er könnte sie aufschlitzen und ihr Schmerzen zufügen.

Es wäre sicherer abzuhauen. Sie wusste, wie sie sich verstecken musste, wusste, wie sie verschwinden könnte.

Nichts davon bedeutete etwas ohne ihn. Würde er sie zerfleischen, hätte sie wenigstens noch einen Moment mit ihm. Vielleicht gäbe es ihm ein Gefühl des Friedens, wenn er sie verletzte, denn was er nicht wusste, was sie ihm nicht gesagt hatte, verfolgte sie bis heute.

Sie war nicht gänzlich bewusstlos gewesen, als er ihre Leiche gefunden hatte. Sie hatte seinen leisen Schrei gehört, gespürt, wie er sie hoch in seine Arme genommen hatte.

Sie hatte gefühlt, wie sein Körper von Schluchzen gequält wurde, und gehört, wie er zu Gott gefleht hatte, sie zurückzubringen.

Sie hatte ihn das durchmachen lassen.

Charlie legte sich über seinen Schoß, gelobte sich, nicht länger feige zu sein. Es war das, was sie Ian schuldete – eine Chance. Er bekäme die Chance, mit ihr abzuschließen, die Chance, Frieden zu finden. Sie hätten eine Chance, wieder zusammen zu sein.

Wenn ihr Herz brach, dann war es das, was sie verdiente.

Sie rang nach Luft, während seine Hand über die Kurven ihres Hinterns strich. Wie bei allem, was Ian tat, nahm er sich alle Zeit der Welt und sagte gar nichts. Vorfreude hing in der Luft wie ein Nebel, den sie nicht ganz durchschaute. Sie wusste ganz genau, was er täte, und doch lag sie da, mit klopfendem Herzen, auf ihn wartend.

Klatsch. Charlie hörte, wie das Geräusch durch die Luft krachte, bevor sie den brennenden Schmerz auf der Haut spürte. Feuer entzündete sich in ihr. Sie hielt ein Fluchen zurück, denn Ian hatte sie sich nicht aufwärmen lassen. Er war gleich zum harten Teil übergegangen.

Klatsch. Klatsch. Klatsch. Schmerz brannte auf. Tränen kullerten. Sie dachte nicht mal daran, sie zu stoppen. Es fühlte sich zu gut an. Sie war so lange stark gewesen. Das war eine Erlösung, schlicht und einfach. Sie ließ los, schrie auf, als er seine Disziplin fortsetzte.

Immer und immer wieder prasselte es auf ihr williges Fleisch. Er meinte, sie hätte keine Tränendrüsen? Yeah. Das würde sie ihm zeigen. Er hatte nicht gesagt, dass sie still sein sollte, also schrie sie.

Er sagte kein Wort, wobei sie wusste, dass er genau mitzählte. Sie bekäme jeden Schlag, den er ihr versprochen hatte. Sie wusste auch, dass er aufhörte, wenn sie „rot" schrie. Sie dachte nicht mal ansatzweise an das Wort. Es war genau das, wonach sie sich gesehnt hatte. Ian hatte ihr gezeigt, wie sehr sie das brauchte, dass sie sich nicht schämen musste, weil sie anders war und ein bisschen Kink brauchte, um ihren Frieden zu finden. Es hatte keinen Frieden vor ihm gegeben und auch keinen nach ihm, nur eine tiefe Entfernung von der Welt, die sie so zu lieben gelernt hatte.

Sie wusste nicht mehr, wie weit sie waren, wollte es auch gar nicht mehr wissen. Er hätte ewig weitermachen und sie an diesem Ort bleiben können. Sie akzeptierte den Schmerz, um die Verbindung zu ihm zu spüren. Wenn er sie disziplinierte, waren sie die einzigen zwei Menschen auf der ganzen Welt. Alles andere verschwamm und sie konnte sie selbst sein, die Charlie, die sie entdeckt hatte, als sie sich in ihn verliebt hatte. Die Charlie, die sich für andere aufopferte, die die Hand ausstreckte, um Freunde zu finden. Die Charlie, die mutig genug war, die diese Freunde verdiente.

Im Raum wurde es still. Nur das Geräusch ihres Keuchens und ihre Tränen blieben zurück. Ians Hand ruhte auf ihrem Fleisch, und sie fragte sich für einen Moment, ob er ihr verweigerte, was er den anderen Subs, die er disziplinierte, gäbe. Das täte ihr am meisten weh. Sie ertrug alles, was er austeilte, solange sie die Nachsorge bekam, die den Kreis schloss, auch wenn es nicht mehr war als ein paar lobende Worte, ein Augenblick oder mehr, in denen sie das Gefühl hatte, sie gefiele ihm.

Langsam begann er, seine Hand beruhigend über ihre Haut zu streichen, in sanften Kreisen dort reibend, wo er vorher so grob gewesen war. „Das hast du gut gemacht, Charlotte. Doch das hast du immer. Wie fühlst du dich?"

Erleichtert. Friedlich. Ein kleines bisschen leer, weil sie nicht in seinen Armen lag. „Alles im grünen Bereich, Herr."

„Dann komm hoch."

Sie schniefte. Vielleicht täte es ihr gut, den Nachmittag zu haben, um nachzudenken, was sie da gerade tat. Sie stieß sich von seinem Schoß ab, auf wackligen Füßen stehend, und wand sich zu der Stelle, wo sie ihre Kleidung gelassen hatte.

Er runzelte die Stirn in ihre Richtung, langte nach ihrer Hand. „Wohin gehst du? Ich hab' nicht gesagt, dass du gehen sollst." Er zog sie auf seinen Schoß, schlang die Arme um sie. „Hast du die Übung vergessen?"

Sie war wieder den Tränen nahe, denn er schmiegte seine Wange an ihre Stirn, die Intimität so honigsüß, dass sie es kaum aushielt. Er kuschelte sich eng an sie und seufzte, als sie ihre Arme um ihn legte.

„Ich mach' das für alle Subs, die ich diszipliniere, Charlie."

Natürlich tat er das. Er war bekannt dafür, der zärtlichste aller dominanten Männer zu sein. Sein Ruf zu kuscheln eilte ihm weltweit voraus. Sie liebte ihn, doch er war ein Idiot, wenn er glaubte, dass sie ihm das abkaufte. Sie hatte ihn gründlich studiert, bevor sie ihn kennengelernt hatte, und hatte sich auch nach seinem Tod mit ihm beschäftigt. Ian Taggart war als Mistkerl bekannt, der es vorzog, seine sexuellen Erfahrungen vertraglich abzusichern, damit die Frauen, die er vögelte, nie auf die Idee kämen, dass er bei ihnen bliebe. Ja, sie war sich sicher, dass er mit jeder von ihnen kuschelte und an ihrem Haar roch, sie einatmete, als wäre sie die Luft, die er zum Leben brauchte. „Jawohl, mein Herr. Ich werde es als nichts anderes betrachten als liebevolles Auffangen."

„Das rate ich dir." Er schaukelte mit dem Stuhl hin und her, während er ihr mit der Hand die Haare glatt strich und sie sich an ihm festhielt.

Egal, was passierte, sie ließe nicht los.

Kapitel Fünf

Die Deckenlampe schien auf den Tisch des Konferenzraums und das Beweismaterial, das Simon und Jesse den Nachmittag über gesammelt hatten.

„Weiß das DPD schon Bescheid?" Ian fuhr sich frustriert eine Hand durchs Haar, als er auf die Fotos starrte, die Simon gemacht hatte. Sie zeigten einen Mann, vermutlich einen Geschäftsmann, denn er trug einen Anzug, der auf dem Boden eines teuren Hotelzimmers lag. Er machte einen entsetzten Gesichtsausdruck, doch es befand sich auch ein Einschussloch in seiner Stirn, daher nahm Ian dem Mann seinen Schreck nicht übel. Es handelte sich um eine ordentliche, saubere Hinrichtung, in der Art, auf die sich die Mafia spezialisiert hatte. Es sah so aus, als hätte ihr Auftragskiller den perfekten Ast gefunden, von dem er jeden erschießen konnte, der das Gebäude verließ, in dem McKay-Taggart untergebracht war, und es ihm egal gewesen war, dass er schon besetzt war.

„Nein. Keiner hat den Kerl bisher gefunden." Simon saß entspannt in seinem Stuhl, als wäre das Finden von Leichen für ihn alltäglich. Er nippte an seinem Earl Grey. Es war vier Uhr. Nichts hinderte den Briten an seinem Nachmittagstee. Ian war sich ziemlich sicher, dass Simon eine Schießerei unterbrechen würde, um seinen verdammten Tee zu trinken. „Der Schütze hat das *Bitte-nicht-stören*-Schild an die Tür gehängt. Das Personal fände die Leiche erst, wenn er auscheckt, kann ich mir vorstellen."

Und dann fingen sie wohl an, zwei und zwei zusammenzuzählen. Eventuell. Wenn sie schlau waren. Er musste die Sache mit Brighton gut aussehen lassen, sonst schalteten sich die Cops ein und alles wäre für'n Arsch.

Jesse nahm die Baseballkappe ab, die er aufhatte. Immerhin besaß er genug gesunden Menschenverstand, ein Baseball-Cap und einen recht formlosen Jogginganzug zu tragen. Der Junge sah zu lässig fürs Büro aus, aber niemand würde sich an seine Haarfarbe oder seinen Körpertyp erinnern. Wenn er richtig in sich zusammensackte, verringerte sich seine Größe von einsneunzig um einige Zentimeter. „Das Hotel ist ruhig, minimalster Sicherheitsstandard. Zimmer 721 ist definitiv der Ort, wo der Schütze platziert war. Wir fanden eine Art Schießscharte. Die Fenster lassen sich nicht öffnen, also benutzte er einen Glasschneider, um ein rundes Loch von zweieinhalb Zentimetern hineinzuschneiden, gerade groß genug, um den Lauf durchzustecken, jedoch klein genug, um nicht den Boden zu treffen und ein Chaos zu verursachen. Er wusste, dass er eine Weile dort verweilte."

„Wie offensichtlich war es?" Er dachte wieder an die Bullen. Es mochte einfacher sein, eine Linie von Punkt A zu Punkt B zu ziehen, wenn sie Löcher fänden, wo keine sein sollten.

„Ich hab's kaum gesehen. Er hat es in die untere Ecke des Fensters gemacht. Ich hab's etwas aufgebrochen, damit es nicht so ordentlich aussieht, und ein Taschentuch reingestopft. Das würd' ich auch tun, wenn ich aus Versehen ein Fenster eingeschlagen hätte", sagte Jesse.

Es mochte funktionieren. Vielleicht auch nicht. „Ich nehm' an, der Mistkerl hat keine Hülsen zurückgelassen?"

„Nein", antwortete Simon. „Er hat sauber gearbeitet, sehr geschickt. Es ist mir gelungen, einen der Wachmänner zu bestechen. Ich hab' ihn davon überzeugt, dass ich Privatdetektiv sei, der auf der Suche nach einer betrügenden Ehegattin sei. Er zeigte mir die Aufnahmen der Überwachungskameras im Flur, ungefähr zu der Zeit, die uns interessiert. Ein Mann von etwa einsachtzig mit Baseball-Cap betrat den Aufzug mit einer Aktentasche zur geschätzten Zeit. Sein Gesicht hab' ich allerdings nicht gesehen. Er war darauf bedacht, den

Kopf unten zu halten."

Ian schnaubte wütend. Was für ein Scheiß-Tag. „Nun, gut zu wissen, dass Denisovitch seine Leute gut ausbildet. Wir können darauf wetten, dass er's wieder versucht. Wir müssen uns neue Protokolle für Charlotte einfallen lassen."

Was sollte er nur mit ihr machen? Wenn sie nicht abhaute und sich versteckte, hatte er keine Ahnung, wie er sie allein auf den Straßen von Dallas herumlaufen lassen sollte. Er hatte keinen Zweifel daran, dass sie auf sich selbst aufpassen konnte. Die Frage war nur, wie viel Chaos sie dabei anrichtete.

Er musste ein Auge auf sie haben, und das hieß, dass sie bei ihm bleiben musste. *Fuck.*

Er sah kurz zu ihr hinüber und beobachtete sie durch die offene Jalousie. Sie saß in ihrem Stuhl in Phoebes Büro, beide Frauen still. Phoebes Kopf war gesenkt, die Augen auf den Computerbildschirm gerichtet, während Charlie auf ihre Hände blickte. Sie starrte auf ihren Schoß herunter, und Ian fragte sich, worüber sie nachdachte.

Ein heimlicher Plan vermutlich. Sie sah immer so hübsch aus, wenn sie etwas plante.

Er musste sie heute Abend mit in den Kerker nehmen. Wenn sie sie nicht vorher auf grausame Weise ermordeten. Charlie würde zu seinen Füßen im Sanctum knien und Derek Brighton etwas bieten.

Würde sie ihm auch etwas bieten?

Alex trat in den Raum, Ian die Autoschlüssel hinhaltend. „Ich hab' dein Auto ins Parkhaus gefahren. Ich dachte, es sei besser, Charlie so rauszuschmuggeln, als einfach ins Freie zu laufen."

Von dieser Frau bekäme er noch Migräne. „Danke. Ich sorge dafür, dass sie in den Kofferraum steigt, wenn ich ins Sanctum fahre."

„Das wird ihr bestimmt gefallen. Nein, wir lassen dein Auto hier stehen. Wir nehmen meins. Ich bezweifle, dass sie nach meinem suchen." Alex setzte sich neben ihn und ließ seinen Blick über die Fotos schweifen. „Schön. Also kümmert es unseren Attentäter nicht, ein paar Zivilisten auszuschalten. Wie wird Charlie mit der Situation ihrer Schwester umgehen?"

Er hatte gar nicht an Chelsea gedacht, die Schwester, für deren Rettung Charlie ihn verraten hatte. Er wollte es nicht zugeben, doch er war gespannt, Chelsea Dennis zu treffen. „Schickt jemanden zu ihr nach Hause. Bringt sie heute Abend ins Sanctum. Wir gruppieren uns dort neu. Simon, warum fährst du nicht mit Jesse hin und ihr holt euch das Mädchen?"

Simon hob eine Augenbraue. „Was, wenn das Mädchen nicht geholt werden will?"

Alex warf Jesse einen bösen Blick zu. „Nun, ich weiß zufällig, dass dein Partner dort ziemlich gut mit Klebeband umgehen kann."

„Ich sagte doch, dass es mir leid tut, dass ich Eve entführt habe." Jesse wurde knallrot. „Ich lass mir die Adresse von Charlie geben. Warte. Ich hab' sie angeschossen. Vielleicht tust du's besser, Simon."

„Du musst echt damit aufhören, Leute anzugreifen, die am Ende noch Teil deines Teams sind." Simon stand auf und Jesse folgte ihm. „Kann das Mädchen die Adresse aufschreiben? Ich hab' gehört, sie sei eingeschlossen."

Das bliebe sie auch. Je länger Charlie nicht mit Mitgliedern seines Teams sprach, umso besser. „Adam hat sie, sowie eine Telefonnummer. Er hat bereits mit der anscheinend recht barschen Miss Dennis gesprochen. Sie sind dabei, einen Plan zu entwickeln, um den Kerl aufzustöbern. Ich will nicht, dass du Charlie störst. Charlie denkt über alles nach, was sie heut falsch gemacht hat. Wir treffen uns in zwei Stunden im Club. Achtet darauf, dass diese Chelsea die richtige Kleidung am Leib hat, wenn sie den Boden des Kerkers betritt. Falls nicht, kann sie in der Umkleide sitzen, bis ich so weit bin, sie zu befragen."

„Ich bin mir sicher, sie freut sich wahnsinnig über diese Einladung", murmelte Simon.

Wohl eher nicht. Laut Adam war sie stinksauer. Ian war ihr zuvorgekommen und hatte ihre Pläne durchkreuzt. Wenn er sie nicht einlud, stände sie wohl bald auf seiner Türschwelle und bekäme womöglich eine Kugel in den Kopf, und dann hätte er es mit einem toten Mädchen zu tun und könnte es Brighton gegenüber nicht wegreden. Er musste stets wissen, wo sich die Dennis-Schwestern aufhielten. Wenn Chelsea auch nur annähernd so war wie ihre Schwester, konnte sie eine Apokalypse auslösen, ohne sich dessen überhaupt bewusst zu sein.

Ian drückte auf Tasten seines Telefons. „Adam, magst du dich zu uns gesellen?"

Es gab eine kurze Pause, und er hätte schwören können, dass er den Wichser kichern und Serena sagen hörte, er solle aufhören. Arme Serena. Sie hatte bald zwei Kinder. „Ja, klar, Boss. Ich bin sofort unten."

„Charlotte ist also abgeriegelt?", erkundigte sich Alex, sein Blick auf Ian gerichtet. Er hatte ein leichtes Grinsen im Gesicht.

„Was heißt abgeriegelt?", fragte Jesse.

„Sie darf ohne Erlaubnis nicht sprechen", erklärte Simon.

„Das können wir?"

„Wenn das nur so leicht ginge." Simon starrte aus dem Fenster.

Was hatte Alex Grinsen zu bedeuten? Er versuchte, nicht weiter darüber nachzudenken. „Ja. Ich hielt es für das Beste, sie den härtesten Sicherheitsvorschriften zu unterziehen. So muss ich ihr nicht zuhören. Das ist auch das einzig Gute daran, wenn ich sie heut Abend mit ins Sanctum nehmen muss."

„Das Einzige?" Wieder dieses Grinsen auf Alex' Gesicht, das Ian das Gefühl gab, die Zielscheibe eines Witzes zu sein.

Ian wandte sich an seinen besten Freund. „Hast du mir etwas zu sagen?"

„Ne. Außer, dass du vielleicht die Überwachung deines Büros widerrufen solltest. Wissen die Subs im Sanctum schon von deiner neu ausgerufenen „Kuschel mit jeder von ihnen-Regel?" Ein langes Lachen kam aus Alex' Mund.

Scheiß-Wichser. Er hatte quasi einen Pornofilm gedreht. Und er wusste genau, wer eine Kopie behalten würde. „Adam!"

Adam kam mit Jake herein, und sie tauschten Blicke aus. Es war der gleiche Blick, den sich freche Fünfjährige zuwarfen, wenn sie etwas Dummes getan hatten und nicht anders konnten, als darüber zu lachen.

Fuck. Er hatte den 540er vergessen. Gottverdammt. Das war die Art von Dingen, die er nie vergaß. Er hatte sie sogar eine Zeit lang von Adams Computer aus beobachtet, doch in dem Moment, als er sich mit ihr im gleichen Raum befand, hatte er alles vergessen, außer der Tatsache, dass er vorübergehend ihr Gebieter war. „Schalt diese Kameras jetzt aus."

Jake trat vor Adam, als könnte er somit seinen Arsch schützen, falls Ian entschied, ihm den Schädel einzuschlagen. „Also, Ian, du hast doch gesagt, wir sollen sie im Auge behalten. Leider haben wir bei weitem mehr von ihr zu sehen bekommen, als wir erwartet hatten."

„Mein Privatleben ist nicht Adams Porno."

„Hey, Ian, gib ihm nicht die Schuld", sagte Jake. „Er hat gerad' an was anderem gearbeitet. Ich hab' Wache geschoben. Ich hab' ihn gerufen. Alex auch." Jake errötete sogar. „Und es könnte sein, dass Serena auch im Büro war."

Oh, das war alles ihre Schuld. Charlie hatte sein ganzes Leben auf den Kopf gestellt, und er war vom respektierten Teamchef zum Pornostar geworden. Gott sei Dank hatte er sie nicht gefickt. Denn das hätte er wirklich gern getan. Er hatte seinen Schreibtisch leerräumen und ihre Beine spreizen und seinen Schwanz tief hineinführen wollen. Er hatte sie stöhnen und schreien lassen wollen.

„Serena hat weinen müssen. Sie sagte, es war absolut schön", erklärte Adam.

„Hat sie sich Notizen gemacht?" Er hatte nicht vor, in einer von Serenas Scheiß-Schmuse-Dom-Romanzen zu enden, in denen die Sub ihren Dom auf Teufel komm raus manipuliert.

„Ich glaub, sie war zu sehr damit beschäftigt, sich mentale Bilder zu machen", sagte Jake. „Sie wollte Charlotte wissen lassen, dass sie ihre Brüste wirklich bewundert. Serena hat echt eine große Wertschätzung für menschliche Formen, egal ob männlich oder weiblich."

Jesse runzelte die Stirn. „Moment mal, wollt ihr damit sagen, dass Charlotte auf verschiedene Art und Weise nackig war, und ich hab's verpasst?"

Drei verschiedene Hände kamen hervor, die ihm eins auf den Kopf schlugen.

„Verdammt." Jesse schüttelte den Kopf. „Ich verstehe nicht ganz, was daran so besonders sein soll. Ihr seht euch doch andauernd nackig."

„Ich steck dich in einen Sprachkurs", sagte Simon, scheinbar unbeeindruckt von allem, mit Ausnahme der Hinterwäldler-Sprache seines Schützlings. „Warum bin ich hier bei der Landei-Version von *My Fair Lady* gelandet? Weil ich Brite bin, oder?"

Es war an der Zeit, seinen Porno hinter sich zu lassen. „Adam, gib Simon alles, was du über Chelsea Dennis hast. Und nun sag mir, was ist der Plan."

„Ich hab' dem Russen eine Spur hinterlassen, der er folgen kann. Sie sollte nicht allzu offensichtlich sein, sonst hätte er noch Verdacht geschöpft", erklärte Adam. „Ich hab' mit Charlottes Kreditkarte ein Zimmer eines Motel in Waco gebucht. Ich hab' Karina angeheuert, mit einer blonden Perücke in Charlottes Auto hinzufahren. Sie fährt in einer Stunde los. Sie wird an mehreren Blitzern vorbeikommen, und ich hab' ihr gesagt, sie soll über mindestens eine rote Ampel fahren."

Karina Mills war eine in Fort Worth ansässige Privatdetektivin, mit der sie von Zeit zu Zeit zusammenarbeiteten. Sie war auch eine Sub im Sanctum. Sie war zäh und gründlich und neigte dazu, arschteure Preise zu verlangen. Eine Sache mehr, die er Charlie in die Schuhe schieben konnte. „Sie checkt also als Charlie ein und wartet auf Zhukov?"

„Na, ich dachte, es wäre dir lieber, wenn sich einer von uns um ihn kümmert. Li ist bei ihr. Jake und ich halten uns für Avery in Bereitschaft. Li und Karina werden im Motel absteigen. Wir haben es schon durchgespielt. Sie halten die Jalousien geschlossen, so dass er sie nicht aus der Ferne abknallen kann. Ich hab' mir die Umgebung angesehen. Es gibt nicht viele Positionen für einen Scharfschützen. Es ist ein belebtes Motel. Er wird nah an sie herankommen müssen, wenn er nicht will, dass ein Haufen Bullen hinter ihm her ist."

Was hieß, der Attentäter wäre gezwungen, ins Zimmer einzubrechen. Er ließe es sehr wahrscheinlich so aussehen, wie einen alltäglicher, ganz normaler Einbruch. Er würde etwas Bargeld stehlen und vielleicht das Mädchen vergewaltigen. Er fände schnell heraus, dass Liam O'Donnell es nicht besonders schätzt, wenn seine Person nicht geehrt wird.

„Liam weiß, dass ich den Kerl lebend haben will, oder?" Er wollte genau wissen, wer ihn angeheuert hatte und wie weit Nelsons Verbindungen zum Denisovitch-Syndikat reichten.

„Lebendig, aber im Arsch, richtig? Denn Liam will den Typ echt fertigmachen. Er meint, zu lange ohne einen guten Kampf gewesen zu sein", erklärte Adam.

Solange der Wichser zu sprechen imstande war, kümmerte es Ian wenig. „Sag Li, er kann seinen Frust gern an dem Kerl auslassen, doch ich will, dass er mir noch ein paar Fragen beantworten kann. Guter Plan. Ihr behaltet eure Stellen. Na los, setzt ihn in die Tat um und macht euch ran, das verdammte Band zu löschen."

„Weißt du, es gibt eigentlich gar kein Band per se." Adam schien den Sinn des Blicks zu verstehen, den Ian ihm zuwarf. „Ich kümmer' mich darum. Warum kommt ihr nicht mit?"

Die vier Männer liefen hinaus, alle hinter vorgehaltener Hand schmunzelnd.

„Hey, Jesse hat recht, weißt du", sagte Alex leise. „Es gab nichts auf dem Band, was du nicht schon hundertmal im Sanctum gemacht hast."

Oh doch, das gab es. Er kuschelte danach nicht mit Subs, egal was er Charlie erzählt hatte. Jede Begegnung wurde genau ausgehandelt, und das meiste, was er üblicherweise an Nachsorge gab, war ein Lob für gut gemachte Arbeit, etwas Salbe für Schürfwunden, wenn er ging, und zuweilen auch eine Massage. Manchmal bot er Orgasmen an, wenn er sexuell Interesse an einer Sub hatte.

Doch er kuschelte danach nicht mit ihnen, und er schlief auch nicht neben ihnen ein. Das gäbe er niemals zu. Nie. Er gäbe auch nicht zu, dass er sich beim Sex was vormachen konnte. Er schloss die Augen und tat so, als handelte es sich bei der Sub unter ihm um Charlie, doch sobald er sie danach hielt, verpuffte die Illusion und er fühlte sich wieder hohl und leer.

Sie rochen nicht wie sie, süß und nach Zitrone. Sie waren nicht so weich wie seine Frau. Ihre Haut schien nicht in seiner zu versinken. Wenn seine Partnerinnen sprachen, fehlte ihr süßer Sarkasmus.

Sie hatten ihn nicht angelogen. Sie hatten ihn nicht betrogen.

Fuck.

„Ich will, dass du und Eve zum Haus mit rauskommt und bei uns bleibt. Wenn der Plan aufgeht, bringt Li das Arschloch zum Verhör zu mir." Das mochte eines seiner Probleme lösen. Vielleicht ließe er die Finger von der Frau, wenn er wüsste, dass Alex und Eve da wären.

Vielleicht.

Alex sah ihn einen Moment lang an. „Ist gut. Das sollte gehen. Wir lassen das Haus, das wir gekauft haben, renovieren. Es wäre fertig gewesen, wenn wir aus Hawaii zurückkommen wollten. Wir hatten eigentlich vor, im Hotel zu wohnen, doch bei dir ist es viel spaßiger. Darf ich fragen, warum? Du kannst selbst ein Verhör führen."

Nun, er hatte verfickt nochmal nicht vor, Alex zu erzählen, dass er

Hilfe brauchte, um die Finger von Charlie zu lassen. Alex schien sich in jemanden wie Oprah zu verwandeln, und Ian war sich sicher, dass nun noch alle möglichen schmalzigen Ratschläge folgten. „Ich möchte, dass Eve eine vollständige Einschätzung von Charlotte und ihrer Schwester anfertigt. Sie ist dazu besser in Lage, wenn sie die Interviews als Außenstehende beobachtet."

„Bist du dir sicher, sie wie eine Verdächtige behandeln zu wollen? Es mag jetzt ein guter Zeitpunkt sein, um zu versuchen, sie wieder besser kennenzulernen." Jepp. Da war sie, Oprah.

„Das Einzige, was ich an dieser Frau wieder besser kennenlernen will, ist, ob sie mir die Wahrheit sagt oder nicht."

„So sah es auf dem Band nicht aus, Mann."

„Ich fühle mich zu ihr hingezogen", räumte er ein.

„Du fühlst dich zu vielen Frauen hingezogen. Du kuschelst jedoch nicht mit ihnen oder schmiegst deine Wange an ihr Haar. Du siehst nicht friedlich aus, wenn du ihnen nah bist."

Er warf seinem besten Freund einen strengen Blick zu. „Liest du Serenas Bücher? Was ist verfickt nochmal los mit dir?"

Alex hob kapitulierend die Hände. „Tut mir leid. Du bist noch nicht bereit zu reden. Eve sagte mir, ich soll es langsam angehen, und ich dräng' dich."

Er musste einiges klarstellen. „Ich fühle mich zu Charlotte hingezogen, doch ich werd' nicht zulassen, dass sie gegen mich spielt wie beim letzten Mal. Sie mag aus den richtigen Beweggründen hier sein, doch es ist zu spät. Ich werd' sie nicht mehr an mich mehr ranlassen. Ich mag sie vielleicht ficken, weil es fast unvermeidlich ist, doch sobald das alles hier vorbei ist, bin ich mit ihrem Arsch fertig und werd' nicht mehr zurückschauen. Ihr scheint darauf zu warten, dass ich eine große Offenbarung haben werd'. Nun, lass mich dir was sagen, Alex. Die hatte ich bereits. Die hatte ich, als ich erkannt hab', dass sie gewillt war, mich zu benutzen, während mein Team die Konsequenzen tragen durfte, nur damit sie ihre eigenen Probleme lösen konnte."

„Sie hat versucht, ihre Schwester zu retten."

„Ich hätte ihre Schwester gerettet", brüllte Ian fast zurück, den Verrat so nah vor Augen. Er unterdrückte seine Wut. Gott, er wollte das nicht, doch niemand schien bereit zu sein, ihn einfach zu lassen. „Sie war meine Sub, und sie hat diesem Wichser Nelson mehr vertraut als mir. Wir sind fertig miteinander."

„So hatte ich das noch gar nicht gesehen, Ian", sagte Alex mit ernstem Blick.

Ian drehte sich um und sah Charlie, die ihn anblickte. Er war sich recht sicher, dass sie ihn nicht hatte hören können, doch wie er es gesagt hatte, war ihr offenbar nicht entgangen. Ihr Gesicht wurde weich, als gäbe es Spielraum für Mitgefühl und Frieden.

Er spürte, wie es ihm kalt den Rücken hinunterlief. Ja, das war besser. Kälte war unendlich viel besser als die heiße Wut, die ihn zu überkommen drohte. „Nun, nur so kann ich es sehen."

„Ich hab' das Vertrauen zu Eve verloren, und wir haben es trotzdem geschafft."

Ian verdrehte die Augen, sich von seiner einstigen Frau ab- und seinem besten Freund zuwendend. „Nein, du warst dumm. Du hast nicht auf sie gehört, und ihr wurdet beide verletzt. Dann warst du ziemlich lang stur. Das ist etwas anderes. Ich wusste schon ziemlich bald nach Beginn der Beziehung, dass Charlotte nicht das war, was sie vorzugeben schien, doch ich hab' sie geliebt. Ich wusste, dass sie in Schwierigkeiten steckte, doch ich hab' sie nicht drängen wollen. Ich liebte diese Frau mehr als alles, was ich je in meinem Leben geliebt hab'. Mehr als Sean. Mehr als meine Mutter. Ich dachte, wir seien miteinander verbunden. Ich heiratete sie, weil ich dachte, sie würde sich mir zuwenden. Ich gab ihr jede erdenkliche Chance, mir zu vertrauen. Stattdessen ließ sie sich von Nelson fast umbringen. Nahm eine Droge, die sie der Wahrscheinlichkeit nach zu 50 % hätte töten können, statt sich an mich zu wenden. Nein. Ich vertrau' ihr nicht mehr. Nein. Ich werd' sie nicht mehr an mich ranlassen. Ich weiß, du glaubst, mir fehle etwas. Du glaubst, ich sei ein Mistkerl, der irgendwie von einer Frau magisch geheilt werden könne, doch da liegst du falsch. Sie war ein Versuch und es sollte nicht sein. Wir finden nicht alle unsere Eves. Ich versteh's, wenn du lieber mit verheirateten Typen rumhängen willst. Frauen werden eher nervös in meiner Nähe."

Er hasste die Vorstellung, Alex zu verlieren. Hasste es von ganzem Herzen, doch er ließ sich nichts anmerken.

Alex seufzte, während er aufstand und ihm eine Hand auf die Schulter legte. „Ich zieh mich jetzt zurück. Nicht von dir. Du bist mein bester Freund, und das bist du schon beinahe mein ganzes Leben lang gewesen. Du kannst mich nicht verlieren. Eve hat dich in ihr Herz geschlossen. Grace dich ebenso. Ich weiß nicht, wo diese nervösen Frauen sind, denn Serena hat sich tatsächlich Notizen gemacht und wird dich vermutlich bald in einem Buch erwähnen. Du kannst sie verfluchen, und sie wird dir trotzdem zulächeln. Die einzige Frau hier, die sich vor dir fürchtet, ist Phoebe, doch die hat auch neulich wegen einer Spinne von der Größe eines Centstücks geschrien. Um sie mach ich mir keine Sorgen. Ich werd' mit Eve reden und ihr sagen, dass wir für ein paar Tage in deiner Nähe bleiben, um dir den Rücken freizuhalten."

Er entspannte sich etwas. „Ich denke nicht, dass ihr mir den Rücken freihalten müsst. Sie sind hinter Charlie her."

„Es besteht für mich keinerlei Zweifel, dass sie auch dich gern ausschalten würden."

„Was auch immer geschieht, du weißt, dass ich Eve nicht in Gefahr bringen will. Vielleicht sollte ich alles noch einmal überdenken." Er drehte sich im Kreis. Er dachte an niemanden außer sich selbst. Wie konnte er sein Team nur in Gefahr bringen?

„Hey, wir kommen mit dir, und das ist beschlossene Sache. Eve kann auf sich selbst aufpassen. Sie ist dazu absolut in der Lage und sie weiß, wann sie sich ducken muss", sagte Alex lächelnd. „Sie werden nach deinem Auto suchen. Wir nehmen meins zum Sanctum und fahren dann zu dir. Ich kann heut Nachmittag unsere Taschen aus dem Hotel holen und bin rechtzeitig zurück, uns zum Club zu bringen. Ist die Garteneinfahrt zu dir passierbar?"

Es gab einen Grund, warum Ian genau diesen Ort für sein Haus gewählt hatte. Ihm gehörten umliegend mehrere Hektar Land und er hatte vor langer Zeit eine alternative Zufahrt zu seinem Haus geschaffen. Dazu musste ein Teil Landstraße zurückgelegt werden, doch es war möglich, unbemerkt hineinzugelangen, wenn er es wollte. „Das sollte gehen."

Er freute sich über die Verstärkung. Der Gedanke, allein und dafür verantwortlich zu sein, dass Charlie am Leben blieb, machte ihm eine Scheißangst.

Alex zuckte zusammen. „Ich möchte, dass du weißt, dass es mir leid tut, dass ich dich mit Brighton in diese Situation gebracht hab'. Ich werd' versuchen, es wieder gutzumachen."

Er verkniff sich ein Seufzen, doch ihm wurde bewusst, wie sehr er Alex und Eve vermissen würde, wenn sie nicht mehr Teil seines Lebens wären. Er war dabei, die Beziehung zu seinem Bruder wieder aufzubauen. Charlie drohte, das alles zu zerstören. Sie stellte sich zwischen ihn und die Menschen, die er liebte. Sie zwang sie, sich für eine Seite entscheiden zu müssen, obwohl es ihr Krieg war.

Vielleicht war es an der Zeit, ihr zu zeigen, wie aussichtslos ihr Bemühen war.

Alex ging aus der Tür, und Ians Verstand machte sich an die Arbeit. Er stiefelte am Büro vorbei, in dem sie saß, ihre Augen ihm folgend, doch er schenkte ihr keine Beachtung.

Er hatte einen Abend zu planen. Er ging zu seinem Schreibtisch, nahm sein Telefon und wählte eine ihm wohlbekannte Nummer. „Ryan? Du musst noch ein paar Dinge für mich erledigen, bevor wir mit dem Spielen heute Abend beginnen."

Fünfzehn Minuten später war das meiste auf den Weg gebracht. Zumindest dieser Teil seiner Welt lief glatt.

Warum hatte er dann schon wieder einen Knoten im Bauch?

Kapitel Sechs

Charlie setzte sich auf die Bank vor dem Spind, der ihr zugeteilt worden war. Der Umkleideraum des Sanctums war voller Plüsch und viel luxuriöser als jeder andere Club, in dem sie bisher gewesen war. Sicherlich schöner als das Cuffs, diese Rattenfalle, in der sie monatelang festsaß, als sie an der Operation gearbeitet hatte, die sie schließlich nach Dallas brachte. Dieses Loch hatte kaum Schließfächer, geschweige denn durchgängige, schöne aus Holz gefertigte, mit Kleiderbügeln und Schubladen für alles, was eine Sub brauchte.

Der dazugehörige Waschraum war mit gefliesten Duschen ausgestattet, Waschtische mit verschiedenen kostbar aussehenden Seifen und Lotionen, Lockenstäben und Haartrocknern.

Die Subs im Sanctum wurden wie Königinnen behandelt.

„In der Männerumkleide steht eine Reihe von Ruhesesseln, und ein Großbildfernseher hängt an der Wand. Es ist wie eine große Männerhöhle. Ich hab' Alex und Ian ab und zu dabei erwischt, wie sie sich dort mit einer Kiste Bier versteckt haben. Sie denken, weil es eine Männerumkleide ist, würd' ich nicht reingehen. Da irren sie sich." Eve hatte den Spind neben ihrer. Sie rückte das Korsett zurecht, das sie trug. „Das war ein sehr schönes Spanking. Soll ich dir beim Schnüren helfen?"

Ian hatte ihr einen kleinen Stapel Fetischkleidung gereicht, bevor er sie mit Eve in die Umkleide geschickt hatte. Sie fand sich sogleich in einer gemütlichen Welt wieder, Serena in einem bequemen Sessel sitzend, die Füße hochgelegt mit einem Computer auf dem Schoß, während Avery O'Donnell, in einem genauso bequemen Sessel neben ihr sitzend, akribisch etwas strickte, das wie ein winziger Pullover aussah.

Es war komisch.

„Kümmer' dich nicht um die schwangeren Zwillinge", sagte Eve mit einem Lächeln.

„So hab' ich mir das Sanctum nicht vorgestellt, und ich war schon in einigen Clubs."

Serena spitzte die Ohren. „Hast du sie mit Ian besucht?"

Avery sah von ihrem Strickzeug auf. „Oh, in Europa? Ich würd' so gern wieder hin, doch jedes Mal, wenn ich's Liam gegenüber erwähne, schaut er unbedarft drein und sagt, unser nächster Urlaub fände in einem Wohnmobil statt, denn in Wohnmobilen geschehe nie etwas Schlimmes. Hat er denn keine Horrorfilme gesehen?"

Eve grinste. „Ich glaub', er hat noch nie ein richtiges Wohnmobil gesehen, Schatz. Also, gib's zu, Charlotte. In welche Clubs hat Ian dich mitgenommen?"

Sollte sie darauf eine Antwort geben? Ian hatte ihr nicht gesagt, speziell in der Umkleide nicht reden zu dürfen. Doch er hatte ihr jedes Mal im Auto, wenn sie auch nur aussah, als setze sie zum Sprechen an, einen bösen Blick zugeworfen.

„Hier ist eine Dom-freie Zone", sagte Serena. „Im Gegensatz zu Eve haben sie wirklich Angst, rein zu kommen. Wenn ich spät dran bin, steht Jake draußen und schreit rein."

Avery nickte. „Was in der Umkleide geschieht, bleibt in der Umkleide. Der Großteil unseres görenhaften Verhaltens wird hier geplant."

Eve lehnte an ihrem Spind. „Das stimmt, weißt du. Wir Subs müssen zusammenhalten. Wir sind zu dritt, seit Grace nun mit Carys zu Hause bleibt. Wir haben uns mit Jillian angefreundet. Sie betreibt die Bar hier und ist mit Ryan verheiratet, dem Club zugehörigen Dom. Sie hat eine Schwester, die ein paar Mal vorbeigeschaut hat, doch meist hinten steht und verängstigt aussieht."

„Sie ist nicht ängstlich. Sie ist neugierig", sprach Serena. „Also, warst du im Garden?"

Sie schüttelte den Kopf. Sie wusste über The Garden, mit seinen des nachts blühenden Blumen und seinem Besitzer, dem großen, bösen Dom, MI6-Agent Damon Knight, Bescheid. Knight hatte mit Ian zusammen an einigen Fällen gearbeitet, und er würde sie vermutlich äußerst gern zum Verhör nach London befördern. „Nein. Wir haben keinen Club in London besucht. Ian hat gearbeitet. Wir waren jedoch in einem Club in Paris. Das Velvet Collar. Dort hab' ich Ian kennengelernt."

Serena seufzte. „Siehst du, du bekommst den süßesten Gesichtsausdruck, wenn du seinen Namen erwähnst."

„Es überrascht mich in der Tat. Er ist ganz schön brutal einschüchternd", gab Avery zu.

„Er kann so sein. Doch er kann auch sehr süß sein, wenn wir allein sind. Nun, so war er früher. Momentan benimmt er sich zumeist wie ein Arschloch, doch er hat seine Gründe." Sie sah an ihrem Korsett und dem Mikromini herab. Er hatte ihr weder Schuhe noch Unterwäsche da gelassen, wobei sie es auch nicht wirklich erwartet hatte. Sie musste eine Entscheidung treffen. Wem wollte sie etwas vormachen? „Kannst du mir hier rein helfen? Ist schon eine Weile her, Fetischkleidung getragen zu haben. Im Cuffs trug ich keine." Sie blickte zur schwangeren Fraktion rüber. „Ich hatte dort keinen Dom."

Serena haute in die Tasten. Multitasking schien ihr Standardzustand zu sein. „Ich weiß. Das ist da, wo du gearbeitet hast, um den Mann zu finden, der Eve beinahe getötet hätte. Das meiste davon ist hier notiert, wobei die Namen zum Schutz Unschuldiger geändert wurden."

„Er wird dich umbringen", sagte Avery in einem Singsang, als hätte sie es schon so oft gesagt, dass sie es nur noch singen konnte.

„Er wird's nicht lesen. Ian liest nichts als Zeitung und Berichte." Serena winkte ab. „Und es geht nicht wirklich um dich und Ian. Es geht um eine Frau, die jahrelang auf der Flucht ist, und ihr Spion von Ehemann denkt, sie sei tot, doch hoppla, sie ist es nicht und kehrt zu ihrem Mann zurück. Das hat fast nichts mit euch zu tun. Wie heißt die Droge, die es aussehen ließ, als seist du tot?"

Ja, Ian würde Serena umbringen, doch Charlie hoffte irgendwie, das Buch lesen zu können. Sie hoffte definitiv, dass es ein Happy End hatte. Sie zog sich ihr Shirt über den Kopf und versuchte, nicht darüber nachzudenken, dass ihre Brüste etwas durchhingen. Sonst war sie nicht so nervös. Ian hatte sie vorhin gesehen, und sie schienen ihm gefallen zu haben. Oder zumindest hatte sein Schwanz sie gemocht. Sie nahm einen aufrechten Stand ein. Sie war kein dünnes Etwas, sondern schön kurvig, und niemand konnte ihr vorwerfen, zerbrechlich zu sein.

Eve musterte sie aufmerksam. „Was ging da gerade in deinem Kopf vor?"

Ehrlichkeit währte am längsten, meistens jedenfalls. „Ich war verlegen, nackt zu sein. Ich hab' mich entschieden, es nicht zu sein."

Ein Lächeln formte sich auf Eves Lippen. „Das ist gut so."

„Kannst du mir das beibringen?", fragte Serena. „Denn ich bin immer etwas verlegen."

Sie erzählte Serena nicht, dass sie es auf die härteste Tour gelernt hatte. Sie hatte gelernt, sich zu entscheiden, weil sie sonst zerbrochen wäre. *Vergiss nie. Du bist meine Tochter. Du bist Charlotte, und das kann dir niemand nehmen.* Die letzten Worte, die ihre Mutter zu ihr gesagt hatte.

Ihr Vater hatte es versucht. Er hatte sie verprügelt. Er hatte ihr eine Zeit lang Essen verweigert. Er hatte ihren Gehorsam erzwingen können, sie dazu gebracht, Dinge zu tun, die sie sonst nie getan hätte, doch sie hatte ihm keine freie Hand gelassen, ihr Innerstes zu berühren, das ihr wahres Ich bewahrt hatte.

Nur ein Mann war dazu fähig. Der, den sie sich ausgesucht hatte.

„Fühlst du dich tatsächlich immer verlegen? Denn ich hab' in Erfahrung bringen können, dass die meisten Frauen es nicht wirklich sind. Serena, gefällt dir, was du im Spiegel siehst? Fühlst du dich wohl mit deinem Körper, wenn du allein bist?"

Sie dachte für einen Moment darüber nach. „Ja, tatsächlich bin ich das. Wenn ich allein bin, mag ich es sogar halbnackt herumzutanzen, also ja."

Das waren die meisten Frauen. Sie fingen erst an, sich zu hassen, wenn andere Menschen involviert waren. „Was spielt es dann für eine Rolle, Süße, was die anderen denken? Nur du entscheidest, was gut für dich ist. Wenn du dein Leben darauf verschwendest, es allen anderen recht machen zu wollen, dann vergeudest du dein Leben."

„Heilige Scheiße. Das muss ich mir aufschreiben."

Avery lächelte. „Das gefällt mir. Das gefällt mir sehr."

„Meine Schwester ist recht philosophisch", sprach eine vertraute Stimme.

Wow. Die absolut letzte Person, die sie hier im Sanctum erwarten hätte, war Chelsea, und doch stand sie da in der Tür, eine Tasche in der Hand. „Hey, Chels."

Ihre Schwester sah sie an und brach dann in Gelächter aus. „Ich hätte mir denken sollen, dass du irgendwo nackt rumläufst. Du hattest noch nie Probleme mit deinem Körper wie wir."

„Nur deshalb, weil ich das traurige Gesamtpaket akzeptiere", gab Charlie zu. Chelsea gehörte absolut zu den Frauen, die sich so lange wohlfühlten, bis ein Mann den Raum betrat. „Was machst du hier? Ich dachte, du seist bereits auf Barbados."

„Und meine große Schwester zurücklassen? Nein. Ohne dich geh' ich nirgendwo hin."

Sie betrat den Raum, das einzige Anzeichen für ihr krankes Bein ein leichtes Hinken. „Wenn wir schon Widerstand leisten, dann sei dir gewiss, dass ich dir beistehe. Warum ich hier in dieser Lasterhöhle gelandet bin, nun, das britische Arschloch und der amerikanische Idiot trafen die Entscheidung, dass ich Urlaub von meiner so schönen Wohnung brauche, und beschlossen, mich her zu bringen. Sie sind tatsächlich an der Security vorbeigekommen, indem sie behaupteten, Kuriere zu sein. Ich werd' mich bei der Verwaltung über den Türsteher beschweren. Sie sagten, in den fünften Stock fahren zu müssen, doch anscheinend ist einer von ihnen verdammt gut darin, Aufzüge neu zu verkabeln. Er ist auch leise, sonst hätt' ich ihm den Kopf abgerissen. Dein Neandertaler hat offenbar vor, die Familie zusammenhalten."

„Vermutlich will er uns beide im Auge behalten, solange das Attentäter-wollen-uns-töten-Ding geklärt ist." Sie hatte keine Ahnung, wie sie das anfangen wollten. Doch sie hatte gehofft, ihr bliebe etwas Zeit, bevor sie sie holten. Kein Glück gehabt.

„Handelst du echt mit Informationen?", fragte Serena.

Chelsea riss die Augen auf. „Hast du Visitenkarten verteilt?"

Charlie zuckte mit den Achseln, während Eve ihr Korsett zurechtschnürte. Sie zog sich den schmalen Streifen Elasthan über die Hüfte. Er bedeckte kaum ihren Hintern, doch darin bestand wohl der

Sinn der Sache. Ihr fiel auf, dass irgendwer ihrer Schwester gegenüber etwas freundlicher gesinnt zu sein schien. Es sah aus, als hielte sie eine PVC-Leggings und ein passendes Tank-Top in der Hand. „Ich lüge nicht darüber, was wir tun."

Chelsea räusperte sich mit Bedacht.

Sie nahm alles so ernst. „Nun, klar belüg' ich das FBI. Ich sprach von unseren Freunden."

„Du musst mir etwas Zeit lassen, um zu sehen, ob sie wirklich unsere Freunde sind. Wo find' ich denn etwas mehr Privatsphäre? Solange ich hier bin, kann ich ein Workout gut gebrauchen. Mein Bein ist steif. Ich hab' seit Tagen nur gesessen."

„Dort sind Umkleidekabinen und Duschen, die du benutzen kannst", erklärte ihr Eve, in Richtung des hinteren Teils der Umkleide zeigend.

„Großartig." Chelsea lief in den hinteren Teil zu den Kabinen, ihr linkes Bein leicht hinter sich herziehend. Sie litt vermutlich unter extremen Schmerzen, doch sie zeigte es nicht. Eine Möglichkeit, mit der sie gelernt hatte, mit den Schmerzen umzugehen, war BDSM. Charlie hatte zwar seit Ian keinen Dom mehr gehabt, doch sie hatte mehrere gefunden, die bereit gewesen waren, ihrer Schwester zu helfen.

„Sie scheint sich seltsamerweise wohl zu fühlen für eine Frau, die vermutlich soeben aus ihrem Haus gezerrt und in einen Sexclub befördert wurde. Arme hoch." Eve hielt ihr das smaragdgrüne Korsett hin, spannte es um Charlies Oberkörper und begann mit dem Schnüren.

„Ihre Beine bereiten ihr Probleme, besonders das linke. Ein schön langes Auspeitschen mit dem Flogger verschafft ihr etwas Linderung. Gewöhnlich kamen Doms zu uns nach Haus, doch sie war auch schon in einigen Clubs." Sie holte tief Luft, denn für sie wäre es wohl das letzte Mal an diesem Abend.

Die Tür zur Umkleide wurde erneut geöffnet und zwei Frauen kamen herein. Sie waren beide blond und wirkten, als bräuchten sie dringend einen Cheeseburger. Eine der Blondinen hatte einen schönen Vorbau, bei der anderen handelte es sich um eine Fälschung. Sie trugen ihre Fetischkleidung in Kleiderhüllen herein.

Eve stöhnte. Diese Frauen waren also keine Freundinnen. Eve schien entschlossen, sie zu ignorieren.

137

„Hi. Du musst die Neue sein", sagte die Blondine mit der falschen Oberweite. Sie war konservativ gekleidet, trug jedoch mindestens eine Tonne Make-up und eine so weit aufgeknöpfte Bluse, was bei weitem nicht mehr als professionell zu bezeichnen war. „Mein Herr sagte mir, dass du heut Abend hier sein würdest."

Serena sah auf, die Stirn in Richtung der Blondine runzelnd. „Ich wusste gar nicht, dass du jetzt ein Halsband trägst, Amanda."

„Ich wusste nicht einmal, dass du überhaupt mit jemandem zusammen bist", sagte Avery.

Eve arbeitete weiter an den Schnüren, ihre Hände bewegten sich geschmeidig.

„Sie hat schon eine ganze Weile ein Auge auf diesen besonderen Herrn geworfen", sagte die andere Blondine begleitet von hässlichem Gelächter. Sie wählte einen Spind und hängte ihre Bekleidung für die Nacht auf. „Wir hätten alle wissen müssen, dass es Mandy ist, die ihn zur Strecke bringt."

„Mandy" zwinkerte ihrer Freundin zu. „Du weißt doch, Britney. Es musste so kommen. Übrigens, Serena, du siehst echt gut heute aus. Ich kenn' sonst keine, die diesen Look so gut hinbekommt wie du. Ich wusste gar nicht, dass solche Kleider noch hergestellt werden."

Serena schaltete ab, sich wieder ihrem Computer widmend.

„Was hast du gesagt?", fragte Charlie.

Amanda schüttelte ihren blonden Kopf. „Ich hab' ihr ein Kompliment gemacht. Subs müssen zusammenhalten. Ist es nicht das, was du gemeint hast, Eve? Und du musst mir unbedingt den Namen deiner Feuchtigkeitscreme verraten. Du siehst so gut aus für eine Frau deines Alters."

„Ich komm' schon noch dazu, Amanda. Ich bin ziemlich mit meinem Mann beschäftigt. Wir sind alle mit unseren Ehemännern und Familien beschäftigt." Eve zeigte ihr ihre Krallen, Charlie war sich jedoch nicht sicher, ob sie weit genug ging.

Amanda blickte zu Charlie zurück und dann zu Eve. „Oh, Schatz, falls du Hilfe benötigst, ihr das Korsett anzuziehen, ich bin echt ziemlich stark. Mach dir keinen Kopf. Ich denke eh, der Herr wird heut Abend mit mir beschäftigt sein." Sie preschte vor. „Ryan hat mir alles erklärt. Der Herr muss vorgeben, etwas mit dir zu haben, daher brauch er jemanden um sich, zu dem er sich wirklich hingezogen fühlt, sonst kriegt er es vermutlich nicht hin. Ich wusste immer, dass er zu mir zurückkommen würde."

Charlie wusste nicht genau, was sie mit dem Herr der Blondine zu schaffen hatte, doch sie wollte das Gespräch nicht unnötig in die Länge ziehen. Amanda lief mit einem Selbstbewusstsein zu den Umkleidekabinen, von dem die meisten Frauen nur träumten.

Ein Selbstvertrauen, dessen Charlie sich recht sicher war, dass sie es nicht verdiente.

„Ignorier sie einfach", sagte Eve, als sie dem Korsett den letzten Schliff verpasste. „Das tun wir alle."

Serena blickte auf den Bildschirm herab, doch Charlie sah, dass sie den Tränen nahe war.

Dieses blonde Miststück hatte einer schwangeren Frau gesagt, sie sähe nicht schön aus. Unter anderem. „Ist sie immer so fies?"

Averys Hände machten nun wütende Bewegungen. Sie wäre, wenn sie wollte, vermutlich in der Lage, einigen Schaden mit den Stricknadeln anzurichten. „Sie hat jeden unserer Männer angegraben. Sogar noch nach der Eheschließung. Zudem sagt sie mir gern, wie schwanger ich ausseh'. Ich kann sie nicht ausstehen."

„Sie ist eine Göre. Eine richtige. Sie wirkt süß, solange die Männer dabei sind, doch ist hasserfüllt bei den Frauen. Ich hab' Alex gebeten, sie rauszuschmeißen, doch sie tut nichts, was gegen die Regeln verstößt", erklärte Eve.

Nett zu sein sollte eine der Regeln sein. „Ian ist es egal, dass sie so fies ist?"

„Es redet nicht eine mit ihm über sie. Er war immer schon distanziert. Ich versteh' nicht, warum er...". Serena brach mitten im Satz ab.

Alles nahm zu guter Letzt Gestalt an. „Sie sprach von Ian. Als sie über ihren Herrn sprach. Der beschissene Mistkerl. Ich wusste, dass er was im Schilde führt. Das ist seine Art, mir zu zeigen, wie egal ich ihm bin. Sag mir ehrlich, Eve, hat er sie je zuvor angefasst?"

Eve errötete fein rosafarben. „Vielleicht einmal, als sie das erste Mal im Club war, doch du musst verstehen..."

Sie verstand. „Er hat alles gevögelt, was sich ihm Korsett tragend in den Weg gestellt hat. Das beunruhigt mich nicht. Sag mir nur, ob sie eine Beziehung hatten. Ich will nur wissen, ob er etwas für sie übrig hatte.

„Nein. Er kann sie nicht ausstehen. Er ist der Einzige, der ihren Scheiß durchschaut. Charlotte, er hat mit keiner eine Beziehung geführt."

Serena schüttelte den Kopf. „Er verbringt nie mehr als ein oder zwei Nächte mit einer Sub, und in all seinen Verträgen steht, dass er an nichts Dauerhaftem interessiert ist. Die paar Male, als er neue Subs trainierte, hat er nicht mit ihnen geschlafen."

Avery blieb der Mund offen stehen. „Woher weißt du von seinen Verträgen?"

„Oh, ich wollt' unbedingt mal einen lesen, und er bewahrt die Kopien auf Ryans Computer auf. Ryan ändert nie sein Passwort, also war es einfach für Adam, mir einen zu besorgen. Es hat mir als Grundlage für den Vertrag in Sweetheart in Bloom gedient." Sie errötete leicht. „Es ist jetzt vielleicht der richtige Zeitpunkt, alle daran zu erinnern, dass das, was in der Umkleide geschieht, in der Umkleide bleibt."

Eve verdrehte die Augen. „Du gerätst eines Tages noch in Schwierigkeiten."

Charlie wollte, dass sie beim Thema blieben. Er hatte sich also wen ausgesucht, die er nicht mochte, nur um sie zu verärgern, um ihr zu zeigen, dass er sich nicht zurückgewinnen ließe. Nun, er hatte sich die falsche Ische ausgesucht, um diesen Scheiß abzuziehen. Hätte er sich eine gesucht, die süß und nett wäre, hätte Charlie wohl Schwierigkeiten gehabt, damit umzugehen, doch so machte Ian es ihr einfach. „Ian will also so tun, als hätte er heute Abend zwei Subs bei sich. Mich, wegen der Schieß-Sache und um die Cops davon abzuhalten herauszufinden, wer ich bin, und die dünne Schlampe, um mich ganz sicher wissen zu lassen, dass er mich nur wegen der Schieß-Sache toppen wird. Ihr lasst sie alle so mit euch reden?"

„Sie sagt nie etwas, das nicht zweideutig verstanden werden kann. Sie ist die Königin der zweischneidigen Komplimente. Wenn ich sie zur Rede stelle, würd' sie mir erzählen, ich hätte sie falsch verstanden", erklärte Avery.

„Niemand spricht sie auf ihren Scheiß an?" Charlie war regelrecht schockiert.

Eve seufzte. „So ist der Süden. Wir schlucken alles runter und sagen 'Gott segne dich'."

Segnen war nicht gerade das, was Charlie mit Blondies Herz täte. Es rauszureißen und es ihr in den Hals zu stopfen, klang nach einer viel besseren Vorstellung. „Okay, ich zeig' euch, wie ich damit umgehe."

Eve riss die Augen auf. „Ich weiß nicht, ob das eine so gute Idee ist."

„Willst du sie umbringen?", fragte Serena lächelnd.

Charlie wandte sich um. „Nein, ich werd' ehrlich zu ihr sein. Sie war mir gegenüber ehrlich, als es darum ging, mir zu zeigen, wo mein Platz bei ihrem Herrn sei. Ich werd' ihr den Gefallen erwidern."

Sie ging zu den Umkleidekabinen. Eine Frau wie Amanda kam mit der Scheiße davon, weil sie bestimmte gesellschaftliche Regeln befolgte. Charlie hatte ihre eigenen Regeln.

Sie erblickte sich im Spiegel. Amanda wollte, dass sie sich für fett hielt? Sie sah verdammt gut aus. Eve hatte ein gutes Händchen beim Schnüren. Ihre Brüste sahen riesig aus.

Britney trat aus dem Duschbereich, ein Handtuch um ihre schlanke Mitte gewickelt. Das Handtuch bedeckte vermutlich nicht mal Charlies Brüste, doch Britney hatte es sich zweimal umgewickelt. „Oh, Gott, da ist eine Tussi in der Dusche mit 'ner krassen Narbe am Bein. Erst diese Tussi von Avery und jetzt die. Wir sind der Kerker für Krüppel geworden."

Britney war einfach. Charlie ging direkt auf sie zu, sich vor ihr aufbauend. „Das ist meine Schwester. Willst du mir bitte nochmal ins Gesicht sagen, dass sie ein Krüppel ist? Ich erklär' dir gleich, was passiert, wenn du das tust."

„Das musst du nicht." Britney schluckte zweimal, offenbar nicht gewohnt, dass sie jemand für ihren Scheiß zur Rechenschaft zog. „Entschuldigung. Es tut mir leid."

Sie entfernte sich, flitzte quasi hinaus.

„Wow, bist du immer so nett?", fragte Amanda. Sie war noch angezogen. Anscheinend hatte sie es noch nicht bis zu den Umkleiden geschafft. „Du wirst hier nicht lang bleiben können, wenn der Herr dich dabei erwischt."

„Sprichst du von Ian Taggart?"

„Ja. Ich mein' den heißen Typen von Dom, den ich schon ein paar Mal hatte. Ich wusste, dass er zu mir zurückkommen würde. Hör zu, ich hab' versucht, da draußen nett zu dir zu sein, doch du solltest einsehen, dass er dich nur hinter sich herlaufen lässt, weil du eine Art Job für ihn bist."

Sie überragte Amanda. Manchmal war ihre Größe auch von Nutzen. „Ich bin seine Frau."

Amandas Gesicht verzog sich zu einer hässlichen Grimasse. Es war wohl ihr nachdenklicher Gesichtsausdruck. „Er ist nicht verheiratet."

„Ich hab' Dokumente, die das Gegenteil besagen, Schätzchen. Ich bin Charlotte Taggart, und das bereits seit fünf Jahren, solltest du also glauben, ich lass' dich meinen Mann ein weiteres Mal ficken, liegst du absolut falsch."

Ihre Hautfarbe scheckig rot anlaufend, Amanda blieb standhaft. „Nun, er betrügt die ganze Zeit. Mit jeder. Ich sag's dir nur ungern, doch dein 'Ehemann' ist sowas wie eine männliche Hure."

„Oh, ich glaub' dir, dass es dir Freude bereitet, mir das zu erzählen, doch du sagst mir nichts, was ich nicht schon wüsste. Ich verzeih' ihm das Herumvögeln. Er wusste nicht, dass er noch verheiratet ist. Jetzt weiß er's. Also lässt er das. Ich vergeb' ihm auch, dass er eine weitere Ausrede brauchte, um sich zu verstecken. Er ist nicht sehr selbstbewusst. Er ist nicht gut in diesen ganzen emotionalen Sachen, also bin ich geduldig. Doch weißt du was? Du wirst es nicht sein."

„Wovon redest du? Ian will mich."

„Ian wird mit der Enttäuschung leben müssen, denn du bist ein unverschämtes, fieses Etwas, und deine Schreckensherrschaft hat jetzt ein Ende."

Amanda lachte. „Wer will mich denn aufhalten? Eve bestimmt nicht. Alle meinen, sie sei die Königin des Kerkers, nur weil sie mit Alex verheiratet ist, doch sie ist nichts weiter als 'ne arme alte Schrulle. Alex hat sie nur geheiratet, weil sie ihm leid tut. Und Gott, ich weiß nicht, was sich Liam und Jake gedacht haben, diese fetten Mäuse herzubringen."

Charlie hörte ein Schnaufen und begriff, dass Serena, Avery und Eve im Hintergrund standen und sich den ganzen Scheiß anhörten, den Amanda von sich gab.

Es war an der Zeit, ihren Platz in der Hackordnung einzunehmen. Eve war eine nette Dame, doch es war offensichtlich für Charlie, dass sie sich nicht so um diese Angelegenheit gekümmert hatte, wie sie es hätte tun sollen. „Ich mag Eve, doch Eve ist nicht die Königin. Königin ist die Sub, die mit dem König verheiratet ist, und es gibt nur einen König im Sanctum."

„Was willst du denn machen?", fragte Amanda spöttisch. „Willst du zu Ian gehen und mich rausschmeißen lassen? Das funktioniert nicht. Ian denkt von mir, ich sei ein Schatz. Alle dominanten Männer hier tun das. Es wird schwierig, was eine von euch dagegen tun kann."

„Oh, Shit." Chelsea stand im Eingangsbereich der Duschen. „Du kannst sie hier nicht töten, Schwesterherz. Wir haben keine Säure. In den Duschen würd's gehen. Sie sind schön und geräumig, doch woher sollen wir um diese Zeit ein paar Liter Säure hernehmen? Und ich glaub' noch nicht mal, dass Säure bei diesen falschen Titten wirkt. Wir müssten sie irgendwo vergraben. Wie willst du erklären, mit zwei D-Körbchen-Implantaten herum zu laufen?"

Ihre Schwester war immer cool, wenn sich die Dinge zuspitzten. Amanda starrte sie an. Es war etwas, das niemand ernst nähme, wenn es im Zorn ausgesprochen wurde, Chelseas cooles und ruhiges Auftreten erregte jedoch Amandas Aufmerksamkeit.

Charlie stieg mit ein. Es war recht einfach, sich irgendwelchen Blödsinn auszudenken. Sie hatten noch nie eine Leiche auseinandergenommen. Charlie hatte ein paar Männer getötet, doch sie hatte noch nie jemanden beerdigen müssen. Amanda brauchte das nicht zu wissen. „Chels, sie ist das Töten nicht wert. Ich mein', der Part zu morden würd' Spaß machen, ja, doch denk an die ganze Arbeit, die danach zu erledigen ist. Erinnerst du dich an das letzte Mal, als wir die Leiche auseinander nahmen? Der Geruch war schrecklich, und wir mussten die ganze Schutzausrüstung tragen, die noch übel dazu roch."

„Du machst Witze." Amandas Stimme zitterte leicht.

„Tu' ich das? Nun, wie gesagt, du bist es nicht wert." Charlie langte hoch und bekam eine Handvoll flaschenblondes Haar gefasst. „Aber ich werd' dir zeigen, wer hier die Königin ist."

Charlie setzte sich in Bewegung und zerrte Amanda aus der Umkleide. Die Frauen hatten gesagt, dass das, was in der Umkleidekabine passierte, in der Umkleidekabine blieb, doch in diesem speziellen Fall war es nicht möglich, ihr Problem geheim zu halten. Es würde sie vermutlich in Schwierigkeiten bringen, doch manche Dinge waren ein Spanking wert. Und eine Belehrung. Und endlich Ruhe.

„Jemand muss mir helfen! Schafft mir diese Amazonenschlampe vom Hals!" Amanda schrie, als sie die Lobby erreichten.

„Hey!" Alex stand da draußen und sah schrecklich gut in seiner Lederhose aus. „Was zur Hölle ist hier los?"

Amanda schrie auf, offenbar auf der Suche nach einem Retter. „Master Alex, bitte hilf mir. Sie ist verrückt geworden. Bitte."

„Charlotte, du wirst sie auf der Stelle loslassen." Alex bewies, eine verdammt gute Dom-Stimme zu haben.

Yeah, er schien vermitteln zu wollen, doch Charlie hatte keine Zeit dafür. Sie würde Amanda bestimmt nicht erlauben, ihn auf ihre Seite zu ziehen. „Sie hat Eve alt und erbärmlich genannt."

Alex' Augen loderten auf. „Willst du mich verarschen?"

Eve stand mit einem amüsierten Gesichtsausdruck in der Tür. „Ne. Amanda ist kein süßes Gör."

„Sie hat mich fett genannt", sagte Serena.

„Sie hat gesagt, meine Narben seien hässlich", fügte Avery hinzu. „Das sind sie, doch es ist nicht nett, es unterstreichen zu müssen."

Ein riesiger Türsteher stand vorn an der Tür. Charlie war sich sicher, dass er vermutlich ein großer, böser Dom war, doch er starrte sie an, offensichtlich ahnungslos, was zu tun war, wenn eine Sub die andere attackierte.

„Du kannst die Tür öffnen", schlug Charlie vor. „Miss Amanda hier ist die Mitgliedschaft entzogen worden."

„Ist gut, Brian", sagte Alex. „Von nun an ist Amanda kein Mitglied dieses Etablissements mehr."

„Du Mistkerl!", schrie Amanda. Ihre Füße machten schnelle Bewegungen, sonst hätte Charlie ihren knochendürren Arsch hinterhergeschleift. „Ich werd' euch alle hier verklagen. Ich werde jeden wissen lassen, was für ein perverser Haufen ihr alle seid."

„Wirklich?", erkundigte sich eine dunkle Stimme. Charlie sah auf, und ein großer Mann mit breiten Schultern besah sich die Szene. „Denn ich denke, du suchst dir lieber gleich sofort einen anderen Job."

„Derek? Derek, lass nicht zu, dass sie mich rausschmeißen. Du weißt, ich kann euch Ärger bereiten", drohte sie.

„Ich kann dich auch in einer dunklen Gasse abschlachten",

entgegnete Charlie ihr.

„Und ich kann den Mord völlig ignorieren. Du könntest ihn wie einen Raubüberfall aussehen lassen", bot der Mann namens Derek an, bevor er den Blick wieder auf Amanda richtete. „Ich hab' dir gesagt, dass dich dein Mundwerk noch in Schwierigkeiten bringt. Vergiss nicht, dass der Boss hier eine Mitgliedschaft hat. Ich glaub' nicht, dass es ihm gefallen wird, als pervers geoutet zu werden. Wir werden uns am Montag in meinem Büro unterhalten, wenn du das Wochenende überlebst."

Damit wurde die Tür geöffnet und Charlie beförderte sie nach draußen. Sie warf Amanda raus und schloss dann die Tür hinter sich ab. Sie wandte sich wieder zu Eve. „Siehst du, das war ganz leicht."

„War es das?" Ian stand plötzlich in der Lobby, sein massiger Körper nahm den Großteil des Raumes ein. Er stand in seiner Lederhose vor ihr, und Charlie rang hart mit sich, nicht zu sabbern.

Sie hatte sich wieder eine dieser Freiheiten herausgenommen, gegen die Ian zu widersprechen pflegte. Auf die Knie sinkend beschloss sie, auf Nummer sicher zu gehen. Sie beugte den Kopf nach vorn, und ihre Haare streiften den Boden, während sie die Handflächen nach oben zeigend vor sich legte.

„Jetzt entscheidest du dich dazu, mir zu gehorchen." Ians Stiefel traten in ihr Blickfeld. Gott, sogar seine Stiefel waren sexy. Sie waren weder poliert noch neu. Sie waren abgetragen, mit vielen Falten hier und da. „Charlie, ich will wissen, was passiert ist."

Sie hob die Augen. „Ich hab' den Müll rausgebracht, Herr."

Er blieb so lange ernst, dass sie schon befürchtete, sich zu Amanda gesellen zu können, von außen hineinschauen zu dürfen. Dann warf er den Kopf zurück und lachte. „Gott, ich hab' darauf gewartet, dass eine der Subs sie auf dem Arsch vor die Tür setzt. Ich hätte wissen müssen, dass du diejenige sein würdest. Derek, das ist meine...", er seufzte, bevor er fortfuhr. „Das ist meine Sub, Charlotte. Sie ist auch anstrengend."

„So sind die Guten", sagte Derek.

„Na, komm." Ian hielt ihr eine Hand hin und half ihr auf. „Ich brauch' einen Drink. Mach dich in der Umkleide fertig, und wir treffen uns in der Bar."

Er drehte sich um und ging davon, doch sie erkannte an der Art, wie er den Kopf schüttelte, dass er noch immer lachen musste.

Das lief besser als erwartet.

„Hast du echt einen Körper mit Säure auseinandergenommen?", fragte Serena. „Denn ich hätte dich gern dazu befragt. Was brauchtest du dazu? Was für eine Sauerei macht das?"

Gott bewahre sie vor Schriftstellern. Charlie folgte Eve zurück hinein, um sich für den Abend fertig zu machen.

* * * *

Ian sah sich im Kerker um in dem Versuch, nicht an die Sub an seiner Seite zu denken. Versuchte, nicht darüber nachzudenken, wie gut es sich anfühlte, sie dort zu haben. Von seinem Platz aus im hinteren Teil der Bar konnte er alles beobachten, was geschah, doch alles war weit genug entfernt, keine der Sessions mit ihrer Unterhaltung zu stören. „Soll ich deiner Schwester einen Dom zuweisen, oder ist es ihr recht, das selbst auszuhandeln?"

Er war überrascht, wie wohl sich die kleine Schwester im Kerker fühlte. Er hatte sowas wie Tränen und Vorwürfe von dem Mädchen erwartet. Er hatte erwartet, dass sie sich in der Umkleide oder im Konferenzraum verkriechen würde, doch das Einzige, worum sie gebeten hatte, war etwas, das ihre Beine bedeckte. Er hatte eine PVC-Leggings für sie aufgestöbert, doch sie hatte einfach auf dem Absatz kehrt gemacht und sich wortlos entfernt.

„Chelsea?", fragte Charlie von ihrem Platz auf dem Boden. Sie saß auf einem der großen, flauschigen Kissen, die viele Doms benutzten, wenn sie ihre Subs für längere Zeit zu ihren Füßen knien oder ruhen ließen. Dieser Blickwinkel erlaubte Ian, die Kurven ihrer Brüste anzuschauen, durch das enge Korsett perfekt hervorgehoben. Er hatte grün gewählt, ein Smaragdgrün, das ihr Haar betonte. Sie trug viel zu viel Schwarz. Sie sah schön in Grün- und Blautönen aus. Lebendige Farben, wie die Frau selbst.

Er mochte die Tatsache, dass sie verunsichert war. Sie hatte sich wie eine Königin der Amazonen aufgeführt, so wie sie das gemeine Etwas hinausgezerrt hatte, doch seitdem wirkte sie etwas verloren. Als traute sie dem nicht, was er tat. Sie hatten gut dreißig Minuten lang mit Derek Brighton gesessen und geredet, oder besser gesagt, er hatte sich mit Derek unterhalten, während Charlie zu seinen Füßen saß und sich von ihm mit kleinen Snacks hatte füttern lassen. Sie blickte immer wieder auf eine Art zu ihm hoch, als hatte er vor, sie zu vergiften. Es machte irgendwie Spaß. „Ja, es sei denn, du hast noch eine Schwester, von der du mir nichts erzählt hast."

„Es ist nicht ihr erstes Mal in einem Kerker."

Sie waren also spielen gegangen. Es gefiel ihm gar nicht. „Also hast du gelogen, keinen Dom gehabt zu haben. Es sollte mich nicht überraschen."

Sie schüttelte den Kopf. „Nein, ich hatte keinen Dom. Ich versprech's dir. Ich hab' seit Jahren nicht mehr gespielt. Ich hab' ein paar für Chelsea gesucht. Die meiste Zeit hab' ich sie angeheuert, um uns besuchen zu kommen, wo wir gerade wohnten, doch einige Mal wurden wir auch in Kerker eingeladen."

„Ich hätte sie gar nicht als Sub wahrgenommen. Müsste ich's beurteilen, ich würd' auf den ersten Blick behaupten, sie zöge es vor zu toppen." Chelsea Dennis war nicht unattraktiv. Sie war sogar recht hübsch, doch sie lächelte nie. Es lag an ihrer angespannten Haltung, die Ian vermittelte, sie zöge es vor, die Kontrolle auszuüben.

Doch vielleicht war es auch nicht das, was sie brauchte. Charlie hatte vor all den Jahren die gleiche Anspannung in den Knochen gehabt, bis zu jener ersten Woche, die sie zusammen verbracht hatten. Er konnte zusehen, wie sie darum gekämpft hatte, loszulassen, ihm zu vertrauen. Als sie es endlich tat, ließ sie sich völlig gehen, ihm alles ihr mögliche gebend.

Nun, was ihren Körper betraf. Sie hatte ihm nie richtig vertraut, sonst wären sie jetzt nicht in dieser Lage. Adam versuchte, die Spur der wohlbekannten Attentäter zu verfolgen, doch sie schienen verdammt gut in ihrem Job zu sein. Sie waren wie von der Bildfläche verschwunden. Manchmal wünschte sich Ian, Dallas hätte mehr Überwachungskameras. Sie wären wieder hinter ihr her. Die Frage war nur, wann. Er musste abwarten und hoffen, dass einer von ihnen den Köder schluckte. Bis jetzt hatte er nur eine SMS von Liam gekriegt, dass alles ruhig war und er beim Pokern hundert Dollar an Karina verloren hatte.

„Ich kann mir nicht vorstellen, wie sie eine Peitsche schwingt." Charlie sah sie sich genau an. „Doch sie liebt den Flogger. Ich sollte eigentlich diejenige sein, die verhandelt. Sie kann nicht so gut mit Doms."

Oben auf der Bühne schwang Alex vor Eve eine ein Meter zwanzig lange Peitsche. Er und die Peitsche bewegten sich mit der Anmut einer langen Gepflogenheit. Ian war bewusst, dass das krachende Geräusch der Peitsche darüber hinwegtäuschte, dass es sich nicht doller anfühlte als ein Brennen auf der Haut, gefolgt von einer angenehmen Wärme. Charlie hatte die Peitsche geliebt. Er hatte sich wie ein richtiger Dom gefühlt, als sie sich das erste Mal als Sub unterworfen hatte, während er sie einer lustvollen Behandlung unterzogen hatte. Ihn beschlich das Gefühl, endlich verstanden zu haben, warum er sich zu diesem Leben hingezogen fühlte. Es war nicht wegen des Kinks oder weil er Kontrolle brauchte. Er lag daran, dass er sich wichtig fühlte, wenn sie sich entspannte. Es gab ihm das Gefühl, wertvoller zu sein als hoch bezahltes Kanonenfutter.

Er zwang sich, sich von diesen gefährlichen Gedanken abzulenken.

„Wenn sie hier einen Dom sucht, muss sie selbst mit ihm sprechen oder ich weise ihr einen zu. Dient es ihr als Therapie? Helfen die Endorphine gegen die Schmerzen im Bein?", fragte Ian, zurück zu Chelsea blickend.

„Yeah. Sie hat sich zuerst gesträubt, doch nachdem sie es ausprobiert hatte, fühlte sie einen ganz klaren Unterschied. Es hilft ihr auf eine Art, wie es Massagen nicht können."

„Eine heimliche Sub?", fragte Ian nachdenklich.

„Ich denke schon. Ich glaub', Chelsea wäre bei weitem glücklicher, wenn sie loslassen könnte, doch ich bezweifle, dass meine Schwester dazu jemals fähig ist. Sie war über viele Jahre ihres Lebens nicht „Herr" der Lage gewesen. Sie war noch sehr jung, als mein Vater uns mit nach Russland nahm. Sie war gerade neun. Ich weiß, dass sie Erinnerungen an unsere Mutter hat, doch nicht so wie ich. Meine Mutter war wunderbar. Ich befürchte, Chelsea hat sie nicht lang genug erlebt."

„Ich bin überrascht, dass sie akzentfreies Englisch spricht." Es kam ihm in den Sinn, dass er sich nicht nur um Charlie sorgen musste. Er musste sich auch über Chelsea klar werden. Charlie hatte eine Menge für ihre Schwester aufgegeben.

„Ich hab' dafür gesorgt, dass sie ihr Englisch beibehält. Wenn wir allein waren, sprachen wir immer Englisch. Wir sprechen aber auch fließend Russisch, so dass es kaum möglich ist, uns von Muttersprachlern zu unterscheiden, wenn wir einmal loslegen. Mein Vater hasste es, keinen Sohn bekommen zu haben, doch er wollte sich auch nicht für dumme Töchter schämen müssen. Mein Vater glaubte, ein Zar zu sein. Zarenkinder hatten Nachhilfelehrer. Unserer war zufällig aus LA. Er war ein echt kluger Mann, doch er geriet in Konflikt mit der Glücksspielorganisation meines Vaters."

„Also zahlte er seine Schulden ab, indem er dich und Chelsea unterrichtete."

„Wenn er nicht betrunken war, war er ein ausgezeichneter Lehrer", gab Charlie zu.

Er hasste es, über ihre Kindheit nachzudenken. Sein Vater hatte sie vielleicht verlassen, doch wenigstens hatten er und Sean ihre Mutter gehabt. Sie war nicht die stärkste Frau, und Ian war gezwungen gewesen, schnell erwachsen zu werden, sie hatte sie jedoch nicht mit Betrunkenen allein gelassen oder sie gequält, um sie abzuhärten.

Die Welt quälte einen Mann genug. Man brauchte nicht auch noch Familienmitglieder, die diesen Prozess unterstützten.

Chelsea verließ ihr Fleckchen im hinteren Teil der Menge und ging in die Lounge. Sie nickte ihrer Schwester flüchtig zu, schien jedoch ein Ziel zu haben. Sie sah für einen Moment zur Bar.

Simon saß auf einem Hocker neben Jesse, beide Männer mit einem Bier in der Hand. Jillian nahm Simons leeres Glas weg. Sie bewahrte einen Vorrat seines Lieblingsbiers im hinteren Bereich auf und kam bald mit einem Pint-Glas zurück. Jesse hielt etwas in der Hand, das wie ein Bud aussah. Aus der Dose. Gott, er musste an der Etikette des Jungen arbeiten.

„Das dürfte interessant werden", murmelte er, mit der Hand über Charlies Haar streichend. Er musste schließlich die Illusion aufrechterhalten. „Es sieht so aus, als hätte sich Kleines Schwesterlein einen Dom für die Nacht ausgesucht."

Chelsea lief geradewegs auf Simon zu. Simon trug eine Lederhose und eine Weste, ohne Hemd darunter. In den meisten Nächten nahm er sich keine Sub, es vorziehend, seine Zeit in der Bar zu verbringen, doch ein paar Male hatte er mit einzelnen Subs verhandelt. Er schien Fesselspiele zu bevorzugen, bei denen seine Sub vollständig gefesselt war. Simon hatte seinen Bondage-Kurs innerhalb weniger Wochen, nachdem er dem Team beigetreten war, absolviert und lernte nun Shibari mit Alex.

Ian bevorzugte extremere Spielarten, wie Charlie bald herausfände.

„Ich würd' gern mit dir reden, Herr." Chelsea gebrauchte die richtigen Worte, doch ihr Tonfall war so frech, dass Ian die Stirn runzeln musste. Immerhin wusste Charlie, wie sie ihn manipulieren konnte. Sie war gleich in die Knie gegangen, als er sie dabei erwischt hatte, wie sie Amanda auf dem Hintern hinaus warf.

Er hatte geplant, Amanda zu benutzen, um Charlie zu demonstrieren, dass sie nicht alles auf ihre Art bekäme. Er hätte es besser wissen müssen. Er hatte Amanda ausgewählt, da sie Charlie am ehesten den letzten Nerv geraubt hätte. Er war ein Idiot, denn er hätte eine aussuchen sollen, die süß war, mit der es Charlie nicht so leicht hätte aufnehmen können.

Oder vielleicht hatte er doch gewusst, was sie tun würde. Vielleicht hatte er es im Hinterkopf gehabt.

Er beabsichtigte nicht, ihr zu sagen, dass er nur darauf gewartet hatte, dass ihm jemand einen Grund lieferte, sie loszuwerden. Er war nicht doof. Er hatte Amanda ihre Nummer nie wirklich abgekauft. Sicher, er hatte sie mehrmals gevögelt, weil sie ihm gelegen kam und sich fügte, aber das hieß nicht, dass er sie für einen Engel hielt. Die Subs mussten für sich selbst gerade stehen, deshalb hatte er sich zurückgehalten. Er war aber irgendwie bei Charlie. Er hätte sie sofort an den Ohren rausgezerrt, sobald sie den Mund aufgemacht hätte, doch Eve und Grace hatten ihre Rolle als klassische honigsüße Südstaaten-Ladys durchgezogen.

Charlies Kopf kam hoch, und sie beobachtete ihre kleine Schwester. Ian zwang sie sanft zurück in seinen Schoß.

„Es wird ihr gut gehen."

„Glaubst du wirklich, Simon ist der richtige Dom für sie?", fragte Charlie.

Er war sich nicht sicher, ob der Brite der Richtige für irgendwen war. Simon war unbeugsam und verbarg hinter seinem perfekten Äußeren eine Fülle an Selbstzweifeln. Simon hatte in der nahen Vergangenheit Mist gebaut, und er war noch nicht darüber hinweg. Ne. Simon war wohl momentan nicht der Richtige für niemanden. „Ich denke, das ist eine einmalige Begegnung und er wird es entweder zu handhaben wissen oder eben nicht. Jetzt sei ruhig. Ich kann sie nicht hören, wenn du redest."

Er wusste, dass er sich wie eine geschwätzige alte Dame benahm, doch er wollte schon gern sehen, wie Charlies Schwester den Briten händelte.

Simon drehte sich um, eine aristokratische Augenbraue hob sich. „Ja? Brauchst du noch etwas? Ich denke, die Leggings war nicht das, was ich für dich ausgesucht hatte."

Jesse drehte sich um, und am Gesichtsausdruck des Jungen war zu erkennen, dass auch er die Seifenoper, „Wie es im Kerker so spielt", zu verfolgen schien. Sein Blick wanderte von Simon zu Chelsea und wieder zurück.

„Ich hab' die Kleidung gekriegt, die du mir gegeben hast, doch ich hab' Master Ian um was anderes gebeten." Sie wusste genau, was sie zu sagen hatte, doch irgendwie gab sie den höflichen Worten eine sarkastische Note.

Simons Blick wanderte in der Bar umher, traf auf Ians, und er verengte die Augen. „Und er gab sie dir?"

Ian rührte sich nicht. Chelsea trug kein Halsband, und sie war Charlies Schwester, also stand sie fest unter Ians Schutz und Kontrolle. Doch für die Dauer einer Viertelsekunde hatte er den Eindruck, Simon wolle ihn darauf ansprechen. Interessant.

Simon brach den Blickkontakt ab und widmete sich wieder seinem Bier. „Was willst du?"

„Ich brauch' eine Session." Es lag nichts Weiches oder Hingebungsvolles in der Art, wie Chelsea sprach. Als ginge sie in ein Kaufhaus und befähle dem Verkäufer, ihr ein Hemd zu holen.

„Shit", flüsterte Charlie. „Ich hab' versucht, ihr richtiges Benehmen beizubringen."

Ian strich ihr übers Haar. „Psst. Du kannst ihr das nicht ersparen."

„Ist das eine Aufforderung, dass ich mit dir spiele?", fragte Simon. Selbst von dort, wo Ian saß, fiel ihm die abweisende Art der Begutachtung auf, so wie Simon Chelsea von oben bis unten musterte.

Sie war nicht so groß wie ihre Schwester. Chelsea war durchschnittlich, knapp ein Meter siebzig, und sie glich keinem ausgehungerten Supermodel. Ian war sich sicher, dass eine verrückte

Schlampe wie Amanda Chelsea vermutlich als fett bezeichnete, doch Ian fand, sie sah gesund aus. Amanda wäre ein glücklicherer Mensch, wenn jemand sie fütterte. Frauen wurden fies, wenn sie zu wenig aßen. Sogar Eve war jetzt viel glücklicher, seitdem Alex sie wieder mit Schokolade vollstopfte.

„Durchaus nicht", erwiderte Chelsea mit einem forschen Kopfschütteln. „Ich bitte dich, mich auszupeitschen. Ich benötige ungefähr dreißig bis vierzig Minuten deiner Zeit. Ich ziehe einen dumpfen Schmerz einem bissigen vor. Dazu bevorzuge ich Hirschleder, und ich werd' nicht gefesselt."

Ian stöhnte. Den meisten Subs war bewusst, dass es sich nicht so anhören sollte, als bestellten sie einen Burger in einem Fast-Food-Laden.

Charlie versuchte, noch einen Blick zu erhaschen. „Ich hab's dir gesagt. Ich muss das Verhandeln übernehmen. Sie ist nicht gut darin. Sie hat schon so lang vor dem Computer gesessen, dass sie vergessen hat, wie man mit echten Menschen umgeht."

„Komm hoch." Es war sinnlos, sie nicht zusehen zu lassen. Sie würde rumhampeln und sich verrenken und wohl noch einen steifen Hals bekommen. Es war einfacher, sie hoch auf seinen Schoß zu ziehen.

Sie setzte sich direkt auf seinen Schwanz, dieser verdammte Fetzen Elasthan war schon ihre Hüften hochgerutscht, so dass nur seine Lederhose ein Eindringen verhinderte. Denn sein Schwanz wusste, was er wollte. Er war hart, seit sie auf die Knie gefallen war. Verdammt, es hatte ihn erregt zu sehen, wie sie Amanda auf den Arsch vor die Tür gesetzt hatte. Hätte er seine Lederhose nicht an, war er sich verdammt sicher, würde sein Schwanz versuchen, sich seinen Weg in sie hinein zu bahnen. Er könnte sie auf seinem Schwanz sitzen lassen und zusehen, wie die Welt an ihm vorbeizog.

„Wirklich?", fragte Simon, seine Stimme tief und sarkastisch. „Hast du eine Liste mit Forderungen an mich, Sub?"

Chelsea zuckte leicht mit den Schultern. „Nein. Ich bin davon ausgegangen, du seist intelligent genug, um dir zu merken, was ich will."

Charlie vergrub den Kopf an Ians Schulter. „Ich will's nicht sehen."

Ian wollte jedoch unbedingt. Fuck, er lebte für diesen Scheiß. Es war traurig, doch er nahm es an. Er war in allem ein Voyeur. Er sah Leuten gern beim Ficken zu, wenn sie sich gut anstellten, und er sah gern zu, wie sich Leute absolut nicht gut anstellten. Es war lustig.

Simon erhob sich, Chelsea überragend. „Was hast du da gesagt, Sub?"

Chelsea schien an der Brust des großen Briten zu kleben, die Augen auf den Teil gerichtet, wo sich die Lederweste teilte und seine Haut preisgab. „Ich hab' nur versucht zu erklären, was ich brauche, Herr."

„Das wird so nichts", sagte Ian.

Charlie sah wieder hin, ihr Gesicht voller Hoffnung. „Vielleicht kriegt sie's ja gebacken."

Er grinste, denn das klappte auf gar keinen verfickten Fall. „Wollen wir wetten?"

Charlie schüttelte den Kopf und duckte sich wieder. „Nein. Ich würd' verlieren."

Simon führte die Hand an Chelseas Kinn, sie dazu bringend, zu ihm aufzuschauen, doch es lag ein sturer Ausdruck in ihren Augen.

„Nein, Chels, na los. Mach dich locker", bat Charlie eindringlich.

„Ne, sie ist kurz davor, ihn anzugreifen und zu vergewaltigen. Wir sollten Derek zurückrufen", sagte Ian.

Charlie gab einen kotzenden Laut von sich. „Das ist schrecklich."

Das war es. In ihm schlummerten böse Wortspiele, doch er hielt sie meist zurück.

Wenn er mit Grace oder Eve hier säße, hätten sie ihn schon darauf hingewiesen, wie unhöflich es war, sich in Simon und Chelseas Gespräch einzumischen, indem sie mithörten. Avery hätte ihn schon längst angefleht zu intervenieren, denn ihr zartes Herz ertrug keine Konflikte. Serena hätte sich Notizen gemacht. Nur Charlie konnte den Moment mit ihm genießen. Nur sie verstand, dass die Dramen, die sich um sie herum abspielten, nicht ihrer Unterhaltung dienen mochten, doch verdammt, es machte Spaß sie mit anzusehen. Andere Subs hätten still dagesessen, hätten wahrscheinlich über seine schrecklichen Witze gelacht und ihn nie auf seinen schlechten Sinn für Humor angesprochen. Im Gegensatz zu Charlie.

Warum musste sich die einzige Frau, mit der er sich wohlfühlte, als Feind erweisen?

„Vielleicht hab' ich selbst ein paar Forderungen", sagte Simon.

Chelsea straffte die Schultern. „In Ordnung. Ich hör' zu."

„Ich werd' den Flogger aus Hirschleder nehmen. Ich hab' einen sehr schönen, den ich schon die ganze Zeit mal einweihen wollte. Ein dumpfer Schlag, brennt nicht, wobei ich glaube, dass dir ein leicht Brennen gefallen könnte, wenn du es ausprobierst. Du bist nackt und gefesselt."

„Das macht sie nicht", flüsterte Charlie. „Sie war festgebunden, als ihr die Beine gebrochen wurden. Sie erträgt es nicht."

„Ein weiterer Grund, sich dem mit jemandem zu stellen, dem sie vertraut", erwiderte Ian. „Ich denke nicht, dass es Simon sein wird."

Chelsea biss die Kiefer zusammen, und sie nahm sich einen Moment, um zu antworten. „Die Fesseln lose, die Kleidung behalte ich an."

Er sah hinab, und Charlies Augen waren groß vor Erwartung. Es sah aus, als hätte Chelsea eine Schwäche für Simon.

Der Brite fuhr mit den Fingerspitzen von ihrem Hals bis zum Kragen des Tanktops, das Chelsea trug. „Ich nehm' Abstand von den Fesseln, aber keine Kleidung."

Ah, der Brite wollte Haut sehen.

„Warum? Musst du den Krüppel nackt sehen?", fragte Chelsea mit harter Stimme.

„Autsch." Charlie wich zurück.

„Yeah, das wird sie in ernsthafte Schwierigkeiten bringen", gab Ian zu. Selbstverhöhnung war brutal unsympathisch. Er war lieber mit einer unattraktiven Frau zusammen, die sich für schön hielt, als mit einer schönen, die sich darüber beschwerte, unattraktiv zu sein.

„Nein. Ich will dich nackt sehen, und wenn du weiter so redest, wirst du nicht mit dem Flogger ausgepeitscht, sondern bekommst ein Spanking, und das, verspreche ich dir, wird brennen." Jedes einzelne Wort, das ihm über die Lippen kam, war knapp und klang wütend.

Es verging ein längerer Moment, in dem sie miteinander verbunden schienen. Vielleicht hatte er sich damit geirrt, dass Simon noch nicht bereit war. Der große Dom schaute auf die Sahneschnitte von Computerfreak herab, als könne er sie bei lebendigem Leib verspeisen.

Chelsea ihrerseits schien entschlossen zu beweisen, dass sie nicht zu atmen brauchte.

Schließlich trat sie einen Schritt zurück und wandte sich an Jesse. „Was ist mit dir?"

Simon trat in ihr Blickfeld. „Nein."

„Was soll das heißen, nein? Dass er nicht für sich selbst sprechen kann?"

„Nicht, wenn er leben will, dann nicht."

Jesse hielt klugerweise den Mund.

„Also, wenn ich nicht das tue, was du willst, krieg' ich keinen Dom?" Chelsea stemmte die Hände auf die Hüften.

Simon schüttelte den Kopf. „Ihn kriegst du nicht, egal, was du tust, Liebes. Er ist noch in der Ausbildung. Wenn du kriegen willst, was du brauchst, verhandelst du. Ich bin bereit, auf eine meiner üblichen Forderungen zu verzichten."

„Und ich war bereit, mich von dir festbinden zu lassen", schoss sie zurück. „Du hast keine Ahnung, wie schwer das für mich ist."

„Dann werd' ich's dir leicht machen. Du brauchst nur die wenige Kleidung auszuziehen, die du trägst, und ich kümmer' mich um dich. Keine Fesseln. Alles andere, wie du magst."

Chelsea drehte sich einfach um und lief davon. Simon sah ihr nach, während sie wegging.

„Verdammt." Charlie lehnte sich wieder an ihn. „Das wird ihr wehtun. Sie hat ein paar Narben. Wer hat die hier nicht? Ich versteh' nicht, welches Problem sie mit dem Nacktsein hat."

„Weil du schrecklich exhibitionistisch bist." Charlie machte es nichts, in ihrer eigenen großartigen Haut herumzulaufen. Das war eines der Dinge, die ihn anzogen. „Sie ist eher wie der Durchschnitt."

Er blickte hinter sich, Alex nahm Eve gerade vom Kreuz, seine Hände strichen sanft über ihren Körper, ihre tiefe Verbundenheit spürbar. Weil sie sich liebten und einander vertrauten. Weil sie bis zum Ende dieses Lebens zusammen blieben.

Er konnte Charlie ewig übers Haar streicheln. Er konnte hier sitzen und mit ihr spielen, doch er würde immer darauf warten, dass sie ihn wieder verließ. Er mochte das hohle Gefühl in der Magengrube nicht, doch ein Teil in ihm begann ihn bereits zu drängen, so viel wie möglich aus ihrer verbleibenden Zeit mitzunehmen. Wenn sich die Scheiße mit

Nelson einmal gelegt hatte, würde er sie gehen lassen müssen. Doch bis dahin konnte er sie nehmen. Konnte sich in ihr schwelgen.

„Ich werd' Ryan bitten, sich um Chelsea zu kümmern. Er ist verheiratet. Er wird kein Interesse daran haben, sie nackt zu sehen." Ian war sich nicht sicher, warum er das tat. Sonst ließ er eine Sub so lange zappeln, bis sie vernünftig danach fragte, was sie wollte. Das war Teil des Prozesses. Doch Charlie würde sich um ihre Schwester sorgen, und er wollte, dass sie ruhig und gefasst war für das, was er vorhatte. Brighton sähe zu. Selbst wenn Derek dachte, sie seien ein neues Paar, musste er sich auch verdammt sicher sein können, dass sich Ian nicht öffentlich mit einer in Szene setzte, der er nicht vertraute.

Nun, bis heute Abend.

Derek kam auf sie zu und setzte sich wieder, sein Gesicht eine Maske der Frustration. „Ich bekam gerad' einen Anruf von einem meiner Männer. Sie haben eine Leiche gefunden, im Hotel gegenüber von deinem Büro. Siebter Stock."

Das ging schneller, als ihm lieb war. „Das ist ja furchtbar. Du kannst nicht mal mehr Fünf-Sterne-Hotels trauen."

„Lass den Scheiß, Ian. Ich weiß, ich erzähl' dir nichts Neues. Der siebte Stock klingt perfekt, um einen Schuss auf dich abzufeuern." Er verschränkte die Arme vor der Brust. „Ich sage jetzt nichts mehr. Gib mir was."

Er hasste zu teilen. Teilen war etwas für Idioten, doch in diesem Moment mochte das Teilen von Informationen die Frau auf seinem Schoß vor einem möglichen Waterboarding bewahren. Wobei sie nass schön aussah...

Charlie wackelte auf seinem Schoß herum und erinnerte ihn so daran, welcher Teil seiner Anatomie eigentlich zuständig war.

„Wir glauben, der Typ ist Russe", bot Ian ihm an. Manchmal stellte das Anbieten von unwichtigen Informationen die Behörden zufrieden. „Ein Mann namens Zhukov. Er ist ein bekannter Attentäter. Er ist professionell, also erwarte keine nutzlose Anzahl an Leichen. Der Mann im Hotel war ein Unglücklicher. Er brauchte dieses spezielle Zimmer. Ich versuch', mich von der Straße fernzuhalten, damit er's nicht nochmal probiert. Ich kann dir ein Dossier über den Wichser schicken, wenn du willst."

„Warum ist er hinter dir her?", fragte Brighton.

Zumindest darauf gab es eine einfache Antwort. Der Schlüssel war, nicht geradeheraus zu lügen. „Ich nehm' an, er wird dafür bezahlt."

Charlie ließ den Kopf an seiner Schulter ruhen, doch er konnte spüren, wie angespannt sie war. Sie verstand, was auf dem Spiel stand, und er bezweifelte nicht, dass sie in dem Fall den Mund hielte. Sie hatte ein Talent zum Selbsterhalt.

„Der Mann, der in die Operation in Fort Worth involviert war?", fragte Brighton. „Dieser skrupellose Agent, den ihr verfolgt habt?"

Es war immer besser, der andere stellte seine eigenen Vermutungen an. Denn er vertraute eher auf das, was er selbst glaubte, und hielt sich beim Schlussfolgern für besonders clever. „Sein Name ist Eli Nelson. Er hat mehr als einen Grund, angepisst wegen mir zu sein. Ich hab' ihn vor einigen Monaten ein sehr lukratives Geschäft gekostet. Er ist sich verdammt bewusst darüber, dass ich nicht aufgebe, bis ich ihn vernichtet hab'."

Das war keine Lüge. Nur nicht die ganze Wahrheit.

Brighton lehnte sich zurück, sich mit der Hand durch sein kurz geschnittene Haar fahrend. „Ich hasse diesen Spionagescheiß. Ein guter, sauberer Mord ist mir allemal lieber."

„Die gute Nachricht ist, jetzt hast du definitiv einen Mord am Hals. Gern geschehen."

Dunkelbraune Augen verdrehten sich. „Den kann ich nicht lösen, Arschloch. Der kommt auf meine Liste, und er wird ungelöst bleiben."

Ein ungelöster Fall auf seiner Liste würde ihm schaden. „Hör zu, wenn ich was rausfinde, helf' ich dir, okay? Wir stellen ein paar Verbindungen her und stellen sicher, dass die Familie des Mannes weiß, warum er getötet wurde."

Brightons Augen verengten sich. „Oder ich nehm' dich in Schutzhaft. Das wäre das einzig Richtige zu tun. Ich kann diesen Kerl nicht draußen rumlaufen lassen. Er hat schon einmal getötet. Er könnte es wieder tun."

„Das kannst du versuchen. Wir werden sehen, ob du einen geheimen Unterschlupf findest, der dem gerecht wird." Ian war bewusst, dass seine Stimme einen absolut kalten Ton angenommen hatte. „Du weißt, was geschieht, wenn du das tust. Der Typ verschwindet und taucht dann wieder auf, wenn ich's am wenigsten erwarte. Jetzt gerade weiß ich, wer hinter mir her ist. Du würdest Monate meines Lebens verschwenden, und ich würd' die Chance verpassen, mich vergewissern zu können, ob ich Recht behalte, wer mich tot sehen will."

Brighton ließ den Kopf nach hinten fallen. „Ich sollte das verdammte FBI einschalten. Zur Hölle, ich sollte die CIA einschalten. Die sollen sich mit der Scheiße beschäftigen."

Das konnte er nicht zulassen. Sobald die CIA involviert war, würde er die Kontrolle über Charlie verlieren, und es gab Orte, an die selbst er nicht gelangte. „Ich fordere den Gefallen ein, den du mir schuldest, Derek. Für Kandahar."

Ian hatte Derek in Afghanistan das Leben gerettet und einen groben Fehler des ehemaligen Sergeants vertuscht. Es hatte sich um eine schmutzige, blutige Angelegenheit gehandelt, und Ian hatte sie bereinigt. Er war sich bewusst, der Sache somit ein schnelles Ende zu bereiten. Brighton hatte sich noch immer nicht verziehen, was geschehen war, doch Ian konnte es sich nicht leisten, den Kürzeren zu ziehen.

„Verdammt noch mal." Brighton lehnte sich vor. „Das ist so verfickt unfair."

„Du solltest es besser als jeder andere wissen, dass das Leben nicht fair ist, Derek." Ian konnte jetzt nicht nachgeben. Wollte es auch nicht. Gefallen waren dazu da, eingefordert zu werden, und er hatte Derek Brighton einen großen Gefallen getan.

Brighton hob kapitulierend die Hand. „Ist gut, aber du musst mich auf dem Laufenden halten. Sei dir gewiss, dass es mir egal ist, was ich dir schulde, sollte ein weiterer Zivilist da hineingezogen werden. Ich werd' meinen Job machen, Ian."

Das täte er, denn einmal hatte er es nicht getan, und dieser eine Vorfall hatte den Rest seines Lebens beeinflusst. Ian war bewusst, dass er verdammt froh darüber sein konnte, den Gefallen einfordern zu können, denn sonst hätte Dereks Pflichtbewusstsein sie alle gefickt. „Ich hätte nicht weniger erwartet."

Charlie entspannte sich etwas.

Brighton wandte sich etwas ab und machte eine Bewegung Richtung Bar, einen einzelnen Finger hochhaltend. Jillian machte sich daran, ihm ein Bier nachzuschenken. „Ich glaub', ich bin heut Abend nicht in der Stimmung zu spielen. Die gute Nachricht ist, so hab' ich mehr Zeit zum Trinken."

Zwei Drinks waren für alle, die spielten, das Maximum, das im Sanctum getrunken werden durfte, doch alle ihm unterstehenden dominanten Männer waren bekannt dafür, die Bar wie eine Bar zu behandeln, wenn sie es nicht taten. Vor allem Derek. In letzter Zeit hatte Ian bemerkt, dass Derek nicht viel spielte. Er schien es vorzuziehen, den Sessions zuzusehen, dabei zu trinken und allein nach Hause zu gehen.

„Das geht auf mich." Es war das Mindeste, was er tun konnte, und außerdem trank Ian heute Abend nicht. Für die Session, die er geplant hatte, würde er keinen Alkohol anrühren.

Jillian brachte ein eisgekühltes Glas rüber und stellte es vor Brighton ab. Ian winkte sie zu sich und bat sie leise, ihren Dom zu suchen und ihn zu bitten, sich Chelsea anzunehmen. Jillian, die die Szene ebenfalls beobachtet hatte, nickte zustimmend und ging los, um ihren Mann Ryan zu suchen.

Charlie neigt ihm ihr Gesicht zu, und sie hatte Tränen in den Augen.

„Nicht", sagte Ian. Er brauchte keine weinende Sub. „Und vergiss das Protokoll nicht. Ich hab' mich zu lasch verhalten. Das wird sich jetzt ändern."

Es war von Vorteil, dass er ihr Sprachvermögen kontrollierte. So musste er sich kein schnulziges Ich-danke-dir anhören. Eigentlich glich es einem Traum. Charlie nicht redend. Nur dasitzend und schön aussehend. Wären da nicht all die strengen Sicherheitsvorschriften, um die Absicht der Attentäter zu durchkreuzen. Er hätte den Scheiß sicher eingeführt.

Brighton nahm einen großen Schluck von seinem Bier, sie aufmerksam beobachtend. „Bist du dir sicher, dass dies der richtige Zeitpunkt ist, eine Sub zu nehmen? Versteh mich nicht falsch. Ich bin wirklich froh, dich mit einer Sub zu sehen, doch bist du nicht besorgt, dass sie ins Kreuzfeuer geraten könnte?"

„Sie ist quasi kugelsicher." Er klopfte auf ihren äußerst reizvollen Arsch. „Und sie kann was ab. Sie kann einiges einstecken."

Charlie verzog stur den Mund und verengte die Augen, doch sie sagte kein Wort. Sie sah ihn einfach nur an.

Ja, er mochte diese strengen Sicherheitsvorschriften.

Alex hatte sich genau diesen Moment ausgesucht, um eine zutiefst glücklich aussehende Eve hereinzutragen. Sie war in eine Decke gewickelt und kuschelte sich in die Arme ihres Mannes. Alex setzte sich neben Ian und Charlie auf die Couch. „Hey, Jillian, kannst du mir ein Bier holen? Willst du irgendwas, Baby?"

Sie waren mit dem Spielen für den Abend fertig, doch Eve schüttelte den Kopf und kuschelte sich noch enger an ihn.

Alex grinste. „Sie wird bald eingeschlafen sein. Sie wird gleich nur noch schnarchen."

Eve schlug ihrem Mann liebevoll auf die Brust. „Ich schnarche nicht."

„Natürlich, Engelchen." Alex formte mit den Lippen ein „Wow" in Ians Richtung. „Und, wie läuft's heute Abend? Genießt Charlotte das Sanctum?"

Er wünschte, er könnte Alex dieselben strengen Sicherheitsvorschriften machen. „Sie liebt es hier. Sie freut sich schon richtig auf ihre erste Session."

Charlies Augen weiteten sich. Er hatte nicht erwähnt, dass sie hier noch zusammen spielten. Sie spitzte die Lippen, und ein dankbarer Ausdruck trat in ihre Augen. Sie dachte wohl, dass er vorhatte, ihr den Hintern zu versohlen oder sie auszupeitschen und dann das zu tun, was er sonst immer tat. Sie hart und lange vor Publikum ficken. Charlie war es egal, wenn andere Leute zusahen. Sie fragte nicht danach, doch in der Umgebung eines Clubs scheute sie sich auch nicht. Sie gab so viel, wie sie kriegte. Sie hielt sich keine Minute zurück.

Doch er hatte nicht vor, sie zu versohlen. Und er hatte nicht vor, sie zu ficken. Wahrscheinlich. Nein. Definitiv. Definitiv wahrscheinlich würde er sie nicht ficken.

Sie wackelte auf seinem Schoß.

Shit. Er fickte sie definitv.

„Ich sah zufällig, wie Ryan die Baumwolle vorbereitet hat. Bist du dir sicher, heute Abend eine Feuerspiel-Demo zu veranstalten?", fragte Alex.

Charlie schnappte nach Luft. „Feuerspiele?"

Fuck. Jetzt musste er ihr auch noch den Hintern versohlen. Sie war fest entschlossen, ihren verdammten Willen durchzusetzen. Er ließe das nicht zu, doch es sah so aus, als müsste er ihr das beweisen. „Über meinen Schoß. Das sind zehn."

„Ian, wir sollten darüber reden", verhaspelte sich Charlie.

„Das sind zwanzig. Bist du sicher, dass du's auf dreißig bringen willst? Ich hab' die Vorkehrungen für eine sehr schöne Session getroffen, um dich als meine Sub im Sanctum einzuführen. Sicher, du hast die Macht, Schätzchen. Du kannst immer nein sagen und ich find' einen anderen Dom für dich, der dich herumführt." Vielleicht würde er sie heute Abend nicht ficken. Vielleicht wäre es ihm möglich, sich aus Alex' Falle herauszuwinden. Sein Leben wäre so viel einfacher, wenn sie nein sagte und er sie bei wem anders abladen könnte.

Simon und Jesse wären denkbar. Sie verstanden sich darin, nahe Deckung zu geben. Wahrscheinlich. Außer, dass Jesse versucht hatte, auf Alex zu schießen und sein Ziel verfehlt hatte. Sicher, Charlie war ihm im Weg gewesen, doch Jesse hatte es nicht mal geschafft, einen zweiten Schuss oder ähnliches abzufeuern. Ian müsste an diesem Problem arbeiten, bevor er ihm die Erlaubnis erteilte, auf jemand wichtigen aufzupassen.

Und Simon hatte kaum Erfahrung im Feldeinsatz. Charlie konnte aalglatt sein, wenn sie wollte.

Nein. Er müsste nichtsdestotrotz auf sie aufpassen.

„Das ist so unfair, Ian", sie flüsterte die Worte, und ihre Stimme klang leicht gebrochen. „Ich hab' Angst. Ich hab' noch nie gesehen, wie's gemacht wird. Es klingt extrem."

„Dann kannst du nein sagen. Das sind dreißig, Charlie. Wenn du nein sagst, vergessen wir natürlich auch das Spanking. Es ist deine Entscheidung." Er drängte sie in die Enge, aber sie hatte ihn auch in die Enge gedrängt, indem sie in sein Leben getreten war. Sie musste ganz genau verstehen, wie das hier ablief. Sie müsste nach seinem Willen tanzen. Das volle Programm. Ihre einzige Option war, nein zu sagen und wegzugehen und ihn zu befreien.

Er hätte wissen müssen, dass sie ihm nicht traute. Tief im Inneren hatte er es gewusst, und genau deshalb hatte er sich für die Feuerspielszene entschieden. Es hatte ihr zuvor schon widerstrebt. Er hatte gewusst, dass sie sich fürchtete. Er war ein Mistkerl, doch er hatte nicht vor, seine Plan jetzt umzuwerfen.

Charlie erhob sich, auf festen Füßen auf dem Teppich stehend. Ihr

Gesicht war ausdruckslos, und er war sich recht sicher, dass sie ihm gleich noch eine verpasste. Damit würde ihre Tarnung bei Derek wohl auffliegen.

Dann zog sie den Rock hoch und legte sich über seinen Schoß.

Fuck. Sie brachte ihn um. Ihr Arsch war so rund und perfekt und er konnte sich nicht beherrschen, ihn nicht zu streicheln. Er ließ die Hände über die prallen Backen gleiten, die Haut so weich unter seiner Handfläche. Sie waren noch etwas rosa vom vorherigen Spanking.

Er klopfte ihr nur leicht auf den Arsch. Einmal, zweimal und dann zehnmal schnell. Diesmal war er sanfter, denn er wollte nicht, dass sie wund wurde. Oder er war sanfter, weil sie sein verdammtes Hirn zu Brei werden ließ. Sein Schwanz war hart und pulsierte mit jedem Schlag, der auf diesen süßen Arsch traf.

Er zählte im Kopf mit. Es war Teil dessen, sie entspannen zu lassen. Indem sie seine Disziplin akzeptierte, zeigte sie auch Akzeptanz für die Session, und sie sollte vorbereitet sein. Solange sie nicht zählte, wusste sie nicht, wann er aufhörte, und sie konnte sich auf die pure Empfindung konzentrieren.

Und tatsächlich spürte er, wie sie sich zu entspannen begann, ihre Wirbelsäule weicher wurde und ihr Körper auf seinem Schoß dahinschmolz.

Er setzte die Schläge auf ihre Pobacken in einem sanften Rhythmus fort. Sie rieb ihr Gesicht an sein Bein und er...fuck...er konnte ihre Erregung riechen. Sie reagierte so offen, so ehrlich. Er hatte nie daran gezweifelt, dass sie ihn wollte. Es war immer für sie da gewesen. Selbst als sie ihn hintergangen hatte, wusste ihre Muschi, wer ihr Gebieter war.

Er setzte die letzten zehn Schläge an, jeder einzelne ließ sie sich noch mehr entspannen. Dazwischen strich er langsam über ihr Fleisch, die Hitze länger haltend. Ihre Haut war warm und rosa, ihr ganzer Körper wie Butter an ihn geschmiegt.

Das war es, was er wollte, sie schweigsam ihm vertrauend. Er half ihr auf, machte sich jedoch nicht die Mühe, ihr den Rock wieder zurecht zu schieben. Er mochte es, wie sie roch, nach würziger Erregung und süßer Frau. Er zog sie auf seinen Schoß, sich nicht darum scherend, dass sie feucht war und es auf seinem Leder zu sehen sein würde. Es wäre ein Fleck, den er mit Stolz tragen würde. Sie schmiegte sich an ihn, ihren Kopf unter seinem Kinn versteckend, und er wusste, warum er in all den Jahren keine andere Sub so gehalten hatte. Weil sie seine Arme nicht so ausfüllten, wie sie. Sie passten sich ihm nicht so an, wie das Teil eines Puzzles, das ihm immer gefehlt hatte. Sie umgaben ihn nicht.

Sie ließen ihn nichts fühlen.

Er blickte hoch zu Alex, der Eve an sich kuschelte und ihm einen aufmunternden Blick zuwarf. Als hätte er sich Alex' Gemeinschaft idiotischer Ehemänner angeschlossen.

Derek starrte sie alle an, dann schweifte sein Blick ab. Er war allein und es war offensichtlich, dass er sich dessen äußerst bewusst war.

Ian war eher wie Derek als Alex.

Er konnte Alex nicht sagen, wie sehr er sich wünschte, so zu sein wie er oder Sean oder der Rest von ihnen. Eve hatte Alex nie hintergangen. Grace hatte nie einen anderen über Sean gestellt. Serena hatte sich beständig und loyal gegenüber Jake und Adam verhalten. Avery hatte Liam und seine Freunde nicht Jahre ihres Lebens gekostet.

Tief in seinem Inneren konnte er zugeben, dass sie die Frau für ihn war. Er hatte es nie wirklich geleugnet.

Doch er konnte ihr nicht verzeihen, und er würde sich auf jeden Fall niemals verzeihen.

Gefühle waren beschissen. Und Alex hatte Recht. Eve schnarchte tatsächlich.

Kapitel Sieben

Charlie sah auf die Menge und hoffte, dass Ian wusste, was er da tat. Nur dieses einzige Mal hoffte sie, dass er mit jeder ihm zur Verfügung stehenden Sub geübt hatte, da er immerhin vorhatte, sie in Brand zu setzen.

Feuer schmerzte. Feuer brannte. Der Höhlenmensch hatte das herausgefunden, doch Ian Taggart schien etwas unzeitgemäß.

Er stand am Rand der kleinen Tribüne, die Ryan nach der Session mit Alex und Eve aufgebaut hatte. Sie hatte ihnen keine Aufmerksamkeit geschenkt. Sie hatte Alex' und Eves Session gelegentlich beobachtet, doch vor allem hatte sie die Nähe zu Ian genossen. Sie war zudem auch zu sehr um ihre Schwester besorgt, um sich überhaupt auf irgendeine Session wirklich einlassen zu können. Jetzt sah sie deutlich, dass ihre Schwester von Sanctums Dom in Residence das bekam, was sie brauchte, der sie im Unterschied zu Simon Weston gewiss nicht nackt sehen wollte. Chelsea hielt sich an der Bindung eines Andreaskreuzes fest, während Ryan Church einen Hirschleder-Flogger auf ihrem Rücken, ihren Pobacken und Oberschenkeln sinken ließ. Er ging sehr behutsam vor und Chelsea hielt während der Schlagsession vollkommen still. Es gab keine Leidenschaft, nur einen schlichten Austausch.

Was hätte sie von Simon bekommen? Der große Brite stand im hinteren Teil der Menge und sah sich die Session an. Sein attraktives Gesicht war steinern, den Blick auf Chelsea gerichtet. Er hätte sie gezwungen, ihre Komfortzone zu verlassen. Charlie hatte das Gefühl, dass er sie auch dafür belohnt hätte, mutig zu sein.

Chelsea war an dem Punkt angelangt, die Kontrolle nicht mehr aufgeben zu können. Simon hatte nicht wissen können, wie viel es ihre Schwester gekostet hatte, ihm anzubieten, sie festzubinden. Chelsea hasste sogar Sicherheitsgurte. Doch sie war eher bereit gewesen, sich der Angst zu stellen, als sich auszuziehen. Schämte sich ihre Schwester so sehr für die Narben an ihren Beinen, dass sie gewillt war, niemals einen Liebhaber zu haben? Hatte sie wirklich die Absicht, für den Rest ihres Lebens Jungfrau zu bleiben? Denn Charlie war sich verdammt sicher, dass sie es war. Würde Chelsea ihr ganzes Leben damit verbringen, keiner Seele zu vertrauen?

Charlie könnte ihr ganzes Leben so verbringen. Sie könnte Ian verlassen und fände sehr wahrscheinlich einen Mann, der sich ihren Forderungen stellte, und sie bekäme genau das, was sie sagte, sie bräuchte.

Oder sie könnte Ian vertrauen und eine ganz neue Welt für sich entdecken.

Sie versuchte, genau auszumachen, was auf dem Tisch lag. Es sah aus wie ein großer Haufen Wattebällchen, mehrere Plastikflaschen mit Gott weiß was darin, und sie erblickte die einzelnen Glasteile eines Violet Wands.

„Charlie?" Ian deutete zu dem mitten auf der Bühne stehenden Massagetisch.

Schon gesellten sich einige Leute davor, darunter auch Serena, die ihr zuzwinkerte und die Daumen hochhielt. Vermutlich schrieb sie bereits eine Feuerspielszene im Geiste.

Es war nur eine Session. Sie spielten nur. Ian hatte ihr nie wehgetan. Sie war diejenige, die ihn verletzt hatte. Er hatte seinen Teil der Abmachung eingehalten. Es war Zeit, dass sie ihren einhielt.

Sie hatte Angst vor Feuer, doch andererseits auch vor Fahrstühlen, und alsbald sie seine Hand hielt, kam sie mit ihnen klar.

Ein tiefes Gefühl des Friedens machte sich in ihr breit. Den Großteil ihres Lebens hatte sie ihre Angst verdrängt, denn Angst hätte sie umbringen können. Doch im Sanctum wäre es in Ordnung, ängstlich zu sein. Er war bei ihr. Es machte nichts, verängstigt zu sein, denn ihr stieße nichts Schlimmes zu.

Sie ließ das Herzrasen zu, während sie auf ihn zuging.

„Du bist viel zu übertrieben angezogen für die Session, Liebes."

Nun, klar war sie das. Mit Sicherheit wollte er ihren Mikromini nicht in Brand setzen, und das Korsett war vermutlich kostbar. Ihre Haut heilte ja.

Sie trat vor ihn, etwa dreißig Zentimeter vor ihm stehen bleibend. Sie musste den Kopf heben, um ihn ansehen zu können. Es kam so selten vor, dass ein Mann sie überragte. Sie maß selbst fast einen Meter achtzig, und niemand hätte sie als untergewichtig bezeichnen können, doch Ian Taggart war ein Berg von Mann. Ihre Augen glitten von seiner schlanken Taille hin zu jenem umwerfenden Teil seines Körpers, den seine offene Lederweste zur Schau stellte. Seine Lederhose hing ihm tief auf der Hüfte und entblößte tiefe Einkerbungen, wo sein durchtrainierter Torso auf kräftige Beine traf. Sein Bauch glich einem perfekten Waschbrett. Die Brust massiv, seine Schultern breit. Er war imstande, sie hochzuheben, ohne ihr enormes Gewicht auch nur zu bemerken.

Und dann gelang sie zu diesem perfekt kantigen Kinn. Sie wollte es küssen, es zum Schmelzen bringen, damit er sie anlächelte. Er lächelte fast nie, doch wenn er es einmal tat, brachte er einen Raum zum Leuchten und offenbarte die süßesten Lachfalten. Sie liebte die Art, wie sie sich um seine Augen zogen. Wenn er tatsächlich lächelte, alles außer seinem eigenen Vergnügen vergaß, bildeten sich die süßesten Grübchen auf seinen Wangen.

„Charlotte?", erkundigte sich Ian. „Hab' ich dich schon wieder verloren? Darf ich fragen, was in deinem Kopf vorgeht?"

Sie war sich der Menschenmenge bewusst, die den Austausch begierig beobachteten, sich vermutlich fragten, ob sie ihr Sicherheitswort gebrauchte. Ian sah aus, als fragte er sich das ebenso. „Ich hab' darüber nachgedacht, wie schön du bist, Herr."

Ian schloss kurz die Augen und straffte den Kiefer, als ob er ein Lachen unterdrückte. Er verbiss es sich, doch seine Augen waren herzlich, als er zu ihr hinunterstarrte. „Ich bin schön, hm? Ich wurde noch nie als schön beschrieben."

Sie war sich sicher, dass er als heiß beschrieben worden war, als sexy, als einschüchternd. „Dann haben sie dich nicht genau angesehen, Herr, denn ich finde, du bist das Schönste, was ich je gesehen hab'."

166

Von überall war Geflüster zu hören, und einige Leute vermuteten, dass sich Taggart „das" nicht von einer Sub gefallen ließe.

Hatte sie es schon wieder verkackt?

Er streckte die Hand aus und hob ihr Kinn. „Ich glaub', wir müssen dein Sehvermögen prüfen lassen, Liebes, doch ich nehme es an. Und all jene dominanten Typen da draußen, die hinter vorgehaltener Hand kichern wie Schulmädchen, können es sich in den Arsch schieben, denn anscheinend bin ich schöner als sie alle zusammen. Jetzt zeig ihnen, wie hübsch meine Sub ist. Lass mich dich aus diesem Korsett befreien."

Wärme machte sich in ihr breit. Er war ein Mann, der ein Kompliment annehmen konnte, wenn es lieb gemeint war. Er hatte auch ihr beigebracht, diese anzunehmen. Vor Ian hatte es keine Komplimente gegeben, nicht ein süßes Wort von Männern.

Kein angsteinflößendes Feuer.

Sie holte tief Luft, soweit es das Korsett zuließ, und hob die Arme, darauf vorbereitet, dass er sich die Bindung vornähme.

Stattdessen hielt er ein Messer hoch. „Das wirst du für den Rest der Nacht nicht mehr brauchen."

Er setzte das Messer unter den Schnüren an und verfuhr damit, als glitte er durch Butter. Im Nu war sie entblößt, während das Korsett zur Seite fiel. Kühle Luft traf auf ihre Haut, und ihre Brustwarzen spitzten sich sofort.

Ian nahm Korsett und Messer beiseite und sank auf ein Knie. Er hob die Hände zu ihrer Taille, zerrte an ihrem Rock und zog ihn über ihre Hüfte. Schauer liefen ihr über die Haut, wo immer er sie berührte, und es war ihr unmöglich nicht zu bemerken, wie er an ihrer Muschi Halt machte und einen tiefen Atemzug nahm. Er war so ein schmutziger Perverser, dass sie erschauderte und ihr das Herz erweichte.

Er warf den Rock zur Seite und kam wieder auf die Beine. Der vorherige eisige Blick seiner Augen war völlig verschwunden, ersetzt von einer ihr wohlbekannten hoch gespannten Erwartung. Er freute sich auf die Session. Sie diente nicht nur ihrer Bestrafung. Sie bereitete ihm Vergnügen. So fiel es ihr so viel leichter weiterzumachen.

„Soll ich mich hinlegen, Herr?" Sie wollte ihn so gerne ihren Gebieter nennen.

Er beugte sich über sie und hob sie mit einer Leichtigkeit hoch, die ihr den Atem raubte. „Ich positioniere dich da, wo ich dich haben will, Sub. Mach dir keine Gedanken. Alles, was du tun musst, ist dort zu liegen und hübsch auszusehen. Das sollte dir nicht schwer fallen."

Wenn er so sprach, schmolz sie in seinen Armen dahin. So oft in ihrem Leben war es darum gegangen, gesagt zu bekommen, wo sie versagt hatte, wie minderwertig sie war und wie sie all ihre Unzulänglichkeiten wiedergutzumachen hatte. Ian jedoch fand sie reizend, und das war alles, was sie brauchte. Es war ein Wunder, die eine Person auf der Welt zu finden, die alles Schlechte bedeutungslos scheinen ließ. Ian war ihr Talisman gegen die Finsternis.

Er trug sie zum Tisch hinüber und legte sie auf das Laken, das ihn bedeckte. Für einen Moment betrachtete er sie eindringlich, mit seinen sexy Augen über ihren Körper wandernd. Ein einzelner Finger zeichnete abwesend eine ihrer Narben nach, als er sie zu untersuchen schien. Er strich ihr Haar zurück, entfernte vorsichtig einzelne Strähnen aus ihrem Gesicht und verdrehte sie seitlich. „Es ist sehr wichtig, darauf zu achten, dass die Haare eurer Sub weit genug vom Spielbereich entfernt sind. Zum Spielbereich zählen selbstverständlich all jene Körperteile, die eurer Sub Freude bereiten."

Er zwickte in eine ihrer Brustwarzen, und sie spürte es sogleich in ihrer Muschi.

Er wandte sich abrupt ab, und sie fühlte sich abgestoßen vom Verlust der Verbindung. Sobald er sie berührte, hegte sie keinerlei Bedenken. Sobald er sie ansah, fühlte sie sich sicher und friedlich. Doch sobald er sich abwandte, kehrten alle Zweifel und Ängste zurück – dass sie ihn nicht verdiente, sie ihn so dermaßen hintergangen hatte, dass es hoffnungslos war.

„Also, ich weiß, dass sich einige von euch nach dem Feuerspiel erkundigt haben. Ich dachte mir, wir nutzen die Zeit für eine Demo. Wenn es eine ausreichende Anzahl an interessierten dominanten Männern hier gibt, organisier' ich in den nächsten Monaten einen Kurs, doch seid euch verdammt bewusst darüber, dass nicht gespielt wird, bis ich es sage."

Denn selbst unter den Herrschaften war er ein Kontrollfreak. Er erlaubte keinem von ihnen zu keiner Zeit, sich einer Sub seines Clubs auch nur anzunähern, bis er sich sicher sein konnte, dass der Dom wusste, was er tat.

„Ryan ist neben mir der einzige hier, der Erfahrung hat, ihr könnt eure Fragen also an einen von uns stellen. Dies ist meine persönliche Sub. Ihr Name ist Charlotte und es ist ihr erstes Feuerspiel. Glaub' ich."

Sie öffnete die Augen und blickte ihn düster an. Was musste geschehen, damit er glaubte, dass sie nicht mit jedem Dom der westlichen Welt geflirtet hatte? „Ja, Ian. Das ist das erste Mal für mich. Ich hab' mich nicht draußen rumgetrieben und mich selbst angezündet."

„Wir müssen heut Abend eine Feuerspielsession inszenieren, denn ihr Arsch ist schon rot von all den Spankings. Sie benimmt sich wie eine Göre ersten Ranges, doch wir arbeiten an dem Problem." Er nahm die Hand hervor und verdrehte ihr schnell eine Brustwarze, so dass sie sofort nach Luft rang. „Wenn ich deinen Kommentar brauche, sag ich dir Bescheid."

„Wo hast du das gelernt?" Jake stand dicht bei ihm, Serena an seiner Seite. „Verzeih mir, aber ich werd' sehr neugierig. Ich hab' noch nie gesehen, wie das gemacht wird. Ich hab' dich auf alle Fälle noch nie so spielen sehen."

„Ich hab's in England gelernt. Ihr wart zu sehr mit dem Vater-Mutter-Kind-Spielen mit Serena beschäftigt. Li hat gearbeitet, wenn er nicht gerad' unsere Zielperson gefickt hat. Alex hat sich nach Eve verzehrt. Also hatte ich etwas Luft, und ich hab' einen britischen Freund, der ein Experte für Sprengstoffe jeder Art ist." Er wirkte so selbstbewusst und entspannt, wie er vor dieser Gruppe stand. Üblicherweise hielt er sich im Hintergrund, beobachtend und wartend, doch hier war sein Zuhause. Das war sein Club, und dies hier waren seine Leute.

Gott, sie hoffte, dass sie nicht ausflippte und eine Idiotin aus sich machte. Würde es wohl wehtun? Würde sie brennen, bevor er die Flammen löschte? Sie musste sich zusammenreißen, dass sie nicht schrie.

„Kern der Sache ist, das Feuerspiel ist ein sehr effektiver Kopffick. Falls ihr's nicht seht, die Sub ist sehr beängstigt. Ich wette, dass sich gerade eine Million Szenarien in ihrem Kopf abspielen, wie das hier ablaufen wird, darunter einige wenige gute. Steigt dein Adrenalin, Liebes?"

Oh, ja, das tat es. Es schoss ihr durch den Körper. Es war der

Höhepunkt des extremeren Spielens, der Rausch, in den eine Sub versetzt wurde. Sie hatte darüber gelesen, doch sie und Ian hatten die meiste Zeit im Bett verbracht. Er hatte sie in Schlag- und Fesselspiele eingeführt, doch vor allem hatte er mit ihr geschlafen, mit ihr geredet und sie festgehalten.

Es hatte sich um nur wenige Monate ihres Lebens gehandelt. Bei genauerer Betrachtung war es sogar eine unbedeutende Anzahl von Tagen im Vergleich zu dem, was davor gewesen und danach gekommen war, doch diese Wochen hatten den Kurs von allem verändert. Diese Wochen mit Ian hatten sie den Unterschied zwischen Überleben und Leben gelehrt.

Es war nicht nur das Adrenalin, das durch sie hindurchströmte. Es war Hoffnung. Er war hier und sie war hier und sie würde diese Erfahrung nutzen, um sie aneinander zu binden. „Ja, Herr. Ich bin sowohl ängstlich als auch neugierig."

„Genau das will ich hören."

Sie hörte das Knistern des Violet Wands, als er eingeschaltet wurde. Sie sah auf, hob aber nicht den Kopf. Sich zu bewegen war tabu. Er setzte den pilzförmigen Glaskopf auf den Violet Wand. Lila Funken strömten aus dem Kopf, als er sich damit über seine eigene Haut fuhr. „Ich mag es, die Sub etwas aufzuwärmen. Ich dachte mir, den Wand zu gebrauchen. Ein Spielzeug, dessen Bekanntschaft sie bereits gemacht hat."

Eines Abends in Paris. Er hatte sie damals in den Gebrauch des Violet Wands eingeführt. Sie hatte zuerst Angst gehabt, doch war im Laufe der Zeit immer mehr auf den Geschmack dieser Empfindung gekommen. Er hatte sie geküsst, während sie den Wand in der Hand hielt, und Funken waren von ihrer Zunge auf seine übergesprungen. Als wären sie durch einen unter Spannung stehenden Draht verbunden, der kurz davor war sich zu entladen.

Sie schloss die Augen, als sie das Summen erstmals wahrnahm. Den Ton von Elektrizität, von künstlichen Blitzen. Dann stieg ihr der Geruch von Ozon in die Nase. Ihre Haut sprühte auf die delikateste Weise Funken, als Ian mit dem Stab über ihren Oberkörper fuhr. Das Gefühl, als spielten Bläschen auf ihrem Fleisch, zauberte ihr ein Lächeln ins Gesicht.

„Es ist auf eine der niedrigsten Stufen gestellt. Charlie genießt den

Biss des Schmerzes, ist jedoch keine Schmerzschlampe. Wenn ich's zu hoch einstelle, krieg ich's womöglich zurück", sagte Ian selbstironisch lachend. „Doch sagt nicht, ich sei zu nett zu meinen Subs."

Sie nahm eine Veränderung am Wand wahr und kämpfte mit sich, nicht vom Tisch zu fallen, als er das verdammte Teil über ihre Schamlippen navigierte. Es begann leicht zu brennen, dann wurde die Empfindung stärker. Er fuhr an ihren Schenkeln fort, doch ihre Muschi war jetzt eindeutig belebt und munter.

Charlie konzentrierte sich auf das Gefühl. Ian schien entschlossen, keinen Zentimeter ihrer Haut unberührt zu lassen. Er erhöhte die Stärke des Wands, sodass selbst das leichteste Aufflackern an ihr entlang strich. Es schenkte ihr Wärme, wo sie zuvor kalt gewesen war.

Er ließ mit dem Wand von ihr ab, und sie vermisste dessen Biss.

„Der Trick mit der Pyrowatte ist der, sich zu vergewissern, alle ineinander verknoteten Stücke zu lösen. Die Pyrowatte muss dünn wie ein Spinnennetz sein. Wenn ihr sie zu dick lasst, könnte sich die Sub verbrennen. Das erste, woran der dominante Partner denken muss, ist also, die Watte vollständig zu lösen."

Seine großen Hände machten sich an dem Haufen Pyrowatte zu schaffen. Im Nu hatte er sie auseinandergezogen, so dass sie einem filigranen Spinnennetz glich. Er trennte ein etwa handtellergroßes Stück der Baumwolle ab und hielt es hoch. „Das sollte für unsere erste Vorstellung reichen. Ich nenn's gern den Mound o'Fire, den Flammenden Hügel."

Ians Freunde stöhnten im Chor auf, doch Charlie versuchte herauszufinden, ob er die Absicht hatte, die Watte auf ihrer Muschi zu platzieren. Sie seufzte vor Erleichterung, als er ihre rechte Brust mit dem Zeug bedeckte. Da ihre Haut vom Wand bereits sensibilisiert war, konnte sie die kleinste Bewegung spüren, als er das dünne, fadenförmige Material justierte.

Er würde es wirklich tun. Er würde die Baumwolle in Brand stecken und sie sich damit verbrennen lassen. Oder? Es brannte mit Sicherheit. Genau das tat Feuer. Dennoch war ihr bewusst, dass es eine absolut akzeptierte Spielvariante in der BDSM-Welt sein musste. Sie hatte bis jetzt noch keine Menge abgefackelter Subs rumlaufen sehen, also schien es nur rational, zu dem Schluss zu gelangen, dass es ihr gut ginge.

Doch ihr Echsenhirn sagte ihr, dass sie Ian schlagen, vom Tisch springen und weglaufen sollte.

Ian sah zu ihr hinab, seine wunderschönen Lippen zu einem sexy Grinsen verzogen. „Verängstigt?"

Arschloch. „Ja."

„Gut, denn ich werd' dich jetzt anzünden, Baby." Er hielt den Violet Wand hoch wie eine Fackel, und das elektrische Summen löschte das Gemurmel um sie herum vollkommen aus.

Ihr Herz pochte und schlug ihr fast aus der Brust. Mehr hörte sie nicht – den Klang des Wands und ihr eigenes pochendes Herz.

Innerlich war sie am Zittern, doch äußerlich hielt sie völlig still, als wäre die Watte auf ihrer Brust eine Spinne, die sie attackierte, wenn sie sich auch nur einen Deut bewegte.

Dann ging's los. Lila Funken sprangen vom Wand auf die Baumwolle über und sie war in Brand gesteckt. Die Flammen züngelten erst am äußersten Rand, dann marschierten rote und orange Flammen schnellen Schrittes über ihre Brust, eine warme Hitzespur hinterlassend, sich auf ihr ausbreitend. Sie sah mit einer Mischung aus Entsetzen und Faszination zu, wie das Feuer aufloderte, und dann, so schnell wie es gekommen war, wieder verschwand, und ihr nichts anderes blieb als ein warmes Empfinden und ein wahnsinniger Endorphinrausch.

Sie lachte, ein wildes Verlangen, das unmöglich zu unterdrücken war. Sie hatte solche Angst gehabt, und nun verwandelte sich diese Angst in Freude.

Ian sah zu ihr hinunter, sein vorheriges Grinsen zu einem Lächeln erweicht, das die Fältchen seines Gesichts aufdeckte. „Deshalb wird's ja auch Kopffick genannt, Baby." Er wandte sich wieder seinem Publikum zu. „Jetzt zeig ich euch noch, wie ihr ein paar lustige Muster formen könnt. Mit der Pyrowatte geht's los."

Er redete weiter, doch Charlie entspannte sich, ließ seine Stimme an sich vorbei fließen, die Verbindung wieder aufnehmend, die ihr die meiste Zeit ihres Lebens gefehlt hatte, mit Ausnahme dieser wertvollen Wochen.

Sie würde alles nötige tun, um sie nie wieder zu verlieren.

Kapitel Acht

Ian half einer doch recht unterwürfigen Charlie vom Tisch. Nach der ersten Vorführung hatte sie entspannt geschienen und ihm alle Freiheiten für die restliche Session eingeräumt. Sie hatte kein einziges Mal protestiert, als er die Watte lang und in kunstvolle Bahnen gezogen hatte, die von ihren Brüsten bis hin zu ihren Zehen reichten. Jedes Mal, wenn er sie anzündete, hielt sie kurzzeitig den Atem an, und dann strahlte ihr Lächeln, als die Flamme erlosch, ohne sie je zu verletzen.

Zumindest dachte er, sie nicht annähernd damit berührt zu haben. Es war nicht seine Absicht gewesen, sie in den Subspace zu versetzen, doch er war sich ziemlich sicher, dass sie sich noch in diesem Zustand befand. Er musste sie aus der Menge holen und sicherstellen, dass er sie nicht doch irgendwie verbrannt hatte. Wenn sich Charlie im Subspace befand, war sie in der Lage viel mehr Schmerz zu ertragen als sonst. Jedenfalls war es früher so gewesen.

„Warum bringst du sie nicht in die Umkleide und lässt sie runterkommen?", fragte Alex, der herantrat, um sich den Aufräumarbeiten zu widmen. „Ich kümmer' mich darum. Kümmer' du dich um ihre Nachsorge."

Charlie trug einen Morgenmantel, den Eve ihr gebracht hatte, die Arme um den Bauch geschlungen, doch mit einem glückseligen Lächeln im Gesicht. Gott, sie sah so unschuldig aus, dass es ihm manchmal schwer fiel, sich an den ganzen Scheiß zu erinnern, den sie abgezogen hatte.

„Ich bring' sie in die Umkleidekabine für dich", bot Eve an.

Eve ging etwas zu weit, wobei sie es nicht wirklich wissen konnte. Eve kümmerte sich oft um seine Subs, wenn das Spielen vorbei war, denn sie brauchten weit mehr, als er ihnen zu geben bereit war. Doch das hier war etwas anders. Er hatte keinen Vertrag mit Charlie, in dem festgelegt war, was und was er nicht an Nachsorge zu leisten hatte. Unabhängig davon, was er wollte, Charlie war jetzt seine Sub und er hatte sich um sie zu kümmern. Er nahm sie hoch in seine Arme und setzte sich in Bewegung, sie davonzutragen.

„Denkst du nicht, dass das unhöflich war, Herr?", fragte Charlie, deren Kopf bereits auf seiner Schulter lag, die Arme um seinen Hals gelegt. „Hättest du nicht etwas zu Eve sagen sollen?"

Er ging davon aus, sich recht klar ausgedrückt zu haben. „Ich ziehe Taten den Worten vor. Worte können unterschiedlich aufgefasst werden. Mein Abgang hat Eve alles gesagt, was sie wissen muss."

Sich aus der Beziehung mit seiner Sub herauszuhalten. Bloß, dass es keine Beziehung gab. Nicht wirklich.

Und vielleicht war er als Dom noch nicht wieder in seinem dominanten Gefühl angekommen. Mit ihr zu spielen, ihr Vertrauen zu spüren, hatte ihn auch ein bisschen high gemacht. Sie war nicht die Einzige, die von einer Tonne Adrenalin ergriffen worden war. Jedes Mal, wenn er den Wand an die Watte gehalten hatte, hatte auch er einen Kick gespürt, und er wollte gar nicht so tun, als wäre es bei jeder Sub so gewesen. Diese hier war seine Sub, diejenige, die seine Bedürfnisse und Wünsche in Einklang brachte, diejenige, die ihn irgendwie vervollständigte. Es war anders mit den anderen, und wenn sie weg war, trauerte er ihr wieder nach, doch er hatte ja auch immer gewusst, dass er ihr für den Rest seines Lebens nachtrauerte.

Sein Körper war beschwingt, eine gesunde Lust strömte durch ihn hindurch. Warum sollte er sie zur Umkleide bringen? Er war ehrlich zu ihr gewesen. Er hatte ihr alles gesagt, was passierte, wenn sie sich wieder sexuell mit ihm einließe. Er hatte ihr klar gemacht, dass es keine Beziehung gab und nie eine gäbe. Es ging um Sex, und der Sex, den sie gehabt hatten, war immer verdammt unglaublich gewesen.

Charlie war ein großes Mädchen, das die Regeln kannte. Warum sollte er sie allein lassen? Warum sollte er sich nicht die Zeit nehmen und ihren Körper bis zum verdammten Gehtnichtmehr genießen?

„Kann ich jetzt reden?", fragte Charlie mit leiser Stimme.

„Du bist nicht gerade gut in der Einhaltung dieser hohen Sicherheitsvorschriften. Daran werden wir noch arbeiten müssen." Er trug sie an der Bar vorbei zu den Spielzimmern. Davon gab es drei im Sanctum, jedes nichts anderes als ein aufgemotztes Schlafzimmer mit Haken und Ösen in Wänden und Decken für Bondage und alle anderen Spielarten der Suspension. Er hätte seine Ausrüstung mitgenommen, doch das war nicht nötig. Hier ging es nicht um Disziplin. Es ging es um seinen Orgasmus. Darum, seinem Schwanz seinen Willen zu lassen.

„Mich beschleicht das Gefühl, du ließest mich diese Sicherheitsvorschriften für immer befolgen, wenn du könntest." Sie schmiegte sich an ihn, sich anscheinend nicht darum kümmernd, dass sie jeder im Club beobachtete.

Ian kümmerte es, doch es gab gerade nicht viel, was er dagegen tun konnte. Sie würden gaffen und tratschen. Es war Teil seines Lebens. Wenn es nicht gerade um ihn ging, war er derjenige, der beobachtete und kommentierte, also akzeptierte er es. „Wir kommen besser klar, wenn du nicht sprichst."

„Höhlenmensch." Sie haute ihm leicht auf die Brust, doch es steckte nichts dahinter. „Du bist dir bewusst, eine Art Neandertaler zu sein."

Manchmal beneidete er die Mistkerle. Das Einzige, was sie hatten tun müssen, um eine Partnerin zu finden, war, ein hübsches Weibchen ausfindig zu machen, ihr eins über den Kopf zu schlagen und sie an den Haaren mit sich zu schleifen. Niemand machte sich einen Kopf. Von der Höhlenfrau wurde dann erwartet, die Höhle sauber zu halten, ein paar vorzeitliche Menschenbabys zu gebären und dafür zu sorgen, dass ein schöner Säbelzahneintopf brodelte, wenn der Gatte nach Hause käme. Er wettete darauf, dass Höhlenfrauen nicht herumliefen und internationale Informationsbroker wurden, hinter denen Attentäter her waren. Und sie waren vermutlich verdammt gut im Einhalten von strengen Sicherheitsvorschriften gewesen.

„Du wünschst dir, wir wären Höhlenmenschen, nicht wahr?", fragte Charlie stirnrunzelnd.

Sie war immer schon verdammt gut darin gewesen, seine Gedanken zu lesen. „Es scheint, als wäre es eine gute Zeit gewesen, ein

Mann zu sein."

Sie stöhnte laut auf. Wieder etwas, worüber er sich bei einer wie Amanda keine Sorgen hätte machen müssen. Sie hätte allem, was er sagte, zugestimmt, ihm den Rücken zugekehrt und sich über all seine Freundinnen lustig gemacht. Charlie hingegen verteidigte seine Freundinnen und machte sich über ihn lustig. Irgendwie mochte er Charlies Art lieber. Sie hob den Kopf von seiner Brust, als schiene sie zu merken, dass etwas nicht stimmte. „Das sieht nicht wie der Weg zur Umkleide aus."

„Du bist noch nie zuvor hier gewesen. Woher weißt du das?"

Sie schaute ihm über die Schulter. „Ich hab' einen kurzen Rundgang gemacht, als du mich dort abgesetzt hast."

Nun, selbstverständlich bliebe sie nicht dort, wo er sie absetzte. Wieder ein Argument für die Höhlenmenschen. Trotzdem begriff er, was sie antrieb. „Wie viele Wege nach draußen hast du entdeckt?"

Sie musste es wissen. Nach so vielen Jahren des Überlebenskampfes war Charlie von dem tief verwurzelten Bedürfnis geleitet, jede Art Fluchtweg und möglichen Einstiegspunkt zu kennen. Was Ian über Jahre beim Militär und bei der CIA antrainiert worden war, hatte Charlie in der Kindheit gelernt.

„Vier, doch ich fühl' mich hier eigentlich recht sicher. Es ist wie eine Festung, oder? Dort geht's zur Eingangstür, die bewacht wird. Ist das kugelsicheres Glas in den Türen?"

Sie hatte ein gutes Auge. „Ja. Es gibt nur wenige Fenster, doch die sind alle getönt und kugelsicher." Er brauchte keine Leute von der Straße, die seine Kunden und Freunde beim Spielen beobachteten. Einige seiner Kunden waren ein paar sehr hohe Tiere. Die CIA zahlte vielleicht einen Scheißdreck, doch im Sanctum holte er sich das Geld zuhauf zurück.

„Dort befindet sich die Hintertür mit der Feuerleiter. Lass die auch bewachen. Ich komme durch das Fenster im Lagerraum raus", sagte Charlie. „Doch ich bezweifle, dass viele Leute da reinkommen."

Durch das winzige Ding? „Es ist sicher, Baby. Ich weiß nicht, ob du da rauskommst, selbst wenn du's aufkriegtest."

„Glaub mir, ich könnte mich rauswinden. Ich bin schon ganz woanders durchgekommen." Sie zitterte ein wenig.

„Nun, ich glaub', unsere russischen Attentäter werden es

vermutlich nicht versuchen. Sie würden stecken bleiben, und es würd' ihnen nicht gefallen, was ich mit jedem ihrer Körperteile anstelle, das sich zufällig in meinem Gebäude befindet." Eigentlich wäre es sogar recht spaßig. Wie in dieser Winnie-the-Pooh-Geschichte, die Sean Carys vorgelesen hatte, nur viel blutiger, und mit Pooh dem Bären, der vor Schmerzen schrie.

„Siehst du, ich kriege immer Angst, wenn du diesen Gesichtsausdruck machst."

„Ich hatte gute Gedanken. Was ist die dritte Schwachstelle?" Er war neugierig. Sie hatte einen verdammt besseren Blick für Schwachstellen als alle anderen, die er kannte.

„Die Luftschächte."

Er atmete erleichtert auf. Er fragte sich, wo sie eine Stelle gefunden hatte, die hoch genug war, um an die Luftschächte zu gelangen und sie zu überprüfen. „Das sind meine Fluchtluken. Deshalb sind sie auch so groß. Sie sind auch verriegelt. Ich hab' sie mit Schnappschlössern einbauen und elektronisch sichern lassen. Der Typ, der sie für mich gebaut hat, dachte, ich sei total verrückt. Ich muss eigentlich einen Ingenieur einstellen, der mich nicht für verrückt hält. Ich brauch' so jemanden wie MacGyver, doch ich fürchte, ich ende wieder mit jemandem wie Adam."

Zwei von ihm waren zu viel. Warum waren alle kreativen Denker solche Klugscheißer?

„Dann sag' ich's also noch mal. Wir gehen nicht in die Umkleide." Diesmal als sie sprach, hatte ihre Stimme einen heiseren, verführerischen Klang angenommen.

Er fühlte ihn sogleich in seinem Schwanz. Er nickte, als er an dem Türsteher vorbeiging, der sich um die Spielzimmer kümmerte.

„Nummer drei ist zugänglich, Boss", sagte der Türsteher.

Es war eine geschäftige Nacht im Sanctum, wenn ihm Raum drei zugewiesen wurde. Er hatte Jesse gesehen, wie er mit einer hübschen Brünetten namens Jana abgezogen war, die es gerne hart mochte. Das würde er Charlie gegenüber jedoch nicht erwähnen. Sie hatte die Tatsache, dass er Amanda gevögelt hatte, ziemlich gut weggesteckt. Er hatte nicht vor, ihr einen Überblick darüber zu geben, was jede einzelne Sub im Club mochte und was nicht. „Woher weißt du, dass ich dich nicht auf deinem hübschen Hintern vor dir Tür setze?"

Sie war sich ihres Lächelns sicher, als sie zu ihm aufblickte. „Weil ich ganz brav war und mich von dir hab' in Brand setzen lassen. Du bist mir was schuldig."

Das war er ihr in der Tat, und es stellte einen weiteren Grund dar, seinen Schwanz loszulassen. Eine Nacht voller Orgasmen war eine Möglichkeit, die er gerne zum Ausgleich nutzte. Die Subs gaben ihm, was er brauchte, und er gab ihnen, was sie brauchten. Seltsamerweise war der Sex meist unbefriedigend für ihn, ein rein biologischer Vorgang.

Vielleicht wäre es diesmal auch wieder so. Vielleicht machte sein Hirn viel zu viel aus der Verbindung zu Charlie. Er war jünger gewesen, weniger klug. Vielleicht war es einfach das erste Mal gewesen, dass er einer begegnet war, bei der der Funke übergesprungen war. Charlie war anders als all die anderen, die er je getroffen hatte. Vielleicht spielte ihm seine Erinnerung einen Streich und er würde sie ficken und sie wäre genau wie all die anderen Frauen in seinem Leben.

Viel Glück damit, Kumpel. Denn das ist dein Schwanz, der hier spricht, und mein Gedächtnis reicht weiter zurück als das Stück Fleisch, das du dein Hirn nennst. Das ist meine Muschi und ich kann's kaum erwarten, wieder in sie hineinzukommen, also mach dir schön weiter Gedanken, während du sie fickst.

Verdammt, sogar sein Schwanz hielt innere Monologe. Das war auch Charlies Schuld. Es war eigentlich ganz praktisch, eine Person um sich zu haben, der er für alles die Schuld geben konnte. Sonst musste er die jeweilige Schuld aufteilen, doch Charlie war zu seiner zentralen Anlaufstelle für Schuldzuweisungen aller Art geworden. Wem gab er die Schuld an seiner einsamen Existenz? Charlotte Dennis. Warum tat ihm seine linke Seite weh? Er war auf einen Stein gefallen, als er Charlie retten musste. Warum war der Ölpreis so hoch? Keine Ahnung, doch er war sich sicher, dass Charlie irgendwie dahinter steckte.

Die Tür zur Drei war vorbeugend angelehnt. Er war sich sicher, die Türsteher ließen sie absichtlich leicht geöffnet, denn zumeist trat ein Dom mit einer Sub im Arm ein, und die Tür aufzutreten war schlichtweg zweckmäßig, um hineinzukommen.

Das Licht war gedimmt. Der ganze Raum schimmerte in einem dunklen Bernsteinton. Er warf Charlie auf das riesige Bett und starrte auf sie herab. Ihr Haar schien in dem schwachen Licht feuerrot, ihre

Haut seidig perlfarben. Ihr Morgenmantel fiel auf und eröffnete ihm einen spektakulären Blick auf ihre Brüste.

„Ian, wirst du mit mir Liebe machen?"

Ja, genau deshalb war es so viel einfacher, wenn sie nicht sprach. „Charlie, ich dachte, wir hätten das bereits besprochen. Nein, ich werd' nicht mit dir Liebe machen, weil ich dich nicht liebe. Ich bin bereit, dich zu ficken, weil du da draußen einen guten Job gemacht hast."

Selbst im Dämmerlicht konnte er sehen, wie sie errötete. „Ist das Vergeltung?"

Sein Hirn übernahm wieder. Sein Schwanz wollte lügen. Sein Schwanz wollte ihr sagen, nein, Baby, hier geht's nur um dich, nur darum, in dir sein zu wollen, um das Verlangen, dich zu nehmen. Doch sie verdiente die Wahrheit. „Ich will dich. Ich werd' dich nicht anlügen, was das betrifft, doch es geht nur so weit. Wir sind hier ein zusammengewürfelter Haufen, bis wir dein Problem gelöst haben, doch dann will ich dich aus meinem Leben haben. Ich weiß, du denkst, dass du gut für mich bist, doch ich mache dich für einige der schlimmsten Ereignisse verantwortlich, die mir je passiert sind."

„Ich kann das wiedergutmachen, Ian."

Er schüttelte den Kopf. „Das glaube ich nicht. Aber es ist deine Entscheidung. Ich bring' dich in die Umkleide zurück, wenn du lieber wieder dorthin gehen willst."

Sie ging auf die Knie, schob sich den Mantel von den Schultern und kniete stolz vor ihm nieder. „Ich bin nicht bereit aufzugeben, Ian."

Etwas in ihm entspannte sich. Sein Schwanz wurde einfach noch härter. Er richtete den Blick unmittelbar auf ihren Bombenkörper. Ihre Brüste waren eine himmlische Hand voll, ihre Taille ging anmutig in Hüften über, an denen er sich festklammern konnte, während er von hinten in sie hineinfickte. Sein Hirn begann abzuschalten, sein Schwanz verhärtet, und seine Eier kribbelten bereits bei dem Gedanken, in ihr abzuspritzen. „Dann verstehen wir beide, worum es geht."

„Küss mich, Sir."

Fast hätte er die Arme nach ihr ausgestreckt, diese sinnlichen Lippen beinahe mit seinen bedeckt. Er wollte sie schmecken, sich daran erinnern, wie es sich anfühlte, mit ihr zu atmen. Doch er konnte nicht. Er schüttelte kurz den Kopf. „Nein. Ich sagte, kein Küssen. Ich hab's ernst gemeint. Charlotte, du vergisst, wer hier das Sagen hat. Das kann ich nicht zulassen."

Er musste im Schlafzimmer die Kontrolle über sie haben. Es war die einzige Möglichkeit, sich daran zu erinnern, dass sie nicht seine Frau war. Sie war die Frau, die ihn ausgenutzt und zurückgelassen hatte und ihn zurückließ, um ihren Dreck wiedergutzumachen.

Diese pralle Unterlippe verschwand hinter ihren Zähnen, während sie überlegte, was er gesagt hatte. „Darf ich dich dann küssen? Ich werd' deinen Mund nicht berühren, Ian. Lass mich dich nur berühren. Du wirst die Kontrolle behalten. Du kannst mich jederzeit aufhalten. Ich möchte dich so gerne anfassen."

Er wusste, dass es ein Fehler war, doch sein Kopf neigte sich leicht nach vorn, und das schien alles zu sein, was Charlie brauchte. Sie kam hoch, griff die Vorderseite seiner Lederweste und streifte sie ihm ab. Ihr Körper war so nah, dass er die Hitze spürte, die sie ausstrahlte. Sie stießen mit der Brust aneinander und ihre Brustwarzen berührten sein Fleisch, als sie die Weste mit einer Hand von seinem Körper zog. Sie legte sie aufs Bett und berührte mit den Handflächen seine Brust, wobei sie die Augen schloss, als spürte sie seinen Herzschlag. Es hätte durchaus sein können. Es hämmerte in seinem Körper, das Blut raste zu seinem Schwanz. Er wäre nicht mehr in der Lage zu denken, wenn sich kein Tropfen Blut mehr in seinem Hirn befand, doch er war sich sicher, dass es ihm innerhalb der nächsten Minute völlig egal wäre, ob er denken oder gute Entscheidungen treffen oder irgendwas anderes könnte, als in sie einzudringen.

Er schaute nach unten, die Stelle betrachtend, an der ihre Brüste ihn berührten. Ihre Brustwarzen stießen hart hervor, die sonst großen Warzenhöfe verengt. Selbst, wenn ihre Nippel entspannt waren, hatten sie immer noch eine Größe eines Vierteldollars. Er müsste hart saugen, um sie ganz in den Mund kriegen zu können.

Ein Schauer überkam ihn, als Charlie ihren Mund an seinen Hals legte und ihre Zunge an seinen Adamsapfel entlang glitt. Sie rann mit ihrer heißen Zunge an seinen Hals entlang, inne haltend, um sanft zu saugen und zu beißen. Er hob die Hände zu ihrem Haar, vergrub sie in ihrer Seide.

Sie wanderte an seiner Brust hinunter, und er kämpfte mit sich, ruhig zu bleiben. Er schloss die Augen, die Magie wirken lassend. Es war das, was anderen Subs nicht zuteil wurde. Sie erlaubten ihm, sie zu sexuell zu bedienen, sie versuchten jedoch nie, etwas zurückzugeben. Es war nicht so, dass der Sex nicht gut war. Es war, wie er es bevorzugte.

Außer mit ihr.

Er knurrte, als sie an seiner linken Brustwarze leckte. „Beiß mich, Charlie. Lass es mich spüren."

Er mochte auch den Biss des Schmerzes. Allerdings akzeptierte er ihn von keiner anderen außer von ihr. Jahre waren vergangen und er hatte sich verweigert. Heute war er nicht bereit dazu. Heute Nacht bekäme er, was er brauchte.

Sie biss leicht zu, der Schmerz schoss durch ihn durch und gab ihm einen weiteren Kick seiner Lieblingsdroge, Adrenalin. Sie bewegte sich auf die andere Seite seiner Brust, ihr die gleiche lustvolle Behandlung gewährend.

Er bekam ihre Haare zu fassen und hob ihren Kopf an. „Halt dich nicht zurück."

Diesmal biss sie fester zu, und er zischte. Yeah, das spürte er morgen, eine Erinnerung daran, wie stark seine Frau war, ihn zu markieren. Gefährliche Gedanken trieben ihn um, doch er konnte sich anscheinend nicht zurückhalten.

Sie glitt an seinem Körper hinab, abwechselnd leckend und beißend, ließ seine Haut zum Leben erwachen.

Er zog ihr wieder am Haar, als sie zu Boden ging. „Wag' es ja nicht, dort zuzubeißen, Baby. Es wird dir nicht gefallen, wie ich zurückbeiße."

Da sah er dieses böse Grinsen, das seinem Herzen Schläge versetzte. Mit den Fingern löste sie die Bänder seiner Lederhose und befreiten ihn. Mit der Nase fuhr sie an seinem Schwanz entlang. „Ich würd' nicht im Traum daran denken, ihm etwas zu tun, mein Herr. Ich hab' noch einiges mit ihm vor."

Das hatte sie anscheinend, denn sie sog sofort seine Eichel in den Mund. Er holte tief Luft und kämpfte mit sich, die Kontrolle zu wahren. Sex, wenn es gut lief, war der reinste Widerspruch, gepaart mit perfekter Symmetrie. Charlie würde schon sehen, ob sie ihm einen Blasen könnte. Er würde gegen sie ankämpfen. Er würde den Spieß umdrehen und sie stundenlang auf Spannung halten, bis sie ihn anflehte.

Wenn die Zeit reif war, würde er ihrem Flehen nachgeben und dem Ruf der Sirene, dieser Stelle zwischen ihren Beinen, folgen, wo er einst sein Paradies gefunden hatte, und dann wären sie im perfekten Einklang miteinander.

Dabei genoss er jede Minute.

Er ergriff ihr Haar, weil er wusste, dass sie das Ziehen an ihrer Kopfhaut mochte. Er konnte ihre Erregung riechen, wusste, dass sie willens und bereit war, doch er wollte noch eine Weile spielen. Er hatte die ganze Nacht mit ihr. Es gab keine Eile. Er wollte, dass sie bettelte, bevor er ihr seinen Schwanz gab.

Ihre Hände glitten zu seinen Arsch, ihre Nägel vergruben sich in sein Fleisch. Ja, darauf stand er verdammt nochmal auch sehr.

Er zwang seinen Schwanz tiefer hinein. Sie wirbelte die Zunge um ihn herum, seinen Schwanz glitschig warm umschlingend.

Immer und immer wieder glitt sie quer über seinen Schwanz, ihn an den Rand der Kontrolle bringend. Er zog sie von sich, sein Schwanz hart und bereit abzuspritzen. Doch so würde er diese Nacht nicht spielen.

„Aufs Bett. Spreiz die Beine." Er wollte sie wieder schmecken, wieder erfahren, wie weich sie war, wie ihre Crème seine Zunge umgab.

Charlie kroch hinauf, ihr Atem stoßartig, als sie über das Bettzeug hinein glitt. Der dunkle Ton der Bettdecke bildete einen schönen Kontrast zu ihrer Haut, ließ sie fast leuchten. Sie glich einem Engel, doch er liebte den Teufel in ihr, der beim Spiel hervortrat. Sie spreizte die Beine weit, unbefangen, nur der von Herzen kommende, klare Wille, beglückt zu werden.

Er umschloss ihre Knöchel mit den Händen. Obwohl Charlie kein zierliches Etwas war, war sie verglichen mit ihm beinahe grazil. Er liebte es, wie er ihren Knöchel umfassen und eine Faust darum bilden konnte. Er hätte sie jetzt beherrschen können, doch es war mehr als nur bloße Kraft vonnöten, um Charlie dazu zu bringen, sich zu öffnen. Es verlangte Vertrauen und Freude ihrerseits.

Sie wehrte sich nicht gegen ihn, als er ihre Füße in die Höhe schob, ihre Beine beugte und sich dort Platz verschaffte. Sie erlaubte ihm einfach, sie dahin zu bewegen, wo er wollte.

Verdammt, doch das Lasern gefiel ihm. Er legte die Hand auf ihre

Muschi und genoss das seidig glatte Gefühl ihrer Haut. Wenngleich er es vorgezogen hätte, den Spezialisten selbst auszuwählen, um ihre Sicherheit zu gewährleisten, war das Ergebnis dennoch nicht infrage zu stellen.

Er wusste, dass mit diesem Gedankengang etwas nicht stimmte, aber es war ihm auch egal. Er sank mit den Knien zu Boden und zog sie zu sich, bis ihr Arsch an der Bettkante hing, ihre Muschi direkt vor seinem Gesicht.

So schön. Wie eine Blume, die sich nur für ihn öffnete. Die Blütenblätter weich und feucht. Eine essbare Blume, die, wie alle Blumen, Liebe und Zuneigung brauchte. Und den richtigen Zungenschlag.

„Du bringst mich um, Ian. Machst du nicht weiter?", fragte Charlie.

Er schlug ihr leicht auf die Klitoris. „Psst. Ich betrachte meine Muschi. Diese Muschi gehört mir heute Nacht, und ich werd' damit genau das tun, was ich will. Wenn ich hier sitzen und sie anstarren will, dann mach ich das."

Weil er sie sich gerne anschaute. Besonders gefiel ihm, wie rosa und geschwollen ihre Schamlippen waren, vor Erregung glänzten. Er strich kaum einen Finger über sie, doch Charlie wäre fast aufgesprungen.

Sie auf Spannung zu halten machte Spaß. Es war so viel einfacher sich zurückzuhalten, wenn er wusste, dass es sie fertigmachte.

Manchmal war er ein Arschloch, doch er fühlte sich wohl damit. Er roch an ihrer Muschi, seine Sinne mit ihrem Duft stimulierend. „Gab es etwas, das du wolltest, Baby?"

Sie stöhnte, ein Laut, der ihn hart gemacht hätte, wenn er nicht schon Nägel einschlagen könnte. „Du weißt, was ich will."

Seine Hand kam hinzu, ließ einen Finger an ihre Schamlippen entlang gleiten, bis zum Juwel ihrer Klitoris. Die Perle selbst pochte beinahe, doch er war noch nicht bereit, sie vom Haken zu lassen. Auf keinen Fall. Er kniff zu, ein gemeines Zwicken in ihre empfindsame Stelle. Charlies Körper hob fast vom Bett ab.

„Oh, Gott", schrie sie auf, ein neuer Impuls der Erregung erfasste ihren Körper.

„Das ist nicht die richtige Art, danach zu fragen, Liebes."

Sie hielt die Beine dort, wo er sie belassen hatte, doch sie zitterte. „Bitte, Ian."

Er kniff erneut zu. „Wie hast du mich genannt?"

„Herr. Oh, bitte, bitte, mein Herr."

„Dein Gebieter im Schlafzimmer, Charlie. Nur hier." Er wollte das Wort aus ihrem Mund hören. Er war nie zuvor der Gebieter von irgendeiner anderen gewesen. Nur der Herr, weil er nie einer anderen Frau ein Halsband umgelegt hatte. Wollte es auch gar nicht. Er hörte diesen Titel von ihr, wenn sie allein waren und er in ihr war.

Sie seufzte, als ob ihr seine Worte das Vergnügen bereitet hätten, auf das sie gewartet hatte. „Gebieter. Mein Gebieter. Bitte, bitte küss meine Muschi."

Er gab ihr einen flüchtigen keuschen Kuss auf ihre Klitoris. „So ist es richtig."

Sie hob den Kopf, die Augen verengt. „Verdammt, Ian, du weißt, dass ich das nicht gemeint hab'."

Er drehte sie einfach herum, schob sie so geschickt zu sich, dass ihr Hinterteil für ihn gut erreichbar war. Es war ihm scheißegal, wie rosarot sie bereits war. Wenn sie nicht aufhörte, ihn zu verfluchen, würde sie rot sein. Er gab ihr fünf schnelle harte Schläge auf den fleischigsten Teil ihres Hinterns, bevor er sie auf den Rücken zurückdrehte. „Willst du, dass ich dir Klammern anlege?"

Er wollte sie festbinden und ihre Brust klammern, Krokodilklemmen, die ihr in ihre schönen Brustwarzen bissen. Er könnte auch ihrer Klitoris eine Klammer verpassen. Er hatte eine gesehen, an der eine Glocke befestigt war, und dann ließe er sie nackt herumlaufen und wüsste immer genau, wo sie war.

Er fragte sich kurz, ob es ein Piercing mit einer Glocke daran gäbe. Schwerer zu lösen. Hätte er sie vorher piercen lassen, hätte er sie vielleicht nicht beim ersten Mal verloren. Er wäre dem Klang ihrer läutenden Klitoris gefolgt.

„Gebieter, ich versprech' dir, ganz brav zu sein. Bitte tu nichts, woran du gerade denkst." Charlie hatte die Augen weit aufgerissen.

Er schob ihre Beine wieder auseinander und streichelte über ihre weichen Oberschenkel. „Wenn du nicht aufhörst, so ungezogen zu sein, steht dir eine sehr lange Nacht bevor. Ich hab' vorgehabt, dich einige Male zu ficken, doch wenn es dir lieber ist, können wir die Zeit stattdessen damit verbringen, dich zu disziplinieren. Du scheinst es zu brauchen."

Sie schüttelte den Kopf. „Nein, Gebieter. Nein, bitte. Ich versprech' dir, für den Rest der Nacht eine sehr gehörige Sub zu sein."

Er schwebte mit dem Mund direkt über ihrer Muschi, ließ sie seine Wärme, die Vibration seiner Worte spüren. „Du könntest dich nicht mal gehörig benehmen, wenn es um dein Leben ginge, Kleines."

Dem Himmel sei Dank dafür. Sonst hätte er nicht das Vergnügen, sie zu disziplinieren.

„Bitte, Gebieter." Sie klang außer Atem, ihre Haut in ein herrliches rosa getönt. „Bitte leck mich. Bitte spiel mit mir. Bitte tu, was immer du willst. Ich gehöre dir."

Sie war sein Spielzeug, seine süße Sexsklavin. Er konnte mit ihr machen, was er wollte, und er war sich verdammt sicher, dass er der Einzige war, der mit diesem besonderen Etwas spielte. Recht sicher. „Sag mir noch mal, wie viele Männer du seit mir gehabt hast. Ich will die Wahrheit hören, Charlie."

„Keinen. Nicht einen einzigen, Gebieter. Ich mach' dir keinen Vorwurf. Du konntest es nicht wissen, dass ich am Leben bin, doch ich wusste verdammt immer, dass du's bist. Ich weiß, zu wem ich gehör'. Ich war mir dessen jahrelang bewusst. All die Zeit hab' ich versucht, deine Regeln zu befolgen."

„Versucht?" Er spielte mit der Nase an ihren Schamlippen. Es hätte nichts dagegen, jeden Morgen aufzuwachen und seine Nase durch ihre Muschi gleiten zu lassen, damit er sie den ganzen Tag roch.

„Ja, mein Gebieter. Ich hab's versucht, doch ich hab's mir ein paar Mal selbst gemacht. Ich konnte mich nicht zurückhalten. Ich fühlte mich zu einsam und hab' an dich gedacht und mich selbst berührt. Ich tat so, als wärst du's."

Er stellte sich vor, wie sie im Dunkeln im Bett lag, wie sie die Finger in ihre Vulva hinein- und herausführte, wie ihr Daumen an ihrer Klitoris rieb. „Zeig's mir."

Nach oben gestreckt, ergriff er ihre linke Hand und führte sie an ihrem Körper herab, ließ sie ihre Muschi liebkosen.

Ihre Finger glitten dort durch den Saft, zwei rutschten zwischen ihre Schamlippen hinein, der Handballen auf ihrem Kitzler.

Er sah zu, wie sie sich mit ihrer Hand bewegte, fasziniert von der

Art, wie tief sie ihre Finger einführte und wieder herauszog.

„Komm noch nicht."

Sie stöhnte wieder, widersprach aber nicht. Sie machte weiter, fickte sich selbst mit den Fingern, während ihre Hüften in einem süßen Rhythmus dazu wippten.

Als er sicher war, dass sie es keine Sekunde länger aushielt, nahm er ihre Hand und zog sie aus ihrer Vulva an seinem Mund. Er saugte ihre Finger hinein. Seine Zunge glitt an ihnen entlang, um jedes bisschen Crème abzulutschen, das sich dort befand. Sie schmeckte so verfickt gut. Er hatte den Geschmack nie vergessen, nie ihre Süße aus dem Kopf gekriegt. Yeah, dieser Teil war keine falsche Erinnerung gewesen. Nichts davon war falsch gewesen. So lebendig fühlte er sich nur, wenn er mit ihr zusammen war.

Er führte ihre Hand wieder zurück. „Streichl' du deine Klitoris, Baby. Ich kümmere mich um den Rest."

„Bitte komm in mir, Gebieter." Sie blickte ihn an, die Augen weit aufgerissen, als sie sich ihm anbot.

Das schien eine neue Charlotte zu sein, eine etwas offenere Charlie. Die Charlie, die er gekannt hatte, schien sich unmittelbar unter der Oberfläche befunden zu haben.

Er spreizte ihre Schamlippen und begann, ihre Muschi mit einem Finger zu bearbeiten.

Er tauchte immer tiefer hinein, massierte ihr Fleisch. Mit der Handfläche schenkte er ihr Wärme, fickte dann wieder sanft hinein und heraus, öffnete sie. Er nahm einen zweiten Finger hinzu, als sie sich entspannte und begann, sich im Takt seiner Finger zu bewegen. Es war der eine Ort, an dem sie immer synchron waren.

„Du hast meine Erlaubnis. Komm an meiner Hand. Lass mich dich hören." Er rollte seine Finger nach oben, suchte nach der süßen Stelle, die sie immer Schreien ließ. Sie keuchte und hielt sich nicht zurück. Sie fickte seine Finger mit der Kraft einer lange verleugneten Frau.

„Ja, mein Gebieter. Oh, es fühlt sich so gut an." Sie schob seine Finger tief hinein, während sie ihren Kitzler bearbeitete.

„Nimm deine Hand weg." Er wollte derjenige sein, der sie kommen ließ. Sobald sie ihre Hand wegnahm, beugte er sich vor und saugte ihre Klitoris in seinen Mund, von ihrem einzigartigen Geschmack erfüllt.

Charlie schrie auf, und er spürte, wie sich ihre Muskeln an ihn klammerten, als sie kam und ihr Saft um ihn floss.

Er leckte ihren Kitzler, während sie langsam runterkam, dann nahm er die Hand weg, sich selbst endlich die Erlaubnis gebend das zu tun, was er von dem Moment an tun wollte, als sich die Tür hinter ihnen geschlossen hatte. Er schob seine Zunge tief in ihre Muschi und begann, sich an ihr zu laben. Er leckte und saugte und aß sich satt.

Und fragte sich, ob dies die Mahlzeit war, von der er einfach nicht genug bekommen konnte.

* * * *

Charlie biss einen weiteren Schrei zurück, als sich Ians Zunge tief in sie hinein bohrte. So lange. Sie hatte so lange darauf gewartet, ihn wieder zu spüren, dass sich dies fast wie eine Reizüberflutung anfühlte. Es war beinahe zu viel, um damit klarzukommen, doch sie zwang sich, still zu liegen, um ihrem süßen Gebieter alles zu geben, was er wollte.

Er saugte an ihren Schamlippen, sog erst die eine Seite in den Mund und dann die andere, bevor er wieder tief eintauchte. Seine Zunge schien in ihr zu tanzen, berührte sie an Stellen, die sie nicht mehr gespürt hatte, seit er das letzte Mal mit ihr Liebe gemacht hatte.

Und es war Liebe. Er konnte sich dagegen wehren, so sehr er wollte, doch dieses Gefühl war nichts anderes als Liebe. Es war eine herrliche Besessenheit und der beste Sex aller Zeiten, aber es war alles beides, weil es auf Liebe basierte.

Der Orgasmus, den sie eben erst gehabt hatte, surrte noch in ihr, als sich ein weiterer anbahnte. Ihr Gebieter schien interessiert zu sein, sie daran zu erinnern, wie gut ihr Körper auf ihn reagierte.

Wieder und wieder stieß er mit der Zunge zu, spießte sie mit langen Stößen auf, bevor er wieder hochrutschte, um an ihrer Klitoris zu saugen. Wenn er seinen Mund ganz aufmachte, war ihre Muschi ganz von ihm eingehüllt, als käme der große böse Wolf, um sich einen Schmaus aus ihr zu machen. Sie begann gerade zu zittern und zu stöhnen, als er sich plötzlich aufsetzte.

„Nicht nochmal kommen, Baby. Nicht, bevor ich nicht in dir drin bin. Und jetzt bleib so. Beweg dich nicht, sonst versohl ich dir wieder den Hintern." Er erhob sich.

Sie war so nah dran gewesen, und jetzt wurde ihr kalt. Sie lag für ihn ausgebreitet da, doch das Kühle der Luft stellte nur ein weiteres Empfinden dar, das verschwände, sobald er sie wieder mit sich bedeckte.

Ian schob sich die Lederhose vom Körper, während er sich gleichzeitig mit einem Tritt von seinen Stiefeln befreite. Sein prächtiger Schwanz kam zum Vorschein. Sie hatte nie einen größeren gesehen und wenn, würde sie wohl davonlaufen, weil er mit dieser massiven Waffe einiges an Schaden anrichten könnte.

Er sah zu ihr runter. Das Licht aus einer scheinbar verborgenen Quelle ließ ihn in einem erhabenen Relief erscheinen. Machten seine Züge härter, maskuliner. Er war ganz und gar männlich, und sie verstände nie ganz, was ihn antrieb. Es wäre ihr nie möglich zu ergründen, warum er sie ausgewählt hatte, warum sie diejenige war, die diese Männlichkeit nehmen und sie gerade so abmildern konnte, dass er nicht immer allein war. Sie verstand es nicht, doch sie würde für ihr Recht kämpfen. Sie war seine natürliche Gefährtin. Sie hatte es von dem Moment an gewusst, seit er sie das erste Mal genommen hatte.

Das war die erste Nacht gewesen, in der sie sich vollständig gefühlt hatte. Sie war mehr gewesen als Charlotte Denisovitch, Opfer und Spielfigur. Sie hatte sich vollkommen und echt und als jemand Neues und Glänzendes gefühlt.

Dieser Moment konnte nicht für immer verloren sein.

Es hätte nichts sein können, das er nicht mit ihr geteilt hatte. Doch es schien etwas zu sein, vor dem er sich fürchtete, es noch einmal zu teilen.

„Stimmt etwas nicht, Gebieter?" Ihre Stimme klang ruhig, frei von Emotionen. „Habe ich mich bewegt? Willst du, dass ich dir meinen armen Hintern wieder präsentiere?"

Ein Lächeln kräuselte seine Lippen. Ja, das war es, was sie brauchte. „Nein, Charlie, ausnahmsweise benimmst du dich. War es schwer, nicht zu kommen?"

Ah, Dirty Talk. Er sehnte sich danach. Er liebte es, sie zu zwingen, schmutziges Zeug zu sagen. „Ja, mein Gebieter."

Er streichelte seinen Schwanz, machte aber keine Anstalten, sich ihr anzunähern. Er starrte zu ihr herab, und sein Gesichtsausdruck wurde etwas weicher. „Warum war es hart? Erzähl es mir."

Weil er hören wollte, wie gut er war. Eitler Mann. „Weil sich deine Finger so gut angefühlt haben. Sie fühlten sich groß in mir an, doch nicht annähernd so groß wie dein Schwanz."

„All die Jahre hast du nur an mich gedacht, als du dir einen runtergeholt hast?" Es lag eine Herausforderung in der Frage, jedoch eine, der sie gewachsen war.

„Ich glaub' nicht, dass ich es runterholen nennen würde. Ich glaub', das ist Männersache. Ich hab' mich selbst befriedigt und an dich gedacht. Ich hab' versucht, mich zurückzuhalten, doch Träume haben mich eingeholt. Ich träumte, du wärst da, würdest mich berühren, mich festhalten und die Dinge auf deine Art tun. Du würdest mich nehmen, wie du wolltest und wo du wolltest, und ich war hilflos, irgendetwas dagegen zu tun."

Yeah, das tat etwas mit ihm. Wenn es möglich wäre, dachte sie, wurde sein Schwanz jetzt noch härter. „Weil ich dich gefesselt habe?"

„Weil ich dich so sehr wollte, dass ich alles tun würde, um dich zu haben, mein Gebieter. Alles, um dich zufriedenzustellen."

„Das würdest du?"

„Ja." Sie hatte sich nicht fünf Jahre lang den Arsch aufgerissen, war in einem fort Kugeln ausgewichen, um sich ihm jetzt sexuell zu verweigern. „Alles, was du willst, mein Gebieter."

Sie konnte ihm das Versprechen geben, weil sie dem Mann ihr Leben anvertraute. Er hatte ihr nie Schmerz bereitet, der nicht ihre Lust gesteigert hatte. Er hatte sie nie woanders als ins pure Paradies gebracht, wenn es um Liebe ging.

„Ich bin sauber, Charlie. Ich hatte vor ein paar Wochen eine Untersuchung."

Er hatte wirklich vor, sie zu ficken. Gott, wie lange hatte sie darauf gewartet? „Ich bin auch absolut sauber. Kein Sex seit dir. Ich schwöre, meine Finger haben keine sexuell übertragbare Erkrankungen. Ich hatte mal überlegt, mir einen Vibrator zu kaufen, doch ich habe mir gedacht, du hättest was dagegen."

Sie hatte mal einen online gefunden, der knapp seiner Größe entsprach. Sie wollte ihn Ian nennen, doch hatte Angst, dass sie am Ende zu sehr an einem Objekt hinge.

„Keiner außer mir benutzt einen Vibrator an dir", sagte er und bewies, dass ihr erster Instinkt richtig war. „Ich mein's ernst. Solange ich dich toppe, kontrollier' ich die Orgasmen. Wenn ich dich erwische, wie du mit einem Dildo spielst, wirst du für einige Zeit nicht mehr kommen. Nun, aufgepasst. Verhütest du?" Die Frage kam ihm leise knurrend über die Lippen.

Es lag ihr auf der Zunge, ihm „ja" zu antworten. Sie hatte damit anfangen wollen, doch eine Million Dinge waren zu erledigen gewesen, so dass ihr dieses Detail entgangen war. Sie hatte einige Zeit gebraucht, bis sie sich von ihrer Schusswunde erholt hatte, und dann wollte sie keine weitere Minute vergehen lassen, um wieder bei Ian zu sein. Und ganz nebenbei hatte sie in ihrem Innersten gehofft, dass alles besser liefe, als gedacht, und er vielleicht gar nicht wollte, dass sie verhüte. Es war ein dummer Gedanke, doch er eröffnete ihr jetzt die Wahl.

Sie könnte ihm ein „Ja" erwidern, und er nähme sie, ohne dass sie etwas trennte. Als sie sich ihm das erste Mal angenähert hatte, war ihr bewusst gewesen, dass sie mit ihm schliefe, dass es ihre Aufgabe darstellte. Vor der Operation hatte sie eine Spritze genommen, die sie drei Monate lang vor einer Schwangerschaft schützte. Er würde ihr jetzt Glaube schenken. Er wäre festen Glaubens, dass sie die ganze Zeit über verhütet hatte. Wenn sie schwanger wurde, würde er sie nicht zurücklassen können. Er müsste bei ihr bleiben. Ein Kind könnte sie aneinander binden, es unmöglich machen, dass sie jemals wieder voneinander getrennt wären.

„Das bin ich nicht, Gebieter. Du solltest ein Kondom tragen." Sie konnte ihn nicht anlügen. Niemals wieder. Das war sie ihm schuldig, und sie würde ihn nicht nochmal mit einer Reihe von Lügen an sich binden.

Er fluchte und lief zum Schränkchen rüber, dass sich an der westlichen gelegenen Wand befand. Er öffnete ihn und es zeigte sich, dass sich keine Kleidung in dem Schrank befand. Schachteln mit Spielzeugen und Fesseln, Fläschchen mit Gleitmittel und eine Reihe von Kondomen lagen darin. Er zog eines heraus und hielt seinen Schwanz fest in der Hand, als er mit der anderen nach einer Flasche Gleitmittel griff, bevor er ihn wieder zuschloss.

„Sollten wir länger zusammen bleiben, will ich, dass du verhütest, Charlie. Ich will kein Risiko eingehen." Er rieb sich den Schwanz ein, die Hand in langen, heftigen Stößen hinauf- und herabbewegend.

Er ginge das Risiko nicht ein, sie zu schwängern. Die Worte

sollten sie nicht verletzen. Ihr war bewusst, dass es total dumm wäre, zu diesem Zeitpunkt schwanger zu werden. Es gab viel zu viele Probleme, doch hören zu müssen, dass er den Gedanken ablehnte, verletzte sie. Sie hatte ihm nicht erzählt, dass sie, wenn sie träumte, ja, von ihm in ihr träumte, doch sie träumte auch davon, wie sie sich ihn kuschelte, er ihr Baby im Arm hielt. Sie träumte von einem gemeinsamen Leben mit ihm.

„Alles, was ich will, Charlie?" Die Herausforderung schwang wieder im Klang seiner Stimme mit, dieser arroganten Haltung.

„Ja, mein Gebieter."

„Auf alle Viere." Er deutete an, sie solle auf dem Bett bleiben.

Charlie drehte sich um und tat, wie ihr geheißen, ging auf Hände und Knie. Auf diese Weise kontrollierte er die Penetration besser. Das war gelogen, bestätigte sie sich selbst. Sie spürte, wie sich das Bett bewegte, als er sich hinter sie stellte. Ein stieß einen langen Seufzer aus, während seine Hände ihre Wirbelsäule entlang zu ihrem Hintern hinabglitten.

„Gott, du hast den schönsten Arsch, Baby." Er hielt ihre Arschbacken in den Händen und stöhnte anerkennend, bevor er die Hände nach oben nahm, um ihre baumelnden Brüste zu berühren. „Und diese. Das sind wunderschöne Titten."

Manchmal hasste sie sie. Sie waren zu groß, um in hübsche Designermode zu passen, die Frauen gerne trugen, doch wenn Ian sie ansah und hochlobend schätzte, konnte sie nicht anders, als sich sexy zu fühlen. Er hatte ihr ein Selbstbewusstsein geschenkt, das sie nie verlieren wollte. „Die gehören Euch, Gebieter. Alles dein. Würdest du sie gern ficken?"

Sie wusste genau, was Dirty Talk mit ihm tat.

„Gott, du wirst mich noch umbringen", flüsterte er, dann war er weg, sich aufbäumend, auf die Knie begebend. „Sieh hoch. Schau in den Spiegel."

Sie drehte den Kopf und, tatsächlich, die gen Süden ausgerichtete Wand war vom Boden bis zur Decke verspiegelt. Ians großer Körper ragte hinter und über ihr auf. Er fasste sie an den Hüften und zog sie zu sich ran, so dass ihr Hintern unmittelbar vor seiner Hüfte schwebte und sie nicht sagen konnte, wo sie aufhörte und er anfing.

„Sieh dir das an und sag mir, dass ich nicht die schönste zu fickende Sub in diesem Club hab'." Er lehnte sich zurück, hielt seinen Schwanz in der Hand und platzierte ihn direkt an ihren Eingang. Seine gewaltige Eichel drang in sie ein, und sie schnappte nach Luft bei der Empfindung. Er war so verdammt groß und es war schon so lange her. Druck baute sich auf, während er sich in sie hineindrückte.

Sie beobachtete im Spiegel, wie er anfing, seinen Schwanz in sie hineinzuarbeiten, in kleinen Bewegungen vorsichtig stoßend. Sie sah, welch Tribut es ihm abforderte. Das Gesicht angespannt, jede seiner Bewegungen ein Zeugnis seiner Disziplin. Immer und immer wieder drang er ein, an Boden gewinnend, bevor er sich wieder zurückzog und erneut begann.

Charlie entspannte sich, ihm alles gebend. Er war so vorsichtig mit ihr, doch sie betete, dass er bald losließe. Sie würde mit ihm fertig werden. Sie wollte seine Leidenschaft.

„Fuck, du bist so eng, Baby." Seine Haut war von der Anstrengung, sich zurückzuhalten, ganz gerötet.

„Du fühlst dich so gut an, Gebieter." Sie wackelte mit dem Hintern, ihn wissen lassend, dass sie mehr aushielte.

Er griff nach ihren Hüften. „Du willst es, nicht wahr? Du willst nicht, dass ich weiter herumspiele. Dir ist es egal, wie eng du bist. Du willst einen Schwanz, stimmt's, Baby? Du brauchst einen großen, steifen Schwanz in dir."

„Ja." Sie übte sich heute Abend in seinem Lieblingswort.

Er gab ihr einen Klaps auf den Hintern. „Wessen Schwanz brauchst du?"

„Deinem, Gebieter. Ich brauche nur deinen." Sie wollte nur seinen. In ihrem ganzen Leben hatte sie nur einen Mann gewollt.

„Dann geb' ich's dir. Wag es nicht, den Mund zu halten. Du sagst mir, ob's dir wehtut. Du sagst mir, ob es sich gut anfühlt." Er schob sich hinein.

Druck und Spannung strömten durch ihren Körper. Sie fühlte sich so verdammt voll. Er war überall, sich tief hineinzwängend, bis sein Schwanz bis zum Anschlag in ihr war, und sie wollte es nicht anders. „Mir geht's gut, Ian."

„Es ist nicht das, was ich hören will." Er führte eine Hand um ihre Hüfte herum und legte sie auf ihre Klitoris, seine Finger begannen Druck auszuüben. Er zog kleine Kreise. „Ich bewege mich erst wieder, wenn's dir besser als gut geht."

Er pulsierte in ihr. Sie spürte, wie er kurz davor war, doch er hielt sich noch zurück, weil er ihr nicht wehtun wollte. Nicht körperlich.

Ihren Kitzler reibend presste er seine Hüfte an ihren Hintern, Charlie beobachtete ihn im Spiegel. Sein Gesicht war so ernst, sein Mundwinkel nach unten gezogen, während er sich konzentrierte. Er sah so schön in diesem bernsteinfarbenen Licht aus, dass sie nichts lieber tun wollte, als sich umzudrehen und ihm ins Gesicht zu sehen, doch es gab nur diesen Spiegel, durch den sie ihn ansehen konnte.

Ein Keuchen entfloh ihr, als Lust begann, die Spannung zu verdrängen.

„Ian, Gebieter, bitte", flehte sie. Sie wollte, dass er sich bewegte. Sie musste spüren, wie er tief in sie eindrang. Ihr hatte die Verbindung so lange gefehlt. Sie konnte nicht länger ohne ihn sein.

Er zog an ihren Hüften, zwang sich hinein und schob sich wieder heraus, ein langsames Ziehen, dass ihr über den Körper fuhr. „Das ist ganz nach den Geschmack deines Gebieters."

Charlie beobachtete im Spiegel, wie Ians Kopf zurückfiel und er tief hineintauchte, sie so fickte, wie sie genommen werden wollte, hart und rau und so besitzergreifend, dass sie es kaum aushielt. Wenn er sie fickte, war sie die einzige Frau auf der Welt. Ian rollte die Hüfte vor und zurück, seinen Schwanz jedes Mal tief versenkend.

Sie bewegte sich im Einklang mit ihm, einen perfekten Rhythmus findend. Ihre Brüste hüpften, ihr Haar zerzaust, doch sie verlor sich in dem Gefühl. Er stieß rein und raus, tief und hart, ihren süßen Punkt findend, mit dem Schwanz immer und immer wieder darüber gleitend, bis ihr die Lust durch den Körper schoss und sie seinen Namen schrie, als sie kam.

„Ian!" Sie krallte die Hände in die Bettdecke, denn seine Stöße waren so heftig, dass er sie leicht vom Bett stoßen konnte, wenn sie nicht Acht gab.

Seinen Namen zu hören, schien etwas in ihm auszulösen. Er schob einen Arm unter ihre Taille und hob sie hoch, sodass er von ihrem Rücken bedeckt wurde, sein Gesicht von ihrem Haar. „Sag es noch einmal. Sag mir, zu wem du gehörst, Sub."

Er zwang ihre Knie noch weiter auseinander und fickte sie von hinten, während sein Schwanz nie den Takt verlor.

„Dir. Ich gehör' zu dir. Ich gehöre zu Ian." Es war nichts geringeres als die Wahrheit. Sie wollte seinen Schwanz, sein Halsband, seinen Ring, seine Zukunft.

„Verdammt richtig." Er stieß sich in sie hinein, ein Arm um ihre Taille, mit der anderen Hand ihre Brust umfasst, als er sich ruckartig an ihr zu bewegen begann. Er hielt sie fest an sich gedrückt, während sein Schwanz den Orgasmus herauspumpte, und es ihn schauderte. Er legte die Wange auf ihre. Sie spürte die Hitze seines Mundes auf ihrem Gesicht, süße Küsse bedeckten ihre Wange. Für einen kurzen Augenblick dachte sie, er ließe ihre Münder miteinander verschmelzen. Sie neigte das Gesicht nach oben, wollte wieder diese Verbindung. Selbst als sie spürte, wie die Lust durch ihren Körper pulsierte, brauchte sie noch mehr von ihm.

Er ließ von ihr ab und entfernte sich.

Charlie ließ sich auf den Bauch fallen, das weiche Bettzeug ließ sie leicht landen, als Ian vom Bett hüpfte. Er erhob sich, dehnte seinen Nacken und schüttelte den Kopf, als ob er ihn von etwas befreite.

Sie versuchte, wieder zu Atem zu kommen. „Ian, was ist los?"

Sie sah ihm im Spiegel zu, ihr Herz zerbrach. All die Leidenschaft, die er ihr noch kurz zuvor geboten hatte, war verschwunden.

Sein Gesicht blieb ausdruckslos, als er das Kondom abzog, es geschickt zuband. „Du musst jetzt in die Umkleide, dich duschen und anziehen. Wir treffen uns in fünfundvierzig Minuten mit Alex und Eve. Sieh zu, dass deine Schwester dann auch fertig ist."

Sie blickte zurück, stemmte sich hoch. „Ian?"

„Du musst reinhauen. Ich will nicht, dass es zu spät wird, bevor wir zu mir fahren. Anscheinend müssen wir noch bei Alex' neuem Haus vorbeifahren, weil die beauftragte Firma irgendwas verbockt hat. Das hat er davon, wenn er den Niedrigstbietenden beauftragt. Ich hab's ihm gesagt, aber er hört ja nie auf mich. Also, hau rein." Er lief auf etwas zu, das wie ein kleines Badezimmer wirkte.

Er sprach, als sei es absolut üblich, ein Mädchen dumm und dämlich zu ficken, um sich gleich anschließend über die Einstellungspraktiken seines besten Freundes zu beschweren. Er tat, als hätte sich absolut nichts Geiles zugetragen. Sie fror wieder.

Sie zog sich den Mantel über, den sie zur Seite geworfen hatte. „Ian, was ist los? Sollen wir nicht darüber sprechen?"

Sie versuchte, dagegen anzukämpfen, doch ihre Augen füllten sich mit Tränen.

„Nichts ist los, Charlie, und es gibt absolut nichts zu bereden. Ich hatte genug Sex, und ich hab' heute Abend noch einiges zu erledigen. Leider bist du momentan an mich gebunden, daher hast du auch noch einiges zu erledigen. Wo ich hingehe, gehst auch du hin, also beeil dich." Er ging ins Bad.

„Warum bist du so kalt?" Es passte nicht zusammen. Sie konnte es nicht begreifen. Nur wenige Sekunden zuvor war er noch so heiß gewesen. Sie war ganz nah bei ihm. Ihre Körper waren aneinandergepresst, und sie hätte schwören können, dass er alles genauso gespürt hatte wie sie. Er hatte sie so fest umarmt, als wäre sie das Wertvollste auf der Welt und als könne er nicht von ihr ablassen. Es war so, als wären ihre gemeinsamen fünf Jahre weggeschmolzen und sie waren wie damals zusammen, wie damals, als sie einander kennenlernten.

Er kam ein paar Schritte hinausgelaufen, die Hände auf seine wie gegossene Hüfte gestützt. „Ich bin nicht kalt, Charlie. Ich hab' nur genug. So bin ich, wenn ich von Sex genug hab'. Ich sagte dir, du wirst es nicht mögen. So ist es. Du sagtest, es sei dir egal, also hab' ich dich beim Wort genommen."

„Das versteh' ich nicht." Sie schob ihr Haar zurück, zu ihm aufschauend.

„Du verstehst was nicht, Baby? Dass ein Kerl Dinge sagt und tut, die er nicht so meint, wenn er gerade versucht, seinen Schwanz in dich reinzuschieben? Ich dachte irgendwie, du wärst weltgewandter als das."

Sie war nicht dumm. Das wusste sie. Sie hatte es nur nicht von ihm erwartet. Er war immer ihr sicherer Ort gewesen. „Es war also nur Sex."

Er seufzte. „Ja, ich denke, genau das sagte ich dir. Ich hab' auch erwähnt, dass es nach mir geht, nur nach mir, oder sonst nichts geht. Du kannst also in die Umkleide gehen und meinen Anweisungen folgen, oder wir sind fertig. Ich werd' hier duschen. Ich treff' dich in der Lobby."

Sie saß da und versuchte, die Worte zu verarbeiten. Sie war sich so sicher gewesen. Sie war in dem Bewusstsein an die Sache rangegangen, dass, wenn sie wieder miteinander schliefen, er verstehen würde. Er verstehen würde, dass sie seine Frau war und alles gut werden würde, solange sie zusammen waren.

Die Welt war zu einem wässrigen Chaos geworden, und sie sah sich flüchtig im Spiegel.

Ihr Haar war durcheinander, ihr Körper so viel dicker, als sie im Kopf gehabt hatte. Es war einer dieser Momente, in denen sie sich bewusst war, dass sie eine Entscheidung zu treffen hatte, um mit sich im Reinen zu sein, doch das konnte sie nicht, wenn er sie anstarrte, als wäre sie ein Stück Fleisch. Er hatte ihr gesagt, sie sei heiß, gut zu ficken, doch so sah sie jetzt sicher nicht aus. Er hatte durchaus auch zugegeben, dass er lügen würde, um zwischen ihre Beine zu kommen. Wie jeder andere Kerl.

„Ich sagte dir, wie's laufen würde", sagte er sanft. Doch da lag immer noch der kalte Ausdruck in seinen Augen.

Sie zog sich den Bademantel richtig an, und schnürte ihn fest um sich. „Ja, das hast du."

Er war viel ehrlicher gewesen als sie, als sie sich das erste Mal getroffen hatten. Und wenn er sie wie ein Stück Fleisch behandelte, dann nur deshalb, weil sie sich ihm wie eines angeboten hatte. Sie hatte verzweifelt dahin zurückgewollt, als sie glücklich gewesen war.

Was, wenn es nur eine Illusion gewesen war?

Er stand da und starrte sie an, als sie auf die Tür zuging. Er bewegte sich kein bisschen, um sie ihr zu öffnen. Sie war sich sicher, dass er ihr auch noch ein „Reisende soll man nicht aufhalten" hinterherrufen würde, wenn sie ging.

War er auch nur eine Illusion gewesen? Jahrelang war er für sie das Ideal eines Mannes gewesen. Es war nicht so, als dachte sie wirklich, er sei perfekt. Doch sie liebte auch seine Unvollkommenheit. Er war der erste Mann gewesen, der sie liebenswürdig behandelt hatte, der erste, der ihr auf alle mögliche Arten Lust bereitet hatte. Er hatte ihr gesagt, sie sei hübsch und klug, und sie hatte das als Liebe aufgefasst.

„Charlie?"

Sie schniefte, nicht gewillt ihm ins Gesicht zu sehen. „Denkst du, irgendwas davon war echt?"

Er war still.

Sie ging zur Tür hinaus. Er hatte ihr seine Antwort gegeben.

Jetzt musste sie ihre eigene finden.

Kapitel Neun

Ian hielt die Hände fest am Lenkrad, die Augen auf die Straße gerichtet, doch es war nicht, was er sah. Er hatte immer wieder diese Tränen vor Augen, als sie den Morgenmantel umlegte, ihren Körper verbarg. Er hatte irgendwie damit gerechnet, dass sie ihm den Mittelfinger zeigen und nackt durch den Club laufen würde. Er hatte nicht erwartet, dass sie in sich gekehrt sein, so verfickt zerbrechlich aussehen würde. Charlie war nicht zerbrechlich. Sie ließ sich von niemandem etwas gefallen.

Außer von ihm.

„Beim nächsten Stoppschild rechts abbiegen." Alex saß neben ihm in dem großen SUV. „Du weißt, dass ich dir keine Wegbeschreibung geben müsste, wenn du mich mein eigenes verdammtes Auto hättest fahren lassen."

Ian bog im richtigen Moment ab. Er gab Alex keine Antwort. Es war einer dieser Momente, in denen Worte bedeutungslos waren.

Alle drei Frauen saßen hinten. Charlotte schien nun kein Problem mehr mit strengen Sicherheitsvorkehrungen zu haben. Sie war vollkommen schweigsam gewesen, ihr Blick der Welt außerhalb des Fensters zugewandt. Dieser Blick hatte ihn kein einziges Mal gesucht, seitdem ihr klar geworden war, dass er es ernst meinte mit dem „Nur

Sex"-Ding.

Denkst du, irgendwas davon war echt?

Ihre Frage wiederholte sich in seinem Kopf. Es war echt gewesen. Jeder verfickte Moment war echt für ihn gewesen. Er hatte sie geliebt. Er traute es sich nicht zu, es noch mal zu versuchen. Er konnte es sich nicht antun, sie ein zweites Mal zu verlieren. Er könnte ihr überhaupt nicht vertrauen.

Oder doch?

Rache sollte sich so viel süßer anfühlen, verdammt. Er sollte hier im Auto von Alex' Vater sitzen, das gerade mal 100 km/h auf der Autobahn brachte, und sich daran erinnern, wie viel Spaß es machte, Charlie genau nachempfinden zu lassen, wie er sich fühlte. Doch Rache fühlte sich leer an, wenn er die Person, an der er Rache übte, so lange umarmen wollte, bis sie wieder lächelte. Die ganze verfickte Mühe schien irgendwie sinnlos, wenn er sich wie ein Scheißkerl vorkam, eben weil seine Rachepläne aufgingen.

„Verpass nicht die nächste Abzweigung. Es ist manchmal schwierig, im Dunkeln etwas zu erkennen. Ein weiterer guter Grund für mich zu fahren", sagte Alex.

„Alex." Eve hatte die Art an sich, den Namen ihres Mannes – oder jeden beliebigen Namen – wie einen Vorwurf klingen zu lassen.

„Ich werd' dich innerhalb kürzester Zeit mit deinen Vorhängen spielen lassen." Seine Nachtsicht war perfekt. Alex schien alt zu werden, wenn er meinte, die Abzweigung nicht gut sehen zu können.

„Es sind keine Vorhänge. Es sind Arbeitsplatten. Der Bauunternehmer will sichergehen, dass es die richtigen sind, bevor er sie morgen einbaut", erklärte Alex. „Auf der Rechnung steht, es sei Speckstein, der Bauunternehmer meint jedoch, sie hätten die falsche Farbe."

Ian schüttelte den Kopf. Es gab keine Möglichkeit, die Veränderung zu begreifen, die in seinem besten Freund vorging, seit er Eve wieder geheiratet hatte. „Was verfickt nochmal ist Speckstein? Was interessierst du dich für Arbeitsplatten? Was ist los mit dir, Mann? Du schleifst uns mitten in der Nacht hier für deine Heimdeko herum. Seit wann benimmst du dich wie Martha Stewart?"

Alex stieß mit dem Kopf gegen das Seitenfenster, schlug noch einige Male dagegen, bevor er sich wieder aufsetzte. „Nun, wir brauchen alle ein Hobby, Arschloch, und während du dich für das Hören von Guns N' Roses und das Trinken von Scotch entschieden hast, blieben mir die verdammten Speckstein-Arbeitsplatten, die laut unserem Designer der letzte Schrei in Sachen Wohndesign sind und die ich dir in den Arsch schieben kann, wenn du nicht bald aufhörst, dich wie ein arroganter Scheißkerl zu benehmen."

„Alex, ich dachte, wir wollten geduldig mit ihm sein", sagte Eve mit knirschend, ruhiger Stimme.

Alex drehte sich nach hinten, um seine Frau anzusehen. „Er fährt mein gottverdammtes Auto, weil er so ein Kontrollfreak ist, dass er keinen anderen fahren lassen kann."

Eve führte die Hand um die Kopfstütze herum und legte sie auf Alex' Schulter, und er beruhigte sich.

Es war zum Kotzen, denn Alex hatte beinahe den Anschein gemacht, einen Streit zu provozieren, und das wäre so viel angenehmer gewesen als die Stille, die sich nun im SUV breitmachte. Vielleicht täte es ihm gut, das Auto anzuhalten und ein paar Schläge auszutauschen. Ian warf einen Blick in den Rückspiegel. Es war dunkel, doch er erhaschte einen flüchtigen Blick auf ihr Gesicht. Er war es von Charlie nicht gewohnt, so still und so zurückhaltend zu sein. Sie war selbstbewusst, unerschrocken, stand ihm in den allermeisten Dingen in nichts nach, doch jetzt war sie tief in sich gegangen, und das gefiel ihm nicht. Sie saß im Auto, doch ihr Kopf war woanders, wo er sie nicht erreichen konnte. Es war pervers. Er wusste, dass er es gewesen war, der für ihr Verhalten verantwortlich war, es ärgerte ihn jedoch zu Tode. Es wäre ihm lieber, sie würde ihn anschreien und einen Bastard nennen, als dieses schweigsame Leid.

„Das letzte Haus auf der linken Seite", erklärte Alex. „Fahr in die Einfahrt, Eve und ich laufen schnell rein."

Und ihn hier draußen mit Charlie allein lassen? Wohl keine gute Idee. Sicher, Chelsea war auch hier, doch er hatte bereits bewiesen, dass er sich nicht gerade in Diskretion übte, wenn es um Charlie ging.

Was er ihr nicht erzählte, war, dass er wie ein verängstigter Fünfjähriger ins Bad gerannt war, statt seinem ersten Instinkt zu folgen und die ganze Nacht mit ihr im Bett zu verbringen. Er hatte sie zum Doggy Style gezwungen, weil er sich nicht vertraut hatte, sie nicht doch zu küssen. Denn sobald er sie nackt und allein hatte, wollte er nur noch in sie eindringen und stundenlang dort bleiben, bis er müde war, sich um sie schlingen und mit ihr in seinen Armen einschlafen konnte.

Er lenkte den Wagen in die Einfahrt. Alex' und Eves Haus war schön. Groß. Es sah wie der perfekte Ort aus, um ein paar Hosenscheißer zu kriegen und alt zu werden. Es wuchsen auch Bäume und sonstiger Scheiß dort, alles zu nah am Haus befindlich. Was hatte er sich nur dabei gedacht?

„Bleibt hier." Er schaltete den Motor aus und griff nach seiner SIG.

„Was ist?", fragte Alex, griff nach seiner eigenen und überprüfte den Abzug. „Eve, den Kopf runter. Ihr alle."

„Er macht sich Sorgen wegen der Bäume", sagte Charlie im monotonen Ton. „Er glaubt, dass sich Attentäter in den Bäumen verstecken und sich auf uns stürzen, und er fragt sich, warum ihr euch einen solchen Ort ausgesucht habt, an dem so viele Leute darauf lauern könnten, euch zu töten. Ich finde, es ist schön. Ich mag die Bäume."

„Die Bäume helfen, die Stromrechnung zu senken", sagte Alex kopfschüttelnd. „Wir haben nicht damit gerechnet, dass jemand eine Armee in unseren Virginia-Eichen versteckt."

„Was beweist, dass du nicht mehr alle Tassen im Schrank hast, mein Freund. Ich wette, du hast noch nicht mal Umkreissensoren installiert." Er öffnete vorsichtig die Tür, die Bäume vor ihm auf jede Bewegung hin überprüfend.

„Ich bin noch nicht mal eingezogen." Alex bewies, dass er sich stets leise fortbewegen konnte. Ian hörte das leise Klick der sich schließenden Beifahrertür, und schon stand Alex neben ihm, mit wachen Blickes den der anderen bewachend.

Sie rückten genauso vor wie das Team, das sie in den letzten fünf Jahren gewesen waren. Rücken an Rücken kontrollierten sie den Vorgarten.

„Ich kann unmöglich Bewegungsmelder und beschissene Laserstrahlen installieren. Ich würd' jeden Pudel und streunenden Kater in der Nachbarschaft durchschmoren, ganz zu schweigen von den Jugendlichen, die nach der Sperrstunde noch unterwegs sind."

„Es wird sie lehren, sich nach der Sperrstunde nicht mehr draußen aufzuhalten." Er verstand nicht, was das Problem war. Ein kleiner Laser hatte noch niemandem geschadet. Nich sehr.

„Du bist verrückt. Und was zur Hölle ist mit Charlotte passiert? Ich dachte, es ginge aufwärts, als du sie in Richtung der Spielzimmer gebracht hast."

Ian wandte sich um, den Boden nach dem kleinsten Anzeichen einer Störung absuchend. Alex bewegte sich sauber, nie die Rückendeckung außer Acht lassend.

„Charlotte begreift gerade, dass ich nicht mehr so leicht zu manipulieren bin wie beim letzten Mal." Er entspannte sich ein wenig. Im Garten war nichts zu sehen. Ihm gefiel die Gegend, durch die sie gefahren waren, nicht. Es gab hier zu viele Menschen, zu viele Autos, die entlang der Straße geparkt waren, die zu Anwohnern gehören mochten oder auch nicht. Wie sollte er in einer solchen Gegend das Risiko richtig einschätzen? Er musste hoffen, dass Alex wenigstens daran gedacht hatte, die Türen dreifach zu verriegeln und ein anständiges Sicherheitssystem zu installieren. „Ich denke, wir sind sicher."

Alex trat einen Schritt zurück, kopfschüttelnd. „Na, das wird ja witzig mit dir auf der Einweihungsparty. Eve, na los. Wir werden schon nicht im Vorgarten umgebracht. Lass uns mal sehen, was die Bauarbeiter alles verbockt haben."

Eve hüpfte aus dem SUV, ihren Rock zurechtrückend.

„Na los, Charlie, Chelsea. Lasst uns herausfinden, wie dieser verfickte Speckstein aussieht." Er hatte nicht vor, hier draußen mitten in der Nacht rumzustehen mit nichts weiter als einer SIG und wer weiß wie vielen Russen, die versuchten, Charlie umzubringen. Gott, er hoffte, dass Liam wenigstens einen der Wichser erwischte. Vielleicht waren die Attentäter wie Alex und hielten noch ein Teestündchen ab, um über ihr Liebesleben zu reden. Dann müsste Ian dem Wichser nur noch die Eier einquetschen, bis er verriet, wie viele es von ihnen gab.

Charlie schob sich vom Sitz, gefolgt von ihrer Schwester. Sie sah sich nicht um, ihm einfach folgend, als Alex die Tür aufschloss und sie hineinführte.

„Im Ernst? Du hast nur ein Schloss?"

„Weißt du was, Kumpel, wenn ich hier tatsächlich einziehe, kannst du deine paranoide Ader am ganzen Haus ausleben." Alex öffnete die Tür und ließ Eve herein.

Ian beobachtete, wie Charlie an ihm vorbeiging. Sie hielt Kopf den

Kopf aufrecht, doch es lag eine Leere in ihrem Blick, die ihm nicht gefiel. Sie war woanders, und zwischen ihnen schien eine Mauer zu sein. Er sah sie nicht, doch er fühlte, dass sie da war. Es war bescheuert, denn eine Mauer zwischen ihnen war genau das, was er brauchte, und doch fraß es an ihm. Es ging ihm unter die Haut. Sein Instinkt sagte ihm, diese verfickte Mauer einzureißen, genauso wie er ihr den Morgenmantel, den sie wie eine Körperpanzerung angelegt hatte, runterreißen wollte. Nachdem sie Sex hatten, stand sie in der Tür des Spielzimmers, sah zerrissen und zerbrechlich aus, und er hatte ihr auch noch das Bisschen wegnehmen wollen, das sie vor ihm schützte.

Es war weder fair noch vernünftig, und Logik schien ihm völlig abhanden gekommen zu sein, doch er hatte in ihrer Gegenwart noch nie richtig denken können.

Warum zur Hölle schleppte er sie also mit zu sich nach Hause, und wo zur Hölle gedachte er, dass sie dort schliefe? Hatte er vor, sie mit dem Arsch auf die Couch zu setzen?

„Ich mag die Torbögen", sagte Chelsea, als sie durch das Foyer ging.

Eve lächelte. „Vorher waren sie eckig, doch ich finde, die Bögen lassen alles offener erscheinen."

„Sie haben wieder ihr Werkzeug schon wieder draußen rumliegen gelassen, Eve. Ich schwör', ich werd' die Jungs feuern. Warum liegt eine Nagelpistole mitten in meiner Küche? Das ist eine Nagelpistole für Beton. Weißt du, was bei einem Menschen anrichten kann?", fragte Alex, seine Verärgerung war selbst im Nebenzimmer deutlich zu hören. „Von Glück, dass wir in der Stadt geblieben sind, denn der Bauunternehmer steht da wie ein Idiot. Wir werden morgen ein langes Gespräch mit ihm zu führen haben."

Charlie sah auf, doch nichts an ihrem Gesichtsausdruck hatte sich geändert. Sie ging ins Wohnzimmer, wo Alex das Licht angemacht hatte. Eve verschwand ebenfalls aus dem Blickfeld. Chelsea nicht. Sie wartete, bis alle gegangen waren, und wandte sich dann an Ian.

„Was hast du getan?"

Es schien die Frage des Tages zu sein. „Ich glaub', das geht dich nichts an. Wenn deine Schwester mit dir über ihr Sexleben reden will, dann ist das ihre Sache, mir ist jedoch im Moment nicht zum Plaudern zumute."

„Du hast sie gebrochen, du mutterfickender Hurensohn, Wichs-Arschloch." Kleines Schwesterchen besaß ein vulgäres Mundwerk, und es schien ihr nichts auszumachen, ihm das vor die Fresse zu knallen. Nun, das täte sie wohl, wenn sie einen halben Meter größer wäre.

„Ich hab' sie nicht gebrochen. Ich hab' ihr genau das gegeben, was sie wollte." Abgesehen davon, dass sie irgendwie gebrochen wirkte, und ihm hin und wieder, wenn sie dachte, er beobachtete sie nicht, auffiel, wie verloren sie aussah.

„Sie hat fünf Jahre ein Ziel im Kopf gehabt, nur ein Ziel. Zu dir zurückzukommen. Ich hab ' ihr gesagt, dass du es nicht wert bist, doch sie wollte nicht auf mich hören. Sie ist in dich verliebt. Sie war noch nie in jemanden verliebt. Kannst du dir vorstellen, dass ich ihr andauernd Männer vorgeführt habe, um ihr zu zeigen, dass du genau wie alle anderen bist?"

Er hatte sie wie Scheiße behandelt, also war er vermutlich wie alle anderen. Das Haus ihres Vaters war wohl nicht der beste Ort gewesen, um einen netten Kerl kennenzulernen. „Willst du, dass ich auf Knien um Verzeihung bitte? Denn das wird nicht passieren."

Wenn er auf die Knie ging, würde er versuchen, tiefer zu gelangen. Er hatte nicht genug Zeit mit ihrer Muschi verbracht. Gott, er wollte sie schon wieder. Bereits nach etwa drei Sekunden, als er gekommen war, hatte er sie erneut gewollt. Ein weiterer Grund, warum er sich so zurückgezogen hatte.

Er hatte dieses verfickte Stück Latex nicht überziehen wollen. Es war in seinem Kopf gewesen, ein Flüstern, das ihm sagte, wenn er der Natur freien Lauf ließe, müsste er sie bei sich behalten. Wenn er sie bei sich behielte, müsste sie sich ihm fügen. Sie müsste mit dem ganzen kriminellen Scheiß aufhören und die Frau werden, von der er überzeugt war, dass sie es sein könnte. Das Einzige, was er tun musste, war ein paar Schwimmer loszulassen, und Charlie wäre für immer an ihn gebunden.

Oder ihm bliebe zumindest Etwas von ihr, falls sie ihn wieder verließe, denn es war ausgeschlossen, dass er je von seinem Kind getrennt wäre. Neununddreißig Jahre lang war er sich sicher gewesen, kinderlos zu sterben, und nur beim Gedanken an ein Kind mit ihren Augen und ihrem Lächeln ließ ihn wie Papa Bär wirken.

„Ich möchte, dass du sie gehen lässt." Chelsea sprach leise.

„Das hab' ich ja versucht, seitdem sie bei mir hereinspaziert ist",
schoss Ian zurück. „Sie scheint nicht geneigt zu sein, zu gehen."

„Weißt du, ich sollte dich umarmen, dass du dich wie der Arsch
benommen hast, für den ich dich gehalten hab'. Danke, Ian Taggart,
dass du nicht erkannt hast, wie liebenswert sie ist. Und merke dir, falls
du ihr nochmal wehtust, ich weiß, einen Mann mit drei
Tastenanschlägen zu kreuzigen. Du denkst, sie war diejenige, die dich
auf die No-Fly-Liste gesetzt hat? Das war ich. Ich bin zu noch viel
Schlimmeren fähig, und ich zöger' nicht. Wenn das hier vorbei ist,
kommt sie mit mir. Jetzt bin ich dran, mich um sie zu kümmern, und
das heißt, dich irgendwie loszuwerden."

Chelsea machte auf der Stelle kehrt und schlurfte davon.

Ian dachte daran, sie zu erwürgen. Er wäre vermutlich mit nur
einer Hand dazu in der Lage. Immerhin war sie der Grund, warum
Charlie ihn überhaupt erst verraten hatte.

Genau, jetzt war es schon so weit mit ihm gekommen, dass er
daran dachte, ein Mädchen zu töten, das vermutlich mehr Gewalt in
ihrem Leben gesehen hatte als er selbst.

Doch beim Gedanken daran, dass sie seine Rechte gegenüber
Charlie in Frage stellte, drehte sich ihm der Magen um.

Seit dem Moment, als er sie wieder gesehen hatte, war sein
besitzergreifendes Arschloch wieder an die Oberfläche zurückgekehrt.
So hatte er bisher nur bei einer Frau empfunden. Zur Hölle, er war
sogar besitzergreifend gewesen als er dachte, sie sei tot. Er hatte die
Erinnerung an sie tief in seinem Innersten bewahrt und nur das
Geringste von ihr mit seinem besten Freund geteilt, und auch nur um zu
erklären, warum er einmal pro Jahr auf Sauftour ging.

Ian folgte Chelsea durch den Torbogen in den großen Raum.
Charlie besah sich die Fußböden, etwas über die Lackierung murmelnd.

Sie stand auf diesen Haus-Scheiß? So wie sie sich bewegte, würde
er denken, es wäre ihr egal.

Es sei denn, sie träumte davon, Wurzeln zu schlagen, die
Möglichkeit zu bekommen, Lacke und Arbeitsplatten und die verfickte
Farbe der Küche auszusuchen, weil sie ein Haus wollte, das ihr
Zuhause war.

Er hatte nichts selbst ausgesucht, außer dem Sicherheitssystem. Er
hatte alles so belassen, wie es die letzten Besitzer ausgesucht hatten. Er

hatte nie ernsthaft darüber nachgedacht, doch eigentlich gefiel es ihm nicht besonders. Das Spielzimmer. Ja, er hatte die Sachen für sein privates Spielzimmer ausgesucht. Nun ja, gut, sein „Zuhause" war wunschgemäß mit Haken und Hängevorrichtungen und einer echt gut gelungenen Spanking-Bank versehen.

Und er mochte den Speckstein, oder was auch immer als Arbeitsplatte diente. Sie war nicht hässlich und sah aus, als hätte sie die richtige Höhe, um Charlie darauf zu ficken.

Sie schaltete sofort ab, als er den Raum betrat, der Hauch eines Lächelns auf ihrem Gesicht blitzschnell vergangen. Nun, er hatte es so gewollt.

Chelsea warf ihm einen bösen Blick zu. Vermutlich versuchte sie herauszufinden, wie sie ihn über das Internet richtig fertig machen könnte.

Er ging zu den Glastüren, die zu etwas führten, das aussah wie eine Veranda und ein großer Hinterhof, der noch nicht eingezäunt war. Yeah, Glastüren, die von der Decke bis zum Boden reichten, waren so eine großartige Idee. Falls Alex versuchte, jemanden einzuladen, der ihn töten sollte, dann machte er einen verdammt guten Job.

Ein rotes Licht blitzte in der Nacht auf, direkt über Ians Herz Halt machend. Flachwichser. Die Einladung war verschickt und ihr gleich nachgekommen worden.

„In Deckung!" Er wich nach links aus, als mit einem schrillen Ping die wunderschönen Glasscheiben zerschmettert wurden, die Alex wohl erst kürzlich hatte einbauen lassen.

Auf dem Boden landend, rollte er sich an etwas vorbei, das wie der restliche Stapel dieses Bodenbelags aussah, den Charlie so sehr zu lieben schien. „Charlotte, geh verdammt noch mal runter. Geh hinter die Theke und rühr dich nicht vom Fleck."

Der große Raum trennte sie, und er geriet fast in Panik, dass er ihr nicht nahe genug war, um ihren Körper mit seinem zu decken. Er wandte die Augen lange genug von der Tür, um zu sehen, wie sie ihre Schwester runterzog, eine schützende Position über Chelsea einnahm.

Alex stand mit dem Rücken an der Wand, die Waffe im Anschlag, gleich neben den Glastüren. Er schoss das Licht aus, ließ den Raum in Dunkelheit versinken, den Vorteil des Scharfschützen zunichte machend. Es sei denn, er hatte ein Nachtsichtgerät. Was er wohl besaß, wenn er auch nur halbwegs anständig war. *Fuck*. Ihm war bewusst, dass er eine solche Brille um den Hals tragen sollte, doch Grace hatte ihn überzeugt, dass er damit wie ein Idiot aussah. Er würde von nun an immer ein Set im Auto haben. Das hätten alle des Teams. Er würde es zu einer Regel machen.

„Wie viele?", fragte Alex.

Eve ging sich leise, durchaus nicht panisch, hinüber zu der Stelle, an der Charlie mit ihrer Schwester kauerte.

Ian starrte hinaus. „Ich weiß es nicht. Einen, vermute ich, da es der Anzahl roter Laserstrahlen entspricht, die auf meine Brust gerichtet waren. Was hältst du jetzt von Lasern, Alex? Immer noch besorgt um Miezekatzen?"

„In Ordnung", schoss Alex in seine Richtung. „Ich lass Laser installieren und werd' der böse alte Mann am Ende des Blocks sein, der verantwortlich für den Tod aller Haustiere ist. Wie kriegen wir die Frauen hier raus?"

„Wir töten die bösen Jungs und dann holen wir die Frauen raus." Er war sich wirklich nicht sicher, ob es einen anderen Weg gäbe. Anders als beim ersten Versuch hatte sie dieses Stück Scheiße ziemlich festgenagelt. Wäre Ian der Spion, würde er unter diesen Umständen nicht aufgeben. Er würde die Position wechseln und darauf warten, dass das Ziel aus seinem Versteck käme. Er war sich wirklich unsicher, wie viele von ihnen es waren. Wenn er sie von vorne ausschaltete, wären sie ein leichtes Ziel, falls der Wichser einen Partner da hatte oder ein sehr guter Sprinter war.

„Ruf die Polizei", meinte Eve. „Ich hol mein Handy."

„Nein", schoss Ian zurück. „Wenn wir die Polizei hinzuziehen, erscheint sie in deren Akten. Keine Polizei."

„Ruf die Polizei, Eve. Wenn mich jemand einsperrt, dann soll es so sein. Ich werd's nicht zulassen, dass alle anderen umgebracht werden", sagte Charlie. „Die Sirenen sollten ihn zunächst verscheuchen."

Was dachte sie sich dabei? „Wag' es ja nicht, ans Telefon zu gehen. Sie wird nicht einfach in den Knast wandern. Sie wird irgendwohin gebracht, wo sie niemand je wieder sehen wird. Hast du mich verstanden, Eve?"

Eve nickte und machte keine weiteren Anstalten, nach ihrer Handtasche zu greifen.

Leider hatte Charlie ihre eigene Handtasche dabei. Sie griff hinein.

Jetzt entschied sie sich, aufopfernd zu sein? „Charlotte Marie Dennis, ich schwör' bei Gott, ich werd' dafür sorgen, dass du nie wieder sitzen wirst, wenn du das Telefon betätigst."

„Ian, es ist ernst. Ich kann nicht zulassen, dass andere Menschen für mich sterben." Sie begann, ihre Finger über den Bildschirm zu bewegen.

Chelsea hob die Hand, sich das Telefon ihrer Schwester schnappend, und bevor Charlie sie aufhalten konnte, schleuderte sie es quer durch den Raum.

„Verdammt noch mal, Chelsea."

Doch diesmal war er auf Chelseas Seite. Und er musste sich um diesen Wichser kümmern, denn Charlie stand unter seiner Verantwortung. „Gib mir Feuerschutz."

„Ian?", fing Alex an. „Was zum Teufel hast du vor?"

Er würde etwas Dummes tun, und er hatte keine Zeit, darüber zu streiten. Das Glas war in Tausende Stücke zersplittert und lag überall auf Alex' nagelneuem Fußboden verteilt. Ian sprang übers Glas und hinaus auf den Hof.

Er hörte Alex fluchen und dann, wie ein Kugelhagel abgefeuert wurde. Alex' Grundstück lag am Ende der Straße einer weitläufigen, wohlhabenden Nachbarschaft. Es schien, als lebten seine nächsten Nachbarn einen halben Kilometer entfernt, doch die Cops konnten immer noch auftauchen, falls jemand durch Schüsse geweckt wurde.

Er war es satt. Sonst musste er nur einen Anschlag pro Tag über sich ergehen lassen, doch Charlie musste dem Ganzen noch eins draufsetzen. Angesichts der Position, wo er selbst gestanden hatte, und der Flugbahn des roten Lasers, musste sich der Mann im Wald hinter Alex' Haus befinden.

Ian rannte nach links, wo er das Versteck des Schützen vermutete.

Tatsächlich spürte er, wie etwas an seiner Schulter vorbeischoss, ein Beinahetreffer, wie von einem Blitz gestreift. Wahnsinn, jetzt blutete er auch noch. Seine Nacht entwickelte sich zu einem totalen Chaos.

Er änderte den Kurs, sich hinter großen Bäume fortbewegend, sie als Deckung nutzend. Er stellte sich mit dem Rücken unter einen und konzentrierte sich auf die Geräusche um ihn herum. Sein Augenlicht würde ihm nicht so viel nutzen wie sein Gehör. Es war Neumond, und Alex musste sich ausgerechnet das Haus aussuchen, wo es keine Straßenlaterne gab.

Er beruhigte sich, seinen Herzschlag verlangsamend. Er brauchte kein Adrenalin. Das hier war kein Spaß. Es war ein Job, und den würde er ruhig und effizient erledigen. Stille. Er hörte den Wind und jemanden atmen. Sein Gegner war nicht so professionell, wie er es sein sollte. Sein Adrenalinspiegel war anscheinend hoch. Er zog tief Luft in die Lungen und schien sich zwischen Kampf und Flucht zu entscheiden.

Ian hätte ihm gleich sagen können, dass die Entscheidung in dem Moment gefallen war, als er angeschossen worden war.

Der Boden unter seinen Füßen war hart, und er bezweifelte nicht, dass, sobald er sich bewegte, etwas zu hören wäre. Doch das hieße, dass der Wichser von Attentäter auch ein Geräusch erzeugte.

Ian hielt seine Position und vertraute darauf, dass Alex die Frauen in Sicherheit brächte und Charlie seiner Kontrolle unterlag.

Kein Geräusch außer dem Atem des Idioten, und er konnte nicht genau sagen, woher das kam. Er war sich nicht sicher, hinter sich oder nach links irgendwohin zu schießen, also hielt er die Stellung. Es zahlte sich immer aus, eine Karte erst mit der Gewissheit auszuspielen, ein glückliches Händchen zu haben. Geduld war das A und O in diesem Spiel. Der Erste, der sich bewegte, verlor, und er hatte nicht vor zu verlieren.

Zwei Minuten vergingen, vielleicht drei. Der Wald wurde still, die Welt auf das Warten auf das eine Geräusch begrenzt, das Ian verriete, wo sich der Attentäter befand. Geduld. Geduld. Geduld.

Ein Zweig knackte, als der Mann losrannte.

Ian drehte sich, nahm die Hand hoch. Seine Augen hatten sich angepasst, doch alles, was er noch brauchte, war diese weiß scheinende Stelle, wo die Kapuze des Mannes runtergeweht war und blasse Haut freigelegt hatte.

Er drückte den Abzug mit Leichtigkeit ab, sein Ziel im Visier.

Jetzt hörte er das schönste Geräusch von allen. Das Geräusch seines Feindes, wie er auf dem Boden aufschlug.

Shit. Er hoffte, dass er das Arschloch nicht getötet hatte.

Flugs überquerte er die Distanz zwischen ihnen, seine SIG

bereithaltend, falls der Mann, der ihn hatte erschießen wollen, um an Charlie heranzukommen, nicht vollständig außer Gefecht gesetzt war.

Eine schwarz gekleidete Gestalt lag still auf dem Boden, in der Hand etwas, das ein Scharfschützengewehr zu sein schien. Ian trat es außer Reichweite, doch der Körper bewegte sich nicht. Shit. Er benötigte weitere Trainingseinheiten für sich bewegende Objekte. Er war eingerostet, denn er hatte nicht beabsichtigt, die Halsschlagader des Arschlochs zu treffen, doch so schien es, angesichts der Menge an Blut, die aus dem Körper seines Opfers lief.

Alex würde ihn umbringen, dass so viel Blut in seinen frisch erworbenen Hof vergossen wurde. Mit dem Stiefel rollte er die Leiche um, sie begutachtend. Einsachtzig. Vielleicht einsneunzig. Er war ganz in Schwarz gekleidet, mordsschick. Eine schwarze Tasche war an die Seite gefallen. Ian durchsuchte sie. Patronen, ein zusätzliches Paar Handschuhe, Handy, Reisepass, etwas Bargeld und ein Flachmann. Wodka. Ah, die Russen. Sie feierten gerne ihre kleinen Siege.

Er nahm die Tasche und begann, aufs Haus zuzulaufen. Sie müssten die Leiche noch loswerden, doch vielleicht hielt die Tasche des Attentäters ein paar nützliche Infos versteckt.

Er stoppte, kurz bevor er die Hintertür erreichte. Das Licht ging an und blendete ihn fast.

Ian sprang zur Seite. Alex hätte das Licht nicht betätigt. Schüsse krachten durch die Luft. Fuck. Da war mehr als einer. Seine Augen begannen, sich an das Licht zu gewöhnen, und er machte einen Mann im Torbogen stehend aus, eine Handfeuerwaffe auf Alex gerichtet.

„Ich bin auf der Suche nach den Mädchen. Geben Sie sie mir, und ich lasse Sie und Ihre Frau am Leben", sagte er mit starkem russischen Akzent.

Alex hatte den Mann im Visier, doch sie befanden sich in einer Pattsituation, denn aus irgendeinem verdammten Grund hatte Eve ihre sichere Position hinter der mit Speckstein bedeckten Theke verlassen und kauerte auf dem Boden zwischen den beiden bewaffneten Männern. Der Russe hatte Alex übertrumpft. Er hielt zwei in der Hand, eine Waffe auf Alex gerichtet und die andere auf Eves Kopf.

Er konnte weder Charlie noch Chelsea sehen.

„Daran habe ich mich Zweifel", antwortete Alex, seine Stimme klang fest.

„Ich weiß, dass Sie sie hier haben. Ich habe beobachtet. Ich wollte mir Ihre Frau schnappen und sie gegen die Mädchen eintauschen, doch Sie bringen sie zu mir. Lieben Sie Ihre Frau? Wollen sie, dass sie lebt?"

„Lassen Sie meine Frau gehen und wir reden darüber. Ich weiß vielleicht, wo sie sind." Es war eine Hinhaltetaktik. Ian stellte die Tasche, die er in der Hand hielt, auf den Boden, als Alex fortfuhr. „Ich wäre bereit, einen Austausch vorzunehmen, jedoch erst, wenn meine Frau in Sicherheit ist."

Ian riskierte einen Blick ums Eck. Alex wollte ihm Zeit geben, zurück zum Haus zu kommen und den Wichser zu überraschen, doch das konnte er nicht mit lodernden Eisen.

Zum Glück war das Licht sehr hell, und Ian verschwand im Licht der Dämmerung. Er konnte hinein sehen, doch für jeden im Haus wäre es schwierig, ihn außerhalb dieser Beleuchtung wahrzunehmen.

Der Russe näherte sich, die Waffe in der linken Hand berührte nun Eves Kopf. Sie hatte sich von dem Russen abgewandt. Ihre Augen waren stur auf Alex gerichtet, doch sie zeigte keinerlei Panik. Braves Mädchen. Sie nährte Alex' Angst nicht. Sie wartete ruhig ab, dass er die Situation löste, denn sie vertraute ihrem Gebieter. Charlie könnte noch einiges von Eve lernen.

„Aber, mein Freund, wenn ich Frau gehen lasse, habe ich nichts zu verhandeln. Vielleicht nehme ich sie mit." Der Attentäter gluckste böse, als er mit dem Lauf seiner Waffe an Eves Haar spielte. „Vielleicht bist du nach ein paar Stunden in der Stimmung zu teilen."

Eve wollte Alex' Angst nicht schüren, doch dieser Wichser würde Alex verdammt bald dazu bringen abzudrücken, und das könnte für alle schlecht ausgehen. Er musste präzise sein. Ian vergaß seine Angst um Eve, seine Sorge um Alex, und spielte den Plan in seinem Kopf durch. Zwei Schritte Richtung Tür. Das war alles, was er brauchte. Es hüllte ihn in Düsterkeit, doch ließe ihn nah genug herankommen, um Eve nicht versehentlich zu treffen. Kopfschuss. Ein Schuss in die Schädeldecke und er ließe die Waffen fallen. Sein Ziel war etwas kleiner als einsachtzig, doch stand nicht auf ebenem Boden, so dass er etwa fünf Zentimeter höher zielen musste.

Die ganze Anspannung verließ seinen Körper und er trat willens vor, das zweite Arschloch des Abends auszuschalten.

Doch Charlie war schneller. Sie tauchte hinter der Theke auf, die von den Bauarbeitern zurückgelassene Nagelpistole fest in der Hand haltend. Mit der einen Hand hielt sie das Ding hoch, mit der anderen zog sie die Auslösesicherung ab, das Abfeuern der Nagelpistole bereit. Ihr schönes Gesicht war ausdruckslos, als sie den Abzug betätigte und dem Russen zwei dicke Nägel seitlich in Kopf und Hals schoss. Er hatte es nicht kommen sehen, reagierte auf keinste Weise, nur dass er einen dummen Gesichtsausdruck machte und zur Seite fiel und tot war, bevor er auf dem Boden aufschlug.

Gott, war sie heiß. Sie war eine verfickte Kriegergöttin, eine verdammte Nagelpistole haltend, und irgendwie wollte er es gleich auf der Stelle mit ihr treiben, trotz der vielen Leichen, die jetzt Alex' Grundstück übersäten. Eve mochte gut mit unterwürfigem Vertrauen umgehen, doch Charlie besaß ein erstaunliches Augenmaß und eine ruhige Hand.

Eve saß mitten auf ihrem Fußboden, scheinbar regungsunfähig. „Hat Charlotte den Kerl soeben mit einer Nagelpistole umgebracht?"

Alex kniete nieder in dem Versuch, seiner Frau auf die Beine zu helfen. „Ja, Gott sei Dank." Er zog sie in seine Arme, von der Leiche weg. „Bist du in Ordnung?"

„Ist da etwa Blut aufs Hartholz gelaufen? Ich glaub' nämlich nicht, dass unsere Garantie das abdeckt", sagte Eve.

Ian sah Charlie zu, wie sie in aller Ruhe die Nagelpistole weglegte, doch er bemerkte, dass ihre Hände leicht zitterten. Eine Hand sank herab, Chelsea dabei helfend aufzustehen. Niemand war da, der Charlie streichelte, sie umarmte und ihr sagte, dass alles gut werde. Er erkannte die Traurigkeit in ihren Augen, das Bewusstsein darüber, dass sie allein war.

Fuck. Er wollte zu ihr gehen und sie festhalten und sie für ihre Fähigkeiten loben, Baumaschinen in tödliche Waffen umzuwandeln.

„Ich würd' mich nicht bewegen, wenn ich du wäre, Kumpel", sagte eine vertraute Stimme unmittelbar hinter ihm. Er hörte das eindeutige Geräusch einer Sicherung, die gelöst wurde. „Ich weiß, dass du recht schnell bist, doch ich bin auch nicht gerade lahm, und ich würd's wirklich verabscheuen, einen Freund zu töten."

Wie hatte er das übersehen können? Er hatte zugelassen, dass sich jemand von hinten anschlich, weil er damit beschäftigt gewesen war, sich über Charlies Gefühle Gedanken zu machen. „Ich fühl' mich gerade nicht besonders kollegial, Damon."

Eine Hand berührte seine Schulter. Damon Knight, MI6-Agent und üblicherweise Verbündeter, klopfte ihm auf die rechte Schulter. Es war noch gar nicht lange her, dass er Ian bei einer Operation in London geholfen hatte, doch wie es aussah, war die Zusammenarbeit dort geendet. „Ich muss dich bitten, die Waffe fallen zu lassen, Kumpel."

Er dachte ernsthaft darüber nach, das Risiko einzugehen, doch Knight war knallhart. Er mochte sich vielleicht scheiße dabei fühlen, doch er würde Ian töten, wenn er es für nötig hielt, um die Mission zu erfüllen, die Ihre Majestät von ihm verlangte. Fuck, er würde Simon umbringen, wenn sie unter einer Decke steckten. Er würde den Briten Glied für Glied auseinandernehmen und ihn an die Hunde verfüttern. Eigentlich besaß er keine Hunde, doch er würde die fiesesten Köter adoptieren, die zu finden waren, um sie mit Simons Körperteilen zu füttern, wenn er demjenigen Team beigetreten wäre, das für Knight spionierte.

Ian ließ die SIG fallen und hasste jeden Moment, mit heruntergelassenen Hosen erwischt worden zu sein. „Was willst du, Knight?"

Es war eine dumme Frage. Es gab nur eines, das Knight wollen könnte. „Ich will The Broker. In den letzten Jahren hat der MI6 eine Hackerin verfolgt, die sich The Broker nennt. Sie hat Informationen auf der ganzen Welt verkauft. Wäre die CIA nicht auch an ihr interessiert, wär' ich schockiert. Ich versuch' nicht, dir blöd zu kommen, Tag. Ich glaube, Charlotte Denisovitch ist The Broker. Sie macht Ärger und meine Bosse würden sich gern mit ihr unterhalten. Sie verfügt über Informationen, die wir brauchen. Ich verspreche, dass ich auf sie aufpassen werde. Ich lasse nicht zu, dass sie irgendwie zu Schaden kommt."

Nur ein bisschen Folter. Er schaute ins Haus. Es würde nicht länger als ein oder zwei Minuten dauern, bis Alex sich aufraffen und nach ihm sehen würde, doch dann wäre es schon zu spät. Damon käme nicht allein. „Wo ist Baz?"

Damon Knight und Basil Champion waren seit Jahren Partner. Wenn Knight hier war, würde Baz ihm Rückendeckung geben.

„Er ist hier." Simon kam von der einen Seite des Hauses zu ihnen gelaufen, Baz vor sich.

Baz' schlanke Gestalt täuschte, wie Ian wusste, darüber hinweg, dass es sich um eine Unmenge an schierer Kraft handelte. Er trug ein schwarzes langärmeliges Hemd mit schwarzer Hose, der elegant aussah, wie er sich über den Hof bewegte. „Hey, Damon, sieh mal, wen ich gefunden habe."

„Ich hab' dir gesagt, du sollst deine verfickten Hände hochnehmen" befahl Simon. „Glaubst du ernsthaft, dass ich nicht schieße? Ich kann dich verdammt noch mal nicht mal leiden."

Ah, keine Hunde für den Briten. Simon bekam eine Gehaltserhöhung.

„Nun, da ich Ihren Jungen hier habe und Sie meinen Boss, schlag' ich vor, dass wir uns einen Moment Zeit nehmen und das wie Gentlemen besprechen, denn ich weiß, dass wir das sind", sagte Simon. „Oder wir beginnen mit der Schießerei und sehen zu, wer am Ende übrig bleibt."

„Du bist schon zu lange in Amerika, Weston." Die Waffe an Ians Kopf verschwand, Knight seufzte. „Du hast dich in einen verdammten Cowboy verwandelt."

Nein, Simon war vom MI6-Agenten zu Ians Mann geworden. Unmöglich, die Schönheit loyalen Handelns herunterzuspielen. Ian hatte Simon aufgenommen, nachdem er Mist gebaut hatte, ihm bewiesen, dass er sich nicht mit den starren Regeln des MI6 rumschlagen musste, und Simon zahlte es ihm mit Loyalität zurück.

„Boss, Adam hat die Spur des einen hier vor etwa zwei Stunden entdeckt. Ich dachte mir, dass sie beschließen würden, euch einen Besuch abzustatten. Damon, falls Sie in Betracht ziehen, hier etwas Schlaues auszuprobieren, sollten Sie wissen, dass ich einen Scharfschützen auf Sie angesetzt habe. Jesse? Bist du in Position?"

Eine Stimme war von oben zu hören. „Klar bin ich das, verdammt. Sag Alex, sein Dach ist absolut stabil. Ich hab' eine tolle Aussicht von hier oben. Ich hätte den ersten Kerl ja ausgeschaltet, doch Ian schien sich zu amüsieren. Der hier gehört jedoch nur mir." Ein schöner roter Punkt erschien auf Knights Stirn. Genau zwischen seinen Augen.

Yeah, so langsam mochte er Jesse auch.

Alex seufzte durch die kaputten Terrassentüren. „Könnten wir die Todeszahl gering halten? Nach Lage der Dinge weiß ich nicht, wo wir mit dem Scharfschützen und dem Russen, den Charlie für ihre

Tischlereiexperimente benutzt hat, hin sollen. Warum kommen wir nicht alle ins Haus und besprechen die Sache? Es muss eine Möglichkeit geben, wie Damon bekommt, was er braucht, ohne Charlie ins britische Guantanamo Bay zu befördern."

Alex war ein Spielverderber. „Gut, doch du solltest darüber nachdenken, umzuziehen, Mann. Das ist eine gefährliche Gegend. Hey, diese Bauarbeiter haben nicht zufällig eine Schaufel dagelassen, oder?"

Alex riss die Augen auf. „Du kannst sie nicht in meinem Garten vergraben. Verdammt, Ian, wir bauen in den nächsten Wochen einen Swimmingpool ein. Wie soll ich das erklären? Erst meine Terrassentüren, dann der Boden, und jetzt willst du auch noch meinen Garten in eine verdammte Leichenhalde verwandeln. Das wird nicht geschehen, Ian."

Er ging weg, etwas vor sich hinmurmelnd.

„Ich glaub', das passiert, wenn gute Agenten ihren Verstand wegen einer hübschen Braut verlieren", sagte Knight.

Wenigstens waren sie sich in einer Sache einig.

Er hob Knights Waffe auf und folgte Alex ins Haus.

Kapitel Zehn

Charlie beobachtete, wie Ian und Damon Knight zusammen am Küchentisch saßen, ihre Gesichter grimmig, während sie über ihre Zukunft berieten.

Offenbar war ihr Beitrag nicht hilfreich, denn ihr wurde gesagt, sie solle sich bettfertig machen. Er hatte ihr nicht mal erlaubt, beim Verbinden zu helfen. Eve war diejenige, die ihm das Blut von der Schulter gewaschen hatte und ihm sagte, wie viel Glück er gehabt hatte, dass ihn die Kugel nur gestreift hatte. Ian hatte sie sofort wegtreten lassen, als sie zu seinem riesigen Haus auf dem Lande zurückgekehrt waren. Chelsea war bereits in dem Gästezimmer verschwunden, das Ian ihnen zugewiesen hatte. Alex und Eve nahmen das Bett, das sich im kleinen Kerker befand. Jesse und Simon hielten Wache, während Ian Jake und Adam gerufen hatte, um die Leichen zu vergraben, bis Ian bereit wäre, sie der CIA zu übergeben. Charlie war sich sicher, dass die einzige Person, die mit all dem zufrieden war, was sich die ganze Nacht über abgespielt hatte, Serena war, die vermutlich gerade dabei war, sich Notizen zu machen.

Sie konnte nicht mal an Schlaf denken. Nicht, wenn sie dringend weg musste. Es war an der Zeit zu gehen. Ian wollte sie nicht und sie wollte nicht, dass noch jemand getötet wurde. Sie dachte, dass sie nur hinter ihr her waren, doch der heutige Tag hatte bewiesen, dass ihr Onkel bereit war, Zivilisten in Mitleidenschaft zu ziehen, um an sie ranzukommen. Sie hatte gedacht, mehr Zeit zu haben, bevor sie sie fänden. Zur Hölle, sie hatte gedacht, dass sie es vielleicht aufgegeben hatten. Sie war über ein Jahr in Florida gewesen, um an der Operation zu arbeiten, die sie zu Ian zurückgebracht hatte, und da hatte niemand versucht, sie zu töten. Nach so langer Zeit, in der sie nichts von ihrem Onkel gehört hatte, hatte sie sich beinahe schon sicher gefühlt. Sicher genug, um ihren Mann zu suchen.

Sie hatte sich geirrt und es war Zeit zu gehen. Nachdem sie sich etwas ausgeruht hatte, musste sie sich Chelsea schnappen und von hier verschwinden.

Das Einzige, was sie geschafft hatte, um sich dem Bett anzunähern, war eines von Ians übergroßen T-Shirts anzuziehen. Es musste ihr als Nachtzeug dienen. Es hing ihr bis zu den Knien und bedeckte mehr, als viele Kleider es taten.

„Du bist also mit dem großen Kerl verheiratet, was?" Basil Champion setzte sich ihr gegenüber auf die Couch, eine kleine Flasche Bier in der Hand. Er fläzte sich in Ians große, bequeme Couch.

„Nicht wirklich." Sie war sich nicht sicher, warum der britische Agent über ihre Ehe sprechen wollte, doch sie hatte nicht vor, sich mit ihm darüber zu unterhalten.

„Es ist nicht das, was aus meinen Unterlagen hervorgeht, Liebes. Es ist kaum zu glauben, dass du hier bist. Ich war in der Nacht dort, in der du gestorben bist, weißt du. Ich hab' genau genommen einen Blick auf deinen Körper werfen können. Damon und ich mussten mit Big Tag vor der Polizei abhauen. Unsere Bosse dachten, er müsse im Knast zu sehr leiden."

Er wäre dort vermutlich umgebracht worden. Nelson hätte einen Attentäter geschickt, und hätte sich keine Sorgen mehr machen müssen, dass Ian Taggart seine Pläne durchkreuzt. Sie hatte es gewusst, und trotzdem diese Pille geschluckt. Vielleicht hatte sie eine Vergebung wirklich nicht verdient. Vielleicht war das alles ein großer Fehler gewesen. „Ich bin sicher, er war Ihnen dankbar."

Baz nahm einen großen Schluck Bier, bevor er antwortete. „Ne. Er war zu aufgebracht. Ich weiß noch, dass ich dachte, er wäre eine Art Superheld. Wissen Sie, er war so etwas wie eine Legende, obwohl er erst seit ein paar Jahren im Dienst war. Ich dachte, ich träfe auf den Oberkracher, doch er schien absolut erledigt, wissen Sie, was ich meine?"

Sie fühlte sich nun erledigt, aber sie wollte trotzdem nicht mit einem MI6-Agenten über ihr Privatleben sprechen. „Sie sind also hier, um mich schreiend und um mich tretend nach mit England zu schleppen?"

Er schnaubte, arrogant klingend. „Auf keinen Fall. Wir würden dieses spezielle Interview nicht auf britischem Boden führen. Damon ist etwas idealistisch. Ich befürchte, wenn wir mit Ihnen nach London flögen, würden Sie es nicht aus Heathrow herausschaffen, bevor sie nicht unmittelbar in die Hände unserer Bosse fielen und an einen Ort geschafft würden, außerhalb der Grenzen all dieser lästigen Menschenrechtsgesetze, die wir haben. Die sind wirklich sowas von beschränkt, wenn's um Folter geht."

Also würden sie sie zu irgendeiner befreundeten Regierung in Afrika oder im Nahen Osten bringen und sie foltern, bis sie Information preisgab. Was sie nicht wussten, war, dass es Chelsea war, die die meisten Informationen vermittelt hatte. Charlie war der Muskel. Die Infos, die Charlie an bestimmte Regierungen weitergab, brachten ihnen kein Geld, aber hatten vermutlich einen Haufen Menschenleben gerettet. Chelsea war damals nicht glücklich mit ihr darüber gewesen. Chelsea war das Hirn, doch diese Information würde sie nicht preisgeben. „Ich hatte nichts mit dem MI6 zu tun. Warum sind Sie jetzt hinter mir her?"

Er setzte sich auf, mit beiden Füßen fest auf dem Boden stehend. „Wollen Sie sich jetzt dumm stellen, Liebes? Sie haben sich vor drei Monaten in unsere Systeme gehackt. Sie waren dabei noch anständig. Sie haben sich reingehackt, drei Dateien kopiert und sind gleich wieder raus. Hätten wir nicht ein paar äußerst aufmerksame Techniker, wären wir nie dahinter gekommen, dass Sie überhaupt drin waren."

Fuck. Chelsea hatte ihr versprochen, sich von MI6, CIA und Chinas MSS fernzuhalten. Es waren diejenigen drei Länder, die sie am ehesten erwischen und aufhängen würden, wobei wohl Charlie unter diesen Umständen am Ende des Seils hinge. Sie beruhigte sich. Es war nicht das erste Mal, dass sie gezwungen war, ihre Schwester zu decken. „Ich habe nicht beabsichtigt, mich nicht mit dem MI6 anzulegen. Ich brauchte ein paar Akten."

„Über Eli Nelson? Haben Sie für Taggart gearbeitet?"

Ah, das Verhör begann jetzt. Zumindest konnte sie die Fragen zu beantworten. „Eli Nelson ist hinter mir her. Weder jetzt noch früher habe ich für Ian oder McKay-Taggart gearbeitet. Ich arbeitete jedoch für Eli Nelson. Unsere Wege trennten sich im Streit."

„Soweit ich weiß, trennten sich Ihre Wege zu Ihren Bedingungen, nicht zu seinen."

Er war gut informiert. „Ich hatte nie die Absicht, dauerhaft für den Mann zu arbeiten."

„Nein, Sie haben ihn benutzt, um Ihren Vater zu töten."

„Es wäre schwierig gewesen, den Job selbst zu erledigen."

Es war nicht so, als hätte sie nicht darüber nachgedacht, davon geträumt. Sie hatte nur nicht herausgefunden, wie sie das hätte anstellen sollen, und gleichzeitig sich und Chelsea in Sicherheit zu bringen. Nur deshalb hatte sie Nelsons Teufelspakt angenommen.

„Doch Sie handeln recht wirkungsvoll in Bezug zu anderen Unternehmungen. Sie könnten für jemanden wie Nelson sehr wertvoll sein. Oder für jemanden wie Taggart."

Sie lachte auf. „Sie können nicht ernsthaft glauben, dass ich all die Jahre für Ian tätig gewesen bin. Er hatte keine Ahnung, dass ich am Leben bin. Das finde ich sehr amüsant, denn Sie und Ihr Partner scheinen es offensichtlich gewusst zu haben."

Ein unschuldiger Blick kreuzte Baz' Gesicht. Ein hübsches Gesicht, doch der Mann hatte etwas Dunkles an sich. „Jetzt fühle ich mich aber zutiefst gekränkt. Ich versichere Ihnen, hätte Damon gewusst, dass Ian Taggarts verschollene Frau noch lebte, hätte er ihn benachrichtigt. Er ist sehr loyal, wenn's um seine Freunde geht. Nein, Sie waren uns nur als The Broker bekannt. Wir fingen an zu vermuten, dass es sich beim Broker um eine Frau zu handeln scheint, als letztes Jahr eine Million Dollar, die den Taliban gestohlen worden war, in einem Fonds für die Ausbildung von Frauen in Afghanistan auftauchte."

Das war Charlies Idee. Es war ein rundum lustiger Tag gewesen. „Ich bin Feministin."

„Du bist Anarchistin", erwiderte Baz, doch er schien sie nicht zu verurteilen. „Und Sie spielen mit dem Feuer. Wenn Ihre „Kunden" jemals herausfinden, dass Sie sie gegeneinander ausspielen, werden mehr Leute als Ihr Onkel und Eli Nelson darauf aus sein, Sie zu töten."

Ein Mädchen musste ein Hobby haben. Ihres bestand darin, Chaos zu schaffen für die weltweit schrecklichsten Terroristen und Kriminellen. Es machte Spaß. „Ich neige dazu, sehr vorsichtig zu sein, mit wem ich Geschäfte mache."

Chelsea hatte sonst ein geschicktes Händchen, nicht mit den Fingern in der Keksdose erwischt zu werden. Was gut war, denn die Keksdose wäre vermutlich mit Sprengstoff gefüllt.

„Doch Sie sind vor einem Jahr auf unserem Radar aufgetaucht. Einer unserer Agenten war in eine der Terroristenzellen eingeschleust, in der Sie tätig waren."

Ein kleines Lächeln kreuzte ihr Gesicht. Sie hatte diese Nebentätigkeit genossen. „Tut mir leid. Ich hab' das schneller erledigt, als Ihr Agent gucken konnte. Er war langsam."

Sie hatten Informationen über eine Zelle erhalten, die daran arbeitete, einzelne öffentliche Verkehrssysteme in Europa in einem koordinierten Versuch lahmzulegen, um die Wirtschaft zu stürzen. Irgendwie mochte sie Europa. Es stellte sich als wirklich schwierig heraus, eine solche Operation zu planen, wenn plötzlich das ganze Geld verschwand.

„Unser Agent war dabei, sich in der Nahrungskette nach oben zu arbeiten. Sie haben die ganze Sache zunichte gemacht. Die Zelle wurden gegeneinander aufgebracht. Unser Agent konnte zusehen, wie sie sich gegenseitig beschuldigten, es gestohlen zu haben. Auch er kam in Verdacht. Er hat es fast nicht lebend rausgeschafft."

Sie hatten also mehrere Gründe, sie nicht zu mögen. Sie hatte ihre Pläne durchkreuzt. „Ich war nicht an dem Projekt des MI6 beteiligt. Ich hab' nur ein Problem gesehen und es gelöst. Sie hatten geplant, Sarin-Gas in die Luftfiltersysteme der U-Bahnen in London, Berlin, Paris und Rom zu leiten. Sie waren kurz davor, das Gas zu kaufen. Ihr Agent war zu langsam. Ich war nicht gewillt, das Leben einiger hunderttausend Menschen und die Wirtschaft Europas zu riskieren, weil Ihr Mann in der Hierarchie aufzusteigen beabsichtigte. Ich denke, dass Sie auch feststellen werden, dass ich die Vorhaben der Zelle an die CIA weitergab."

Sein Kiefer straffte sich. „Ja, es hat sie gefreut, uns das vor den

Latz zu knallen. Darf ich fragen, warum Sie nicht direkt zu uns gekommen sind?"

„Ich empfinde mich als Amerikanerin." Sie war die Tochter ihrer Mutter, und ihre Mutter war aus Kalifornien. Sie hatte immer nach Hause zurückkehren wollen, hatte ihre Töchter jedoch an der Ostküste angesiedelt in dem Versuch, sie vor ihrem Vater zu verstecken. Er hatte sie trotzdem gefunden.

„Du wurdest in Moskau geboren."

„Aber ich war glücklich hier. Meine Mutter war Amerikanerin. Ich hab' meine russische Staatsbürgerschaft aufgegeben, oder hätte das, wenn ich mit meinem Gesicht in einer Bundesbehörde hätte auftauchen können. Ich schicke der CIA von Zeit zu Zeit ein paar Infos, und sie gehen damit um, wie sie es für richtig halten. Doch Ian hat nichts damit zu tun. Er hat in den letzten Jahren ausschließlich für sich selbst gearbeitet."

Baz verengte die Augen. „Nicht ausschließlich. Er steht immer noch gut bei der CIA da. Er hätte die ganze Arbeit in England nicht erledigen können, wenn er nicht über ein paar gute Kontakte verfügte. Damon hält große Stücke auf ihn."

Sie war sich nicht sicher, ob sie Damon Knight vertraute. „Vorhin bei Alex schien er nicht viel von Ian zu halten. Er schien ziemlich angepisst zu sein, dass Ian mit einer Waffe auf ihn zielte."

„Ian war ihm nur zuvorgekommen, weil Simon uns gefolgt ist. Verdammter Mistkerl. Sonst wärst du schon unterwegs außer Landes." Er stand auf, sein Hemd glättend. „Sind sie es nicht leid davonzulaufen?"

Das war eine dumme Frage. „Natürlich bin ich es leid."

Baz warf einen Blick hinter sich, sah in die Küche. Ein Lachen dröhnte aus dem ordentlich vereinbarten Raum. Zumindest amüsierte sich Ian. Der britische Agent drehte sich wieder um, preschte vor. „Wie wäre es, wenn Sie nicht mehr weglaufen müssten? Was wäre, wenn Sie sich mit all dem Geld, das Sie verdient haben, niederlassen und einen Ort finden könnten, an dem sich eine Frau mit Ihren Talenten, sagen wir mal, hervortun könnte?"

„Was versuchen Sie mir damit zu sagen?" Falls er ihr ein Angebot machen wollte, wäre es ihr lieber, er sagte es geradeheraus. Denn es entsprach der Wahrheit, dass sie müde war. Der Gedanke, wieder wegzulaufen, machte sie übelst krank, doch wenn sie es schaffte, aus dieser Situation rauszukommen, müsste sie es tun. Sie müsste sich Chelsea schnappen und sich irgendwo verstecken, und sich dann woanders verstecken, und so weiter und so fort, bis sie gefasst und getötet wurden oder es bis ins hohe Alter schafften. Sie hatte versucht, Ian anzumachen, und verloren, und sie hatte keine wirkliche Idee, was sie als nächstes tun sollte.

„Ich will damit sagen, dass Sie es sich schön einrichten könnten. Wir sind nicht alle so wie die CIA. Nicht alle Organisationen benutzen Sie nur und lassen Sie dann fallen. Manche Organisationen täten viel dafür, um all Ihre Talente in richtiger Manier einsetzen zu können."

Wollte der MI6 sie foltern oder einstellen?

Sollte sie sich ein Angebot anhören?

„Ich kann es mir nicht schön einrichten. Nicht wirklich. Ich dachte, dass ich es könnte, doch sie fanden mich allzu schnell." Es war ein beabsichtigtes Risiko gewesen zuzulassen, dass Adam ihre Identität aufspürte, doch sie hatte gehofft, dass ihr Onkel seinen Standpunkt geändert hatte. Es waren Jahre vergangen, und das Syndikat konzentrierte sich eher aufs Geschäft. Sie hatte jedoch kein Glück. Ihr Onkel war erpicht darauf, sie zu töten, und sie vermutete, es läge daran, weil Nelson ein doppeltes Spiel mit ihr getrieben hatte. Sicher, sie hatte mit ihm das Gleiche gemacht, also konnte sie nicht heulen, absolut unschuldig zu sein.

„Es gibt immer eine Lösung für ein Problem. Manchmal braucht es die Bereitschaft, sich die Hände schmutzig zu machen." Baz stellte die leere Flasche auf dem Tisch ab. „Wir alle wissen, dass die CIA kein Blut an den Händen mag. Eher delegiert sie solche Arbeit an ihre Freunde. Sie werden keine Hilfe erwarten können. Diese wird leugnen, Ihnen je geholfen zu haben."

Darüber war sie sich immer im Klaren gewesen. „Ich hab' von denen keine Arbeitsempfehlung erwartet."

Er schüttelte den Kopf. „Du denkst nicht groß genug. Die Welt verändert sich, und Frauen wie Sie können sich selbst einen Platz darin schaffen."

„Ich glaube nicht, dass Charlie überhaupt weiß, wo ihr Platz ist." Ian stand in der Tür, mit seiner breite Gestalt den Raum dominierend. „Ich bat dich, ins Bett zu gehen."

„Du hast mir gesagt, ich solle ins Bett gehen", korrigierte sie. „Ich dachte mir, besser herauszufinden, ob ich morgen schon in einem Flugzeug sitze."

Er runzelte die Stirn, kopfschüttelnd, als hätte sie etwas Absurdes gesagt. „Nein. Ich hab' 'was mit Damon ausgehandelt. Ich sagte dir doch, dass ich das tun würde."

Damon Knight schob sich freundlich an Ian vorbei und gesellte sich zu seinem Partner auf die Couch. Im Gegensatz zu Baz hielt er ein Glas Scotch in der Hand. „Sie werden mir alles geben, was Sie haben. Ich mein' jede einzelne Festplatte, die in Ihrem Besitz ist."

„Wie bitte?"

Ians Gesicht ward zu einer steinernen Maske. „Du steigst aus dem Geschäft aus."

Sie ließ die Worte auf sich einwirken, weil sie für einen Moment nicht den geringsten Sinn ergaben. „Du hast diese Entscheidung getroffen?"

„Ja."

Die Arroganz des Mannes verblüffte sie. Sie stand auf, unwillig, zu sitzen, während er sich über sie auftürmte. „Das tu' ich nicht."

Lieber ginge sie mit Knight nach England zurück und probierte ihr Glück dort. Wenigstens würde Chelsea etwas Schutz genießen.

Er trat näher, in ihren Raum eindringend. „Das wirst du verfickt noch mal. Adam wird heut' Abend zu dir fahren, um die Computer zu holen."

„Das kannst du nicht tun." Sie ballte die Fäuste, weinte vor Wut. Was zum Teufel dachte er sich dabei? Wie konnte er ihr das nur antun? Chelsea? „Wir brauchen die Info."

Es war ihr Schutz, ihre Mauer gegen die Welt. Es war das Einzige, was sie hatten.

„Nein, braucht ihr nicht. Du bist von jetzt an aus dem Geschäft raus. Das Geld, das ihr gestohlen oder mit dem Verkauf von Informationen verdient habt, wird zwischen dem MI6 und der CIA aufgeteilt und fließt direkt in deren Anti-Terror-Budgets."

„Was?" Sie stieß ein wütendes Kreischen aus. Sie könnte ohne Geld nicht fliehen. Sie könnte sich nicht verstecken. Panik drohte sie zu erfassen.

Ians Hand schnellte heraus, nach ihrem Arm greifend. Er sah zur britischen Crew rüber. „Wir werden diese Diskussion im Schlafzimmer fortsetzen. Chelsea ist in einem der Zimmer im Obergeschoss. Alex und Eve legen sich schon im Verlies schlafen. Ihr zwei könnt euch um das letzte Schlafzimmer streiten. Aber tut euch nicht gegenseitig weh. Es hat eine sogenannte Tagesliege, auf die so keiner von euch richtig draufpasst. Der andere kann auf die Couch. Mir ist es egal."

Er begann, sie aus dem Wohnzimmer zu zerren.

„Ian, wird nicht geschehen." Sie ließe nicht zu, dass er ihr das kleinste Bisschen an Schutz nahm, das ihr geblieben war.

„Das wird es. Falls du dir Sorgen machst, dass Adam durch dein Sicherheitssystem etwas abbekommt, solltest du wissen, dass er's bereits deaktiviert hat. Er überweist das Geld morgen früh, wenn die CIA den Deal abgesegnet hat."

„Was für einen verfickten Deal?"

Er blieb stehen, drehte sie zu sich. „Der, der dich vor dem Gefängnis bewahrt. Der, der dir vielleicht so etwas wie ein normales Leben ermöglichen wird."

„Ich werd' kein normales Leben führen, Ian. Wenn du mir die Möglichkeit nimmst, Deals abzuschließen und mich schnell von A nach B zu bewegen, verurteilst du mich zum Tode. Nicht nur CIA und MI6 sind hinter mir her. Hast du auch mit meinem Onkel verhandelt?"

Darauf schien er keine Antwort zu haben.

„Nein, hast du nicht, weil er sich auf keinen Deal einlässt. Es sei denn, mein Kopf lände in einer Kiste auf seinem Schreibtisch. Ich muss also zu dem Schluss kommen, dass du nur deinen eigenen Arsch rettest und mich aufgibst." Sie hasste es, dass ihr die Tränen über die Wangen liefen, doch sie konnte nicht anders. „Ist es das, was du wolltest, Ian? Weißt du, dass du mir damit den Todesschuss setzt, denn du nimmst mir alles, was mir hätte Schutz bieten können? Fühlst du dich damit besser?"

Wie hatte sie ihn nur so falsch einschätzen können?

Er packte sie an den Schultern. Sie standen immer noch im Flur, nicht weit von den Briten entfernt. „Ich versuch', dich zu beschützen, Charlotte. Ich versuch' auch, meine Leute zu beschützen. Willst du eine Schießerei? Denn alle meine Leute werden versuchen, dich zu beschützen. Sie werden töten oder selbst sterben, um dich zu beschützen. Ist es das, was du willst? Denn wir können einen Krieg anzetteln."

Mit dem MI6 und dann auch höchstwahrscheinlich mit der CIA. Sie hatte an nichts anderes gedacht, als wieder in seinen Armen zu liegen. Sie hatte nicht darüber nachgedacht, was es sie alle kostete. „Nein. Lass mich mit ihnen gehen, und es ist erledigt."

„Du gehst nirgendwo hin, außer ins Bett." Er liefe wieder den Flur hinunter.

Sie versuchte, sich auf die Hinterbeine zu stemmen. „Ian, lass das. Ich lass' mich nicht ins Bett stecken wie eine Fünfjährige."

Er drehte sie einfach zu sich und zog sie in seine Arme, als wiegte sie nichts. „Fünfjährige besitzen mehr Verstand als du."

Das war mehr, als sie ertragen konnte. Sie riss sich los, holte aus und schlug ihm quer über seinen kantigen Kiefer. „Das kannst du mir nicht antun."

„Schau mir einfach zu." Falls er Schmerz empfand, zeigte er ihn nicht.

Sie trat um sich und kämpfte, doch er ging einfach weiter. „Lass mich los. Lass mich verfickt nochmal los."

Er zog sie fester in seine Arme. „Glaubst du nicht, dass ich das will? Verdammt, Charlie, ich wünschte, das könnte ich, aber du hast es unmöglich gemacht."

„Es ist ganz leicht. Lass mich runter und dreh mir den Rücken zu, und du wirst mich nie wieder sehen."

Er trat die Tür zu etwas auf, das aussah wie das Herrschaftliche Schlafzimmer. „Ich kann nicht. Und ich kann anscheinend nicht aufhören, dich zu beschützen. Ich weiß, dass du null Interesse an meinem Schutz hast, doch dieses Mal wirst du ihn verdammt noch mal akzeptieren. Ich hab' beim ersten Mal einen Fehler gemacht. Ich hab' dir die Wahl gelassen. Diesmal hast du keine."

Er stellte sie auf die Füße.

Sie flüchtete zur Tür.

Ein Arm legte sich um ihre Mitte, zog sie zu ihm. „Mach's dir nicht so schwer, Charlie."

Sie trat nach hinten aus, weiter versuchend, sich zu befreien. Es war ein törichtes Spiel. Das war ihr bewusst. Es gab absolut keinen Ausweg. Sie landete entweder bei den Briten oder bei Simon und Jesse, und die würden sie alle zu Ian zurückschleppen. Doch sie konnte nicht ruhig bleiben, konnte sich dem nicht unterwerfen.

„Beruhig' dich." Ian stieß den Befehl mit Schärfe aus, sein Mund an ihrem Ohr. „Sie hören uns noch zu. Daran hab' ich keinen Zweifel. Also beruhig' dich jetzt verdammt noch mal und verhalte dich wie eine Erwachsene."

Die Anschuldigung traf sie schmerzlich, doch egal, was sie jetzt sagte, es wäre sinnlos.

Sie fühlte seinen warmen Atem an ihrem Ohr, und obwohl er ein Mistkerl von Hurensohn war, reagierte ihr Körper auf ihn. Ja, auch das hasste sie jetzt.

„Sie denken, du bist der Broker. Sag jetzt nichts. Nick' oder schüttel' den Kopf. Chelsea ist der Broker, stimmt's?"

Sie überlegte, ob sie ihn anlügen sollte. Einfach aus Prinzip. Sie nickte trotzdem.

„Wusstest du, dass sie wichtige Beamte vierer verschiedener Regierungen erpresst?"

Sie schnappte leicht nach Luft. Was hatte ihre Schwester getan?

„Ich werte das als ein Nein. Deine Schwester richtet mehr Schaden an, als du ahnst, und du wirst den Kopf dafür hinhalten müssen. Du lässt sie dafür nicht fallen. Ich kenn' dich. Also muss dich jemand beschützen. Dafür steht mein Name auf unserer Heiratsurkunde."

„Du bekommst die Scheidung. Zur Hölle, ich lass' Chelsea dafür sorgen, dass die Ehe nie stattgefunden hat." Das hätte sie von Anfang an tun sollen. Sie hätte es gut sein lassen sollen.

„Dafür ist es jetzt zu spät." Er hielt den Arm fest um ihre Taille, während er sich rückwärts zum Bett bewegte.

Vielleicht käme sie mit Vernunft weiter. Sie milderte die Stimme. „Ian, du willst da nicht mit hineingezogen werden. Ruf Adam zurück. Sag Simon, er soll uns für ein paar Minuten den Rücken zukehren. Ich weck' Chelsea, und wir verschwinden von hier. Ich werd' dich nicht mehr belästigen."

„Du belästigst mich jeden Moment eines jeden verfickten Tages, Baby. Das hast du, seit ich dich kennengelernt hab', und ich kämpfe wie Hölle dagegen an. Ich hab' so hart dagegen angekämpft, seit du zurückgekommen bist. Jeder gute Agent ist sich bewusst, die Taktik zu ändern, wenn sie nicht funktioniert, und es an der Zeit ist, eine andere zu auszuprobieren."

Er drehte sie geschickt um, so dass ihm zugewandt war, wobei sein Arm losließ. Doch ehe sie eine Bewegung machen konnte, um sich loszureißen, hielt er ihre beiden Handgelenke in einer seiner großen Hände.

Und ein schönes Stück Seil in der anderen.

„Was machst du da?"

„Was Neues ausprobieren." Er wickelte das Seil um sie.

Charlie versuchte zu fliehen. Sie flüchtete zur Tür, nicht weil sie Angst davor hatte, was Ian ihr antun könnte, sondern davor, ihn machen zu lassen, trotz dem ganzen Scheiß, den er ihr verursacht hatte. Sie war kein Mädchen, das den Scheiß eines Kerls hinnähme und ihn dann auch noch fickte. Sie konnte es nicht.

Innerhalb einer Sekunde war er bei ihr, zog sie zu Boden und drückte sie runter auf den Plüschteppich.

„Geh von mir runter", schrie sie.

„Ich kann nicht." Er war vollkommen ruhig. Sie hätte denken können, es handle sich hier um ein alltägliches Ereignis, wäre da nicht die massive Erektion, die sich an sie presste.

Obwohl sie alles versuchte, um ihr Knie in seinen Schritt zu rammen, hielt er sie fest und hatte ihre Handgelenke im Nu zusammengebunden. Er prüfte die Knoten, als ob es für ihn bedeutend sei.

„Ist es zu eng?", fragte Ian, seine Stimme ruhig und ernst.

Sie schwieg, unwillig, ihm auch nur das kleinste Bisschen entgegen zu kommen. Er hatte ihr alles genommen und erwartete nun, dass sie sich ihm unterwarf?

„Charlie, Baby, sprich' mit mir. Ich kann das nicht ertragen. Ich hasse es, dich zum Schweigen zu bringen. Ich will das nicht. Ich wünschte, ich wäre kalt. Ich wünschte, ich sorgte mich nicht. Ich kann's nicht. Ich kann dich nicht gehen lassen."

„Du nimmst mir meine Optionen."

„Weil ich dir beim letzten Mal die Wahl gegeben hab' und du dich verdammt nochmal nicht für mich entschieden hast. Du hast dich für alle anderen entschieden, nur nicht für mich. Ich bring' das wieder in Ordnung. Ich werd' dich retten. Entscheid' dich für mich, Charlie. Wähle uns. Vertrau mir. Gib mir die Möglichkeit, dein Held zu sein."

Das hatte sie tatsächlich, wurde ihr plötzlich klar. Sie hatte Chelsea ihm vorgezogen. Sie hatte sich selbst über ihn gestellt. Sie hatte es damals nicht so wahrgenommen. Es war ihr wie ein klar vorgezeichneter Weg erschienen, und sie hatte nicht mal in Erwägung gezogen, sich an ihn zu wenden und ihm die Wahrheit zu sagen. Wie ginge ein Mann wie Ian damit um? Er würde sich verschließen. Ian brauchte das Gefühl, gebraucht zu werden, und sie hatte seinem schlimmsten Feind mehr vertraut als ihm.

Er bat um eine weitere Chance. Oder wollte er nur, dass sie sich fügte?

Woher sollte sie das wissen?

„Ian, binde mich los und lass mich zu Chelsea gehen." Sie hatte einige Fragen an ihre Schwester. Wenn Chelsea Politiker erpresste, steckten sie in größeren Schwierigkeiten, als sie angenommen hatte.

Sein Gesicht verhärtete sich. „Ich kann nicht. Ich kann dir nicht vertrauen, dass du nicht wegläufst."

Frustration stieg in ihr auf. „Du hast dafür gesorgt, dass ich nirgendwo mehr hingehen kann, Ian. Ich hab nichts, worauf ich zurückgreifen kann, wenn Adam diese Festplatten geholt hat und du ihnen mein Geld gibst."

Sie wäre wieder ganz allein auf der Welt. Sie müsste wieder von vorne anfangen und hoffen, dass sie lange genug überlebte, um es zu schaffen. Ihre ganze Seele weinte, weil er es war, der sie in diese Situation gebracht hatte. Ihre Liebe. Ihre andere Hälfte hatte sie zu Tod und Schmerz verbannt.

Er zog sie hoch, nahm sie in seine starken Arme. „Ich gebe ihnen alles, was nötig ist, damit du nicht ins Gefängnis musst. Wenn du ihnen die auf deinen Konten befindlichen zehn Millionen gibst und dich von Ärger fernhältst, lassen sie dich in Ruhe. Ich hab' diesen Deal mit erarbeitet. Ich musste ein paar äußerst wichtigen Leuten einige Gefallen versprechen. Meine Gefallen können gefährliche Dinge bedeuten. Sag mir verfickt nochmal nicht, ich wolle dir schaden, Charlie."

Zehn Millionen? Sie verstummte in seinen Armen. Er wusste genau, wie viel sie hatte. Chelsea hatte ihr erzählt, dass Adam ihre Bankkonten aufgespürt hatte. Sie hatte so um die fünfundzwanzig Millionen auf ihren Konten. Es war das Geld, das sie Nelson und ihrem Onkel gestohlen hatte und welches sie mit dem Handel von Informationen verdient hatten. Wieder stachen ihr Tränen in die Augen, doch diesmal aus einem anderen Grund. Ian versuchte, ihr etwas zu sagen, doch er konnte es nicht geradeheraus aussprechen. Versuchte er es wirklich? Wollte er sie wirklich retten? „Du hast ihnen die kompletten zehn Millionen gegeben? Ian, das ist alles, was ich hab'."

Sie konnten mithören. Sie musste vorsichtig sein. Hoffnung regte sich in ihrer Brust wie ein Baby, das sie für eine Totgeburt gehalten hatte, das aber gerade seinen ersten Atemzug getan hatte.

Er legte sie aufs große Bett. ihre Handgelenke an dem Haken am Kopfende fixierend. „Das hab' ich. Alles, Charlie." Er blinzelte in ihre Richtung.

Er hatte ihr ein Sicherheitspolster gelassen. Sie könnte neue Info auftun. Sie könnte ihr Geschäft wieder aufbauen, doch das Geld war von größter Bedeutung, wenn sie fliehen musste.

Er starrte sie an. „Vertrau mir."

Sie schloss die Augen. Sie liebte diesen Mann, und er hatte ihr wehgetan. Sie hatte ihm wehgetan. Sie hatte ihn fast alles gekostet, und jetzt drohte ihm dasselbe Schicksal erneut. Ihr Onkel könnte seine ganze Crew ausschalten. Bisher waren sie mit allem fertig geworden, doch sie könnten einen der ihren verlieren.

Vertrauen. Sie verstand das Wort fast nicht.

Ian brauchte es. Er brauchte ihr Vertrauen. Es war wie ein Kodex, der in seine DNA geschrieben war. Er war der Typ Mann, der eine Frau liebte und dann einen Haken darunter machte. Sie war sein. Sie war es, die ihn vervollständigen könnte, doch sie hatte sie beide mit ihrer Vergangenheit verraten.

Sie hatte die Wahl. Er oder Chelsea. Sie hatte sich beim ersten Mal für Chelsea entschieden. Ihre Schwester war so jung und bedürftig gewesen, doch jetzt waren sie stärker, und Chelsea war so gut wie vom Radar verschwunden. Keiner war der Meinung, sie hätte etwas Falsches getan. Chelsea konnte gehen.

„Du hast also *meine* Probleme aus dem Weg geräumt?"

Er streckte die Hand aus und strich ihr das Haar zurück. ""a, Gott sei Dank hat sich deine Schwester aus den Schwierigkeiten herausgehalten."

Ihre Lippen formten die nächste Frage. *Warum*?

Er beugte sich über sie, sein Mund direkt über ihrem Ohr. „Ich hab's dir gesagt. Ich hab's versucht. Ich hab' versucht, mich von diesem

Bedürfnis zu befreien, doch ich kann's nicht. Ich brauch' dich. Ich krieg' dich nicht aus meinem verfickten Kopf. Es ist mir seit fünf verfickten Jahren nicht gelungen."

„Nach dem heutigen Tag sollte ich gehen. Es wäre für alle, die dein Leben ausmachen, besser, ich verschwände." Sie war ihm die Wahrheit schuldig. Nach allem, was sie ihm und seinen Freunden angetan hatte, konnte sie nicht lügen.

„Ich kann nicht." Er stand über ihr, sein Körper hart und bereit. „Ich kann dich nicht gehen lassen. Du hast mir eine Frage gestellt, die ich nicht beantwortet habe."

Sie hatte ihn gefragt, ob das, was sie in den Jahren zuvor erlebt hatten, echt war. „War es echt? Es hat sich echt angefühlt. Es hat sich für mich echt angefühlt. Ich hab' dich geheiratet."

Seine Schultern sackten in sich zusammen. Er lehnte sich an die Wand, seine Augen ließen nicht von ihr ab. „Ich hab' dich geheiratet. Ich hab' dich geliebt, Charlie. Mit allem, was ich hatte, hab' ich dich geliebt, doch du hast es nicht erwidert."

Wie konnte er das nur denken? „Ian, ich hab' fünf Jahre lang versucht, mir einen Weg zu dir zurückzuarbeiten. Wie kannst du denken, dass ich dich nicht geliebt habe?"

„Du brauchtest keine fünf Jahre. Du brauchtest Vertrauen zu mir. Du hättest mir mehr Vertrauen schenken müssen als Eli Nelson. Hast du aber nicht."

Das war die Mauer zwischen ihnen, die Kluft. Sie hatte ihm nicht genug vertraut, um ihm zu sagen, was los war. Sie hatte ihn nicht genug geliebt, um ihm die Wahrheit zu sagen.

„Was hättest du denn getan, Ian?" Sie starrte zu ihm auf. Manchmal wirkte er so distanziert, unnahbar, doch das war alles nur gespielt. Es war manchmal nicht leicht, sein wahres Gesicht hinter seiner umwerfenden Erscheinung und seinem perfekten Körper zu erkennen, doch tief im Inneren war er nur ein Mann, und sie hatte ihn verletzt. „Was hättest du getan, wenn ich zu dir gekommen wäre? Ich hatte Angst, du schickst mich in die Wüste, und dann hätte ich Chelsea nicht mehr retten können. Ein kleiner Teil von mir hatte Angst, du wüsstest alles und spielst nur mit mir."

„Ich hätte Eli Nelson umgebracht. Ich hätte deine Schwester rausgeholt."

Sie schüttelte den Kopf. Er sah alles nur in Schwarz und Weiß. „Mein Vater hatte sie. Er hätte sie nicht gehen lassen."

„Ich sagte doch, ich hätte deine Schwester rausgeholt. Hätte sich mir jemand in die Quere gestellt, hätte ich sie alle ausgeschaltet, und es hätte mir höchstwahrscheinlich Spaß gemacht, deinen Vater zu töten."

„Du warst bei einem Einsatz."

Er seufzte, mehr als müde wirkend. „Du warst wichtiger als jeder Einsatz. Ich hätte die Operation jemand anderem überlassen. Du warst meine Frau. Ich hab' dir ein Versprechen gegeben, das ich keiner anderen Frau gegeben hab'. Das ich keiner anderen Frau je geben werd'. Ich hätte die Agentur verlassen und mich um deine Probleme gekümmert und hätte dich dann zurück in die Staaten gebracht und ein verficktes Haus mit Speckstein und so'm Scheiß gekauft und dich geschwängert, und wir hätten jetzt ein paar Kinder, und ich hätte nicht jeden verfickten Tag meines Lebens dieses Loch in mir gespürt. Ich wär' heute ein Dad, der sein Kind zum Fußballtraining bringt und über den Trainer ablästert. Ich wär' ein Mann, der gern Zeit mit seiner Frau während langweiliger Grillfeste und Familienessen verbringt." Das Leben, das sie hätten haben können. Es spielte sich oft in ihrem Geiste ab, ein Traum, den sie nicht zu hoffen wagte. „Ich weiß nicht, ob wir dieses Leben jemals hätten haben können, Ian. Ich glaub', es war ein Fehler, zu dir zurückzukommen. Ich liebe dich. Ich wünschte, ich hätte bessere Entscheidungen getroffen, aber am Ende werden sie immer hinter mir her sein."

„Können wir nicht heute Abend eine Entscheidungen treffen?" Müdigkeit hatte sich in seine Stimme geschlichen. „Wollen wir zunächst diese Krise überstehen, bevor wir uns mit der nächsten befassen?"

Denn die nächste Krise käme mit Sicherheit. „Ja. Ich werd' anständig sein. Du kannst mich losbinden."

Er schnaubte und ging von der Wand weg, sich das Hemd über den Kopf ziehend. „Ich glaub', ich lass dich so, wie du bist. Auf diese Weise kann ich schlafen, ohne ein Auge offen halten zu müssen."

„Ian, ich versprech's."

„Und ich verspreche, dich zu knebeln, wenn du nicht aufhörst zu reden."

„Gott, du bist so ein Mistkerl." Er machte sie verrückt. Er sagte die süßesten Dinge und ließ sie dann gefesselt wie ein Stück Fleisch am Haken. Und wer zum Teufel hatte Haken in seinem Kopfteil angebracht?

Er zog sich aus bis auf die Boxershorts, und dann kam das Bett in Bewegung, als er sich mit seinem Körper darauf warf. „Ist dir kalt?"

„Ian, ich bin gefesselt. Ich mach' mir keine Sorgen wegen der Kälte."

Er legte seine große Hand auf ihren Bauch, besitzergreifend darüber streichelnd. „Ich hatte noch nie eine Frau in diesem Bett."

„Dennoch hast du Haken im Kopfteil."

Er legte seinen Kopf auf ihre Brüste und kuschelte sich an, als seien sie ein Kissen. „Ich bin ein Optimist."

Er war ein Mistkerl, und trotzdem liebte sie ihn. Und ihr war definitiv nicht kalt.

Mit seinen Armen um sie herum, seinem Körper, der sie wärmte, fiel es ihr seltsamerweise leicht einzuschlafen.

Kapitel Elf

„Was machst du verdammt nochmal mit meinen Festplatten?"

Warum hatte er im Schlafzimmer nicht an eine Schallisolierung gedacht? Ian erwachte vom schrillen Ton seiner Schwägerin, die seine sorgfältig ausgearbeiteten Pläne durchkreuzte. Er hatte geplant, aufzuwachen und geschmeidig in Charlies Muschi zu gleiten, bevor sie die Augen richtig geöffnet hatte. Er hatte geplant, besser in den Morgen zu starten, als sie den Abend beendet hatten.

„Sprich verdammt noch mal leiser." Simons tiefer Befehl war laut und deutlich.

„Müssen sie sich vor unserem Zimmer streiten?" Charlie stöhnte und drehte sich zu ihm. Er hatte sie losgebunden, nachdem sie eingeschlafen war. Er hatte nie wirklich vorgehabt, sie die ganze Nacht gefesselt zu lassen. Es hätte ihren Gelenken schreckliches antun können und sie wäre furchtbar schlecht drauf gewesen. Sie öffnete ihre verschlafenen Augen und legte ihren Kopf auf seine Brust.

Es war leichtes für ihn, den Arm um sie zu schlingen und sie zu sich zu ziehen. Er hasste die Tatsache, dass es so verdammt richtig klang, dass sie den Raum als den ihren bezeichnete. Doch er hatte nicht mehr vor, dagegen anzukämpfen. Dagegen anzukämpfen hatte ihn nur unglücklich gemacht.

Also hatte er eine Affäre. Mit seiner Frau. Er hatte nicht vor, weiter in die Zukunft zu blicken, außer sie heute am Leben zu halten.

„Ich schwör' bei Gott, wenn du mir meine Festplatten nicht zurückgibst, reiß' ich dir die Eier ab."

„Das würd' ich gerne sehen, wenn du's versuchst."

Charlie quengelte beinahe. „Mach, dass sie weggehen, Gebieter."

Wenn er das nur könnte. Er drückte sie fest und rollte sich vom Bett, sich nicht um seine Bekleidung kümmernd. Wenn sie sich schon den Fehdehandschuh vor seine Schlafzimmertür hinwarfen, konnten sie sich ruhig damit auseinandersetzen, dass er eine Morgenlatte hatte.

Er stieß die Tür auf und Simon stand über Chelsea, sein Gesicht stark gerötet. Ian konnte quasi sehen, wie ihm der Dampf aus den Ohren stieg. „Ihr beide haltet die Klappe. Wo ist Damon?"

Simon trat zurück. „Er und Baz sind heute früh losgefahren. Sie treffen sich in ein paar Stunden mit uns im Büro."

Wenigstens hatten sie nicht mit angehört, wie Chelsea wegen ihrer Festplatten gekreischt hatte. „Warum verfickte Hölle steht ihr zwei dann hier vor meiner Tür und ruiniert mir den Morgen? Ich hatte eine verfickt lange Nacht, wegen all der Morde und dem Begraben von Leichen und Alex dabei zuhören zu müssen, wie er sich Eve hingegeben hatte."

Chelsea wandte sich um, ihr Gesicht eine sture Fratze. „Ich will meine Schwester sehen."

Ian wollte eine Menge Dinge, die er nicht kriegen konnte. „Ich will deine Schwester ficken, doch es geht nicht, weil ihr zwei so'n Krach macht und ich keine Ruhe finde, um mich um meine eigenen Angelegenheiten zu kümmern."

Hinter ihm ertönte ein Kichern und Charlies Arm schlang sich um seine Taille. Sie umarmte ihn mit dem Körper von hinten. „Du hast kein bisschen Diskretion."

Schlaf schien seiner Sub mehr als gut getan zu haben. Oder vielleicht lag es daran, dass er mit diesem Macho-Rache-Scheiß aufhörte. Er hatte halbwegs erwartet, aufzuwachen und sie vermisst vorzufinden, doch stattdessen lag sie an ihn gekuschelt, ein Lächeln im Gesicht. „Diskretion ist sinnlos hier. In diesem Fall mag es Tote geben, wenn sie weiterhin hier rumrennt und nach ihren Festplatten schreit."

„Ich will sie zurückhaben." Chelsea schien nicht so gut gelaunt zu sein wie ihre Schwester. Vielleicht hätte Simon sie an ein Bett fesseln sollen.

„Das wird nicht passieren. Ich hab' sie für die Freiheit deiner Schwester eingetauscht."

Chelsea war verärgert. „Schwachsinn. Ich hätte uns da rausholen können. Charlotte, du kannst diesem Arschloch nicht glauben. Er ist einer von ihnen."

Er wartete auf die ausführliche Verteidigung seiner Person seitens Charlie, doch sie stieß einfach nur mit dem Kopf gegen seinen Rücken und seufzte. „Nein, ist er nicht."

Korrekt. Kurz und bündig. Auf den Punkt gebracht. Das gefiel ihm.

„Charlotte, du kannst nicht zulassen, dass er dir das antut", flehte ihre Schwester. Sie verzog ihr Gesicht angeekelt zu einem Stirnrunzeln. „Kannst du das Ding nicht wegstecken?"

Sein Schwanz beulte sich aus der Boxershorts, durch den Hosenschlitz stoßend. „Ich hab' dir gesagt, wie es wegginge, doch du bist immer noch da." Charlie kicherte hinter ihm, ihr Mund an seinem Rücken ließ ihn das Lachen auf der Haut spüren. Es trug nicht dazu bei, dass sich sein Schwanz beruhigte. „Außerdem sieht es so aus, als hätte Simon dort seine eigene Latte. Darüber beschwerst du dich nicht."

Simon errötete. „Gott, du bist ein verfickter Mistkerl, Taggart. Es ist mir ein großes Vergnügen, dir mitzuteilen, dass das Ficken deiner Frau noch warten muss. Liam ist auf dem Weg hierher. Er hat einen Russen eingesackt und es geschafft, den seinen nicht zu töten, also kommt er in fünf Minuten in den Verhörraum."

Verfickte scheiße. Er konnte seine Frau wirklich nicht vögeln. Verdammt. Sein Tag war jetzt schon eine Höllenfahrt. „Schön."

„Du hast einen Verhörraum?", Charlie fragte, sie klang ungläubig.

„Hat das nicht jeder?" Er hatte nicht vor, sich dafür zu entschuldigen, ein anständiges Zuhause zu haben. Kerker. Abgehakt. Verhörraum. Abgehakt. Sie hatte keine Ahnung, dass er den Schuppen an der Rückseite in eine Arrestzelle verwandelt hatte. Jetzt wie er so darüber nachdachte, wurde ihm klar, dieses Haus tatsächlich in ein Zuhause verwandelt zu haben. Er brauchte nur noch Charlie, die so Sachen wie Vorhänge aussuchte. Sollte er auch in seiner Arrestzelle Vorhänge anbringen?

„Das nehm' ich dir ab." Simon legte eine übergroße Pfote an Chelseas Ellbogen.

Sie wich vor ihm zurück. „Glaub nicht, dass es vorbei ist. Charlotte, es ist mir egal, wie gut er im Bett ist. Du kannst nicht zulassen, dass er unsere Zukunft ruiniert."

„Die Zukunft, in der du hochrangige Beamte erpresst?", fragte Charlie, endlich leicht irritiert wirkend. „Die, in der ich eine Urteilsverkündung über mich ergehen lassen muss, weil du deine Hände nicht vom Kuchen lassen kannst? Bitte sag mir, dass du dich nicht ins MSS gehackt hast. Ich glaube, nicht mal Ian schafft es, einen Deal mit den Chinesen aushandeln."

Ihre Schwester errötete. „Nein. Ich hab' mich von ihnen ferngehalten. Du musst verstehen, dass die Beamten, die ich fertiggemacht hab', es verdient haben. Wenn du nur wüsstest, was für Dinge sie tun, Charlotte."

„Das muss ich nicht wissen", schoss Charlie zurück. „Du hörst jetzt auf mit dem Scheiß. Wir sind raus aus dem Informationshandelt. Wenn Ian das alles klärt, werden wir uns von allem fernhalten und vom Radar verschwinden."

Chelsea trabte verärgert davon wie ein Kind, dem sein Lieblingsspielzeug weggenommen wurde. Simon folgte ihr.

Ian drehte sich zu Charlie, die sich um ihn wand, bis sie ihn umarmte, sein Schwanz an ihren Bauch gedrückt, der Hauch an Intimität behaglich. „Also bist du jetzt an Bord?"

Sie hob ihr Gesicht nach oben. Gott, er liebte es, wie schön sie aussah, ohne den geringsten Gebrauch an Make-up. „Du hast recht. Mindestens die Hälfte der Leute, die hinter mir her sind, verschwindet, wenn wir das Geschäft aufgeben, doch Ian, du musst dir Bewusst sein, dass mein Onkel nicht aufhören wird. Ich kann mich hier nicht ewig verstecken."

Er hatte keine Ahnung, was er mit ihr anstellen würde, wenn sie bei ihm bliebe. Es lag noch so viel zwischen ihnen, einiges, wegen dem er ihr nicht traute. Dennoch, er wollte nicht mehr kämpfen. Er umarmte sie fest. „Das werden wir schon noch herausfinden. Geh jetzt unter die Dusche und kümmer' dich um Miss Griesgram. Sie und Simon wären so viel glücklicher, wenn sie es hinter sich bringen und ficken."

„Das ist für alles deine Lösung."

Es war seine Lösung für seinen massiven Ständer. Jetzt, wo er sozusagen, vielleicht davon abließ, sie von sich zu schieben, sollte er in der Lage sein, seine Frau zu ficken. Er hatte fünf Jahre Ficken wiedergutzumachen. Er drückte seinen Schwanz an sie, seine Hände suchten ihr Haar. „Das ist wirklich eine gute Lösung."

Er wollte sie gern küssen. Er wollte sie festhalten und gemächlich ihren Mund erkunden. Sie könnten den Morgen richtig beginnen. Seine Lippen schwebten genau über ihren.

„Ian!" Liams Stimme erklang. „Ich hab' uns einen richtig fetten Fisch gefangen."

Eine Welle russischer Schimpfwörter ergoss sich über sie und Charlie verkrampfte.

Fuck. Er zog sie dicht an sich, seinen blöden, mehr-wollen-als-zu-bekommen-Schwanz vergessend. „Es wird alles gut, Baby. Ich kümmer' mich um den Wichser."

„Wirst du ihn töten?" Es lag nicht der Hauch eines Vorwurfs darin, nur Neugierde.

Er hatte daran gedacht, doch er wollte den Kerl nicht in seinem Garten begraben, und der von Alex war schon voll, also hatte er etwas anderes mit ihm vor. „Li wird ihn hier festhalten, bis die CIA ihn abholt. Sie können ihn mit den Dateien zusammen mitnehmen, und dann liegt es nicht mehr in unseren Händen. Ich hab' nur ein paar Stunden, um mit ihm zu reden, also geh und mach dich frisch. Wir müssen bis zur Mittagszeit im Büro sein."

Sie drückte ihn ein weiteres Mal fest an sich. „Ist gut, Ian. Ich seh' nach Chelsea und sorge dafür, dass sie in nicht noch mehr Schwierigkeiten gerät."

Er starrte auf sie herab. „Gehst du echt duschen gehen? Ich hab' einen Streit erwartet."

Sie schüttelte den Kopf. „Ne. Du kümmerst dich um den Drecksack von Attentäter, und ich mach' mich hübsch." Sie ernüchterte langsam. „Ich vertrau' dir, Ian. Ich hab' beim ersten Mal einen Fehler gemacht, doch den mach' ich nicht noch mal. Ich liebe dich. Ich geb' dieses Problem an dich weiter. Bitte bring's für mich in Ordnung."

Gott, sie konnte nicht ahnen, was das mit ihm tat. Er wollte sie umschlingen und die Welt nie wieder an sie heranlassen. Er wollte sich zwischen sie und alles zu stellen, was sich ihr in den Weg stellte. „Das mach' ich, Baby.“

Sie ging davon und kurz danach hörte er, wie die Dusche anging.

„Hey, ich hab' den Wichser im Verhörraum.“ Li runzelte die Stirn. „Was hast du vor, Kumpel? Hast du vor, ihn mit deinem Schwanz zu bedrohen? Du solltest das wegstecken. Du machst mir Angst damit.“

Er zeigte Liam den Mittelfinger und lief los, um sich eine Hose zu schnappen.

Zehn Minuten später starrte er in Yuri Zhukovs Gesicht, das ziemlich mitgenommen aussah. „Was hast du mit ihm gemacht? Oder befand sich seine Nase schon immer einige Zentimeter neben seiner Gesichtsmitte?“

Li lächelte. „Ne, das war Karina. Er hat sie angegrapscht, da hat sie ihn in die Schranken gewiesen. Sie ist ein verrücktes Miststück. Ich mag sie. Doch ich glaube, sie bescheißt beim Kartenspiel. Und sie hat sich einen Nagel abgebrochen. Sie sagt, das kostet dich extra.“

Großartig. Jetzt zahlte er auch noch für Nagelpflege. Er warf einen Blick in den Spiegel an der Seite. Alex und Eve standen hinter dem Spiegel und beobachteten alles, was passierte. Eve erstellte ein Profil des Mannes und sprach mit Liam über ein Bluetooth-Gerät. „Hat er im Auto etwas gesagt?“

„Außer, „Bitte schließen Sie mich nicht im Kofferraum ein“, und, „Töten Sie mich nicht?“. Einigen Kram auf Russisch, doch die gute Nachricht ist, dass ich nicht das geringste verstehe. Es ist so viel einfacher, Leute zu entführen, wenn du nicht ihre Sprache sprichst. Das ganze Geschrei wird zum Hintergrundgeräusch.“

Liam redete dummes Zeug daher, um den Russen zum Reden zu bringen. So viel verstand Ian, denn der Mann, den er beschrieb, war nicht derselbe Mann, der dort im Verhörraum saß. Zhukov war totenstill, sein Gesicht eine Maske der Finsternis.

Und er sprach verdammt gut Englisch. Jeder im Syndikat tat das. Natürlich war die gute Nachricht, dass Ian Russisch sprach.

„*Dobroye utro*“, das war Russisch für „Guten Morgen“.

Eine schwarze Braue hob sich über den Augen des Attentäters. „Ah, jemand, mit Hirn im Kopf. Sie müssen Taggart sein. Mein Boss lässt grüßen.“

Sein Boss hatte ein paar Kugeln in seine Richtung gefeuert, doch wenigstens mussten sie das Gespräch nicht auf Russisch führen. „Sie spielen also nicht mehr den harten Kerl?"

„Das ist kein Spiel. Ich bin seit zwanzig Jahren beim Syndikat. Jetzt bin ich toter Mann."

Denn das Syndikat vergab und vergaß nicht. Selbst wenn Zhukov es schaffte zu entkommen, würden sie annehmen, er sei illoyal, und ihn selbst töten. „Die CIA wird Sie so lange vor dem Syndikat schützen, wie Sie bereit sind, mit ihnen zu reden."

„Ja, ich bin mir sicher, ihre Gastfreundschaft wird wunderbar sein. Ich hab' so viel Gutes von unseren Freunden im Nahen Osten gehört."

Oh, die CIA wird etwas über diese Freunde wissen wollen. Doch Ian interessierte sich für seine anderen Freunde.

Er holte ein Foto von Eli Nelson hervor. Es war vom letzten Jahr, doch es war das Einzige, das er hatte. Nelson war seit London vorsichtig geworden. „Lassen Sie uns reden. Solange Sie ehrlich sind, denke ich, dass Ihnen meine Gastfreundschaft gefällt." Es verstand sich von selbst, dass, wenn er es nicht täte, das Gegenteil der Fall sei. „Hat Ihr Boss mit diesem Mann zu tun?"

„Mein Chef hat mit vielen derart interessanten Leuten zu tun. Er ist Geschäftsmann."

„Er ist kriminell." Ian zeigte auf das Bild. Er wollte ihm nicht unter seine lädierte Nase reiben, dass er vorhatte, auch Denisovitch auszuschalten zu wollen. „Doch meine Leute neigen nicht dazu, sich mit Ihren Leuten anzulegen. Das überlassen wir den Bullen. Ich bin an diesem Mann interessiert."

Er studierte das Foto einen Moment lang. „Ich weiß von diesem Mann. Er arbeitet für eine Gruppe, an der mein Boss interessiert ist."

„Eine Gruppe?" Das war neu für ihn.

Zhukov lachte, es klang schrill. „Ah, dann weiß der große Taggart doch nicht alles. Ich dachte, es sei wahr. Sie sind schon zu lange aus dem Spiel. Ich jedoch bin auch nur, wie sagt man? Arbeitsbiene. Ich weiß wohl von nichts."

Ian starrte den Mann an.

Liam beugte sich vor, ihm ins Ohr flüsternd. „Eve sagt, er ist bereit zu verhandeln. Etwas an seiner Körpersprache und dass er sich unter Kontrolle hat. Ich weiß nicht, wovon sie redet. Ich find', er sieht wie ein

Arschloch aus."

„Gib mir die Flasche." Wenn der Russe bereit war zu verhandeln, war Ian bereit, ihm mehr Gastfreundschaft entgegenzubringen.

Liam reichte ihm eine Flasche Wodka und zwei Schnapsgläser.

Der Russe riss die Augen auf. „Du bist also doch kein Barbar."

Ian schenkte zwei gut dosierte Shots ein. In Russland trank niemand allein. „Natürlich nicht."

Zhukov sah auf den Wodka. Seine Hände waren immer noch vor seinem Körper gefesselt, doch Ian war sich sicher, dass er klug genug war, um zu wissen, dass er nicht losgebunden werden würde. Nein, er sah dem zweiten Grund entgegen, warum Ian heute Morgen trank. Um zu bekunden, dass er nicht versuchte, den Wichser umzubringen.

Ian nahm sein Schnapsglas in die Hand. Ein Trinkspruch war die richtige Art, eine wichtige Verhandlung zu beginnen. „Auf das Fortbestehen Ihrer Gesundheit."

Denn wenn er nichts Gutes parat hatte, war seine Gesundheit in Gefahr.

Zhukov hielt seins mit zusammengefalteten Händen hoch. „Ja, ich denke, wir können beide gute Wünsche für unsere Gesundheit gebrauchen."

Sie stießen mit den Gläsern an und tranken den kompletten Shot leer.

„Es ist acht Uhr morgens. Wie kannst du um diese Zeit Wodka trinken?", fragte Liam mit einem Schaudern.

Zhukov zuckte mit den Schultern. „Es ist immer Zeit für Wodka."

Ian schenkte einen weiteren Kurzen nach. „Sie sprachen also von einer Gruppe."

„Hab' ich? Vielleicht gibt Gruppe. Vielleicht gibt keine."

„Das ist interessant, denn noch vor einem Moment haben Sie sehr sicher geklungen."

Er stürzte den Kurzen hinunter. „Ich bin nicht im Syndikat."

Schwachsinn. „Sie sind deren oberster Attentäter."

„Ich wurde von alter Garde bevorzugt."

„Von Vladimir Denisovitch?" Charlies Vater hatte das Syndikat viele Jahre lang geleitet.

„Er war wie ein Vater für mich. Wenn sein Bruder übernimmt, hat er seinen eigenen Favoriten."

Yeah, Ian hatte seinen „Favoriten" vermutlich in der Nacht zuvor umgebracht, doch das wollte er Zhukov nicht sagen. „Die neue Garde kam also rein und Sie waren außen vor."

„Ihr Amerikaner habt witzige Art, Dinge zu sagen. Ja. Ich war nicht mehr Favorit."

„Dennoch hat er Sie damit betraut, sein wichtigstes Ziel zu verfolgen." Es bestand kein Zweifel daran, dass Mikhail Denisovitch davon besessen war, seine Nichte zu töten.

„Er hat mich nicht allein hingeschickt." Irgendetwas an dem Lächeln des Mannes stimmte nicht. Ian brauchte Eve nicht, um sich darüber Bewusst zu sein, dass er etwas verheimlichte.

„Ja, er hat mindestens drei von Ihnen geschickt. Mögen Sie mir die genaue Zahl nennen, wie viele für diesen Job unter Vertrag genommen wurden?"

Es folgte ein langsames Schulterzucken des Attentäters, bevor er antwortete. „Mehr als drei."

Großartig. Das sagte ihm viel. „Warum will Ihr Boss seine Nichte töten, während er durchaus fähig ist, mit dem Mann Geschäfte zu machen, der seinen Bruder getötet hat?"

Das schien den Mann zu verblüffen. Seine Augen verengten sich leicht, und er blickte wieder auf das Foto hinunter. „Nein. Charlotte hat ihren Vater getötet."

Ian schüttelte den Kopf, auf das Bild von Nelson tippend. „Dies ist der Mann, der Vladimir Denisovitch getötet hat. Er hat seine Dienste als Attentäter dagegen eingetauscht, dass Charlottes einen Agenten in die Irre führte. Dann hat er Denisovitch dazu missbraucht, seine eigenen kriminellen Aktivitäten vor der CIA zu verschleiern."

„Charlotte hatte versucht, einen Attentäter anzuheuern, der ihren Vater tötet, doch sie konnte keinen Mann finden, der Job übernehmen wollte. Durch diesen Mann haben wir herausgefunden, wer den Boss getötet hat. Er kam zu Mikhail mit Dokumenten, die Charlotte ihm geschickt hatte und die beweisen, dass sie versucht hatte, ihn anzuheuern."

„Und es hat niemand zu keiner Zeit gelogen?" Warum war Mikhail so bereit, Nelson zu glauben? „Ich weiß zufällig, dass Charlotte am Morgen, an dem Denisovitch getötet wurde, bei mir war."

Sie war in ihrer Wohnung in London gewesen, und dann war sie tot.

„Es ist kein langer Flug. Es sind vier Stunden von Sheremetyevo nach Heathrow. Ein entspannter Flug, um Mann umzulegen. Er hat uns seither in vielerlei Hinsicht geholfen. Ich glaube, Mann, der hilft, eher trauen zu können als Hure."

Eine Hand legte sich ihm auf die Schulter. Liam. Eine stille Mahnung, ruhig zu bleiben. Das hatte er nötig, denn es gefiel ihm gar nicht, dass dieser tätowierte Wichser seine Frau eine Hure nannte. Er war der Einzige, dem er diesen Fehler gestatte. Denn er brauchte Informationen von diesem Mann. Er beruhigte sich, und Liams nahm die Hand wieder weg, um nach der Flasche zu greifen und die Schnapsgläser nachzufüllen.

„Was für eine Art von Arbeit macht er für Sie?", fragte Ian.

„Das würden Sie wohl gern wissen."

„Doch, das tu' ich, und die CIA interessiert sich sicher auch dafür. Wurden Sie je mit Waterboarding gefoltert? Es heißt, es sei wie wiederholtes Ertrinken. Wenn du denkst, es ist vorbei und du erwartest einen angenehmen Tod, dann lassen sie dich wieder atmen. Nur für ein paar Minuten. Und nur, um dich für die nächste Runde vorzubereiten."

Liam gluckste. „Mir sind Geschichten zu Ohren gekommen, die CIA brenne einem die Eier ab. Wenn sie mit der Fackel nicht vorsichtig genug sind, gehen die verdammten Teile in Flammen auf. Verraten Sie mir was. Wie gestaltet sich deine tägliche Körperpflege, Junge?"

Der Mann spannte den Kiefer an und begann plötzlich, die Hände ineinander zu falten, als begreife er endlich, dass es sich hier um keinen simplen Aufenthalt in einem gemütlichen US-Gefängnis handelte. „Er hilft uns bei den Arbeiten an der Ölleitung."

Was zum Teufel? „Reden Sie davon, was sich im Oblast Samara abspielt?"

„Sie wissen es nicht. Ich dachte, Sie wüssten das." Er sah plötzlich aus wie ein Mann, der sich bewusst wurde, seine Eier am Körper behalten zu können.

„Sagen Sie mir, was Nelson in Russland macht." Ian versuchte, sich einen Reim daraus zu machen. Es war eher die Mafia, die Russland regierte. Das Letzte, was Ian gehört hatte, war, dass sich Nelson als Waffenhändler betätigte. Kaufte er alte Waffen der Mafia auf, um sie in Afrika und im Nahen Osten zu verscherbeln? Was hatte das mit einer Pipeline zu tun?

„Ich glaub' nicht. Ich denke, ich behalte diese Informationen für CIA oder sonst wen, der wegen mir aufkreuzt. Ich gebe Ihnen die Information und habe nichts, womit ich handeln könnte." Er lächelte, schiefe Zähne kamen zum Vorschein. „Ich bin überrascht, Sie wissen das nicht. Ich würde denken, die Hure würde es ihrem Liebhaber erzählen."

„Ian", begann Li.

Doch Ian hatte es langsam satt, diesem Arschloch zuzuhören, und er war sich recht sicher, dass ihre Diskussion beendet war. Wenn er an der Stelle des Mannes wäre, würde er die Information auch nicht an irgendjemanden weitergeben, außer an eine Person, die Macht hätte. Ian beugte sich vor in dem Versuch, die Hände auf dem Tisch zu belassen und nicht dem Mann die Kehle zuzudrücken. „Wollen Sie mir erklären, von wem Sie sprechen?"

Ein humorloses Lachen entfuhr dem Attentäter, und er zeigte auf das Bild Nelsons. „Ich spreche von deiner Hurenfrau. Sie kennt diesen Mann gut. Sehr gut."

„Ja, das tut sie, denn sie hat ihn angeheuert", beharrte Ian. Ihm gefiel die Unterstellung, die der Mann machte, gar nicht.

„Sie haben meinen Computer. Vielleicht sollten Sie ihn überprüfen. Wir alle haben Datei von Hure. Ich nenne sie so, weil jeder im Syndikat weiß, warum sie so lange überlebt hat. Sie fickt alles, was sie kann. Charlotte Denisovitch wird Moskauer Stute genannt, weil sie so viele von uns reiten."

Ian sah rot. Reinstes Blutrot der Güteklasse A überkam ihn, sein Blick verschwamm in eine seltsame, beinahe wässrige Version dieser Farbe. Blut pulsierte in seinen Adern, ein brutaler Rhythmus. Es war schon komisch. Er erinnerte sich nicht mal daran, wie er über die Tischplatte stürzte. In einem Moment versuchte sein Hirn noch zu verarbeiten, was der Mann gesagt hatte, und im nächsten zerrte Alex an ihm, schreiend, er solle aufhören, denn er hatte Zhukov zu Boden gebracht, den Stuhl zurückgeschleudert, den Tisch weggekickt. Irgendwie war er die Ursache für das ganze Chaos, doch das war jetzt egal. Er hatte jetzt nur noch eine einzige Aufgabe, und er fühlte sich gut dabei, sie zu erledigen.

„Ian, du bringst ihn um", schrie Alex. „Du musst aufhören."

Doch Ian wollte nicht aufhören, auch dann nicht, als das Arschloch bereits blau anlief und seine Augen hervortraten. Es war noch nicht Zeit aufzuhören. Er drückte fester zu. Der Hals des Arschlochs war kräftig, doch für Ian ein Leichtes. Seine Hände waren groß genug, um der Sache ein Ende zu bereiten.

„Ian, hör auf." Liam mischte sich in die Aktion ein, bemüht, Ians rechte Hand zu lösen.

„Ian, wir brauchen ihn lebend." Alex versuchte sich an seinem linken Arm.

Keiner der beiden Männer erzielte große Fortschritte. Sie brauchten diesen Scheißkerl nicht wirklich. Ihm zufolge gab es noch andere, die so waren wie er, und Ian war es egal, wer die Info preisgab.

Es war ihm nicht egal, ob er den Wichser umbrachte. Seine Hände griffen wieder fester zu und es gelang ihm, sein Knie zum Schritt des Kerls zu bekommen.

Das Bild von Charlie unter diesem Sausack liegend brannte sich regelrecht in sein Hirn. Er kam darauf nicht klar. Er konnte keinen klaren Gedanken mehr fassen. Ihn interessierte weder die Operation noch der Deal noch sonst irgendwas, außer den Mann zu töten, der seine Frau vergewaltigt haben könnte.

„Ian, er hat gelogen." Eve war die einzig ruhige Stimme auf Erden. Sie kniete sich zu ihm, ihr Gesicht erschien in seinem Blickfeld. „Bitte sprich mit mir darüber, denn ich glaube, dass er gelogen hat, um dich in eine schlechte Position zu versetzen."

Ian zeigte Zähne, auf den Mann hinunter schauend, der sich nur noch schwach wehrte. „Wer ist hier jetzt in einer schlechten Position?"

„Was ist hier los?" Eine andere Stimme riss ihn zuletzt aus der Tötungsszene. „Ian?"

Er ließ Zhukov los und drehte sich zu Charlie um. Sie trug die gleich Kleidung wie gestern, doch ihr Haar war noch feucht von der Dusche. Sie hatte kein Make-up benutzt und sah jung und verletzlich aus.

Doch das wollte sie auch, oder? Eine gute Agentin wusste ihre Rolle zu spielen. Charlie sah aus wie die süße, unschuldige Sub, die ihren Dom brauchte, um sie zu beschützen, sie zu lieben.

Fuck. Er wollte nicht hier sein. Er wollte nicht darüber nachdenken. Er konnte hier und jetzt nicht mit ihr sprechen.

„Mach dich fertig. Wir müssen ins Büro aufmachen." Er begann langsam wegzutreten.

„Ian, was hat er gesagt?" Eine Hand kam hoch, um ihn aufzuhalten.

Er wich zurück. Er konnte sie jetzt auch nicht berühren. Er tickte nicht mehr richtig. Alles, was er sah, war seine Frau, um Eli Nelson geschlungen. Hatte sie mit dem Wichser im Bett gelegen, seinen Untergang planend? Hatte sie dem Mann ihre ganze Zärtlichkeit geschenkt, hatte kehrt gemacht und sich in Ians Bett geschmissen?

„Das ist egal. Mach dich fertig."

„Es ist nicht egal." Ihre Augen füllten sich mit Tränen. Sie wollte auf ihn zugehen, doch Liam trat dazwischen und hielt sie zurück.

„Gib ihm ein bisschen Freiraum, Darlin'. Er kann jetzt nicht sprechen. Er muss sich erst mal abkühlen, bevor ihm ein weiteres Wort über die Lippen kommt." Die Worte kamen aus Liams Mund wie eine Warnung, und als schenke er Ian absolute Beachtung.

„Li, hast du den Computer von diesem Arschloch?" Er hatte gesagt, es gäbe eine Datei über Charlie. Ian wollte diese verfickte Datei lesen.

Charlie starrte ihn an, ihr Gesicht fahl, doch sie ließ es zu, dass Liam sie zurück hielt.

„Yeah. Adam hat ihn bereits. Boss, ich denke, wir sollten keine voreiligen Schlüsse ziehen", sagte Li.

„Ich will die Datei vorliegen haben, wenn ich im Büro bin." Er trat weg und rannte fast in sein Zimmer, wo er die Tür verschloss und versuchte, das Bild aus seinem Kopf zu krigen.

* * * *

Charlie sah zurück zum Verhörraum, ihr rutschte das Herz tiefer. „Was hat er gesagt?"

Liam schüttelte den Kopf. „Darüber musst du mit Ian reden."

Er war nicht gerade hilfreich. Charlie blickte zu der anderen Frau im Raum. „Eve, bitte."

Alex zog Zhukov hoch, ihn auf die Beine zwingend. Der Attentäter seinerseits versuchte zu Atem zu kommen. „Charlotte, du musst Ian ein paar Minuten geben, okay? Er wird wieder zur Vernunft kommen."

Weshalb musste er zur Vernunft kommen? Er war bereit gewesen, Zhukov zu töten. Das konnte sie Ian nicht verübeln. Der Attentäter war eine der rechten Hände ihres Vaters gewesen, ein stiller Killer mit bösem Blick. Sie war immer vorsichtig gewesen, bloß einen großen Bogen um ihn zu machen.

Eve trat vor. „Warum gehen wir nicht und bereiten Frühstück vor? Vielleicht bringt das die Männer in bessere Stimmung."

„Bitte sag mir, was er gesagt hat", fragte Charlie, den bettelnden Ton ihrer Stimme verachtend. Ian war ein Profi. Ian war ruhig und gelassen, wenn er arbeitete. Die CIA wollte mit Zhukov reden, also würde Ian dafür sorgen, dass sie die Chance dazu bekämen. Außer, dass er gerade kurz davor gewesen war, den Mann zu töten, was bedeutete, Zhukov hatte etwas so Abscheuliches gesagt oder getan, dass Ian seine eisige Professionalität vergaß.

„Ich ihm gesagt, wie du jeden Mann im Syndikat fickst, Schlampe. Ich ihm gesagt, wie gerne wir alle dich gefickt haben." Zhukovs Stimme klang krächzend, erschöpft, doch es war unmöglich, die Boshaftigkeit, die darin lag, nicht rauszuhören.

Sie schnappte nach Luft, so sehr traf sie der Schlag.

Ian glaubte ihm. Es gab keine andere Erklärung dafür, dass er versucht hatte, den Mann zu töten, und sie angesehen hatte, als hätte sie sich etwas Ansteckendes eingefangen. Er glaubte Zhukov, einem Mann, mit dem sie vor dem heutigen Tag nie mehr als zehn Worte gesprochen hatte. Ian glaubte, dass sie mit ihm geschlafen hatte.

Und... oh, Gott, er glaubte, sie hätte sich an das Syndikat verraten.

Eve nahm ihre Hand. „Ich hab' ihm gesagt, dass ich glaub', dass Zhukov lügt."

„Er hat dir nicht geglaubt, Schlampe", würgte Zhukov hervor. „Er kennt jetzt die Wahrheit. Vielleicht erledigt er meinen Job für mich und tötet Hure selbst."

„Bring ihn raus hier, Alex, bevor ich den Job für Ian erledige", sagte Liam, nahm ihre Hand und zog sie weg. „Ich werd' tun, was der Boss verdammt noch mal hätte tun sollen. Ich kümmer' mich um sie."

Er zerrte sie aus der Schusslinie in Richtung Küche. Charlie folgte ihm, sich wie ein Zombie fühlend. Ihre Beine bewegten sich. Sie atmete noch, doch sie fühlte sich innerlich tot.

Liam ließ ihren Arm los, als sie die Küche erreichten. Er seufzte und fuhr sich mit der Hand durchs Haar, bevor er auf die Kaffeekanne zusteuerte. Er füllte einen Becher und stellte ihn auf den großen, ländlich wirkenden Tisch. „Setz dich und trink einen Kaffee, Liebes. Dann geht es dir bald besser."

Sie setzte sich und legte ihre Hände um die Keramik des Bechers, ihre Haut wärmend. Ihr war nicht aufgefallen, wie kalt ihr geworden war.

„Du kannst dir nicht vorstellen, was sich darin abgespielt hat, also vergiss es. Ian ist ein kluger Mann. Er wird sich darüber im Klaren werden." Der Ire nahm ihr gegenüber Platz, den Mund zu einem mürrischen Gesichtsausdruck verzogen.

"Es klingt, als sei er sich darüber bereits im Klaren." Sie fühlte sich innerlich hohl. Für einen Moment hatte sie gedacht, es liefe gut bei ihnen. Nur für einen winzigen Moment. Die ganze Zeit, während sie unter der Dusche stand, hatte sie sich gefragt, wie es wohl mit ihnen laufen würde.

„Er ist ein eifersüchtiger Idiot. Du musst ihm etwas Spielraum geben. Der Mann war noch nie verliebt."

„Ich hab' vor Ian mit zwei Männern geschlafen und seitdem mit keinem." Sie sprach die Worte aus, als müsse sie sich einfach verteidigen, doch es war nicht von Bedeutung. „Ich dachte, ich wäre in einen von ihnen verliebt. Er lachte mich aus, nachdem ich ihm meine Jungfräulichkeit geschenkt hatte. Er hatte mit ein paar von ihnen gewettet, die Tochter des Chefs ficken zu können. Ich hab' bei dem anderen nach Trost gesucht. Den fand ich nicht. Ich hab' Zhukov mit Sicherheit niemals angefasst."

„Was ist mit Nelson?"

Sie schloss die Augen. Natürlich war es auch darum gegangen. „Niemals. Doch das spielt jetzt keine Rolle mehr."

Liam beobachtete sie aufmerksam, als würde er ihr Gesicht nach etwas absuchen, das ihm verriet, dass sie log. „Er schien zu glauben, eine Art von Beweis zu haben."

„Es muss manipuliert sein. Ich hab' nicht mit Nelson geschlafen. Ich hab' ihm keine Liebesbriefe geschickt. Nichts dergleichen. Ich hab' den Mann benutzt, um meine Schwester zu schützen. Nicht mehr." Sie hatte Nelson benutzt und dann sein Geld gestohlen.

Was verfickt nochmal sollte sie jetzt tun?

Liams Handy summte. Er schaute darauf hinab. „Das ist Avery. Ich muss rangehen. Sie lässt ihr Auto heute untersuchen. Danke, dass du ihr gestern Abend geholfen hast."

Deshalb war er so nett zu ihr. Sie nickte, als ihre Schwester den Raum betrat und Liam ihn verließ. Gott, das Letzte, was sie brauchte, war ein „Ich hab's dir ja gesagt" ihrer Schwester. Sie starrte auf den Kaffee hinab und versuchte, nicht daran zu denken, wie Ian sie angesehen hatte.

Chelsea schlug eine Hand auf den Tisch. „Das kannst du nicht machen, Charlotte. Wir müssen sofort von hier verschwinden. Glaubst du echt, dass sie uns nicht ausliefern werden, wenn sie mit uns fertig sind?"

Charlie blickte auf und sah, ihre Schwester hatte einen Stalker. Simon lehnte an den Türrahmen, eine Leibwache, die ihnen zu verstehen gab, dass sie nirgendwo hingingen.

„Ich weiß es nicht", antwortete Charlie.

Ihre Schwester glitt in den Stuhl neben ihr. „Was meinst du damit, du weißt es nicht? Ich dachte, zwischen dir und diesem Stück Fleisch an Mann wäre alles paletti."

Ihre Schwester mochte Ian nicht. So viel war klar. „Er denkt, ich hätte mit Zhukov geschlafen."

Chelseas fiel die Kinnlade herunter. „Igitt, das ist ja abartig. Er ist ungefähr fünfhundert Jahre älter als du."

„Und Eli Nelson."

Ein leises „Fuck", das vom Türrahmen kam, ließ Charlie wissen, dass Simons Ohren gut funktionierten.

Chelsea runzelte die Stirn in seine Richtung. „Hau ab, du Perversling." Sie nahm Charlies Hand. „Er wird dir nie wieder vertrauen. Siehst du das nicht? Er ist nicht die Sorte von Mann, die verzeihen kann. Mein Gott, er glaubt einem Mörder mehr als dir."

„Oder er braucht verdammt noch mal Zeit, um darüber nachzudenken", warf Simon ein. „Hast du das bedacht? Du bist vor nicht einmal zwei Tagen wieder in sein Leben getreten, und du erwartest, dass er da noch mitkommt? Du kannst ihm keine fünf Sekunden geben, um ihm verdammte Luft zum Atmen zu lassen, oder?"

Simon hatte nicht ganz Unrecht. Genau wie Chelsea. Bei dem

einen ging es um Logik und Vernunft, bei der anderen ein gewisses Maß an Vertrauen. Glaube an Ian. Glaube daran, dass sie ihn liebte.

„Welche Art von Beweis könnte Zhukov gegen mich haben?", fragte Charlie und hob den Blick. „Ian sagte etwas von einem Computer und einer Datei über mich."

Verwirrung zeigte sich auf dem Gesicht ihrer Schwester. „Ich weiß es nicht."

„Du weißt doch alles, Chelsea."

„Das weiß ich nicht." Sie verschränkte hartnäckig die Arme. „Ich weiß nur, dass du uns beide noch umbringst. Warum tust du das? Siehst du nicht, dass es unser Leben nicht wert ist? Es ist unser Geschäft nicht wert."

Das war Teil des Problems. „Es sollte kein Geschäft sein, Chelsea. Es sollte ein Weg sein, um am Leben zu bleiben. Es sollte uns schützen, doch du steckst viel zu tief drin. Du hast dich an Orte begeben, die uns mehr kosten könnten als unser Leben."

„Ich tat es für uns. Information ist Macht. Dazu entschieden wir uns vor langer Zeit. Wenn wir dieser Welt nicht entfliehen könnten, dann mussten wir sie eben beherrschen. Ich hab' rausgekriegt, wie's funktioniert, Charlotte. Wir brauchten Macht, um sicher zu sein."

„Wir waren nie sicher." Mit Ausnahme der Tatsache, dass sie sich letzte Nacht so gefühlt hatte. Selbst heute Morgen hatte sie sich sicher gefühlt, als sie dem Problem aus dem Weg gegangen war und es Ian überlassen hatte.

„Wir waren verdammt viel sicherer als jetzt. Jetzt haben wir nichts, und das alles nur, weil du sein Ding nicht stecken lassen kannst."

Sie starrte ihre Schwester an. Wann war sie so böse geworden? Sie hatte Ian für Chelsea aufgegeben. Sie war ihrer Pflicht nachgekommen.

„So redest du mit deiner Schwester?", sagte Simon, düster zu Chelsea blickend. „So redest du mit der Schwester, die sich für dich geopfert hat?"

„Halt dich da raus, Weston", schoss Chelsea zurück. „Du hast keine Ahnung."

Simon gab nicht nach. „Ich weiß genug, um eine verzogene Göre vor mir zu erkennen. Zuerst dachte ich, dass du verängstigt und auf der Flucht bist und du wahrscheinlich jemanden brauchst, der dich beschützt, doch das ist überhaupt nicht deine Geschichte."

Chelsea seufzte. „Nein, das ist nicht meine Geschichte. Ich bin eine starke Frau."

„Nein, du bist eine verfickt verängstigte Göre, die gewillt ist, die einzige Person, von der du je geliebt wurdest, in eine Folterkammer zu verfrachten, um deine kostbare Macht zu behalten. Ich hab' Männer wie dich kennengelernt. Sie sind innerlich kalt. Sie sind tot. Etwas hat die Verbindung unterbrochen und sie können gar keine Bindungen mehr eingehen, also behandeln sie die Menschen um sich herum wie Schachfiguren, und sie tendieren nicht dazu zu weinen, wenn eine ihrer Figuren stirbt. Sie suchen sich einfach eine andere."

Chelsea wurde rot, sie schlug die Fäuste auf dem Tisch. „Meine Schwester ist keine Schachfigur."

„Du behandelst sie wie eine", sagte Simon. „Du versteckst dich hinter ihr. Du lässt sie die Dinge ausbaden, die du tust, und erzählst ihr nicht alles, oder? Weil du schlauer bist als sie. Weil du es besser weißt. Sie ist nur eine Frau, doch du stellst irgendwie mehr dar. Niemand kann dir was anhaben. Nicht wirklich. Du hast den, von dem du diese Narben hast, gewinnen lassen. Du hast zugelassen, dass er dich in ein Monster verwandelt hat."

Ihre Schwester schlug Simon quer über sein gutaussehendes Gesicht, doch der Brite rührte sich nicht von der Stelle. „Geh weg. Ich sag's dir nicht noch einmal."

„Und ich lasse euch nicht allein. Ich glaube, ich mag deine Schwester irgendwie, und ich bin meinem Boss einiges schuldig, also beschütze ich seine Frau, wenn er's nicht kann. Sag ihr die Wahrheit. Erzähl ihr von deinen Verbindungen zu Nelson. Du hast nicht aufgehört, mit ihm zu kommunizieren, oder?"

Der Verrat fraß tief an Charlie, als Chelsea kreidebleich wurde.

Und nichts sagte.

Simon lächelte, doch es war nicht aus Belustigung. „Es hat Sinn gemacht. Als ich begann, mich mit dem Broker zu beschäftigen, wusste ich, dass du es warst und nicht Charlotte. Charlotte hat so dummen Scheiß abgezogen, wie Terroristenpläne zu vereiteln und eine Million Dollar an Tierheime zu spenden. Du hast sie glauben lassen, dass es darum bei dem „Geschäft" ging."

„Die verfickten Pudel hätten uns nicht beschützen können", biss Chelsea zurück.

„Du hast Nelson also kontaktiert, weil er sich im Geschäft auskannte und du einsteigen wolltest. Sag mir, hast du ihn im Namen Charlottes kontaktiert?"

„Chelsea?" Sie wartete darauf, dass ihre Schwester ihr sagte, dass es nicht stimmte. Es konnte nicht stimmen. Sie konnte nicht mit Nelson zusammengearbeitet haben.

Eine Weile verging. „Er wollte nicht mit mir reden. Er hatte immer nur 'was für Charlotte übrig gehabt. Sie hat es nie bemerkt. Hätte sie sich nicht in diesen Neandertaler verguckt, hätte Nelson uns beschützt. Er besaß Macht."

„Was hast du getan?" Wenigstens wusste sie nun, welche Art von Beweisen Ian bei ihr fände.

Chelsea trat einen Schritt zurück. „Ich hab' nur Fragen gestellt. Charlotte, ich glaube, er ist mächtiger, als es den Anschein macht. Ich glaub', er hat Verbindungen zu einigen sehr wichtigen Leuten. Ich begann, Muster zu sehen, die für mich keinen Sinn ergaben, und sie führten alle zu ihm zurück. Wenn ich etwas gegen ihn in der Hand hätte, wenn ich ihn dazu bringen könnte, wieder für uns zu arbeiten, dann bekommen wir vielleicht heraus, was vor sich geht, und wir wären in einer solchen Machtposition."

Ihre Schwester war viel tiefer hineingeraten, als Charlie sich jemals hätte vorstellen können, und sie hatte sie alle mit reingerissen. Alles, was sie geopfert hatte, war sinnentleert, denn ihre Schwester hatte dafür gesorgt, dass sie in Ians Augen niemals Erlösung fände. Und sie hatte sie in eine Situation gebracht, in der es Charlie unmöglich war, ein neues Leben zu beginnen.

„Du bist deinem Vater sehr ähnlich", sagte Simon.

Chelsea hielt inne, ihr Körper unbewegt. „Ich bin überhaupt nicht wie er."

„Du hast das Leben deiner Schwester ruiniert wegen Macht und Geld. Ich würd' sagen, du hast einiges von ihm geerbt. Hattest du gedacht, selbst das Syndikat zu übernehmen?"

„Ich bin nicht wie er." Chelsea sagte es in einem fast ungläubigen Ton. Sie wandte sich ab und ging davon.

Und Simon blieb.

„Ich dachte, du passt auf sie auf." Charlie wollte allein sein, um die Leere sacken zu lassen. Ian war verloren. Er glaubte, was er glauben wollte. Er glaubte, was immer ihm erlaubte, sich in sein bequemes Schneckenhaus zurückzuziehen und nie wieder herauszukommen. Chelsea war auch verloren. Charlie hatte ihr das angetan. Das war ihre Schuld. Sie hätte darauf bestehen sollen, dass ihre Schwester zur Schule geht, doch sie hatte sich so allein gefühlt.

„Sie muss nicht beaufsichtigt werden. Für einen Augenblick dachte ich, das sollte sie, doch die passt immer auf sich selbst auf. Du hingegen brauchst einen Aufpasser, Liebes."

Simon ging zum Schrank und holte einen Topf heraus, füllte ihn mit Wasser und stellte ihn zum Erhitzen auf den Herd. „Ian sollte hier sein, doch er braucht wohl noch ein oder zwei Minuten."

„Ich denke, es ist vorbei, Simon." Alles war vorbei.

„Ganz und gar nicht. Ein Mann tötet nicht beinahe einen anderen wegen einer Frau, die er nicht liebt."

„Was ist mit einer Frau, von der er betrogen wurde?"

„Er ist eine ziemliche Drama-Queen, was das angeht. Ich hab' ihn gestern Abend beobachtet. Oh, er machte einen ruhigen und professionellen Eindruck, doch er war zum Äußersten entschlossen, dich aus dieser Situation mit dem MI6 herauszuhalten. Hätte er es dir heimzahlen wollen, wärest du jetzt in Europa auf dem Weg nach Ägypten oder in die Vereinigten Arabischen Emirate. Er will dich. Du musst nur dafür sorgen, dass er das nicht vergisst."

„Ich denke, ich hab' alles versucht."

„Wie wäre es denn, einfach zu hierzubleiben?", fragte Simon. „Wie wäre es, ihm Zeit zu geben? Bleib einfach hier sitzen, sieh hübsch und verletzlich aus und beschimpf ihn nicht. Ich versicher' dir, er wird die richtigen Schlüsse daraus ziehen."

„Und die wären?"

„Dass du nicht fähig bist, mit denselben Männern zu schlafen, die deine Schwester gebrochen haben. Da bist du weiter, Liebes. Du bist auf eine Art integrer, wie sie es nicht ist. Ich bin letzte Nacht lange aufgeblieben und hab' mir alle Unterlagen über dich angesehen. Ja, du hast Geld von einigen korrupten Mistkerlen gestohlen, doch hast es an Frauengruppen und Kinderschutzorganisationen verteilt. Du bist eine Kriegerin, Charlotte. Du beschützt. Du bist alles, was er an einer Partnerin braucht."

Sie schüttelte den Kopf. „Ich hab' ihn hintergangen. Chelsea hat recht. Er kann mir nicht verzeihen."

„Dann ist er ein Idiot, und du ziehst deiner Wege. Du hast getan, was du tun musstest, um deine Schwester zu schützen. Sie war deine Verantwortung."

„Ja, das habe ich wohl auch verkackt."

„Nein. Sie ist diejenige, die sich für ihren Weg entschieden hat. Sie hätte deinem Beispiel folgen sollen. Sie ist...eine sehr interessante Frau, doch letzten Endes wurde sie gebrochen und das hat sie kalt gemacht. Das liegt nicht an dir. Vergib dir und schau nach vorn. Vergib dir wegen Ian, und du hast vielleicht eine Chance, dass es funktioniert." Simon stand auf und strich sein Hemd wieder in einen knitterfreien Zustand. „Du hast deine Selbstkasteiung hinter dir. Ich arbeite an meiner. Lass uns eine Tasse Tee trinken, ja? Tee bringt fast alles in Ordnung, pflegte meine Mutter zu sagen. Eine Kugel besorgt den Rest."

Er machte sich daran, Tee zu kochen, doch Charlie starrte nur aus dem Fenster. Nichts würde das in Ordnung bringen, und sie war sich nicht sicher, was sie tun sollte.

Sie sah auf den Hof, der ihr hätte gehören können, und wünschte sich, sie hätte eine andere Entscheidung getroffen.

Kapitel Zwölf

Ian starrte auf das Beweisstück vor ihm, eine Reihe von E-Mails seiner schönen Braut an Eli Nelson. Er hatte sie dreimal durchgelesen, seit sie ins Büro gekommen waren. Es gab nichts in diesen E-Mails, was sie wirklich verdammte. Sie waren in einem leicht flachen, intellektuellen Ton geschrieben und hatten nichts von Charlies süßem Flirtcharakter. Es handelte sich um Korrespondenz von einem Profi zum anderen.

Simon stellte seine Tasse auf dem Tisch des Konferenzraums ab. „Meine Frage ist: Woher wussten die Mörder, dass deine reizende Frau jetzt in der Stadt sei? Es sei denn, sie waren hier und haben nach ihr Ausschau gehalten. Selbst dann bin ich mir nicht sicher, wie Denisovitch sich so sicher sein konnte. Sie ist ja nicht nach Dallas geflogen."

„Nein", erwiderte Adam, neben Jake Platz nehmend. „Sie ist gefahren, und ich konnte ihr Gesicht auf keiner der Verkehrskameras zwischen hier und Florida finden. Wenn ich sie schon nicht finden kann, bezweifle ich, dass sie es konnten. Jemand muss sehr gut informiert gewesen sein. Er hätte nicht so viele Männer geschickt, ohne relativ sicher zu sein, wo sich das Ziel befand."

Es sei denn, die Zielperson stand mit ihrem ehemaligen Liebhaber in Verbindung. Es sei denn, sie war nicht wirklich das Ziel. Der rote

Laser war nicht auf Charlies Brust zu sehen gewesen. Sondern auf seiner. Benutzte Eli Nelson sie, um ihn auszuschalten? Er wusste nur zu gut, dass Charlie ihre eigenen Attentate nicht gern selbst verübte.

Also warum hat sie den Mann letzte Nacht ausgeschaltet? Denk kurz nach. Es wäre ein Leichtes für sie gewesen, untätig zu bleiben und alles seinen Lauf nehmen zu lassen. Vielleicht hätte er dich gekriegt. Vielleicht hättest du ihn gekriegt. Sie hatte es nicht dem Schicksal überlassen.

Manchmal war sein Schwanz zu logisch.

„Der Mann, den wir erwischt haben, ist Zhukov. Das hat mir die CIA und die uns vorliegenden Informationen über ihn bestätigt", sagte Jake.

Adam schob eine Akte auf den Tisch. „Ich hab' mich auf den Feed der Einwanderungsbehörde von Dallas/Fort Worth gestürzt und eine Gesichtserkennungssoftware laufen lassen und die beiden gefunden, die wir letzte Nacht begraben mussten. Ich glaub', ich hab' mir einen Bandscheibenvorfall zugezogen, als ich versucht hab', das Nagelpistolen-Opfer in die Erde zu werfen, das nur nebenbei. Ich beantrage Ausgleichsgeld. Ich hab' mindestens zwei weitere bekannte Attentäter gefunden, die in den letzten 24 Stunden in die Stadt gekommen sind. Glaubt ihr, sie sind in den Genuss eines Fahrpreis-Gruppentarifs für Touristen gekommen?"

Fuck, doppelt- und dreifach-fuck. Warum war er heute Morgen überhaupt aufgestanden? „Hat die CIA Zhukov mitgenommen?"

Er hatte nicht abgewartet. Er war nach dem Duschen direkt ins Büro gefahren. Er hatte sie seitdem keines Blick mehr gewürdigt, obwohl ihm nach mehr gewesen wäre. Seine Augen wanderten immer wieder Richtung Phoebes Büro, wo sie schweigend Platz genommen hatte. Sie hatte ihn nicht nochmal gefragt. Sie war ihm einfach gefolgt, Arme und Beine bewegend, jedoch nicht auf ihre anmutige Art. Sie hatte einer Marionette geglichen, und er hatte die Fäden gezogen.

Gott, sie brachte ihn noch um. Er wusste nicht, wie viel er noch ertragen konnte.

„Yeah", sagte Alex, sein Gesicht düster. „Nach langer Diskussion mit den Briten hat ihn ein Mann namens Ten mitgenommen. Ist das so'n eigenartiger CIA-Name? Wie Mr. Black?"

Ian nahm ein winziges Lächeln wahr, das seine Lippen kräuseln ließ. Er war froh, Charlie da rausgeholt zu haben, denn Ten hätte sich über sie hergemacht. Das wäre dann sein zweiter Mann gewesen, den er an diesem Tag erwürgt hätte. Und er sah Ten als einen Freund an. „Nein, Ten spielt solche Spielchen nicht. Er ist das, was die CIA gern einen Außenseiter nennt. Tennessee Smith. Im Süden geboren und aufgewachsen. Er ist ein guter Kerl."

Wenn Ian überhaupt noch wusste, was das bedeutete.

„Er ist ein selbstgefälliges Arschloch", schoss Alex zurück.

Eve grinste. „Hey, manchmal muss man ein Mädchen wissen lassen, dass sie es noch drauf hat. Selbstverständlich war er nicht attraktiv oder sowas."

Lügnerin. Ten war fast einsneunzig groß und bestand aus hundertzehn Kilo reinstem Muskelfleisch. Er war dafür bekannt, dass er eine Frau dazu brachte, ihm alles zu sagen. Wenn Ian der harte Kerl war, dann war Ten der Liebhaber. Er gab dem Ausdruck „volle Deckung" eine ganz neue Bedeutung.

Es klopfte an der Tür, und Grace steckte den Kopf herein. „Ich hab' zwei Dinge. Erstens sind ein paar Blumen für dich gekommen. Gelbe Rosen. Wirklich hübsch. Keine Karte."

Höchstwahrscheinlich von Charlie. Sie hatte ihm schon früher mal Blumen geschickt. „Ich will sie nicht. Behalt sie. Oder du gibst sie Phoebe."

Auf diese Weise wüsste Charlie Bescheid. Er war nicht der Typ für Blumen und Herzen.

„Ist gut", war Grace einverstanden. „Und Damon Knight und Basil Champion sind hier für dich. Sie sagen, du hättest versprochen, sie in alles einzuweihen, was du weißt."

„Schick sie rein." Er war auf ein paar spektakulär beschissene Deals eingegangen, um Charlie bei sich zu behalten, und jetzt wollte er ihr entkommen.

Knight trat ein, gefolgt von seinem Partner. Der Gesichtsausdruck des Agenten finster. „Ich dachte, wir hätten diesem Treffen besser beigewohnt."

„Ich dachte, ihr wärt auf dem Weg nach DC." Er hatte damit gerechnet, dass sie Zhukov folgten.

„Kein Glück für dich, Kumpel", sagte Champion, der sich in den Stuhl warf. „Es ist ein weiterer Agent auf dem Weg. Wir wurden beauftragt, mit euch zu arbeiten. So ein Spaß."

Nun, wenn sie zusammen arbeiteten, verfügten die Briten vielleicht über Informationen, die er nicht besaß. „Zhukov sprach davon, dass Nelson möglicherweise für das Syndikat arbeitet. Hattet ihr Glück bei der Verfolgung seiner Spur?"

„Ein wenig." Knight zog ein Tablet heraus, seine Finger fanden schnell die Dateien, die er brauchte. Wie es schien, war der MI6 endlich hightech unterwegs. „Es wird über einen Mann berichtet, der Nelsons Beschreibung entspricht, der im letzten Jahr dreimal nach Novokuibyshevsk gereist ist."

„Das ist im Samara Oblast." Dort befand sich eine Pipeline von enormer Länge.

Knight nickte. „Ja, das ist eine Stadt, die am westlichen Ufer der Wolga liegt. Es ist eine Raffineriestadt. Habt ihr schon mal das Wort *Indeitsy* gehört?"

Ian stieß einen langen Seufzer aus. Noch mehr russischen Mafia-Scheiß in seinem Leben konnte er gerade noch gebrauchen. „Das ist ein Mafia-Begriff. Es bedeutet Indianer. Sie benutzen es, um eine Organisation zu bezeichnen, die ähnlich der Raubzüge im Wilden Westens funktioniert."

„Es ist kein Geheimnis, dass *Indeitsy* in dem Gemauschel der Ölindustrie mit drin hängt", sagte Knight.

„Sie hängen nicht mit drin", unterbrach Baz ihn augenrollend. „Sie leiten die ganze verdammte Sache. Das musst du ihnen anrechnen, Kumpel."

Jake setzte sich vor, das Gesicht ernst. „Was genau meint ihr mit „Gemauschel"? Wie funktioniert das?"

„Sie handeln mit gestohlenem Rohöl", erklärte Simon. „Sie zapfen Pipelines buchstäblich an und klauen das Zeug. Ich weiß wegen meiner Familie darüber Bescheid. Mein Onkel leitet Malone Oil. Sie haben große Probleme in der Region. Allen amerikanischen Firmen geht es so. Die Mafia muss einen Insider haben. Die Pipelines werden bewacht."

Baz starrte Simon an. „Tatsächlich? Du hast zufällig Verbindungen zu einem der größten Ölkonzerne der Welt? Haben die nicht ihren Hauptsitz hier?"

Ian wusste von Simons Verbindungen, wusste verdammt gut, dass das einer der Gründe war, warum er gewillt war, nach Dallas zu kommen. Er hatte einen Onkel und eine Tante und zwei Cousins in Fort Worth, und sie waren vermögend. Doch er sagte nichts und erlaubte Simon zu verraten, was er preiszugeben bereit war.

„Ja. Ich hab' nicht versucht, meine Verbindungen zu verbergen. Die Malones und die Westons sind schon seit Jahren miteinander verbunden. Ich hab' einige Sommer mit meinen Cousins hier verbracht. Warum fragst du?" Simon starrte Baz an.

„Ich finde das interessant", antwortete Baz.

„Könnten wir zum eigentlichen Thema zurückkehren?", bat Ian.

„Also, jemand, der rechtmäßig für die Ölfirma tätig ist, heimst sich einen Anteil ein, indem er der Mafia Tipps gibt. Sie kommen rein, stehlen das Rohöl und verschwinden wieder." Alex fasste die Situation treffend zusammen. „Was hat das mit Nelson zu tun? Irgendwie kann ich mir ihn nicht als Rohrschneidender vorstellen."

„Wer leitet die *Indeitsy* in der Region?" Ian war sich fast sicher, auf wen es hinausliefe.

Knight drehte sein Tablet um. „Ein Mann namens Dusan Denisovitch. Mikhails Sohn, also der Cousin deiner Frau. Er hat Dusan das Gebiet vor ein paar Jahren zugesprochen."

Charlies Familie war überall, wie es schien. Also besuchte Nelson regelmäßig dieselbe Region, die dieser Mann kontrollierte. Zufall? Unwahrscheinlich.

„Können wir Nelson eindeutig mit Mikhail in Verbindung bringen?"

„Ich hab' Mikhail Denisovitch in Sankt Petersburg verordnet." Adam hatte diese Art von verschlossenem Gesichtsausdruck, den er immer machte, wenn er ihm etwas sagen wollte, das ihm nicht gefiele.

„Spuck's aus, Adam." Es war ja nicht so, als bekäme Adam Schläge, wenn er schlechte Nachrichten überbrachte. Nicht dolle. Das war wirklich nur dieses eine Mal. Adam hatte sich absolut gewehrt. Es hatte gekitzelt.

Er knallte ein Foto auf den Tisch. Es war unscharf und aus weiter Entfernung aufgenommen. „Interpol behält Denisovitch im Auge. Ich hab' dort einen Freund. Er hat's rüber geschickt."

Nelson. Er war eindeutig zu sehen, wie er mit Denisovitch in einem Park mit Blick auf einen Fluss stand. Sankt Petersburg. Er erkannte die barocken Gebäude und Kanäle dieser berühmten Stadt.

Er starrte das Bild einen Moment lang an, kalter Hass in seiner Magengegend. In all den Jahren als Agent, den Jahren bei den Green Berets, in denen er gegen einige der erdenklich schrecklichsten Diktatoren und Terroristen gekämpft hatte, hatte er nie wirklich Hass gespürt. Er hatte sie getötet, klar, aber es waren Jobs gewesen, die mit der Effizienz eines wahren Profis erledigt worden waren. Emotionen waren es, mit denen Nelson ihn aufs Glatteis führte. Emotion und Ego. Er war ehrlich genug, um sich das einzugestehen.

Er musste nachdenken, statt zu reagieren. Sein erster Instinkt war, in ein Flugzeug nach Russland zu steigen, Denisovitch aufzuspüren und den Mann zu erdrosseln, bis er ihm sagte, wo Nelson steckte. Er war von Emotionen geleitet, nicht von Logik. So erging es ihm, seit Charlie auf seiner Türschwelle gestanden hatte. Vielleicht war er noch viel länger von Emotion geleitet, solange es um Eli Nelson ging. Er erinnerte sich immer noch daran, wie er dem Wichser zugesehen hatte, als er Sean mit Kugeln durchlöchert und Ian sich selbst in Position gebracht hatte. Er konnte immer noch hören, wie der Mann seinen Bruder verhöhnte, Sean von allen Geheimnissen Ians erzählt hatte.

Und er erinnerte sich wieder, wie er sich als 16-Jähriger gefühlt hatte.

Pass auf deinen Bruder auf. Die letzten Worte, die sein Vater zu ihm gesagt hatte, bevor er aus ihrem Leben verschwunden war. *Du kümmerst dich um deinen Bruder und deine Mutter. Ich kann das nicht mehr.*

Jo. Er war in diesem Augenblick nicht mehr in der Lage, logisch zu denken. Er brauchte einen klaren Kopf.

Er starrte für einen Moment auf das Bild. „Adam, ich muss mit dem ganzen Team reden. Liam ist zwar nicht hier, doch kannst du die anderen reinbringen? Einschließlich meiner Schwägerin."

Es betraf Grace genauso. Er konnte sie nicht außen vor lassen. Wenn er alle in Gefahr bringen würde, um die Wahrheit herauszufinden, musste sie ein Mitspracherecht haben.

Er war weit weg von der CIA. Er fragte sich, ob Nelson darauf zählte. Er fragte sich, ob seine familiären Verbindungen ihn zu Fall bringen würden.

Adam atmete tief durch, als wäre er einfach froh, dass ihm nicht in den Hintern getreten worden war. „Ist gut."

Er drehte sich um und lief hinaus.

„Damon, gibst du uns einen Moment? Das ist eine Familienangelegenheit."

Baz runzelte die Stirn. „Wir haben eine Abmachung."

Knight stand auf, seinem Partner eine Hand auf die Schulter legend, um ihn sich erheben zu lassen. „Natürlich. Wir werden in Ihrem Büro warten."

Baz argumentierte noch, als sie aus dem Raum gingen.

Jesse trat herein, der zu den sich zankenden Agenten zurücksah. „Was ist mit denen los?"

„Sie mögen es nicht, nicht eingeweiht zu werden", antwortete Ian.

„Was denkst du, Boss?", fragte Simon mit seinem scharfen Akzent.

Er dachte daran, dass es an der Zeit war, alles zu Ende zu bringen, Nelson zu Fall zu bringen und zu überlegen, was er mit seiner Frau anstellte. „Ich frag' mich, warum wir das hier gekriegt haben. Als er das letzte Mal aufgetaucht ist, war es eine koordinierte Aktion, um uns genau dort hinzubringen, wo er uns haben wollte."

Es gab noch weitere Fotos, die Adam auf dem Tisch liegen gelassen hatte, und Jesse nahm eins in die Hand und sah darauf hinab. „Das ist dieser bösartige-Dingsda-Kerl?"

Gott, er müsste neue Mitarbeiter einem Test unterziehen, um sicherzustellen, dass sie nicht wie Idioten klangen, wenn sie sprachen. „Wir bevorzugen den Begriff abtrünniger Agent, wobei er inzwischen desavouiert wurde. Jetzt ist er ein Verräter."

„Er hängt mit Kris'...Charlottes Onkel rum? Dem Mafia-Kerl?" Jesse kläffte wie ein Welpe, als ihm Simon eine über den Kopf verpasste. Es war eine Aktion, die Ian an Adam perfektioniert hatte. Er wusste, es gab einen Grund, warum er den Briten mochte.

„Das werd' ich jetzt jedes Mal tun, wenn du dich wie ein bekiffter Surfer anhörst", sagte Simon affektiert. „Du bist nicht mehr in der Army. Du musst klingen, als hättest du ein Hirn im Kopf. Du bist nicht einfach hier, um Befehlen zu befolgen. Du musst schnell und entschlossen reagieren."

Jesse sah stirnrunzelnd zu seinem Mentor und rieb sich den Hinterkopf. „Ich muss lernen, mich öfter zu ducken, denn das hier scheint nur wie eine andere Version der Army. Also dein Feind freundet sich mit Charlottes Feind an?"

„Sie wollen, dass ich genau das denke." Doch Ians Hirn war angestrengt. Irgendetwas machte keinen Sinn, und er war sich unsicher, welchen Weg er einschlagen sollte. Er könnte den Weg einschlagen, der ihn logisch hinführte, oder er könnte...einen anderen Weg finden.

„Der Mafia-Ke...der russische Mafia-Gentleman und der abtrünnige Agent-Verräter?", fragte Jesse.

„Aufholen, Kumpel. Er ist schon weiter, als bei den beiden, und fragt sich gerad' wieder, ob seine Frau ihn nicht hinters Licht führt." Simon fasste exakt zusammen, was ihm durch den Kopf ging. „Es ist ein schrecklicher Zufall, dass sie auftaucht und dann Nelson plötzlich mit ihrer Familie abhängt. Wenn es wirklich so plötzlich ist."

„Es sei denn, er hat sie im Auge behalten, und jetzt ist sie aufgetaucht", wandte Jesse ein. „Es fällt mir schwer zu glauben, dass sie fünf Jahre lang daran arbeitet, um in die Position zu kommen, in der sie Alex und Eve helfen konnte, um wieder in Ians Gunst zu stehen, um sich dann von mir eine Kugel in die Brust jagen zu lassen, und das alles nur, um dich vielleicht erneut reinlegen zu können."

Ein Gedankenblitz ihres reglosen Körpers überkam ihn, ihre Brust blutüberströmt. Blut an seinen Händen, seinem Hemd, überall. „Oh, doch sie ist schon früher von einer Kugel getroffen worden, und hat mich reingelegt."

„Yeah, sie ließ sich von der Kugel eines Mannes treffen, der sie nicht tot sehen wollte. Ich war nicht in diese Verschwörung eingeweiht. Ich hatte es auf Alex' Herz abgesehen."

Jesse wich Simons schwingender Hand aus. „Arschloch. Ich dachte, er wäre der Bösewicht. Jedes Mitglied dieses Teams hat mich bereits dafür geohrfeigt, dass ich auf meinen Bruder schoss, doch er war zu der Zeit nicht mein Bruder, und ich hab' ihn nicht mal erwischt. Ich traf Charlotte. Was irgendwie mein Punkt ist. Glaubst du, dass sie wie verrückt in Nelson verliebt ist und bereit ist, ihr Leben zu opfern?"

Es glich einem Rätsel. Er konnte sich Nelson und Charlie nicht zusammen vorstellen.

„Ich glaub', Charlotte ist verdammt gut in ihrem Job. Wenn sie dachte, dass das Risiko die Sache wert war, täte sie es." Doch Jesses Worte bohrten sich in sein Hirn. Es war eine andere Situation. Sie hätte einfach bei ihm auftauchen können, ohne das ganze Theater in St. Augustine. Sie hatte gut zwei Jahre in diese Operation investiert. Was hätte sie wirklich davon gehabt?

„Wenn es von Bedeutung ist, ich glaube ihr", sagte Simon. „Ich glaub', sie tat alles, um ihre Schwester zu schützen. Ihre Schwester hat zugegeben, dass sie es war, die Nelson geschrieben hat."

Natürlich hatte sie das, wenn sie ihre Geschichten nur richtig verkauften. Ian hatte keine Gelegenheit bekommen, sie getrennt zu befragen, denn er war viel zu wütend gewesen, um rational zu denken.

Hinter dem, was Charlie ihm angetan hatte, verbarg sich eine Logik.

Er ging die Fotos durch, die Adam dagelassen hatte. Vier Bilder zweier Männer, die Ian am liebsten umbringen würde, und zwar aus schrecklich tief emotionalen Beweggründen.

Wie viel von Charlies Geschichte war kompletter Schwachsinn? Die Narben auf ihrem Körper waren echt. Er hatte Bilder von der ermordeten Leiche ihrer Mutter gesehen.

War Charlotte so kalt, dass sie mit demselben Syndikat zusammenarbeitete, das ihre Mutter ermordet und sie jahrelang gefoltert hatte?

Logisch gesehen, wusste er, dass das geschehen könnte. Sie könnte indoktriniert worden sein. Das war schon häufiger vorgekommen. Sie könnte eine sehr gute Schauspielerin sein.

„Was macht er da? Er sieht aus, als wolle er jemanden umbringen", flüsterte Jesse.

Fuck. Jesse verwandelte sich in Adam 2.0. Er musste den Scheiß abstellen. Er verengte die Augen und schenkte dem Neuen seinen einschüchternsten Blick. „Meldest du dich freiwillig? Ist schon ein paar Stunden her, dass ich jemanden umgebracht hab', und so langsam juckt's mir in den Fingern."

Jesse grummelte vor sich hin. „Siehst du. Genau wie in der verdammten Army."

„Ich zieh' Sean da hinzu. Er war mit Charlie in Florida, und das betrifft auch ihn." Ian fand sein Telefon und wählte die Nummer seines Bruders.

„Hier ist Sean. Hans, willst du die Ente kochen oder sie zu deiner Schlampe machen?"

Er hasste es, seinen Bruder bei der Arbeit zu stören, doch er brauchte Rat. Eigentlich hasste er es, sich verfickten Rat einzuholen. Was war er? Ein „Dear Abby"-Fan? Gott, Charlotte hatte ihm seinen Schwanz genommen. „Sean, hier ist, Ian. Ich muss dich in die Konferenz mit einbeziehen."

Die Geräusche einer geschäftigen Küche kamen über die Leitung. „Klar. Gib mir eine Sekunde. Hör bloß nicht auf, die Soße zu rühren. Ich schwör' bei Gott, ich bring' dich um, wenn sie anbrennt."

Die Tür öffnete sich, und Adam begleitete Grace hinein, beide einen leeren Platz einnehmend.

„Betrifft das nicht auch Charlotte?", fragte Alex. „Sollte sie nicht mit einbezogen werden?"

„Sie nimmt sich eine Auszeit."

„Hey, Sean", sagte Adam und beugte sich über den Freisprecher. „Du hast gestern was verpasst. Big Tag hat einen Porno mit seiner Frau gedreht."

Grace schnappte nach Luft. „Adam, du solltest nicht darüber sprechen."

„Haltet die Fresse, Allemann." Er wollte diese Seifenoper im Kern ersticken. „Wir haben etwas Ernstes zu besprechen. Sean, kannst du reden?"

„Jo. Adam hat meine Aufmerksamkeit irgendwie auf einen Porno gelenkt", war Seans Stimme über den Lautsprecher zu hören. „Grace, meine Liebe, du musst dir nicht das Gehänge des Großen Bruders ansehen, wobei ich mir sicher bin, dass es den größten Teil des Bildschirms ausgefüllt hat."

„Nicht er war nackt, Sean. Charlotte war es", sagte Grace.

„Oh, nun, das ist was anderes."

Ian hatte seinen Zorn fest im Griff. „Eli Nelson arbeitet mit dem Denisovitch-Syndikat zusammen."

Gott sei Dank brachte das alle zum Schweigen.

Grace nahm eines der Bilder, als sie sich an den Konferenztisch setzte. „Das ist Russland. Ich dachte, er soll in Indien sein."

„Ja, ich glaube, das hat Charlotte auch gesagt. Charlie will, dass ich denke, er ist in Indien, und Nelson will anscheinend, dass ich nach Russland fahre." Das stellte ihn vor ein Problem. Er musste nur herausfinden, warum es ein Problem darstellte. Er könnte einen der beiden Wege einschlagen.

Eve besah sich eines der Bilder genauer. „Er ist entspannt. Er ist nicht besorgt oder angespannt. Siehst du, wie er die Schultern hängen lässt?"

Ja, der Wichser schien sich prächtig zu amüsieren, als er mit dem russischen Mafioso intrigierte. „Ja. Das seh' ich."

„Denisovitch, der erste, Charlottes Vater, er war der Russe, der von Nelson als Terrorist eingesetzt wurde, um das Uran der irischen Mission zu kaufen", erklärte Adam. Es hatte Liam fast das Leben gekostet, doch zweifellos das Leben seines Bruder. „Oder zumindest arbeitete er mit Denisovitch zusammen, um die Drohung glaubhaft zu machen. Hat er seinen Partner ermordet, um das Geld nicht teilen zu müssen? Wusste Mikhail darüber Bescheid?"

Ian schüttelte den Kopf. „Das glaub' ich nicht. Nach allen Informationen, die ich über die Jahre gesammelt hab', war Mikhail seinem Bruder gegenüber zutiefst loyal. Wenn er mit Nelson unter einer Decke steckt, mag das einer von zwei Gründen sein. Erstens. Er weiß nicht, dass Nelson der Killer war, der seinen Bruder tötete. Er glaubt Nelsons Geschichte, die sehr vermutlich die ist, dass Charlotte ihren eigenen Vater getötet und sein Geld gestohlen hat. Zweitens. Meine Informationen sind falsch und sie stecken alle drei gemeinsam drin."

Es wäre nicht das erste Mal, dass er sich geirrt hatte.

Sie fingen alle wieder gleichzeitig an zu reden. Es bereitete Ian Kopfschmerzen. Er schaute aus dem Fenster, das in Richtung Büro zeigte. Grace hatte die Jalousien nicht zugezogen, weil es ihr möglich sein musste zu sehen, ob jemand in die Lobby trat, doch es ermöglichte Ian auch einen guten Blick auf die Buchhaltung. Phoebe hatte ihre Jalousien ebenfalls nicht zugezogen, und da saß Charlotte mit ihrem erdbeerfarbenen Haar, das ihr über den Rücken floss, die Augen auf Phoebe gerichtet. Chelsea saß mürrisch neben ihrer Schwester, den Blick auf den Boden gerichtet. Er hatte erwartet, dass Phoebe das tat, was sie immer tat, sich auf ihren Computer konzentrieren und sonst nichts, doch sie redete. Lebhaft. Sie lächelte und gestikulierte wild herum.

Sie griff hoch und nahm eine Wackelkopffigur herunter. Ihm war aufgefallen, dass sie eine Sammlung von Wackelkopffiguren in ihrem

Büro auf dem Regal aufbewahrte. Harry-Potter-Wackelkopffiguren.

Charlie drehte sich um, ihr Gesicht glich einer Maske des Entsetzens, als sie aus dem Fenster sah. Ihre Blicke trafen sich, und sie warf ihm den gleichen flehenden Blick zu, den sie machte, wenn ihr Hintern zu wund war, um noch einen einzigen Schlag mehr zu ertragen.

Er hatte gedacht, Charlie mit Schweigen zu bestrafen. Nein. Sie bekam einen ganzen Nachmittag voller Erzählungen über Harry Potter.

Ian konnte nicht anders. Er ließ den Kopf nach hinten fallen und lachte. Es war perfekt. Es war mehr als jede Bestrafung, die er sich hätte ausdenken können.

Charlie legte eine Hand aufs Fenster, ihre Lippen zu einem traurigen Lächeln gekräuselt, bevor sie sich wieder umdrehte und ihrem Vortrag lauschte.

Was zum Teufel sollte er mit ihr machen? Sie fragen, ob sie mit denjenigen Männern geschlafen hatte, die sie als ihre schlimmsten Feinde bezeichnete? Mit dem Mann, der sein schlimmster Feind war?

Oder erkennen, dass es keine Rolle spielte. Dass sie mit tausend Männern hätte schlafen können und er sie verfickt nochmal trotzdem wollte.

Er könnte sie nehmen. Er könnte sie dazu bringen, sich ihm hinzugeben. Er könnte dafür sorgen, dass sie nie wieder rumhurte, oder etwas ähnlich Kriminelles täte. Er ließe sie barfuß und ständig so verfickt schwanger sein, dass sie nicht mal daran dachte, ihm wegzulaufen oder sich ein anderes kriminelles Unternehmen aufzubauen.

Gott, er wurde noch wahnsinnig. Er musste nachdenken, doch es schien nie Zeit dafür zu sein. Er brauchte einen Rat.

„Eve, was hältst du von Charlie? Du hast doch Zeit mit ihr in Florida verbracht. Du hast sie beobachtet, seit sie hier ist."

Alle Augen waren auf Eve gerichtet. „Ich glaub', sie sagt dir die Wahrheit. Ich glaub', sie liebt dich und hat daran gearbeitet, um zu dir zurückzukommen. Wenn du wissen willst, was ich über Zhukov denke..."

Er schüttelte den Kopf, sie unterbrechend. Er wollte den Scheiß nicht hören. Er musste diese Entscheidungen selbst treffen. „Komm mir nicht mit persönlichen Dingen. Sag mir, ob ich ihr vertrauen kann, wenn es darum geht, mir Informationen über Nelson zu geben."

„Ja", antwortete Eve. „Ich denke, sie versucht, ehrlich zu sein, zumindest zu dir und den Menschen, die du als deine Familie ansiehst. Sie ist auf der Suche nach einem Zuhause. Sie war bereit zu sterben, um Alex zu retten, und sie tat das bestimmt nicht, weil sie Alex liebt. Sie wollte sich dir gegenüber beweisen. Ich vertraue ihr blind."

„Sean?" Er vertraute auf Eves Meinung, doch er vertraute auf Seans Intuition.

Sean seufzte. „Wenn sie nur Chaos stiften wollte, warum nicht einfach so auftauchen?"

„Weil ich sie erschossen hätte."

„Nein, mein Bruder, das hättest du nicht. Du wärest in der gleichen verdammten Lage", sagte Sean, in seiner Stimme der Klang von ekelerregender Sympathie.

Ian hob eine Hand. „Also gut. Wir haben einige Entscheidungen zu treffen. Ich wollte sie nicht treffen, ohne mit dem ganzen Team gesprochen zu haben, weil es ein riskantes Spiel ist hier."

„Du denkst, Nelson will uns glauben machen, er halte sich in Russland auf", sagte Jake. „Dieses Spiel hat er schon mal mit uns getrieben. Er wollte, dass wir nach England fliegen. Ich meine, wir sollten dem Arschloch nicht in die Hände spielen. Er will uns in Russland. Wir fliegen nach Indien."

Adam zeigte auf das Bild. „Er sieht aus, als sei er sonnengebräunt. Die hat er verdammt sicher nicht in St. Petersburg bekommen. Auf zum Strand."

„Du gehst bestimmt nicht zum Strand, Kumpel." Simon lehnte sich im Stuhl zurück, ein fast raubtierhafter Blick in den Augen. Yeah, hin und wieder erinnerte er Ian daran, warum er den Briten angestellt hatte. „Ich gehe. Wie erklär' ich das dem Idioten? Ich weiß, dass er da besser reinpasst als ich, aber wir sehen nicht wie ein schwules Liebespaar aus."

Jesse machte große Augen. „Oh. Das war nicht Teil meines Vertrags."

Simon machte sich viel zu viele Gedanken hierüber. „Macht euch keinen Kopf wegen der Tarnung. Auf, ihr Sandhasen, lasst uns rausfinden, was wir alles brauchen. Schnappt euch Strandkleidung und Ausrüstung."

„Wie viel Zeit hab' ich?", fragte Simon.

„Wir brechen auf, sobald die Jungs vom MI6 den Privatjet aufgetankt haben. Mehr kann ich nicht sagen. Das muss jemand im Blick behalten. Adam, ich brauch' Papiere und Visa."

Adam nickte. „Ich halte für jeden von uns eines in petto für den Notfall."

„Ich werd' ein paar meiner Kontakte bei der CIA anrufen und sehen, ob sie etwas über Denisovitch haben." Er würde noch einmal mit Ten sprechen müssen, um zu sehen, ob er ihm etwas verschwieg. Die CIA gab bevorzugt keine Informationen heraus, bevor sie nicht darum gebeten wurde.

Alex sah zu seiner Braut hinüber. „Hey, Baby, was hältst du davon, wenn wir die Flitterwochen irgendwo verbringen, wo es etwas kälter ist als Hawaii?"

Manchmal konnte Alex seine Gedanken lesen. „Verdammt, Alter, das verlang ich doch gar nicht von dir."

„Doch du fühlst dich besser, wenn ich nach Russland fahr' und uns die Überwachung von Charlottes Onkel organisiere. Mir gefällt es nicht, dass dein ärgster Feind sich womöglich mit dem ihrigen verschworen hat. Es mag sich als etwas Schreckliches für zwei Menschen herausstellen, die mir am Herzen liegen", erwiderte Alex.

„Und ich wollte schon immer das Bernsteinzimmer sehen." Eve lächelte unverwandt. „Ich hab' gehört, dass sie auch wunderschöne Kirchen haben."

„Also brauchst du auch Visa." Wollte er sie wirklich nach Russland fahren lassen? Alex war ein brillanter Agent, doch er hatte beim FBI gearbeitet, nicht bei der CIA. „Nein. Das ist dumm. Ihr sprecht doch gar kein Russisch."

Alex winkte den Gedenken ab. „Das brauchen wir auch nicht. Wir sind Touristen."

Eve strich sich das Haar zurück. „Mein Großvater stammte aus Russland. Ich wollte schon immer mal das Mutterland sehen."

„Ich hab' eine Freundin im Konsulat", sagte Adam.

Jake schob ihm die Hand für ein „Low-five" hin. „Magda. Ja, sie war eine gute Freundin."

Adam runzelte die Stirn. „Sag' ja Serena nichts davon."

„Du hast Angst, eure Frau wäre wegen einer russischen Affäre angepisst?", fragte Simon.

Jake stöhnte. „Nein. Magda unterhält gute Beziehungen zu einem ukrainischen Syndikat. Sie stehen in direkter Konkurrenz zu Denisovitch. Sie wird uns dabei helfen, uns mit ihnen anzulegen. Wisst ihr, was Serena tun würde, wenn sie herausfände, dass wir echte russische Mafiosi kennen? Sie würde nie aufhören, Fragen zu stellen. Sie würde wollen, dass wir sie in die Ukraine bringen und uns mit ihnen treffen. Könnt ihr euch ein solches Treffen vorstellen?"

Adam nahm einen leicht grünlichen Farbton an. „Ich bekomme Albträume davon."

„Bist du sicher, dass du das tun willst? Wir könnten uns aus seinen Angelegenheiten raushalten." Grace sprach zum ersten Mal. Sie hielt die Hände im Schoß, die Finger fest umschlossen.

Er streckte die Hand nach seiner Schwägerin aus, denn Sean war nicht hier. Es war etwas, das er früher nicht mal in Erwägung gezogen hätte, doch Grace gehörte zu seiner Familie. Er sprach weich. „Grace, er wird es nicht auf sich beruhen lassen. Diese Bilder sind der Beweis. Er will von uns wahrgenommen werden. Er hat etwas im Sinn. Wir müssen es herausfinden."

„Kleines, Ian hat recht", sagte Sean, seine Stimme tief, sein Ton sanft zu seiner Frau. „Er wird das nicht auf sich beruhen lassen. Wir haben ihm zu viel Schaden zugefügt. Er kann nicht locker lassen, und wir auch nicht. Das ist ein Spiel, das nur eine Seite gewinnen kann. Wir müssen dafür sorgen, dass er ausgeschaltet wird."

„Ich will etwas tun", sagte Jake.

„Kümmer' dich um eure Frau." Er hatte nicht vor, Jake ins Feld zu schicken, solange Serena schwanger war. Adam hinter seinem Computer war sicher genug. Er könnte trotzdem seinen Job machen.

„Du kannst mich nicht ewig vom Feld fernhalten", schoss Jake zurück. „Serena wusste, worauf sie sich einließ, als sie mich heiratete. Sie wusste, was für einem Job ich nachgehe."

Ian hob die Hand. Er konnte den Gedanken nicht ertragen, dass das Baby, das Serena in sich trug, auf einen Vater verzichten müsste. „Ich muss mich erst daran gewöhnen, Mann. Ich hab' alles, was ich im Moment brauch'. Falls sich was ergibt, schick' ich dich in die Schusslinie, okay?"

„Alles klar. Ich will den Wichser einfach nur fertig machen."

„Ich will ihn mehr als alles andere tot sehen." Er ließ die Augen zu

Charlies Konturen wandern. Phoebe redete immer noch und hielt eine Hermine-Puppe in der Hand. Vielleicht war es doch nicht Nelsons Tod, das er sich mehr als alles andere wünschte.

Da war etwas, das er sich so viel lieber wünschte. Er war sich nur nicht sicher, ob er es wirklich kriegen sollte.

„Also alles geklärt?", fragte Alex, sich erhebend. „Denn ich muss noch was packen. Und eine Kamera kaufen. Ich werd' sie unter „Ausgaben" deklarieren."

„Er hat ein Auge auf ein Teleobjektiv geworfen", wandte Eve ein.

Es würde also eine teure Operation werden. Er war bereit, fast alles dafür zu bezahlen, diese Bedrohung loszuwerden. Wäre es ihm möglich, sowohl Nelson als auch Denisovitch loszuwerden, wäre er in der Lage herauszufinden, was er wirklich wollte. Er wäre in der Lage herauszufinden, wie er die Sache mit Charlie händeln sollte. Er wäre in der Lage zu entscheiden, ob er ihr wirklich verzeihen konnte.

Liam trat in den Raum, sein Blick etwas wild. Etwas war passiert und es sah nicht gut aus. „Adam, ich brauch' deine Hilfe."

Ian war auf den Beinen. „Was ist los?"

Liams Hände zitterten. „Es gab einen Unfall. Averys Auto. Es ist sehr schlimm."

Ian spürte, wie sich ihm der Magen umdrehte. Sein Tag war noch nicht vorbei. Nicht mal annähernd.

* * * *

Eli Nelson schaute durch das Fernglas. Kashmir Kamdar befand sich auf seinem Boot, das in einem besonders schönen Abschnitt vor Goa Anker gelegt hatte. Sein kleiner Inselstaat lag etwa zwanzig Meilen westlich, doch König Kash, wie ihn die Boulevardpresse nannte, musste sich nicht in seinem Königreich aufhalten, um Hof zu halten. Er schien sich dauerhaft im Urlaub zu befinden.

Drei vollbusige Blondinen in kaum vorhandenen Bikinis standen scherzend an der Steuerbordseite dieser immens teuren Yacht.

Er hasste diesen kleinen Wichser. Er selbst hatte nicht das Geringste getan, um sich seinen Reichtum zu verdienen, außer das Glück gehabt zu haben, reich auf die Welt gekommen zu sein. Immerhin war Taggart aus eigener Anstrengung heraus erfolgreich geworden. Taggart war mehr als arm gewesen.

Er fragte sich, ob Taggart wusste, warum ihn sein Vater verlassen hatte. Er hatte sich schon vor langer Zeit näher mit Taggart beschäftigt. Er fragte sich, ob Taggart wusste, dass sein Vater weggegangen war und eine ganz neue Familie gegründet hatte, nachdem er endlich von den Drogen weggekommen war. Es war ein flüchtiger Gedanke. Eigentlich war es ihm egal, doch es war interessant, wenn er daran dachte, dass er gerade überwacht wurde. King Kash hatte alles geschenkt bekommen, während Taggart sich abgerackert und gekämpft hatte, um seinem quengelnden Bruder Essen in den Mund zu stopfen. Taggart hatte noch zwei weitere Brüder, von deren Existenz er nicht einmal etwas ahnte. Offenbar schien sich die Taggart-DNA durchgesetzt zu haben. Obwohl ihr Vater ein Schmuse-Verkäufer geworden war, waren die Zwillingsbrüder, von deren Existenz Ian nichts wusste, ihm ähnlicher als ihrem Vater. Beide waren zur Navy gegangen, weil ihr Papa das College nicht bezahlen konnte, und beide waren dieses Jahr zum Navy SEAL-Training angetreten. Nelson hatte ernsthaft darüber nachgedacht, die beiden zu rekrutieren. Es wäre so lustig gewesen, ein paar Taggarts auf seiner Seite zu haben.

Hätte Tag sich moralisch nur etwas flexibler erwiesen, hätte Nelson ihn seinen Freunden vorgestellt. Tag wäre ein unglaublich guter Agent gewesen, wenn er nur nicht so ein Moralapostel wäre. Er war überzeugt, dass es in Tags Familie lag.

Es war besser, allein zu sein.

Nicht, dass Kash das zu glauben schien. Der junge König schien zu glauben, besser nie allein zu sein. Der Schwanz des Wichsers steckte immerfort in irgendeiner Blondine.

Wenn er nicht gerade Forschung finanzierte, die Nelsons Bosse unterbinden wollten.

Kash reichte seinem neuesten schwedischen Supermodel ein Glas Wein und wandte sein Gesicht der Sonne zu. Etwas, das er häufig tat. Mit nach oben gerichtetem Gesicht streckte er die Arme aus, als ob er die ganze Welt umarmte.

Wenn Nelson grünes Licht bekam, würde er dem Wichser eine Kugel direkt durch die Brust jagen.

Die Tür zur Kabine öffnete sich, und einer von Kashs vielen Dienern reichte ihm ein Telefon auf einem Silbertablett. Der Mann war in Smoking und Frack gekleidet und verbeugte sich vor dem Kapitän des Boots.

Gott, er konnte es kaum erwarten, ihn zu töten. Nelson hielt bereits einen Plan bereit. Kamdar war ein derart überprivilegiertes Arschloch. Doch er war ein Arschloch, das auch über Informationen verfügte, die Nelson brauchte. Er berührte den versteckten Ohrhörer in seinem rechten Ohr. Die meiste Zeit hatte seine Überwachung darin bestanden, dem König zuzuhören, wie er einen Haufen Blondinen nach und nach durchgefickt hatte. Der Mann hatte Ausdauer.

„Hello?"

Nelsons ganzer Körper spannte sich an. Wenn der König von Loa Mali Englisch sprach, bedeutete das, dass er mit einem seiner Wissenschaftler sprach.

Es gab eine lange Pause in der Leitung, und Nelson verfluchte die Tatsache, dass er nur das Boot hatte verwanzen können und nicht das Telefon des Königs. Kash war ein paranoider Bastard, der seine Handys wöchentlich wechselte. Und er besaß drei verschiedene Handys für unterschiedliche Leute. Eines für seine Affären. Eines für seine Familie.

Und eines für die Leute, die er auf seiner Insel behielt und großzügig für das bezahlte, was in seiner Buchhaltung lediglich unter „Forschung" gelistet war.

Nelsons Bosse interessierten sich für diese Forschung.

Durch das Fernglas sah er, wie Kashs Lächeln breiter wurde. „Ist das Ihr Ernst?"

Eine weitere lange Pause, und Nelsons ganzer Körper war angespannt vor Frustration. Gott, er musste versuchen, mehr als einen Mann in Kashs Haushalt einzuschleusen. Der Einzige, den er hatte erpressen können, verbrachte fast seine ganze Zeit in der Lagerhalle des Bootes, und es gab keinen Grund für ihn, dem König nahe zu sein, außer wenn er ihn an Land steuerte. Jede Person, die dem König wirklich nahe stand, bis hin zu dem Kerl, der ihm vermutlich den Arsch abwischte, waren Loa Malianer. Es war ihm nicht gelungen, auch nur einen einzigen von ihnen bestechen zu können, weil Kash, genau wie sein Vater und der Vater seines Vaters, den verdammten Reichtum umverteilte. Zuerst war es um den Handel von Perlen und den reichhaltigen Mineralien gegangen, die man auf der kleinen Insel fand, auf der etwa 40.000 Menschen lebten. Danach fanden die Wichser Öl in ihren Hoheitsgewässern und die Kamdars teilten den Reichtum mit der Bevölkerung, um sicherzugehen, dass Dinge wie Demokratie und Fortschritt auf ihrer Insel keinen Platz fanden.

In den 90er Jahren begeisterte sich der ehemalige König plötzlich für Technologie, erwarb große Aktienpakete von Unternehmen, die die Welt verändern sollten. Er erneuerte auch die komplette Infrastruktur Loa Malis, das sich zu einem der fortschrittlichsten Hightech-Länder des Planeten herausbildete.

Jetzt war Kash Kamdar der König und es schien, als wolle auch er die Welt verändern.

Zu schade, dass Nelson und seine Bosse mit der Welt zufrieden waren, wie sie war.

„Ist das Ihr Ernst? Es steht bereit?" Ein verrücktes Grinsen kreuzte das Gesicht des Königs. „Sind wir bereit, mit den Tests zu beginnen?"

Scheiße und doppelte Scheiße. Er musste die Unterhaltung am anderen Ende mithören. Oder vielleicht auch nicht. Vielleicht war der lächerliche Gesichtsausdruck Kamdars alles, was er wissen musste. Sie kamen schneller voran, als er erwartet hatte.

Er musste zur Bohrinsel gelangen, wo er vermutete, dass Kamdar sein Labor unterhielt, und damit beginnen, den Scheiß in die Luft zu jagen.

Sein Mobiltelefon brummte, eine SMS war gekommen.

Operation gestartet. Erwarte erfolgreiche Erledigung aller Akteure innerhalb von drei Tagen. Avery O'Donnell bereits als tot bestätigt.

Armer Ire. Er war für ein paar Monate glücklich gewesen. Oh, nun, sein Schmerz wäre nicht von langer Dauer. Er wäre bald tot, gleich neben seiner Braut. Und all den anderen.

Nelson widmete sich wieder der Beobachtung seiner Zielperson. Es war beinahe an der Zeit, auch ihn auszuschalten.

Kapitel Dreizehn

„Die Blumen sind hübsch.“ Sie hätte alles gesagt, um Phoebe von ihrem Lieblingsthema abzubringen.

„Wen interessieren Blumen?“, fragte Chelsea stimmlos. „Ich hab' die Jungs vom MI6 wieder reingehen sehen. Verstehst du, was das bedeutet?“

Es bedeutete, dass Ian vielleicht seine Position überdachte. Er war vielleicht doch bereit, sie ihnen auszuliefern.

„Es ist seltsam, dass sie ohne jegliche Nachricht gekommen sind“, meinte Phoebe, als sie den Strauß gelber Rosen betrachtete. „Grace sagte, sie seien heut Morgen geliefert worden. Ich hab' noch nie Blumen bekommen, doch mein Freund hat mir die Erstausgabe von *Alchemist's Stone* gekauft. Das war der britische Titel von *Harry Potter and the Sorcerer's Stone, also von Harry Potter und der Stein der Weisen*. Ich mag den britischen Titel lieber. Er klingt mystischer.“

Und schon war Phoebe wieder beim Thema. Ihre Schwester stöhnte neben ihr.

Sie starrte auf die Blumen. Gelbe Blumen. In Russland standen sie für Traurigkeit. Für Verrat. Wenn ein Mädchen in Russland gelbe Blumen bekam, wusste sie, dass es das Ende bedeutete. Vielleicht passte es.

Die MI6-Agenten kamen aus dem Konferenzraum, die Türen schlossen sich hinter ihnen. Sie gingen zurück in den Flur, der zu Ians Büro führte.

Baz' Blick schweifte in ihre Richtung, ihren suchend. Er nickte ihr ernst zu und folgte seinem Partner.

„Werden sie dich wirklich mitnehmen?", flüsterte Chelsea.

„Wenn Ian sie lässt, ja." Es war ihr mittlerweile egal. Wenn sie sie wirklich mitnähmen, spielte es keine Rolle, sich Sorgen zu machen.

Das war nicht die Art von Hingabe, von der sie geträumt hatte, als sie ihr Wiedersehen mit Ian geplant hatte, doch anscheinend war sich dem Schicksal zu fügen das Einzige, was ihr zu tun übrig blieb.

Phoebe beugte sich vor. „Hast du ihn wirklich geheiratet?"

Charlie sah auf, die Frau eindringlich ansehend, die so viel Angst vor ihrem Mann zu haben schien. „Ähm, ja. Ich hab' ihn in England geheiratet."

„Er hat dich nicht irgendwie gezwungen, oder?"

Wenn sie sich das doch nur einreden könnte, aber nein, alles, was zwischen ihnen passiert war, war einvernehmlich geschehen. Alles, mit Ausnahme des Moments, als er sie rausgeworfen hatte. „Nein. Ich hab' ihn geliebt."

Phoebe schüttelte den Kopf. „Tut mir leid. Ich versteh' das nicht. Er ist so unheimlich."

Charlie sah zurück zum Konferenzraum. Er sah nicht unheimlich aus. Er sah müde und traurig aus. Er sah so aus, wie sie sich fühlte. Sie legte eine Hand ans Fenster, seine Anziehungskraft spürend.

Er wandte sich ab.

Wenn Phoebe hier arbeiten wollte, musste sie lernen, wie sie mit ihrem Chef umgehen musste. „Wehr dich gegen ihn. Er bellt nur und beißt nicht in der Gegenwart von Frauen. Versteh' mich nicht falsch, wenn du ihm wirklich in die Quere kommst, wirst du dafür zahlen, doch du darfst dich nicht von ihm herumschubsen lassen."

Phoebe wurde leicht blass. „Oh, ich bin kaum in der Lage, in seiner Anwesenheit zu sprechen. Ich glaub' nicht, dass ich mich in nächster Zeit gegen ihn auflehnen werde."

„Er ist nur ein Mann", sagte Chelsea verärgert. „Ich versteh' nicht, warum hier jede Frau entweder Angst vor ihm hat oder versucht, mit ihm zu schlafen."

„Das mag auch gleichzeitig so sein", sagte Phoebe, ihre Augen wanderten zum Konferenzraum.

Charlie schlug mit der Hand auf Phoebes Schreibtisch, um die Aufmerksamkeit des Mädchens wieder darauf zu richten, wo sie sein sollte. „Wenn du versuchst, mit ihm zu schlafen, brauchst du keine Angst vor Ian zu haben. Du solltest Angst vor mir haben."

Phoebe klappte die Kinnlade herunter. „Das hab 'ich. Das hab' ich jetzt wirklich. Ich geh' mir einen Kaffee holen. Ich bin gleich wieder da."

Sie rannte beinahe aus dem Zimmer.

„Auch eine Art, die Maus zu erschrecken, Schwesterherz."

Sie saß in Schweigen gehüllt. Sie war sich nicht sicher, was sie Chelsea sagen wollte. Sie hatte sie enttäuscht, so wie sie Ian enttäuscht hatte.

„Kannst du mich jetzt noch nicht mal mehr ansehen?"

Charlie schüttelte den Kopf. Vielleicht war Ian nicht der Einzige, der Zeit brauchte. „Es tut mir leid, Chelsea."

„Was tut dir leid?" Ihre Schwester ging auf die Knie, offenbar nicht bereit, die Situation so zu akzeptieren.

„Alles, was ich falsch gemacht haben mag."

Chelsea ergriff ihre Hand. „Du hast nichts falsch gemacht. Ich hab' das. Ich bin da echt tief reingeruscht, Charlie. Ich kann's nicht anders erklären, als dass es zu einer Besessenheit geworden ist. Aber eine, die uns bis jetzt geschützt hat."

„Ich hätte dich zwingen sollen, zur Schule zu gehen. Ich hätte dir mehr Aufmerksamkeit schenken sollen. Ich war von Ian besessen. Ich hätte es weniger wichtig nehmen und mich mit dir beschäftigen sollen."

Chelsea drückte ihr fest die Hand. „Charlotte, wir können das immer noch in Ordnung bringen. Wir können von hier abhauen. Ich werd' nicht zulassen, dass sie dich mitnehmen. Ich hab' nie gewollt, dass du den Kopf für mich hinhältst. Ich liebe dich. Du bist meine einzige Familie. Du bist der einzige Mensch, den ich auf der ganzen Welt hab'. Ich werd' dich mit Sicherheit nicht verloren gehen lassen."

Ihre Schwester steckte immer noch viel zu tief drin. „Chelsea, hör dir selbst mal zu. Du hast schon viel zu lang Gott gespielt. Du wirst es nicht verhindern können. Wenn mich diese Männer mitnehmen, wirst du absolut nichts dagegen tun können. Ich werd' weg sein und du wirst mich nie wiedersehen und ich weiß nicht mal, ob du in der realen Welt klar kommst."

„Wovon redest du?", fragte Chelsea, setzte sich zurück auf die Fersen und ließ ihre Hand los.

„Du hast dir dein eigenes Königreich geschaffen. Deine eigene Welt, die du beherrschst, ohne in Betracht zu ziehen, was das für andere bedeutet."

„Niemand anders zählt."

„Jeder zählt. Hast du denn gar nichts gelernt?"

Chelseas Gesicht glich plötzlich einer störrischen Maske. „Ja, ich hab' gelernt, dass meine Beine brechen, wenn jemand mit einem Baseballschläger auf sie einschlägt. Ich hab' gelernt, dass du entweder Macht hast oder bedeutungslos bist."

„Du hast Mitgefühl oder du bist seelenlos, Chelsea. Das hat Mama uns beigebracht."

„Mama hat sich von einem Monster benutzen lassen. Sie hat ihn geheiratet. Sie hat Kinder von ihm bekommen."

Sie wünschte sich, ihre Schwester könnte sich besser erinnern. „Nein, sie war mutig. Sie ist weggelaufen. Sie hat sich versteckt."

„Nicht gut genug, sie hat den Kampf anscheinend verloren. Weißt du, ich dachte immer, du wärst die Starke, doch auch das musste ich in den letzten Jahren sein. Du tust so, als seist du der Kopf hier, doch deine Entscheidungen triffst du alle zwischen deinen Beinen. Du hast mich vergessen, also musste ich dafür sorgen, dass wir in Sicherheit sind."

Charlie wandte sich in ihrem Stuhl ab, unfähig, Chelsea auch nur einen Moment länger anzusehen. „Was hast du von mir erwartet? Den Rest meines Lebens mit dir zu leben? Wünschst du dir nicht mehr? Wünschst du dir nicht jemanden, den du lieben kannst?"

Ein hämisches Gelächter entwich ihrer Schwester. „Wer soll mich denn lieben? Du magst ein paar Narben haben, doch du kannst noch richtig laufen. Du hast nicht jeden Tag Schmerzen. Niemand wird mich lieben, Charlotte. Ich bin keine solche Frau." Sie erhob sich schließlich und nahm wieder in ihrem Stuhl Platz, tief Luft holend. „Ich glaub' auch nicht, dass Ian dich lieben wird. Ich will kein Miststück sein. Ich bin realistisch. Er ist kein Mann, der vergibt. Er will eine Sub, keine Ehefrau. Er will eine, die ihr ganzes Leben damit verbringt, ihm Essen zu kochen und ihm zu Füßen zu liegen."

„Du sagst das, als sei es etwas Schlechtes. Ich hab' genau das in den letzten Jahren für dich getan. Zumindest hat er mich ebenso verehrt, und rümpft nicht die Nase bei dem Gedanken. Solange du keinen Mann hattest, der dich festhalten will, dem du wichtiger bist, als sein nächster Atemzug, hältst du dich raus, was meine Gefühle angeht."

Ian schien mit jemandem über die Freisprechanlange zu telefonieren. Charlie starrte auf die Blumen. Sie waren wunderschön, noch Knospen, deren zierliche Form allmählich die Blüte in ihrem Inneren enthüllte. So war sie auch einst gewesen. Sie hatte voller Möglichkeiten gesteckt. Sie hatte nicht mal gewusst, was für Möglichkeiten das waren. Das hatte Ian ihr gezeigt.

Sie würde nicht in ihrer Blüte aufgehen. Vielleicht hatte Chelsea recht, und sie hatten niemals wirklich eine Chance gehabt.

Vierzehn Blumen. Sie berührte jede einzelne, in ihrem Hinterkopf keimte Sorge auf. „Chelsea, wie viele Blumen zählst du?"

„Mir sind die Blumen egal."

„Ich zähle vierzehn. Vierzehn gelbe Rosen, und keiner weiß, wer sie geschickt hat."

Chelsea schien sich plötzlich für die Blumen zu interessieren. „Es könnte sich um einen Irrtum handeln. Wer auch immer sie geschickt hat, wollte vielleicht ein Dutzend und bekam vierzehn aus Versehen. Hier in den Staaten werden Blumen zu dutzenden verschickt."

Niemand in Russland verschickte eine gerade Anzahl an Blumen, außer zu Beerdigungen. Und niemand verschickte gelbe Blumen, außer um tiefe Trauer zu bekunden oder Untreue kenntlich zu machen.

Diese Blumen waren für die Beerdigung einer russischen Tochter bestimmt. Für sie.

„Wir müssen hier weg." Chelsea zerrte an ihrem Arm, pure Angst in ihr Gesicht geschrieben. Es schien, als hätte sie die Botschaft auch verstanden. „Sie verstehen nicht, wie weit unser Onkel gehen wird."

Liam schritt den Flur entlang, sein Gesicht von Grauen geprägt. Er schob sich in den Konferenzraum und begann sofort zu sprechen. Alle sahen ihn an, und dann fing Grace an zu weinen.

Oh, Gott, was war geschehen? Charlie trat ans Fenster, das sie trennte.

Charlie beobachtete, wie sich die Luft im Konferenzraum

anzuspannen schien, und dann stürzten Liam und Grace aus dem Raum, gefolgt von den beiden nervös dreinblickenden Simon und Jesse, der den Abzug seiner SIG überprüfte. Jake zog sich in sein Büro zurück, während sich Adam wieder an seinen Rechner setzte, und seine Finger über die Tasten flogen.

Etwas war passiert. Etwas eklatant Schlimmes.

Baz entschied sich in diesem Moment, den Flur hinunterzugehen. Er blieb stehen, warf einen Blick in den Konferenzraum, bevor er den Kopf in das Büro steckte, in dem Charlie stand. „Was ist hier los?"

„Ich weiß es nicht." Doch sie musste es herausfinden. Ian hatte ihr gesagt, sie solle warten, doch sie konnte nicht hier sitzen bleiben, wenn es schien, als bräche alles zusammen. Was veranlasste Grace dazu zu weinen? Aus dem Zimmer zu rennen, als sei der Teufel hinter ihr her?

Sie sah in die Lobby und Grace hatte sich ihre Handtasche geschnappt. Liam war dabei, sie aus dem Büro zu begleiten, seine Augen unruhig, nach einer Bedrohung Ausschau haltend.

„Sieht ernst aus. Ich geh' besser Damon holen." Baz' Gesichtsausdruck blieb unverändert wie immer. Er sah zurück, sein Blick haftete an Phoebes Schreibtisch. „Schöne Blumen. Da muss jemand verliebt sein."

Diese Blumen hatten jedoch nichts mit Liebe zu tun.

Ian erhob sich, auf das hinabblickend, was Adam am Computer tat. Als er das Gesicht Richtung Tür hob, lag eine Müdigkeit in seinen Augen, die sie verabscheute. Er strich eine Augenbraue nach, er ließ die Schultern hängen.

Alex und Eve hielten sich an den Händen, bis sich Eve auf einmal zu Alex drehte und Alex sie in den Arm nahm. Eve weinte.

Charlie stand auf. Fuck! Was war passiert? Was zum Teufel war passiert? Sie konnte hier nicht länger sitzen bleiben. Ian müsste sie eben bestrafen. Sie ging auf die Tür des Konferenzraums zu.

„Ähm, ich glaub' nicht, dass du den Raum verlassen darfst. Das hat Ian betont", sagte Phoebe, als sie zurück ins Büro kam, die Brille auf der Nase hochschiebend.

Charlie ignorierte sie, in den Flur hinaustretend. Sie sah nach links und Grace war dabei, die Eingangstüren zu verschließen, während Liam am Aufzug auf und ab ging. Sie riegelten alles ab. Ihr Herzschlag beschleunigte sich, pochte in ihrer Brust.

Sie durchquerte den Raum zwischen ihnen, ihre Hände zitterten, als sie die Tür des Konferenzraums öffnete.

„Liam, Simon und Jesse sind bei ihr, Sean", sagte Ian. „Sie bringen sie hinten raus, nachdem sie Carys aus der Krippe abgeholt haben. Ihnen wird nichts passieren, und Li mag ein paranoider Idiot sein, doch ich bin diesbezüglich bei ihm."

„Ich verlasse sofort das Restaurant. Li soll mir eine SMS schicken, wo wir uns treffen. Nicht zu Hause." Ein Klicken war zu hören, dann Seans Stimme verschwunden.

„Was ist passiert?", fragte Charlie. Grace konnte nicht nach Hause?

Ian spießte sie mit den Augen auf, vor dessen Blick sie sich winden wollte. „Ich hab' dir gesagt, du sollst auf deinem Stuhl sitzen bleiben, und dir nicht erlaubt zu reden."

Es war schlimm. Was auch immer passiert war, musste wirklich schlimm sein, und persönlich. „Bitte sag es mir."

„Warum, Charlotte? Warum musst du es wissen?"

„Weil mir diese Menschen nicht egal sind." Weil sie sie dadurch, dass sie sie über all die Jahre studiert hatte, zu lieben gelernt hatte. Sie waren zu ihrer Familie geworden.

Ian war so kalt, als er sich vor ihr auftürmte. All die Wärme, die zwischen ihnen gewesen war, war verschwunden, völlig erloschen, und sie spürte eine große Distanz, die sie voneinander trennte. „Willst du das wirklich? Ich hätte ein paar Fragen dazu."

„Ich hab' diese E-Mails nicht an Nelson geschrieben. Das war Chelsea." Er mochte ihr vielleicht nie glauben, doch sie würde sich verteidigen.

„Und Chelsea ist deine Schwester. Deine oberste Loyalität gilt ihr. Ich schätze, am Ende des Tages zählt nur die Familie, nicht wahr? Du wirst dich immer für deine Familie entscheiden."

Aber er war ihre Familie. „Bitte glaub' einem Mörder nicht mehr als mir. Bitte, Ian."

„Das warst du. Du hast Nelson mehr geglaubt als mir, und meine Familie zahlt jetzt den Preis dafür." Er sah hinüber und gestikulierte Richtung Tür. Dort standen Damon und Baz. „Wir haben einen Rückschlag erlitten. Wir werden einige unserer Pläne ändern müssen. Wie schnell können wir nach Indien gelangen?"

„Ich lass' den Jet so schnell wie möglich bereitstellen. Lass mich ein paar Anrufe tätigen." Damon trat weg, doch Baz blieb, mit seinen dunklen Augen beobachtete er die Szene, die sich vor ihm abspielte.

„Geh zurück zu deinem Platz, Charlie. Ich kann mich jetzt nicht mit dir beschäftigen."

Ian wies sie entschieden ab.

Das konnte sie nicht hinnehmen. „Ich möchte helfen, aber ich kann nicht helfen, wenn ich nicht weiß, was los ist."

Ian richtete die Augen zur Tür, seinen Blick leicht verhärtend, und als er sie wieder anschaute, war in seinen Augen ein eisiger Wille abzulesen. „Avery ist tot."

„Was?" Sie verstand die Worte nicht recht. Sie ergaben keinen Sinn, also musste sie ihn falsch verstanden haben. Ihr paranoides Gehirn stellte Verbindungen her, die es nicht gab.

„Ich sagte, Avery ist tot." Ian zog jedes Wort derart in die Länge, als gäbe er ihr Zeit, jedes einzeln verarbeiten zu können.

Die Luft verließ ihre Lunge, als ihr deren Bedeutung klar wurde. Liams Frau, die gelächelt und Charlie willkommen geheißen hatte, war tot? Diejenige, die Babykleidung gestrickt hatte? Liams schwangere Frau war tot? Das konnte nicht wahr sein. Das konnte einfach nicht sein. „Wie?"

„Ihre Bremsleitung ist gekappt worden. Sie verlor die Kontrolle über ihren Wagen, und der Notarzt hat sie vor einer Stunde für tot erklärt."

Charlie spürte, wie ihr die Knie weich wurden, doch sie zwang sich aufzustehen. Vierzehn Rosen. Sie zählte schnell nach, und Übelkeit überkam sie.

„Ian, was machst du da?", fragte Alex.

Ian sagte etwas, doch sie hörte nichts mehr. Alles, was sie sah, war die hübsche, süße Avery. Avery hatte so viel durchgemacht, und sie hatte es nicht verdient zu sterben.

Ihr Onkel war hinter ihnen allen her, höchstwahrscheinlich gemeinsam mit Eli Nelson.

Die beiden Männer, die sie am meisten hassten, waren hinter ihr her, und sie meinten es offenbar absolut ernst. Vierzehn gelbe Rosen. Eine für jeden von ihnen. Sie würden alle töten. Sie würden Ian und seinen Bruder ausschalten, ihre Freunde und ihre Frauen und vermutlich sogar ihre Kinder.

Ihr blieb ein Schluchzen im Hals stecken. Sie hatten wohl keine Ahnung von Jesse. Er stand in keinerlei Verbindungen zu Nelson. Er hatte kaum länger als ein paar Monate auf der Gehaltsliste gestanden. Es hätte sie überrascht, wenn sie von ihm wüssten. Wenn die vierzehnte Rose nicht für ihn bestimmt war, dann für das Baby. Gott, es gab eine Rose für Carys. Es gab eine Rose für Grace und Seans kleines Mädchen. Ians Nichte.

All die Toten wären ihre Schuld, weil sie in sein Leben zurückgekehrt war. Er würde seine Familie verlieren. Sie würden alle verlieren, denn Chelsea hatte recht. Sie war egoistisch gewesen, hatte nur an sich gedacht, um dahin zurückzukehren, wo sie sich sicher gefühlt hatte. Doch damit hatte sie alle Menschen, die ihr wichtig waren, in Gefahr gebracht.

Sie hatte nie eine Chance gehabt. Von dem Moment an, als sie geboren wurde, war ihr Weg vorherbestimmt gewesen, und immer, wenn sie versuchte, einen Ausweg zu finden, starb jemand. Dieses Haus wäre niemals voller Kinder wegen ihr. Sie würde nicht allmorgendlich aufwachen und in ihre kleinen Gesichter sehen in dem Bewusstsein, dass sie ihr Leben lebten, wenn sie und Ian nicht mehr da waren.

Sie war immer zum Sterben bestimmt gewesen, ihre von Schmerzen geprägte Existenz mit nur einer einzigen Kugel ausgelöscht.

Schuldgefühle nagten an ihr. Es gab nur eine Möglichkeit, um zu versuchen, die Dinge wieder gerade zu biegen.

Sie drehte sich zur Tür und ging hinaus, Ruhe breitete sich in ihr aus. Sie hatte Liams Frau das Leben gekostet. Sie konnte nicht auch noch das Leben der anderen riskieren. Vielleicht gäbe sich ihr Onkel mit ihr zufrieden. Vielleicht ließe er die anderen in Ruhe. Vielleicht hatte er die Blumen geschickt, um sie zu warnen, sich dem Unvermeidlichen zu stellen, ohne alle anderen um sie herum in Mitleidenschaft zu ziehen.

„Charlie?" Ians Stimme war deutlich zu hören, doch sie konnte jetzt nicht auf ihn hören.

Es wäre ganz einfach. Sie brauchte nur zu gehen und sich auf die Bank vor dem Gebäude setzen. Es war schön dort. Dort waren Stiefmütterchen in allen möglichen Farben und grünes Gras. Sie könnte sich auf die Bank setzen und warten. Wenn sie ihren Gedanken freien Lauf ließe, würde sie nicht einmal spüren, wenn die Kugel ihr Herz oder ihren Kopf traf, oder worauf sie es auch immer abzielten.

Es wäre passend, ließe sie sie vor seinem Büro ausschalten. Sie war ihm nah gekommen. So nah.

„Charlotte!"

Sie kam zu den Außentüren des Büros und öffnete sie. Nur gingen sie nicht auf. Sie zog erneut an ihnen, versuchte, ruhig zu bleiben. Sie musste ruhig bleiben. Sie musste ruhig bleiben, um zu tun, was sie tun musste. Sie durfte nicht durchdrehen. Sie musste zur Treppe gelangen und aus dem Gebäude rauskommen.

Die Türen klemmten, obwohl sie ihre ganze Kraft gebrauchte. Sie musste hier raus, und die Türen waren verdammt noch mal verschlossen, und Grace war irgendwo da draußen, und sie würden sie kriegen. Wenn sie nicht tat, was sie tun musste, würden die anderen sterben.

Eine kleine Hysterie begann sie aufzuwühlen. Sie trat gegen die Türen. Sie musste hier raus. Konnten sie nicht sehen, dass sie von hier verschwinden musste?

„Charlie, du kannst da nicht rausgehen." Ian schlang seine großen Arme um sie, sie von ihrem Ziel wegziehend.

Sie trat zurück, völlig die Fassung verlierend. „Lass mich los!"

Es spielte keine Rolle mehr, dass sie ihre Würde verlor. Alles, was zählte, war, das zu verhindern, was bald geschehen würde.

„Nein." Falls er ihre kümmerlichen Versuche, sich aus seinen Armen zu befreien, überhaupt spürte, zeigte er es nicht. „Du bist sicherer hier. Ich hab' dir gesagt, dass ich dich nicht nochmal weglaufen lasse."

„Sie versucht nicht, von dir wegzulaufen." Chelsea liefen Tränen übers Gesicht. Es war das erste Mal, dass sie ihre Schwester weinen sah, seit jenem schrecklichen Tag, an dem sie beinahe ihre Beine verloren hätte. „Sie beabsichtigt hinunterzugehen und sich aufzuopfern. Sie will, dass sie sie töten. Kannst du das nicht sehen? Sie würde lieber sterben, als der Grund dafür zu sein, dass du noch jemand anderen verlierst."

Charlie sah zu ihrer kleinen Schwester. Sie liebte sie so sehr. Für so viele Jahre war Chelsea das Einzige gewesen, was sie dazu gebracht hatte weiterzumachen. Chelsea zu beschützen war ihr Lebensinhalt gewesen, das einzige, was ihr gelungen war, richtig zu machen, bis alles schief gegangen war. „Wir können dem Schicksal nicht entkommen, doch wir haben es versucht, nicht wahr, Schwester?"

Chelsea würgte ein Schluchzen herunter und nickte. „Das haben wir. Lass mich mit dir gehen. Ich werd' mich zu dir setzen. Ich würde lieber mit dir gehen."

„Keiner geht irgendwohin, verdammt noch mal." Ian zog sie zu sich, ihren Protest ignorierend. Er blickte zurück auf die um sie versammelte Mannschaft. „Diese Tür bleibt verschlossen, Alex. Du bestellst Simon und Jesse, sie sollen die Frauen in Sicherheit bringen, dann sollen sie ihre Ärsche hierher zurückbewegen. Li, Jake und Adam können sich um sie kümmern. Ich brauch' ein extra Paar Augen auf sie."

„Ian?" Alex' Gesicht war vor Erregung gerötet, die Frage etwas verheißend, das sie nicht verstand.

„Ich kümmer' mich um sie. Sorg' dafür, dass ich's kann. Behalt' sie im Auge. Sie darf nicht nochmal dazu kommen, die Märtyrerin zu spielen." Er setzte sich in Bewegung und ging den Flur entlang, sie mühelos forttragend.

Sie war in seinen Armen gefangen. Sie musste ihn zur Vernunft bringen. „Du musst mich gehen lassen, Ian. Hast du die Rosen gesehen? Mein Onkel hat sie geschickt. Er muss es gewesen sein. Gelbe Rosen. Eine gerade Anzahl an gelben Rosen."

„Das bedeutet, jemand denkt, wir planten eine Beerdigung." Er schien zu begreifen, blieb jedoch nicht stehen. Er lief weiter in Richtung seines Ziels.

„Es sind vierzehn. Ian, wir sind vierzehn, wenn du Carys mitzählst. Er wird das Baby töten. Er wird alle Ehefrauen töten. Er wird jeden auslöschen, den du liebst, wenn du mich nicht gehen lässt. Wenn ich's ihm leicht mache, gibt er sich vielleicht damit zufrieden."

„Das wird er nicht. Sein Schicksal ist vorherbestimmt. Er weiß verdammt gut, dass ich hinter ihm her bin. Ich werd' nicht aufhören, bis er tot ist. Unser aller Schicksal ist vorherbestimmt."

Sie hatte sie dahin gebracht. „Du kannst aussteigen. Bitte, Ian. Bitte, lass mich gehen."

Er ging in sein Büro und setzte sie auf dem Sofa ab. Er legte ihr die

Hand auf den Mund. „Nicht bewegen." Er senkte die Stimme zu einem knurrigen Flüstern. „Charlie, vertrau mir."

Sie sah zu ihm auf, als er zurückschlich und die Tür schloss. Er schnappte sich etwas, das wie ein Walkie-Talkie aussah, schaltete es ein und sah auf den Bildschirm. Er lief im Raum umher, starrte auf den Bildschirm und nahm weitere Feinabstimmungen daran vor.

Suchte er nach Wanzen?

Er schaltete es schließlich aus und schob es in seinen Schreibtisch zurück, bevor er sich umwandte, sein Gesicht ernst. Er ging auf sie zu und sie stand auf. Jetzt musste er ihr zuhören.

„Ian, Avery ist tot", sagte sie. „Wir können nicht noch jemanden verlieren. Bitte lass mich gehen."

Ihre ganze Welt stand plötzlich Kopf, als er auf die Knie ging und die Arme um ihre Taille schlang. „Verzeih mir."

„Ian, wovon redest du?" Sie versuchte nach Luft zu schnappen. Ohne wirklich darüber nachzudenken, fanden ihre Hände sein Haar. Gott, wie sehr sie das wollte. Ihn ein letztes Mal halten. Sie versenkte die Hände in seinem dichten, sandfarbenen Haar.

„Verzeih mir. Ich kann niemandem trauen. Niemandem außerhalb unserer Familie. Bitte verzeih mir, Baby."

Hatte er das Wort „unsere" benutzt? „Es gibt nichts zu verzeihen, Gebieter. Ich liebe dich, doch du musst mich gehen und mich ihnen entgegentreten lassen."

„Das kann ich nicht. Vergib mir, dass ich gelogen habe, aber sie haben mich beobachtet. Es ist viel zu wichtig. Ich versuche, uns alle zu schützen. Sie waren im selben Raum. Ich musste lügen."

„Lügen?"

„Avery ist am Leben, doch es war knapp. Sie hat es geschafft, den Wagen zum Anhalten zu bringen, doch sie ist mit einem anderen Fahrzeug kollidiert. Sie haben sie ins Krankenhaus gebracht. Ihr und dem Baby geht es gut, doch Liam glaubt, dass es ein Anschlag auf sie war, während die Attentäter von letzter Nacht bei Alex und Eve nicht hinter dir her waren."

Teile des Puzzles fügten sich zusammen. „Sie waren hinter Alex und Eve her."

„Ich hab' eine Vorrichtung an Alex' Handy gefunden. Jemand hört mit. Wir beschlossen, Averys Tod vorzutäuschen. Adam hat sich in das

Krankenhaussystem gehackt und sie für tot erklären lassen. Liam bringt den Rest unserer Frauen an einen sicheren Ort. Er und Jake und Adam beschützen sie. Sean ist mit seiner Familie auf der Flucht. Sie kommen erst wieder zurück, wenn ich ihnen mitteile, dass es sicher ist."

„Vierzehn gelbe Rosen, Ian. Sie wollen euch alle umbringen, und das ist meine Schuld."

Er schüttelte leicht den Kopf. „Das ist jetzt egal. Alles, was zählt, ist, dass du das Geheimnis für dich behältst. Ich will nicht, dass einer der MI6-Agenten weiß, dass Avery lebt. Ich bin schon stinksauer, dass sie wissen, dass wir schon zwei von ihnen getötet haben."

Zumindest soweit vertraute er ihr. „Ich werd' ihnen nichts sagen. Chelsea braucht es auch nicht zu wissen." Sie hatte ihre Entscheidung getroffen. Sie liebte ihre Schwester, doch ihre Loyalität musste zuallerletzt Ian gelten. „Aber sie können sich nicht ewig verstecken. Mein Onkel wird nicht aufhören, mich töten zu wollen. Lass mich gehen, vielleicht vergisst er dann den Rest von euch."

Er schlang die Arme enger um sie. „Es tut mir so leid, doch du musst verstehen, dass ich dir niemals erlauben werde, durch diese Tür zu gehen und dich von ihnen mitnehmen zu lassen. Es ist mir egal, ob du in der Lage wärest, einen Deal mit ihnen zu schließen, der uns alle rettet. Ich lass das nicht zu."

Verwirrung überkam sie. „Ian, ich versteh' das nicht. Du warst böse auf mich. Du denkst, ich hätte mit Nelson geschlafen."

Sein Gesicht kam zum Vorschein und es war nicht zu übersehen, wie sehr er sich quälte. Er war sonst so verschlossen, doch jegliche schmerzhafte Emotion spiegelte sich in seinen gewöhnlich arktisch-kalten Augen wieder, und es versetzte Charlie einen Tritt in die Magengrube. „Ich rechne dir nichts negativ an, was geschah, als du bei deinem Vater warst. Du musst wissen, dass ich das nie tun würde. Aber es sollte mir nicht egal sein, ob du mit Nelson geschlafen hast. Verdammt noch mal, Charlie, das sollte mich interessieren. Das ist ja das Problem. Ich denke ja, dass es verdammt nochmal keine Rolle spielt. Ich denke, ich würde dich immer noch wollen. Das ist so verrückt, Charlie. Ich will dich immer noch, verdammt. Ich sehne mich immer noch nach dir."

Es hatte sich nichts geändert. Nicht wirklich. Er vertraute ihr nicht.

Sie erinnerte sich an Simons Worte. *Wie wäre es, ihm Zeit zu geben?*

Sie war bereit gewesen, ihm alles andere zu geben. Er hatte vermutlich recht. Ihr Onkel forderte ihr Schicksal heraus. Was also, wenn er ihr jetzt nicht glaubte? Wie könnte sie daran etwas ändern, wenn sie ging?

Wenn es keinen Ausweg aus diesem Krieg gab, den ihr Onkel begonnen hatte, dann sollte sie auf der richtigen Seite kämpfen, und das bedeutete aufzustehen, nicht auf einer Bank zu sitzen und auf das Unvermeidliche zu warten. Und das bedeutete, ihrem Gebieter zu geben, was er brauchte.

Er hatte herausfinden müssen, dass seine Welt an einer Zeitschaltuhr hing, die jederzeit explodieren könnte. Jeder, der ihm etwas bedeutete, war in Gefahr, und er konnte niemandem in seiner Umgebung trauen. Alle erwarteten von ihm, dass er sie anführte, und er hatte niemanden, an den er sich anlehnen konnte.

Niemanden außer ihr.

Er mochte ihr vielleicht nur sagen, dass er sie wollte, doch er brauchte sie. Ihr Ego war nichts im Vergleich zu dem, was er brauchte.

Sie fiel auf die Knie, ihre Arme um ihn schlingend und ihm alles anbietend, was sie konnte. „Ist gut, Ian. Ich werd' tun, was immer du von mir verlangst. Ich will dir zur Seite stehen, doch wenn du mir nicht vertrauen kannst, dann geh' ich dorthin, wo du mich haben willst, und ich bleibe dort. Das versprech' ich dir. Ich geb' dir den Rest des Geldes und werd' Chelsea nicht erlauben, nochmal einen Computer anzufassen. Ich werde warten, Ian. Ich warte, bis du getan hast, was du tun musst. Wenn du das hinter dich gebracht hast und mich noch willst, werde ich da sein."

Seine Hände fanden ihr Haar, zogen es nach hinten zurück und zwangen sie, ihm in die Augen zu sehen. Dieses kleine Ziehen ließ ihr die Haut aufleuchten. „Du willst, dass ich dich wegschließe? Denkst du, das würde mir irgendwas beweisen? Vielleicht wäre es das Beste, aber das kann ich nicht. Willst du wissen, warum?"

Er war ihr so nah, dass es ihr schwer fiel, die Worte, die er sagte, überhaupt zu verarbeiten. Ihr schwirrte der Kopf. Aus absoluter Verzweiflung war pures Verlangen geworden. „Denkst du, ich würd' weglaufen?"

„Nein, ich würde dafür sorgen, dass du nicht weglaufen kannst.

Wenn ich dich wegschließe, kann ich dich nicht ficken, Charlie. Ich kann an nichts anderes mehr denken, als wieder in dir zu sein." Er ließ den Mund über ihrem schweben, verführte sie, reizte sie. Dem Himmel so nahe, doch sie wünschte sich, dass ein Kuss mehr verhieß als die Aussicht, sie zu kontrollieren. „Ich kann an nichts anderes mehr denken als an dich. Ich hab' diesen Mann heute fast umgebracht."

„Ian…", begann sie, wollte es erklären.

„Nein." Er schüttelte den Kopf, eine unnachgiebige Verneinung. „Ich will nicht darüber reden. Ich hab's dir gesagt. Es ist mir scheißegal. Ich will dich. Ich kann nicht anders. Du bist eine Besessenheit. Ich kann dich nicht gehen lassen. Ich kann dich nicht weggehen lassen, und ich kann nicht zulassen, dass sie dich kriegen."

Sie wollte mehr sein als eine Besessenheit. Sie brauchte das, doch war jetzt nicht die Zeit, um über ihre Bedürfnisse zu reden.

Jetzt war es Zeit, ihm etwas zu geben. Zu sein, was er brauchte.

„Dann tu es nicht, Gebieter. Ich bleib' so lange bei dir, wie du es dir wünschst."

Ein weiteres Ziehen an ihrem Haar. Er schien heftig gestimmt zu sein und bereit, es an ihr auszulassen. Seine Welt war außer Kontrolle geraten. Ihr Herz setzte ein paar Schläge aus, weil sie wusste, was er brauchte. Wenn er die Außenwelt nicht kontrollieren konnte, dann würde er sie kontrollieren. Er würde sie dominieren.

„Du wirst bleiben?" Die Worte kamen hart knirschend aus seinem Mund. „Wirst du auch bleiben, wenn ich dir sage, dass ich dich am liebsten in den Arsch ficken würde? Sag mir, wie viele Männer schon in deinem Arsch waren."

Sie schüttelte den Kopf, ihr schauderte beinahe bei dem Gedanken. Wie viele Nächte hatte sie davon geträumt, ihn auf jede erdenkliche Weise zu haben, die es mit einem Mann möglich war? Sie war eine gute Sub gewesen. Sie hatte sich auf ihn vorbereitet. „Keiner. Garantiert keiner. Ich will nur dich."

„Zeig es mir."

Charlie stand auf und machte sich bereit, ihrer Liebe zu dienen.

Kapitel Vierzehn

Ein wildes Bedürfnis durchflutete Ians Körper. Sie zu nehmen. Sie zu brandmarken. Sicherzugehen, dass sie niemals einen anderen Mann ansah. Sie so zu befriedigen, dass sie die Augen nicht aufkriegte, um einen auch nur anzusehen.

Ein Pochen ging durch seine Adern, und nichts anderes zählte. Etwas in ihm war angesprungen, als ihm bewusst geworden war, was sie vorhatte. Sie hatte sich aufopfern wollen, sich selbst aufgeben wollen, weil sie ihre Schuldgefühle nicht mehr ertragen hatte.

Und er erinnerte sich an ihren Körper, kalt und tot in seinen Armen.

Sie war jetzt verdammt noch mal am Leben, und er wollte dafür sorgen, dass das nie wieder passierte.

Er war für sie alle verantwortlich. Sean und Grace und Carys. Jake und Adam und Liam und ihre Ehefrauen. Alex und Eve. Selbst für Simon und Jesse trug er nun die Verantwortung. Er musste für ihre Sicherheit sorgen.

Doch sie war seins. Nur seins. Er musste sie mit niemandem teilen, nicht, wenn er sich entschied, sie bei sich zu behalten. Seine Sub. Seine Frau.

Er wollte etwas von ihr, das noch nie jemand zuvor von ihr gehabt hatte.

„Zieh deine Sachen aus." Immerhin hatte er dieses Mal die Kameras in seinem Büro ausgeschaltet. Nicht, dass ihn das jetzt aufgehalten hätte. Er musste den Knoten in seinem Bauch verbrennen. Er fühlte das Bedürfnis, all seine Schuldgefühle und die unbändige Angst, sie alle im Stich zu lassen, in ihrem Körper zu verbrennen.

Sie versuchte ihr Shirt auszuziehen, es beinahe fallen lassend, als sie es wegwarf. Er hatte ihr nicht mal Kleidung aus ihrer Wohnung geholt. Er hatte sie gezwungen, dasselbe vom Vortag zu tragen. Er kümmerte sich nicht so um sie, wie er sollte. Er musste seine Wut runterschlucken und sich um sie sorgen, denn sie war sein, und er begann zu glauben, dass er nicht in der Lage wäre, das zu ändern. Er machte sich etwas vor, wenn er glaubte, er könnte sie sich aus der Seele vögeln, doch in diesem Moment wollte er genau das versuchen.

Während sie mit ihrer Kleidung beschäftigt war, lief er zu dem kleinen Schrank im hinteren Teil des Büros. Er bewahrte dort Extras auf. Extra-Waffen. Extra Munition. Kugelsichere Weste. Ein kleines bisschen C-4. Und ein extra Set mit Gleitgel und einem noch verpackten Analplug.

Nur das Nötigste. Was jeder Mann brauchte, um die Apokalypse zu überleben. Grace war entsetzt gewesen, doch Ian war gern vorbereitet.

Er holte das Set heraus und legte es auf den Beistelltisch im Sitzbereich seines Büros. Er war sich nicht sicher, warum er einen verdammten Sitzbereich brauchte, doch die Couch hatte sich als praktisch erwiesen, wenn er ein Nickerchen brauchte. Sie schien auch die richtige Höhe für das zu haben, was er vorhatte.

Er blickte hinüber, und Charlie war nackt, ihr wunderschöner Körper errötet vor Verlangen. Ihre Augen hatten bereits den schläfrigen Blick angenommen, den er mit ihrem Subspace assoziierte. Sie tauchte so schnell ab, manchmal sogar ohne ein einziges Klatschen seiner Hand. Manchmal brauchte sie nur eine Vertiefung seiner Stimme, als würde sie in dem Moment, in dem er die Tür öffnete, nach drinnen flüchten und versuchen, sich vom Rest der Welt abzuschotten.

„Fängst du so eine Session an?" Er würde es nicht als das bezeichnen, was es eigentlich war. Liebemachen. Ein Bedürfnis. Die Luft, die er zum Atmen brauchte.

Sie ließ sich auf die Knie fallen, ihr Kopf fiel nach vorne, erdbeerfarbenes Haar umgab ihre Brüste und Schultern wie ein Baldachin, der ihre Geheimnisse verbarg. Er liebte ihr Haar. Es spielte keine Rolle, welche Farbe es hatte, solange es nur viel davon gab. Solange er aufwachte und davon bedeckt war, wie in einem Netz gefangen, dem er nicht entkommen wollte.

Sie hatte die Hände auf ihren Oberschenkeln platziert, Handflächen nach oben gerichtet, wie er es ihr beigebracht hatte. Sie hatte ihn nicht zweimal nach der Stellung ihrer Knie fragen lassen. Sie waren weit gespreizt, ihre Muschi zur Schau gestellt, und er konnte bereits sehen, dass seine Sub heiß wurde. Ihre Muschi war perlmuttrosa, ihre Nippel steif.

Sie wartete auf ihn. Ruhig und geduldig. Vertrauensvoll.

Fuck. Er könnte nicht tun, was er eigentlich tun wollte. Er war zu verdammt groß. Er würde ihr wehtun. Er hätte nie gedacht, dass er seinen großen Schwanz jemals bereuen würde, doch der Tag schien gekommen zu sein. Er spürte plötzlich eine Enge in seiner Brust. „Zieh dich an, Charlotte. Ich muss dir ein paar Klamotten besorgen, bevor wir von hier aufbrechen."

Sein Schwanz schrie ihn an, versprach ihm, dass er gut zu ihr und geduldig sein würde, wenn er ihm nur die Chance geben würde, dieses süße kleine Arschloch zu ficken.

Sein Schwanz hatte einfach kein Glück.

Charlie hob den Kopf, der schläfrige Blick verschwand, sie blickte stattdessen beinahe panisch. „Was habe ich falsch gemacht?"

Er hielt seine Wut zurück. Er wollte brüllen und schreien und sie trotzdem ficken, doch sie war sein. Sein. Er konnte ihr nicht noch mehr wehtun, als er es bereits getan hatte. Rache war in Bezug zu Charlie total mies gewesen. Er sprach die Worte mit zittrigem Atem aus, während er gleichzeitig versuchte, seinen Schwanz zu beruhigen. „Du hast nichts falsch gemacht. Ich nehme mir nie eine Geliebte, ohne sie vorher vorbereitet zu haben. Ich könnte dir wehtun. Du erinnerst dich, als wir verheiratet waren, hab' ich dich trainiert. Ich hab' dich deshalb gezwungen, den Plug jeden Tag zu tragen."

Sie errötete wieder. „Ian, was ich dir jetzt sagen möchte, mag im ersten Moment komisch und unheimlich klingen, doch ich möchte dich daran erinnern, dass du mir Befehle erteilt hast, und obwohl du dachtest, ich sei tot, war ich mir bewusst, verheiratet zu sein und einen

Gebieter zu haben, und ich wollte dir eine gehorsame Sub sein."

Was zur Hölle wollte sie damit sagen? „Du bist selten gehorsam, Charlie. Ich hätte in den Vertrag schreiben sollen, dass es dir nicht erlaubt ist, deinen Tod vorzutäuschen oder ein kriminelles Unternehmen zu gründen, das drei Länder dazu veranlassen würde, hinter deinem Kopf her zu sein."

„Manchmal brauche ich Anweisungen, Gebieter." Ihre Augen kamen zum Vorschein, groß und unschuldig. Gott, er liebte es zuzusehen, wie sie die Augen aufriss, wenn er seinen Schwanz hineinarbeitete. Ein weiterer Grund, warum er es nicht gemocht hatte, sie im Club zu ficken. Er wollte mit ihr von Angesicht zu Angesicht sein. Er wollte sie aus der Nähe beobachten, jeden Ausdruck wahrnehmen, während er sie nahm.

„Deine Anweisung lautet, zu gehen und dich fertig zu machen. Wir haben einen langen Flug vor uns." Mindestens vierundzwanzig Stunden, in denen sein Schwanz in der Hölle schmorte.

„Aber ich hab' deine Anweisungen befolgt", sagte sie schnell.

Er starrte sie an, versuchte, sie zu verstehen. Und ja, es klang seltsam. Und irgendwie auch heiß, wenn er das, was sie sagte, richtig verstand. „Du hast dich selbst gestöpselt?"

Sie errötete, wobei er hätte schwören können, dass es jetzt auch aus Verlegenheit war. Sie richtete die Augen zu Boden. „Ja. Nicht jeden Tag, doch mindestens einmal pro Woche. Meistens öfter. Das hast du mir so befohlen. Ich fand Trost darin, deinen Anweisungen zu folgen. Ich weiß, in der Welt der nicht-BDSMLer wäre es pervers, doch ich tat so, als wärst du es."

Sie war komplett und völlig durchgeknallt. Sie hatte sich fünf Jahre lang selbst gestöpselt? Es war unglaublich. Sein Schwanz machte einen weiteren Hüpfer in seiner Jeans.

„Zurück in Position und so bleiben." Er lief aus dem Büro und den Flur entlang, ohne sich einen Scheiß darum zu scheren, dass er einen extragroßen Butt-Plug und ein Behältnis mit Spielzeugreiniger in der Hand hielt. Die Welt brach um ihn herum zusammen, doch das war egal, denn er hatte ein Spielzeug zu reinigen. Das Einzige, was zählte, war damit fertig zu werden, denn er würde so oder so herausfinden, ob sie gelogen hatte.

Er stiefelte ins Badezimmer, ihm schwirrte das Hirn. Sie könnte wieder lügen. Es könnte ihre Art sein zu vertuschen, einen Haufen Männer auf jegliche Art und Weise gehabt zu haben.

Oder sie sagte die Wahrheit, und sie war ihm jahrelang eine treue Ehefrau gewesen, die selbst in den seltsamsten seiner Rituale Trost fand. Sein Herz zog sich zusammen bei dem Gedanken, wie sie zum ersten Mal versucht hatte, sich selbst einen Plug einzuführen. Sie musste sich unbeholfen und allein gefühlt haben. Es war eigentlich ein Spiel zwischen Verliebten, doch sie war auf der Flucht und allein gewesen. Hatte sie es im Dunkeln getan? So, wie er sich selbst einen runtergeholt und an sie gedacht hatte?

Ihm war bewusst, dass er davon ablassen sollte. Er sollte sie in ein Versteck schicken. Er sollte sie von den anderen trennen und Simon damit beauftragen, dafür zu sorgen, dass sie am Leben blieb.

Doch das wollte er nicht, denn er ertrug den Gedanken nicht, dass sie nicht bei ihm war. Jetzt, wo er sie wieder gesehen hatte, sie berührt und sie gefickt hatte, war die Vorstellung, Charlie nicht mehr in Sichtweite zu haben, unter seiner Kontrolle stehend, inakzeptabel.

Er säuberte den Plug, trocknete ihn ab und machte kehrt, um zurück ins Büro zu gehen, wo sie auf ihn wartete. Sie würde in Position sein, auf ihn wartend. Er wurde zu einem Mistkerl, einem Höhlenschwein, doch er liebte die Gewissheit, dass sie an nichts anderes dachte als an ihn, als daran, was er mit ihr anstellen würde, mit ihr vorhatte.

Damon Knight kam den Flur entlang, sein großer Körper nahm fast den ganzen Raum ein. Sie kamen eigentlich nicht gleichzeitig durch den Flur, ohne sich wegen ihres Körperbaus gegenseitig zu berühren. Er hätte an extrabreite Flure denken sollen, denn er stellte anscheinend nur Männer ein oder arbeitete mit solchen, die wie Bären gebaut waren. „Ausgezeichnet, ich hab' nach dir gesucht. Der Jet steht um vier Uhr bereit. Ich bin darüber informiert worden, dass wir einen zusätzlichen Passagier mitnehmen müssen."

„Ten." Er hatte von Anfang an gewusst, dass die CIA einen Beobachter dabei haben wollte. Es war ein Beweis für Ians Sturheit, dass Ten das Spiel nicht anführte.

„Ja. Wir haben die Erlaubnis, dich auf jedwede Weise zu unterstützen, die du wünschst. Du hast einflussreiche Freunde, Kumpel."

Er hatte schon vielen mächtigen Männern einen Gefallen getan. Jetzt war er ihnen einiges schuldig. „Ich werd' Nelson töten."

„Ich werd' wegsehen, wenn du's tust. Ich bin mir absolut sicher, dass es Notwehr sein wird." Gott sei Dank war es Damon, den sie geschickt hatten, und kein anderer. Er vertraute Damon am meisten. Er kannte seinen Partner nicht gut genug. „Wir werden also in Frankfurt und danach in Mumbai auftanken und sollten in etwa vierundzwanzig Stunden in Goa sein. Schneller schaffen wir es nicht. Du weißt, dass du einen Analplug mit dir herumträgst? So handhabst du also Bürodisziplin?"

Er begann, sich in sein Büro zurückzubegeben, ohne sich die Mühe zu machen, zurückzuschauen. „So handhabe ich meine Sub. Falls jemand fragt, ich bin nicht erreichbar, bis wir so weit sind, zum Flughafen zu fahren, und sag' Adam, dass er unsere Papiere besser bereithält, oder ich werd' das hier an ihm ausprobieren."

Er lief zurück durch seine Tür und da war sie, eine Vision der Hingabe, die auf ihn wartete. Gott, er sollte sich eigentlich auf die Operation vorbereiten, doch das Einzige, was er wollte, war sich in ihr zu verlieren. Er wollte die Bürotür abschließen und nie wieder herauskommen. Zum ersten Mal dachte er ernsthaft darüber nach, mit ihr wegzulaufen. Er wusste, wie sie sich verstecken könnten. Keiner würde sie finden. Sie könnten anonym bleiben. Sie könnten alles aufgeben und eine Insel finden und diese nie mehr verlassen.

Und seinen Bruder nie wieder sehen. Nie wissen, wie Carys als frecher Teenager war, der Sean die Hölle heiß machte. Niemals eigene Kinder haben, weil sie eine Schwäche darstellten.

Das Leben war so viel einfacher gewesen, bevor sie zurückgekommen war, doch er hatte sogleich gewusst, dass er es nicht einfach haben wollte.

„Zeig's mir." Er stand vor ihr, sein Schwanz zuckte beharrlich, doch er wollte es sehen.

Sie deute ein Nicken an, den Plug entgegennehmend. „Ich brauch etwas Gleitgel. Ich benutze immer Gleitgel."

So, wie sie es sollte. Er reichte es ihr, wobei er sich zwang, seine Hand nicht in ihrem Haar zu verlieren. Wenn er sich mit ihr in einem Raum befand, fiel es ihm schwer, sie nicht zu berühren, und wenn er sich nicht mit ihr in einem Raum befand, fiel es ihm schwer, nicht den

Raum aufzusuchen, in dem sie sich befand, und nicht auch dort zu sein.

Sie schmierte den Plug äußerst sorgfältig ein. Er hatte sich einen ausgesucht, der etwas zu klein war, um seiner Größe zu entsprechen, doch sie schien nicht davon eingeschüchtert zu sein. Sie glitt nur mit den Händen darüber, den harten Plastikplug großzügig einschmierend.

Da war kein Zögern, keine Hast in ihren Bewegungen. Es schien fast wie ein liebevolles Ritual, eines, das sie schon oft zelebriert hatte.

Er hatte ihr erklärt, dass er sie wochenlang auf Analsex vorbereiten würde. Er hatte ihr erklärt, dass sie den Plug, um sie zu weiten, regelmäßig tragen müsse, damit er ihr nicht wehtat.

Hatte sie wirklich fünf verfickte Jahre damit verbracht, sich auf ihn vorzubereiten?

„Darf ich auf die Couch rüber gehen, Gebieter? Ich mache das sonst auf dem Bett."

Er korrigierte sie nicht mehr. Er war ihr Gebieter. Das war er immer gewesen. Er hatte nie zugelassen, persönlich so genannt zu werden. Im Sanctum war er Master Ian, aber Sir, wenn er spielte. Denn so sehr, wie sie ihm gehörte, war er sich tief in seinem Herzen bewusst, gehörte er ihr. Für immer.

Er war sich nicht sicher, ob das funktionierte. „Ja. Tu, was du immer tust. Ich will zusehen."

Sie erhob sich, Anmut in jeder ihrer Bewegungen. Sie hatte erst zu trainieren begonnen, als sie ihn verlassen hatte, doch ihre Ungezwungenheit war nun Zeichen dessen, wie sie über Jahre aus ihrer unterwürfigen Position heraus gewachsen war, sich jahrelang herabgelassen hatte. Sie war eine gut trainierte Sub.

Hatte sie selbst damit angefangen? Hatte sie all das getan und gleichzeitig an ihn gedacht und geplant, zu ihm nach Hause zu kommen?

Hatte sich diese Frau wirklich so nach ihm gesehnt, wie er sich nach ihr gesehnt hatte?

Er beobachtete sie, sein Schwanz pulsierend, während sie sich auf die Couch kniete, ihm den Hintern zugewandt. Die Knie weit gespreizt, ihren Oberkörper flach gesenkt, hing ihr Hintern in der Luft, verstärkt durch die Position ihrer Knie. Sie eröffnete ihm den köstlichsten Anblick auf ihr Arschloch, rosig und rosafarben. Mit der Hand hielt sie den Plug, ihn von unten bewegend, um den fleischfarbenen Stöpsel an diesem hinreißenden Loch zu platzieren. Ihre Rosette war eng, klein. Sie machte nicht einen Moment den Eindruck, als könne sie das Monster, das sie an ihr platziert hatte, bewältigen.

Ihr Rücken war geschmeidig, ihre Muskeln alle entspannt. Sie stieß einen langen Seufzer aus, als sie sich den Plug in den Arsch drückte, ihn drehte, zunächst die rechte Seite erschließend, um den Plug hineinschieben zu können.

Eine sanfte Bewegung und sie hatte sich den Plug eingeführt, nur das flache Ende war noch sichtbar.

Andere Frauen hätten ihm vielleicht ein selbstgekochtes Essen angeboten oder ihn darum gebeten, seine Hand als eine romantische Geste zu halten, doch seine Frau verstand ihn.

Sie bediente sich des Plugs wie ein Profi, und das war das verdammt romantischste, was er je gesehen hatte.

Er kam vor und legte die Hand auf diesen prächtig runden Hintern, das maunzende Seufzen liebend, das sie ausstieß, sobald er sie berührte. „Wie lang behältst du ihn sonst drin?"

„Ich mag es, damit zu schlafen."

Sie sagte nichts mehr, doch er erfuhr alles, was sie nicht aussprach. Sie schlief damit, weil es sich anfühlte, als schliefe sie mit ihm, tief in ihr vergraben. Weil sie in diesen Momenten die Augen schließen und so tun konnte, als wäre er noch bei ihr.

Gott, er wollte ihr glauben. Er wollte es mehr als alles andere in seinem Leben.

Er berührte die Unterseite des Plugs. Sofort zogen sich die Muskeln um ihn herum zusammen, ein Lustreflex. „Gefällt es dir?"

„Zu Beginn nicht. Es war komisch. Ich hab's getan, weil du es dir gewünscht hattest. Ich dachte, es wäre etwas zu erdulden, weil es dir Vergnügen bereitete."

„Und jetzt?"

„Ich träume davon, Gebieter. Ich träume, wie du mein Arschloch fickst und dir nimmst, was dir gehört."

Sie würde ihn mit nichts anderem als ihren süßen Worten zum Kommen bringen.

Es gab keine Zweifel. Er konnte sie ficken und sie würde es lieben. Er würde es lieben.

Das Einzige, was er tun musste, war den Plug rauszuziehen und seinen Schwanz reinzuschieben. Er könnte schnell abspritzen und wäre dann vielleicht in der Lage zu denken. Er könnte sich nehmen, was er brauchte, und wieder den Rückzug antreten.

„Dreh dich um." Er konnte es nicht verantworten, sie so zu benutzen, wie er es zuvor getan hatte. Er mochte nicht wissen, was er mit ihr außerhalb des Schlafzimmers anfangen sollte, doch innerhalb dessen wollte er ihr wahrer Gebieter sein. Ein Gebieter kümmerte sich um seine Sub zuerst.

Sie ließ sich vorsichtig auf die Couch sinken und rollte sich auf die Seite. Ihre Augen sahen misstrauisch zu ihm auf. Glaubte sie, er ließe sie jetzt wegtreten? Sie vielleicht noch auslachen, weil sie ihm jahrelang Treue bewiesen hatte?

„Danke, Liebes." Er nahm ihren rechten Fuß hoch, führte ihn an seine Lippen und küsste ihre Zehen. Sie war dort kitzelig. Er hätte sie stundenlang quälen können, indem er mit ihren Füßen spielte. Was er ihr nie gesagt hatte, war, dass er es nicht getan hatte, weil er sie lieber bestrafte. Er liebte es einfach, sie lachen zu hören.

„Findest du das nicht komisch?"

Er biss sanft in ihre Zehen, und sie sprang quasi auf. „Ich finde es absolut komisch, und du bist die perverseste Frau, die ich je getroffen habe. Doch zum Glück hab' ich eine Schwäche für Perverse."

„Ian, hör auf." Sie versuchte, ihren Fuß wackelnd zu befreien.

Er verstärkte seinen Griff. „Du sagst mir nicht, was ich zu tun hab', wenn wir im Schlafzimmer sind."

Sie wimmerte. „Du weißt, dass ich das hasse, Gebieter."

„Aber ich liebe es." Die meisten Subs hassten die Peitsche oder den Rohrstock, jedoch nicht seine Charlie. Sie hasste das Durchkitzeln ihrer Füße. Unglücklicherweise liebte er es, genau das zu tun.

Er fuhr mit der Zunge über ihre Fußsohle.

Charlie stieß einen erstickten Schrei aus, sich auf der Couch windend, und dann hörte er ihn, diesen tiefen, wunderbaren Ton. Er hallte durch den ganzen Raum und er fühlte, wie sich seine Seele erquickte. Ja, er wollte sie nehmen. Er wollte sie mit seinem Samen abfüllen, bis sie nicht mehr geradeaus sehen konnte, doch, oh mein Gott, er liebte ihr Lachen.

„Oh, meine Liebe, ist es schwer, den Plug drin zu behalten, wenn du lachst?" Die Sorgen, die ihn geplagt hatten, waren wie weggeblasen.

Das war es, was er brauchte. Was auch immer in einigen Stunden passieren mochte, doch in diesem Augenblick war er sicher und glücklich und brachte seine Sub zum Lachen.

Ihr Gesicht war rosig, ihr Lächeln breit, als sie zu ihm aufblickte, ein wahrlich sturer Blick in den Augen. „Ich kann den Plug den ganzen Tag drin lassen. Lass dir das Schlimmste einfallen, Gebieter."

Er nahm ihren anderen Fuß und liebte es über alles, wie seine Hand ihren Knöchel umschloss. Sie war nicht zierlich, seine Frau, doch er konnte sie leicht toppen. Er nahm ihre gesamten fünf Zehen in den Mund, mit den Zähnen an ihrer Fußsohle entlangschabend.

„Oh, Gott!" Sie verlor sich in einem Anfall von Gekicher. Ihr ganzer Körper bebte, wunderschön hüpfte ihre Brust, und ihre Hüfte schaukelte hin und her. „Du bist ein Sadist."

Er nahm ihre Füße hoch an seine Wangen, ihre perfekte Muschi bewundernd. „Ich bin kein Sadist."

Ihr stand der Mund offen, als er mit der Nase von ihrer Ferse bis zu ihren Zehen fuhr. „Böse. Genau das bist du. Du liebst es, mich zum Schreien zu bringen. Du liebst es, mir den Arsch auszupeitschen und mich zu quälen."

Und sie liebte die Art, wie er es tat. Doch sie verstand ihn nicht wirklich – geschweige denn sich selbst. „Es ist kein Sadismus, wenn der Partnerin der Schmerz gefällt, Liebling. Sadisten wollen ihrem Partner Schmerz zufügen. Du liebst es, was ich mit dir anstelle."

Sie hob die Hände, ein strahlendes Lächeln kreuzte ihr Gesicht, während sie lachte. „Ja, das tu' ich. Aber wenn du kein Sadist bist, als was bezeichnest du dich dann?"

Er wusste genau, wer er war, wenn er bei ihr war. Es fühlte sich diffus, ungewiss an, wenn sie nicht da war, jedoch, oh, wenn sie ihm nah war, wusste er, wer er war. „Ich bin der Mann, der dir gibt, was du brauchst."

Er ließ von ihren Füßen ab, stellte jedoch sicher, dass sie weit gespreizt waren. Er hatte nicht die Absicht, dass sie sich erneut umdrehte. Nein. Er wollte ihr in die Augen sehen, sie so sehen, wie er sie liebte, sie ganz und gar nehmen, ohne Hemmungen. Er hatte nicht vor, anschließend diesen bescheuerten „stoß-sie-weg"-Scheiß abzuziehen. Er wollte in ihr versinken und sich nehmen, was er brauchte, und ihr etwas zurückgeben. Er konnte ihr nichts versprechen, was über diesen Moment hinausging, doch er würde hier bei ihr sein, im Jetzt.

Er stieg zu ihr auf die Couch, sie so zurückschiebend, dass er ihrem Körper folgen konnte. Sie keuchte, als er sie zur anderen Seite der Couch schob, bis ihr Haaransatz die Armlehne berührte. „Tut mir leid, Liebes."

„Was hast du vor?" Ihre Stimme war sinnlich, ihre Beine weit gespreizt. Sie kümmerte sich um nichts anderes, als um die Tatsache, dass er hier bei ihr war, und das weitete ihm das Herz.

„Ich werd' dir geben, was du brauchst." Er senkte den Mund herab, die Hitze ihrer Muschi machte ihn beinahe fertig.

Er gab ihr einen sanften Kuss auf die Klitoris, ihren Duft inhalierend. Sie hatte es geschafft, ihn zu besänftigen, beruhigend auf seine gewalttätigen Tendenzen einzuwirken. Ihre Hingabe hatte sein Bedürfnis, schnell und hart vorgehen zu müssen, bezwungen und ihn so weit erweicht, dass er sich mit ihr Zeit lassen konnte. Er zog ihre Schamlippen auseinander und sog jede einzeln in seinen Mund, während sie nach Luft ring und stöhnte. Er verzehrte ihre Muschi, ihr würziger Geschmack erfüllte seinen Mund und schärfte seine Sinne, bis das Einzige, was er sich wünschte und brauchte, war, von ihr umgeben zu sein.

Ihr kleines Arschloch umklammerte den Plug wie sein Lieblingsspielzeug, das es nicht mehr hergeben wollte. Er drückte ihre Knie weit auseinander, doch sie ließ den Plug nicht los.

Seine süße Sub hatte einen Leckerbissen verdient, bevor er sich seinen Preis nahm. Er legte die Spitze seines Daumens auf ihre Klitoris, kräftig entschlossen Druck ausübend. Er spießte sie mit der Zunge auf, sie in langen Zügen fickend, während er an der Perle ihrer Klitoris rieb.

Sie ging ab wie eine Rakete. Sahne überzog seine Zunge, als sie seinen Namen schrie und sich an ihn klammerte.

Sie zitterte noch, als er sich hinkniete und am Verschluss seiner Jeans zerrte. Er hatte ihr alles gegeben, was sie brauchte. Jetzt war er dran. Sein Schwanz sprang frei und er zog ihr den Plug aus dem Arsch, dabei zusehend, wie sich ihre Rosette darum zusammenzog.

Fuck, das sollte sein Schwanz sein.

„Lass mich mich umdrehen." Ihre Hand kam hoch, seine Brust streichend, ihre Worte träge und gesättigt.

„Nein." Er warf den Stöpsel beiseite und fragte sich kurz, ob das Hausmeisterpersonal massenhaft kündigen würde, doch er gab einen Scheiß darauf. Fünf Jahre lang hatte er sich nach ihr gesehnt. Fünf Jahre lang war er nur ein halber Mann gewesen. Er schnappte sich das Gleitmittel und begann damit, es über seinen angespannten Schwanz zu verteilen. „Wir machen das auf meine Art."

„Ich dachte, ich knie mich hin."

Weil sie noch nie Analsex hatte. Weil sie nicht verstand, wie kreativ er sein konnte, wenn er etwas so wollte, wie er das hier wollte. „Da hast du falsch gedacht. Ich werd' dir hundert verschiedene Möglichkeiten zeigen, wie du das machen kannst. Aber heute will ich dir dabei zusehen. Vertrau mir."

„Das tue ich, Ian. Ich werd' denselben Fehler kein zweites Mal machen. Zeig mir, was du willst, Gebieter." Sie hob die Hüfte, als er ihr ein Kissen anbot.

Vorsichtig unter ihren Hintern geschoben, hob das Kissen ihr Becken an und gab ihm einen erleichterten Zugang zu ihrem Arsch.

Er setzte sich zu ihr auf die Couch, hob ihre Knöchel und schaffte sich Platz zwischen ihren Beinen. Der liegende Lotus, wie es im Kamasutra hieß. „Leg die Füße auf meine Oberschenkel, die Knie nach außen."

Die Position spreizte sie komplett auseinander für ihn. Er konnte ihre Muschi oder ihren Arsch nehmen, und sie war völlig wehrlos.

„Du siehst so verdammt weich aus, Baby. Weißt du, wie wehrlos und schön du aussiehst? Da liegst du für mich, mir alles bietend. Du bist eine süße Sub." Er platzierte seinen Schwanz vor ihrer engen Rosette. „Weißt du, wer ich bin?"

„Mein Gebieter." Ihre rauchige Antwort war von einem kleinen Lächeln begleitet.

Er presste sich an sie, seine Eichel kämpfte darum, in sie einzudringen. „Oh, Baby, ich bin der böse, dreckige Kerl, der dir gleich seinen schmutzigen Schwanz in dein Arschloch rammt. Yeah. Fühlst du ihn?"

Das Ringen nach Luft, das er ihrer Kehle entnahm, sagte ihm, dass sie es tat.

Er arbeitete sich vor und zurück, seine Schwanzspitze begann in ihr zu verschwinden. Er starrte auf den schönen Anblick hinab. Ihr zartes Loch könnte ihn nicht länger hinhalten. Nein. Er war ein verfickter Wikinger, und er war auf Raubzug. „Ich lass' mich nicht von dir abhalten. Versuch's gar nicht erst. Du lässt meinen Schwanz gefälligst eindringen. Du lässt deinen Gebieter gefälligst deinen Arsch ficken."

Sie hatte die Augen leicht aufgerissen, ihr Mund formte sich zu einem kleinen *O*, als er seinen Schwanz hineinzwang. „Ich glaub', ich hab' keinen ausreichend großen Plug benutzt."

Mit der einen Hand hielt er sein Gewicht, mit der anderen zwickte er ihr in die Brustwarze, während er fortfuhr, in sie hineinzustoßen. „Keine Plugs mehr für dich. Ich glaub', du magst sie zu sehr. Von jetzt an kriegst du nur noch meinen Schwanz für dieses süße Loch. Fuck, du fühlst dich gut an, Charlie."

So eng. Er konnte kaum atmen. Ihr Arsch hielt ihn umklammert wie nichts je zuvor, die Hitze so anders als die ihrer Muschi. Er liebte beides gleichermaßen und versprach, das eine nicht dem anderen vorzuziehen. Er würde sie in ihre Muschi ficken und ihren Arsch und ihren Mund. Er würde so ziemlich alles an ihrem Körper ficken, in das er seinen Schwanz stecken könnte, denn dieser Körper gehörte zu ihm. *Seiner. Seiner. Seiner.*

Er stieß hinein, sich wieder wild fühlend. Sie mochte einige seiner Sorgen ausradiert haben, doch sie könnte ihm nicht seine rasende Besessenheit nehmen. Was auch immer zuvor geschehen war, jetzt hatte er sie, und er hatte nicht die Absicht, sie wieder gehen zu lassen.

Charlie holte zitternd Luft. „Ich bin so voll."

„Noch nicht ganz." Er ließe keine Gnade gewähren. Sie würde jeden Zentimeter von ihm in sich aufnehmen.

Sie stöhnte, während er sich Zentimeter für Zentimeter vorarbeitete. Ihr schönes Gesicht rötete sich rosafarben. „Ich glaub', ich kann nicht mehr."

Doch er hatte ihr noch so viel mehr zu geben. „Doch, das kannst du. Du wirst deinen Gebieter nehmen. Du wirst mich heiß und innig in dir begrüßen. Sag es, Charlie. Sag mir, dass ich dir meinen Schwanz geben soll. Sag mir, dass du ihn haben willst."

„Ich will ihn. Du weißt, dass ich ihn will."

Ein leises Stöhnen entströmte seiner Brust, als er es endlich geschafft hatte, sich vorzubohren. Sie hatte ihn bis zur Wurzel genommen, und er hielt sich dort fest, ließ sie sich an ihn gewöhnen. „Sag mir, wie es sich anfühlt."

„Als ob mein Anus bald explodiert, Ian. Im Ernst." Doch es lag ein Lächeln auf ihrem Gesicht, während sie keuchte, sich offenbar anzupassen versuchend.

Er schloss die Augen für einen Moment, in dem Gefühl versinkend, eiertief in ihrem Arsch zu stecken. „Es fühlt sich nur so an, als würde ich dich in zwei Teile zerlegen. Das passiert nicht wirklich. Sag mir, Baby, hast du dich mit dem Plug gefickt?"

„Ich versteh ' nicht ganz. Ich hab' mir den Plug eingeführt."

Er liebte es, wie sehr sie außer Atem war. Und dass sie nicht zu verstehen schien. Er sah wieder zu ihr herab. „Du hast ihn nicht rein- und rausbewegt? Also hast du den Plug nicht gefickt."

„Nein, Gebieter. Du hast mir nur gesagt, ich solle mir den Plug einführen. Ian, bitte. Bitte, ich will dir geben, was du brauchst, doch das bringt mich hier gerade um. Was ist los?"

Nein. Sie hatte den Plug nicht gefickt. Sie dachte, dies sei alles gewesen. Sie verstand nicht das geringste. Eine süße Jungfrau, und er wollte ihr zeigen, wie dreckig und schmutzig und wunderbar Analsex sein konnte.

„Bist du bereit, Baby? Bist du bereit für mich, von mir gefickt zu werden?"

Sie biss die Zähne zusammen. „Ich hab' irgendwie gedacht, du wärst schon dabei. Ian, wenn da noch mehr ist, das nicht schon in mir ist, müssen wir reden."

Ein Lachen sprudelte hervor. Sie war die Einzige, die das mit ihm anstellen konnte, die ihn innerhalb einer Sekunde von rasender Leidenschaft zum Lachen brachte. „Kein Grund zu reden. Einfach fühlen."

Er zog den Schwanz in einer Bewegung langsam heraus.

Charlies Augen weiteten sich, als sie nach Luft schnappte. „Oh, Gebieter."

Mit einem langen, langsamen Stoß wieder hinein. „Es gibt einen Grund, warum Frauen uns das mit sich machen lassen, Baby. Sag mir, dass du es liebst."

Sie nahm die Hände hoch, seine Schultern festhaltend. „Ich liebe es."

Als er ihn diesmal fast bis zur Spitze herauszog, spannte sich ihr Arsch um ihn in dem Versuch, ihn in sich zu behalten. „Sag mir, dass du es liebst, wenn ich deinen Arsch ficke."

Sie stöhnte, sich auf die Unterlippe beißend, als er dieses Mal härter zustieß. „Ich liebe es, wenn du meinen Arsch fickst. Bitte, mein Gebieter. Bitte fick meinen Arsch."

„Was für eine höfliche Bitte, und eine, die ich sehr wertschätze." Er beendete den Dirty Talk. Es war an der Zeit, seinem Schwanz die ganze Kommunikation zu überlassen. Hitze durchströmte ihn, jeder Muskel nach Erlösung schreiend, doch er wollte nicht aufhören.

Immer und immer wieder schob er sich hinein, mit den Augen die Stelle verfolgend, wo sein Schwanz in ihr verschwand, er über sie herrschte. Immer und immer wieder. Rein und raus. Dieses enge Arschloch kämpfte gegen ihn, wenn er vorstieß, und klammerte sich gierig an ihn, wenn er sich zurückzog. Jedes Bisschen seines Schwanzes war in sie hineingedrückt und -gequetscht.

Als sie kam, verkrampfte sich ihr Arschloch um seinen Schwanz, ihre Nägel vergruben sich in seine Schultern.

Er hielt es keine Sekunde mehr aus. Seine Eier zogen sich fest zusammen. Er spürte ein Kitzeln in der Wirbelsäule. Seine Wahrnehmung war auf eine einzige Sache gerichtet – sie. Der Orgasmus breitete sich in ihm aus wie ein Lauffeuer und er kam in langen Zügen, ihr alles gebend, was er hatte. Er stieß tief zu, hielt sich fest an sie gedrückt, sie noch weiter spreizend, bis dass kein Zentimeter mehr zwischen sie passte.

Die Lust ließ ihn schielen, ließ sein Hirn aufleuchten, und es machte sich schließlich ein tiefes Gefühl des Friedens in ihm breit, als er von ihrem Arsch rutschte und sich mit seinem Gewicht auf ihr nieder ließ. Er legte den Kopf auf ihre Brust, während er sie in die Couch drückte.

Ihre Hände fanden sein Haar, streichelten ihn zärtlich.

Die Augen schließend, hoffte Ian, dass sich die Zeit verlangsamte, so dass er nie die Entscheidung treffen müsste, zu der er gezwungen war.

Kapitel Fünfzehn

Charlie sah sich in dem gut ausgestatteten Jet um und entschied, dass Damon Knight ein sehr geachteter Mann beim MI6 sein musste. Es war kein riesiger Linienjet, doch der Luxus machte die Größe mehr als wett.

Da waren zwölf Ledersitze in der Kabine, und die sahen rein gar nicht wie die winzigen Reisebussitze aus, mit denen sie früher geflogen war. Diese Teile ließen sich komplett zurücklehnen und sahen aus, als wären sie für zwei Personen gebaut worden.

Oder für wirklich übergroße Männer. Ian füllte seinen ganzen Sitz aus. Er saß neben ihr, auf Berichte hinabblickend, während sie warteten, dass die anderen an Bord gingen.

Das Wundsein, unter dem sie litt, konnte jedoch selbst der bequemste Sitz nicht wiedergutmachen. Der verdammte Plug hatte sie nie wund werden lassen. Sie war mit ihm auch nicht so gekommen, als ginge die Welt unter. Sie wälzte sich hin und her in dem Versuch, eine bequeme Position zu finden.

Ian drehte den Kopf, ein teuflisches Grinsen ließ sein Gesicht erstrahlen. „Benötigst du Hilfe, Liebes? Ist dir etwas unangenehm?"

Sie hätte ein leichtes Wundsein hingenommen, so wie er lächelte. Doch wenn er glaubte, er brächte sie in Verlegenheit, dann lag er völlig falsch. Scham war etwas für Leute, die nichts Besseres mit sich anzufangen wussten. „Ja, das ist es, weil jemand beschloss, einen äußerst großen Gegenstand in meinen armen Hintern zu schieben, und jetzt zwingt mich dieselbe Person, einen vierundzwanzigstündigen Flug anzutreten."

Sein Lächeln wurde noch breiter, und er beugte sich vor, um ihre Hand mit seiner zu berühren. „Dein Gebieter muss ein furchtbarer Mensch sein. Er denkt offensichtlich nur an sich und daran, wie gut sich dein Arsch anfühlt."

„Oh, mein Gott, bitte hört auf", sagte Chelsea von ihrem Sitz hinter Charlie. „Ich kann dir gar nicht sagen, wie ekelhaft das ist."

Ian zwinkerte Charlie zu. „Deine Schwester ist prüde. Hast du wirklich Schmerzen? Ich bin sicher, sie haben etwas, das du dagegen nehmen kannst."

Doch ihr gefielen die Schmerzen sogar. Es erinnerte sie daran, dass er stets hier bei ihr war. Sie drückte ihm fest die Hand, die Intimität über alles liebend. „Ich werd' ein Glas Wein trinken. Das wird schon wieder."

Er nickte und wandte sich wieder seinen Ordnern zu, denen, die sie ihm gegeben hatte. Kleine Schritte. Mehr konnte sie nicht verlangen.

Nun, sie konnte darauf hoffen, dass sie morgen alle noch lebten, doch das war es auch schon. Sie hätte ihrem Onkel zugetraut, auch über Boden-Luft-Raketen zu verfügen.

Die Kabinentür öffnete sich und Simon und Jesse traten ein. Simon sah in seinem dreiteiligen Anzug elegant aus, als wäre er nicht die ganze Nacht auf gewesen. Charlie beobachtete, wie Simons blaue Augen auf Chelseas trafen, bevor er an ihr vorbeiging. Jesse trug eine Aktentasche und hatte eine neue Frisur. Er machte den Eindruck, sich äußerst unwohl in Anzughemd und -hose zu fühlen, doch es sah so aus, als zwänge Simon ihn, den Job ernst zu nehmen.

Simon blieb im Gang stehen, zu Ian zuwendend. „Alles ist an seinem Platz."

„Und das Büro?"

„Ist für diese Woche geschlossen. Ich hab' Phoebe nach Hause geschickt, und sie wird von dort aus arbeiten, bis wir entscheiden, dass es sicher ist."

„Sie hat vermutlich eine Party geschmissen", murmelte Ian.

„Sie hat geweint. Sie weint oft", sagte Simon mit einem Seufzer.

Jesse runzelte die Stirn, als er sich nach hinten setzte. „Sie ist sensibel. Du solltest versuchen, netter zu ihr zu sein."

„Dann sind also alle abgereist?" Eine neue Stimme erfüllte den Raum, und Charlie drehte sich um, um einen großen Mann mit goldbraunem Haar und grünen Augen im Gang stehen zu sehen. Er trug Jeans und ein schwarzes T-Shirt, das sich an seine breiten Schultern und seine muskulöse Brust schmiegte.

Ian blickte zu dem Neuankömmling auf. „Alle, die noch am Leben sind."

Er hatte sie gebeten, die Illusion aufrechtzuerhalten, dass Avery umgekommen war.

Der Neuankömmling lehnte sich vor, dich an Ian heran „Ich glaub's zwar nicht, doch ich spiel' mit." Hätte sie nicht so nah bei ihm gesessen, sie hätte ihn nicht gehört. „Ich erkenne Adams Arbeit, wenn ich sie sehe. Wenn du etwas brauchst, ich bin für dich da."

Ian verengte die Augen. „Ich sag' der CIA Bescheid. Ten, das ist Charlotte Dennis. Charlie, das ist Tennessee Smith. Ich hoffe, du benutzt noch deinen richtigen Namen. Oder hat die CIA dich schon gezwungen, sich dem Farbschema der Decknamen anzuschließen?"

Ein „Ach, was soll's!"-Grinsen machte sich auf dem Gesicht des Mannes breit. „Ne, du weißt, ich find' diese CIA-Namen recht albern. Ich weiß, dass wir unsere richtigen Namen verheimlichen sollen, doch ich töte jeden, den ich töten soll, also ist es in Ordnung." Er nahm ihre Hand, sie in einer galanten Geste an seine Lippen führend. „Nicht, dass ich ein Mörder wäre, Darling. Ich bin eigentlich mehr ein Liebhaber. Charlie, nicht wahr?"

Ian griff hinüber und zog ihre Hand aus der Tens. „Nicht für dich. Für dich ist sie Mrs. Taggart."

Er zog ihre Hand zu sich, ließ sie jedoch nicht los. Sie fädelte die Finger durch seine.

Ten klappte sein hübscher Kiefer auf. „Die Tote?"

Ein dämliches Grinsen erhellte Ians Gesicht, und er führte ihre Hand an seine Lippen, sie mit ihren Knöcheln streichelnd. „Ich schätze, du weißt doch nicht alles, oder? Und wenn mir noch einmal zu hören kommt, dass du sie Charlie nennst, werd' ich dich erwürgen."

Ten setzte sich Ian gegenüber, sein massiver Körper nahm den Sitz komplett ein. „Nun, ich mag meine natürliche Farbe. Zhukov sieht übrigens immer noch bläulich aus. Außerdem ist er ausgesprochen gesprächig geworden."

Charlie konnte sich vorstellen, was seine Lippen gelockert hatte. Die Zeit mit Ian hatte ihn sicherlich aufgewärmt. „Hat er zugegeben, dass ich nicht sein einziges Opfer sein sollte?"

„Er hat bereits zugegeben, dass das gesamte McKay-Taggart-Team auf der Liste stand. Allerdings ist ihnen der Neue entfallen. Darüber war er sehr enttäuscht. Offenbar fühlt er sich nicht zum Team zugehörig, da er nicht auf der Abschussliste stand."

„Das ist unhöflich", sagte Jesse von hinten. „Ich bin genauso gefährlich wie der Rest von euch."

„Ich werd' dich persönlich umbringen, wenn du dich dann besser fühlst." Simon nahm seinen Platz ein.

Jesse zuckte mit den Schultern. „Ich denke, es war unhöflich von ihnen, mich nicht einzubeziehen, das ist alles."

Ten runzelte die Stirn, sein Grinsen verschwand. „Zu den vierzehn Leuten auf der Liste zählte auch deine Nichte."

Ians Hand, die ihre hielt, festigte ihren Griff, die einzige Bestätigung dessen, dass er gehört hatte, was Ten sagte. „Was weiß die CIA über Nelsons jüngste Aktivitäten?"

Ten verschränkte die Arme vor der Brust. „Wir haben ihn in Russland und an einigen Orten in Indien verortet. Seitdem du seine letzte Unternehmung stillgelegt hast, ist er ganz schön viel gereist."

„Was sind seine Verbindungen zum Denisovitch-Syndikat?"

Ten zögerte, seine Augen sahen sich in der Kabine um.

Ian schüttelte den Kopf. „Wir haben eine Abmachung getroffen, Ten."

„Ist sie wirklich der Broker?"

„Ich weiß nicht, wovon du redest", erwiderte Ian.

Wie viel hatte er aufgegeben, um sie aus den Händen der CIA zu befreien?

Sie blieb still. Auf gar keinen Fall würde sie ihn drängen. Ihr Hintern war bereits wund.

Damon Knight kam aus dem Cockpit gelaufen. „Du weißt, wer sie ist, und du weißt auch, dass er nichts zugeben wird, also kannst du es auch genauso gut sein lassen. Ich will ehrlich sein, ich tippe auch eher auf die Jüngere, doch er hat sie in den Deal mit einbezogen, also kriegen werden wir wohl keine von beiden."

Ihre Schwester genoss seinetwegen Schutz? Selbst Chelsea drehte sich um und starrte Ian für einen Moment an.

„Der Broker ist erledigt", sagte Ian mit erbitterter Bestimmtheit. „Dieses spezielle Problem soll euch nicht mehr kümmern. Also, Teil meiner Abmachung mit den großen Bossen war, volle Offenlegung Nelsons zu gewährleisten, also schießt los." Er ließ ihre Hand los, sein Körper schottete sich von ihr ab.

Nelson stand immer noch zwischen ihnen. Sie kämpfte mit sich, ihr Lächeln zu bewahren. Egal, wie nah sie sich zu sein schienen, wenn er mit ihr Liebe machte, da war stets noch eine Kluft, die sie voneinander trennte.

Geduld. Das war schon immer ihr Ruin gewesen, doch diesmal war sie entschlossen, geduldig zu bleiben.

„Schön", sagte Ten schließlich. „Soweit wir wissen, reichen Nelsons Verbindungen zu Mikhail Denisovitch viereinhalb Jahre zurück. Wir haben einen Mann in einem befreundeten Syndikat. So freundlich wie Syndikate eben sein können. Er sagt, Nelson habe angefangen, sich mit den führenden Köpfen der Syndikate zu treffen, seitdem, wie er behauptet, Beweise gegen deine Frau für den Mord an ihrem Vater vorliegen würden."

Charlie zuckte hierbei mit den Schultern. „Klar, hat er Beweise. Er ist es, den ich angeheuert hatte, um den Bastard zu töten. Ich bin mir sicher, dass er das meinem Onkel gegenüber nicht erwähnt hat."

„Nein, ich bin mir sicher, dass er diesen Teil ausgelassen hat", sagte Knight. „Die Frage ist also, was macht Nelson in Indien? Ich würde verstehen, wenn er so viel Zeit in Russland verbringt. Er erledigt einen Teil der Drecksarbeit des Syndikats."

Ten sah zu dem MI6-Agenten auf. "Warum sollte er mit Dusan zusammenarbeiten? Sagen Sie mir etwas, Charlotte. Was macht Ihr Cousin, und warum sollte er Bedarf an jemandem mit Nelsons Talenten haben?"

War das nicht eine gute Frage? „Das hat er nicht, es sei denn, es hat sich eine ganze Menge geändert. Dusan war nicht der Liebling meines Vaters. Er kam mit ihm klar, weil er das Kind seines Bruders war, doch er glaubte, Dusan sei nicht loyal genug. Er wollte aufs College gehen. Mein Vater hielt nichts von diesem ganzen Stipendien-Kram, wenn es um seine Soldaten ging."

„Er mochte sie dumm und loyal, hm?", fragte Knight.

„Ja." Dusan war tatsächlich einer der einzigen Cousins, die sie länger als drei Minuten um sich ertragen konnte. „Als ich noch in Russland gelebt hab', wurde er nicht sehr hoch gehandelt. Mein Onkel muss ihm die Leitung einer Gruppe übertragen haben, nachdem ich von dort verschwand. Du hast gesagt, er hat an der Pipeline gearbeitet?"

Ian nickte. „Das ist es, was wir herausgefunden haben. Sie stehlen Rohöl direkt aus der Pipeline."

Sie wusste, wie die Betrügerei funktionierte. „Aber sie bräuchten einen Drahtzieher. Also, einen Mann, der für die Ölgesellschaft arbeitet und ihnen sagen kann, wann die Luft rein ist, sozusagen. Die Regierung versucht, gegen derlei Dinge vorzugehen. Die meisten Ölfirmen nehmen das Thema Sicherheit sehr ernst, also müsste er einen Insider haben oder er mit jemandem verhandeln, der bereits schon vor Ort war. So haben sie es auch mit den ganzen Kapereien angestellt."

Chelsea tauchte auf Charlies Sitzlehne empor. „Unser Vater hat es besonders genossen, Hilfsgüter und Hilfspakete zu entführen. Er hat alles gestohlen, von Malariamitteln über AIDS-Medikamente bis hin zu Impfstoffen für Babys. Die hat er dann auf dem Schwarzmarkt verkauft. So ein entzückender Mann."

Baz stand plötzlich hinter Knight. „Wir haben grünes Licht. Wenn wir alle da sind, bin ich bereit, abzuheben."

Knight gab seinem Partner seine Zustimmung und wandte sich wieder ab.

„Wartet noch ein oder zwei Minuten. Wir haben noch einen Passagier." Simon warf zu seiner Rechten einen Blick aus dem Fenster. „Da kommt er schon."

Ian stand auf. „Was zum Teufel? Hat die Agentur noch jemanden geschickt?"

„Ne. Ich hab' keine Ahnung, wer es ist." Ten nahm die Hände hoch. „Soweit ich weiß, bin ich auf mich allein gestellt."

„Sie vielleicht, Tag aber nicht", sagte Simon, als ein Schatten aus der Front des Flugzeugs fiel.

Ein Mann trat ein, die Sonne hinter ihm machte es einen Moment lang schwer, ihn zu erkennen.

Sean Taggart trug einen Seesack in der Hand und eine Baseball Cap auf dem Kopf. „Ich hab' mein Messerset dabei. Wenn es von irgendwelchen Sicherheitsfuzzis mitgenommen wird, kaufst du mir ein neues, Bruder."

Sean war wegen seines Bruders gekommen. Sie konnte nicht anders, als ihn dafür zu lieben. Dass Ian Unterstützung haben würde, der er absolut, hundertprozentig vertraute, erwärmte ihr das Herz.

„Was zum Teufel machst du denn hier?" Ian begegnete seinem Bruder mit einem entsetzten Stirnrunzeln. „Du sollst doch auf Grace und deine Tochter aufpassen."

Sean wurde sachlich. „Grace und Carys sind absolut sicher, und das weißt du auch." Er kniff die Lippen zusammen, während er sich in der Kabine umsah. Offenbar wollte er nicht frei sprechen, bevor er und sein Bruder nicht allein waren. „Und jemand muss auf dich aufpassen."

„Nach hinten. Los." Ian blickte zu ihr hinunter. „Rühr dich nicht vom Fleck."

Sie sah sich in der kleinen Kabine um. „Wo soll ich denn hin?"

„Wir brechen in fünf Minuten auf, Taggart. Du solltest bis dahin deine Familiensituation geklärt haben", sagte Baz, bevor er wieder im Cockpit verschwand.

Ian schritt los, gefolgt von seinem Bruder. Charlie blieb mit Ten zurück.

„Also, Darling", sagte er und wechselte auf den Platz neben ihr. „Was werden wir auf diesem sehr langen Flug tun?"

„Tag wird dich umbringen", sagte Knight kopfschüttelnd, als er sie verließ und sich zu seinem Partner gesellte.

Traumhaft schöne Lippen verzerrten sich zu einem mürrischen Stirnrunzeln. Tennessee Smith tötete vermutlich nicht oft. Er verführte seine Opfer, um an Informationen zu gelangen. „Das könnte es wert sein. Ich bin gar nicht so schlecht. Ignorier mich nicht aufgrund meiner so verdammt hübschen Verpackung. Vielleicht kann ich Tag zur Strecke bringen. Ich frage mich, warum er seine so hübsche Frau verstecken würde. Ich würde Sie nicht verstecken, Liebes. Sie sind offensichtlich dazu bestimmt, zur Schau gestellt zu werden."

„Ian hat mich nicht versteckt. Ich hab' meinen eigenen Tod vorgetäuscht und weitere fünf Jahre damit verbracht, mich zu ihm zurückzuarbeiten. Er ist mein Gebieter und Ehemann, und wenn Sie glauben, dass ich Ihnen nicht sofort die Eier wegpuste, sollten Sie versuchen, mich anzufassen, dann haben Sie kein richtiges Profil von mir erstellt." Sie schenkte ihm ein Lächeln, und es war nicht zu übersehen, wie Simon sich ein Lachen unterdrückte.

Ten mochte hinreißend sein, doch er war nichts im Vergleich zu Ian.

„Sie können es keinem Kerl verübeln, dass er es versucht. Es ist ein langer Flug, und ich lese keine Zeitschriften." Er drehte sich mit seinen Stuhl herum. „Wie wär's mit dir, Schätzchen? Warum setzt du dich nicht auf den Schoß des alten Ten, und wir können über all die Dinge reden, mit denen wir uns neun Kilometer über der Erde beschäftigen können."

„Fass sie an und ich bring dich um", sagte Simon. „Wenn du etwas Erleichterung brauchst, Yankee, schlage ich vor, du holst dir auf dem Klo einen runter."

Chelsea sah stur geradeaus in ihrem Sitz, die Schultern bis zu den Ohren hochgezogen.

Ten warf einen Blick in Charlies Richtung, sich in seinem Stuhl zurücklehnend und ihr kurz zuzwinkernd.

Ja, das würde ein sehr langer Flug werden.

* * * *

„Was zum Teufel ist hier los, Sean?" Ian zog den kleinen Vorhang zu, der die Kabine von der Küche trennte.

Falls Sean von seiner äußerst tiefen Stimme eingeschüchtert war, zeigte er es nicht. Es nervte, denn es war dieselbe Stimme, mit der er seinen kleinen Bruder dazu gebracht hatte, seine verdammten Hausaufgaben zu machen. Niemand fühlte sich mehr von ihm eingeschüchtert.

„Es ist Zeit, Nelson zu töten. Ich komme mit dir." Sean setzte die Tasche ab. „Alle sind verstreut. Li und Avery fahren zu unserem sicheren Haus an der Ostküste, und Jake und Adam bringen Serena, Grace und Carys gen Westen. Alex und Eve sind auf dem Weg nach Kanada."

Sean war clever genug, nicht mehr zu sagen. Ian kümmerte es nicht, dass Ten ihm schon mehrmals den Rücken freigehalten hatte, oder Damon Knight einer seiner Mentoren gewesen war, als er mit der Arbeit angefangen hatte. Niemand brauchte die Standorte seines Teams zu wissen. Ausnahmslos niemand. Alex und Eve waren auf dem Weg nach Toronto, von wo sie mit kanadischen Pässen und Visa, die ihnen Besichtigungstouren erlaubten, nach Sankt Petersburg fliegen wollten. Sie würden über Denisovitchs Schritte Bericht erstatten.

Aber er wollte seinen Bruder aus der Sache heraushalten. „Du kannst nicht mit mir kommen. Du hast ein Kind."

„Und du hast eine Frau. Ich sehe nicht, wo das Problem liegt, Bruderherz. Grace hat immer gewusst, dass ich mitkomme, wenn du hinter Nelson her bist."

„Sie ist nicht meine Frau. Nicht wirklich." Aber die Worte klangen selbst für ihn dickköpfig und dumm.

Der kleine Bruder rollte frustriert die Augen. „Du kannst es weiterhin behaupten, doch ich hoffe sehr, dass du aufwachst, bevor das alles vorbei ist. Nichts, was du sagst, wird mich veranlassen, aus diesem Flugzeug zu steigen. Adam hat mir ein Visum angefertigt und ich hab's noch geschafft, einen Haufen Spritzen zu bekommen. Was soll das überhaupt? Kann sich Nelson nicht ein Land mit weniger ansteckenden Krankheiten aussuchen?"

Er hatte keine Zeit für Seans Beschwerden. „Ich kann dich aus dem Flieger holen lassen."

„Du könntest es versuchen. Es mag dir vielleicht gelingen, doch ich werd' den nächsten Flug nach Indien nehmen und ein paar Stunden nach dir vor deiner Haustür stehen. Denk ja nicht, dass ich nicht herausfinde, wo du steckst. Adam mag Angst vor dir haben, doch Serena sehnt sich nach meinen Enchiladas. Was glaubst du, wer diesen Krieg gewinnt, großer Bruder?"

Ian ballte frustriert die Fäuste. „Ich will nicht, dass du verletzt wirst, Sean."

„Und ich will nicht, dass du umkommst." Er trat vor, nur wenig Platz zwischen ihnen lassend. „Ich weiß, dass du mich immer als deinen kleinen rotznäsigen Bruder sehen wirst. Ich weiß, dass du tief in dir denkst, dass du bis zu dem Tag, an dem du stirbst, für mich verantwortlich sein wirst. Und ich weiß, dass ich all die Jahre, in denen du mich wie ein kleines Kind behandelt und herumkommandiert hast, eines nicht getan hab', was ich hätte tun sollen."

Fuck, er wollte keinen Streit mit seinem Bruder. Er hatte die letzten anderthalb Jahre versucht, es wiedergutzumachen, dass er Sean

Grace vorgezogen hatte, obwohl sein Bruder ihn darum gebeten hatte, die Frau zu beschützen, die er liebte. Sean konnte nicht wissen, wie sehr ihn die Distanz störte, wie sehr er seinen Bruder vermisste. „Worum geht es, Sean?"

Sean legte ihm eine Hand auf die Schulter, sein Gesicht ernst. „Ich danke dir, Bruder. Du hättest nicht die Führung übernehmen müssen, als Dad weg war. Du hättest dich um dich selbst kümmern können, doch hast dich dem angenommen und dafür gesorgt, dass ich hatte, was ich brauchte. Glaub' nicht eine Sekunde, dass ich nicht weiß, wer meine Geburtstagsgeschenke gekauft oder dafür gesorgt hat, dass ich Schulsachen hatte."

Ian sah zu dem Mann hinunter, den er aufgezogen hatte. Es lagen sechs Jahre zwischen ihnen. Das schien jetzt nicht mehr viel zu sein, doch als ihr Vater sie verlassen hatte, war Sean erst zehn gewesen, und da bestand noch eine Kluft zwischen ihnen. Ihre Mutter war depressiv und kaum handlungsfähig gewesen. Mit sechzehn musste er erwachsen werden. Er hatte die Kontrolle übernehmen müssen. Er erinnerte sich an die erste Nacht, als er dagesessen und gewartet und gehofft hatte, dass sein Vater nach Hause käme. Und am nächsten Morgen war er aufgestanden, hatte seine Mutter angefleht, aus dem Bett zu kommen, um zur Arbeit zu gehen. Sie blieb einen Monat lang im Bett. Er bekam einen Job, wo er nach der Schule bis Mitternacht im örtlichen Lebensmittelgeschäft arbeitete. Seine Kindheit war vorbei gewesen. „Kein Ding, Sean."

Sean schüttelte den Kopf. „Es ist ein verdammt großes Ding, Ian. Ich weiß, unsere Beziehung war angespannt, doch ich hab' damit abgeschlossen. Ich lieb' dich. Ich bewunder' dich. Falls mir und Grace etwas zustößt, sollst du wissen, dass wir Carys in deine Obhut geben werden."

Das schockierte ihn zutiefst. „Ich bin davon ausgegangen, ihr lasst sie bei Alex und Eve."

„Nein. Daran haben wir nicht mal ansatzweise gedacht. Du bist ihr Onkel, und ich bin mir zufällig sicher, dass du verdammt gut darin bist, ein Kind zu erziehen. Ich hoffe sehr, dass du den Arsch hochkriegst und bald damit anfängst, selber welche mit dieser verrückten Schlampe da drin großzuziehen, denn sie passt genau zu dir, Mann. Charlie ist alles, was du brauchst."

Irgendwie machte es ihm nichts aus, dass sein Bruder sie Charlie nannte. Es ärgerte ihn, wenn andere Leute es taten. Charlie war sein Spitzname für sie, doch wenn Sean sie so nannte, tat er das aus reiner Akzeptanz, sein brüderlicher Beistand. Doch er wollte jetzt nicht darüber nachdenken. Er wollte einmal in seinem Leben im Hier und Jetzt leben. „Ich schmeiß' sie nicht raus."

„Ian, du kannst doch nicht ernsthaft glauben, dass sie hier ist, um dir wehzutun. Was sagt dir dein Bauchgefühl?"

„Mein Bauchgefühl hat sich schon mal geirrt."

„Nein, hat es nicht. Du hast gesagt, du wüsstest, dass etwas mit ihr nicht stimmt. Was sagt dir dein Bauchgefühl jetzt?"

„Mein Bauchgefühl ist außer Kontrolle. Die hat mein Schwanz übernommen, und meinem Schwanz ist das alles scheiß egal. Verstehst du, Sean? Meinem Schwanz ist es egal, dass sie vielleicht mit Nelson geschlafen hat. Sie hätte aus seinem Bett in meines rollen können, und mein Schwanz wäre dennoch bereit. Es ist mir egal, dass sie vielleicht mit dem halben Syndikat geschlafen hat, dass sie ihren Vater hat töten lassen, dass sie mich und Li fast umgebracht hat. Es ist mir egal. Ich will einfach nur wieder in sie eindringen. Selbst wenn du mir sagtest, dass alles gelogen sei, dass sie mich in eine Falle lockt, würd' ich vermutlich willentlich hinein tappen, weil ich nicht weiß, ob ich's noch einmal überlebe, sie zu verlieren."

Ein Lächeln schlich sich in Seans Gesicht. „Ich glaub', wir nennen das Liebe."

Jo, ihm stand die Kotze schon bis zum Hals. „Das ist Dummheit, Sean."

„Du magst es nennen, wie du willst, ich nenne es wahre Liebe. Ich kenne dich. Ich weiß, dass du alle Horrorszenarien in deinem Kopf durchgespielt hast. Ich weiß, dass du alle Möglichkeiten durchgespielt hast, wie sie dich austricksen könnte und was sie gewinnen mag, wenn sie dich betrügt, aber hast du auch mal die Tatsache durchdacht, dass sie dich liebt und dir deine Frau sein will?"

Das Flugzeug machte einen kleinen Hüpfer. Er hatte keine Zeit mehr, seinen Bruder raus zu schaffen, es sei denn, er wollte ihn auf die Rollbahn werfen. „Das ist nicht das wahrscheinlichste Szenario."

„Du kannst das nicht im Sinne von Prozenten und Wahrscheinlichkeiten abwägen, Ian. Hast du Eves Bericht über sie gelesen? Hast du gelesen, wie sie sich verhalten hat, was sie alles getan hat, als du nicht dabei warst?"

Er warf einen Blick in die Kabine. Charlie sah aus dem Fenster, während Ten auf ihr Hemd herunter zu starren schien. Und er saß auf Ians verficktem Platz. Was tat sie wirklich, wenn sie niemand beobachtete?

Tens Hand kam hervor und legte ihr diese auf den Arm, auf etwas durch das Fenster zeigend. Ian spürte, wie sich ein winziges Knurren in seiner Brust zu bilden begann. Doch Charlie sah ihn stirnrunzelnd an, schob seinen Arm weg und schien ihn sich ordentlich vorzuknöpfen.

Die rasende Eifersucht, die ihn seit dem Moment, als sie zu ihm zurückgekommen war, beschlichen hatte, ließ etwas nach. Charlie war nicht an Ten interessiert. Soweit er es beurteilen konnte, hatte sie sich für keinen anderen Mann interessiert, und Eve hatte ihm gesagt, dass sie in Florida vollkommen abstinent gelebt hatte. Das war ihr Ruf dort gewesen.

Warum glaubte er einem armseligen Stück Scheiße von Killer mehr als ihr?

„Weißt du, dass sie eine Menge Informationen an die CIA geliefert hat? Sie hat mehrere terroristische Anschläge vereitelt. Das war nicht Chelsea. Das war Charlie. Als ich mit der CIA zusammen saß, hatten sie überhaupt nicht vor, sie zu foltern."

„Sie wollten sie anheuern", mutmaßte Sean.

„Ich hab's ihr nicht erzählt." Er wollte ein solches Leben nicht für sie. Er ließ sie in dem Glauben, er hätte sie vor Folter bewahrt, wobei er sie damit von einem Job fernhielt, dem sie vielleicht gern nachgegangen wäre.

„Darauf würde sie nicht eingehen. Sie ist genau da, wo sie sein will, und das heißt, dass du einige Entscheidungen zu treffen hast." Sein Bruder gab ihm einen Schlag auf den Rücken, eine männliche Geste der Zuneigung.

Er würde sich eventuell zwischen ihr und Sean entscheiden müssen, denn sie würde immer noch gesucht werden, Ziel des Tötungsbefehls des Syndikats sein. „Sean, wenn ich mit ihr abhaue..."

„Lasst mir ab und zu eine Postkarte zukommen. Lasst uns wissen, dass es euch gut geht. Sei dir immer gewiss, dass wir hier sind, wenn du uns brauchst. Du musst dich jetzt für sie entscheiden. Wenn du sie liebst, musst du sie mir vorziehen, so wie ich dir Grace vorgezogen hab'. Lass uns das hier zu Ende bringen, und dann haust du mit ihr ab. Du hast deinen Job getan. Mir geht's gut. Besser als gut. Wir sind alle glücklich, Ian. Du hast deinen Teil dazu beigetragen, dass wir uns alle bewusst geworden sind, was wir brauchen. Deine Familie ist gut aufgestellt. Du kannst also abhauen und dir gewiss sein, dass es uns gut geht. Du hast jetzt eine neue Familie."

Charlie richtete die Augen auf ihn, ihre Blicke trafen sich. Sie schenkte ihm ein Lächeln und murmelte die Worte „Rette mich", auf ihren einstigen Verehrer gestikulierend.

Sie retten. Das war alles, was er damals hatte tun wollen.

Knights Stimme schallte aus den Lautsprechern. „Hier spricht der Pilot. Wir heben gleich ab. Wenn ihr euren Sack an der richtigen Stelle behalten wollt, setzt euch und schnallt euch an."

Er war somit gut aufgestellt. Er würde sich mit Eli Nelson treffen und sein Bruder hielt ihm den Rück frei.

Und er wollte seinen Sack doch gern dort behalten, wo er saß, Ten mochte seinen jedoch bald verlieren. Er schritt den Gang entlang. Er hatte nicht vor, sich mit Ten zu schlagen. Das hatte er gar nicht nötig.

Er setzte sich Charlie gegenüber. „Charlie?"

Mehr brauchte sie nicht. Sie schnallte sich ab und setzte sich unmittelbar neben ihn, ohne einen Blick zurückzuwerfen.

Sean ließ sich gegenüber von Charlie nieder, ein Grinsen im Gesicht.

„Schnall dich an, Baby", sagte Ian.

Es mochte ein langer Flug werden, doch zumindest genoss er die Gesellschaft.

Zum größten Teil.

* * * *

Die Sonne knallte Nelson auf den Kopf, die Hitze fast unerträglich, doch er blieb in Stellung, die riesige Yacht aus der Ferne beobachtend.

Er wurde langsam zu alt für diesen Scheiß. Er fing an, den König mitsamt seiner unbekümmerten Welt zu beneiden. Kamdar musste sich wegen nichts abhetzen, musste sich nicht jeden Tag sorgen, dass es sein letzter sein könnte.

Er war einfältig, sich um letzteres überhaupt zu scheren, denn Nelsons Aufgabe bestand darin, dafür zu sorgen, dass der König nicht mehr viele Tage vor sich hatte.

Der König saß zurückgelehnt in einer Chaiselongue, während sein Harem um ihn herum lag. Schöne Frauen in Bikinis, die kaum etwas verbargen. Sie waren alle versammelt, darauf wartend dem König Vergnügen zu bereiten. Einschließlich der neuen Blondine, die er gestern beim Tanken aufgegabelt hatte.

Es war ein Leichtes für Nelson gewesen, seine eigene hübsche Blondine an Bord zu schmuggeln. Seine Versuche, selbst an den König heranzukommen, waren gescheitert. Der König, so hatte es geheißen, sei im Urlaub und treffe niemanden geschäftlich.

Es wäre so einfach, wenn er den Mistkerl einfach ermorden könnte, doch solange er nicht herausgefunden hatte, wo sich die Forschungsunterlagen befanden, musste Kash Kamdar am Leben bleiben. Das Letzte, was seine Bosse wollten, war, dass die Forschungsergebnisse ans Licht kämen. Er benötigte jedwede Kopie, entweder in seinem Besitz oder vernichtet.

Hoffentlich ging Olga an die Arbeit und erledigte die Sache gut. Sie musste nur ins Bett des Königs gelangen und abwarten, bis er einen Fehler machte.

Falls er die Sache zu sehr in die Länge zöge, war Olga nicht nur hervorragend im Bett, sie war auch eine gut ausgebildete Peinigerin. Sie konnte einem Mann die Eier lecken, der sich anschließend wünschte, er wäre nie mit ihnen geboren worden.

Er wünschte sich, sie käme noch dazu. Der Scheiß in Russland ging ihm langsam auf den Sack. Seine Auftraggeber verstanden nicht, dass die Pipeline-Razzien nur gerade so im Gleichgewicht zu halten waren. Er musste sowohl das Syndikat als auch den Insider, dem er bei Malone Oil eine Stelle verschafft hatte, bei Laune halten. Der von ihm entdeckte junge Ingenieur spionierte für ihn und ließ ihn wissen, wann die Sicherheitslage günstig war, und darauf ließ Nelson Denisovitch wissen, wo er zuzuschlagen hatte. Das Einzige, was seine Bosse interessierte, war mehr Profit. Sie verstanden nicht, dass, sobald Malone Oil seinen Spion fand, sie sich vermutlich im Klaren darüber wären, dass rivalisierende Ölfirmen die Mafia nutzten, um die Konkurrenz zu schwächen.

Die Welt veränderte sich. Regierungen hatten kaum noch was unter ihrer Kontrolle. Oh, sie machten eine gute Show daraus, doch sie besaßen keine wirkliche Macht mehr. Nelson hatte das schon vor langer Zeit erkannt. Die CIA zahlte einen Scheißdreck, und sie waren nicht dafür bekannt, sich liebevoll um pensionierte Mitarbeiter zu kümmern. Als das Kollektiv, The Collective, ihn rekrutiert hatte, war das ein Geschenk des Himmels gewesen. Das Kollektiv wusste, wie die Welt funktioniert. Sie wussten auch, wie sie einen Angestellten bei Laune hielten. Geld. Profit. Das war das Gut des Kollektivs. Er hatte seinen Platz gefunden.

Bis dieser verfickte Taggart alles ruiniert hatte.

Er war wertvoll für das Kollektiv gewesen, als er noch Zugang zur CIA hatte. Jetzt musste er sich ranhalten wie alle anderen und hoffen, dass er die Mächtigen zufrieden stellte.

Konzerne waren die neuen Herrscher, und sie führten ihre Kriege gern im Stillen.

Manchmal musste er sie davon überzeugen, geduldig zu sein.

Sein Handy klingelte – das private, das er immer zu beantworten hatte. Er setzte sein Fernglas ab, als der König auf eine hübsche Asiatin losging. Es sah so aus, als wollte er, abgesehen von seinen üblichen Blondinen, seinen Horizont erweitern.

„Ja." Ein „Hallo" oder „hier ist…" war nicht nötig. Sie wussten genau, wer er war, und scherten sich nicht um Höflichkeiten.

„Warum sind die CIA und der MI6 nach Dallas geschwärmt?"

Fuck. Er hatte seinem Kontakt nicht explizit erklärt, dass ein Haufen Attentate Teil seines Deals mit dem Syndikat war, doch er war schrecklich gut darin, Schuld von sich zu schieben. „Denisovitch hat seine Nichte aufgespürt. Ich fürchte, ich konnte ihn nicht von ihrem Wert überzeugen."

Als ob er das versuchen würde. Er wollte die Schlampe ebenfalls tot sehen.

„Ich hab' Ihnen doch erklärt, dass das Kollektiv glaubt, sie könnte eine Agentin sein."

„Ich hab' dem Syndikat Ihre Bedenken vorgetragen, doch ich befürchte, sie glauben eher an Rache."

Die Frustration seines Gesprächspartners war deutlich in der Schärfe seines Tons zu hören. „Geben Sie sich mehr Mühe. Wir wollen, dass das Mädchen zu uns gebracht wird. Sie hat bewiesen, dass sie klug und imstande und bereit ist, sich die Hände schmutzig zu machen."

Sie verstanden Charlotte Denisovitch nicht so wie er. „Warum hat sie dann der CIA Hinweise auf die Pläne Al-Qaidas gegeben?"

Ein Glucksen war in der Leitung zu hören. „Die Tatsache, dass sie überhaupt von diesen Plänen wusste, weckt unser Interesse an ihr. Wir sind keine Terroristen, Mr. Nelson. Wir sind Kapitalisten. Mit staatsverachtenden Komplotten verdient kein Mensch Geld. Wir hätten fast Milliarden verloren, wenn der Euro gefallen wäre. Für uns ist sie eine Heldin. Wir erwarten, dass Sie das Syndikat im Zaum halten."

Yeah, weil das eine ganz leichte Aufgabe war. „Denisovitch kann unvernünftig sein."

„Dann sollte er vielleicht nicht mehr das Oberhaupt der Familie sein."

Fuck. Jetzt musste er noch einen Mafioso umlegen. Letztes Mal hatte er Glück gehabt. Falls er erwischt wurde, würde das Kollektiv keine Verstärkung schicken. Sie würden einen anderen Agenten finden, der seinen Platz einnahm, und fortfahren.

„Erledigen Sie den Job in Indien. Wenn Sie das Projekt verhindern und uns alle Forschungsergebnisse bringen, ist ein ziemlich großer Bonus für Sie drin. Dann können Sie sich dem russischen Problem zuwenden und wir können Ihren Rückzug aus dem Außendienst besprechen. Wir denken, es ist an der Zeit, Sie ins Management zu versetzen."

Das waren die magischen Worte, die ihn wie an einer Schnur baumeln ließen. Oh, er wusste, dass er nie wirklich aus dem Kollektiv austreten würde, er könnte jedoch aus dem Außendienst aussteigen. Er könnte in die Bereiche Rekrutierung und Ausbildung wechseln und monatelang auf seiner Insel bleiben.

Er wäre in der Lage, es zu genießen, denn Taggart wäre längst tot. Er könnte immer behaupten, Denisovitch hätte nicht auf ihn hören wollen. Jeder wusste, dass der Mann krank war. Er ließe das Syndikat seine Drecksarbeit machen, würde sich dann des Oberhaupts entledigen und dafür jemand Vernünftigeren einsetzen.

Es könnte für alle funktionieren.

„Natürlich. Ich hab' einen Spion im Haushalt des Königs in

Stellung gebracht."

Erneut ein Glucksen. „Sie meinen wohl, Sie haben ihm eine Hure ins Bett gelegt. Der Mann hat die Ausdauer eines brünstigen Stiers. Lassen Sie nicht zu, dass sie ihn tötet, bevor wir nicht diese Forschungsarbeiten haben. Ist die Anlage verkabelt?"

Wenigstens eine Sache hatte er richtig gemacht. „Ich hab' mehr als einen Spion. Ich hab's geschafft, einen seiner Angestellten zu finden, der ein Glücksspielproblem hat. Ich glaub', ich bin so gut wie bereit für den nächsten Schritt. Und ja, die Forschungsstätte ist so verkabelt, dass sie explodiert, wenn ich will. Ich muss dafür sorgen, die Arbeiten dort rauszubekommen, bevor ich sie in die Luft jage, sollte ich an Kamdars Kopie nicht herankommen."

„Es mag einfacher sein, sie vom König zu besorgen, als aus der Anlage. Stellen Sie sicher, dass sich die Wissenschaftler darin befinden, wenn Sie den Abzug betätigen. Wir haben unsere eigenen, die die Forschung fortsetzen oder beenden können, je nachdem, wie wir uns entscheiden."

Weil das Kollektiv die Welt beherrschte, und sie es nicht mochten, wenn sich sonst noch jemand einmischte. Technologie, Forschung, Innovation hatten vom Kollektiv zu kommen und von niemandem sonst. Egal, ob erkauft oder gestohlen, alles Wissen ginge von ihnen aus.

„Unbedingt. Vielleicht ist der nächste König nicht so unsympathisch." Das Kollektiv sorgte vermutlich dafür. Nelson hatte schon mehrere Kandidaten im Sinn. Immerhin war es in ihrem Interesse, ihre eigenen Anführer zu installieren.

„Wir werden sehen, Mr. Nelson. Jetzt hören Sie gut zu. Ich weiß aus zuverlässiger Quelle, dass Besuch für Sie unterwegs ist."

Sein ganzer Körper spannte sich ängstlich an. „Wer?"

„Nun, sagen wir einfach, Ihre alten Freunde befinden sich nicht länger in Dallas. Viel Glück, wünsche ich Ihnen. Sie wissen, was passiert, wenn Sie versagen." Die Leitung war tot.

Wenn er versagte, würde er sich höchstwahrscheinlich einer Reihe von Fragen gegenüber stehen, die er nicht beantworten wollte. Und seinen Ruhestand nähme er wohl vom Leben, nicht vom Außendienst.

Wie hatte der Wichser ihn gefunden?

Es sei denn, die süße Charlotte hätte ihn ständig im Auge gehabt und wollte ihrem Trottel von Mann eine Freude machen. Andernfalls hätte Taggart den Köder wohl geschluckt und in Russland nach ihm gesucht.

Er hätte wissen müssen, dass sich Taggart nicht von Attentätern ausschalten ließe. Jetzt würde Taggart sich für mehr rächen wollen als für Graces Beinahe-Tod bei ihrer ersten richtigen Zusammenkunft.

Er musste schnell handeln. Es war vielleicht an der Zeit, ein paar Freunde herbeizurufen und das Boot selbst zu übernehmen. Er nahm sein Fernglas wieder in die Hand und betete, dass die Wahl des Königs wieder auf Blondinen fiel.

Kapitel Sechzehn

Die Geräusche des Strandes holten Charlie aus dem Tiefschlaf. Das Tosen der Wellen hatte die ganze Nacht beruhigend auf sie gewirkt, einen Rhythmus geformt, der sie dahingleiten ließ. Nach dem langen Flug und der anschließenden Fahrt vom Flughafen war sie nur noch ins Bett gefallen, hatte kaum die Strandhütten wahrgenommen, die herausgestellt worden waren.

Warmes Licht erfüllte den Raum, und sie besah sich die Decke über sich und einen großen, sich langsam drehenden Deckenventilator. Der salzige Geruch des Ozeans wehte ihr entgegen, und dann roch sie Kaffee, kräftig und aromatisch.

Sie rollte sich auf die Seite und seufzte, als sie feststellte, dass die andere Hälfte des Bettes unberührt war.

Ian war nicht ins Bett gekommen. Obwohl er freundlich gewesen war und sich während der langen Reise gut um sie gekümmert hatte, war er nach ein paar Stunden wieder in sich gekehrt. Er war wieder genau an dem Punkt, an dem sie sich vorher befunden hatten. Unentschlossen. Sie streckte die Hand aus und berührte die Stelle, wo sein Kopf hätte liegen sollen.

Geduld.

Sie brauchte Geduld. Sie war hier bei ihm und saß in keinem

sicheren Bau fest, wo sie von Liam stirnrunzelnd bewacht werden würde, und das war ein Vorteil.

Das war ihr Mantra gewesen während des langen Fluges nach Mumbai und des kürzeren Fluges zum Flughafen von Goa in Vasco da Gama. Zwei Autos hatten auf sie gewartet, und sie hatte neben Ian gesessen, als er die kurvenreiche Küstenstraße entlang gefahren war. Sie hatte versucht, so zu tun, als wäre alles in Ordnung, während sie die natürliche Schönheit des Meeres auf der einen Seite und die Reisterrassen und Kokosnusshaine auf der anderen Seite in sich aufnahm. Sie verbrachte so viel Zeit in Städten, dass sie schon fast vergessen hatte, wie schön die Welt sein konnte.

Doch es fühlte sich alles hohl an, weil er so weit von ihr entfernt war.

„Charlie?"

Sie drehte sich um, und er saß in einem Rattansessel, sein Blick nachdenklich. Sie fragte sich, ob er sie beim Schlafen beobachtet hatte. „Hi. Sind schon alle wach?"

Er nickte. „Ja, sie haben ein verrücktes Vorhaben, diesen König zu treffen. Ten und Damon glauben daran, mit List Erfolg zu haben. Sie schmieden all diese Pläne, um uns auf sein Schiff zu bringen. Anscheinend ist heute der Tag, an dem er mit seiner Yacht eindockt und seine Schnapsvorräte auffüllt oder so."

Sie gähnte hinter vorgehaltener Hand und überlegte, ob sie hier festsitzen würde, während Ian arbeitete. Sie würde sich jede einzelne Minute um ihn sorgen. „Ja. Er ist ein ziemlicher Partylöwe. Den Boulevardblättern zufolge scheint er schnelle Boote und hinreißende Frauen zu lieben."

„Deinen Recherchen zufolge hat er auch was für die Wissenschaft übrig."

Charlie stieg aus dem Bett, sich nicht um den Morgenmantel kümmernd, der aufgeschlagen am Fußende lag. Sie hatte eines von Ians T-Shirts angezogen, das ihr bis zu den Knien hing. Sie schaute aus dem Fenster der kleinen, vermutlich jedoch elendig teuren „Hütte", in die sie eingecheckt hatten. Vom Agonda Beach blickten sie auf das Arabische Meer, die Wellen sanft, das Wasser nie zu enden scheinend. Weißer Sand erstreckte sich in alle Richtungen. Hier herrschte Frieden. Stille. Ruhe. Sie wünschte, sie wären hier, um allein zu sein. „Ja, er hat viel Geld für die Forschung ausgegeben. Er finanziert alle möglichen Studien."

„Ich hab' nachgedacht. Warum sollte sich Nelson für den König von Loa Mali interessieren? In allen Berichten wird Kamdar als Menschenfreund dargestellt, als großer Herrscher. Die USA haben ihn zu Wahlen gedrängt, doch sein Volk liebt ihn zweifelsfrei. Soweit ich das beurteilen kann, ist er nicht korrupt. Er teilt seinen Reichtum. Ja, sie haben Öl, doch Nelson kriegt bereits Öl von Russland. Es sei denn, er ist nicht wirklich an dem Geld aus dem Ölgeschäft interessiert."

Sie wandte sich wieder Ian zu. „Wie könnte er nicht an dem Geld interessiert sein?"

„Weil es geringfügige Beträge sind. Er muss es mit dem Syndikat teilen. Du musst auf dem Laufenden sein, wie sich deine Verwandtschaft bezahlt macht." Ian stand auf und streckte sich. „Es macht keinen Sinn. Ich hab' versucht, den Mann eingehend zu studieren, doch er präsentiert mir nur das, was ich sehen soll. Ich muss sein Vorgehen studieren. Die Wahrheit liegt darin. Warum hat er versucht, Drohnenskizzen für die Chinesen zu stehlen, macht dann kehrt und steigt in Waffenlieferungen ein? Jetzt interessiert er sich für Öl. Das ist zu viel hin und her."

„So hab' ich das noch gar nicht gesehen." Jetzt, wo sie ernsthaft darüber nachdachte, ergab es keinen Sinn. Es war beinahe unmöglich, in so wenigen Jahren so viel zu verschieben. Seine Kontakte müssten weit verstreut sein, über viele Länder, viele Sektoren. Agenten der CIA neigten dazu, einem Gebiet zu unterstehen. Sie neigten dazu, in einem bestimmten Teil der Welt zu arbeiten. Ian und Nelson hatten beide in Europa gearbeitet. Also warum arbeitete er für die Chinesen und jetzt in Indien? Es sei denn, er handelte gar nicht mit Geld. Nicht wirklich. Zu guter Letzt ginge es um Geld, doch das war nicht das vorrangige Ziel.

Sein Blick war düster, als er sie anstarrte. „Wie hast du ihn das erste Mal kontaktiert?"

Er wollte also endlich darauf eingehen. Ein Schauer überkam sie. Es war das Gespräch, das sie schon vor fünf Jahren hätten führen sollen. „Das hab' ich nicht. Er hat mich kontaktiert."

„Du hast also nicht nach einem Attentäter gesucht?"

Sie fühlte sich von ihm festgenagelt, unfähig, etwas anderes zu tun, als seine Fragen zu beantworten. „Das habe ich, doch ich tat es im Stillen. Ich hatte mich an ein anderes Syndikat gewandt, eines in den USA. Sie hatten Probleme mit meinem Vater. Sie kämpften beide um ein bestimmtes Gebiet. Mein Vater wollte außerhalb von Russland expandieren."

„Was für ein Gebiet?" Sein Ton war flach, so wie er wohl mit jedem sprach, den er befragte.

„Drogen. Sie wollten ins Pharmageschäft einsteigen, und die Staaten waren der beste Ort dafür."

„Sie haben Medicare und Medicaid betrogen?", fragte Ian.

Das war eine gängige Praxis des Syndikats. Sie erbeuteten Geld aus staatlichen Programmen. „Ja. Sie kauften Ärzte, die Rezepte für ihre Patienten ausstellten. Zumeist OxyContin. Es war ihm egal, ob die Patienten die Drogen einnahmen oder verkauften. Die Patienten arbeiteten für das Syndikat."

Ian hob eine Hand. „Ich versteh', wie's läuft. Lass mich das klarstellen, du wendest dich an ein rivalisierendes Syndikat, jedoch antwortet Nelson. Du wendest dich an ein Syndikat, das mit Pharmazeutika Geld macht. Nelson sollte zu jener Zeit in Europa arbeiten, doch er war auch nicht in Russland, soweit ich das herausfinden konnte. Er sieht eine Möglichkeit, an die zehn Millionen in Form der Inhaberbonds zu kommen, die ich für meine Operation vorgesehen hatte, doch dafür muss er mich loswerden. Also schickt er dich rein. Ein Austausch von Dienstleistungen, sozusagen."

Gott, er gab ihr das Gefühl, eine Prostituierte zu sein, doch sie hatte sich immerhin selbst an diesen Punkt gebracht. „Ja."

„Und er hat deinen Vater als Sündenbock missbraucht. Er hat die CIA davon überzeugt, dass dein Vater vermutlich der Verdächtige sei, über das Uran zu verfügen, das wir zu kaufen beabsichtigten. Wenn er erst einmal tot war und es keine weiteren Beweise mehr gab, war der Fall abgeschlossen. Er konnte die Bonds über Jahre nicht nutzen, also beruhigte sich alles. Die CIA war zu sehr mit mir beschäftigt. Ich vermute, ich sollte froh darüber sein, dass sie sich überhaupt mit mir beschäftigt haben. Sie hätten mich verbrennen oder mich in einem Londoner Knast verrotten lassen können."

Er hätte nicht lange überlebt. Wenn sie die Beweislage aus Ians Sicht betrachtete, gab es keine Möglichkeit, sie für unschuldig zu erklären. „Ich verstand damals nicht, was vor sich ging. Ich wusste nur, dass ich raus musste, oder mein Vater hätte meine Schwester irgendwann getötet. Nelson bot mir die Möglichkeit zu fliehen. Er bot mir Geld und die Chance, mich von meinem Vater zu befreien."

„Was hat er dir noch angeboten? Hat er dir Annehmlichkeiten angeboten?"

Sie erschauderte bei dem Gedanken. „Nein. Er hat mir einen Job angeboten."

„Das find' ich interessant. Was hat er beinhaltet?"

Ihr blieb nur, mit den Schultern zu zucken. „Er gab mir Geld und sagte, ich solle in die Staaten kommen, und er würde sich bei mir melden."

„Was weißt du über seine Finanzen?"

Sie hasste den kalten, flachen Ton, den er ihr gegenüber anschlug. „Chelsea weiß mehr als ich."

„Ich will nicht mit Chelsea reden. Ich will mit dir reden."

Er wollte sie quälen, doch sie war ihm Antworten schuldig. „Also gut. Ich weiß, dass er überall Konten hat, doch ich war überrascht herauszufinden, dass er gar nicht so flüssig ist. Im letzten Jahr habe ich ihn mit mehreren Mafia-Jobs und ein paar terroristischen Gruppen in Verbindung gebracht."

„Warum sollte er mit Terroristen zusammenarbeiten… Charlie, Baby, was hat es mit dem Terrorismus auf sich?"

Fuck, wie hatte sie das nicht sehen können? „Ölfelder. Sie haben Anlagen der Ölfelder zerstört. Die Gruppen tun das, um gegen das amerikanische Engagement im Nahen Osten zu protestieren."

Ian stand auf, streckte sich. „Nun, ich glaub' ja nicht, dass Nelson sich einen Dreck um den Nahen Osten schert. Doch Öl ist ihm anscheinend sehr wichtig."

Einige Teile des Puzzles fügten sich zusammen. „Er arbeitet für eine Ölfirma."

„Das wäre im Augenblick meine Vermutung. Wenn wir uns alles vergegenwärtigen, was wir wissen, sind wir vielleicht in der Lage herauszufinden, um welche Firma es sich handelt. Er ist freiberuflich tätig, aber nicht für andere Regierungen. Er arbeitet freiberuflich für Konzerne. Ein Terrorist zum Anheuern, sozusagen. Das gibt mir zu denken. Vor ein paar Monaten kam mir das Gerücht zu Ohren, dass einige ehemalige Sondereinsatzkräfte in bestimmten afrikanischen Ländern, die ein hohes Vorkommen an Diamantenminen aufweisen, an Bürgerkriegen beteiligt sein sollen. Sie sollen von Diamantenhändlern bezahlt worden sein, um den Krieg am Laufen zu halten, denn sobald dort kein Krieg mehr herrscht, würde der Markt mit Diamanten überschwemmt und der Preis fallen. Was, wenn Nelson versucht, den Preis für Rohöl zu manipulieren?"

Sie überlegte, was sie alles über den König von Loa Mali wusste. „Es geht auch das Gerücht um, Kamdar arbeite an einem Energieprojekt."

Er ging auf sie zu, sein Ausdruck weicher. Er senkte die Hand, mit der Spitze seines Zeigefingers ihre Nase berührend. „Kluges Mädchen. Sei still. Ein anderes Gerücht lautet, dass der Mann, der den Deal mit den Söldnern vermittelt hat, ein Geheimdienstmitarbeiter sei."

Ihr gefiel das Misstrauen in seiner Stimme nicht. „Du glaubst doch nicht, dass es Ten ist, oder?"

Er drang plötzlich in ihren Raum ein, presste seinen Körper an ihren. Es schien, als sei das Verhör vorbei. „Lass dich von Tens idiotisch cooler Beach boy-Tour nicht täuschen. Er ist tödlich, Charlie. Er ist bei der CIA, seit seiner Kindheit. Sie haben ihn direkt nach dem College rekrutiert. Er ist klug, schnell und hat keine Bindungen zu irgendwem. Er ist bei Pflegeeltern aufgewachsen. Weißt du, warum er Tennessee heißt?"

Sie konnte nur raten. „Seine Mutter liebte Tennessee Williams?"

„Seine liebevolle Mutter hatte ihn mitsamt der Nabelschnur in einer Mülltonne entsorgt. Sie nannten ihn Tennessee, weil die Gaststätte, in der er ausgesetzt worden war, nahe der Staatsgrenze lag. Ein paar Kilometer weiter und er hätte Kentucky geheißen. Er wuchs bei Pflegeeltern auf und fiel irgendwie durchs Raster. Mit neun Jahren war er bereits in sieben verschiedenen Heimen untergebracht worden, und mit dreizehn lief er davon und geriet in Schwierigkeiten. Er erzielte jedoch eine virtuose Punktzahl bei den SATs, den Eignungstests amerikanischer Universitäten, und zeigte seine Befähigung für eine gewisse moralische Flexibilität, sehr zum Gefallen der CIA. Sein letzter Pflegevater hat für den Geheimdienst gearbeitet. Er wusste, was er mit Ten machen musste. Stell dir Ten als die sehr charmante Version von Dexter vor."

Irgendwie konnte sie sich das nicht vorstellen. Er war so lässig, so sexy, doch sie glaubte Ian. „Also gut. Du denkst also, er könnte mit Nelson zusammenarbeiten?"

„Ich weiß es nicht. Ich will es nicht vermuten, weder bei ihm noch bei den MI6-Agenten, doch lass uns darüber schweigen und die Augen offen halten." Seine Hände fanden ihr Haar, verwirrten sich darin. „Er will dich."

Sie verdrehte die Augen. „Er scheint jede mit den entsprechenden weiblichen Teilen zu wollen."

„Das mein' ich nicht, Baby. Er will dich anstellen. Er will dich mit zurück nach DC nehmen, damit sich der Broker in Langley niederlässt. Es wäre ein Coup für ihn."

Das war eine leichte Entscheidung. „Ich passe."

Ein langer Seufzer entrang seiner Brust, als er sie losließ. „Dann ist gut. Ich hab' gedacht, ich sollte es dir sagen. Du musst dich anziehen. Wir müssen hin und uns anhören, für welchen Plan sie sich entschieden haben."

„Ian." Sie hielt es nicht mehr aus, hielt es nicht aus, wie er sich immer wieder von ihr abwandte. „Hab' ich überhaupt eine Chance hier? Ich weiß, ich sollte geduldig sein, und das werd' ich auch sein. Ich geb' dir alle Zeit der Welt, wenn du mir sagst, dass ich eine Chance hab', es wiedergutzumachen."

„Du kannst es nicht wiedergutmachen."

Ihre Haut errötete vor Ergriffenheit. „Niemals? Du wirst mir nie verzeihen können?"

„Ich weiß es nicht. Vielleicht kann ich verzeihen, ich weiß jedoch nicht, ob ich vergessen kann." Er sah sie wieder an, seine Augen müde. „Und ich weiß nicht, ob das wichtig ist. Ich will dich jeden Moment des Tages, und ich glaub' nicht, dass sich das je ändern wird, aber was sollen wir tun, Charlie? Sollen wir aufhören und ein Haus in der Vorstadt kaufen, so wie Alex und Eve? Ich glaub' nicht, dass wir das tun können. Es stellt sich also die Frage, was wir machen wollen? Ich bin müde, dagegen anzukämpfen. Es ist mir egal, ob du mit Nelson geschlafen hast. Es ist mir egal, ob du all das getan hast, was der Wichser gesagt hat."

Sie schüttelte den Kopf, Tränen traten ihr in die Augen. „Nein. Das hab' ich nicht, Ian."

Er hielt eine Hand hoch, sie beruhigend. „Es spielt keine Rolle."

„Doch, das tut es." Sie wollte es sich nicht mit ihm wegen einem Haufen Lügen verspielen.

„Liebst du mich, Charlie?"

Eine leicht zu beantwortende Frage. „Ja. Gott, ja."

„Dann versprich mir etwas." Er kam näher und stellte sich über sie, blickte ihr von oben tief in die Augen.

„Alles."

Er nahm ihre Hand und legte sie in die Mitte seiner Brust, wo sie die Wärme seines Körpers durch das Baumwoll-T-Shirt, das er trug, spürte. „Wenn du mich dieses Mal verrätst, erschieß mich. Direkt ins Herz. Stell sicher, dass ich tot bin, denn ich will nicht in einer Welt leben, in der du mich zweimal verrätst. Versprich es mir."

Sie schüttelte den Kopf. Sie wollte, dass er verstand. „Ian, ich werd' dich nicht verraten."

„Versprich es mir." Sein Mund schwebte über ihrem. So nah. Er war ihr so nah.

Sie schüttelte den Kopf. „Das muss ich nicht."

Sein Griff festigte sich um ihre Hand. „Versprich es."

„Ich versprech's." Ihr tat das Herz weh, als sie es sagte. Wie konnte sie ihn dazu bringen, ihr zu glauben?

Sein Mund nahm ihren ein, mit den Lippen zwang er sie voller Dominanz, ihren Mund zu öffnen. Er legte die Arme um sie und zog sie fest an seine Brust.

Sie klammerte sich an ihn, ihre Zungen trafen sich und verfielen in einen seidigen Tanz. Fünf Jahre hatte sie auf diesen Kuss gewartet. Fünf lange Jahre, in denen sie sich gequält und gebetet und gehofft hatte, zu ihm zurückzukehren. Sein Mund bedeckte ihren, hüllte sie in seine Hitze und sein Verlangen und in etwas so viel Süßeres. Anbetung, Verehrung lag in seinem Kuss. Liebe war in diesem Kuss, und obwohl sie nicht alles bekam, was sie wollte, blieb ihr Grund zu hoffen, denn seine Lippen lagen auf ihren. Sie ließ sich von ihm führen, ihren Kopf mal in die eine, mal in die andere Richtung wendend, während er sie wieder erforschte und sie so an die langen Nächte erinnerte, in denen er sie geküsst hatte. Er konnte stundenlang küssen, während seine Hände über ihre Haut strichen und sie verrückt machte. Sie würde ihn anflehen, fortzufahren, er jedoch wäre glücklich, ihre Zunge zu schmecken.

Er betäubte sie mit Küssen, ließ all ihre Ängste verschwinden und ersetzte sie mit der Gewissheit, dass er der richtige Mann und es endlich der richtige Zeitpunkt war.

Als er zum Luftholen erschien, legte er seine Stirn an ihre. „Ich kann dich nicht länger bekämpfen, Charlie. Ich will dich zu sehr. Es ist mir egal, was du in der Vergangenheit getan hast, doch jetzt gehörst du mir und wirst dich benehmen. Verstehst du, was ich meine?"

Er wollte sie bei sich behalten? „Ian, ich will mich benehmen. Das ist alles, was ich je wollte. Ich will deine Frau sein. Ich möchte, dass du stolz auf mich bist."

„Ist dir klar, was ich mit dir anstelle, wenn ich dich an einem Computer erwische, an dem du etwas anderes tust als Solitär zu spielen oder zu viel Geld für Kleidung auszugeben?"

Ein Funken Hoffnung glühte in ihr auf. Oh, sie wollte ein Leben, in dem er sie dafür anmachte, wie viel Geld sie für Kleidung und Schuhe ausgab, und es dann wiedergutmachte, indem er sie in seine Arme nahm. „Ich vermute, mein Hintern wird rot aufleuchten."

„Du musst mir vertrauen, Charlie." Seine Worte waren ein leidenschaftliches Plädoyer. „Das will ich mehr als alles andere. Wenn du mir nicht vertraust, dann solltest du über Tens Angebot nachdenken. Die CIA könnte dich beschützen."

Das wollte sie nicht. „Du beschützt mich."

Er nahm sie hoch, sie fest an sich drückend. „Das werd' ich. Wenn wir hier fertig sind, brechen wir auf und überlegen uns, was wir tun."

Sie verstummte in seinen Armen. „Ian, was sagst du da?"

„Ich sagte, dass ich mit dir gehen werde."

Jetzt begann sie, ihn von sich zu schieben. „Das kannst du nicht. Du kannst deine Familie nicht verlassen."

„Du bist jetzt meine Familie. Ich hab' versucht, dagegen anzukämpfen, aber ich kann nicht."

Es war alles, was sie wollte, und so bittersüß, dass es ihr fast das Herz brach. „Ich wollte dir das nie antun. Ich dachte, ich könnte mich bei dir verstecken. Ich dachte, mein Onkel beschäftige sich mittlerweile mit größeren Dingen. Es war dumm, aber ich dachte ehrlich, ich krieg' das hin. Es war bereits über ein Jahr vergangen, seit mein Onkel zuletzt jemanden hinter mir hergeschickt hatte."

„Und doch hat er dich so schnell gefunden, nachdem du zu mir gelangt bist. Nelson ließ mich beobachten. Er wird mich immer beobachten lassen, solange ich mich auf freiem Feld bewege. Ich denke, die Leute, mit denen er zusammenarbeitet, tun das auch, solange sie auf die Kooperation deines Onkels angewiesen sind. Sie werden uns im Auge behalten."

Vielleicht sollte sie doch in Betracht ziehen, mit der CIA zusammenzuarbeiten. Wie konnte sie von Ian verlangen, dass er alle aufgab?

Er langte hinab und richtete ihr Kinn auf, sodass sie ihn ansehen musste. „Ich würde nicht mögen, was dir gerade durch den Kopf geht, oder?"

Wohl nicht, denn sie dachte daran, wegzulaufen. „Du kannst dein Zuhause nicht verlassen."

Er legte die Arme enger um sie. „Mein Zuhause ist jetzt bei dir. Vertrau mir. Entscheide dich dieses Mal für mich."

Sie erforschte sein Gesicht.

Sich für ihn entscheiden. Sich zu entscheiden, mit ihm emporzusteigen oder zu fallen. Sich dafür zu entscheiden, mit ihm zu fliehen, mit ihm ein Zuhause zu gründen, wo immer es ihnen möglich war. Sich dafür zu entscheiden, für alles bereit zu sein, was mit ihm an ihrer Seite einherging.

Sie hatte es ihm versprochen. Sie hatte einen Schwur abgelegt. Er wusste genau, was er tat. Er war nicht der Typ Mann, der sich in diese Situation hinein begab, ohne alles genau zu durchdenken. Genau damit hatte er sich im Flugzeug beschäftigt, während er gefahren war, während er die ganze Nacht über sie gewacht hatte. Er hatte seine Entscheidung getroffen.

Er bot sich ihr an. Versuchte sie, die Märtyrerin zu spielen, glich das einer Zurückweisung.

„Ich liebe dich. Ich weiß, ich sollte dich verlassen."

Er schüttelte den Kopf. „Dann jag mir eine Kugel in den Kopf, wenn du gehst. Charlie, meine Entscheidung ist gefallen. Halt sie in Ehren. Stell vor allem dein Bedürfnis, dich zu opfern, zurück und entscheide dich für mich. Gott, das hast du dein ganzes Leben lang getan. Du hättest abhauen können, bist jedoch wegen deiner Schwester geblieben. Du hast dich für sie geopfert. Du warst bereit zu sterben, damit der Rest meines Teams überlebte. Erkennst du nicht, dass das dein Muster ist? Durchbrich es für mich. Entscheide dich für mich. Entscheide dich dafür zu kämpfen, bei mir zu sein. Auch wenn es bedeutet, dass wir untergehen. Denn sollte es unseren Untergang bedeuten, gehen wir gemeinsam unter. Mach mich zu der einen Sache, die du niemals opfern wirst."

Er wollte die eine Sache sein, die sie eigennützig betrachtete. Es mochte falsch sein, doch sie war in der Lage, ihm das zu geben. Und sie wusste, worum es bei der ganzen Sache ging. Vertrauen. Wenn sie hierbliebe, darauf vertraute, die Gewissheit über sein Herz zu haben, das sie beschützen, sie an erste Stelle setzen und sie niemals verlassen würde. Gott, er flehte sie quasi an, ihn nicht zu verlassen.

„Niemals, mein Gebieter." Sie legte den Kopf auf sein Herz. Wenngleich sein Gesicht ausdruckslos blieb, hämmerte sein Herz in seiner Brust. „Ich werd' uns niemals opfern. Ich liebe dich, Ian."

„Ich liebe dich auch, Charlie." Er legte seinen Kopf an ihren. „Ich liebe dich, Frau. Egal, was passiert, ich liebe dich." Er küsste sie noch einmal, seine Zunge tauchte tief ein. „Gott, ich liebe es, wie du schmeckst."

„Und ich liebe es, wie du mich küsst. Ich liebe es, wie ich mich fühle, wenn ich mit dir zusammen bin. Ich liebe mich, die ich bin, wenn ich mit dir zusammen bin."

Seine Lippen spielten mit ihren. „Ich glaub', ich wär' wie Ten, wenn du mich nicht gerettet hättest."

„Ich hab' dich nicht gerettet." Es handelte sich genau um das Gegenteil.

„Doch, das hast du. Ich werd' es vielleicht nie wieder zugeben, Frau, also genieß', was ich dir jetzt erzähle, doch ich glaub', ich wär' in meinem Job versunken. Ich wäre nichts anderes geworden als eine Waffe, die sie nach Belieben hätten nutzen können. Ich wusste, dass ich das nicht sein kann, nachdem ich dich geheiratet hab'. Du warst der Grund, warum ich da rauskam, der Grund, warum ich überhaupt eine Familie hab'."

Er machte sich an ihrem Shirt zu schaffen, ließ sie im Nu unverhüllt dastehen. Die Fenster standen leicht auf, die frühe Morgenbrise wehte herein. Sie spielte auf ihrer Haut, ließ sich ihre Brustwarzen kräuseln.

In langen Zügen bahnten sich seine Küsse ihren Weg ihren Hals hinab, an ihren Schultern Halt machend, während er mit seiner Zunge ihre Haut schmeckte. Sie hielt still für ihn in der Gewissheit, was er wollte. Er wollte sie wieder genau studieren, dieses Mal von Güte und Liebe geleitet. Er ließ sich vor ihr auf die Knie fallen, sie an seinen Mund zu sich ziehend.

Sie ließ den Kopf zurückfallen, sich ihm hingebend, als er mit der Zunge mit ihren Nippeln spielte, einer nach dem anderen. Seine Hände umschlossen ihre Arschbacken, kneteten und massierten sie.

„Sag mir, dass du mir gehörst." Er biss vorsichtig in eine Brustwarze.

„Ich gehöre dir." Sie gehörte ihm von dem Moment an, als sie ihn kennengelernt hatte, vielleicht sogar schon länger. Vielleicht gehörte sie ihm schon seit ihrer Geburt. Vielleicht war er das Geschenk des Universums an sie für alles, was sie erlitten hatte. Vielleicht war er auch ein glücklicher Zufall. Es war egal, denn sie hatte ihn gefunden und ihre Seele hatte ihren Platz gefunden. Endlich. Vollkommen.

„Für immer, Charlie. Du gehörst immer mir. Und ich bin immer dein Gebieter. Dein Ehemann." Er klammerte sich an ihrer Brustwarze fest und saugte kräftig daran, das Gefühl ging direkt zu ihrer Muschi. „Werd' feucht für mich. Werd' bereit für mich."

Das war sie bereits. Er brauchte stets nichts weiter zu tun, als ein Zimmer zu betreten, um für ihn bereit zu sein. Ihr Körper war auf ihn eingestimmt. „Ja, Gebieter."

Er biss in die andere Brustwarze, ließ sie ihre Augen weiten und ihr Herz einen Schlag aussetzen. „Ich werd' dir Klammern anlegen, Baby. Ich will deine Titten in Klammern sehen, und sobald wir es können, werd' ich sie piercen lassen, damit ich eine Kette durch sie hindurchführen und dich an deinen Nippeln herumführen kann. Ich werd' diese Titten ansehen und wissen, dass sie mir gehören und immer mir gehören werden."

Allein der Gedanke löste einen erneuten Rausch vor Erregung aus, der sie durchströmte. Er entfernte sich von ihr, nach dem Seesack greifend, den er gepackt hatte. Nachdem er ihn geöffnet hatte, legte er ein paar Dinge auf die Kommode, mehrere Pistolen, etwas Gleitmittel und Kondome. Er hielt ein Paar Klammern hoch. Sie hätte wissen müssen, dass er sein Gepäck mit Waffen, Munition und Sexspielzeugen vollstopfen würde. Ihr Gebieter mochte es, vorbereitet zu sein.

„Hast du eine Ahnung, wie hübsch du darin aussehen wirst?" Ein süßer sadistischer Funke glühte in seinen Augen auf.

Es klopfte an der Tür und eine männliche Stimme durchdrang ihre Alleinsein. „Yo, Tag, wir brauchen dich hier draußen für die Einsatzbesprechung. Woher willst du wissen, was zu tun ist, wenn du es nicht von uns hörst? Schaff deinen faulen Arsch hier raus. Und dein Bruder hat Frühstück vorbereitet. Er ist ein toller Kerl."

Verdammt, verdammt, verdammt. Ihr blieb vor Frustration beinahe das Herz stehen. In diesem Moment hasste sie Tennessee Smith. Sie wollte nicht, dass sich die Welt einmischte.

Ian gab keinen Laut von sich, doch plötzlich waren die Nippelklammern nicht mehr das Einzigen, das er in den Händen hielt. Er öffnete die Tür ein wenig, gerade so, dass sie nicht hinaus- oder jemand hineinsehen konnte, und richtete seine große SIG Sauer auf jeden, der auf der anderen Seite der Tür stände.

Es gab eine Pause, dann war ein leises Glucksen hören. „Gut, nun, wie ich sehe, bist du beschäftigt. Ich werd' alle wissen lassen, dass du dich zu uns gesellst, wenn du bereit bist."

Ian schlug die Tür zu. „Ich werd' dem nächsten Wichser, der versucht, mich davon abzuhalten, meine Frau zu ficken, den Kopf abreißen. Das ist gottverdammt unhöflich. Jetzt bring diese Brüste für mich in Position. Ich will spielen, Charlie. Ich will mit meiner Sub spielen. Was bist du jetzt gerade?"

Oh, wenn er spielen wollte, konnte sie so schmutzig sein. „Ich bin meines Gebieters Spielzeug. Ich bin meines Gebieters süßes Fickspielzeug."

Dabei schob sich sein Schwanz fast aus der Hose. Er küsste sie wieder, eine sinnliche Vereinigung von Mündern und Zungen. „Du bist mein Spielzeug und meine Freude, Charlie. Für immer."

Gott, sie hatte vergessen, wie süß er sein konnte. Er war in der Lage, aus den perversesten Handlungen etwas Liebevolles zu machen. Er konnte die schmutzigsten Dinge sagen, die sie so heiß machten, dass sie es kaum aushielt, und ihr dann ins Gedächtnis rufen, dass sie geliebt wurde. „Immer, Ian."

Sie hielt ihm ihre Brüste entgegen, ihre Nippel hart und bereit für das, was er gleich mit ihr anstellen würde.

„Ich denke, mein Spielzeug benötigt etwas Schmuck." Er hielt ein Paar Japanische Nippelklammern in der Hand. Kleine Dinger, die ihre Titten malträtieren und sie noch viel härter kommen ließen. Sie waren aus Silber und durch eine silberne Kette miteinander verbunden. Nachdem er sie angepasst hatte, kniff er in ihre rechte Brustwarze, bevor er die Klammer anbrachte. Sie biss ihr ins Fleisch, sensibilisierte sie und ließ sie bei dem Gefühl erschaudern. Bevor sie einen weiteren Atemzug nehmen konnte, hatte er die zweite angebracht und trat zurück, um sie anzusehen. „Fuck, sieht das schön aus. Deine Nippel werden rubinrot, so wie verfickte Himbeeren, die ich verschlingen möchte. Zeig mir deine Muschi. Leg dich aufs Bett und spreiz' die Beine, damit ich sie mir ansehen kann. Sie gehört auch mir."

Ihr Gebieter war in besitzergreifender Stimmung. Die Männer, die auf sie warteten, mochten es sich besser bequem machen, denn sie hatte das Gefühl, dass er sich viel Zeit nehmen würde.

Nichts war von Bedeutung, solange sie zusammen waren. Nichts außer sie beide. Wenn er sie mit dieser Supernova-Hitze in den Augen ansah, ließ er sie den Rest der Welt vergessen. Ließ sie glauben, sie könnten für immer zusammen sein.

Und es konnte die romantischste Sache der Welt sein, wenn sich ihr Gebieter ihre Muschi ansehen wollte.

Sie ließ sich auf das niedrige Bett zurückfallen, das Geräusch der Brandung und des Meereswindes hinter ihr, während die Augen ihres Gebieters jeden Zentimeter von ihr in sich aufnahmen. Jeder Zentimeter, den sie sich bewegte, zog an den Klammern, erlaubte ihr den Biss zu spüren. Sie ließ die Beine zur Seite fallen in der Gewissheit, was ihr Gebieter wollte.

„Du bist so verdammt schön. Weiter", befahl er.

So ein herrlich Perverser. Sie spreizte die Beine weit, zog die Knie an und gab ihm einen Blick auf alles, was sie hatte.

„Berühr dich." Er zog sich das Hemd über den Kopf, ließ sie die perfekt geformte Brust und seine muskulösen Arme sehen und brachte sie fast zum Sabbern.

Sie ließ den Finger über ihre Schamlippen gleiten, strich über ihr empfindliches Fleisch und verteilte die Erregung, die sie dort vorfand. Sie strömte durch sie hindurch. Das Verlangen nach ihm, das Verlangen nach dem Leben, das sie haben könnten.

Das Verlangen nach einer Zukunft, von der sie geträumt hatte, seit sie ihm begegnet war.

Ian zog sich die Jeans von den Hüften und warf sie zur Seite. Seine Müdigkeit war verflogen, abgelöst von offensichtlichem Verlangen. Sein Schwanz richtete sich auf, seine schweren Eier bereits gestrafft. „Fick dich mit dem Finger. Nur einen. Du darfst nicht kommen. Ich will nur, dass du bereit bist."

Sie stöhnte. Er hatte vor, sie zu quälen, doch sie gab ihm, was er wollte. Mit einem Seufzer stieß sie ihren Finger tief hinein, so langsam, dass er kein Bisschen ihrer Penetration versäumen konnte. Sie ließ den Finger bis zum Handballen hineingleiten, bevor sie ihn wieder herauszog.

„Lass mich dich schmecken." Er nahm ihre Hand und führte sie an seinen Mund. Anstatt ihn hinein zu saugen, glitt seine Zunge heraus, von der Spitze aus glitt seine Zunge an ihm entlang, kreiste um ihn herum und genoss ihren Geschmack. Schließlich saugte er ihn hinein, der Druck erzeugte ein Kribbeln entlang ihrer Wirbelsäule.

Seine Hand kam hervor, berührte die Kette, die zwischen ihren Brüsten verlief. Es bedurfte nur des leisesten Zupfens, um ihr ein wohliges Feuer durch die Adern zu jagen. Das Ziehen biss sich in ihre zarten Brustwarzen und sensibilisierte ihre Haut.

„Ian, du bringst mich noch um." Sie war von Verlangen getrieben. Sie konnte es nicht mehr ertragen, von ihm getrennt zu sein. Sie musste ihn in sich spüren, sie ganz ausfüllen.

Er zog noch einmal daran, diesmal fester, und sie konnte den Schrei nicht unterdrücken, den sie aus der Kehle stieß. „Baby, du weißt, was dieser heisere kleine Schrei bei mir auslöst?"

Und er meinte, er sei kein Sadist? Dennoch steigerte jede Form des Unbehagens, den er ihr bereitete, ihre Lust. Sollte es sich bei ihm um einen Sadisten handeln, dann passte ihr Masochismus geradezu perfekt zu ihm. Genau richtig. Genau richtig, um sie auf ein anderes Level zu bringen, ihr eine neue Welt zu zeigen.

„Ich schrei' für dich, Gebieter." Sie war nicht beunruhigt. Seine kleinen Folterungen brachten sie nie wirklich zum Weinen. Er spielte mit ihr und sie erwiderte das Spiel, schmutzige Spielchen, die ihr Verlangen füreinander nährten. „Ich werd' es mit all deinen Klammern und Ringen und deiner Hand und deiner Gerte aufnehmen. Ich werd' es mit allem aufnehmen, was du mir zu geben gedenkst."

Ihre Sicht wurde plötzlich vom Anblick seines Schwanzes eingenommen. „Und was ist, wenn ich dir den hier geben will?"

„Oh, mit dem werd' ich fertig, Gebieter. Ich werd' ihn ganz nehmen." Sie war bereits in die Muschi, den Mund und den Arsch von ihm genommen worden. Sie passte auf jede erdenkliche Weise zu ihm.

„Da bin ich mir sicher, dass du das kannst. Du nimmst es mit allem auf, was ich dir gebe. Du hältst alles aus." Er berührte ihren Hals, mit einem einzelnen Finger zeichnete er die Linie um ihn herum nach. „Ich möchte, dass du wieder mein Halsband trägst."

„Ich wünschte, ich hätte es nie verloren." Sie dachte jeden Tag an die Goldkette, hatte daran gedacht, sie zu ersetzen, eine neue zu kaufen und diese zu tragen, damit sie sich ihm nahe fühlen konnte. Doch es musste seine Hand sein, die sie ihr um den Hals legte, sonst war sie bedeutungslos.

„Ich werd' eine neue kaufen und dir den Hintern bis zum Gehtnichtmehr versohlen, wenn du sie wieder verlierst." Das Letzte sagte er mit einem kleinen Lächeln.

Ihr Gebieter fände immer eine Ausrede, um sie zu versohlen. Sie wusste, dass er es liebte, ihren Hintern in einem hübschen rosa zu sehen, und es gefiel ihm, sie sich winden zu sehen. Oh, sie konnte es kaum erwarten, sein Halsband wieder um den Hals zu tragen. Aber da war noch ein Stück Schmuck, das sie verloren hatte. „Ich will meinen Ehering zurück, Gebieter."

„Den bekommst du, doch erwarte nicht noch eine große Hochzeit."

„Ich hatte nie eine", brummte sie. „Ich hab' in einem Gerichtsgebäude geheiratet."

Es hatte nicht länger als eine halbe Stunde gedauert. Sie waren vom Regen überrascht worden, und ihr hübsches Wickelkleid war durchnässt gewesen, das Haar hatte ihr am Kopf geklebt. Er hatte sie so zärtlich geküsst, dass es ihr nichts ausgemacht hatte.

„Das ist ein britisches Gerichtsgebäude gewesen." Er schob sie zurück, als er auf das Bett kletterte. „Weißt du, dass ich mir fast ein Bein ausreißen musste?"

„Vermutlich nicht sehr. Du hattest Freunde in hohen Positionen."

Er zuckte mit den Schultern, bedeckte sie mit seinem Körper, zwang sie mit den Beinen sich zu öffnen, um sich Platz zu verschaffen.

„Das hab' ich. Jemand hat sich fast ein Bein ausreißen müssen. Es ist nicht einfach, als zwei Nicht-Staatsbürger, dort zu heiraten, aber ich hab's geschafft. Dennoch hab' ich keinen Nerv auf diesen Weiße-Hochzeitsscheiß, den Alex und Eve sich gegeben haben. Eine simple Halsband-Zeremonie, gefolgt von rechtschaffend schmutzigem Sex, sollte es auch tun."

Alles, was ungesagt blieb, war seinen Augen abzulesen. Sie mochten eine Halsbandzeremonie haben, jedoch nicht im Sanctum. Selbst wenn sie Eli Nelson ausschalteten, könnten sie nicht nach Hause gehen. Sie wären auf der Flucht.

„Hey." Er zupfte an ihrer Kette. „Komm zurück zu mir. Denk so was nicht."

„Es fällt mir schwer, es nicht zu tun." Noch immer kamen Schuldgefühle in ihr auf.

„Ich werd' mich darum kümmern. Ich hab' nicht die Absicht, ewig auf der Flucht zu sein, Charlie. Ich werd' niemandem erlauben, uns von einem Zuhause fernzuhalten, also hör auf, dir Sorgen zu machen. Ich werd' für dich da sein. Ich werd' immer für dich da sein. Jetzt psst. Ich kann die Klammern nicht zu lang dran lassen." Er runzelte plötzlich die Stirn. „Es sei denn, du hast dir innerhalb der letzten fünf Jahren auch deine Titten geklammert."

Ein Lachen brachte sie zum Leuchten. „Nein, Gebieter. Nur den Plug. Von allen anderen Spielzeugen hab' ich mich ferngehalten."

„Nun, dann wird es jetzt wohl weh tun, Baby." Er löste die Klammer an ihrer linken Brustwarze. Schmerz loderte auf, doch bevor sie schreien konnte, hatte er das verwundete Fleisch im Mund, mit der Zunge linderte er den Schmerz, während wieder Blut in ihre Brustwarze strömte. Sie war zart, wund, und sie vermutete, dass er sie genau so haben wollte.

Schmerz flammte erneut auf, als er sich an ihrer rechten Brust zu schaffen machte, ihr die gleiche Behandlung zuteilwerden ließ wie der anderen. Er war ihr Gebieter, der Schmerz und Lust und Liebe und Sicherheit und Freude schenkte. Er war der Mann, der ihre Schmerzen linderte und ihre Bedürfnisse verstand. Er war der Mann, der ihr das Lachen beibrachte, obwohl er selbst oft so ernst war.

Ihr Seelenverwandter.

„Sieh, wie schön sie sind", wies er sie an.

Sie schaute hinab und sah, wie rubinrot ihre Brustwarzen waren, dunkler und farbiger als das übliche Rosabraun. Ian spielte mit ihnen, ließ sein Gesicht über die weiche Haut ihrer Brüste wandern, seine borstigen Bartstoppeln ließen ihre Haut zartrosa werden.

Sie ließ ihre Hände sein sandfarbenes Haar finden, hielt ihn an ihre Brust und schlang schließlich die Beine um ihn. „Bitte, mein Gebieter. Ich brauche dich."

Spielen machte Spaß, doch das hier war kein Spiel. Es war eine Wiederverbindung. Es fühlte sich heilig an.

Sein Kopf kam zum Vorschein und er sah zu ihr hinab, ihre Blicke verbanden sich, hielten aneinander fest. „Charlie, du hast über dein Schicksal gesprochen. Ich denke, du bist meines. Gegen das Schicksal können wir nicht ankämpfen, Baby."

Er richtete seinen Schwanz auf.

Gott, er trug kein Kondom. Sie keuchte etwas.

„Schicksal, Charlie." Er schob sich mit Nachdruck hinein. Kein Spielen diesmal, stieß lediglich seinen Körper in einem Zug in sie hinein. Ihr Gebieter nahm sich, was ihm gehörte, erfüllte sein Versprechen, nach dem sie sich immer gesehnt hatte.

Nichts befand sich mehr zwischen ihnen. Die Vergangenheit lag hinter ihnen. Und das Versprechen einer Zukunft in seinen Armen.

Gierig frohlockend schlang sie sich um ihn und hielt sich an ihm fest, während er die Vereinigung vollzog.

„Ich liebe dich, du meine Frau." Die Worte waren ein Segen. Er mochte ihr weismachen, er könne ihr nicht verzeihen, doch sie spürte es in seinen Worten.

„Ich liebe dich." Er war ihr Ein und Alles.

Er stieß in sie hinein, mit seinem Körper auf ihr liegend drückte er sie in die Matratze. Sein Schwanz bewegte sich ununterbrochen, selbst als er sie atemlos küsste und ihre Münder miteinander verschmolzen. Er verwirrte die Hände in ihren Haaren, sie für seine leidenschaftliche Erkundung festhaltend.

Sie fühlte sich von ihm fixiert, von ihm umgeben, köstlich von seinem Gewicht erdrückt, und es war genau das, wonach sie sich gesehnt hatte. Zum ersten Mal seit Jahren fühlte sie sich frei.

„Nimm mich, Baby. Nimm alles, was ich hab'." Er küsste sie immer und immer wieder, als bekäme er nicht genug von ihr, als könne er es nicht ertragen, dass eines seiner Körperteile sie nicht berührte.

Er drehte die Hüfte, ihre Klitoris mit jedem Stoß berührend, die Spannung so aufbauend, als wäre sie ein stromführender Draht, der darauf wartete, loszugehen. Noch ein weiterer tiefer Stoß und der Orgasmus würde durch sie hindurchbrechen.

Er gebot ihrem Schrei Einhalt, ihn quasi herunterschluckend. „Genau das will ich von dir hören."

Dann gab er ihr, was sie verlangte. Er stieß tief zu, innehaltend, während er seinen Erguss verströmte, sein herrliches Gesicht angespannt, als er kam.

Sein Körper entspannte sich, senkte sich auf ihren hinab, seine Muskeln verloren ihre Anspannung und ein süßer Frieden war seinem Gesicht abzulesen. Sie hatte ihm das gegeben, und er hatte ihr eine Zukunft geschenkt.

„Ich hätte es auch so getan, Charlie." Sein Schwanz steckte immer noch in ihr, und er machte keine Anstalten, von ihr herunter zu rollen. Er küsste sie wieder, doch jetzt handelte es sich um eine träge, gesättigte Verführung. „Ich hätte mich für Sean entschieden."

Sie drückte ihn ganz fest an sich. „Du verzeihst mir?"

„Dass du dich für Chelsea entschieden hast? Nein. Da gibt es nichts zu verzeihen. Dass du dich mir nicht anvertraut hast? Ja. Dafür gab es nicht genug Zeit. Doch jetzt haben wir sie. Wir müssen uns füreinander entscheiden. Wir müssen einander wählen. Ich vertrau' dir, Charlie. Es tut mir leid, dass ich überhaupt darüber nachgedacht habe, was dieser Wichser über dich gesagt hat. Du bist meine Frau. Ich glaube dir."

Das war für Ian Taggart von Bedeutung. „Ich werde dich über jeden stellen, Ian. Ich gehör' jetzt dir. Dir und niemandem sonst. Ich liebe meine Schwester, und ich hoffe, dass ich ihr helfen kann, aber am Ende des Tages möchte ich an deiner Seite sein."

Ein Lächeln spitzte seine Lippen. Er stieß mit der Hüfte erneut zu, unter Beweis stellend, dass er sich bereits wieder erholt hatte. „Und ich will in dir sein. Dreimal am Tag, Baby."

Sein Mund verschlang ihren und er fuhr fort, seinen Standpunkt zu beweisen.

Kapitel Siebzehn

Das kontinuierliche Brummen im Ohr fing an, ihn zu nerven.

„Alles klar, das ist Kamdars Boot, das da am Strand hinaufzieht", sprach Damon durch das Kommunikationsgerät, das sie benutzten.

„Danke, es war nicht zu erkennen, dass es sich um ein Boot handelt", schoss Ian zurück.

Damon schien anzunehmen, dass er laufend einen Kommentar benötigte. Die Jungs des MI6, Ten und Simon hatten oberhalb des Strandes einen Aussichtspunkt am Cabo de Rama Fort eingenommen. Das Fort bestand aus nichts weiter als einer interessanten Ansammlung von Ruinen, umgeben von Obstbäumen und Affen. Es gab ihnen jedoch eine gute Aussicht auf den Strand und den bevorstehenden Austausch.

Jesse war dahingehend zurückversetzt worden, auf die Göre aufzupassen und sicherzustellen, dass sie keine geeignete Internetverbindung mehr fand. Chelsea schien still geworden zu sein, in sich selbst versunken. Er hatte erwartet, dass sie sich mit ihm anlegen würde, doch sie hatte nur genickt und sich wieder den Palmen vor der Hütte zugewandt. Hoffentlich bereitete sie Jesse nicht zu viel Ärger. Gewiss hätte er auch auf Charlie aufpassen sollen, doch Ian hatte andere Pläne für seine hinreißende Frau.

Er wollte sie mit niemandem zurücklassen. Aber das brauchten die

Jungs oben am Fort nicht zu wissen, bis es so weit war.

Sean schnaufte verärgert, als er sich zurücklehnte, mit den Füßen im Sand und der Rest seines Körpers auf einer flachen Liege. Er war speziell für den Strand gekleidet, in Khakihose und Poloshirt, eine Kameratasche an seiner Seite. „Glauben die etwa, wir können nicht lesen?"

Die Stimme seines Bruders triefte vor Sarkasmus. Hier gab es nur ein leichtgewichtiges Schnellboot, das den Sand aufwirbelte und seitlich den kunstvoll gemalten Namen, *Little Kash*, trug.

Ian nahm an, dass es sich bei der riesigen Yacht in der Ferne um *Big Kash* handelte. Der König schien offensichtlich keine Probleme mit seinem Selbstwertgefühl zu haben.

„Lasst das Jammern und hört zu." Diesmal war Baz' Stimme zu hören. „Nach allem, was wir in der kurzen Zeit herausfinden konnten, solltet ihr in Sicherheit sein. Kamdars Sicherheitsvorkehrungen waren schon immer streng, mit Ausnahme der Frauen, mit denen er schläft. Sie scheinen jedoch nicht viel Kleidung zu tragen, wenn ihr also einen Vogel mit einer Uzi darauf auf euch zukommen seht, solltet ihr euch ducken."

Ja, er brauchte jetzt Humor. Er befand sich bereits in einer schlechten Position, weil ihm die Zeit davonlief. Dies war ein ausgeklügeltes Spiel seinerseits. Kamdars Männer galten als furchtbar loyal, und laut MI6 dienten sie dem König bereits seit langer Zeit.

Dies war seine Chance. Das Boot war größer, aber in sich geschlossen. Solange sich die Wache des Königs loyal verhielt, wäre Charlie auf diesem Boot vermutlich sicherer als draußen im Freien.

Ein großer Mann mit einer kaum verborgenen Pistole in der Tasche parkte das Boot und wies auf die Straße. Sofort begann eine Gruppe von Männern, Kisten mit etwas, das wie Spirituosen und Lebensmittel aussah, von einem Lastwagen zu befördern, der an der Straße am Strand geparkt war.

King Kash brauchte nicht in den Hafen einzufahren. Der Hafen kam zu ihm. Die Männer machten sich sofort an die Arbeit und beluden das Schnellboot mit Kisten.

Ian wartete. Sein Timing musste perfekt sein. Zu früh und es wären zu viele Männer da. Zu spät und er würde das Boot verpassen. Buchstäblich.

Sean gähnte und beobachtete die Arbeiter, die um die Touristen herumwuselten. „Du scheinst heute glücklicher zu sein. Liegt das daran, dass wir Nelson umbringen werden, oder hat das andere Gründe? Du schienst entschlossen zu sein, heute Morgen auszuschlafen."

Jo, das war jetzt sein Leben. Genau deshalb nahmen echte CIA-Typen ihre Brüder nicht mit ins Feld. Damit sie nicht inmitten einer Operation Beziehungsgespräche führen mussten. „Ich hab' deinen Rat befolgt. Belassen wir es dabei."

Sean tat es jedoch nicht. Ein Grinsen breitete sich auf dem Gesicht seines Bruders aus. „Willst du mich verarschen? Du hast endlich auf mich gehört? Scheiße. Ich schulde Adam was. Ich hab' behauptet, du bliebest bis zuletzt stur. Hey, großer Bruder, magst du mir ein paar Hunderter leihen?"

Er täte alles andere, als für seines Bruders schlechte Angewohnheit, auf sein Liebesleben zu wetten, zu zahlen. Er hatte ein Liebesleben. Der Gedanke, die Worte „Liebe" und „Leben" zusammenzufügen, löste kein Brechgefühl bei ihm aus. Wobei er das nie laut gesagt hätte. Ja, er wettete, dass Sean einen Haufen Geld verloren hatte, wenn er darauf gesetzt hatte.

Er wurde davor bewahrt, ihm antworten zu müssen, als Damons Stimme über den Sender in seinem Ohr zu hören war. „Alles klar, Jungs. Es ist fast so weit. Soweit ich das beurteilen kann, befindet sich nur ein kleines passioniertes Sicherheitsteam bei ihm, doch Ihr könnt einen darauf lassen, dass die Crew an Bord dieser Yacht vermutlich auch gut ausgebildet ist. Wir haben sie so gut wie möglich überprüft. Sie machen alle den Eindruck, loyale Loa Mali Bürger zu sein. Wir glauben, dass er momentan etwa drei Frauen bei sich hat. Wir haben keine Namen von ihnen. Denkt an eure Tarnung. Ihr müsst den Mann davon überzeugen, Reporter zu sein, die den König zu seinem bevorstehenden Auftritt bei den Vereinten Nationen im nächsten Monat interviewen wollen."

Baz' Stimme war als nächstes zu hören. „Euer Mann Adam sagt, es sei ihm gelungen, in das System des Sekretariats des Königs einzudringen, so dass, wenn er auf den Kalender schaut, dieser ihm sagen wird, dass er euch hier abholen soll."

Mit dem Schnaps. Schön.

„Habt ihr Jungs eure Presseausweise? Jetzt sagt mir nicht, dass ihr zu faul wart und sie im Auto vergessen habt. Ihr wollt doch nicht etwa die netten Leute enttäuschen, die die ganze Nacht dafür aufgeblieben sind, sicherzustellen, dass eure Tarnung wirkt." Die Frage klang affektiert, doch Ian war sich recht sicher, Ten ginge davon aus, dies sei sein Einsatz.

Er war im Begriff, das Gegenteil herauszufinden.

„Ich hab' sie", antwortete Ian. Es hatte ihnen eine Menge Mühe gemacht, um einen sehr respektabel aussehenden Ausweis hinzubasteln. Er sollte ein Reporter namens Brian Klein von *Newsweek* sein. Sean war sein Fotograf. Es war ein ausgeklügelter Plan in der Art, den sich Agenturen wie die CIA und der MI6 gerne ausdachten. Ian hätte schwören können, dass die meisten Agenten eigentlich Belletristik schreiben sollten. Sie konnten so verdammt überdramatisch sein. Er und Sean sollten die Yacht des Königs von Loa Mali unter dem Deckmantel, Reporter zu sein, die nach Neuigkeiten aus waren, infiltrieren, um herauszufinden, ob Kash etwas wusste, ohne ihm zu sagen, was sie vorhatten.

Es war ein dummer Plan und funktionierte sehr wahrscheinlich nicht. Einfachheit war hier gefragt. Er musste die Aufmerksamkeit des Königs erregen. Der König war nicht dafür bekannt, dass er Reporter mochte. Doch Ian wusste, was der Mann mochte.

„Also, wo ist unser blinder Passagier?", fragte Sean. Er hatte der Planänderung von ganzem Herzen zugestimmt, und Simon war oben am Fort, um sicherzugehen, dass sich niemand dazu entschied noch rechtzeitig runterzulaufen und es zu vermasseln.

Ian konnte sich ein Grinsen nicht verkneifen, als er den Strand hinunterblickte. Charlie war in ihren Jeep gesprungen, nachdem sich der Rest zum Fort aufgemacht hatte. Sie hatte den Kopf gesenkt gehalten, als sie ein paar Meilen die Palolem Road hinuntergefahren waren. Jetzt war sie auf dem Weg zu ihnen und trug genau das, was Ian sie gebeten hatte, zu tragen. Er hatte den Bikini zusammen mit ihrer anderen Kleidung liefern lassen, bevor sie die USA verlassen hatten. *Dem Himmel sei Dank, dass es persönliche Einkäufer gab.* Ihm stockte fast der Atem, als er sie ansah. Ungeachtet des Bikinis sah sie unschuldig aus, verdammt engelsgleich mit all ihrem Haar und den sanften Augen. Sie sah nicht zu ihm rüber, während sie sich ihnen näherte, sondern schlenderte einfach zum Strand hinunter, als ob sie sich um nichts auf der Welt scherte. Sie konnte so gehorsam sein, wenn sie es wollte. „Da kommt sie. Glaubst du, sie schafft es?"

„Ian, wir haben ein Problem", sagte Damon, seine Stimme hob sich mit dem Grad der Dringlichkeit. „Es sieht so aus, als wäre dein Mädchen aus dem Nest entflohen. Großer Gott. Ich glaub', sie versucht, deine Aufmerksamkeit zu erregen, Kumpel. Das könnte äußerst schlimm ausgehen. Ich glaub', du versohlst ihr nicht oft genug den Hintern."

Oh, sie fesselte seine komplette Aufmerksamkeit. Seine Frau. Seine Sub. Seine. Nur seins. Fuck, er war in sie verliebt und es fühlte sich verdammt gut an. Es fühlte sich so verfickt gut an, die ganze Scheiße hinter ihnen zu lassen. Sie fingen nicht wieder von vorne an. Das wollte er nicht. Er wollte keinen Moment mit ihr missen, auch nicht die schlechten. Auch die schlechten gehörten dazu. Doch sie waren nun ein unbeschriebenes Blatt.

Sie kam auf ihn in einem weißen, irre kleinen Bikini zu, der jede ihrer üppigen Kurven zur Geltung brachte. Der Strand war voller schöner Frauen, viele durchaus schlanker und eleganter als sein Baby, doch sie stank quasi nach Sex für ihn. Charlie bewegte sich mit dem Selbstbewusstsein einer Frau, die sich in ihrer Haut wohlfühlte, und das veranlasste jeden Mann, der Augen im Kopf hatte, sie mit seinen Blicken zu verfolgen.

Sean schüttelte den Kopf. „Verdammt. Ja, ich glaub', sie erledigt den Job. Was ist los mit dir? Du hast gesagt, dass sie einen Badeanzug trägt, keine Pasties und einen Tanga. Würde ich Grace dabei erwischen, wie sie außerhalb eines Clubs so wenig Kleidung am Leib hat, würd' ich ihr den Hintern versohlen."

Wann war sein Bruder so prüde geworden?

„Ich bin nicht beunruhigt." Er zwinkerte ihr zu, als sie an ihnen vorbeiging. Ihr erdbeerblondes Haar glänzte, wie es schwungvoll an ihrem Rücken hinabhing. Sie ließe sich dieses Haar niemals abschneiden, wenn es nach ihm ginge. Es reichte ihr fast bis zum Arsch. Es war perfekt, um sie beim Sex festhalten und kontrollieren zu können. Er kriegte einen Ständer, als er sah, wie sie ihren reizvollen Hintern beim Flanieren bewegte. „Sie können so viel gucken, wie sie wollen. Ich bin zuversichtlich, jeden zu töten, der sie anfasst."

Es machte ihm nichts aus, dass sie schauten. Er hatte Verständnis dafür. Charlies Sexappeal rührte von weit mehr her als ihrem kurvenreichen Körper. Ihre Bewegungen ließen keine Spur von Verlegenheit erkennen. Sie hatte sich schon lange vorher akzeptiert. Er war es, der sie in diesen schönen Zustand versetzt hatte. Als er sie das erste Mal getroffen hatte, war sie wunderschön gewesen, jedoch verschlossen. Wie eine aufkeimende Blume, die Licht bedurfte, um zu erblühen.

Jetzt leuchtete sie. Sie leuchtete, weil sie ihn liebte.

Ruhe war in seine Seele gekehrt. Etwas, das immer in seinem Kopf herumgeschwirrt war, hatte endlich nachgelassen und seinen natürlichen Platz gefunden, weil sie hier war.

„Ian, du musst sie aufhalten", sagte Damon, seine Stimme war jetzt angespannt. „Sie wird den Plan ruinieren."

Ian erhob sich. Er war ähnlich gekleidet wie sein Bruder. Es war bequem, und er hatte nicht wirklich die Absicht, heut Nachmittag zu schwimmen, also hatte er sich damit abgefunden. „Der Plan hat sich geändert, liebe Freunde."

Er und Sean begannen, den Strand entlang zu laufen. Charlies Kielwasser folgend nahm niemand wirklich Notiz von ihnen.

„Ich denke, der Kerl sabbert schon", betonte Sean. „Du hattest völlig recht. Die überprüfen die Frauen überhaupt nicht. Was denkt er sich nur?"

„Er denkt sich, dass er flachgelegt werden will." Er hatte sich Kamdar kurz genauer angesehen. Er war dafür bekannt, schöne Frauen auf sein Boot einzuladen. Er fand sie vermutlich, indem er das Ufer wie ein perverser Spanner im Auge behielt, um dann seine Männer loszuschicken und sie zu ihm zu bringen. Die Männer hingegen, die auf das Boot kamen, durchliefen wahrscheinlich strenge Kontrollen.

Der Laufbursche des Königs war, in der Tat, am Sabbern. Er war aus dem Boot gestiegen, um es zurück ins Wasser zu schieben, doch er hatte in dem Moment aufgehört, als er Charlie erblickt hatte.

„Du kommst also von der großen Yacht da draußen? Wow, das ist echt beeindruckend."

Charlie klang zuckersüß und leicht dümmlich, während sie auf die Megayacht zeigte. So ganz anders, als sie klang, wenn sie ihm die Hölle heiß machte. Komischerweise fand er sie viel sexier, wenn sie den Mund aufmachte.

„Ja", antwortete der Mann, der sogleich seine Brust aufblähte. „Das ist das Boot meines Königs. Es ist eine der größten Yachten der Welt. Sie ist fast einhundert Meter lang und hat alles, was du dir wünschen kannst. Purer Luxus. König Kaschmir ist der größte König der Welt."

Charlie lachte, ein kleines Gekicher. Sie könnte ein so freches Schulmädchen abgeben. Ein kurzes Röckchen angezogen, die Haare zu geflochtenen Zöpfen hochgesteckt, und er könnte sofort loslegen. „Er muss wirklich reich sein."

„Sowas von reich. Ich steh' dem König sehr nahe. Vielleicht magst du dir das Boot ansehen, ihn kennenlernen? Ich könnte das arrangieren."

Ja, Ian konnte sich vorstellen, was Charlie das kostete. Der Mann war ihr näher gekommen, sie fast berührend. Zum Glück war ihr Mann da, um ihr ihren süßen Rücken freizuhalten.

Er legte den Arm um sein Mädchen, während sich sein Bruder hinter den Mann schob, dem Wichser seine SIG in den Rücken stoßend.

Der Fahrer riss die Augen auf, er schrie jedoch nicht. „Das Mädchen ist wie eine Schwester für mich. Ich wollte mich nur vergewissern, dass sie in Sicherheit ist. Es gibt so viele schlechte Elemente hier, wissen Sie."

Ja, zwar kaufte Ian ihm das nicht ab, doch er war beeindruckt von dem ruhigen Auftreten des Mannes. Es schien, als bildete der König seine Angestellten gut aus. „Hör zu, Kumpel, folgendermaßen wird es ablaufen. Du wirst uns zu deinem König raustreiben lassen, und wir werden ein nettes, langes Gespräch mit ihm darüber führen, dass seine verdammte Geheimdienstabteilung voller Idioten ist."

Der Mann schüttelte den Kopf. „Ich weiß nicht, wovon Sie reden, Sir. Ich arbeite für einen Hollywood-Star. Ein sehr großer Star. Schläft mit vielen Frauen. Hat wahrscheinlich viele Krankheiten. Da wollen Sie nicht hin. Ganz übel. Das Boot ist eine schwimmende Geschlechtskrankheit."

Ian verdrehte beinahe die Augen. „Hören Sie, ich weiß, dass es sich da draußen nicht um George Clooney handelt, also lassen wir den Quatsch. Das ist der König von Loa Mali, und es gibt CIA-Agenten und MI6-Agenten, die ihn vom Fort aus beobachten. Wenn er herausfinden will, warum, dann müssen Sie uns alle dorthin bringen. Ich sage Staatschefs gern persönlich, wie tief sie in der Scheiße stecken."

„Du bist ein verdammter Mistkerl, Taggart." Damon Knight war von seinem Manöver nicht beeindruckt, soviel stand fest. Seine Stimme klang nun hart und wütend in Ians Ohr. „Wenn du das verkackst, ist unser Deal geplatzt. Hast du mich verstanden?"

Ian zog sich den Hörer aus dem Ohr. Er brauchte sich nichts von den billigen Plätzen anzuhören. Er ließ ihn in seiner Tasche verschwinden, obwohl er ihn gern weggeworfen hätte. Er mochte das verdammte Ding später noch brauchen. „Na gut, die sind im Moment scheiße sauer auf mich, doch ich denke, dein König und ich finden schon eine Lösung, ohne diese Wichtigtuer mit einzubeziehen."

Sean zuckte zusammen. Er konnte seinen Ohrstecker noch nicht rausziehen. Es sah aus, als kriegte er die volle Wucht ihrer Frustration ab. „Sie sind auf dem Weg, Bruder. Oder zumindest versuchen sie, hierher zu kommen, bevor wir abhauen können."

„Verstehen Sie, wenn wir jetzt nicht aufbrechen, wird es auf der Party Ihres armen Königs von neugierigen Arschlöchern nur so wimmeln. Will er das wirklich? Wir spielen hier so was wie die Guten." Er nickte Sean zu, der seine SIG zurück in die Tasche schob und von dem Kerl abließ. „Verstehen Sie, das war nur, um Ihre Aufmerksamkeit auf uns zu lenken. Sagen Sie Ihrem Boss, dass wir unsere Waffen abgeben, sobald wir auf dem Boot sind. Wir wollen nur reden. Ihm droht von mehreren Fronten aus Gefahr. Wenn er mit uns redet, kann es eine ruhige Unterhaltung werden. Wenn er auf sie wartet, nun, dann wird die Regierung involviert und ein Shitstorm mag heraufziehen."

Sie hörten ein Knistern, als das Funkgerät im Boot zum Leben erwachte. „Bring sie her, Taral. Ihr wollt euch vielleicht beeilen. Ich beobachte das Fort, und sie haben schon recht, was den Grad der Aktivität da oben angeht. Und, Taral, lass die Frau nicht zurück. Ich freue mich so sehr darauf, sie kennenzulernen."

Der König von Loa Mali würde herausfinden, dass Ian ihm seine königlichen Eier genauso schnell abreißen konnte wie gewöhnliche. Er half Charlie ins Boot und hüpfte hinter ihr hinein. Sean und Taral schoben das Boot zurück in die Brandung. Sean sprang hinein und

Taral zog sich mit geübter Hand hinterher. Jetzt, wo er die Erlaubnis seines Chefs hatte, schien er nur noch zu lächeln.

„Willkommen an Bord. Mein König wünscht, Sie zu sehen. Vielen Dank, dass Sie mit uns gekommen sind und Sie mir nicht in die Nieren geschossen haben. Ich hab' gehört, dass das sehr schmerzhaft sei."

Er schaltete den Motor ein und begann, das Boot herumzumanövrieren.

Sean zog sich den Hörer heraus und steckte ihn ein. „Bruder, Ten hat gerad' erklärt, wie er dich fertig machen will. Er scheint sehr kreativ zu sein, wenn es um heiße Schürhaken geht. Du solltest auf deinen Hintern aufpassen. Ich glaub' nicht, dass er vorhat, ein Gleitgel zu benutzen, wenn du verstehst, was ich meine. Er ist zudem wegen der Affen angepisst. Laut Simon sind sie genauso sexuell aggressiv wie Ten selbst."

Charlie lächelte leicht. „Es klingt, als hätten sie ein genauso kritisches Urteilsvermögen wie Ten."

Ian drehte sich um, auf den Strand schauend. Es war immer noch ruhig und friedlich. Wenn Damon und die anderen erst einmal merkten, dass sie ihn nicht aufhalten konnten, würden sie das Tempo drosseln und versuchen, das Schiff nicht aus den Augen zu verlieren. Es war ihm scheißegal, dass die CIA angepisst wäre. Das war seine Operation. Seine Frau war in Gefahr, seine Leute, und er würde sich weder von Ten noch sonst jemandem sagen lassen, wie er das händeln sollte. Er brauchte das Vertrauen dieses Mannes, und das erlangte er nicht durch Lügen. Er hatte nur eine einzige Chance, King Kash auf seine Seite zu bringen.

Charlie stand am Bug des Bootes, ihr Haar peitschte im Wind. Er ging auf sie zu. Seitdem ihm bewusst war, was für ein stures Arschloch er war, wollte er sie die ganze Zeit berühren, wollte ihr nahe sein. Er kämpfte nicht gegen den Drang an. Nicht mehr. Sie war sein. Wenn es ihr nicht gefiel, dass seine Hände immerzu auf ihr waren, dann hätte sie sich nicht für ihn entscheiden sollen.

Als er seine Arme um sie schlang, lehnte sie sich sofort zurück, ihre Körper passten genau zueinander.

„Ian, glaubst du, er beobachtet uns?" Sie musste die Stimme heben, um gegen den Lärm des Schnellbootes anzukommen, das auf die Wellen schlug und sie immer näher an die Yacht brachte.

Nelson. Sie wollte wissen, ob Nelson sie beobachtete, sich wohl bei ihrem Anblick einen runterholen wollte. Gott, er würde den Wichser dafür umbringen, dass er ihr das Gefühl der Unsicherheit gab. Sie sollte sich immer sicher fühlen in dem Bewusstsein, dass ihr Mann auf sie aufpasste. Er kuschelte sich an sie. Gott, wie hatte er nur ohne dieses Gefühl leben können? „Mach dir keine Sorgen. Ich werd' mit ihm fertig."

Das müsste er, denn er wusste genau, dass Nelson sie beobachtete. Jetzt wusste er, dass sie hier waren. Er wäre im Zugzwang, und Ian musste bereit sein. Nelson würde hinter ihm her sein und erbarmungslos gegen ihn vorgehen. Sobald er konnte, würde er dafür sorgen, dass sich Charlie an einem sicheren Ort befände. Sie würden mit dem König reden, und er würde sie mit Sean verstecken.

Dann könnte er der Köder sein.

Sie nahm die Hände hoch, hielt seine umschlossen, hielt ihn fest. „Ich weiß, dass du das wirst, Gebieter."

Dieses Mal vertraute sie ihm ihr Leben an, und das Leben ihrer Schwester. Und alles, was ihr wichtig war. Sie lief nicht mehr vor ihm weg oder versuchte, die Dinge zu kontrollieren. Sie vertraute ihm, so wie er ihr vertraute, wenn es um die russische Mafia ging. Sie war klug und hatte einen guten Instinkt. Er würde sich auf sie stützen, doch genauso wichtig war es, dass sie sich auf ihn stützte.

Er legte seinen Mund direkt an ihr Ohr. „Weißt du, wie sehr ich dich liebe?"

Es kam jetzt so leicht über die Lippen. Er liebte sie mit allem, was er hatte.

Er spürte ihr Lächeln an seiner Wange. „So sehr, wie ich dich liebe. Gott, Ian, ich liebe dich so sehr."

„Und du siehst verdammt heiß aus in dem Bikini." Er drückte sie fest an sich, als das Boot an die Yacht heranfuhr.

Eine Gruppe gut bewaffneter Sicherheitsleute wartete oben auf dem Unterdeck, als Taral das Schnellboot fachmännisch festmachte. Es war winzig im Vergleich zu der massiven Yacht. Er machte sich einen kurzen Moment lang Sorgen, doch Sean stand hinter ihm. Sean wusste, was zu tun war. Er sah sich noch einmal zu seinem Bruder um und sie tauschten einen langen Blick zwischen einander aus. Seiner Frau gab er einen Kuss auf den Kopf.

Sean nickte, offensichtlich begreifend, dass Charlie an erster Stelle stand. Ihr Leben war wichtiger als das von Ian. Sean schlug seinem Bruder als Zeichen seiner Zuneigung leicht auf den Rücken. Sie hatten eine Menge gelernt. Das brüderliche Band, das sie teilten, schloss nun auch ihre Frauen und Kinder ein, und diese kostbaren Wesen kamen vor allem anderen.

„Gebt eure Waffen ab!", befahl ein großer Wachmann mit halbautomatischer Waffe in stark akzentuiertem Englisch.

Ian ließ Charlie hinter sich laufen. Wenn sie den Finger am Abzug hätten, müssten sie erst durch ihn durch, er bezweifelte jedoch, dass sie das Feuer eröffneten.

Er hätte ihn seine Frau niemals begegnen lassen, wenn er auch nur für einen Moment das Gefühl gehabt hätte, dass Kamdar ihr etwas antun würde. Nein, der König von Loa Mali hatte eine Schwäche für Frauen. Für alle von ihnen. Er hatte Gesetze gegen häusliche Gewalt erlassen, die den Westen frauenfeindlich aussehen ließen. Er ermutigte die Frauen seines Landes, aufs College zu gehen und hochrangige Jobs anzunehmen.

Dem König ging der Ruf eines Liebhabers voraus, nicht der eines Kämpfers. Er entledigte sich regelmäßig seines Sicherheitspersonals, um einer Frau hinterherzujagen.

Ian übergab seine SIG, hielt es aber nicht für nötig die Messer zu erwähnen, die er am Körper trug, oder die kleine Pistole, die er im Stiefel versteckt hielt. Er hatte nicht vor, auf alles zu verzichten.

Sean händigte seine Primärwaffe ebenfalls aus, sein Bruder war hingegen tödlich im Umgang mit Messern, und die trug er am ganzen Körper.

„Lassen Sie die Frau jetzt hochkommen", sagte der Wachmann.

Er schüttelte den Kopf. Er konnte Charlie nicht hochlassen, bevor er sich nicht sicher sein konnte, mit ihr auf dem Boot zu sein. Auf keinen Fall. Auf gar keinen Fall. „Ich komme zuerst hoch."

Der große Kerl sah ihn stirnrunzelnd an. „Ich sagte, reich mir das Weib hoch."

„Halt dich zurück, Kaj." Eine sanfter klingende Stimme war zu hören. „Er beschützt seine Geliebte. Das ist gut. Es fällt mir leichter zu glauben, dass er aus den von ihm genannten Gründen hier ist. Ich hab' die Erfahrung gemacht, dass Spione sich nicht viel aus ihren Partnern machen. Kommen Sie. Kommen Sie."

Der König von Loa Mali drängte sich an die Spitze der kleinen Menschenmenge. Es war unmöglich, ihn zu verwechseln. Er beherrschte die anderen Männer, obwohl er leise sprach. Er sah Ian fest in die Augen, und sie tauschten einen langen Blick aus.

„Sie wird in Sicherheit sein. Sie werden eine sichere Überfahrt haben. Bitte kommen Sie an Bord. Ich möchte hören, warum die Amerikaner und Briten so an mir interessiert sind."

Ian trat als Erster vor und ließ sich an Bord ziehen. Sofort drehte er sich um und fasste nach seiner Frau, zog sie hoch und wieder in seine Arme. Er trat zurück und hielt sie dicht bei sich, während Sean an Bord kletterte.

Charlie blieb hinter ihm, hielt seine Taille umklammert, um ihn wissen zu lassen, dass sie da war.

König Kash Kamdar trat auf ihn zu. Er war ein großer Mann von über ein Meter neunzig, mit wohlgeformtem Körper und einem Gesicht, für das die meisten Frauen sterben würden. Seine Haut glich goldenem Karamell und perfekt weiße Zähne glänzten, wenn er lächelte. „Willkommen, Mr…"

„Taggart. Ian Taggart."

„Mr. Taggart, Sie haben eine wunderschöne Frau mitgebracht. Ich nehme an, dass sie nicht für mich ist? Vielleicht hat die CIA ihre Taktik geändert und tatsächlich herausgefunden, dass ich viel besser auf das schönere Geschlecht anspreche?"

Ian war nicht überrascht, dass der König zuvor schon mit der CIA zu tun gehabt hatte. Das waren echt neugierige Wichtigtuer. „Das ist meine Frau. Sie geht dahin, wo ich hingehe. Wenn Sie verstehen wollen, was hier passiert, müssen Sie dafür sorgen, dass sie nie aus meinem Blickfeld verschwindet."

Der König streckte die Hand aus, ergriff ihre Hand und brachte sie mit einem galanten Kuss an seine Lippen. „Mrs. Taggart, es ist mir ein Vergnügen, Ihre Bekanntschaft zu machen. Ihr Mann ist ein interessanter Mann. McKay-Taggart ist eine private Sicherheitsfirma, deren Personal bekannt dafür ist, ehemalige Spezialkräfte zu sein."

Also hatte Kamdar ein paar kluge Köpfe, die für ihn arbeiteten. „Gesichtserkennung?"

Es schauderte ihn, als sei nur die Vorstellung geschmacklos. „Das überlasse ich den schlauen Männern. Ich find sie äußerst nervig. Sie sind sarkastisch und schwer kontrollierbar. Ich denke oft, ich sollte sie den Haien überlassen, doch sie leisten gute Dienste. Verstehen Sie, was ich meine?"

Das tat er. Adam war eine Nervensäge, doch er machte seinen Job. „Und sie arbeiten auch schnell."

„Ja, denn ich nehm's ernst, wenn jemand meinem Mitarbeiter eine Waffe an den Rücken hält. Ich wusste Ihren Namen innerhalb weniger Augenblicke. Ich wollte nur sehen, ob Sie mich anlügen würden. Sie müssen mir verzeihen. Tarals Familie arbeitet seit vielen Jahren für meine. Ich nehme die Sicherheit aller meiner Angestellten sehr ernst. Deshalb lasse ich sie beobachten, wenn sie das Schiff verlassen. Die Welt kann ein gefährlicher Ort sein. Bitte folgen Sie mir. Auf dem Deck steht ein Mittagessen bereit. Sie können sich all meine hübschen Damen ansehen." Er streckte eine Hand aus, sie anweisend, in Richtung Treppe zu gehen, die zum Oberdeck führte. „Sie sind sein Bruder? Sean?"

„Ja. Ich bin nur hier, um auf meinen Bruder aufzupassen, Eure Hoheit", antwortete Sean. „Ich bin nicht mehr im Geschäft."

„Sie haben beide eine vorbildliche Dienstakte", sagte der König. „Ich vermute jedoch, Mr. Taggart hat einige Zeit bei der CIA verbracht. Nun, mein unausstehlicher Computerguru vermutet das. Wann wurde die Welt so auf den Kopf gestellt? Jetzt sind wir alle Geisel dieser Freaks."

Ein hagerer junger Mann mit gelehrtenhafter Brille sprach stirnrunzelnd und überhastet in Hindi zum König, wobei ihm der Sarkasmus aus jeder Pore zu triefen schien. Er wechselte ins Englische, das er mit einem nahezu perfekten britischen Akzent sprach. „Wenn mein König der Sicherheit so viel Aufmerksamkeit schenken würde wie den weiblichen Körperteilen, wären wir alle viel sicherer. Wir sollten sie alle zweimal im Jahr überprüfen. Wir sollten ihre Konten überprüfen, verstehen, wohin sie gehen, mit wem sie sich treffen."

Der König schüttelte den Kopf. Es war offenbar ein bekanntes Argument. „Ich spioniere meine Angestellten nicht aus, Chapal. Das haben wir doch schon besprochen."

Der junge Mann mit der Brille warf die Hände in die Höhe und ging davon, wieder auf Hindi murmelnd. Ja, gut zu wissen, dass Adam auf jedem Kontinent einen Klon hatte.

Der König verdrehte die Augen. „Er ist auch mein Cousin. Es ist mir nicht erlaubt, ihn hinzurichten. Meine Mutter würde mich umbringen. Manchmal sehne ich mich nach den alten Zeiten, als ein Mann seinen Harem und absolute Macht hatte."

Leider musste Ian Chapal in diesem Punkt zustimmen. Der König war naiv.

Ian erreichte das Oberdeck und machte eine schnelle Bestandsaufnahme. Das verdammte Boot war größer als sein Haus. Der König lenkte sie zum Heck des Schiffes, wo sich ein großer Außenbereich mit Sofas und Chaiselongues befand. Seitlich stand ein riesiges Buffet, das aussah, als sei es erst kurz zuvor angerichtet worden. Es gab Obst und kräftig grünes Blattgemüse mit einem wunderbar duftendem Curry.

Drei schöne Frauen lagen auf dem Deck, die sich sonnten. Sie kicherten, als der König vorbeilief. Zwei von ihnen trugen nichts außer Bikinihöschen. Bei der dritten handelte es sich um eine anmutige Asiatin, die einen seidig-glänzenden Einteiler trug und ihr pechschwarzes Haar zu einem Dutt hochgebunden hatte. Er erhaschte einen flüchtigen Blick auf ihr Gesicht, wendete sich aber ab, bevor sie in seins sehen konnte.

Verdammt. Er hoffte, dass seine Frau stets auf dem Trip war, ihm für all seine vergangenen Verfehlungen zu vergeben. Er wünschte sich, diese Karte nicht ausspielen zu müssen.

Der König gestikulierte ihnen zu, sich zu setzen, als sich die Yacht wieder in Bewegung setzte. Das Boot war so groß, dass Ian die Bewegung kaum spürte. Ein Diener im Smoking brachte vier Kristallgläser und eine Flasche gefüllt mit etwas, das wie dunkler Likör aussah.

„Ist es das, was ich denke, dass es ist?", fragte Sean leicht lächelnd.

Der König schenkte das alkoholhaltige Getränk in die Gläser ein. „Old Monk. Der beste Rum der Welt." Er nahm einen großen Schluck. „Er wird in Indien hergestellt. Sie machen keine Werbung dafür. Ich bin überrascht, dass Sie ihn kennen. Sie müssen weit gereist sein."

Sean wartete, bis der König einen tiefen Schluck genommen hatte, bevor er selbst probierte. Ian war froh, dass sein Bruder nicht völlig aus der Übung war. „Ich arbeite mit einigen Chefs de Partie, also Stationsköchen, zusammen. Sie bringen Flaschen mit, wenn sie von zu Hause zurückkehren. Sowas kriegen wir nicht in Texas."

Ian nahm einen Schluck, seine Zunge wurde von einem reichen, fast vanilleartigem Geschmack überzogen. Er war jedoch nicht des Trinken willens hier. „Sie wissen also, dass Sie im Visier eines Ex-CIA-Agenten sind, der, wie ich glaube, jetzt freiberuflich für verschiedene Auftraggeber tätig ist?"

Der König lehnte sich zurück, auf seinem Gesicht nicht die geringste Spur Überraschung. „Mr. Taggart, ich bin König eines kleinen Landes, das fast niemand kennt. Wir sind eines der kleinsten Länder der Welt."

„Mit sehr wichtigen Ressourcen", betonte Charlie.

„Doch begrenzt im Vergleich zu anderen", argumentierte der König. „Es gibt keinen Grund, mich ins Visier zu nehmen. Ja, wir haben Öl, wenn Sie allerdings die Fässer, die wir produzieren, zusammenzählen, ist das ein Tropfen auf den heißen Stein. Wir haben hier auf unserer Insel auf Biodiesel umgestellt. Das Öl liefert nette Erträge, jedoch keinen Anlass, weswegen irgendwer einen Krieg führen würde. Der größte Teil unserer Einnahmen kommt jetzt aus dem Tourismus. Können Sie sich im Ernst vorstellen, dass irgendjemand in das arabische Meer einfällt, wie in Hawaii?"

Ja, das konnte er sich gut vorstellen. Alles, was er brauchte, war eine Sub, drei Teams, die verdeckte Operationen durchführen, und eine ordentliche Menge an C-4. Wenn er erstmal die Kommunikationssysteme des Landes, die Flughäfen und seine Kernstadt übernommen hätte, könnte er sich leicht als der neue König von Loa Mali krönen lassen. Glücklicherweise wollte er gar keine Krone. „Ich glaub', Sie trauen den Männern zu wenig zu, oder vielleicht ist Ihre Sichtweise auf Reichtum etwas verzerrt. Die Hunderte von Millionen, die Ihr Öl einbringt, sind sicherlich genug, um einige Kriege auszulösen."

Der König winkte ab. „Bah, ich spiel' das Spiel mit. Ich handle mit der OPEC und den USA. Sie haben keinen Grund, hinter mir her zu sein. Sie klingen sehr nach meiner Mutter. Sie fleht mich ständig an, eine Familie zu gründen und Erben zu zeugen, damit die Linie gesichert ist, doch ich hab' einen sehr feinen Neffen, der übernehmen kann, wenn sie mich erwischen."

„Ich glaub' nicht, dass es hier um einen politischen Coup geht."

Der König spielte mit seinem Glas herum, fuhr mit dem Finger über den Rand. „Die CIA würde es lieben, wenn ich etwas täte, das den Zorn der demokratischen Welt auf mich richten würde, nicht wahr? Na schön. Vielleicht wollen sie ja mein Öl. Genau wie Indien. Sie müssen wissen, dass sie meine schöne Insel gern' verschlingen würden. So viel Drama um eine Ressource, die in 100 Jahren aufgebraucht sein wird. Vielleicht sogar weniger."

„Sie sind wegen Peak Oil besorgt?" Es war ein Begriff, den die Medien und Ökonomen benutzten, um den Kipp-Punkt zu beschreiben, an dem der Weltvorrat an Öl zu mehr als fünfzig Prozent verbraucht war. Es wurde darum gestritten, ob der Planet bereits dort angekommen sei.

Der König lehnte sich vor, sein Gesicht wurde ernst. „Jeder sollte darüber besorgt sein. Die Welt wird jetzt von Unternehmen regiert. Wenn ich mich, sagen wir mal, als schrecklicher Diktator erweisen würde, wissen Sie, wer als Erster in der Schlange stände, um Ihre Regierung zu bitten, mein Volk vor Menschenrechtsverletzungen zu schützen? Die Ölkonzerne. Sie sind wahrscheinlich gefährlicher für mich als jede Regierung."

Diese besonderen Interessengruppen scherten sich nicht um die Bürger von Loa Mali. Sie scherten sich darum, ob die dortige Ölindustrie verstaatlicht werden würde. Doch zumindest standen er und der König jetzt auf derselben Seite. „Ich glaub', der Mann arbeitet womöglich für eine Ölgesellschaft. Fällt Ihnen etwas ein, warum er Sie im Visier haben sollte, wenn ein Mord an Ihnen nichts an der politischen Lage in Ihrem Land ändern würde?"

„Ich hab' mehrere Projekte am Laufen", gab der König zu. „Ich denke jedoch, Sie sind allzu pessimistisch, Mr. Taggart. Daran ist nichts Außergewöhnliches. Wenn mich jemand beobachtet, ist das normal. Es ist nichts, womit mein Sicherheitsteam nicht fertig wird."

Er hatte nur ein paar bewaffnete Männer gesehen. Nelson würde sich nicht allein auf das Schiff schleichen.

Fuck. Nelson würde jemanden schicken, um den König abzulenken. Wie er es schon einmal getan hatte. Chapal sollte seinen Wunsch erfüllt bekommen. Er würde einiges innerhalb kürzester Zeit ausspionieren müssen, denn es war unmöglich, dass sich hier niemand von Nelsons Team aufhielt.

„Wie gut überprüfen Sie Ihre Frauen?"

Der König runzelte die Stirn. „Was meinen Sie?"

Anscheinend hatte der König eine massive Schwäche. „Ich spreche von Ihren Sexualpartnern. Die Frauen auf diesem Schiff haben eine Sicherheitsüberprüfung durchlaufen, korrekt?"

Der König seufzte. „Sie klingen wie meine Wachen. Das sind bezaubernde Frauen. Sie sind Models und Schauspielerinnen. Sie sind absolut süß und harmlos für alles außer meiner Ausdauer. Komm her, kleine Blume."

Die Asiatin trat lächelnd vor. Sie war anmutig und gertenschlank, und Ian erinnerte sich, wie gut sie im Umgang mit dem Stiletto war, und dabei dachte er nicht an Schuhe. Zudem ging sie fantastisch mit einer Halbautomatik um, und er hatte eine Narbe, die das bewies. „Eure Majestät?"

Sie drehte sich plötzlich um und sah Ian an, ihr Blick plötzlich streng. Sie fluchte in Mandarin vor sich hin.

„Meine Eltern waren verheiratet, als ich geboren wurde", schoss er zurück. Sie verstand Englisch außerordentlich gut. Es war ihr möglich gewesen, ihn in mindestens drei verschiedenen Sprachen zu verfluchen.

Charlie setzte sich neben ihm auf, den Stimmungsumschwung der Frau offensichtlich spürend. Ihre Augen verengten sich. Ja, seiner Frau entging nichts. „Im Ernst, Ian?"

„Ich hatte ein buntes Leben, bevor ich dich getroffen habe, Liebes."

Sean hustete vor sich hin, doch seine Worte war nicht zu überhören. „Geiler Bock."

„Sie ist nichts, wovor ihr euch fürchten müsstet. Schöne Frauen brauchen Schutz. Es gibt so viele Männer da draußen, die sie nur ausnutzen würden." Der König führte ihre Hand an die Lippen. „Lin, bitte begrüße unsere Gäste."

Ian sah stirnrunzelnd zu ihr. Sie war eine der intelligentesten Agentinnen, mit denen er je zu tun gehabt hatte, und jetzt spielte sie Supermodel und vögelte die königliche Herrschaft? Wie tief die Mächtigen doch gefallen waren. Klar, sie war vermutlich zurückversetzt worden, denn er war mit dem Preis davongekommen.

„Lin? Im Ernst? Und sie haben dich zu einem Supermodel gemacht? Ich dachte, als wir uns das letzte Mal unterhalten haben, sagtest du, alle Models wären Dummchen ohne Hirn im Kopf." Er blickte wieder zum König. „Hätten Sie diese Blume genauer überprüft, hätten Sie herausgefunden, dass sie vom MSS ist, dem chinesischen Geheimdienst. Ihr Name ist Jiang Kun. Sie ist eine ihrer tödlichsten Agentinnen, ich vermute jedoch, dass ihre Mission eher vom Sammeln als von der Jagd geleitet ist."

Kun sah ihn finster an, als ein Sicherheitsbeamter hinter ihr auftauchte. „Nach allem, was ich für dich getan habe, Taggart?"

Der Körper seiner Frau spannte sich an, ein beleidigtes Schnauben ausstoßend.

„Du hast auf mich geschossen", erwiderte Ian. „Ich denke nicht, dass das unter zärtliche Behandlung fällt."

Sean schnaubte neben ihm. „Du hast sie auf dich schießen lassen?"

Er zeigte seinem Bruder den Mittelfinger und blickte zur MSS-Agentin. „Du bist nicht hier, um den König zu töten, richtig?"

„Natürlich nicht. Denn wenn ich es wäre, wäre er schon tot." Ihr Tonfall reine Arroganz jetzt. „So wie du es hättest sein sollen. Und ja, dich am Ende unserer Begegnung am Leben zu lassen, betrachte ich als zärtliche Behandlung."

Der König sah schließlich leicht verwirrt aus. „Moment. Sie ist kein Supermodel? Doch sie hatte doch eine Mappe."

Ian ignorierte ihn. Er hatte ein paar Fragen an die Agentin. „Was weißt du über Eli Nelson?"

Ein leichtes Grinsen kräuselte ihre Lippen. „Ich weiß, dass er ein größeres Problem ist, als ihr euch vorstellen könnt."

Das half nicht. Er war sich bewusst, dass Nelson ein verdammt großes Problem war. „Woran sind die Chinesen interessiert?"

Sie schüttelte den Kopf. „Ich beantworte deine Fragen nicht, Tag. Das solltest du mittlerweile wissen. Der König wird nicht zulassen, dass du mich folterst, also solltest du mich gehen lassen, und wir machen Schluss für heute."

„Foltern?" Der König erhob sich. „Du hast mich angelogen?"

Dunkelbraune Augen rollten. „Natürlich hab' ich gelogen. Allerdings nicht mit allem. Für mich wart ihr eigentlich eine recht angenehme Aufgabe, Eure Hoheit. Ich musste mich nicht mal verstellen. Und damit Sie's wissen, ich bin sicher nicht die Einzige. Ich glaub ', Nelson hat sein eigenes Mädchen an Bord, ich hab' aber noch nicht herausgefunden, wer. Wenn ich an seiner Stelle wäre, hätte ich zudem noch ein paar Wachen geschmiert."

„Wie kommst du darauf, dass er bereits Leute an Bord hat?" Sie war schon lange genug dabei, so dass Ian weiter suchen würde, wenn sie sagte, nicht die Einzige zu sein. Genauso wenig würde sie wollen, dass jemand anderes Erfolg hatte, wo sie versagt hatte.

„Jemand versucht, in das private Büro des Königs einzudringen", erklärte Kun. „Es ist das einzige Zimmer, das nicht mit einer Schlüsselkarte zu öffnen ist. Es hat ein sehr robustes Schloss und er besitzt den einzigen Schlüssel. Überprüf die Tür. Jemand hat versucht, das Schloss zu knacken. Ich sollte es wissen. Ich war aus dem gleichen Anlass dort, doch jemand war mir bereits zuvorgekommen. Er hat meistens fünf Frauen um sich herum. Zwei hat er gestern nach Hause geschickt. Ich bin mir nicht sicher, ob eine von ihnen nicht Nelsons Mädchen war. Die schwedische Blondine ist neu. Die amerikanische Blondine ist seit etwa zwei Wochen hier. Eine von ihnen mag von Nelson bezahlt sein."

Eine der Wachen begann, sie wegzubefördern.

Der König fuhr sich mit der Hand durchs Haar. „Das ist unglaublich. Ich hab' geglaubt, sie sei so süß. Und sie war so gut im Fellatio. Wenn das kein Zeichen eines großzügigen Wesens ist, weiß ich nicht, was es sonst ist. Verdammt noch mal. Chapal wird niemals Gras über die Sache wachsen lassen. Er wird sich bis zum Ende unserer Tage hämisch freuen."

Der König war also etwas naiv, was Frauen anging. Das würde er sich nun nicht mehr leisten können. „Sie müssen Ihr Team veranlassen, jede Frau an Bord dieses Schiffes zu durchleuchten."

„Was bewahren Sie in Ihrem Büro auf?", fragte Sean.

Der König nahm einen großen Schluck von seinem Old Monk, während er zusah, wie die Wache seine ehemalige Geliebte wegbrachte. „Die üblichen Dinge. Papiere. Meinen Computer."

Jetzt kamen sie weiter. „Auf diesem Computer sind Ihre Arbeitsdokumente gespeichert?"

„Auf ihm sind alle Forschungsergebnisse meines letzten Projekts gespeichert. Es ist ein sehr geheimes Projekt, müssen Sie wissen. Ich hab' eine Menge Geld hineingesteckt. Nur der Leiter des Projekts und ich bewahren die Dokumente auf. Ich hab' einen Schriftsatz bei mir und er hält den anderen auf dem Projektgelände. Ich will nicht, dass etwas durchsickert, bis ich endlich bereit bin, etwas Großes anzukündigen."

Deshalb also hatte Nelson noch nicht gehandelt. Er wollte diese Dokumente. „Es ist bereits durchgesickert. Eure Hoheit, ich muss Sie fragen. Wovon handelt Ihr Projekt?"

„Ich kann nicht darüber sprechen." Doch Ian sah, dass er bereits schwankte.

„Sie ist nicht die Einzige an Bord Ihres Schiffes, und ich kenn' den Mann, der Sie beobachtet. Er wird nicht zögern, sich jedem und allem zu bedienen, um zu kriegen, was er will." Es war Zeit, den König etwas zu manipulieren. Wenn der König einem Mann nichts verraten wollte, mochte er vielleicht einer weiblichen Bitte nachkommen. „Charlie, sag's ihm."

Sie legte ihre Hand in seine, als sie aufstand. „Er hat versucht, uns abzulenken, indem er Attentäter auf mich und meine ganze Familie angesetzt hat. Er war zu fast allem bereit, um sicherzugehen, dass wir ihn nicht aufhalten. Sogar Seans Tochter stand auf der Liste. Sie ist ein Baby. Er ist bereit, Frauen und Kinder zu töten, um an diese Forschung zu kommen. Ist es wirklich so wichtig, dass es ein Geheimnis bleibt, Eure Hoheit? Ich habe das Gefühl, es ist nur für die Leute ein Geheimnis, die Ihnen helfen wollen."

Der König verbeugte sich leicht vor ihr und traf dann seine Entscheidung. „Ich hab' mit einem sehr klugen Wissenschaftler zusammengearbeitet. Er hat seine Ausbildung in England und den USA genossen. Als er nach Loa Mali zurückkam, bat er um eine Audienz bei mir. Er sagte, er wolle etwas für die Welt tun. Etwas, um alles zu verändern. Daran war ich interessiert. In den letzten sieben Jahren hab' ich ihn finanziert und ihm Raum gegeben, wo er im Verborgenen arbeiten kann. Wir sind kurz vor einem funktionierenden Prototyp."

Die Haare auf seinen Armrücken begannen sich aufzustellen. Das war's. Das war's, was Nelson wollte. „Wie wollt Ihr die Welt verändern, Eure Hoheit?"

„Wir haben einen Weg gefunden, einen Verbrennungsmotor mit Salzwasser zu betreiben."

Bingo. Fuck. Ja, das wäre es sicher wert, dafür in den Krieg zu ziehen. Und es war größer, als Ian gedacht hatte. „Eure Hoheit, wir müssen Sie an einen sicheren Ort bringen."

„Was?" König Kash hob die Hände, als wolle er die Welt zwingen, sich zu verlangsamen. „Wovon reden Sie? Ich bin hier vollkommen sicher. Das ist mein Boot. Ich hab' meine Sicherheitsleute um mich herum. Ich wüsste nicht, wie ich woanders sicherer sein sollte."

Ein gewaltiger Knall ertönte durch die Luft, ein Krachen, das sogar auf der Haut und dem Meer zu spüren war. Diesmal schaukelte das Boot, als große Wellen dagegen schlugen.

Ian griff nach seiner Hörmuschel. Es war wieder Zeit für Verstärkung. „Simon, was siehst du?"

„Nicht viel. Da kommt eine Menge Rauch aus dem Westen. Doch es ist zu weit weg, um zu sehen, was da brennt. Warte, Knight sagt, er höre Nachrichten im Radio. Eine große Explosion. Irgendeine Ölplattform vor der Küste Loa Malis."

Fuck. Fuck. Und Megafuck. Er wandte sich an den König. „Sagen Sie mir, dass die Forschung nicht auf Ihrer Bohrinsel vorangetrieben worden ist."

Dem König klappte die Kinnlade herunter. „Ich dachte, niemand wüsste, dass wir dort arbeiten. Ich hab' spezielle Räume anfertigen lassen."

Sean fluchte. Er steckte auch seinen Ohrhörer wieder ein. „Ihre Plattform ist weg."

Wenn Nelson die Bohrinsel in die Luft gejagt hatte, dann hatte er vor, das Boot zu übernehmen. Er müsste an die Dokumente gelangen. Entweder war er schon in ihrem Besitz, oder er würde die Yacht überfallen.

„Ich hab' noch mehr schlechte Nachrichten, Boss" sagte Simon, er sprach leise. „Ihr habt Gesellschaft. Von Steuerbord. Sieht nach zwei schnell fahrenden Booten aus. Sie kommen aus Westen. Aus der gleichen Richtung wie die Explosion. Ich glaub' nicht, dass sie zum Tee kommen, Tag."

Ian rannte auf die rechte Seite des Schiffes, abseits der Küste. Tatsächlich bewegten sich zwei Boote auf sie zu, und es war unmöglich sie mit dem zu verwechseln, was sie waren.

Somalische Piraten. Er hätte wetten können, wer heute den Piratenkönig spielte.

Kapitel Achtzehn

Charlie spürte, wie ihr das Herz fast stehen blieb, als Ian ihre Hand ergriff. Alles war schief gelaufen, und sie war sich nicht mal sicher, was zur Hölle geschehen war. In einem Moment war die Welt noch recht seelenruhig gewesen, und im nächsten ging alles den Bach hinunter. Um sie herum eilten die Leute entweder Richtung Treppe oder zur Seite des Bootes, von wo aus sie die herannahende Havarie beobachten konnten.

„Wir müssen dich an einen sicheren Ort bringen, Baby. Ich will nicht, dass er weiß, dass du hier bist." Er begann, sie die Stufen zu den unteren Decks hinunterzuführen. Er riss sie brutal mit sich und zwang sie, den Blick vom Wasser abzuwenden, auf dem deutlich Schiffe zu erkennen waren, die sich von steuerbord der Yacht näherten. Sie hatte zwei mittelgroße Schiffe gezählt, alle mit voller Besatzung und, wie sie vermutete, voll bewaffnet.

„Er weiß bereits, dass ich hier bin. Können wir sie nicht abhängen?"

Der König schüttelte den Kopf. „Wir sind zu groß. Das sind somalische Piraten. Sie sind schnell und leistungsstark in diesen Gewässern. Sie werden in einer Minute aufgeholt haben." Er bläffte Befehle auf Hindi, und vier bewaffnete Wachen tauchten auf.

Sie traten an die Seite des Bootes und eröffneten das Feuer, ließen Kugeln auf die ankommenden Boote nur so herabregnen.

Die Welt wurde zu einer Kakophonie von Schüssen, als die Wachen damit angefangen hatten, die Yacht zu verteidigen. Ian ließ sich fallen, zog sie mit sich und bedeckte ihren Körper mit seinem.

Der König saß auf einem Knie gehockt neben ihnen. Chaos schien das Boot übernommen zu haben. Weibliche Schreie wurden von Salven stakkatoartiger Schüsse unterbrochen. Ihr gelang es, unter Ians Arm hervorzuspähen und sah, wie eine der Wachen von Kugeln durchlöchert wurde, die Waffe fallen ließ und deren Arme zurückgeworfen wurden, bevor er auf das Deck fiel und das Blut zu fließen begann.

Nelson war hier. Gott, er war hier, und dieses Mal würde er nicht nur so tun, als würde er sie töten. Dieses Mal würde er versuchen, sie alle zu töten.

„Wir müssen zum Schnellboot", sagte Ian, seine Stimme der einzige Ruhepol auf der Welt, wie es Charlie schien.

Der König schüttelte den Kopf. „Nein. Ich muss an meine Forschung gelangen. Wenn ich den Computer nicht krieg, ist alles verloren. Wenn er die Bohrinsel zerstört hat, ist das alles, was uns bleibt. Ich hab' Internet auf dem Boot. Ich kann's zumindest rausschicken. Ich muss es tun. Diese Art von Technologie könnte die Welt retten."

Sie konnte Ians Anspannung spüren. Er wandte sich dem König zu, während er sprach. „Es ist mir im Moment egal, ob ich die verdammte Welt rette oder ihr ein verficktes Geschenk mache. Mir geht es darum, meine Frau von diesem schwimmenden Grab zu holen."

Sean hielt eine P90 in der Hand. Er hatte sie der gefallenen Wache abgenommen. „Ich übernehm' ihn. Du schaffst Charlie vom Boot."

„Sean", begann Ian.

Eine Welt der Willenskraft war Sean Taggarts Gesicht eindeutig abzulesen. „Nein. Ich mach' Nelson kalt. Das tu' ich für meine Frau und meine Tochter, und du kannst mich nicht aufhalten, Bruder. Es gibt andere Auswege von diesem Boot, und ich werd' einen finden. Geh."

Der König nickte. „Ich hab' noch ein kleines Boot für Notfälle. Das machen wir so, und versuchen dann, selbst von hier wegzukommen. Sie nehmen Sie. Taral sollte sich noch nicht auf den Weg zur Garage gemacht haben. Das Schnellboot sollte noch auf der Backbordseite liegen. Bringen Sie sie zu Taral. Ich vertrau' ihm. Seine Familie hat meiner über Generationen gedient. Er wird sich darum kümmern. Ich schwöre es. Sagen Sie ihm, dass sein König dies befiehlt."

Ian fluchte kräftig und hielt die Hand an das Gerät in seinem Ohr. „Simon, bist du da?"

Sie war nah genug, um die Antwort kaum hören zu können. „Hier spricht Knight, Tag. Simon ist schon unterwegs, falls er sich auf dem Weg zum Wasser nicht das Genick gebrochen hat. Ich hoffe, er schwimmt so gut, wie er meint. Ten ist auf dem Weg zum Strand, und ich bin im Kontakt mit den indischen Behörden. Ihr werdet bald Verstärkung bekommen."

„Ist das Schnellboot an der Backbordseite des Schiffes einsatzbereit?", fragte Ian.

„Das scheint bestätigt werden zu können. Sobald die Schüsse fielen, hat der Fahrer das Boot wieder angeworfen. Er scheint auf jemanden zu warten, vermutlich auf den König."

„Charlie kommt rein. Richte Ten aus, er soll das Boot in Beschlag nehmen, wenn es den Strand erreicht, und seinen Arsch herbewegen, wenn er kann." Ian stand auf, ihr aufhelfend. „Wir müssen uns beeilen. Sie kommen näher. Halt den Kopf gesenkt, Baby. Sean, ich werd' zurückkommen und dich holen. Bleib mir am Leben."

„Ich beabsichtige nichts anderes." Sean war bereits auf dem Weg ins Innere der Yacht. „Kommen Sie, Eure Hoheit. Schnappen wir uns unser einziges Verhandlungsmittel."

Sean verschwand die Treppe hinab, gefolgt vom König.

Ian machte sich zur Backbordseite des Bootes auf, wo sie an Bord gegangen waren.

Eine Frau rannte an ihnen vorbei, näherte sich schreiend den Kabinen.

Ian sprang aufs Unterdeck, drehte sich herum und hielt ihr die Arme entgegen. Ohne zu zögern, sprang Charlie. Das Schnellboot war im Wasser, Taral stets am Ruder.

„Du musst sie von hier wegschaffen", sagte Ian.

„Wo ist der König?" erkundigte sich Taral und blickte zu den oberen Decks auf.

„Er kümmert sich um seine Geschäfte. Bring sie an Land, damit ich mich um meine kümmern kann." Er machte Anstalten, sie in das Bootes zu drängen.

„Du kommst nicht mit mir?" Es war eine dumme Frage. Sie wusste es in dem Moment, als ihr die Worte über die Lippen kamen.

„Baby, ich hab' momentan nicht mal eine Waffe. Ich kann dich nicht beschützen, während ich dabei bin, eine zu finden. Bitte."

Er konnte seinen Bruder nicht zurücklassen. Sie verstand das. Sean war hergekommen, um ihn zu unterstützen. Sean hatte ein Kind. Ian fühlte sich verantwortlich für Sean. Er bevorzugte Sean nicht vor ihr. Doch er war nicht in der Lage seinem Bruder zu helfen, wenn sie sich in Gefahr befand. Er verhielt sich einfach nur wie Ian Taggart.

Sie musste ihn so lieben, wie er war.

Sie küsste ihn, die Arme um seinen Hals schwingend. „Ich liebe dich. Bleib gesund."

„Der König bleibt?", fragte Taral. „Er bleibt an Bord?"

Ian starrte zu ihr hinunter, sprach jedoch zu Taral. „Bring' sie hier weg, und ich werd' euren König beschützen gehen. Ich soll dir ausrichten, dass er das befiehlt."

Taral hielt ihr eine Hand hin, um ihr an Bord zu helfen. Er ließ den Motor aufheulen.

Charlie beobachtete, wie Ian zurück zu den oberen Decks lief. Sein Körper bewegte sich mit einer raubtierhaften Anmut, als er die Treppe in Windeseile hinaufglitt. Er verschwand in den Kajüten des Hauptdecks.

Sie musste an Land, zu Simon gelangen. Sie fände einen Weg, um Ian und Sean zu helfen.

Das Schnellboot wurde verdammt schnell, hätte Taral den Motor voll aufgedreht.

Was er nicht tat. Er ließ sich das Boot verlangsamen und schlug dann eine schwungvolle Kurve weg vom Strand ein.

„Was machst du da?"

Er schüttelte traurig den Kopf, auch dann noch, als er einen Taser herauszog. „Was ich tun muss, meine Schöne, obwohl ich mir wünschte, der König wäre auch hier. Ich liebe meinen König, doch ich liebe auch meinen Kopf an meinem Körper."

Panik drohte sie zu erfassen. Sie fuhren in die falsche Richtung. Sie fuhren in Richtung der Piraten, und das Geschützfeuer verlangsamte sich. Das war kein gutes Zeichen, denn sie war sich recht sicher, es bedeutete, dass die meisten Wachen auf dem Schiff tot waren und die Piraten nur noch an Bord springen mussten und damit anfangen konnten, Leute abzuschlachten.

Sie musste etwas unternehmen, und zwar schnell. Sie musste hoffen, dass die Projektile des verfickten Tasers keine große Reichweite hatten. Noch während sie sich umdrehte, sprang sie, dann traf sie der Schock.

Ihr Kiefer verkrampfte sich, ihr Körper zitterte. Außer Kontrolle. Der Schmerz hörte nicht auf. Er raste weiter, ließ sie jeden einzelnen Nerv spüren.

Sie schlug auf das Deck des Bootes auf und versuchte, über irgendetwas die Kontrolle zurückzugewinnen, während die Elektrizität ihren Körper selbst in ein Schmerzgefäß verwandelte.

Das Boot bewegte sich weiter voran. Mit den Projektilen in ihrem Rücken schien es, als ob Taral es nicht für nötig hielt, sie zu bewachen. Von ihrem Blickwinkel aus sah sie, wie der große Fahrer das Boot genau auf den Mann zusteuerte, vor dem sie versucht hatte zu fliehen.

Tränen drangen ihr aus den Augen, als der Schmerz nachließ. Sie war schlaff, ihre Muskeln erschöpft und unbeweglich.

Und hätte ihr Mann ihr nicht einen verdammten Überhang zum Ensemble dazulegen können? Es war dumm, doch es ging ihr durch den Kopf. Gott, sie wollte keine Gefangene in diesem weißen, so genannten Bikini sein, der seines Namens kaum wert war.

Die Schüsse fielen jetzt nur noch gelegentlich, ein paar Salven und kleinere Explosionen. Sie vernahm Schreie in verschiedenen Sprachen.

Die Sonne schien auf sie herab. Der Strand wäre ein schöner Ort für die Flitterwochen gewesen. Sie hatten keine Flitterwochen gehabt.

Sie war zu sehr mit dem Sterben beschäftigt gewesen.

Das Boot hielt an, und es gab einen sanften, dumpfen Aufschlag, als ob sie gegen etwas gestoßen seien. Dann hatte das Boot Schlagseite und legte sich wieder ins Gleichgewicht.

Ein Schatten fiel auf sie, und sie musste blinzeln. Sie konnte nicht erkennen, wer auf sie herabblickte.

„Hallo, mein Liebes", sagte Eli Nelson, seine Stimme ein vertrauter Albtraum. „Wie ich sehe, hast du meinen Freund schon kennengelernt. Er leidet unter Spielsucht, und kann leider nicht mehr in seriösen Etablissements spielen. Vor einigen Monaten machte er einen Verlust von hunderttausend in einem der Casinos deines Onkels. Die

Welt ist doch ein Dorf."

Seine Hand kam hervor und strich über die Haut ihrer Brust. Mit den Fingerspitzen umkreiste er die Narbe, die von der Schusswunde herrührte, die er ihr verpasst hatte. „Sie ist wunderschön, Liebes. Ich wollte sie die ganze Zeit schon an dir sehen. So schöne Narben. Ich kann dir mehr davon geben. Ich weiß jetzt, was du willst. Du willst Schmerz. Betrachte mich als deinen neuen besten Freund. Also, was hältst du davon, wenn wir jetzt deinen Mann umbringen?"

Charlie versuchte zu schreien, als er sie hochhob. Sie brachte nichts heraus außer einem erstickten Schrei.

* * * *

Das Gefühl von Metall in der Hand war eine angenehme Empfindung. Ian überprüfte das Magazin seiner SIG und wich vorsichtig den toten Körpern auf dem Deck aus. Es war ihm gelungen, ein paar Handfeuerwaffen einzusammeln, darunter seine und Seans, und er hatte sich eine weggeworfene P90 um die Brust geschnallt.

Er bewegte sich in Richtung Treppe zu den unteren Decks, wo Sean und der König verschwunden waren.

Oder er nahm einfach eine Scharfschützenposition ein und setze allem ein Ende. Sicher, die Chancen standen schlecht für ihn, doch wenn er es schaffte Nelson zuerst auszuschalten, wäre eine Bedrohung erledigt.

Und seine Frau wäre allein. Sean wäre es nicht möglich, mit ihr zu fliehen, sie zu verstecken. Und wenn er es versuchte, würde das Syndikat ihnen allen den Kopf abreißen.

Fuck. Jetzt hatte er einen schwachen Punkt. Er mochte das Gefühl nicht. Es war einfacher gewesen, als es nur ums Töten ging, als er nur Nelsons Kopf auf einem Tablett serviert haben wollte, doch jetzt hatte er etwas gefunden, das er so viel mehr brauchte.

Eine Zukunft mit ihr, und dafür musste er am Leben bleiben.

Wo zur Hölle war das Büro?

„Legen Sie Ihre Waffen nieder, Mr. Taggart."

Fuck. Er drehte sich um und erblickte eine der Badenixen von vorhin. Sie war eine große Blondine und hatte es geschafft, ihr Oberteil zu finden. Nicht, dass sie einen BH gebraucht hätte. Diese falschen

Titten passten nirgendwo hinein. Der König hatte einen schrecklichen Geschmack, was Frauen betraf. Besonders, da diese hier für Nelson arbeitete. „Ganz ruhig."

Sie hielt eine Pistole auf ihn gerichtet, mit weit gespreizten Beinen vor ihm stehend, beide Hände am Griff. „Ich würd' Sie hier ja erschießen, doch ich glaub', mein Auftraggeber täte das lieber selbst. Armer König Kaschmir. Er kann einen schwedischen Akzent nicht von einem russischen unterscheiden. Er ist nicht so schlau, wie er denkt."

Nein. Der König war ein Trottel, der mit seinem Schwanz dachte, und sein Schwanz war ein Idiot. Doch wie es schien, war Ian derjenige, der den Preis dafür zahlte.

Wo war Charlie jetzt? Hatte sie es bis zum Ufer geschafft? Gott, er hoffte, sie war am Strand angelangt und Ten brachte sie in Sicherheit.

Würde sie ihm verzeihen, dass er auf dem Boot geblieben war? Würde sie einsehen, dass er sich um die Sache kümmern musste, oder Nelson hörte nie auf?

Er ließ die SIG fallen und hielt beide Hände hoch, ein Zeichen der Niederlage, die er nicht fühlte. Alles, was er brauchte, war ein kurzer Moment, in dem sie unachtsam war. So hatte er nicht vorgehabt, auf Nelson zu treffen, denn wenn der Wichser auch nur einen Funken Hirn im Kopf hatte, würde er ihm einfach den Arsch wegblasen, doch er fände einen Ausweg aus all dem, denn er hatte nicht vor, jetzt zu sterben und seine Frau zurückzulassen. Wenn er tot war, wäre sie nicht weit davon. Selbst wenn er Nelson kaltmachte, und Ian selbst nicht überlebte, befände sich Charlie immer noch in Gefahr. Er musste einen verfickten Weg finden, um am Leben zu bleiben.

„Kommen Sie mit raus hier, Mr. Taggart." Wie war es möglich, diesen Akzent zu verwechseln? „Mein Auftraggeber kommt gleich an Bord der Yacht. Ich bin sicher, er wird mich großzügig dafür bezahlen, dass ich Sie zu ihm bringe."

Er schätzte die Entfernung ab, die er brauchte, um ihr die Waffe aus der Hand zu schlagen. Er ließ es vor seinem inneren Auge abspielen. Er bewegte sich vorwärts und täte so, als wäre er bereit zu tun, was sie verlangte. Er würde den Kopf gesenkt halten, doch im letzten Moment eine Drehung machen, den Fuß hochbringen und sie in den Bauch treffen. Das brächte sie aus der Bahn, und sie ließe die Waffe fallen, und er wäre schneller als sie.

„Ich komme raus."

„Legen Sie die Waffe um Ihren Hals ab", befahl sie.

Bevor er sich bewegen konnte, hörte er das „Ping" einer Pistole, und er spürte, wie etwas an ihm vorbeiflog, das ihm beinahe das Fleisch an seinem linken Bizeps versengt hätte.

Die falschen Titten der großen Blonden konnten eine Kugel nicht aufhalten. Daran hätte sie bei der Nachrüstung denken sollen. Ian konnte es sich schon vorstellen sehen. Falsche Titten, die die Brust vor Kugeln schützten. Das könnte der nächste Hit in der plastischen Chirurgie für Spione werden. Die Russin stellte jedenfalls fest, dass Silikon sie nicht schützte. Ein knallroter Fleck ging auf ihrer Brust auf, und sie fiel mit einem Gesichtsausdruck vornüber, den kein Model je haben sollte.

Ian drehte sich um, nach Sean suchend. Er fand Jiang Kun, die Lippen zu einem Grinsen.

„Du schuldest mir was, Tag. Heb die verdammte SIG auf." Sie klang plötzlich, als käme sie direkt von den Straßen New Yorks. „Wag's ja nicht, mich zu erschießen. Sprich mit Ten. Es gibt einen Grund, warum ich dich nicht getötet hab'. Ich bin eine Doppelagentin. Lass uns schön vertragen."

Er griff nach der SIG, sich wundernd, was Ten ihm noch alles verschwieg. „Was ist mit deinem Wachmann passiert?"

„Er macht ein schönes Nickerchen." Sie schritt zur Treppe. „Komm runter hier, Tag. Nelson kommt an Bord, und wir müssen ihn in einen Hinterhalt locken, wenn wir eine Chance haben wollen."

„Warum sollte ich dir vertrauen?" Warum zur Hölle würde sie mit ihm zusammen arbeiten wollen? Warum sollte sie ihn nicht umbringen und den Preis dafür kassieren? Nelson hätte denken können, sie sei eines der Spielzeuge des Königs und hätte sie in Ruhe gelassen.

„Ich hab's dir gesagt. Ich gehör' zur CIA. Meine Zwillingsschwester war beim MSS. Unsere Mutter hat mich nach der Geburt lieber rausgeschmuggelt, als mich abzutreiben, doch sie stand in Kontakt mit meiner amerikanischen Familie. Als ich herausgefunden hatte, dass meine Schwester rekrutiert worden war, bin ich zur CIA gegangen in dem Versuch, sie dort herauszuholen. Ich fand sie und versuchte, sie zu mir in die Staaten zu holen. Sie hat mir alles erzählt. Sie wollte dieses Leben nie, doch sie war dazu gezwungen worden. Ihre

Flucht ging schief und sie starb in meinen Armen und ich nahm ihren Platz ein. Ich spioniere jetzt für Ten innerhalb des MSS. Er weiß aber nicht, dass ich an Bord bin, sonst hätte er mich vielleicht kontaktiert, um mir zu mitzuteilen, dass ich nach dir suchen soll." Sie lächelte leicht. „Sie mochte dich, Tag. Meine Schwester hat gesagt, dass sie sich bei dir nicht verstellen musste."

Falls sie nicht nach Strich und Faden log, war das eine irre Geschichte. „Sie hat mir trotzdem in den Arsch geschossen."

„Sie hat dir in die Brust geschossen, Tag." Jiang Kun, oder wie sie auch immer hieß, zwinkerte ihm zu. „Jetzt lass uns das Ding durchziehen. Und du musst Ten sagen, dass es eine undichte Stelle gibt. Nur so ist es möglich, dass sie jetzt hier sind. Nelson hat die Forschungsergebnisse nicht. Er hätte eigentlich warten sollen, bis die blonde Schlampe ihren Job gemacht hat. Nur Eines hat sich geändert, und das ist eure Eintreffen. Es geht hier um dich. Er wusste, dass du kommst. Beweg deinen Arsch. Ich muss meine Tarnung schützen, Tag. Das schulde ich meinem Kontaktmann und meiner Schwester. Das ist die einzige Chance, die du bekommst, dass ich dir helfe, und ich werd' schießen, wenn du dein schönes Maul aufreißt."

Er schnappte sich die SIG und folgte ihr die Treppe hinab. Hätte sie ihn am Arsch kriegen wollen, hätte sie ihn erledigen können, als er ihr den Rücken zugekehrt hatte. Das bewies ihre Loyalität mehr als jedes Wort. Nun, mehr als alle Worte, mit Ausnahme von einem. „Wie lautet Tens zweiter Vorname?"

Sie seufzte. „Alistair. Bitte, jetzt hab' ich die geheime Losung gesagt. Los geht's"

Alistair war der Code, der Ian wissen ließ, dass es sich wirklich um eine von Tens Agentinnen handelte. „Wo ist mein Bruder und wie kommen wir aus diesem Drecksloch hier raus?"

Sie verdrehte die Augen. „Das ist eine Megayacht. Kein Drecksloch, doch wir müssen ans andere Ende des Schiffes gelangen. Dort ist ein gut ausgerüsteter Tauchhafen. Unter Wasser zu bleiben, ist besser, als eines dieser Beiboote zu nehmen. Auf die werden sie schießen."

Sie hatte vermutlich recht, und er bog mit ihr ab, die Position der Wache bemerkend, die sie „in den Schlaf" geschickt hatte. Er trat über die Leiche und lief den engen Korridor entlang. Er konnte das

Geräusch von Füßen hören, die über ihnen über's Deck trampelten.

„Sie sind an Bord." Seine Stimme war nicht viel mehr als ein Flüsterton.

„Sie werden das Oberdeck sichern, bevor sie sich nach unten bewegen. Wir haben ein paar Minuten. Es ist ein verdammt großes Boot." Sie hielt den Rücken an die Wand gedrückt, als sie sich der Mitte des Bootes näherten. „Sie haben also die ganze Sache mit dem „ölfreien Auto" herausgefunden?"

„Der König hat es erwähnt."

„Wir brauchen diese Pläne."

Er wusste genau, was geschah, wenn die CIA die Pläne in die Hände bekäme. „Dann können wir sie versteckt halten, denn die Öl-Lobby würde die Idee ganz schnell begraben?"

Sie runzelte die Stirn. „Sowas würden wir nicht tun."

Und ob sie das täten. „Holen wir, was wir brauchen, und dampfen ab von hier."

Er musste zu Charlie gelangen. Er musste sie wieder im Arm halten, vorher jedoch hatte er noch einiges zu tun. Ein Teil davon war, sich zu vergewissern, dass Sean okay war. Was den Rest betraf, würde er es vorziehen, dass der König sich um den ganzen „Rettet-die-Welt"-Scheiß kümmerte. Die ganze Weltrettungs-Scheiße sollte von einer Person kommen, die sich darum scherte, und das taten bestimmt nicht er oder seine Regierung oder die offenbar naive Doppelagentin.

„Zum Büro geht's hier lang", sagte sie. „Wir müssen zunächst durch den Wohnbereich. Halt den Kopf unten."

Er rückte in den großen Wohnraum vor, den Kopf gesenkt, den Körper tief am Boden. An der Steuerbordseite des Wohnzimmers befand sich eine Reihe von Fenstern, die aufs Meer hinausgingen. Jetzt waren die Stiefel der von Nelson angeheuerten Piraten zu sehen, wie sie dabei waren, die Yacht zu entern. Wie viele befanden sich auf dem Schiff? Zwanzig? Er hoffte, weniger. Zum Glück handelte es sich um ein großes Boot und es sah so aus, als hätten sie sich in Paare aufgeteilt, um es zu durchsuchen. Zwei Paar Stiefel durchkreuzten seine Blickrichtung und verschwanden dann, als sie um die Ecke in die Tür bogen.

„Stopp", sagte Kun, ihre Stimme ein Flüstern. „Sie werden uns sehen. Versteck dich. Du gehst hier, ich da lang. Leise."

Sie verschwand hinter einem großen Clubsessel, und Ian lehnte sich gehockt mit dem Rücken ans Sofa. Sie würden ihn nicht sofort sehen, doch wenn sie weit genug in den Raum kamen, könnten sie sich nirgendwo verstecken.

In einem Feuergefecht könnten mehr von ihnen hier zum Erliegen kommen. Ian zog sich das Messer aus dem Stiefel, sein Adrenalinspiegel auf Anschlag.

An Deck war das Geräusch von Stiefeln zu hören, und die beiden sprachen auf Somali, als sie in den Raum hineingestürmt kamen.

Aus dem Augenwinkel sah er, dass sie AK-47 trugen, ihr langer Lauf weit hinausragend, während sie sich durch den Raum bewegten. Es war eine große Waffe, die viel leichter zu entreißen war, weil es einfach mehr davon zu fassen gab.

Ian hörte das vertraute zerberstende Geräusch eines Mannes, dem das Genick verdreht und gebrochen wurde. Bevor er auch nur darüber nachdenken konnte, wie verstörend es war, dass ihm das Geräusch so vertraut war, kam ein gestiefelter Fuß in Sicht und Ian schlug zu. Bevor der Mann zu mehr als nur zu schreien in der Lage war, griff Ian nach oben, packte sich den Gewehrkörper und riss den Mann zu Boden. Der Pirat schlug auf, und Ian hielt ihm seine Klinge in den Nacken, bevor er abdrücken konnte.

Schön. Dezent. Wahrhaft schmutzig. Das Blut ergoss sich bereits über den makellosen weißen Teppich. Er hasste triefendes Werk. Leider war er wirklich gut darin.

„Lass uns gehen, bevor sie die Leichen finden." Kun setzte sich bereits in Bewegung.

Ian kam auf die Füße, die Klinge wieder herausziehend. Er ließe es nicht zurück. Wenn er noch ein paar andere leise ausschalten konnte, dann täte er es.

Ihm wurde die Chance geschenkt, sich an einen weiteren Piraten heranschleichen zu können, der auf der Suche nach dem König zu sein schien. Er kam ihm entgegen, hatte aber gestoppt und in einen anderen Raum geschaut. Ihm die Kehle aufzuschlitzen war für Ian ein Leichtes, und er ließ die Leiche in etwas zurück, das wie ein zweites Schlafzimmer aussah. Drei erledigt.

Wie viele waren noch zu erledigen? Wie viele noch, bis er zu Nelson kam?

Kun bewegte sich mit tödlicher Anmut, während sie sich zur anderen Seite des Bootes begab. Ian folgte ihr, seine Schritte so leise wie möglich haltend. Über ihm waren Schüsse zu hören, die Piraten schienen die Decks nach und nach zu durchsuchen. Sie würden bald anrücken, und sobald sie die Leichen fänden, würden sie erstmal richtig nach ihm suchen.

Sie kamen zu einer Tür, neben der eine Hightech-Tastatur hing. Kun legte den Daumen darauf und sah zurück, als die Tür sich aufzog. „Was soll ich sagen? Er mochte mich wirklich. Sein Büro ist hier hinten im Privatbereich. Nur der König, sein persönlicher Diener und zwei seiner Frauen haben Zutritt. Die andere Frau ist harmlos. Im Ernst, kein Hirn im Kopf. Geh rein. Das wird sie für eine Weile aufhalten."

Er trat ein, und die Tür schob sich wieder zu, schloss mit einem leisen Klicken.

Sean erschien, an der Wand entlangschleichend und aus einem Raum kommend, der das Büro sein musste. Er war angespannt, als er seine SIG auf Kuns Kopf richtete.

„Erschieß sie nicht. Sie ist eine Vertraute", sagte Ian, seine Stimme fest. „Ist der König bei dir? Gibt es Kameras auf diesem Schiff?"

Der König stand hinter Sean, sich ein langes schwarzes Schlüsselband um den Hals legend. Bevor es unter seinem Hemd verschwand, erblickte Ian einen kleinen USB-Stick daran befestigt. „Ich hab' sie nur in den Fickie-Fickie-Räumen anbringen lassen, doch sie sind mit keinem Netzwerk verbunden. Ich schalte sie ein oder aus, je nachdem, ob meine Partnerin gefilmt werden möchte."

Selbst inmitten der ganzen Anspannung musste er mit dem Kopf schütteln. „Fickie-Fickie-Räume?"

Sein Cousin Chapal stand hinter ihm mit einem Laptop in der Hand und einem missbilligenden Stirnrunzeln im Gesicht. „Mein Cousin ist ein perverser Mensch."

Der König starrte ihn an, doch Chapal blieb standhaft.

Kun verdrehte die Augen. „Daran hab' ich gar nicht gedacht. Wir können es versuchen, doch wenn die Crew sich verquatscht, sind wir aufgeschmissen. Beweg dich, Tag."

Er stand neben einer kunstvoll verzierten Wand. Sie sah aus, als wäre sie aus geschlagenem Silber angefertigt worden. Es handelte sich um ein schönes Kunstwerk. Es handelte sich außerdem um eine versteckte Tür, wie Kun bewies, als sie seitlich mit der Hand an ihr entlangfuhr und sie aufglitt.

Gott sei Dank. Es gab einen Ort, wo er den König verstecken konnte, bis er herausfände, wie er ihn hier herauskriegen konnte, denn in den Fluren musste es jetzt von bewaffneten Männern nur so wimmeln.

Der König sah Jiang Kun stirnrunzelnd an. „Ich dachte, sie gehöre zu den Bösen."

Der König sollte von der Welt der Geheimdienste Abstand wahren. Sie drehte sich zu mächtig schnell für ihn. „Sie arbeitet jetzt mit uns zusammen."

Ein Lächeln machte sich auf dem Gesicht des Königs breit und er zwinkerte der Doppelagentin anzüglich zu. „Sehen Sie, ich hab' Ihnen ja gesagt, dass sie eine köstliche Blume ist."

Offensichtlich war der König selbst dann in der Lage an Sex zu denken, wenn die Welt dabei war zusammenzubrechen. „Kommen Sie hier herein, Eure Hoheit. Haben Sie hinter sich gebracht, was Sie tun mussten?"

Der König schüttelte den Kopf. „Er hat das Internet unterbrochen. Ich krieg's nicht losgeschickt. Ich hab' die gesamte Forschungsarbeit auf einen USB-Stick heruntergeladen."

Chapal hielt sich den Computer vor die Brust, als ob der eine gute Verteidigung darstelle. „Ich hab' das Ganze so eingestellt, dass es losgeschickt wird, sobald wir eine Verbindung haben. Selbst wenn sie für nur wenige Sekunden besteht, geht sie an mehrere Adressen raus."

„Ich darf sie nicht verlieren", sagte der König. „Sie bedeutete meinem Forscher sein ganzes Leben. Ich kann nicht zulassen, dass sein Tod sinnlos war."

„Sie wissen nicht, ob er tot ist", sagte Ian. „Doch Sie werden es selbst sein, wenn Sie sich nicht bald verstecken. Es sei denn, Sie wissen von einem geheimen Ort, wo wir von diesem Boot wegkommen."

„Sie sollten sich nach unten in die Garage begeben", sagte der König.

„Garage?" Er war, was Yachten betraf, nicht sachkundig.

„Dort verstauen wir Jet-Skis und kleine Boote. Das Schnellboot wäre noch in der Garage, wenn wir nicht vor Anker gelegen hätten", erklärte der König. „Sie befindet sich im unteren Deck, unter diesem hier. Dort befindet sich Tauchzubehör, falls Sie darüber nachdenken, unter Wasser zu entkommen."

Er dachte überhaupt nicht mehr nach. Er handelte rein instinktiv. „Führt diese Tür als einzige hier raus?"

Der König schüttelte den Kopf. „Nein, da ist auch noch eine im hinteren Teil. Sie führt zu einer Treppe, die zur Garage führt."

Das war schon besser. „Bleiben Sie hier bei Ihrem Cousin, Eure Hoheit. Warten Sie, bis wir den Weg zur Garage geräumt haben, dann wird einer von uns Sie abholen. Haben Sie verstanden? Geben Sie keinen Laut von sich."

Er begann, sich durch die Reihe an prächtigen Suites zum hinteren Teil zu bewegen. Chapal folgte ihm. „Ich kann das Sicherheitssystem so umprogrammieren, dass Sie Zugang erhalten. Unser System läuft nicht übers Internet. Es müsste funktionieren."

Mit der Hand berührte er die Tastatur, Zahlen eintippend. Der Bildschirm daneben leuchtete auf. „Legen Sie Ihren Daumen darauf."

Ian legte den Daumen auf die Tastatur, die zweimal blinkte.

„Jetzt haben Sie Zugang. Ich probier' weiter, ins System zu kommen." Chapal wandte sich um und ging zurück in den Fickie-Fickie-Raum, sein Haupt hoch erhoben.

„Kun, pass auf sie auf", befahl Ian.

„Ich sollte mit dir kommen", antwortete sie.

„Beobachte den Posten für mich. Schieß auf alles, was dir vor den Lauf kommt. Irgendwann werden sie durch die Tür kommen." Er konnte sie schon auf der anderen Seite der Suite hören, wie sie versuchten, sie zu öffnen.

Sie zischte in seine Richtung. „Du schuldest mir was, Tag."

„Bist du dir ihrer sicher?", fragte Sean.

So sicher, wie er nur sein konnte. „Sie hat mich nicht getötet, und sie kannte Tens zweiten Vornamen. Sie arbeitet für ihn. Sie wird für die Sicherheit des Königs sorgen. Nun, für seine Sicherheit wie nur möglich, wo wir nun die Piraten an Bord haben."

„Eine Vorstellung, wie viele?" Sean folgte ihm, die Tür hinter sich schließend.

Die Treppe war kunstvoll verziert, wie der Rest des Schiffes. Ian stieg sie nun langsam hinab, mit leichtem Gang. „Keine Ahnung. Ich musste den Kopf unten halten." Er fasste sich an den Kopfhörer. „Irgendeine Vorstellung, mit wie vielen Feinden wir es zu tun haben?"

Knights Stimme war über die Leitung zu hören. „Tag, verdammt gut zu wissen, dass du noch lebst. Wir wollten keinen Kontakt aufnehmen, damit es nicht irgendwer mitbekommt. Es liegen zwei Boote vor der Yacht. Ihr habt es mit mindestens zwanzig bewaffneten Männern zu tun. Piraten, so wie's aussieht. Vermutlich angeheuerte Helfer. Eines der Boote liegt versteckt hinter der Yacht. Ich kann nicht einsehen, wie viele Leute noch an Bord sind."

Es spielte keine Rolle. Er brauchte nur eine ungefähre Zahl, um zu wissen, wie er weiter vorgehen sollte. Er kam zu der Tür, die hoffentlich zur Garage führte.

„Kannst du die Garage sehen?"

„Das kann ich bestätigen, Tag."

„Wie viele?"

„Ich kann nicht hineinsehen, doch das Boot, das backbord vertäut ist, hat vor dem Anlegen zwei rausgelassen. Es ist zum Meer hin offen. Willst du versuchen, rauszuschwimmen?"

„Ich werd' sehen, ob wir den König auf diesem Weg rausholen können. Er sagt, es gibt Taucherausrüstungen. Wenn wir abtauchen können, tun wir das. Wann kommt die Küstenwache?"

„Der Kommandant sagte, sie sind auf dem Weg", erklärte Knight. „Fünfzehn Minuten entfernt."

„Verstanden. Sag Ten, ich erwarte, dass meine Frau unbehelligt bleibt, bis das ganze hier vorbei ist."

In der Leitung gab es eine lange Pause.

„Sag mir, dass meine Frau am Strand ist, Knight." Jeder Muskel seines Körpers war plötzlich angespannt. Charlie war in Sicherheit. Sie musste in Sicherheit sein.

Knights Stimme klang sehr ruhig, als sie endlich über die Leitung zu hören war. „Ich glaub', Nelson hatte einen Maulwurf auf der Yacht. Das Boot, auf das du sie gesetzt hast, machte kehrt und fuhr auf die andere Seite des Bootes. Ich hab's seitdem nicht mehr gesehen. Deine Frau war an Bord."

Ian hörte Sean hinter sich fluchen. Zumindest musste er seinen Bruder nicht aufklären.

Seine Frau war in Nelsons Händen, und er hatte sein einziges

Druckmittel zurückgelassen.

„Hey, beruhig' dich, Bruder. Wir kriegen das hin. Lass mal sehen, was wir haben. Lass uns die Garage einnehmen, dann können wir von dort aus weitermachen. Er sagte, es wären zwei, vielleicht drei? Das kriegen wir hin." Sean war cool und gefasst, was gut war, denn Ian war danach schreiend durch das verfickte Boot zu rennen.

Sean übernahm das Gespräch. „Knight, wir hören dich, wir schalten uns jetzt ab."

Er unterbrach die Verbindung.

Töten. Charlie brauchte ihn um zu töten. Und Sean hatte Recht. Von der Garage aus konnten sie ins Wasser gelangen, wenn es sein musste.

Die Garage könnte ein bisschen Ablenkungen bieten.

Die würde er brauchen, wenn Knight Recht hatte und sich Charlie in Nelsons Händen befand. Er schob seine Panik beiseite und legte eine Hand an die Tür. So leise er konnte, schob er sie nicht weiter als wenige Zentimeter auf. Er sah zwei Männer, die sich am Rande des Wassers bewegten, und einen weiteren, der an der Seite längs lief.

Ohne sich umzudrehen, hielt er drei Finger hoch, seinem Bruder gestikulierend, wo genau sie sich befanden.

Ihnen blieben nur wenige Sekunden. Die Überraschung wäre ihr wirklich einziger Vorteil.

Ian stieß die Tür auf und gab mit der P90 eine Salve Sperrfeuer ab. Um sie herum knallte es, eine Symphonie aus Kugeln und leisen Rufen, die Ian so vertraut war, dass er sie beinahe vermisst hätte.

Deckung. Er hatte einen ausgeschaltet, ihn genau in die Brust getroffen, doch jetzt erwiderten die anderen das Feuer und er brauchte Deckung. Er duckte sich, sich hinter eine Reihe von Jetskis werfend.

Zu seiner Rechten hinter der Tür nahm Sean seinen Posten ein, nur der Lauf seiner Waffe herausragend. Sein Bruder bewies, dass er nichts verlernt hatte, als er eine Kugel sauber auf der Stirn eines Piraten platzierte.

Einer blieb jedoch noch übrig, und der hatte sich hinter einem kleinen Boot postiert, das seitlich der Garage im Wasser festgemacht war. Ian feuerte, doch das Boot schien solide. Sein Gegner schob die Waffe einfach darüber und feuerte, ohne Ian ein Angriffsziel zu geben.

Doch er brauchte keins, denn seine Verstärkung war auf dem Weg.

Er sah eine Gestalt auftauchen, sein Kopf kurz aus dem Wasser ragend, bevor er einen unhörbaren Atemzug nahm und wieder abtauchte.

Es folgte ein erstickter Schrei und das Geräusch eines Körpers, der im Wasser aufschlug, dann war es still.

Sean trat heraus. „Was verfickt nochmal ist geschehen? Sag mir nicht, der Typ ist von einem Hai reingezogen worden."

Er hätte seinen Bruder, als er noch ein Kind war, nie „Der weiße Hai" sehen lassen sollen. Sean war in der Lage, jeden zum Wegsehen zu zwingen, doch er hatte stets Angst vor Haien.

Zum Glück hatte dieser Hai einen britischen Akzent.

Simon zog sich auf die Rampe, stand anmutig auf und richtete seine Krawatte. Der Wichser schwamm sogar mit Krawatte. Er strich sich das Haar zurück und klang, als wäre er zum Tee gekommen, statt gerade einen Mann ertränkt zu haben. „Tut mir leid, dass ich zu spät bin."

Ian zeigte mit dem Finger auf ihn. „Dich mag ich. Doch jetzt haben wir ein Problem. Nelson hat meine Frau."

Simon nahm einfach die Waffe, die Sean ihm hinhielt. „Dann werden wir sie uns zurückholen müssen."

„Mr. Taggart?" Eine vertraute Stimme kam über die Deckenlautsprecher. „Wie ich höre, sind Sie schon bei der Arbeit."

Shit. Sie hatten die Leichen gefunden, und es klang so, als stände Nelson schon auf der Brücke. Oder sie hatten die ganze Scheiße gehört, die gerade passiert war.

„Wir hätten nie so spielen müssen, wissen Sie", fuhr Nelson fort. „Wir hätten zusammenarbeiten können. Leider Gottes besitzen Sie alle Fähigkeiten, doch Ihnen fehlt das gewisse Etwas, das ich von einem Partner verlange."

Joa, Ian hatte ein Gewissen. Oh, sein Gewissen war flexibel, doch er hatte eins. Er empfand auch eine gewisse Loyalität seinem Land gegenüber, die Nelson als abstoßend empfände. Arschloch.

„Zum Glück hab' ich ein paar Freunde gefunden, die mir helfen. Sie werden es sein, die Sie töten, wenn Sie sich nicht sofort ergeben und mir den König von Loa Mali überstellen. Ich benötige auch seinen Computer. Wissen Sie, ich hab' sein Testgelände weggebombt, also brauch' ich den Computer wirklich. Ich werd' wohl seine Angestellten kaltmachen müssen, bis er ihn mir übergibt."

Gott sei Dank war alles schallgedämmt, sonst hätte sich der König wohl selbst gemartert.

„Oder vielleicht fang' ich mit der hübschen Dame im weißen Bikini an."

Ians Körper fühlte sich plötzlich eisig an.

Ein fieses Glucksen drang aus den Lautsprechern. „Sie haben sie schön für mich angekleidet, Tag. Ich werd' sie genießen, bevor ich sie töte. Oder ich bring' Sie beide jederzeit wieder zusammen. Ich hab' eine Schwäche für Liebhaber. Besonders, wo ich so ein guter Heiratsvermittler war. Ihre Wahl, Tag. Ihre Frau hat fünf Minuten, bevor ich ihr die Kehle aufschlitze."

„Bleib ruhig", sagte Sean.

„Ich bin ruhig." Er war gefährlich gefasst. Sein Fokus hatte sich auf einen Punkt in der Welt verengt. Die Rettung seiner Frau. Er erwog seine Optionen, so beschissen sie auch waren, und hatte einen Plan.

„Haben wir, was er will?", fragte Simon.

Ian schüttelte den Kopf.

„Wir können den Computer immer noch holen", sagte Sean. „Wir haben eine Kopie, also selbst wenn wir den Computer aushändigen müssen, glaub ' ich nicht, dass Kash widerspricht. Er hat sich fürchterlich zerrissen wegen seiner Wächter gefühlt. Und er wird Charlies Tod nicht auf dem Gewissen haben wollen."

Ian nickte. „Ich werd ' ihn holen. Ich mach' den Tausch."

„Du glaubst nicht, er wird dich sofort bei Sichtkontakt töten?", fragte Sean.

Das wäre ein kluger Schachzug von Nelson. Es war genau das, was Ian täte, wenn ihre Rollen vertauscht wären. „Ich werd' ihn passwortgeschützt übergeben. Er kriegt das Passwort so lange nicht, bis ich meine Frau hab'. Dann kann er versuchen, uns beide zu töten."

„Ich glaub' nicht, dass das ein so toller Plan ist, Boss." Simon schüttelte den Kopf.

„Das liegt daran, dass du noch nicht weißt, welche Rolle du zu spielen hast. Hol die Leichen und ein paar Seile. Was wir brauchen, ist ein bisschen Chaos." Und etwas Zeit. In dem Moment, in dem die Küstenwache auftauchte, wäre alles verloren.

Das Team steckte die Köpfe zusammen und Ian erzählte ihnen von seinem Plan.

Kapitel Neunzehn

Charlie stand auf der Brücke, dabei zusehend, wie Nelsons Männer das Boot bestiegen. Sie richtete die Augen auf ihre Umgebung. Das war besser, als zu sehen, was Nelson mit der Besatzung gemacht hatte.

Es lag haufenweise totes Fleisch herum, ihre Leichen erstarrten bereits. Er hatte gerade erklärt, die restlichen des Königs Gefolge nicht töten zu wollen, wenn der König ihm geben würde, was er wollte, doch Charlie kannte die Wahrheit. Er wollte sie alle töten. Egal, wie schnell er an die Daten käme.

Sie hatte gesehen, was einer seiner Männer unter Wasser an der Seite des Bootes befestigt hatte. Vielleicht glaubte er, sie sähe nicht hin, oder es war ihm egal, doch sie wusste verdammt gut, dass er vorhatte, die Yacht in die Luft zu jagen. Sie hatte auch gesehen, wie er den Auslöser der Bombe in seine Tasche gesteckt hatte.

Sie musste an das Gerät herankommen.

Leider wurde der Bastard von vier Wachen bewacht. Die Piraten waren in einer Mischung aus Tarnkleidung, Jeans und Tanktops gekleidet. Sie sahen schmutzig und gemein und so aus, als fühlten sich mit ihrer AK-47 sehr wohl.

„Glaubst du, er ist schon in Panik geraten, Liebes?" Er legte eine Hand auf ihre Schulter.

Sie überkam ein Zittern und versuchte, sich einen Schritt von ihm zu entfernen. Sie war wieder auf den Beinen, doch ihre Hände zitterten immer noch.

Er verstärkte seinen Griff. „Tu das nicht. Ich möchte nicht gezwungen werden, meinen Standpunkt noch deutlicher zu machen, Charlotte. Ich denke, Taggart ist eher dazu geneigt, dir zu helfen, wenn du mir unversehrt bleibst, also sei ein gutes Mädchen und zuck' nicht gleich zusammen, wenn ich dich berühre." Er strich ihr über die Schulter, doch sie konnte nicht vergessen, dass er ihr eine Waffe in die Seite gedrückt hielt. „Du könntest mich glauben lassen, dass du mich nicht willst, Süße."

Doch nichts konnte ihren Mund zum Schweigen bringen. „Ich dachte, ich hätte das klargestellt, als ich dein erstes Angebot abgelehnt hab', Eli."

„Oder du hast nur so getan, als seist du hart zu kriegen." Er trat einen Schritt zurück. „Du musst wissen, dass ich begreife, wie wichtig es sein kann, nicht zu früh nachzugeben. Bisweilen ist es besser, einen Mann dafür arbeiten zu lassen, nicht wahr? Charlotte, du bist ein kluges Mädchen. Wir könnten dich gebrauchen. Du musst wissen, dass Taggart zu diesem Zeitpunkt nicht der Richtige für dich ist. Warum sonst hättest du mich kontaktieren sollen?"

„Das hab' ich nicht. Das war meine Schwester." Das Letzte, was sie brauchte, war die sexuellen Fantasien des Widerlings auszuspielen. Sie hatte vor, ein langes Gespräch mit ihrer Schwester zu führen. Falls sie das hier überlebte, stiege Chelsea für immer aus dem Info-Sammel-Spiel aus. Diese Art von Macht war für sie zu einer gefährlichen Sucht geworden.

Er runzelte die Stirn und trat über die Leiche des Captains. „Ich hätte es wissen müssen. Nun, das ist schade. Ich meine, ich werd' noch versuchen, sie zu rekrutieren, denn offenbar besitzt sie den kompletten Grips der Familie, doch ich hatte auch auf ein bisschen Fick-Gesellschaft gehofft. Ich werd' auf sie verzichten müssen. Du hast das Aussehen. Sie hat den Grips. Taggart verliert seine Eier dank einer Frau. Irgendwie lieb' ich das. Ich wünschte, die anderen wären hier, um es miterleben zu können. Ich musste jahrelang in seinem Schatten stehen. Ich war schon Geheimagent, bevor er alt genug war, der Armee überhaupt beizutreten. Dann, eines Tages, rekrutieren sie ihn aus einer verdeckten Operation heraus und setzen ihn auf ein verdammtes Podest. Nun, ich hab's ihnen gezeigt."

Sie hatte immer gewusst, dass seine Probleme mit Ian nicht rein beruflicher Natur waren. „Ja, du hast ihnen gezeigt, dass er ein Mensch ist und du ein Verräter bist."

Das winkte er ab. „Verräter? Ich bin amerikanischer als jeder andere dieser Wichser. Die denken immer noch, wir lebten in einer Art Demokratie. Das tun wir schon lange nicht mehr. Weißt du, was die so wertgeschätzte UdSSR deines Vaters zu Fall gebracht hat? Es war ganz sicher nicht der Durst nach Freiheit. Verdammt, nein. Es war der Kapitalismus. Die Welt funktioniert nicht demokratisch. Sie ist kapitalistisch, und ich bin ein Kapitalist."

Solange er redete, würde er sie nicht mit Strom vollpumpen. „Also nimmst du die Pläne für den Motor und verkaufst sie an den Höchstbietenden."

„Nein. Ich werd' sie an die Ölgesellschaft, die mich bezahlt, übergeben und sie können sie verschwinden lassen. Mit Öl lässt sich noch immer Geld verdienen. Eine Menge davon. Solange sich das nicht ändert, ist kein Platz für diese Art von Technologie. Glaubst du etwa, dass so ein arschfickender Strand-Penner aus Loa Mali der erste Wissenschaftler ist, der sich sowas ausdenkt? Nein. Das ist nur der jüngste Versuch, und auch den werden wir zu Fall bringen. Wenn die Firma so weit ist, werden sie ihre eigene Version herausbringen und das Geld bleibt in den richtigen Händen."

Ian hatte Recht gehabt. Hier ging es nicht darum, Geheimnisse an andere Regierungen zu verkaufen. „Du arbeitest also für Firmen, die wollen, dass du Technologie für sie stiehlst. Oder anderen Firmen schadest. Deshalb arbeitest du mit meinem Onkel an der Pipeline."

Nelson zuckte mit den Schultern wie ein kleiner Junge, der beim Schummeln während eines Monopoly-Spiels erwischt worden war. „Malone Oil gehört nicht zu meinen Auftraggebern. Wenn du nicht zu den großen Jungs gehörst, bist du Freiwild. Das Kollektiv passt auf seine Mitglieder auf."

„Das Kollektiv? Die haben sich einen Namen gegeben? Oh, Gott, ich hasse diesen Illuminati-Scheiß. Ich soll also glauben, dass sich ein paar Firmenchefs zusammengetan haben und dich anheuern, um was zu tun? Um ein paar Pläne zu stehlen? Wozu zum Teufel bist du wirklich fähig?"

Ein hässliches Lächeln erhellte Nelsons Züge. „Nun, lass uns mal überlegen. Lass mich dir ein Beispiel geben. Sagen wir, nur mal angenommen, dass ich zuletzt von einer Pharmafirma beauftragt wurde, deren meistverkauftes Schmerzmittel von neuer Konkurrenz verdrängt wird. Die Erforschung neuer Medikamente kostet Jahre und Millionen von Dollar. Es ist so viel einfacher, die Öffentlichkeit einfach dorthin zu treiben, wo sie unserer Meinung nach hingehört."

Sie bekam eine Gänsehaut, als sie sich daran erinnerte, was vor etwas mehr als einem Monat passiert war. Jemand hatte die Kapseln einer bestimmten Ibuprofen-Marke mit einer Zyanidpaste überzogen. Sie war durchsichtig und für das menschliche Auge nicht sichtbar gewesen. Fünfzehn Menschen in fünf Staaten waren gestorben.

Die Aktien des Unternehmens waren abgestürzt, während die Aktien und Produkte des konkurrierenden Unternehmens zu größeren Mengen als je zuvor gekauft worden waren.

Sie hatten es einen Terroranschlag genannt. Für Nelson schien es schlichtweg ein gutes Geschäft zu sein. „Du bist ein Terrorist zum Anheuern."

„Ich bin nur ein niederer Angestellter, Charlotte, der sich nur seine Rente verdienen will. Wie viele andere Leute in meiner Branche auch. Dem Kollektiv fällt es leicht, Agenten westlicher Geheimdienste zu rekrutieren. Sie zahlen beschissen. Das Kollektiv bietet eine Alternative. Hast du dich nicht gefragt, woher ich davon gewusst habe, ausgerechnet jetzt hier aufzutauchen?"

Darüber hatte sie sich gewundert. Und sich ein paar unappetitliche Antworten einfallen lassen. „Willst du damit sagen, einer der Agenten arbeitet für dich?"

„Vielleicht mehr als einer, doch mit Sicherheit habt ihr eine Viper im Nest." Er nahm das Mikrofon wieder zur Hand und betätigte den Knopf an der Seite, bevor er hineinsprach. Der Klang seiner Stimme erfüllte die Luft um sie herum. „Mr. Taggart, Sie haben nur noch eine Minute. Ist die Blüte der Rose so schnell verblüht? Dann macht es Ihnen sicher nichts aus, wenn ich sie selbst koste."

„Ich bin hier."

Charlies ganzer Körper stand mit einem Mal unter Strom, als sie seine steinharte Stimme vernahm. Die Angst lief ihr eiskalt den Rücken runter, als ihr Mann auf die Brücke trat und sich alle im Raum befindlichen Waffen in seine Richtung drehten. Vier AK-47, die ihn in nur einem Augenblick zerfetzen konnten.

Er hätte nicht kommen sollen. Er hätte einen Weg vom Schiff finden sollen. Sie war sein Leben nicht wert, nicht nach allem, was sie getan hatte.

„Hey, Baby." Er hielt einen Laptop in der Hand, seine Augen auf sie gerichtet.

Zwei weitere Piraten tauchten hinter ihm auf, ihn mit dem Tod umringend.

Gott, sie konnte ihn nicht verlieren.

„Mr. Taggart, wie schön, Sie wiederzusehen." Eli Nelson klang vollkommen zufrieden, doch er hatte immerhin auch die Oberhand. „Haben Sie mir meine Daten mitgebracht?"

Ian deutete mit der linken Hand auf den Computer. „Er ist passwortgeschützt. Ich geb' Ihnen den Laptop, doch das Passwort bekommen Sie erst, wenn Charlie und ich das Schiff verlassen haben."

Ein leises Glucksen kam aus Nelsons Mund. „Echt? Glauben Sie, das ist eine Verhandlung?"

Falls Ian wegen all der auf ihn gerichteten Gewehre beunruhigt war, zeigte er es nicht. Er stand aufrecht, breite Schultern, seine Haltung fest. „Ich glaube, ich hab' etwas, das Sie wollen, und Sie haben definitiv etwas, das mir gehört."

„Ich wünschte, wir hätten mehr Zeit", sagte Nelson und seufzte mit Bedauern. „Das tu' ich wirklich. Ich fänd's ehrlich gesagt faszinierend, Sie abzuziehen, Tag. Das mein' ich wörtlich. Ich würd' Sie gern mitnehmen und Ihnen das Fell über die Ohren ziehen. Aber ich würd' auch versuchen zu verstehen, wie Sie auf eine Frau hereinfallen konnten, die ich angeheuert hab', um Sie zu ficken. Ich will ehrlich sein. Ich dachte, ich hätte eine fifty-fifty Chance, dass es funktioniert."

„Was immer Sie bezahlt haben, Sie hätten es verdoppeln sollen, denn sie ist wirklich gut", erwiderte Ian.

„Ian!" Es war gut zu wissen, dass sein Sarkasmus selbst dann nicht schwand, als sie gerade dabei waren zu sterben.

Ian warf ein bedächtiges, unendlich sexy Lächeln in ihre Richtung. „Hey, Baby, es ist wahr. Ich erkenne ausgezeichnete Arbeit gern an, und du hast die süßeste Muschi auf der ganzen Welt. Das ist den

Untergang eines Mannes absolut wert."

Warum war er so verdammt ruhig?

Er hatte einen Plan, wie es schien, und der beinhaltete nicht, Eli Nelson alles zu geben, was er wollte.

Einer der Piraten, ein großer Mann, dessen Gesicht mit Narben übersät war, beugte sich vor, in gebrochenem Englisch äußernd, dass ein Boot gesichtet worden sei.

Nelson runzelte die Stirn. „Wir werden schneller sein als die verfickte Küstenwache. Warum zum Teufel hab' ich euch angeheuert, wenn ihr nicht mal mit ein paar Booten der Küstenwache fertig werdet? Macht mein Boot fertig. Wir legen in ein paar Minuten ab."

Der Pirat rannte geduckt die Treppe hinunter.

Nur noch fünf Gewehre. Was hatte Ian vor? Und wie sollte sie an das fernsteuernde Gerät von Nelson gelangen?

Sie sah aufs Wasser herab. Es war recht ruhig. Sie wusste ungefähr, wo sie die Bombe platziert hatten.

Wenn sie schon nicht an die Fernsteuerung gelangte, kam sie vielleicht an die verdammte Bombe ran. Vielleicht konnte sie die ganze Sache noch drehen. Wie weit war es zum Wasser? Sie musste durch die Seitentür und über die Reling gelangen, doch müsste springen, damit sie nicht auf dem größeren Hauptdeck statt auf dem Wasser aufschlug. Sie konnte keine gebrochenen Beine gebrauchen.

Nelson richtete nun seine eigene Waffe in Ians Richtung. „Geben Sie mir den Laptop."

Ian bewegte sich nicht. „Geben Sie mir meine Frau."

Nelson packte sie am Arm und zog sie zu sich an seine Seite. „Ich geb' Ihnen Ihre Frau sonst genauso wie damals, wenn Sie mir den Laptop nicht geben."

„Er ist nutzlos ohne das Passwort. Das System ist so verschlüsselt, dass die Festplatte automatisch gelöscht wird, wenn das Passwort mehr als drei Mal falsch eingegeben worden ist. Ich hoffe, Sie sind gut im Raten, Nelson." Er übergab den Laptop an einen der Piraten.

„In Ordnung. Dann brauche ich das Passwort. Wenn es sein muss, nehm' ich Sie mit und werd' Spaß daran haben, es aus Ihnen heraus zu quälen. Oder Sie könnten zusehen, wie ich Ihre Hure hier vergewaltige. Ich hatte schon immer eine Schwäche für sie." Seine Hand wanderte an ihrem Oberkörper hinauf, fast bis zu ihrer Brust, doch sie blieb regungslos, denn diese Waffe befand sich oh so nah an ihrem Hirn. „Ja, ich denke, sie zu foltern wird ein effektiverer Weg sein, um Sie zum Reden zu bewegen. Oder vielleicht krieg' ich sogar zweierlei für den Preis von einem. Verraten Sie mir was, Tag. Wo ist Ihr rotznäsiger kleiner Bruder? Ich weiß, dass er auf dem Boot ist. Haben Sie ihn versteckt?"

Ein Grinsen erhellte Ians Gesicht. „Nein, ich lenk' Sie ab, damit er entkommen kann."

Das Geräusch eines aufheulenden Motors ertönte, und sie sah aus dem Augenwinkel, wie etwas mit hoher Geschwindigkeit aus der Garage der Yacht düste. Sie drehte sich um, und ein Jetski glitt geradlinig über die Wasseroberfläche.

„Fuck." Nelson drehte sich um, seine Aufmerksamkeit auf den Bug des Bootes gerichtet. „Feuer frei. Haltet den Idioten auf. Ich will ihn tot sehen."

Ian bewegte die Hände schneller, als sie gucken konnte. Er beugte sich vor, und als er wieder hochkam, flog bereits ein Messer durch den Raum, seinen Platz im Hals eines der Piraten findend. Der Mann hatte die Hand bereits an die Waffe angelegt, und als er fiel, zuckte sein Finger und bohrte eine Reihe von Kugeln in seinen Nebenmann.

Beide fielen, tot, zu Boden.

Drei übrig. Und sehr wenig Zeit. Ian wusste nichts von der Bombe. Er wusste nicht, dass Nelson sie noch alle ausschalten konnte.

Er trat aus, als die Kugeln zu fliegen begannen.

Charlie holte mit dem Ellbogen aus und hieb damit zurück, ein Treffer in Nelsons Brust. Er stöhnte und stolperte, ihr genug Zeit gebend, durch die Seitentür hinauszugelangen. Völliges Chaos brach über sie herein. Von der Brücke schallten Schüsse durch den Raum.

Sie blickte zurück und sah, dass Ians linkes Bein blutverschmiert war, doch er war in den Besitz einer Waffe gelangt und rannte die Treppe hinunter.

Über das Geländer springend, brauchte sie nur eine Augenblick, um die Entfernung zwischen sich und dem Wasser abzuschätzen.

Dann war sie vom Feuer getroffen, das sie über die Kante fliegen ließ. Im letzten Moment, bevor sie fiel, gelang es ihr, sich vom Geländer abzustoßen und den nötigen Schwung zu holen. Sie versuchte, den Sturz zu kontrollieren, doch der Schmerz in ihrem Arm brannte.

Eine Kugel. Sie hatte eine Kugel abbekommen.

Mit einem Zischen schlug sie auf dem Wasser auf, und die Welt über ihr wurde still. Licht wurde durchs Wasser gefiltert, einer Lampe gleichend, durch die sie hindurchsehen konnte. Etwas begann die Flüssigkeit um sie sie herum zu trüben.

Blut. Ihr Blut. Wie schlimm war es? Das spielte keine Rolle. Sie biss die Zähne zusammen, denn sie musste die Bombe finden.

Über ihr klangen die Geräusche der Schlacht gedämpft, als wären sie so weit weg, sie wusste jedoch, dass jeder Moment zählte. Nelson und Ian versuchten, sich gegenseitig umzubringen. Sie musste zurück auf die Yacht gelangen und ihrem Mann helfen.

Sie zwang sich, sich vorwärtszubewegen, obwohl ihre Lunge bereits brannte. Sie glitt vom Licht in den Schatten, wo sich das Piratenschiff und die Yacht berührten. Ihr Instinkt sagte ihr, sich besser zu entfernen. Die Boote lagen so dicht beieinander, dass sie nur einen engen Raum bildeten. Zu eng. Doch sie musste sich zwingen, ruhig zu bleiben.

Als sie auftauchte, wüteten die Geräusche des Kampfes wieder um sie herum, doch sie musste die Chance nutzen, dass Ian Nelson beschäftigt hielt. Inmitten der beiden Boote würden sie sie vielleicht nicht sehen. Sie war winzig im Vergleich zu den beiden Booten, die neben ihr auf den Wellen trieben.

Ihr Arm schmerzte und blutete, doch es schien ein glatter Durchschuss zu sein. Die weiße Oberfläche des Schiffskörpers der Yacht lag vor ihr, verdunkelt einzig von dem großen Block C-4, der von einem von Nelsons angeheuerten Schlägertypen angebracht worden war.

Sie zwang sich, zwischen den Booten hindurchzuschwimmen. So schmal. Der Zwischenraum schien zu eng, doch sie neigte das Gesicht nach oben und holte Luft. Sie konnte das schaffen.

Sie hatte erst gedacht, ihn auf den Grund des Ozeans sinken zu lassen, doch ihr kam ein viel besserer Plan in den Sinn.

Der Block ließ sich ablösen. Sie wandte sich dem Piratenschiff zu. Es war leicht, den Sprengstoff hoch und über die Bordwand zu werfen. Ein dumpfer Schlag war zu hören, als er auf dem Deck aufschlug. Sie betete, dass es niemand sah, dass sich alle an Bord der Yacht befanden.

Plötzlich geriet das Piratenschiff ins Wanken, als es von einer Welle getroffen wurde. Charlie wurde zwischen den beiden eingeklemmt und dann kopfüber gegen den Rumpf der Yacht geschleudert.

Schmerz machte sich in ihrem Schädel breit, dann sah sie nur noch das Wasser um sich herum. Es war wieder ruhig und sie trieb dahin. Der Schmerz schien verschwunden zu sein. Sie wusste, dass ihre Lunge zu arbeiten versuchte, doch es schien weit weg zu sein und die Dunkelheit umgab ihr Bewusstsein.

Als sie das erste Mal gestorben war, war alles, woran sie denken konnte, Dinge, die sie vermissen würde, all die Dinge, die sie nicht getan hatte. Bedauern hatte sie umgeben. Der Tod war ein kalter, dunkler Ort gewesen.

Jetzt war es anders. Als die Welt sich zu verdunkeln begann, sah sie nur noch ihn. Ihren Gebieter. Alles, was sie fühlte, war die Art, wie er sich um sie gekümmert hatte, wie lebendig und schön die Welt zu guter Letzt gewesen war.

* * * *

Ian fluchte, als sich Charlie über den Rand der Yacht stürzte, doch es gab äußerst wenig, was er dagegen tun konnte, denn er saß auf dem Hauptdeck fest. Er hatte es geschafft, von der Brücke zu springen und einen taktischen Posten einzunehmen, doch Nelson hielt ihn stets in Schach, und er hatte Verstärkung angefordert.

Und er war im Besitz des verfickten Laptops. Ian hatte wegen des Passwortschutzes gelogen. Es hatte gar keine Zeit gegeben, etwas anderes zu tun, als den König und seinen Cousin in die Garage zu bringen. Jiang Kun war dabei, sie mit Tauchausrüstungen auszustatten, damit sie sich von diesem Sarg verpissen könnten.

Zum Glück waren alle Möbel auf dem Boot festgenagelt. Ian hatte sich hinter einer großen Liege verschanzt, auf der es der König vermutlich regelmäßig mit seinem Harem getrieben hatte. Sie war stabil genug für zwei und bot eine anständige Deckung.

Er fühlte vor Angst einen Knoten im Bauch, als er aufsprang und weitere Salven abfeuerte. Es wurde sofort erwidert, und er fühlte einen Streifschuss an der Schulter. Es brannte, doch die Kugel hatte nicht mehr angerichtet, als seine Haut zu verletzen. Die Kugel, die in seinem Oberschenkel steckte, war etwas anderes. Sie steckte tief drin und blutete wie Sau.

Er war sich nicht sicher, ob er weit schwimmen könnte.

„Feuer einstellen." Der Befehl kam über den Lautsprecher. „Alle zum Boot. Folgen Sie dem Plan. Wir haben, was wir brauchen, und Sie werden bezahlt."

Fuck. Was war los?

Er fasste an seinen Ohrhörer. Er hatte ihn lange Zeit auf stumm gestellt und musste hoffen, dass Knight noch in Position war. „Was ist hier los?"

„Die Küstenwache", sagte Knight. „Ich hab' sie gesichtet. Sie sind vermutlich zehn Minuten entfernt."

„Siehst du meine Frau?"

„Negativ, Tag. Ich hab' keinen Sichtkontakt zu ihr, doch dein Bruder und Simon versuchen es von backbord aus, sie sind zu dir unterwegs."

Die Stimme seines Bruders war über das Gerät zu hören. „Ich bin in 60 da, Bruder."

Eine Minute. Er war sich nicht sicher, ob Charlie noch eine Minute hatte. Wenn Nelson auf sein Boot kam und sie im Wasser sichtete, würde er sie aus reiner Boshaftigkeit erschießen.

Er kam hoch und schoss auf die Treppe, die zum Hauptdeck führte.

Leider war niemand mehr übrig, den er hätte töten können.

„Ich hab' Ihnen ein Geschenk dagelassen, Tag." Diesmal kam das Geräusch von der Steuerbordseite des Schiffes. Ian bewegte seinen Hintern in dem Versuch, den Wichser zu erreichen, bevor er abhauen konnte. „Entschuldigen Sie, dass ich so schnell verschwunden bin, doch ich glaub', unser Spiel ist jetzt vorbei. Es wäre schön gewesen, die technischen Pläne in die Hände zu kriegen, doch letztendlich, solange ich sie zerstören konnte, ist es egal. Ich hab ' das Schiff so ausgerüstet, dass es explodiert und Sie nicht mehr spielen können. Das ist gut so, denn Ihre Hure treibt bereits auf dem Wasser. Sie werden sich ihr anschließen, sobald genug Abstand zwischen uns herrscht."

„Tag!"

Er hörte seinen Bruder schreien, als das Boot, auf dem sich Nelson befand, sich zu entfernen begann.

Frustriert betätigte er den Abzug und versuchte, das Boot in wildem Kugelhagel noch zu erwischen. Er hatte den Sichtkontakt zu Nelson bereits verloren.

Und dann sah er etwas, das sein Herz zum Stillstand brachte.

Ein Körper, der mit dem Gesicht nach unten im Wasser trieb, ihr Haar sie wie ein Heiligenschein umgebend.

„Ian, wir müssen gehen", sagte sein Bruder, als er zu ihm hinlief. Er sah hinaus und hielt Ian dann am Hemd zurück. „Ian, nein."

Doch er hörte nicht hin. Er warf die Waffe beiseite und tauchte hinein, mit krankem Bein, schmerzender Schulter und allem.

Reiß dich zusammen, Taggart. Sie lebt. Sie ist verfickt nochmal am Leben, denn sie kann nicht tot sein.

Sein ganzer Körper schmerzte, doch er schwamm zu ihr, drehte ihren Körper herum und wandte ihr Gesicht der Sonne zu.

„Komm schon, Baby." Er begann zurückzuschwimmen und versuchte, nicht an die Tatsache zu denken, dass sie nicht atmete. Ihr Brustkorb zeigte keine Bewegung der Atmung. Ihr Körper lag wie ein totes Gewicht in seinen Armen.

Nicht verfickt nochmal tot. Nicht tot.

Es wurde zu seinem Mantra, als er zurückschwamm, der Rhythmus, der seine Glieder in Bewegung hielt, sein Herz schlagen ließ.

Nicht verfickt nochmal tot.

Charlie war nicht tot. Charlie konnte nicht tot sein. Er hatte sie gerade wiedergefunden und Zeit damit verschwendet, auf sie wütend zu sein. Er hätte sich vor ihr hinlegen und dem verfickten Universum dafür danken sollen, eine zweite Chance erhalten zu haben. Denn die Wut, die er empfunden hatte, war nichts im Vergleich zu seiner Liebe. Er liebte sie. Sie war sein, wie auf diese bescheuerte Hollywood-Art, die einen Mann dazu brachte, wie ein Blödmann über die Zukunft nachzudenken.

„Komm, reich sie mir." Sean beugte sich vor, streckte die Hände nach ihr aus und zog sie hoch.

Simon zog Ian aufs Deck.

Sean hielt sie fest, doch sie hatte keine Kraft mehr im Körper, schier nutzlose Gliedmaßen, die hinunter hingen. Alles, was Charlie ausgemacht hatte, schien verschwunden zu sein. „Wir müssen abhauen.

Es wird nicht mehr lange dauern, bis er die Bombe zündet. Sie haben das zweite Boot dagelassen. Hatten nicht mehr genug Mann für die Besatzung. Los geht's."

Charlie würde nicht lang genug durchhalten, um zum Boot zu kommen.

„Leg sie hin", befahl er.

Sean legte sie aufs Deck. „Es tut mir so leid, Bruder."

„Geht. Alle beide." Auf die Knie fallend, ignorierte er den Schmerz, der ihm durch den Körper schoss. Es war leicht, da die Panik alles andere in seinem Kopf zum Verstummen brachte. Er war sich sicher, dass sein Gesicht ausdruckslos war, ein Trick jahrelangen Trainings, doch er kämpfte um Kontrolle. Kämpfte gegen das Bedürfnis an zu schreien.

Er näherte sich ihrem Mund, neigte ihren Kopf zurück. Ein Kuss. Es war wie ein Kuss. Er konnte seinem Hirn vorgaukeln, dass es sich nur um einen weiteren Kuss mit seiner Frau handelte. Er hätte sie öfter küssen sollen. Immerzu.

Ein Atemzug, ein weiterer.

Wie mechanisch fand er ihren Schwertfortsatz. Da war er, der Ansatz ihres Brustbeins. Er legte seine flache Hand auf ihre Brust und begann zu pumpen. Eins. Zwei. Drei. Vier. Fünf.

Sein Bruder war noch hier. Falls sein Bruder starb, müsste Grace diesen Schmerz fühlen. Sie müsste diesen qualvollen Schmerz erleiden, als hätten sie ihr die Hälfte ihrer verdammten Seele aus dem Leib gerissen. Sie würde verstehen, was es heißt, nachts senkrecht im Bett zu sitzen und sich zu fragen, wo zum Teufel ihr Mann geblieben war. Sie hatte das schon einmal durchgemacht. Das könnte sie nicht nochmal. Nicht, solange Ian es verhindern konnte. „Hol ihn hier raus, Simon. Das ist ein Befehl. Wenn du auch nur ein bisschen Loyalität zu mir hast, dann tust du es."

Er beugte sich vor und spendete erneut Atem in Charlies süßen Mund, als Sean sich zu streiten begann. Er hörte einen dumpfen Schlag, und als er wieder zur Herzdruckmassage ansetzte, hob Simon Seans bewusstlosen Körper hoch und legte ihn sich über die Schulter.

Seine tiefblauen Augen blickten in Ians. „Viel Glück, Boss. Und danke."

„Kümmer' dich um meine Crew." Eins. Zwei. Drei. Vier. Fünf.

Sein Körper war auf Autopilot geschaltet. Er konnte anscheinend nicht aufhören. Ein Teil von ihm sagte ihm aufzugeben, sie in seinen Armen zu halten und darauf zu warten, dass die Welt explodierte, denn wo immer sie war, wollte er sein. Er meinte es ernst. Er wollte nicht in einer Welt leben, in der er sie bereits zweimal verloren hatte.

Fuck. Seine Sicht verschwamm. Etwas spritzte, traf Charlies Wange.

Er weinte. Er weinte doch verfickt nochmal nicht.

„Du darfst mich nicht verlassen!" Eine heftige Wut tobte in ihm. Sie durfte nicht sterben. Nicht zweimal. Nicht jetzt. Wenn er ging, dann wollte er, dass sie ihm in die Augen sah, wenn es geschah, er wollte mit ihr verbunden sein um sich an ihr festhalten zu können. Damit er sie nicht verlor.

Er hieb auf ihre Brust, wie ein tiefer dumpfer Schlag klingend, der ihren Körper zusammenzucken ließ. „Wach auf. Wach auf, Weib, denn ich mach' das hier nicht ohne dich."

Es gab kein Zurück in ein halbes Leben, das aus Scotch und Liedern bestand, die sonst keiner hören wollte, und dabei vorzugaukeln, dass er innerlich nicht tot sei.

Ein weiterer Hieb, und ihre Augen flackerten, ihr Mund öffnete sich, während Wasser aus ihren Lungen sprudelte.

„Oh, Scheiße." Ian schob seinen gesunden Arm unter ihren Nacken und drehte sie auf die Seite, als sie sich übergab, was einer Gallone reinem Arabischem Meer entsprechen musste.

„Was hast du mit mir angestellt?", fragte Charlie, ihre Stimme rau und so hinreißend für ihn. „Ich glaub', ein LKW ist mir in die Brust gedonnert."

Er hatte jetzt keine Zeit, sich über seine Wiederbelebungsmethoden zu streiten. Jetzt, wo sie wieder da war, wollte er nur noch leben. Mit einem leisen Stöhnen kam er auf die Beine. Sie mussten ins Wasser gelangen, so weit schwimmen, wie sie konnten. Eine geringe Chance. Er würde sie so weit tragen, wie er konnte, und das Schicksal in Kauf nehmen, das sie erlitt.

Leben oder sterben, er würde ihr folgen.

Er zog sie hoch, auch als sie protestierte. „Ian, lass mich runter. Es tut weh."

Humpelnd begann er zur Backbordseite zu laufen. Er würde alles tun, was nötig war. Sie hier rauszuholen war das Wichtigste auf der Welt. „Geht nicht, Baby. Wir müssen von hier verschwinden. Nelson wird das Schiff in die Luft jagen."

Sie schüttelte den Kopf. „Nein. Nicht unseres."

„Vielleicht lügt er, doch ich kann das Risiko nicht eingehen." Gott, er hoffte, dass der Bastard log, denn ihre Zeit musste langsam um sein.

„Ian, alles gut. Beobachte sein Boot. Beobachte seins. Dafür bin ich ins Wasser."

Ihre Worte trafen ihn wie ein Blitz der Hoffnung. Seine Frau war klug und doch verfickt gemein, und ihr wäre es absolut in den Sinn gekommen, die Überraschung Nelsons an ihn zurückzugeben. Er drehte sich zu dem Boot um, das sich mit voller Geschwindigkeit von der Yacht entfernte. Er hätte schwören können, dass er Nelson am Bug stehen sah, ihnen zugewandt. Er schien etwas in der Hand zu halten. Nelson winkte. Das Arschloch.

Und dann explodierte Nelsons verficktes Boot.

Ian blieb standhaft, als die Druckwelle die Yacht traf und sie hin und her schaukeln ließ. Seine Arme schlossen sich fest um seine Frau, und trotz aller Schmerzen warf er den Kopf nach hinten und lachte.

Eli Nelson war von einer Frau zu Fall gebracht worden. Einer Frau. Ian Taggarts Frau. Das war überraschenderweise besser, als den Wichser selbst zu Fall gebracht zu haben.

Die Yacht glitt weiter übers Wasser, und Ian taumelte zur Liege. Er legte seine Frau behutsam darauf ab, ihr traumhaft schöner Körper kaum bedeckt. Sie hatte eine Wunde am Arm, doch es sah nicht ernst aus. Auf die Knie sinkend, war das Geräusch von Nelsons Boot zu vernehmen, das wieder auf dem Wasser aufschlug, nachdem es zerfetzt durch die Luft geflogen war. Er hätte wetten können, dass auch eine ganze Menge Körperteile umherflogen, wie beim besten Feuerwerk aller Zeiten.

Charlie war immer noch blass, die Hand an der Brust, sie streichelnd, als empfände sie Schmerz dort. Er hoffte, er hatte ihr nichts gebrochen. „Ist das ein gutes Hochzeitsgeschenk? Ich hab' dir beim ersten Mal keines besorgt."

Sie lebte. Er atmete ihren Duft tief ein. Sie lebte. Seine Frau war noch bei ihm, seine Zukunft unmittelbar in seinen Armen. „Das beste Geschenk aller Zeiten."

Er küsste sie, als die Küstenwache auf einmal auf Hindi anfing zu schreien, und die Welt um sie herum im völligen Chaos versank.

„Tag?" Die Stimme von Knight kam wieder über die Leitung. „Tag? Willst du mir erklären, was zur Hölle gerade passiert ist?"

Ian zog sich den Hörer aus dem Ohr und warf ihn über die Bordwand.

Und fuhr fort, seine Frau zu küssen.

Kapitel Zwanzig

Sankt Petersburg, Russland
Zwei Wochen später

Ian lief neben den Touristen her, sich unter die Menge mischend, als sie sich in die überfüllte Peter-und-Paul-Festung drängten. Es war ein selten sonniger Tag in Sankt Petersburg, und es schien, als wären dessen Bürger in Scharen unterwegs. Er hatte den Eindruck, dass, sobald die Sonne herauskam, die gesamte Bevölkerung Russlands alles stehen und liegen ließe, was sie gerade taten, um sich ein Stückchen Wiese zum Ausspannen zu suchen.

Leider konnte er heute nicht faul sein. Heute war der Tag, an dem er seiner Frau ihr Leben zurückgab.

Nach dem heutigen Tag durften alle zurück nach Hause. Auch sein Bruder, der sich bereits mit seiner kleinen Familie und der von Adam und Jake in den Staaten in ihrem sicheren Haus befand. Avery war bei ihnen, während sich der Rest des Teams um die Geschäfte kümmerte. Chelsea hatte sich entschieden, mit Sean in die Staaten zurückzukehren. Verdammt, doch er hoffte, sie war da, wenn er und Charlie zurückkamen.

Sein Bruder hatte ihn nur einmal geschlagen. Sean hatte sogar gewartet, bis die Ärzte die Kugel aus Ians Bein geholt hatten, um es zu tun. Simon hatte sich einer schlimmeren Dresche unterziehen müssen, doch er schien genauso gut ausgeteilt zu haben, wie er eingesteckt hatte. Sean war mega angepisst gewesen, dass Ian ihn wegbefohlen hatte, doch sie sprachen wieder miteinander.

Alles in allem war es ein verdammt guter Einsatz gewesen.

Er lief durch den gemauerten, zur Festung führenden Torbogen, während die Reiseleiterin in einem stark russisch akzentuierten Englisch sprach.

„Die Peter-und-Paul-Festung ist 1703 von Peter dem Großen erbaut worden. Er fürchtete Angriffe aus Schweden und entschied, dass die Insel an der Mündung der Newa die beste Verteidigung darstellte. Die Festung wurde am 27. Mai gegründet und dies gilt heute als das Geburtsdatum der Stadt Sankt Petersburg. Wenn Sie mir alle folgen wollen, gehen wir nun zur Kathedrale.“

Das war Ians Stichwort, um sich von der Herde zu lösen.

Er ging zum rechten Flügel der Festung, Kopfsteinpflaster zu seinen Füßen. Überall in der Stadt gab es dieses verdammte Kopfsteinpflaster. Er hatte keine Ahnung, wie ein Mensch auf diesen Dingern laufen sollte. In Zeiten wie diesen war er froh, ein Amerikaner zu sein, wo die Straßen üblicherweise eben waren. Müsste er seiner Beute hier hinterher jagen, könnte er sich leicht ein Bein brechen.

Und da sein Oberschenkel immer noch von der Kugel, die er abgekriegt hatte, schmerzte, wollte er das nach Möglichkeit vermeiden. Er wollte seine Beute schön in Schach halten.

Über seinem Kopf war ein strahlend blauer Himmel mit bauschigen weißen Wolken. Zu seiner Rechten erhob sich die Peter-und-Paul-Kathedrale aus dem sie umgebenden kopfsteingepflasterten Boden, ein Engel und ein goldenes Kreuz an deren Kirchturmspitze.

Zu seiner Linken lag sein Ziel, wenn auch nicht sein endgültiges. Ein Gebäude aus hellbraunen, fast goldfarbenen Ziegeln beherbergte die noch in Betrieb befindliche Münzanstalt. Dusan Denisovitch stand draußen und trug äußerst westlich aussehende Jeans, T-Shirt und Ray Bans. Es war passend, dass er die Münzprägestätte als Treffpunkt gewählt hatte, denn Ian beabsichtigte, dem jungen Mann eine Menge Geld einzubringen.

Oder er stand kurz davor, vor einem Haufen Touristen ermordet zu werden. Es war ein Risiko, das Ian bereit war einzugehen, denn er wollte alles. Er wollte seine Frau und seine Familie. Er wollte ein

Zuhause.

„*Dobroye utro*, Mr. Taggart." Dusan sagte guten Morgen mit einem beinahe förmlichen Kopfnicken. Der Mann war ungefähr in Charlies Alter. Er schätzte ihn auf dreißig oder so. Ein reifes Alter, um in der Welt vorankommen zu wollen.

„*Zdravstvujtye*." Einem simplen „Hallo" entsprechend oder so einfach, wie es auf Russisch eben ging.

Dusan lächelte. „Ihr Akzent ist gut."

Er zuckte mit den Schultern, die vier Männer betrachtend, die um Dusan herumstanden. Die Muskelpakete des jungen Mannes standen dort in schierem Großaufgebot. Wenigstens wusste Ian, dass Charlies Cousin das Treffen ernst nahm. Oder er würde doch zum Ziel eines Angriffs werden. Seine Frau rügte ihn stets für seinen elenden Pessimismus, doch bevor er das nicht zu Ende gebracht hatte, wartete er lieber ab, ob jemand eine Waffe zog.

„Er befindet sich bereits in der Kathedrale", sagte eine Stimme in seinem Ohr.

Zum Glück hatte Ian seine eigene Verstärkung. Alex hatte sich außerhalb der Kathedrale in Position gebracht und beobachtete ihre Beute. Er hatte Liam ausgemacht, als sie hineingegangen waren, bereit, ihm zu Hilfe zu kommen, falls sich der zweite Mann des Denisovitch-Syndikats als renitent erweisen sollte.

Falls er das nicht täte, würde er vielleicht erster Befehlshaber werden.

„Sie sind also der Mann, der meine hübsche Cousine geheiratet hat", sagte Dusan. „Ich habe Charlotte und Chelsea immer gemocht. Bei den seltenen Gelegenheiten, bei denen mein Onkel mir erlaubte, sie zu sehen, kamen mir die Mädchen sehr nett vor. Kluge Mädchen. Ich mochte nicht, wie er sie behandelt hat, verstehen Sie?"

Charlies Cousin sprach recht gut Englisch, wobei leicht zu erkennen war, dass es nichts war, das ihm in die Wiege gelegt wurde. Er sprach langsam und manchmal gebrochen, doch er war leicht zu verstehen.

„Ihr Vater empfindet das anders."

Dusan blickte in die Ferne. „Mein Vater lebte in dem Glauben, dass Blut das Einzige ist, das zählt, doch ich weiß, dass Blut verletzen kann. Ich bin schon viel zu lange der Sohn meines Vaters, um das nicht zu verstehen."

Also lag sein Geheimdienst richtig. Er war dieses Wagnis eingegangen, weil er erfahren hatte, dass es einen tiefen Riss in der Familie gab. Dusan war ein Vertrauter seines Vaters, wurde jedoch immer noch wie ein Kind behandelt. Es war an der Zeit, Mut an den Tag zu legen. Die Uhr an seiner Hand zeigte elf Uhr neunundvierzig. Seine Zeit lief ab. „Fändest du dich plötzlich an der Spitze des Syndikats wieder, hätten Sie dann das Bedürfnis, die Mission Ihres Vaters fortzuführen?"

Langsam legte sich ein Lächeln aufs Gesicht des jüngeren Mannes. „Unsere Mission sollte es sein, Geld zu verdienen, Mr. Taggart. Mein Vater, er verschwendet viel zu viel Zeit darauf, Rache für einen Mann zu üben, der sich, wie alle wissen, wie ein Monster verhalten hat. Wenn meine Cousine mit ihrem Leben zufrieden ist und keine Spielchen mehr mit uns spielt, dann werden auch wir keine Spielchen mehr mit ihr spielen. Außerdem habe ich gehört, dass sie jetzt eine neue Bleibe hat."

Ian lachte, denn er war sich ziemlich sicher, dass Dusan nicht von Dallas sprach. „Ich glaub', wir müssen das Loa-Mali-Anwesen als reines Feriendomizil behalten."

Der König war äußerst dankbar gewesen. Er hatte sich auch mehr als schuldig gefühlt, dass sein Diener Charlie verraten hatte. Er hatte ihnen ein wunderschönes Strandgrundstück geschenkt. Sobald Ian die ganze Beinahe-umgekommen-zu-sein-durch-somalische-Piraten-Sache überwunden hatte, stellte es einen großartigen Ort zum Flüchten dar.

Der König war außerdem auf der Suche nach einem neuen Mann, der seine Forschung übernehmen sollte. Sowohl die CIA als auch der MI6 glaubten, die Forschung sei zerstört worden. Was sie nicht wussten, würde niemandem schaden.

„Wie gesagt", fuhr Dusan fort. „Ich hoffe, Charlotte ist glücklich."

Sie schien glücklich zu sein. Er wollte es zu seiner neuen Aufgabe machen, dafür zu sorgen, dass sie es immer war. „Ich werd' mich gut um sie kümmern"

Dusan zündete sich eine Zigarette an und nahm einen langen Zug. „Sorgen Sie dafür, sonst muss ich Amerika vielleicht selbst einen Besuch abstatten. Als ich fünfzehn war, war ich sehr krank. Mein Vater und mein Onkel haben mich verrotten lassen, weil sie besseres zu tun hatten. Meine Cousins und Cousinen haben mich gesund gepflegt.

Nein. Ich werde nicht Rache an meiner Familie üben. Noch sonst wer, der was zu sagen hat. Es ist Zeit für neue Führungspersönlichkeiten in diesem Haus. Doch ich könnte mich dazu überreden lassen, meine kleinen Cousinen zu rächen, sollte ihnen etwas Schlimmes zustoßen."

Die Männer um ihn herum nickten ernst.

„Also gut." Er wandte sich der Kathedrale zu. Gott, seine verdammten Schwiegereltern gehörten zur russischen Mafia. Zumindest dieses eine Mal kam es ihm gelegen.

„Mr. Taggart, da Sie mir einen Gefallen tun, warum tue ich nicht auch einen für Sie?"

„Ja?", fragte er, den Blick auf die Kirche gerichtet.

„Die Männer, für die Nelson gearbeitet hat, haben noch mehr Leute in ihren Diensten, Leute, die immer noch für ihre Nationen zu arbeiten scheinen, aber in Wirklichkeit loyal gegenüber dem Kollektiv sind. Ich fürchte, das ist schlecht für mein Geschäft. Sagen Sie Ihren Freunden, sie sollen aufeinander aufpassen. Sie können nie wissen, wann sich ein Partner gegen sie wendet. So wie in Familie. Jetzt gehen Sie. Es ist schon fast Mittag. Wenn Sie die Chance verpassen, müssen wir eine weitere Woche warten, und ich habe vor, heute Abend zu feiern."

Dusan erzählte ihm nichts, was er nicht schon wusste. Irgendwer hatte Nelson einen Hinweis gegeben. Es gab einen Maulwurf, und er war sich nicht sicher, wem noch zu trauen war.

Was Anlass gab, froh darüber zu sein, dass dies kein Teil seines Lebens mehr war. Seiner Crew konnte er vertrauen und sonst niemandem.

Verdammt, doch er hoffte, dass Ten in nichts Schlimmes verwickelt war. Hinter all dem Charme steckte ein eiskalter Wichser. Konnte er wirklich ein Söldner sein?

Er ließ von dem Gedanken ab, denn das Einzige, was zählte, war der Job, der vor ihm lag.

„Er ist drinnen und dreht seine Runde. Sein üblicher Wachmann ist nicht bei ihm. Es sieht so aus, als hätte es Charlies Cousin geschafft. Sein bevorzugter Wachposten scheint gestern einen schrecklichen Autounfall gehabt zu haben. Sieht nicht so aus, als würd' er's überleben", meinte Alex via Bluetooth.

Ian bahnte sich seinen Weg durch die massiven schmiedeeisernen

Tore, die zu den Stufen der Peter-und-Paul-Kathedrale führten, deren Turmspitzen golden verziert waren. Er schritt die Stufen hinauf, von Touristen umgeben. Die Mehrheit von ihnen Reiseleitern folgend, die Nummern hochhielten und hektisch herumliefen in dem Versuch, alles noch rechtzeitig zu integrieren. Viele hatten kleine Geräte in den Ohren, um der entsprechenden Führung in den überfüllten, lauten Touristenorten der Stadt besser zuhören zu können.

Niemand hätte die Anwesenheit des großen Mannes, der hier durch die Kathedrale lief, hinterfragt. Zum Teufel, er passte gut nach Nordeuropa. Erst gestern Abend hatte seine Frau behauptet, er sei wie ein Wikinger, der sie ausplündern wollte.

Yeah, genau das hatte er dann auch getan.

„Das Arschloch besucht also Kirchen, weil er so religiös ist, doch hat etwa eine Million Menschen auf dem Gewissen? Ich versteh's nicht, Mann. Zwischen meiner und seiner Religion liegen Welten." Alex wurde immer gesprächig, wenn sie arbeiteten.

Ian betrat die kunstvoll verzierte Kathedrale, die Helligkeit der Sonne den gedämpftem Lichtquellen weichend.

Riesige Kristallkronleuchter hingen von der Mitte des Raumes herab. Es gab keine Kirchenbänke. In einer russisch-orthodoxen Kirche saßen sie nicht. Ein Teil des Raumes war sogar abgetrennt, ein Überbleibsel des zaristischen Russlands. Er befand sich vor dem Altar, eine in wertvolles Tuch gehüllte Erhebung, die sich schließlich golden emporhob. Dort hatte der Zar gestanden.

Überall um ihn herum standen weiße Marmorsärge verziert mit goldenen Kreuzen, die letzte Ruhestätte der Führer Russlands.

Sie standen kurz davor, einen neuen Freund in ihren Reihen begrüßen zu dürfen. Mikhail Denisovitch behauptete, er sei ein Zar. Bald würde er sich ihnen anschließen können.

„Das liegt daran, dass du die europäischen Religionen nicht verstehst, Alter. Deine Religion ist was, zweihundert Jahre alt?" Liam mischte sich in die Diskussion ein. „Ruf mich nochmal an, wenn sie ein anständiges Alter aufweist."

Liam schritt an ihm vorbei, ihm im Vorbeigehen zuzwinkernd. Er zeigte auf das rechte Kirchenschiff. „Ich glaub', da drüben wirst du finden, was du suchst, Kumpel."

Ian blieb stehen, die grün-weiße Decke über ihm betrachtend.

Jeder Zentimeter der Kathedrale war bemalt oder vergoldet. Er war jedoch nicht auf der Suche nach Schönheit.

Er wandte sich nach rechts und entdeckte seine Beute.

Mikhail Denisovitch stand vor einem samtenen Seil, in einen Raum abseits des Innenraums schauend.

„Hier befindet sich die Ruhestätte der Romanows", erklärte ein Fremdenführer. „Hoffentlich können wir ihr näherkommen."

Denisovitch drehte sich ihm zu, und der Reiseleiter erblasste.

„Wir kommen später nochmal wieder. Kommen Sie. Es ist fast Zeit zum Mittagessen."

Die Schar der Touristen strömte davon. Denisovitch starrte vor sich hin, die Gräber der Familie Romanow betrachtend, die an jenem Tag von den Bolschewiken in ihrem Winterpalast abgeschlachtet worden waren. Zuletzt hatten sie ihren Weg hierher gefunden.

Ian warf einen Blick auf seine Uhr. Zehn Sekunden, wenn er richtig synchronisiert war.

Liam flankierte ihn, Alex trat auf der rechten Seite hinzu.

Die Wache, die leicht versetzt hinter Denisovitch stand, tippte sich an den Hut und entfernte sich, vermutlich um sich Dusan draußen anzuschließen. Ihre Beute stand zurückgelassen, ohne jemanden, der auf sie aufpasste.

Ian zog das Messer aus dem Ärmel, das er dort versteckt gehalten hatte. Er ließ es in seine behandschuhte Hand gleiten.

Dann schien die Welt zu explodieren. Das Gebäude bebte. Der Boden unter ihnen erzitterte von dem Geräusch.

Die Kanonen der Naryschkin-Bastion wurden täglich um die Mittagszeit abgefeuert. Und täglich um die Mittagszeit schrien die Touristen und sahen sich um und hatten, nur für einen Moment lang, Angst.

Das war der Moment, in dem Ian Taggart zuschlug.

Er stieß das Messer genau unterhalb von Denisovitchs Rippen in das Herz des Mannes. Es folgte ein leises Keuchen und das Zucken eines Körpers, der kurz um sein Leben kämpfte.

„Für Charlotte." Es war egal, ob Denisovitch ihn noch hörte. Das Einzige, was zählte, war, dass der Job erledigt war und seine Frau nicht mehr um ihr Leben fürchten musste. Er ließ den Mann seitlich, hinter dem samtenen Seil vorsichtig herab, ließ das Messer stecken, wandte sich ab und entfernte sich.

Er und Charlie waren frei, so zu leben, wie sie es wollten – zusammen.

Die Sonne strahlte Ian ins Gesicht, als er sich Richtung Fluss wandte und sich auf den Weg aus der Anlage machte. Mit Alex und Liam im Schlepptau liefen sie zum äußersten Ende des Forts und die Stufen hinab zur felsigen Küste, wo Simon und Jesse und Eve am Ufer mit einem Boot auf ihn warteten.

Dann drehte sie sich um und er entdeckte sie. Seine Charlie hatte ihr Gesicht der Sonne zugewandt, den Tag in sich aufsaugend.

Die Sonne konnte ihr nichts anhaben.

„Sind wir bereit, nach Hause zu fahren?", fragte Liam.

„Ja, das sind wir", antwortete Ian, auf das Boot zulaufend.

Obwohl es nicht von Belang war. Zuhause hatte für Ian Taggart aufgehört zu existieren. Er sprang ins Boot, das sich auf den Wellen der Newa wog, als Simon den Motor anließ und sie losfuhren.

„Hallo, mein Gebieter", sagte Charlie zu ihm, ihr Ehering funkelte im Licht, als sie ihre Arme um seinen Hals legte und ihm ihr Gesicht für einen Kuss entgegen hielt.

„Hallo, du meine Liebe." Er sah auf das Halsband hinunter, das er ihr um den Hals gelegt hatte, bevor er ihren Mund mit seinem einnahm.

„Ein frisch vermähltes Hochzeitspaar", sagte Eve und grinste. „Sie können die Hände nicht voneinander lassen."

Das war Alex' Stichwort, seine Frau zu küssen. Ian konnte seinen besten Freund nicht den ganzen Spaß haben lassen. Er küsste seine Charlie noch einmal, während der Wind ihnen durch die Haare peitschte und Simon Richtung Schlossbrücke fuhr.

Nein. Er musste nirgendwo hingehen, um zu Hause zu sein. Er war bereits dort.

* * * *

Kensington
London, England

Der Garden war ruhig um diese Tageszeit, und Damon Knight zog es vor, hier zu arbeiten, anstatt sich in die Finsternis des MI6 reinziehen zu lassen. Alle hetzten sich ständig ab, um wichtige Dinge zu erledigen. Beim MI6 war alles wichtig. Der Garden war sein persönliches Reich, und er vermisste ihn, wenn er im Einsatz war. Er versuchte deshalb, so oft wie möglich in seinem ruhigen Büro zu bleiben, wenn er in England war.

Er sah auf die E-Mail hinab, die er soeben erhalten hatte. Wie es schien, stand dem Denisovitch-Syndikat ein neuer Kopf vor. Sein Agent in Russland gab bekannt, dass Denisovitch eine Stunde zuvor in der Peter-und-Paul-Kathedrale tot aufgefunden worden war. Er behauptete, Dusan Denisovitch sei bereits dabei, seine Macht zu festigen.

Gut für Taggart. Knight hatte seine Dienste selbst angeboten, um den Mann zur Strecke zu bringen, der McKay-Taggart bedrohte, doch seine Idee war recht eindringlich abgewiesen worden.

Es hatte ihn tatsächlich mehr getroffen, als er gedacht hätte. Er nahm es nicht allzu persönlich. Immerhin hatte Taggart auch zu Tennessee Smith gesagt, er solle zur Hölle fahren.

Es kam nicht alle Tag vor, dass ein Mann, den er als seinen Freund ansah, ihn verdächtigte, ein Verräter zu sein.

Und es kam nicht alle Tag vor, dass er feststellen musste, dass sein Partner der wahre Verräter war.

Verflucht soll er sein. Die Indizien waren eindeutig, eine lange Reihe von Zufällen, die nur eine Schlussfolgerung zuließen – Baz hatte mit Nelson zusammengearbeitet, bevor er gestorben war.

Damon fuhr sich mit der Hand durchs Haar und fluchte laut.

Baz war über Jahre sein bester Kumpel gewesen. Wie hatte er es verdammt nochmal nicht bemerken können?

Die Tür zu seinem Büro öffnete sich. Zu dieser Tageszeit arbeiteten gewöhnlich nur einige der Subs, die den Club putzten und sich auf die Sessions in der Nacht vorbereiteten. Er hatte Jane, eine süße Sub, mit der er in letzter Zeit gespielt hatte, gebeten, ihm Tee zu bringen. Und Scotch. Den würde er für den Anruf brauchen, den er gleich tätigen wollte. Er musste mit den hohen Tieren über die Verhaftung des Mannes reden, der ihm jahrelang zur Seite gestanden hatte.

Wollte er diesen Anruf wirklich tätigen? Oder wollte er versuchen, die Sache selbst in die Hand zu nehmen? Vielleicht war Baz in

Schwierigkeiten geraten. Er konnte impulsiv sein. Vielleicht sollte er der Sache weiter nachgehen.

„Komm rein, Liebling." Er wandte sich zur Tür.

Und stockte. Wie es aussah, bekäme er keine Gelegenheit mehr, eine Entscheidung bezüglich seines Freundes zu treffen.

Baz stand vor ihm, eine Ruger in der Hand. „Verzeih, Kumpel. Jane ist, sagen wir mal, momentan nicht in der Lage, zu kommen. Nun, sie ist tot, es ist also unwahrscheinlich, dass sie in nächster Zeit kommen wird."

Noch bevor sich Damon von seinem Sitz erheben konnte, drückte Baz ab, und Schmerz fuhr Damon durch den Körper. Seine Brust. Es steckte eine Kugel in seiner Brust. Damon fiel zurück, und eine Hand kam hoch, um die Stelle zu bedecken, wo die Kugel eingedrungen war. Er fiel kopfüber auf den Schreibtisch.

Er konnte nicht atmen. Er versuchte, Luft einzusaugen, doch irgendwie arbeitete seine Lunge nicht. Er nahm ein keuchendes Geräusch wahr, wie ein Ballon, dem langsam die Luft entwich.

„Verzeih, Kumpel. Ich konnte dich diesen Anruf nicht tätigen lassen. Ich hab' dich beobachtet. Ich weiß, dass du's rausgefunden hast. Kann nicht so schwer gewesen sein, so wie Nelson alles verkackt hat. Ich muss mich bei den Taggarts bedanken, dass sie ihn umgebracht haben. Ich bin soeben befördert worden." Er zog den Stecker von Damons Laptop heraus.

Aus Damons Perspektive sah er nur die Taille seines alten Freundes, wie er mit dem Laptop und seinem Handy den Rückzug antrat.

„Du hättest dich mir anschließen sollen, Damon. Es macht viel mehr Spaß, auf der dunklen Seite zu arbeiten, wenn ich mich so ausdrücken darf. Doch dir hat es mehr gefallen, den Dominanten zu spielen. Ich bin der einzig Wahre. Wir sehen uns in der Hölle, Bruder."

Der Klang seiner Schritte wurde leiser, wobei alles leiser zu werden schien. Töne, Sehvermögen, Gefühl.

Jedes außer einem.

Wut erfüllte ihn.

Als die Dunkelheit ihn zu verschlingen drohte, wusste Damon Knight eines. Rache ließe ihn durchkommen.

Anmerkung der Autorin

Ich werde oft von wohlwollenden Leserinnen und Lesern gefragt, wie sie helfen können, ein Buch, das ihnen gefallen hat, bekannt zu machen. Es gibt so viele Möglichkeiten, Autorinnen und Autoren, die Sie mögen, zu helfen. Hinterlassen Sie eine Bewertung. Wenn Ihr E-Reader es Ihnen erlaubt, ein Buch zu verleihen, teilen Sie es bitte mit einer Freundin oder einem Freund. Gehen Sie auf Whatchareadin und verbinden Sie sich mit anderen. Empfehlen Sie die Bücher, die Sie lieben, weil Geschichten dazu bestimmt sind, geteilt zu werden. Vielen Dank, dass Sie dieses Buch gelesen haben und dafür, alle Autorinnen und Autoren, die Sie lieben, zu unterstützen!

Über Lexi Blake

Lexi Blake lebt in Nordtexas mit ihrem Mann, drei Kindern und dem faulsten Rettungshund der Welt. Schon in jungen Jahren begann sie zu schreiben und konzentrierte sich auf Theaterstücke und Journalismus. Erst als sie anfing Liebesgeschichten zu verfassen, fand sie Erfolg. Sie mag es, Humor an den seltsamsten Orten zu finden. Lexi glaubt an Happy Ends, egal wie seltsam das Paar, ein Dreier oder Vierer auch scheint. Sie schreibt auch zeitgenössische Western-Ménage als Sophie Oak.

Facebook: https://www.facebook.com/lexi.blake.39
Twitter: https://twitter.com/authorlexiblake
Website: www.LexiBlake.net
Instagram: www.instagram.com/authorlexiblake
TikTok: @lexiblakeauthor

www.ingramcontent.com/pod-product-compliance
Lightning Source LLC
Chambersburg PA
CBHW051518250626
47156CB00001B/140